Perri Knize

Piano solo

Una storia d'amore e musica

Traduzione di Manuela Francescon e Giovanna Scocchera

elliot

Per Wendell

8

Preludio

Da un albero nella foresta

In vita ero muto; in morte canto.
Lamento di un acero

Maier Christian è seduto su un ceppo, al sole, con gli scarponi semisepolti nella neve fangosa, e studia la carta della foresta. È una luminosa giornata di aprile sulle Alpi: le cime del Dachstein si ergono, di un bianco abbagliante, oltre le creste svettanti degli abeti. Disegnano un profilo frastagliato nel cielo vibrante, screziato da ciocche di nuvole. Davanti ai piedi di Christian, i due metri di neve accumulatisi durante l'inverno si sciolgono, trasformando l'angusto sentiero per il trasporto dei tronchi in un canale di fango. Diversi metri più avanti lungo la strada, quattro taglialegna schiacciano il pisolino pomeridiano sui tronchi dei giganti abbattuti, crogiolandosi come una famiglia di tartarughe colorate, le uniformi verdi e arancio del Servizio Forestale sgargianti alla luce del sole.

Christian, capo guardaboschi dei quattromilaottocento ettari che costituiscono il distretto del Sevizio Forestale Austriaco noto come 381F1, piega all'indietro la cucitura del piano di gestione che ha in mano e apre la carta topografica corrispondente stendendola per bene sulle ginocchia. La carta è ricoperta di forme irregolari di diversi colori. Insieme, il piano decennale e la carta gli dicono tutto ciò che gli serve sapere per decidere quali alberi tagliare, quando e dove, in quell'area di terreno.

I colori della carta indicano che quegli alberi sono vecchi circa centoventi anni. L'altitudine è di milletrecento metri, con una pendenza di venticinque gradi. Da queste parti, dice il piano, cresce un raro fiore selvatico, l'acetosella. Gli alberi sono per il novanta per cento abeti europei, circa duemilasessantaquattro metri cubici di foresta su una superficie di duecentonovanta ettari. Il piano prevede di tagliare cinquecentocinquanta metri cubici di bosco nei prossimi dieci anni. A questo ritmo, la fornitura di legname maturo potrà essere garantita all'infinito.

Il guardaboschi sceglie con attenzione gli alberi da tagliare. Devono essere i più vecchi, e il vuoto che verrà a crearsi nella volta arborea dovrà far entrare luce per il maggior numero possibile di nuovi alberi. Le piante giovani sono difficili da vedere, perché la neve è ancora alta. Eppure ogni taglio deve avvenire laddove il manto nevoso è più profondo, in modo che il trascinamento del tronco non arrechi danno al suolo o all'acetosella.

La necessità di uno strato compatto di neve limita la durata della stagione dei tagli, che si riduce al periodo compreso tra novembre e aprile. Durante l'inverno, i tronchi vengono abbattuti e accatastati a mo' di siepi ai lati dei sentieri, finché in primavera le strade non sono abbastanza asciutte da permettere il passaggio dei camion. Allora i tronchi devono essere rimossi al più presto, prima che vengano infestati dagli insetti. Inoltre gli alberi devono essere tagliati prima che cominci a salire la linfa. I rivoli di linfa macchiano di nero la superficie candida dell'abete europeo, rendendolo inservibile agli occhi dei clienti più esigenti e disposti a pagare di più.

Arriva in zona un commerciante di legname, Reinhard Kirchner, tenendosi in equilibrio sui tronchi accatastati, con le braccia alzate per non cadere. Kirchner si è inoltrato nella foresta alla guida di una vecchia berlina Volkswagen, ma ha dovuto proseguire a piedi dopo che l'auto si è rifiutata di avanzare sul terreno gonfio di fango. Gli uomini della squadra si svegliano dalla siesta per salutarlo. Christian si alza dal ceppo su cui è seduto, gli dà una pacca sulla spalla e gli stringe la mano. Kirchner è venuto a cercare tronchi di abete per il suo cliente migliore. La sua segheria si trova a Filzmoos, il villaggio alpino di milleduecento abitanti poco lontano, dove è cresciuto. È un trentanovenne atletico, alto e magro, con un viso serafico costellato di fossette e una massa di capelli riccioluti.

La prima responsabilità di Christian è la salute della foresta ed è solo questo il criterio che determina le dimensioni, la posizione e l'età degli alberi di cui ordina il taglio. La prima preoccupazione di Kirchner è la qualità del legname e che le piante crescano in determinate condizioni.

Gli alberi devono aver germinato in maniera naturale nel punto in cui sono cresciuti, da semi caduti dagli alberi "genitori" direttamente sul suolo di questa foresta. Gli esemplari trapiantati, anche se appartengono alla specie dell'abete europeo, crescono troppo in fretta, e il legno cresciuto in fretta, con anelli molto distanziati fra loro, non è abbastanza robusto.

Questi alberi autoctoni sono il risultato genetico di un microclima molto particolare: le estati sono brevi, gli inverni lunghi; il suolo è povero e gli alberi crescono lentamente, formando anelli annuali stretti e uniformi, fino a cinquanta o sessanta per centimetro.

La fascia di altitudine è piuttosto ristretta, dai millecento ai millequattrocento metri. Crescono su pendii rivolti a occidente, preferibilmente a nord-ovest, in modo che i fusti non debbano torcersi né troppo né troppo poco verso il sole. Troppa luce provocherebbe una quantità eccessiva di resina nel legno. Gli alberi, inoltre, devono crescere al riparo dal vento, poiché il movimento ha l'effetto di comprimere le fibre. La pendenza del terreno deve essere il più uniforme possibile: in caso contrario gli alberi, crescendo a ridosso del pendio, presenteranno anelli più ridotti nel lato a monte. Solo poche fortunate località producono la giusta sottospecie di abete europeo nel microclima più adatto, e si trovano sui monti svizzeri, bavaresi, austriaci e italiani.

L'età degli alberi deve essere compresa tra gli ottanta e i duecentottanta anni, ma i migliori sono quelli tra i centotrenta e i centoquaranta. Nel corso della loro vita non devono aver sofferto di parassiti o malattie e non devono essere stati aggrediti dal fuoco. Tuttavia, la cosa migliore è che abbiano avuto malattie soltanto in età molto precoce, perché questo significa che sono cresciuti ancor più lentamente nei primi anni di vita.

Kirchner vaga tra il raccolto invernale, osservando la regolarità e la vicinanza degli anelli annuali, il portamento rettilineo dei fusti, il numero di rami. Un buon albero è molto dritto, perfettamente cilindrico e non presenta ramificazioni nei primi quattro metri del tronco. Solo tra il tre e il cinque per cento degli alberi, persino di quelli cresciuti nelle condizioni più favorevoli, sono adatti al cliente di Kirchner. È un cliente molto difficile.

Il guardaboschi chiude il manuale e si addentra nel buio della foresta. Fasci di luce gli screziano le spalle. Tira indietro l'ampia cupola della sua testa, rivolge il viso verso l'alto e i suoi lineamenti pesanti, ingrigiti da una barba di tre giorni, si tendono in direzione della volta arborea, studiandola. Si gira, e i suoi scarponi tracciano un cerchio sul suolo della foresta. I rami caduti si spezzano con un rumore secco al suo passaggio.

Osserva i rami più alti, poi il terreno, poi di nuovo la volta arborea. Quale albero?

«Questo» dice, puntando un braccio dritto come una freccia verso un abete largo più di mezzo metro. Un taglialegna lo precede di qualche passo. Ha in mano una sega elettrica e indossa un elmetto arancio vivo, una visiera a rete e cuffie protettive gialle. Josef Hacki ha tagliato alberi nella regione austriaca di Pongau per gran parte dei suoi cinquantanove anni di vita. Come molti tra coloro che scelgono di lavorare sulle montagne, ha una passione quasi sconsiderata per la vita all'aria aperta. Hacki e gli altri tagliaboschi trascorrono l'estate lanciandosi con il parapendio, mentre d'inverno fanno telemark estremo nell'inospitale entroterra alpino. Hacki si avvicina all'albero designato con un movimento fluido e leggero e con l'agile sicurezza dell'atleta.

Christian traccia un segno a terra nel punto in cui vuole che cada l'albero. Hacki tiene il motore della sega elettrica appoggiato a una coscia e tira la corda con un gesto deciso. La sega si risveglia con un ruggito. Per prima cosa, Hacki incide una sorta di fetta sul lato dell'albero in direzione della linea di caduta, sollevando una nuvola di trucioli e segatura. Poi, sul lato opposto, pratica un taglio profondo rivolto verso il punto in cui ha ricavato la fetta, rimuovendo la motosega un attimo prima che rimanga bloccata sotto il peso dell'albero. In questo momento solo un quarto del tronco è ancora unito alle radici. Nell'aria c'è un denso odore di resina.

Poi Hacki inserisce un cuneo d'acciaio verniciato di arancio nel taglio posteriore e lo conficca nel cuore dell'albero con l'impugnatura dell'ascia. A ogni colpo, i suoi movimenti agili, sicuri e forti si abbattono con precisione sul cuneo provocando un intenso rumore metallico. La pianta vacilla e sospira, le sue braccia ramificate mormorano nell'aria, componendo la musica eterea dei suoi ultimi attimi. Il cuneo viene colpito ancora una volta e si avverte uno schianto, per la prima volta l'albero fa sentire la sua voce, una voce che si manifesta solo nel momento della morte.

Ma l'albero non cade ancora. Hacki solleva la visiera e guarda in alto. Nei sottili raggi di luce, il suo volto appare ingrigito dalla barba ispida, da uomo vecchio. I suoi occhi intenti sono sereni, come fossero a conoscenza dei segreti delle montagne. Hacki indica con il manico dell'ascia l'origine del problema: l'albero è rimasto impigliato tra i rami dell'abete vicino.

Il taglialegna recupera il cuneo dal nuovo ceppo, e con la motosega recide l'ultimo esile filo che lega l'albero alla vita. Centoventi anni. E ora più nulla. Il guardaboschi e il taglialegna tornano indietro. Il gigante crolla, quasi dolcemente, sul letto dei suoi stessi rami, nella neve, prima con un sospiro, poi con un gemito tardivo e risonante, un colpo di cannone che echeggia tra le montagne.

Un albero muore. Un pianoforte nasce.

I

1

Epifania

Nell'autunno dei miei quarantatre anni, mi ricordai, in modo del tutto imprevisto, che sarei dovuta diventare una pianista.

Ero sola, in auto, stavo andando a trascorrere un weekend a casa di amici. Frugai nella scatola di cassette che tenevo sul sedile del passeggero, e trovai un nastro che mi aveva regalato mio fratello: il pianista Arthur Rubinstein che esegue i valzer di Chopin. Potrebbe essere una buona colonna sonora per il mio viaggio, pensai, e inserii la cassetta nello stereo.

Fin dalle prime note dell'Op. 18 – una ripetizione rapida e martellante di Si bemolle – sembrò che la macchina si lasciasse trasportare da quel trascinante ritmo in tre quarti, catturata dalla sua andatura gioiosa e sfrenata. L'assoluta libertà di Rubinstein nell'esecuzione mi lasciava senza fiato, il suo abbandono era contagioso, era come se la musica mi entrasse nelle vene rendendo il sangue effervescente.

Nel frattempo, oltre il parabrezza, la luminosa estate di san Martino del Montana forniva un accompagnamento del tutto consono: un cielo color zaffiro sovrastava le Elkhorn Mountains, i cui pendii fulvi risplendevano nella luce del sole al tramonto. File di pioppi tremuli costeggiavano le rive del fiume Boulder; le foglie brunite offrivano il ventre al vento e fremevano tutte insieme, un nastro d'oro che si snodava fino a valle.

Mi ritrovai a stringere il volante, quasi dovessi reggermi durante il percorso, stretta io stessa nella morsa di un rapimento indotto dal pianoforte, tanto più dolce quanto emozionante.

Questo è tutto ciò che voglio fare nella vita. Le parole sorsero da un angolo sperduto della mia mente, lasciandomi di sasso. *Questo è tutto ciò che voglio fare nella vita.* Mi colpirono con la forza di un comando interiore che non può essere contestato. Salirono ancora e ancora, come sospinte dai crescendo della musica stessa.

La bellezza del giorno acuiva la fitta che sentivo al cuore: mi sembrava di aver mancato un appuntamento cruciale e urgente che non poteva essere rimandato. Ormai ero nell'autunno della mia vita, presto le foglie avrebbero cominciato a cadere. Come potevo, dunque, decidere di dedicare la vita al pianoforte?

Riconobbi quella voce interiore, apparteneva alla bambina che ero stata, una bambina di otto anni che chiedeva di poter prendere delle lezioni di pianoforte che non arrivarono mai.

«Allora, quale strumento sceglierai?» mi chiese mio padre una sera di primavera. Mi scrutava da sotto le sopracciglia aggrottate, appesantite da quell'intensità perenne che preannunciava l'arrivo imminente di una tempesta. Quel giorno la mia classe, una terza, aveva assistito alla presentazione di tutti gli strumenti di banda e d'orchestra, che l'autunno successivo si sarebbero potuti noleggiare per le lezioni di musica.

Ci sono persone appassionate di musica. Mio padre era insaziabile. Quando nacqui io, era ancora un musicista di professione. Negli anni Quaranta era stato primo clarinetto nelle orchestre di Denver, Columbus, Chicago e nel *Ballet Russe* di Montecarlo. Negli anni della guerra, mentre frequentava a Yale il corso per entrare nei servizi segreti dell'esercito, studiò con il grande compositore tedesco Paul Hindemith, e sognava di diventare direttore d'orchestra. Nei primi anni Cinquanta, ancora giovane, alla fine della sua carriera di musicista era primo clarinetto alla Metropolitan Opera Orchestra e con il Quintetto Metropolitan.

Benché avesse lasciato la musica all'età di trentacinque anni per dedicarsi a una carriera più remunerativa nel reparto vendite e marketing di una ditta di impianti stereofonici, la sua vita, e la nostra casa, rimasero ricolme di quella sua passione. Quando ero bambina, il suo amore per la musica permeava ogni cellula del mio essere. La sera mi addormentavo al suono vibrante del suo clarinetto, mentre accompagnava le registrazioni delle sue opere preferite. Per me nessun clarinetto è mai stato un semplice clarinetto, e mai lo sarà: è il suono della voce di mio padre.

Non riesco a ricordare un solo momento in cui non abbia cercato di sviluppare il mio orecchio musicale. Prima di compiere due anni, avevo già il mio impianto stereo ad alta fedeltà e una collezione tutta mia di classici per bambini: *Il carnevale degli animali* di Saint-Saëns, *Pierino e il lupo* di Prokofiev e *Lo schiaccianoci* di Čajkovskij e l'opera *Hänsel e Gretel* di Englebert Humperdinck (il compositore, non la popstar).

Ma non si trattava semplicemente di tenere lo stereo acceso, non era musica da sottofondo. Al contrario, dovevamo ascoltare sempre con attenzione, perché da un momento all'altro mio padre poteva commentare con frasi come: «Senti? Qui ritorna il tema d'apertura, solo in una diversa tonalità».

Quando andavamo da qualche parte in macchina, non ci limitavamo a tenere la radio accesa. Era sintonizzata su una stazione di musica classica e io ascoltavo con tutta me stessa mio padre mentre descriveva le qualità del solista: «Ha un suono "denso"» commentava, oppure si concentrava sul tempo: «Vedi? Sta correndo troppo. Non bisogna mai correre. Bisogna dare a ogni nota la sua giusta durata».

Ascoltavo attentamente perché poi ci sarebbe stato un quiz. Prima della conclusione del brano mio padre mi chiedeva di indovinare il compositore, il direttore, l'orchestra e il solista. Alla fine, quando interveniva il presentatore, scoprivamo se ero stata brava. Con infinita tenacia e determinazione, mio padre mi stava insegnando ad ascoltare. La sua non fu fatica sprecata. Avevo un ottimo orecchio. Tanto buono che spesso mio padre mi chiedeva di aiutarlo con le prove e prendeva molto sul serio il mio giudizio. Non rifiutavo quel dono che condivideva con me, lo accoglievo con gioia e lo veneravo come si può venerare una divinità del Vecchio Testamento, con un misto di timore e ammirazione. La sua teologia, la sua unica religione – la musica – divenne anche la mia.

Mio padre applicò questo approccio rigoroso anche alla mia formazione intellettuale. Mi insegnava a mettere in dubbio ogni affermazione, a leggere attentamente fra le righe, a pensare sempre con la mia testa. Ogni domenica analizzavamo in modo critico gli articoli che apparivano sui giornali, prestando attenzione sia al contenuto sia alla qualità della scrittura. Quali domande non erano state poste? In che punto il lettore veniva fuorviato? In ogni conversazione con lui, non importa se seria o scherzosa, mio padre si dedicava ad affinare in me al massimo grado il sospetto, l'attitudine a porre domande, a investigare, ad avere uno spirito critico pungente. Mi istruiva con lo stesso piglio polemico con cui immagino che un rabbino possa torchiare il suo allievo nello studio del Talmud. Non desta stupore che alla fine io sia diventata una giornalista d'inchiesta e abbia messo all'opera questi potenti strumenti.

Con il suo tacito assenso saccheggiavo la sua ricca collezione di dischi. Ascoltai fino a consumarle le sue copie del *Concerto* per violino di Čajkovskij suonato da Nathan Milstein, l'*Ottetto* di Schubert eseguito dall'Ottetto di Vienna e la versione della *Prima sinfonia* di Brahms suonata dalla Filarmonica di Berlino e diretta da Karl Böhm. Quest'ultima divenne una sorta di mio inno personale, passavo ore ad ascoltarla da sola nella mia stanza, dirigendo un'orchestra immaginaria di fronte allo specchio.

Tuttavia il vasto universo musicale in cui vivevo mi isolava dal resto del mondo. Con i miei amici non potevo ascoltare i brani che amavo, non avrebbero capito e sarei diventata un'esclusa. Per quanto sconfinata fosse la musica e per quanto mi esaltasse, mi dava anche un senso di claustrofobia: era una cosa che riguardava solo me, mio padre e, rare volte, certi amici di mio padre, amanti della musica.

Alcune domeniche mattina, i suoi amici arrivavano con i loro strumenti – archi o altri fiati – e per poche ma intense ore suonavano musica da camera nel nostro soggiorno. Mozart, Hindemith, Beethoven, Couperin, Brahms, Schubert. I musicisti amici di mio padre erano sempre di buonumore, prodighi di battute e arguzie che non capivo. Non somigliavano affatto agli altri genitori che conoscevo: ridevano ad alta voce, raccontavano storielle sconce, spesso mi facevano l'occhiolino. Mi piaceva stare con loro.

Mia madre serviva quella che chiamava "una colazione ebraica": bagel, salmone affumicato con formaggio cremoso, coregone affumicato e ciambelle alla marmellata. Mio fratello minore e io avevamo il permesso di mangiare, stare seduti in silenzio e ascoltare, ma senza interrompere né chiedere niente.

La domanda di mio padre era in realtà la sintesi di tutta una serie di domande: con quale strumento avrei scelto di accompagnarlo nel suo viaggio attraverso la musica? Quale sarebbe stato il mio strumento nei duetti che avremmo eseguito insieme? Con quale strumento avrei partecipato alle sue riunioni di musica da camera? E, infine, con quale strumento avrei realizzato il sogno a cui lui aveva rinunciato?

Nell'universo di mio padre, la musica era una cosa seria, pertanto la scelta dello strumento non poteva essere casuale, al contrario era carica di ben più grandi implicazioni per il destino di un individuo. Ero troppo giovane per essere cosciente di tutto questo, però lo percepivo, ne sentivo il peso, ed era un fardello eccessivo per me, troppo oscuro e opprimente. Infatti non stavo crescendo solo all'ombra dei successi musicali di mio padre, ma soprattutto all'ombra del lungo, cupo feretro delle sue ambizioni tradite, sopraffatta dalla sua personalità ingombrante, esplosiva, segnata da frustrazioni profonde.

Rispondere a mio padre era di rado un'impresa facile. Era un gigante di uomo che incuteva soggezione, un ex giocatore di football alto un metro e novanta, centodieci chili di peso e mani grosse e carnose, con le dita tutte irregolari e ricurve. La sua chioma riccioluta, un tempo folta, si era ormai diradata e il suo bel volto scuro era gonfio di intemperanza, affanni e troppo lavoro. Aveva spesso un'espressione corrucciata, la voce brusca, il tono infastidito e arrabbiato, anche quando affermava di non esserlo. A volte, nel sentire quella voce, i suoi stessi figli scoppiavano in lacrime.

Intuivo quale risposta avrebbe voluto sentire mio padre ma, per un attimo appena, udii invece la mia, una piccola voce interiore che mi sussurrava: *il pianoforte*.

Avevamo uno sgangherato pianoforte automatico verticale risalente ai primi del secolo, che mia madre aveva acquistato a un'asta quando avevo tre anni. Quando, l'anno successivo, ci trasferimmo in una casa più grande ad Annapolis, nel Maryland, lo dipinse con una tinta bianca da esterni, perché si adattasse all'arredamento in stile coloniale degli anni Trenta. Se si sollevava il coperchio della tastiera, mettendo a nudo i tasti di avorio ingiallito, si intravedevano ancora le rifiniture originali in mogano. Il coperchio non recava alcun marchio. Era uno dei milioni di pianoforti senza nome prodotti durante l'età dell'oro di questo strumento, all'inizio del XX secolo, quando ogni famiglia della classe media aspirava a possederne uno. A quei tempi, il pianoforte era il cuore della famiglia, il centro dell'intrattenimento domestico. Presto venne sostituito dal fonografo, dalla radio, dalla televisione e, oggi, dal computer.

Quel vecchio piano verticale era destinato a diventare per me un compagno di lungo corso. Il giorno in cui arrivò, non appena fu collocato nel nostro studio, mia madre si sedette davanti alla tastiera, mi prese sulle ginocchia e cominciò a muovere i pedali dietro gli sportelli aperti dello scomparto inferiore. I pedali si misero in moto tra tonfi e scricchiolii, attivando i mantici che aspiravano aria tramite un meccanismo pneumatico che faceva girare un perno su cui era avvolto un rullo di carta. La carta era punteggiata di fori che componevano figure simili a quelle di un nastro per telescriventi.

Gli sportelli del pannello superiore erano aperti in modo che potessimo vedere il rullo di carta mentre girava intorno al perno. Quando la carta passava sopra un'apposita guida, l'aria veniva aspirata attraverso le perforazioni, ognuna delle quali corrispondeva a una nota sul piano. Il vuoto metteva in azione un meccanismo percussivo pneumatico, attivando i martelletti. Quando i martelletti colpivano le corde tiravano con sé i tasti di avorio.

Mi ipnotizzava la vista dei tasti che si muovevano su e giù, spinti verso il basso e poi lasciati andare come da un'invisibile mano fantasma. I cigolii e i gemiti dei pedali, l'ansimare dei mantici nella cassa armonica del vecchio pianoforte avevano un che di soprannaturale. La musica era un classico dei primi del secolo, *Daisy, Daisy*, una melodia sciocca, divertente e solare. Strillavo di gioia, quando la mia graziosa, giovane mamma cantava con l'accompagnamento di quella musica tenendomi stretta al suo grembo spensierato, tra le sue braccia, mentre sotto di me le sue gambe si muovevano su e giù come se stesse spingendo i pedali di una bicicletta che dava la carica a un enorme carillon.

Quando veniva a trovarci il nonno materno, suonava sempre il piano per noi. Nonno Joe non aveva mai imparato a leggere la musica, ma possedeva un talento naturale, mani grandi e un orecchio infallibile. Potevi cantargli un motivo qualsiasi e lui, in quattro e quattr'otto, riusciva a riprodurre la melodia e ad accompagnarla con gli accordi, dopodiché era impossibile fermarlo. Ma il più delle volte suonava lo stesso tipo di musica dei rulli del piano meccanico, canzoni che rievocavano le estati della sua prima giovinezza trascorse come bagnino sulla spiaggia di Coney Island, o gli anni in cui aveva combattuto nella Prima guerra mondiale. Suonava *Take Me Out to the Ball Game*, *Who's Sorry Now?*, *Shine on Harvest Moon* e *Baby Face*, e mia nonna cantava con lui, cullandosi sulla sedia a dondolo, battendo il tempo con il piede e sorridendo appena, immersa senza dubbio nel ricordo dei giorni della loro giovinezza.

Nonno Joe era un uomo alla buona, con un senso dell'umorismo bislacco e un tantino pungente. Quando mia madre era molto giovane, durante la Grande Depressione e la Seconda guerra mondiale, lui andava una volta a settimana al negozio di musica ad acquistare i dischi più assurdi che riusciva a trovare. Ereditai la sua collezione perché nessuno dei suoi figli la voleva; lo zio Carl raccolse tutti i suoi settantotto giri in un album sulla cui etichetta scrisse "spazzatura" e lo diede a mia madre. Mia madre lo passò a me. Ascoltare oggi quella raccolta mi ricorda l'irriverenza di mio nonno: Spike Jones che canta *Der Führer's Face* a suon di peti e *The Sheik of Araby* con i suoi osceni gargarismi; Eddie Cantor che esegue *I'm Hungry for Beautiful Girls*. Ci sono anche alcune celebri melodie della Prima guerra mondiale: *I Don't Want to Get Well – I'm in Love with a Beautiful Nurse*, con il verso civettuolo che recita: *quando lei mi prende il polso, mi sembra di svenire.*

Spesso io e i miei amici strimpellavamo sul vecchio piano verticale; era il centro dei nostri giochi, e le nostre esecuzioni ipercinetiche di *Chopsticks* e di *Heart and Soul* erano all'ordine del giorno. Le babysitter lo usavano per intrattenerci e una volta, dopo aver ascoltato una mia amica suonare *Per Elisa* di Beethoven al pianoforte, andai a casa e cercai furiosamente, per ore, di riprodurla a orecchio sul nostro vecchio pianoforte verticale. La mia amica prendeva lezioni e ricordo di essere stata invidiosa, ma fino a quel momento non avevo mai pensato di chiedere di prendere lezioni anch'io.

Così, quando mio padre mi fece la domanda, io avevo già sviluppato una profonda predilezione e una spiccata affinità con uno strumento particolare.

«Voglio suonare il pianoforte» dissi a mio padre, stupita io stessa della chiarezza e della determinazione contenute nella mia richiesta.

Mio padre non mi rispose subito, ma spostò lo sguardo di lato. «Perché non scegli uno degli strumenti che insegnano a scuola?» domandò alla fine. La sua voce uscì tesa, come se gli si fosse contratto il viso in una smorfia. «Così non dovremmo pagare per delle lezioni private».

Fu una sorpresa. Non sapevo che non potessimo permetterci le lezioni. Mi sembrava che avessimo tutto ciò di cui potevamo aver bisogno o che desideravamo. Se avessi insistito, ribadito che il pianoforte era importante per me, probabilmente mio padre avrebbe ceduto, e il seguito di questa storia sarebbe stato diverso. Ma non avevo ancora imparato a fidarmi delle mie intuizioni. E non l'avrei certo imparato in famiglia.

Il giorno dopo, a scuola, scelsi il violoncello. Era lo strumento preferito di mio padre, quello che lui stesso avrebbe voluto suonare. Sapevo che gli avrebbe fatto piacere. Passò un'intera serata nel laboratorio del seminterrato a costruirmi un fermo di legno per bloccare il puntale del violoncello sul pavimento. Mi parlò dei brani meravigliosi che avremmo potuto suonare insieme. Nei mesi a seguire, scoraggiata dalla fatica di dover trasportare ogni giorno un pesante violoncello per mezzo chilometro, fino alla scuola, decisi di passare a uno strumento più maneggevole, il flauto. Dopo i quindici anni, abbandonai anche il flauto; ero annoiata dalla limitatezza del repertorio e schiacciata dalle speranze di mio padre di vedermi diventare una musicista professionista.

Eppure rimasi schiava della musica. All'età di sedici anni, per Natale, mio padre mi regalò il *Clavicembalo ben temperato* di Bach, suonato dal pianista canadese Glenn Gould. Poco dopo, per conto mio, scoprii l'incisione di Gould del 1955 delle *Variazioni Goldberg* di Bach. Quest'opera divenne il mio balsamo personale, un cerchio di luce che mi accoglieva quando cercavo rifugio dal caos oscuro in cui era precipitata la mia famiglia. Bach aveva il potere di rasserenarmi, ma Gould, con la sua prodigiosa abilità, la sua capacità di usare il piano come fosse la sua voce, di scandire con chiarezza i disegni contrappuntistici del compositore quasi fossero parole, alimentò il mio desiderio di suonare il piano fino a trasformarlo in una passione bruciante, furiosa.

Ma ormai era inutile chiedere di poter prendere lezioni di piano. La mia famiglia era troppo provata e i miei genitori devastati cercavano di far fronte come meglio potevano alla malattia cerebrale degenerativa che aveva colpito il mio fratello più piccolo, e alla lunga crisi che ne seguì. In più, pensavo, conoscevo bene mio padre: la mia occasione l'avevo avuta e avevo tradito la sua fiducia interrompendo lo studio del flauto. Non ci sarebbero state altre lezioni.

Dieci anni dopo, di nuovo ispirata da Glenn Gould, e avendone il tempo e i mezzi, cominciai a prendere lezioni di piano con il primo di una serie di insegnanti. Il mio obiettivo, spiegavo a ognuno di loro, era riuscire a suonare le *Variazioni Goldberg*. Quando mi trasferii a New York nel 1981, mi iscrissi al corso fuori programma di pianoforte presso il Mannes College of Music. Ma nel giro di pochi anni la mia situazione cambiò e le complicazioni della mia vita di giovane adulta dissiparono il mio impegno. Ero pressata da esigenze più urgenti e importanti della mia fissazione per il pianoforte, come la necessità di guadagnarmi il pane, una casa, di costruirmi una carriera. L'ultimo dei miei insegnanti, supplicandomi di non sprecare il mio talento, pretendeva da me un impegno maggiore di quanto fossi in grado di dare e così decisi di passare oltre.

Trascorsero altri quindici anni.

Una volta rientrata a Missoula, dopo l'epifania che mi aveva colta mentre costeggiavo il fiume Boulder, telefono alla segreteria della scuola di musica dell'Università del Montana per chiedere il nome di un insegnante di pianoforte in zona. La segretaria mi mette in comunicazione con una certa dottoressa Jody Graves, la direttrice del Dipartimento di Strumenti a Tastiera.

La dottoressa Graves mi fa un sacco di domande. Lei stessa è arrivata a Missoula da New York di recente, mi racconta, e conosce il mio ultimo insegnante. Mi chiede di andare lì e di suonare per lei. Non sono più in grado di suonare, le dico, ma lei insiste. «Se non vuole suonare, ci limiteremo a parlare» dice. «Che ne dice di domani?».

Quando arrivo nel suo ufficio, la dottoressa Graves è impegnata a illustrare l'esecuzione di un passaggio impegnativo a un ragazzo seduto di fronte a uno dei due pianoforti a coda. È una bionda dalla corporatura robusta, sulla quarantina, minuta ma energica. Mentre ascolto la sua interpretazione di Rachmaninov non posso fare a meno di pensare che non sarò mai in grado di suonare qualcosa di così difficile.

Sento avanzare in me un terrore antico, paralizzante, la paura di esibirmi. Ho con me lo spartito dei *Notturni* di Chopin. In passato ne sapevo suonare alcuni, ma all'improvviso vorrei tanto aver lasciato la musica a casa.

La dottoressa Graves congeda il ragazzo e rivolge a me la sua attenzione. «Bene, perché non viene qui?» dice tamburellando sullo sgabello rimasto libero. Prendo posto con una certa riluttanza. «Vedo che ha portato con sé della musica. Perché non mi suona qualcosa?». Il suo tono è leggero, accomodante, come se stesse dicendo: «Non è poi così importante se lo fai oppure no». Questo mi infonde coraggio. Sistemo lo spartito sul leggio e comincio. Per quanto malferme ed esitanti, le mie mani mi sorprendono, dimostrando di conoscere ancora il *Notturno*. Le mie dita ritornano alle vecchie posizioni con sconcertante familiarità. La sensazione dei tasti, dei suoni che producono, mi colpisce nel profondo.

Che cosa hai fatto della tua vita? Di nuovo quella voce interiore. Me ne ero dimenticata. *Come hai potuto lasciarti sfuggire tutto questo?* Lascio cadere entrambe le mani sulla tastiera. Dio, quanto mi è mancato quel contatto, la sensazione dei tasti sotto le dita! Come ho potuto smettere di toccarli? All'improvviso, questo dato di fatto, che prima era uno dei tanti, anonimi dati di fatto della vita, ha dell'incredibile.

La mappa bianca e nera della tastiera mi sommerge di memorie tattili. Desidero questo contatto. Devo averlo. L'impeto di ebbrezza, certezza e predestinazione che avevo sperimentato mentre ascoltavo Rubinstein torna a travolgermi. Questa volta, decido, non lo lascerò svanire.

«Molto, molto bene davvero!» commenta con voce acuta la dottoressa Graves. «Penso che con uno dei miei studenti del corso avanzato potrà ottenere ottimi risultati. E poi, naturalmente, potrà venire a scuola per esercitarsi».

Le mie lezioni con una delle studentesse del corso avanzato iniziano la settimana successiva, e trascorriamo l'inverno a ripassare il repertorio che ho imparato ben venti anni fa. Ma in primavera la mia nuova insegnante si diploma e si trasferisce, lasciandomi il numero dell'insegnante di pianoforte che aveva alle scuole superiori, una signora con molti allievi adulti. Le lezioni con lei non inizieranno prima dell'autunno. Nel frattempo passerò un mese a Point Reyes, California, presso il Mesa Refuge, un ritiro per scrittori ambientalisti. E lì, nel tentativo di non perdere quello che sono riuscita a recuperare al pianoforte, potrò contare solo sulle mie forze.

2

A lezione da Mozart

Troppo facili per i bambini; troppo difficili per gli adulti.
Artur Schnabel a proposito delle sonate di Mozart

Il Mesa Refuge è un edificio moderno e dal profilo asimmetrico, appollaiato in cima a un'alta scogliera e immerso nel rigoglioso giardino che si estende sul fianco della collina. Una musa alata in equilibrio sul pilastro del cancello saluta i nuovi arrivati. La grande porta d'ingresso si apre su un atrio che ricorda quello di una cattedrale e su una fila di finestre esposte a nord-ovest, incorniciate da rose rampicanti, che offrono intatta la vista sulla Tomales Bay e sul mare aperto che si estende oltre la baia. Al mio arrivo, accatastati in bell'ordine sul pavimento a piastrelle, trovo ad attendermi i numerosi scatoloni che ho spedito da casa con dentro i documenti per la mia ricerca. Sono anni che prendo appunti e raccolgo materiale per scrivere un libro sulla gestione del patrimonio forestale; ora dispongo del tempo e delle risorse per cominciare.

Ma prima devo trovare un pianoforte. Subito dopo aver occupato la mia stanza al piano superiore, discendo la collina a piedi fino al vicino paese di Point Reyes Station dove, durante la corsa in taxi, ricordo di aver visto una grande chiesa. Busso alla porta della sagrestia, ma non risponde nessuno. Un piccolo cartello appeso alla finestra riporta il numero di telefono del pastore ad interim. Ritorno al mio alloggio e la chiamo, ma lei mi rimanda a uno degli anziani della parrocchia, un procuratore legale originario del Montana, che per puro caso condivide il mio interesse per le politiche ambientali. Mi invita a passare nel suo ufficio per prendere in prestito la chiave del santuario della chiesa, dove giace inutilizzato un pianoforte a coda. La chiave è a mia disposizione per tutto il mese. Mi trovo a Point Reyes solo da poche ore, e ho già uno strumento per esercitarmi! Torno alla chiesa per intrufolarmi dentro.

Il santuario ha un alto soffitto a travi, il che ne fa una sala di musica piacevolmente *viva*. Le finestre a battente guardano da un lato sul parcheggio del santuario, dall'altro sul mare. Tenute aperte, lasciano entrare la brezza e il profumo salino della baia, insieme agli odori pungenti dei caseifici vicini.

Cammino nel corridoio formato dalle lunghe navate di panche con gli spartiti sotto il braccio, fino a raggiungere il pianoforte. È coperto da una pesante trapunta marrone, tagliata su misura. Scosto la trapunta quel tanto che basta a scoprire la tastiera e il leggio; la cassa rimane coperta, come un paziente su un tavolo operatorio. Sollevo il coperchio. Il nome inciso su di esso è troppo consunto e sbiadito per essere leggibile. I tasti sono scheggiati e ingialliti. Ne premo qualcuno, per saggiarne il suono. Scordato. La meccanica è logora come una vecchia ciabatta, sembra sfaldarsi sotto le mie dita, difficile da controllare. Per un momento mi abbandono a fantasie sulla possibilità di donare alla chiesa un pianoforte nuovo come ringraziamento, o almeno regalargli i servizi di un buon tecnico. Sono conquistata dal silenzio e dall'intimità del santuario. Scosto lo sgabello, mi siedo di fronte alla tastiera e inizio a suonare l'unico brano che ho memorizzato: il primo preludio del *Clavicembalo ben temperato* di Bach.

A quanto pare, il paziente necessita di un intervento riabilitativo. La meccanica scricchiola, alcuni tasti non rispondono, il timbro è inconsistente come la voce di un vecchio. Ma per una principiante di ritorno impegnata in una sfida personale andrà bene. Dalla cartella a soffietto estraggo lo spartito del compito estivo che mi sono auto-assegnata, la *Sonata in Sol maggiore* per pianoforte di Mozart, e mi metto al lavoro.

Ho iniziato lo studio di questo brano circa diciassette anni fa, con il mio ultimo insegnante, Robert, da cui prendevo lezioni presso il Mannes College. Non ho mai padroneggiato la sonata, ma questa estate spero di impararla a suonare in modo adeguato, o almeno abbastanza bene da impressionare favorevolmente la mia nuova insegnante l'autunno prossimo. Così prendo un'abitudine quotidiana: ogni giorno, nel tardo pomeriggio, lascio la mia scrivania al Refuge, mi incammino tra gli eucalipti lasciandomi alle spalle siepi profumate e villette sfarzose e discendo la collina fino ad arrivare in paese, con la musica sotto il braccio e la chiave del santuario in tasca.

Passano due settimane e, per quanto mi eserciti ogni giorno, il mio Mozart non migliora nemmeno un po'. In effetti, rifletto con crescente frustrazione, si direbbe che i miei sforzi per eseguire alla perfezione ogni singola nota non facciano che peggiorare la mia interpretazione. In che cosa sto sbagliando?

Ogni volta che commetto un errore, mi fermo e ricomincio da capo. Quando diventa chiaro che questa strategia non funziona, decido di continuare semplicemente a suonare, e allora le note sbagliate si susseguono a grappoli, finché tutta l'architettura del pezzo crolla rovinosamente sulla tastiera. Le mie dita balbettano e inciampano. A questo punto, in un soprassalto di volontà, stringo i denti, desidero intensamente che la musica finalmente si arrenda a me. Ma è inutile. Per il momento, ogni singola nota errata che produco mi fa venir voglia di scagliare lo spartito dall'altra parte della stanza. Non è affatto piacevole.

Perché poi mi sono messa in testa di suonare il pianoforte? Che razza di impresa improba e umiliante! Mi sento tradita dai miei sogni, dal canto di sirena dell'esecuzione di Rubinstein che mi ha riportato a questo assurdo e imbarazzante capriccio. Dovrei arrendermi, penso. *Chi ti credi di essere?*

Rossa di umiliazione, distolgo lo sguardo dalla tastiera e osservo la baia attraverso le finestre a battente. Da ovest si prepara un temporale, le raffiche di vento sibilano acute tra i rami degli alberi; sfregano e grattano i vetri delle finestre. Nel santuario, l'aria è appesantita dalla pressione in calo, carica di umidità.

È così semplice, leggiadro e senza complicazioni, questo Mozart, traboccante di serenità, di amore, di gioco. Mi raffiguro mentalmente le linee melodiche, nel modo in cui mi ha insegnato a fare Robert, come in un'opera in miniatura: per prima entra in scena, da destra, la giovane *ingénue*, cantando d'amore. Poi il suo fratellino, un bricconcello, fa il suo ingresso sgambettando dal lato sinistro, seguito, un'ottava sotto, dalla governante. Dopodiché il grasso signorotto del villaggio, uscito dal nulla, si mette a correre su e giù per le scale del palcoscenico, il berretto ornato da una piuma sgargiante sopra la parrucca incipriata e messa di traverso, il ventre che rimbalza mentre galoppa sulla tastiera battendo il tempo con il bastone da passeggio. Che ci fa qui? Sembra che la sua presenza non abbia alcun motivo particolare, a parte forse il capriccio di Mozart.

Che ironia che una simile quisquilia, una tale leggerezza di cuore, sia ridotta a faticoso esercizio di costipazione, tutto per colpa della mia testardaggine a eseguire ogni nota nel modo prescritto. Mi rendo conto che la mia puntigliosità sta uccidendo il mio amore per il piano, il mio desiderio di suonare, la musica stessa. E penso: *Ma perché?*

Nel mio cervello si accende una piccola rivoluzione. Dopotutto, che me ne importa? Per chi sto suonando, se non per me stessa? Se non mi diverto a suonare, perché farlo? Del resto, che male fanno un po' di note sbagliate? Le panche vuote non hanno certo sborsato cinquanta dollari ognuna per sentirmi suonare.

Il cielo si apre tra i lampi e all'improvviso la pioggia comincia a scendere torrenziale, raccogliendosi sui davanzali e facendomi correre ad arginare l'acqua e a sbarrare le finestre più in fretta che posso. I tuoni rombano e fanno tremare la chiesa; il cielo è una cortina d'acqua. La scarica di ioni negativi mi tonifica, risolleva il mio umore. Fremo di piacere.

D'un tratto mi sento elettrizzata. Non ho nulla da perdere a suonare Mozart nello spirito di Mozart, ovvero con amore, giocosità, irriverenza. Al diavolo l'ossessione per le note esatte. *Suona e basta! Suonare è un gioco!* Lo dico quasi ad alta voce.

Ricomincio la sonata, questa volta con un tempo rapido, nel modo in cui la sento nella mia testa, buttandomi nella musica con slancio e passione. Le dita volano, le rovescio sulla tastiera così come un pittore getta il colore contro una tela, ansioso di vedere la magia mentre prende forma spontaneamente. Il fragore del tuono continua. La musica mi spinge tra le sue braccia, mi fa volteggiare intorno a lui. Io e Mozart, soli in questa chiesa, ce la stiamo spassando da matti. Le mie dita conoscono queste note alla perfezione. Tutto quel che devo fare è smettere di opporre resistenza. Mi sento invasa da uno spirito nuovo, una baldanza elettrizzante. Rido ad alta voce. E non sbaglio nemmeno una nota.

Dopo aver suonato l'ultimo accordo delle pagine su cui ho lavorato così tanto, sono sopraffatta dallo stupore. Perché questa volta le note erano tutte giuste? Un'idea si fa strada nella mia mente: *hai vissuto la tua vita allo stesso modo in cui hai cercato di imparare questa sonata.* Sono stata inflessibile, ho negato me stessa, mi sono punita per ogni minimo errore, trattenendo la gioia, incatenandomi a un ideale di perfezione. Così come trattengo le mie mani, mi rendo conto di trattenere anche il mio cuore. Le mani sanno suonare e il cuore sa vivere, se solo ci fidiamo di loro. Che cosa succede se smetto di opporre resistenza a me stessa? Non mi fido ancora completamente di me. Ma, per un momento, mi sono fidata di Mozart.

Ormai la tempesta è passata. Copro il pianoforte, spengo le luci ed esco dal santuario. L'aria della sera è fresca e pulita e io mi avvio lentamente a piedi verso l'albergo, ammirando il gioco delle nuvole nel cielo che si va oscurando.

Quella notte sogno mio padre. Arriva a Point Reyes in autobus, ed è un bambino di cinque anni, piccolo e piagnucoloso. Il suo bisogno di conforto è insaziabile, più di quanto io sia disposta a dare. Dopo un po' che camminiamo con lui aggrappato alla mia mano, torna a essere un uomo. Adesso è seduto in una canoa, in un fiume impetuoso, mentre io me ne sto a riva con in mano la cima legata alla prua. Non diciamo nulla. Mio padre siede immobile e muto nella canoa, una figurina ritagliata, a due dimensioni. Lascio andare la cima e sto a guardare il fiume che si porta via mio padre, la canoa che diventa sempre più piccola, finché, finalmente, non sparisce dietro l'ansa del fiume.

La mattina successiva, spingo in un angolo della stanza tutte le scatole con il materiale per la mia ricerca sulle aree boschive e le copro con una tovaglia. Qualcosa in me si è rigenerato, e sono pronta per un nuovo tipo di scrittura, senza costrizioni, proprio come la sonata di Mozart. Sono pronta anche per avvicinarmi in modo nuovo al pianoforte.

3

Lezioni di piano

Chiunque nel profondo dell'anima sia mosso dalla musica e lavori ossessivamente sul suo strumento può acquisire la tecnica di un virtuoso.
Heinrich Neuhaus, *L'arte del pianoforte*

Lo studio in cui Molly Morrison tiene le sue lezioni si trova in cima a una collina affacciata sulla Missoula Valley. Sento suonare prima ancora di raggiungere la porta del seminterrato, sul retro della casa. Attraverso il vetro, scorgo due donne sedute fianco a fianco davanti a un pianoforte a coda nero e lucido. Una delle due, sentendomi bussare, si alza e apre la porta scorrevole. È una donna giunonica, vestita di marrone – un maglione e una gonna lunga fino al ginocchio –, con morbidi capelli tagliati a paggetto e spruzzati di grigio. Gli occhi tondi e castani sul volto lunare incontrano il mio sguardo. Sembra sul punto di dire qualcosa, quando un cane shih-tzu dal pelo arruffato salta da dietro le sue décolleté marroni, abbaiando come un ossesso.

«Charles, sciò!». Dopo aver allontanato il cane, si sistema il cardigan sulle spalle. «Non farci caso. Entra pure e siediti. Stiamo terminando la lezione».

L'altra donna, ancora seduta al piano, sembra più o meno della mia età. Mi rivolge un gran sorriso salutandomi energica con la mano e poi torna a concentrarsi sulla tastiera.

Mi siedo su un divano a scacchi che divide in due la stanza, distogliendo lo sguardo dal pianoforte a coda. Alla mia destra c'è un piano verticale Yamaha, con il coperchio ingombro di gingilli pianistici, senza dubbio regali degli allievi. Quel che resta delle pareti è occupato da librerie alte fino al soffitto, piene di spartiti e di volumi sul pianoforte.

L'allieva seduta al pianoforte a coda è alle prese con un pezzo che non riconosco. «Bel lavoro!» esclama Molly non appena la musica si interrompe. «Sta venendo bene, sì». La lezione è finita. La donna si alza dallo sgabello e ci salutiamo.

«Sandy, lei è Perri, una nuova allieva» dice Molly. Sandy mi porge la mano. «Buon per te» osserva, sorridendo. «Ma stai in guardia con Molly» prosegue ammiccando. «È una tosta!».

«Proprio così» replica Molly, con tono scherzosamente sdegnato. Ridono. Poi Sandy se ne va, e mi ritrovo sola con la mia nuova insegnante.

«Che ne dici di suonarmi qualcosa?». Molly e io prendiamo posto di fronte al pianoforte, io sul seggiolino del pianista, lei sulla sedia dallo schienale alto che è accanto. Ogni suo minimo movimento basta a distrarmi. Si liscia la gonna sulle gambe e si riabbottona il cardigan. Sistemo il primo libro del *Clavicembalo ben temperato* di Bach sul leggio e lo apro al primo preludio.

«Mi innervosisco molto a suonare davanti agli altri» temporeggio.

«Non preoccuparti» mi rassicura Molly. «Fai quel che riesci a fare».

Prendo un respiro profondo, sto per toccare i tasti, ma lei mi ferma. «Aspetta, lo sgabello mi sembra un po' troppo vicino alla tastiera, che ne dici? Scostiamolo un pochino. E l'altezza va bene? Sandy è più piccola di te, abbassiamolo». Gira la manopola posta su un lato prima che io abbia la possibilità di alzarmi in piedi. Si ferma quando i miei gomiti si trovano appena al di sopra della tastiera, formando un piano dolcemente inclinato verso i tasti. «Così va meglio».

Comincio a suonare, ma nonostante le parole tranquillizzanti di

Molly non riesco a impedire ai nervi di prendere il sopravvento. Mi sento come in equilibrio su un filo sospeso in alto, riesco a malapena a respirare. Mi interrompo e ricomincio diverse volte. Finalmente raggiungo zoppicando le ultime note, contenta di essere arrivata alla fine, ma delusa dalla mia mediocre performance. *So suonare molto meglio di così!* Mi verrebbe voglia di gridare.

«Bene, niente male! Molto buono, davvero!» dice Molly mentre io scuoto il capo. I suoi grandi occhi marroni mi fissano con viva compassione. «Lascia che ti mostri una cosa». Mi spinge via dallo sgabello, scivolando al mio posto. «Guarda le mie mani. Vedi come sono rilassate? Vedi come trasferisco tutto il peso delle braccia sulla nota che sto suonando e poi lo lascio andare? Vedi i miei polsi? Come ricadono, come sono flessibili?».

Le sue mani morbide, rotonde, galleggiano fluide sui tasti, come prive di ossa. Il preludio si illumina al suo tocco. «Ora, ecco come suoni tu». A un tratto le sue mani diventano dure e piatte, si aggrappano alla tastiera come artigli. «Senti come suonano *secche*? Non otterrai alcun risultato stando così rigida. Devi sollevarti al di sopra dei tasti e lasciare che le tue mani fluttuino nell'aria. Immagina di gettare le braccia avanti e indietro».

«Ma come faccio a trovare le note giuste se tengo le mani così sollevate?».

«Oh, le troverai. Le tue mani sanno già dove andare. Devi solo fidarti di loro. Ecco» si alza e torna sulla sua sedia. «Adesso prova tu. Solo la prima riga».

Mi siedo, ricomincio da capo e avverto immediatamente la rigidità delle mie mani. Mi sforzo di rilassarle e ammorbidirle deliberatamente, ma così mi perdo.

«Pensa solo alla musica» insiste Molly con pazienza. «Le tue mani hanno memorizzato tutto».

Mi siedo e ricomincio usando solo la mano destra, poi solo la sinistra, infine entrambe. Si dedica a me con pazienza facendomi ripetere diverse volte la prima riga. Via via che i miei movimenti si rilassano, le mani cominciano finalmente a orientarsi nei meandri di quel paesaggio bianco e nero. Una volta sparita la tensione, le mie dita vanno esattamente dove devono andare, lasciandomi di stucco.

«Vedi? Va molto meglio! Proviamo con la riga successiva». Lo faccio, e succede ancora. Le mie mani sanno volare. La sensazione di questa assenza di sforzo è inebriante. Anche il suono è migliore, somiglia di più a una musica e meno a un esercizio. «Ecco!» dice Molly. «Questa settimana lavoreremo su qualche arpeggio».

Sedendosi di nuovo sullo sgabello, mi mostra come accorpare le note in accordi, indicandomi la posizione delle mani, e mi assegna un Do maggiore. «Usa l'orecchio. Fai in modo che suonino musicali, collegate l'una all'altra». Mette le mie mani sul suo braccio mentre effettua la dimostrazione, in modo che io possa sentire lo spostamento del peso, i muscoli che si contraggono e si rilassano.

Sollevata dal sincero incoraggiamento di Molly, quel primo giorno me ne vado dal suo studio entusiasta e determinata.

Nei giorni che seguono, lavoro sull'arpeggio e mi esercito a eseguire il preludio di Bach con le mani rilassate. Serve molta pazienza e molta concentrazione. Mi sento pigra e distratta, non mi sto applicando quanto in realtà potrei. Forse il problema è che il mio compito è troppo modesto. Vorrei un obiettivo più vasto e ambizioso, più all'altezza della mia fantasia, quella di possedere un talento innato e disconosciuto, pronto a rivelarsi prepotentemente, a dispetto di tutti i calcoli di probabilità e dell'handicap dovuto a un esordio tardivo, e a sorprendere tutti con la sua grandezza.

Ma quali sono poi le mie prospettive, le prospettive di un principiante adulto? Che cosa dovrei aspettarmi da me stessa, vista la mia età, viste le mie competenze? Sento addosso il peso di queste domande. E sempre di più, continuando a studiare con Molly, settimana dopo settimana, mi chiedo: mi starà prendendo sul serio? Mi avrà inserito in un programma che possa portare alla luce le mie potenzialità, così come farebbe con un promettente allievo di otto anni, o sono destinata a rimanere in eterno nel novero dei "dilettanti", quelli per cui la vera maestria, e la relativa preparazione, non sono nemmeno prese in considerazione?

Perché il mio obiettivo *è* suonare con maestria. Ci sono stati, leggo, famosi concertisti che hanno cominciato tardi: Ignacy Paderewski e Harold Bauer hanno iniziato a studiare pianoforte quando erano al college, a ventidue anni il primo e a venti il secondo, e in capo a un anno erano in tour per l'Europa come solisti. Svjatoslav Richter iniziò seriamente lo studio del pianoforte solo quando entrò al Conservatorio di Mosca, all'età di ventisette anni. Heinrich Neuhaus, il suo insegnante al conservatorio, non dovette insegnargli molto, gli fece più che altro da allenatore. Ma un simile livello di bravura non è certo il destino della maggior parte dei principianti adulti. Perché no? mi chiedo. Non è solo quella cosa misteriosa che chiamiamo "talento" a fare la differenza?

Decido di rivolgere queste domande a Molly, ma si rivela una scelta errata. Lei detesta parole come "talento" e "dono" e non permette ai propri studenti di usarle. A volte penso che deve considerare presuntuosa e molesta la mia ambizione di diventare una grande pianista.

«Sarai in grado di suonare tutto ciò che ascolti» mi ripete più volte. «Ma devi ascoltare con profondità e avere una pazienza infinita». L'unica differenza tra un virtuoso e il resto di noi, ribadisce, è fatta di lunghe, interminabili ore di esercizio, una mole di esercizio superiore a quella a cui la maggior parte di noi si dedicherà mai, se vuole avere anche una vita. Nel suo tono c'è una nota di gentile rimprovero. «Amare la musica non basta» dice. «Bisogna imparare ad amare il processo. Significa lavorare duro, anche per quelli più dotati».

Il primo obiettivo delle nostre lezioni è correggere le mie rigide abitudini alla tastiera. Molly mi presta un video intitolato *Libe-*

rare l'uccellino chiuso in gabbia, che utilizza alcune sequenze con Arthur Rubinstein come protagonista, per mostrare la corretta meccanica del corpo nel suonare il pianoforte. Rubinstein al piano mi ricorda i cowboy del Montana in sella ai loro cavalli: diventano un'appendice dell'animale, a loro agio sulla sella come su una sedia a dondolo. Il corpo di Rubinstein diventa un prolungamento dello strumento; la spina dorsale germoglia dallo sgabello, ogni vertebra in perfetto equilibrio sull'altra, un fuso flessibile con la testa in equilibrio su in cima e gli occhi rivolti verso il basso, invece di piegare il collo per vedere la tastiera. Con le braccia che gli ricadono senza sforzo dalle spalle, invece di usare la forza dei muscoli sulla tastiera, lascia che sia la gravità a fare il suo lavoro. Questa deliberata rilassatezza gli garantisce una libertà naturale e spontanea mentre siede al pianoforte. Studio attentamente il video, annotando ciò che vedo sul mio quadernetto delle lezioni, per fissarlo bene in mente.

Per prima cosa, Molly mi fa scegliere i pezzi. Voglio portare a termine la *Sonata in Sol maggiore* di Mozart, e voglio imparare la prima delle *Romanze senza parole* di Mendelssohn. Dopotutto, rifletto, è importante che io suoni la musica che più mi ispira. Altrimenti diventa troppo difficile trovare la motivazione necessaria a esercitarsi.

Ma dopo diversi mesi, l'entità dei miei progressi su Mendelssohn è sconfortante. Riesco a suonare solo la parte che ho memorizzato meticolosamente, ripetendo la partitura all'infinito. E la partitura è davvero troppo complessa, con voci interne ed esterne come le parti di un coro, per poter essere assimilata in quel modo. Mi rendo conto che imparare quest'opera non dovrebbe richiedere tanto tempo, né essere così complicato, tuttavia non conosco altri modi.

Prima di dire una parola, Molly lascia che sbatta da sola la testa contro il muro. «Tu non stai leggendo» dichiara un giorno, quando finalmente mi do per vinta e le chiedo per quale motivo non riesco a fare progressi. Sono seduta davanti al pianoforte, con Charles, lo shih-tzu di Molly, acciambellato al suo solito posto, contro la mia schiena. «Tu non stai leggendo» ripete. «Stai suonando a memoria e a orecchio».

«Non ho mai imparato a leggere». La frase mi esce di bocca prima che riesca a fermarmi. E ora che succederà? Mi scaricherà?

«Che nota è questa?» chiede Molly, indicandone una sul rigo dello spartito corrispondente al basso. Devo guardarla attentamente e pensarci su prima di rispondere. «Dovresti riconoscerla al primo sguardo, così come si riconoscono le lettere dell'alfabeto appena le vedi, d'istinto, senza pensarci».

Si alza in piedi e tira fuori da uno dei suoi tanti scaffali una cartellina con dei fogli non rilegati. Si tratta di cartoncini didattici e disegni di note prese a caso su pentagrammi senza chiave. «Portali a casa ed esercitati a riconoscere le note a prima vista, chiamandole per nome, e poi trovandole sulla tastiera. Continua a cambiare la chiave dal violino al basso e viceversa. Lavoreremo sulla lettura. D'ora in poi suonerai solo i brani che sai leggere, e invece di passare un anno a imparare un solo pezzo, ne imparerai uno a settimana».

So che è inutile protestare, ma l'idea di abbandonare il repertorio avanzato proprio non mi va giù. Ho iniziato lo studio del pianoforte per suonare quelle opere, non banali melodie infantili. Come farò a trovare la motivazione? Intanto, Molly sta frugando in un altro scaffale pieno di spartiti.

«Tieni, puoi prenderlo in prestito». Mi porge un volume di studi pianistici per principianti. Li sfoglio distrattamente, sentendomi scoraggiata e umiliata. Sono stata retrocessa. Già prevedo le apatiche settimane di stanco esercizio, perché studiare pezzi così banali è davvero umiliante.

«Proviamone uno, vediamo se riesci a leggerlo» propone Molly. Sistema il libro sul leggio, sopra lo spartito di Mendelssohn.

Il brano mi sembra incredibilmente semplice, non riesco a

immaginare di non saperlo leggere e invece crolla immediatamente sotto le mie dita. Mi dico che sto suonando troppo in fretta, e ricomincio, molto lentamente. Ma anche suonando molto lentamente, non riesco a leggere la musica a prima vista. Mi fermo dopo poche battute. È bastato un alito di vento a svelare la mia incompetenza musicale. Mi sento devastata. Tutte le mie fantasie pianistiche s'infrangono davanti ai miei occhi.

«Ok, questo è il tuo livello di lettura a prima vista» dice Molly, senza lasciarmi il tempo di sprofondare nella delusione. Ecco la sua tabella di marcia: osservare la chiave in cui è scritto il brano, il tempo, le figurazioni ritmiche, gli intervalli lunghi, e leggere la musica mentalmente senza mai smettere di contare. Poi, una volta che si è imparato a eseguire la musica con entrambe le mani, suonare abbastanza lentamente da riuscire a eseguire ogni nota con il tempo corretto. «Proviamo».

Ora mi accorgo che riesco a suonare le note giuste se vado molto, molto, ma molto piano, solo che le note così non hanno la giusta durata.

«Non stai contando».

«Io... io non so contare». La confessione mi riporta istantaneamente alle orecchie la voce di mio padre, come se lui fosse con noi nella stanza: «Conta! Conta!». Lo sento che mi esorta con stizzoso accanimento mentre mi sforzo di stare al passo con lui durante uno dei nostri duetti. Eppure non mi ha mai mostrato come si fa a contare. Me la sono sempre cavata grazie al mio orecchio, così come ho fatto per trovare le note giuste invece di leggere. Come mio nonno, sono tutta orecchio e intuizione musicale. Ma avere un buon orecchio non è la chiave di accesso al repertorio classico avanzato.

«Su che tempo è questa nota?» chiede Molly, indicandone una a caso nel mezzo dello spartito. Questo è ancora più difficile che indovinare l'altezza. Per rispondere, devo studiare attentamente la partitura, contare le note con l'ausilio della matita. Ce ne sono così tante in quella misura! «Dovresti sapere sempre su che tempo sei mentre suoni».

«Ma perché?» mi lamento. «Che differenza fa?». Molly me lo spiega, ma la sua spiegazione non ha senso per me.

«È fantastico che tu abbia un così buon orecchio». Il suo tono diventa affabile quando mi vede confusa e frustrata. «Molte persone non hanno orecchio, tu possiedi uno strumento importante. Ma saper ascoltare non è l'unico requisito. Devi essere in grado di leggere e di contare. È come saper leggere intere parole e frasi, anziché soltanto singole lettere. Ogni settimana dedicheremo parte del nostro tempo alla lettura, al conto e alla teoria».

Le opzioni a mia disposizione, in questo momento, non sono molte: posso protestare, nel vano tentativo di perseverare nelle mie illusioni, ma lei mi scaricherebbe. Posso decidere che suonare il pianoforte è semplicemente un'impresa troppo difficile e umiliante, e smettere. Oppure, posso scegliere di percorrere una terza via.

«Ok» acconsento. Decido di tuffarmi nelle lande ignote e spaventose della mia stessa incompetenza. Stavolta, con questa insegnante, toccherò il fondo della mia inadeguatezza. La prospettiva comincia a stuzzicarmi. Finalmente i miei studi di pianoforte sono iniziati davvero. «Ricominciamo dal principio» dico. «Dammi le basi che non ho mai avuto».

E così, settimana dopo settimana, prendo copiosi appunti e mi esercito con diligenza, mettendo da parte le mie vecchie scorciatoie nello studio della musica. La mia capacità di lettura migliora; presto imparo a suonare tutti i pezzi contenuti nel libro che mi ha prestato Molly. Supero brillantemente i test del mio manuale di teoria pianistica. Comincio ad acquistare fiducia, e man mano che questa aumenta, cambia anche il mio atteggiamento. Penso sempre meno alle mie fantasie su ciò che potrei diventare, e sempre di più alla persona che sono, alla realtà concreta delle mie capacità effettive. Solo lavorando sulla realtà presente, mi assicura Molly, imparando a gioire del processo, del momento, del semplice essere al pianoforte, posso migliorare davvero. E i miei progressi le danno ragione.

Un giorno, dopo due mesi passati a leggere e contare, Molly dice che posso tornare a studiare le *Romanze senza parole*.

Cominciamo isolando gli accordi e separando le voci interne e quelle esterne – le linee di soprano, di contralto, di tenore e di basso – e poi le riportiamo in combinazioni variate. Il brano è complesso dal punto di vista tonale e, sebbene il mio orecchio continui ad assistermi, quando si tratta di suonare il pezzo così com'è scritto sono in difficoltà.

«Su che tempo sei?» chiede Molly a un tratto, quando sono a metà della prima riga.

«Mmm» esito.

«Conta ad alta voce mentre suoni. Questi sono i tempi». Li scrive a matita sopra le note, ricalcando i segni sullo spartito: 1 + 2 + 3 + 4. «Concentrati sui tempi».

Mi contorco sullo sgabello. Come faccio a suonare queste complicate quattro voci se sono concentrata a contare? Non imparerò mai a leggere.

«Almeno provaci». Il suo tono è incoraggiante. «Leggili uno dopo l'altro, sapendo su che tempo sei e quali note ne fanno parte. È come avere a disposizione una mappa della musica. I tempi sono ancore. Fai in modo che le altre note siano di riempimento, così non dovrai leggerle».

Non c'è via di fuga. Chiudo gli occhi e inspiro profondamente, come se mi preparassi a saltare giù da un dirupo. «Stai tranquilla» mi incoraggia lei, parlando come a un cucciolo impaurito. «Devi solo lasciare che accada».

Espiro e poso le mani sulla tastiera. «Uno, due, tre, quattro. Uno, due, tre, quattro». Contiamo insieme ad alta voce, e poi io inizio a suonare. E succede una cosa strana. Semplicemente, la musica sgorga dalle mie mani. Il tempo è come una locomotiva che avanza, le sue ruote che sferragliano a ritmo; le mie mani saltano a bordo quando passa, e vengono trasportate nella sua corsa. Il tempo è il motore della musica, e conduce le mie mani sulle note giuste. Tenere il tempo richiede così tanta attenzione, che non riesco nemmeno a leggere le note. Eseguo tutta la prima pagina, con cura, rispettando il tempo. Sto eseguendo un brano che non ero mai riuscita a suonare prima d'ora. Che cosa è accaduto?

Proprio com'è successo con la sonata di Mozart, mi sono fatta da parte, ma questa volta contare è stato fondamentale. Con la mente così impegnata, le mie mani si sono ritrovate libere di fare ciò che già sapevano fare. Mi sento esattamente come se avessi letto per la prima volta un'intera frase. Gli occhi corrono incontro alle frasi, e la storia si snoda fluida, non si spegne in un balbettio sulla punta della lingua. Mi rendo conto di aver spinto lo sguardo al primo affiorare delle "frasi" della musica.

«Sto leggendo! Sto leggendo!». Quella che provo è pura gioia infantile. «Voglio una stella d'oro!».

Molly trova un foglio di stelle d'oro che tiene per i suoi allievi più giovani, e ne attacca una sul mio libro di composizione, sotto gli appunti per la lezione. Poi scrive *Ottimo!* E lo sottolinea. La scolaretta che è in me è al settimo cielo.

«Ti prenderò come modello di riferimento per i miei allievi adulti!» dice Molly. Il suo tono è pacato, appena venato di stupore. Mi rendo conto di quanto debba essere difficile insegnare a un adulto ambizioso e ostinato che non sa leggere. Il merito dei miei progressi è tanto di Molly quanto mio. Comincio a rimproverarmi aspramente per essere un'allieva così difficile, ma Molly mi interrompe. Dice che possono passare facilmente anche dieci anni prima che uno studente sia in grado di leggere contemporaneamente la linea di basso e quella di soprano di una partitura.

«Credo che ormai possiamo mettere da parte questo pezzo» dice Molly. «Concentriamoci sulla sonata di Mozart. Ci sarà un saggio di pianoforte fra un mese e ti voglio pronta».

4

Il saggio

Ogni atto coraggioso che compiamo nella vita ci trasforma in qualche modo. Quando occupiamo il nostro posto sulla scena, tremanti di paura, e troviamo il coraggio di fare musica, non ricreiamo solo una composizione musicale, ma anche noi stessi.
Madeline Bruser, *The Art of Practicing*

La paura di esibirmi è sempre stata una delle mie croci, fin da quando ero una bambina. Una volta, avevo quattordici anni, mio padre, convinto che potessi diventare una flautista professionista, mi portò a un'audizione per l'orchestra di Stato, e io ero talmente terrorizzata che mi rifiutai perfino di scendere dalla macchina. Dovette trascinarmi nell'auditorium a forza, ma non poteva costringermi a salire sul palco e a suonare, così ce ne tornammo a casa chiusi in un cupo silenzio. Quando studiavo pianoforte alla Mannes, se sapevo che nell'atrio vicino all'aula dove mi stavo esercitando c'erano delle persone, rimanevo come paralizzata, non riuscivo a concentrarmi. Queste reazioni sono normali e universali: suonare davanti ad altri provoca un afflusso improvviso di adrenalina che ci mette di fronte a un aut-aut: resistere o darsela a gambe, e quasi tutti i musicisti di professione hanno impiegato non poco tempo per imparare a gestire questa reazione biochimica. Io, invece, ho rinunciato all'opportunità di imparare a gestire la paura, considerandola parte di me stessa.

Così, quando Molly mi annuncia che ci sarà un saggio dedicato agli studenti di pianoforte adulti e che dovrò suonare davanti a degli sconosciuti, le rispondo che non credo proprio che sarà possibile. «Mi si paralizzeranno le mani, avrò il vuoto in testa. Non ci riuscirò mai» le dico.

«Oh beh, in questo caso...» replica lei con tutta tranquillità. «Di certo non sei obbligata a esibirti, se non vuoi. Ma la sonata di Mozart prepariamola lo stesso e poi, la sera del saggio, potrai decidere se suonare o no».

Sapere che non sarò costretta a esibirmi mi rassicura. Uno dei vantaggi, quando si studia pianoforte da adulti, è che puoi decidere liberamente se e quando esercitarti o esibirti. Noi principianti adulti godiamo anche di altri privilegi rispetto alla maggior parte dei bambini: abbiamo motivazioni personali, disponiamo di strumenti intellettuali superiori, siamo musicalmente più sofisticati e fisicamente meglio equipaggiati per suonare il pianoforte, che è stato progettato per mani e corpi adulti, non per quelli di un bambino. E, cosa più importante di tutte, abbiamo sviluppato la pazienza e l'autodisciplina che l'esercizio richiede per essere efficace.

Sfortunatamente, ci manca la fiducia spontanea che hanno i bambini. Siamo abituati ad affrontare il mondo forti di un certo livello di competenza, e quando si tratta di imparare a suonare il piano dobbiamo consentire a noi stessi di mostrarci incompetenti. Ci avventuriamo inermi e ignari su sentieri sconosciuti, un'esperienza che non facciamo dai tempi della scuola. I bambini si confrontano con altri bambini. Noi adulti ci confrontiamo con Rubinstein o Horowitz e ci giudichiamo di conseguenza. In che razza di impresa ci siamo imbarcati, darci al pianoforte alla nostra età? Quanto siamo ridicoli! Iniziare lo studio del piano da adulti è un atto di coraggio.

Se Molly, in un paesino semisperduto delle Montagne Rocciose, insegna a venti adulti di una certa età, evidentemente desiderosi di umiliarsi pubblicamente in un saggio, quanta altra gente come noi ci sarà, là fuori?

Secondo la Music Teachers National Association, la fascia di studenti di pianoforte in più rapida crescita è quella degli adulti sopra i venticinque anni. Si stima che in America ci siano venti milioni di pianisti dilettanti. Alcuni di loro hanno preso lezioni da bambini, ma si sono poi arresi di fronte all'eccessiva difficoltà o hanno perso interesse. Quando i figli hanno iniziato a studiare, si sono riaccostati anche loro allo strumento. Altri, come me, non hanno potuto studiare pianoforte da piccoli, pur avendolo desiderato ardentemente. Hanno raggiunto la mezza età, hanno fatto un bilancio delle cose portate a termine e di quelle lasciate in sospeso, e hanno intrapreso lo studio del pianoforte nel tentativo di realizzare un sogno a lungo rimandato. Aumenta la domanda di nuovi libri per principianti adulti, corsi collettivi, percorsi formativi e organizzazioni. Quando a un insegnante capita di andare a una festa, invariabilmente incontra qualcuno che dice: «Come vorrei non aver mai smesso di studiare pianoforte», oppure «Ho sempre desiderato imparare a suonare il piano».

Il nostro saggio imminente fa parte di una moda. In tutto il paese ci sono salotti musicali organizzati da dilettanti adulti. C'è l'Adult Music Students Forum a Washington, la Boston Piano Amateurs, il Salon a Dallas, lo Hudson Valley Piano Club, l'Open Stage nel New Hampshire e un gruppo di studenti adulti di pianoforte a San Francisco. I concorsi pianistici tra dilettanti adulti sono sempre più frequenti; il più famoso è organizzato dalla Fondazione Van Cliburn.

Anche la fantasia di diventare un virtuoso non è una mia esclusiva. Per soddisfare le nostre esigenze è nata una vera e propria industria. "Registra il tuo cd con una vera orchestra" recita ammiccante un piccolo annuncio pubblicitario sul *New Yorker*. "Realizza il tuo sogno". Per la modica cifra di 4595 dollari, puoi avere la registrazione di un tuo concerto con l'Orchestra Sinfonica della Radio di Praga. L'offerta comprende quattro notti in un hotel di prima categoria a Praga, le prove con l'orchestra, la colazione e gli spostamenti da e verso lo studio di registrazione, nonché la realizzazione di un cd originale.

Sembra che l'interesse verso il pianoforte stia attraversando qualcosa di più che una rinascita, stia diventando un movimento.

La cosa mi sorprende, perché poche attività sono più impegnative e difficili dello studio del pianoforte. Bisogna fare grande attenzione a molte cose diverse nello stesso tempo. È una forma particolarmente impegnativa di *multitasking*, in cui sono chiamate in causa nello stesso istante tutte le tue risorse – fisiche, emotive, intellettuali e creative. Devi ascoltare la linea melodica e allo stesso tempo creare il fraseggio giusto, prestare attenzione alla sonorità che produci e correggere il tocco, muoverti lungo l'architettura della tastiera prestando orecchio ai giusti intervalli fra le note, leggere e analizzare la partitura e tradurla istantaneamente in un movimento corporeo, fare attenzione allo scarto tra il trascorrere del tempo e il ritmo della musica, dare forma a un'interpretazione artistica percependo la struttura della musica in senso ampio, leggere contemporaneamente in chiave di basso e di violino, suonare allo stesso tempo due o quattro parti diverse con le due mani, azionare i pedali, tenere d'occhio eventuali cambi di tonalità, controllare gli automatismi del corpo perché non interferiscano con la libertà di movimento.

Significa chiedere molto al proprio cervello, soprattutto se si tratta di un cervello di una certa età, che ha smesso di studiare già da tempo. Soprattutto se intanto si manda avanti una famiglia, una professione, un matrimonio, delle amicizie. Ma Molly incoraggia i propri studenti, ricordando loro che il vero impaccio è costituito da paure e insicurezze, più che dal loro grado effettivo di abilità. Il cervello umano è in grado di imparare cose nuove a qualsiasi età. La differenza tra un pianista di livello intermedio e uno di livello avanzato è principalmente una questione di velocità, mi spiega Molly. Non ce ne rendiamo conto, ma alle mani piace andare veloci, preferiscono andare veloci. Bisogna solo permettere loro di fare ciò che fanno più volentieri, naturalmente dopo aver assimilato, grazie al lento e meticoloso esercizio, alcuni elementi di metodo.

Sotto la paziente assistenza di Molly, il mio rapporto con il pianoforte sta diventando più ricco, più complesso e immensamente gratificante, tanto che a volte ho l'impressione che la mia intera vita ne sia inghiottita. La sensazione di creare nuovi collegamenti neurali nella mia mente, di vivere con pienezza il presente, il senso dell'integrazione di tutto il mio essere fisico e corporeo è così totalizzante, così deliziosamente e profondamente appagante, che comincia a sembrarmi una dipendenza.

Ma raggiungere un livello di "dipendenza" richiede molto tempo e molto lavoro. Che cosa dice di noi questa brama appassionata verso lo strumento, questo rifiuto di lasciarci intimidire da lui? Perché insistiamo con tanta tenacia?

«La musica insegna la spiritualità mostrando all'individuo quella parte di sé che altrimenti non scoprirebbe mai» ha detto il pianista jazz Bill Evans.

Molly ha un approccio più pragmatico. «È difficile evitare se stessi quando si studia il pianoforte» sostiene. «Sei costretto ad affrontare le tue ambizioni, il tuo grado di perseveranza, di ottimismo o la mancanza di ottimismo. Si costruisce il carattere».

La decisione di Molly di diventare una pianista, tornando a studiare al college all'età di trent'anni, è nata dal suo innamoramento per Mozart e lei ha idee molto precise su come debba essere interpretato. Inizialmente oppongo resistenza alle sue indicazioni su come eseguire la sonata. Ciò che io percepisco in questa musica è passione e drammaticità. Ciò che vi sente Molly è armonia e leggerezza. «Ricordati» ripete di frequente «questa musica è stata scritta per il pianoforte antico, non per il piano moderno. Un *forte* dovrebbe essere suonato al massimo come un *mezzo forte*».

«Ma io sto suonando un piano moderno» è la mia replica. «E non mi piacciono le rese delicate di Mozart». Eppure devo ammettere che il modo in cui Molly interpreta quest'opera, che ha suonato per me più volte, è sublime. Sembra nata per questo unico compositore. Non ho mai sentito Mozart suonato meglio. Forse il problema è che non riesco ad ascoltarmi?

Comincio a registrare su dei nastri i miei esercizi e constato subito ciò che sente la mia insegnante: una pomposità indistinta. Così mi arrendo alla guida di Molly. Ma faccio ancora fatica a rendere il mio tocco abbastanza leggero per questo compositore. Scopro con grande stupore che il mio grado di rilassatezza influenza tantissimo il mio modo di suonare. Mozart non mi viene mai bene se sono tesa. Ed esibirmi mi rende molto tesa. «È il motivo per cui tanti pianisti professionisti evitano di suonare Mozart in pubblico» dice Molly. Devo imparare a rilassare i muscoli a comando, a prescindere da quanto sono spaventata.

Una parte di me desidera ardentemente riuscire a esibirsi, e così, con il saggio alle porte, mi applico ai miei esercizi come mai prima d'ora, scomponendo la sonata e lavorando su singoli segmenti per poi metterli insieme. Prima riga: le due mani separate, poi insieme, ma molto lentamente, poi alla giusta velocità. Seconda riga: le due mani separate, poi insieme, ma molto lentamente, poi alla giusta velocità. Subito dopo ripasso la prima riga, cerco di renderla più musicale. Mi esercito a rilassare volontariamente il collo, la spina dorsale, le braccia, i polsi, le mani. Visualizzo Rubinstein con le braccia che gli ricadono dalle spalle erette ma rilassate, la testa in equilibrio, il movimento che sorge dal centro del bacino, e lascio che il mio corpo lo imiti. Suono tutto il pezzo molto lentamente. Poi a tempo. Mi sorveglio con il metronomo e correggo gli errori di tempo. Lo suono dall'inizio alla fine senza interruzioni, senza badare agli errori che commetto. Mi esercito anche quando non sono al pianoforte, suonando nella mia testa mentre mi arrampico su pareti montane, operando scelte di interpretazione che poi riporto sulla tastiera.

Così vado avanti, giorno dopo giorno, quasi costruissi un edificio di mattoni. Talvolta mi sento soffocata dalla noia delle esercitazioni, soprattutto quando nessuno dei miei sforzi contribuisce a migliorare l'esecuzione di un passaggio difficile. Allora espongo il problema a Molly, e insieme lo analizziamo. Presto mi rendo conto che incontrare difficoltà alla tastiera non è indice di scarso talento, ma una delle inevitabili e normali prove con cui dobbiamo misurare le nostre doti di problem solving. Molly mi insegna come superare ogni ostacolo con l'analisi e la creatività. Nel giro di poche brevi settimane, la mia padronanza della sonata è migliorata così tanto che mi sembra impossibile aver anche solo pensato di rinunciare al pianoforte per causa sua.

È arrivato il giorno del saggio. Mio marito Oliver, prevedendo senza dubbio di ritrovarsi bloccato per ore ad ascoltare pessimi pianisti, accetta con scarso entusiasmo di accompagnarmi per offrirmi un po' di supporto morale. La serata si svolge a casa di Clara Erickson, una delle allieve di Molly, e di suo marito Ron. Vivono su una collina, a sud della città. Risaliamo il vialetto scosceso, Oliver con in mano un'insalata per la nostra cena tutti insieme, io con la mia musica sotto il braccio. Ron prende i nostri cappotti e Sandy, l'unica allieva che conosco tra i presenti, mi viene incontro e mi abbraccia con calore. Presento Oliver a Molly e lei ci presenta ai molti studenti che affollano la sala. Sono uomini e donne, per lo più di mezza età, medici, insegnanti, venditori, casalinghe e pensionati. Ognuno di loro stringe nervosamente uno spartito. I coniugi sono subito riconoscibili dal loro atteggiamento affettuoso e rilassato e da una certa aria di tolleranza accondiscendente e annoiata.

Nell'ampio soggiorno ci sediamo sulle sedie rivolte verso un pianoforte a mezza coda Baldwin. Le pareti della casa sono in vetro, con la vista delle montagne tutt'intorno, e la pianta aperta della sala crea un ambiente acusticamente *vivo*, perciò il coperchio del piano è sostenuto dal bastone corto. Clara e alcuni ospiti sono in cucina, a preparare il cibo e ad aprire le molte bottiglie di vino, che, così dice la regola, noi non possiamo bere se non dopo aver suonato. Altri provano a turno il pianoforte, per scaldarsi.

Con la sonata di Mozart mi sento più pronta di quanto non lo sia mai stata con nessun altro brano, ma sono già nervosa, e devo ricordare a me stessa che non sono obbligata a suonare. Nel giro di poco tempo sono tutti seduti e il saggio ha inizio. Molly chiama la prima allieva che, ci informa, suona da tre mesi e userà solo la mano destra. Una donna all'incirca della mia età si avvicina al piano e la salutiamo con uno scroscio di applausi.

Appena si siede, vediamo che le tremano violentemente le mani. Si sforza di esibire un sorriso che somiglia di più a un ghigno, eppure, tra frequenti interruzioni e riprese, va avanti. Sento le sue palpitazioni come fossero le mie. Fremo per lei. Ma eccola terminare e alzarsi in piedi, rossa di trionfo e imbarazzo. Raccoglie in fretta gli spartiti e ritrova il suo posto mentre la sala esplode in applausi e grida di approvazione. Mi unisco con entusiasmo. È stata davvero coraggiosa!

Poi è il turno di Sandy, che suona un semplice brano del compositore americano Dennis Alexander, uno dei maestri di Molly. Si liscia la camicia e pronuncia un nervoso preambolo sulla musica che sta per eseguire. Si ferma e ricomincia più volte, a un certo punto dice: «Accidenti!», poi riprende. Quando arriva alla fine, afferra lo spartito dal leggio, si alza in piedi e fa un piccolo inchino frettoloso. Le manifestiamo a gran voce la nostra approvazione.

Molly chiama al piano altri due studenti, e anche loro suonano pezzi molto semplici, s'impappinano e ricominciano più volte. Hanno mani tremanti, il loro nervosismo ci fa soffrire per loro. Ognuno riceve un caloroso, entusiastico applauso. E comincio a sentirmi sciocca a non volermi esibire per la paura di mettermi in ridicolo. È chiaro che qui l'obiettivo è suonare, non certo eseguire perfettamente ogni singola nota. Inoltre il pubblico è più che indulgente, è disposto a offrire un sostegno concreto. Non siamo qui per giudicare, come faceva spesso mio padre quando da bambina suonavo per lui, ma per incitare e incoraggiare. Più l'esibizione è modesta, si direbbe, più l'applauso è sonoro, prolungato e sentito. Siamo qua tutti insieme, sembrano voler dire i sorrisi sinceri di tutti, per aiutarci l'un l'altro a superare le nostre paure. Devo avere la meglio su me stessa. Non posso fallire qui.

«Perri, che ne dici di suonare?». Molly mi guarda con i suoi occhi chiari e rotondi, invitandomi. Mi avvicino al piano a grandi passi, piena di terrore per quegli occhi tutti puntati su di me, ma sentendomi anche un po' incosciente e temeraria. «Lei è Perri. Ha cominciato gli studi diversi anni fa, a New York, e ha ripreso a suonare il piano dopo molto tempo». Il cuore mi batte all'impazzata. Voglio che da me ci si aspetti poco, proprio come dagli altri principianti. «Perri, dicci che cosa suonerai».

Ora sono seduta sullo sgabello, con lo spartito aperto sul leggio. Molly si siede alla mia sinistra, per girare le pagine. Ho i palmi sudati, le mani che tremano. Inspiro profondamente ed espiro, per scaricare l'adrenalina. Anche se ho di fronte una piccola folla, cerco di tenerla fuori dal mio campo visivo, e guardo fisso nel vuoto, mentre dico: «Suonerò il primo movimento della *Sonata in Sol maggiore* K 283 di Mozart».

Suono mentalmente le prime battute, per ricordare a me stessa ciò che sto per fare e per preparare l'orecchio, poi mi tuffo, respirando a fatica. Porto a termine la prima pagina tra intoppi vari e con le mani gelate, ma la seconda la affronto con piglio più deciso. D'un tratto sto scivolando sul filo della musica; non è così male. Questo pensiero ha l'effetto di un vento impetuoso che mi soffia dentro, e vengo presa da un senso di leggerezza ed euforia. Nella mia testa sono sola, completamente a mio agio con il pianoforte e con la musica, e non c'è nessun pubblico.

Una volta arrivata alla quarta pagina, devo affrontare alcuni passaggi che non ho imparato a controllare perfettamente, e di ognuno comincio a preoccuparmi in anticipo. Con mia grande sorpresa, sono le mani a venirmi in aiuto, e mi travolge il pensiero *Lo sto facendo! Lo sto facendo!* In quell'istante perdo il segno, devo fermarmi e ritrovarlo. Faccio un commento ironico rivolto al pubblico, in un soprassalto di nervosismo, e poi ricomincio da dove mi sono interrotta.

Questi pensieri laterali sono ciò che Molly chiama "il tuo personale coro greco", sabotatore di non poche esibizioni. *Accidenti!*, penso, e ricomincio a trattenere il respiro. Solo mezza pagina alla fine, in qualche modo devo arrivare in fondo. Mi lascio sfuggire un'intera sfilza di note sbagliate, faccio confusione sugli accordi conclusivi, ma arrivo fino alla fine.

Quando sollevo le mani dalla tastiera, c'è un enorme scroscio di applausi e i principianti adulti, miei compagni, si alzano in piedi per regalarmi una standing ovation. So che questo significa con ogni probabilità che la mia esibizione è stata la più spaventosa di tutte; si tratta di un gesto di benvenuto verso un nuovo arrivato, più che di un'espressione di apprezzamento musicale, ma è comunque gradito. Non stanno applaudendo la qualità della mia esibizione, ma il mio coraggio nell'esibirmi. In quel momento di grazia, decido di fare mio il loro criterio di misura del successo. Ho preso parte al saggio, ho suonato e ho portato a termine il mio pezzo. È un grande risultato. Non sto in me dalla gioia. Stupendomi di me stessa, penso: *Voglio farlo ancora!*

Quando mi allontano dal piano, Sandy mi porge un bicchiere di vino rosso, che bevo con piacere. Mi siedo al mio posto al fianco di Oliver, fremendo di euforia. Lui mi passa un braccio sulle spalle, e mi stringe. Il vino distende i miei nervi abbastanza perché possa concentrarmi sull'esibizione dell'allievo successivo. È allora che scopro il trucco.

L'allieva in questione è Clara, suona una delle *Danze spagnole* di Granados, un compositore che non conosco molto bene. Anche se qua e là l'esecuzione è resa faticosa dal suo nervosismo, suona l'intero pezzo senza incidenti e conclude con una fioritura in grande stile. Questi studenti hanno davvero di che definirsi dei veri pianisti, ognuno è più bravo del precedente. Ann esegue una fuga di Bach con la quale mi sono cimentata una volta, rinunciando ben presto, e la sua interpretazione è, se non perfetta nota per nota, di sicuro molto musicale. Toni, lei stessa insegnante di pianoforte, suona un'intera sonata di Beethoven con passione e maestria. Un'esibizione splendida, che ci procura un piacere profondo.

Se avessi saputo che le esibizioni successive sarebbero state di questo tenore, o se questi studenti di livello avanzato avessero suonato prima, sarei rimasta senza dubbio inchiodata alla mia paura di esibirmi, nonché alla mia sedia, tra gli altri spettatori. Non avrei mai avuto il mio piccolo trionfo. La mossa di Molly è stata davvero intelligente. Sento crescere un nuovo desiderio: superare definitivamente la mia paura del palcoscenico.

Ormai si sono esibiti tutti, ognuno di noi tiene in mano il suo bicchiere di vino come un trofeo. La sala risuona di voci mentre ci dirigiamo verso la cucina per consumare la nostra cena veloce. E lì, uno dopo l'altro, tutti gli invitati mi si avvicinano, per presentarsi e porgermi le congratulazioni per la mia esibizione. «Hai suonato con tale passione!» dice Gary, che si è esibito in una serie di standard jazz. «Hai fatto grandi cose con Mozart, che è così difficile da suonare bene» aggiunge Ann. Ognuno trova qualcosa di specifico da lodare o evidenziare nella mia sonata.

Ma non è solo a me che si avvicinano. Tutti gli allievi gironzolano per la stanza rivolgendo a ognuno qualche parola di apprezzamento, specificando ciò che più li ha colpiti. Seguendo il loro esempio, trovo la prima pianista, la principiante che ha suonato con una sola mano, e le dico quanto il suo coraggio mi sia stato di ispirazione. «Ho pensato: se lei può salire lì sopra dopo soli tre mesi di studio, con il rischio di commettere errori madornali di fronte a tutti...».

Nel sentire queste ultime parole, gli studenti intorno a me si zittiscono di colpo. Poi qualcuno esclama: «Errori? Di che errori parli?». E scoppiamo tutti a ridere.

5

La ricerca ha inizio

Mi esercito tutti i pomeriggi presso la scuola di musica, e il più delle volte riesco a trovare uno strumento decente. Ma tutti i pianoforti usati per far fare pratica agli studenti soffrono di scarsa manutenzione e di uso intensivo, e questi non fanno eccezione. A volte capita che tutte le stanze siano occupate, o che l'istituto sia chiuso, oppure di non trovare parcheggio nelle vicinanze e dover fare lunghi tratti a piedi nel buio, col brutto tempo o un freddo che ti paralizza le dita. Tuttavia, non ho ancora preso seriamente in considerazione la possibilità di acquistare o prendere a noleggio un piano da tenere in casa; mi piace essere circondata dagli studenti di musica, il tintinnio di suoni armonici nel seminterrato della scuola.

Ma non molto tempo dopo il saggio, un'amica in partenza per un anno sabbatico mi chiede di fare da "baby sitter" al suo Steinway verticale, un oggetto di famiglia del 1905. Trasferisce lo strumento a casa mia e mi chiede solo di suonarlo di tanto in tanto in modo che non perda l'accordatura. Mi crogiolo in questa fortuna inattesa: la cassa è magnifica, con intarsi in mogano, e disporre di uno strumento tutto per me, da poter suonare quando voglio, è un vero lusso. Così decido che l'anno sabbatico della mia amica sarà anche il tempo che mi concederò prima di comprare un pianoforte tutto mio.

In qualità di modesta pianista dalle altrettanto modeste risorse, mi prefiggo di trovare un pianoforte verticale usato in condizioni dignitose al costo di circa tremila dollari. Non sarà il pianoforte dei sogni, quello definitivo, ma uno strumento per fare pratica, un cavallo da tiro.

Comincio dai tre negozi di pianoforti che ci sono a Missoula. Il primo si trova sulla strada principale, con un pianoforte a coda che fa mostra di sé, invitante, nella vetrina principale. Due file di pianoforti a coda formano un viale che conduce al retro del negozio, dove sono esposti numerosi pianoforti verticali nuovi. Mi faccio strada tra questi.

Sono quasi arrivata al primo verticale quando vengo bloccata da un signore dai capelli bianchi, molto alto e dall'aria solenne. Mi si rivolge con aspro accento tedesco. «Lei suona?» chiede.

«Sto studiando. Sono una principiante» gli dico. «Sto cercando un piano verticale usato su cui esercitarmi».

«Sì, bene. Questi Samick dovrebbero essere perfetti per lei. Sono stati disegnati dal mio amico Klaus Fenner, un progettista tedesco. Sono un ottimo investimento». Indica un piano verticale da studio lì accanto, invitandomi con un cenno a sedermi sullo sgabello per provarlo. Mi siedo, e l'uomo è lì che incombe su di me. La sua statura e i suoi modi autoritari mi intimidiscono, ed ecco che la galoppante paura di un pubblico mi provoca un lieve senso di panico. Riesco a suonare qualche nota, mentre l'uomo mi osserva da vicino.

«No, no, no!» mi interrompe. «La sua tecnica è terrificante! Non deve tenere le mani in quel modo!». Mi paralizzo.

«Lasciala suonare!». Una voce femminile risuona dolce, persuasiva. Mi volto e vedo una donna snella, graziosa. I suoi capelli grigi sono tenuti indietro da un nastro di *gros-grain* legato in un fiocco elaborato, gli occhiali da vista le poggiano a metà del naso, conferendole un'aria da bibliotecaria d'altri tempi. La sua voce ha una cadenza particolare: americano con tracce di tedesco. Mi sorride. «Faccia pure con calma». Il tipo dispotico con i capelli bianchi si allontana a grandi passi verso il retro del negozio, e sparisce dietro una tenda.

La donna si ritira in un ufficio, sicché siamo soli, lontani da sguardi indiscreti. Recupero la calma necessaria a suonare il primo preludio del *Clavicembalo ben temperato* di Bach.

Fin da subito il Samick non mi convince. Ha un suono monotono, teso. La tastiera è poco sensibile. Passo da un verticale all'altro, sollevo i coperchi e suono qualche nota, a volte sedendomi il tempo necessario a eseguire qualche battuta. Sono tutti Samick nuovi. Hanno tutti esattamente lo stesso suono, le stesse caratteristiche.

Riappare l'uomo, sempre col suo contegno altezzoso. «Dunque, che impressione le hanno fatto?».

«Temo che non facciano al caso mio. Che cos'altro avete?».

«Non le piacciono?» esclama, incredulo. «Klaus Fenner è mio grande amico, un professionista tedesco di prim'ordine. È il meglio che si possa trovare in materia di pianoforti verticali». Le parole sembrano uscirgli di bocca in automatico, tanto è chiaro e asciutto il modo di pronunciarle.

«Mi dispiace, ma non sono di mio gusto».

«Non si preoccupi». È ancora la donna. Ora si trova di fianco a me. «Perché non diamo un'occhiata ai pianoforti verticali più vecchi, che ne dice?». Mi conduce dall'altra parte della sala, dove, allineati contro la parete in fondo, giacciono numerosi pianoforti verticali americani antichi, per lo più di mogano e quercia. «Provi questi» dice con un movimento aggraziato della mano. «Sono degli ottimi strumenti».

Il despota, senza smettere di farfugliare a proposito dei Samick, sparisce in un laboratorio che ora intravedo al di là di una tenda nera aperta. Dentro c'è anche un uomo giovane, il volto illuminato da una lampada da lavoro: sta incollando le parti di un congegno dall'aspetto misterioso che deve essere la meccanica di un pianoforte.

Questi pianoforti vecchi mi piacciono di più. Mi ricordano il piano con cui sono cresciuta; il suono è migliore di quello dei Samick. Ma ognuno necessita di un qualche tipo di intervento. Uno emette una varietà di rumori meccanici. Un altro ha dei tasti che non funzionano. La donna, che mi ha raggiunto di nuovo, mi dice di non preoccuparmi; tutti questi pianoforti saranno rimessi a nuovo dal proprietario del negozio, il gentiluomo coi capelli bianchi, e una volta riparati saranno perfetti. «Posso chiamarla quando uno dei pianoforti sarà pronto, così potrà venire qui e provarlo» mi dice con molta dolcezza. «Ecco, questo è il mio biglietto da visita. Mi chiami, diciamo, fra un mese. Per allora dovremmo avere qualcosa che faccia al caso suo».

Mentre mi avvio all'uscita, mi concedo il capriccio di suonare qualche battuta su ognuno dei pianoforti a coda ai lati del corridoio che porta all'uscita. Ci sono due Steinway, un Kawai, un Baldwin e uno Yamaha, tutti usati. L'ultimo è un vecchio piano a coda con una magnifica cassa in mogano finemente levigata. Si tratta dello strumento esposto in vetrina. Sollevo il coperchio. "Schimmel" dice la scritta, una marca che non ho mai sentito. Tocco qualche tasto e rimango incantata dalla bellezza del suono. Mi siedo per suonare, le mie mani sembrano trasportate dalla perfezione del tocco, quasi fosse il piano a suonare me. Sospiro. Un pianoforte a coda è semplicemente fuori discussione. Troppo caro. Eppure questo è così bello. È fatto per un vero artista, non per una principiante adulta come me.

Subito dopo visito il rivenditore locale della Yamaha, che espone anche pianoforti verticali Baldwin. Il negozio è ben illuminato, si trova lungo un'arteria commerciale, ed è gestito da pianisti jazz, che ne sono i proprietari. Vendono anche strumenti da banda e spartiti. Su un soppalco c'è uno Schimmel verticale nuovo con una futuristica cassa in fibra di vetro. Suono qualche battuta della sonata, e sembra uno strumento perfetto per Mozart, raffinato e discreto. La meccanica è splendida, ma è troppo caro, e persino il commesso scherza su quella cassa armonica da era spaziale. C'è anche un modello nuovo, l'S-4 a coda della Yamaha. Aspira a performance dello stesso livello di uno strumento americano o europeo, afferma il commesso. È bello, ma non tanto da spendere sessantaquattromila dollari. Nessuno dei pianoforti verticali Baldwin o degli Yamaha che ho provato mi interessa. I Baldwin risultano esangui. Il timbro Yamaha è troppo chiaro e penetrante.

Speravo di trovare uno strumento usato, ma questo negozio non ne ha, così mi dirigo verso il terzo rivenditore di pianoforti di Missoula, il meno blasonato. Il proprietario è un anziano accordatore ormai sordo. È suo figlio a gestire l'attività. Lo "showroom" è in realtà un polveroso magazzino mal illuminato e puzzolente di muffa, pieno di pianoforti verticali ammassati uno accanto all'altro, a così breve distanza che è difficile infilarsi davanti a una tastiera per suonare. La maggior parte del loro catalogo è composto da vecchie e malandate spinette, il più piccolo modello di piano verticale. Sollevo un paio di coperchi e traggo dalle tastiere qualche nota acida o morta. La maggior parte di questi strumenti è semplicemente inservibile.

C'è solo uno Yamaha verticale, nuovo di zecca e con una cassa lucente, il modello U-3, con lucide finiture in avorio. Posso noleggiarlo per trentacinque dollari al mese, fino a raggiungere il prezzo di acquisto che è di tremilacinquecento dollari. Ha un suono discreto, specie in confronto alle spinette sgangherate, ma i bassi soffrono di un ronzio insistente, ed è scordato; tuttavia il prezzo è onesto. Il figlio mi dice che il piano ha cinque anni, che il ronzio verrà eliminato e lo strumento accordato prima della consegna. Gli chiedo di mettermi da parte lo Yamaha. Quando arrivo a casa, chiamo l'azienda produttrice e chiedo la loro opinione riguardo la possibilità di rimediare a un ronzio nei bassi. Non voglio comprare lo strumento, se c'è la possibilità che il difetto ritorni.

Dopo che ho comunicato al rappresentante statunitense dell'azienda il numero di serie dello strumento, questi mi informa che è stato costruito nel 1964 per il mercato giapponese, quindi per un ambiente più umido, e che non è adatto a un clima arido. Questi pianoforti sono per un "mercato grigio", mi spiega. Chiamo il negozio e annullo l'ordine. La ricerca del pianoforte si rivela più complicata di quanto pensassi.

Ricordando la promessa fatta dal gestore del primo negozio, chiamo per chiedere se qualcuno di quei vecchi pianoforti è pronto. «Sì, abbiamo un vecchio piano verticale americano pronto. Può provarlo». Sembra entusiasta di sentirmi. «Può venire domani?».

Si tratta di uno strumento di settantacinque anni, un Kurtzmann, prestigiosa ditta americana fondata all'inizio del XIX secolo. Il suono è buono, la meccanica discreta, una bella cassa in quercia, e costa solo milletrecento dollari. Ma l'esperienza dello Yamaha mi insegnato a usare una certa cautela. Per evitare future spiacevoli sorprese decido di fare una ricerca sulla Kurtzmann.

Mi collego a Internet, un'abitudine acquisita solo di recente. Una rapida ricerca on line mi indirizza a un messaggio su un newsgroup di nome rec.musicmakers.piano, altrimenti noto come "rmmp". Una certa Rosemarie, un anno fa, scriveva di aver acquistato un vecchio Kurtzmann e chiedeva se qualcuno sapesse dirle qualcosa circa la qualità dello strumento. Non ci sono risposte al suo messaggio, ma è visibile l'indirizzo e-mail dell'autore. Le scrivo, e le chiedo che opinione si sia fatta del Kurtzmann, che cosa può dirmi in proposito.

La risposta è quasi immediata.

Non farlo! Io il mio l'ho pagato 300 dollari e, anche se i bassi sono ottimi, per altri versi non è un buon pianoforte. Va bene giusto per strimpellare. A differenza di un buon violino, con il tempo un pianoforte si deteriora. Dubito che un tecnico sia in grado di riportarlo in vita, a meno che non si tratti di un professionista di fama mondiale.

Poi mi dà il primo consiglio prezioso in materia di acquisto di pianoforti.

È meglio cercarne uno il più nuovo possibile. Con 1300 dollari dovresti riuscire a comprare un Kawai di vent'anni in condizioni migliori! Guardati intorno con calma. Non sprecare soldi e non rischiare di rimanere delusa da uno strumento che non può darti il suono che desideri.

Ci scambiamo raffiche di e-mail. Io ho un mucchio di domande, e Rosemarie, un'insegnante di pianoforte di Seattle che viene spesso ingaggiata come consulente per l'acquisto di pianoforti, sembra avere tutte le risposte.

Vai nei negozi migliori che trovi. Suona almeno un paio di volte gli strumenti di fascia superiore, i più costosi, e scopri che tipo di suono ti piace. Devi assolutamente provare i Bösendorfer e gli Steinway, è importante che tu sappia qual è il suono di un pianoforte di alta qualità. Allora, e solo allora, fai la tua scelta. È un po' come mettersi ad arredare casa propria dopo aver letto per anni Architectural Digest *e* Woman's Day. *Beh, hai un atteggiamento completamente diverso, anche se poi finirai per spendere i tuoi soldi al mercato dell'usato.*
Prima di comprare qualcosa, informati il più possibile. Perché non fare una puntata a Seattle? Avresti più pianoforti da provare.

Un mese dopo, eccomi in volo per Seattle, ad avviare ricerche per un progetto a lungo termine. Ho una modesta camera d'albergo, da cui posso raggiungere il centro a piedi, e un'auto a noleggio. Trascorro una settimana a fare interviste in diverse località comprese nel tratto che va da Olympia a Sedro-Woolley. In tutti i momenti liberi che ho, spulcio l'elenco telefonico locale alla voce *pianoforti*, telefono e visito quanti più negozi riesco a far rientrare nella mia tabella di marcia già affollata. Non c'è tempo di incontrare Rosemarie, ma ci sentiamo per telefono e lei mi consiglia i negozi con l'assortimento migliore. Mi dà anche il nome del suo tecnico, Steve Brady dell'Università di Washington, nel caso abbia bisogno di un parere esperto su un piano usato.

Per il momento, su consiglio di Rosemarie, mi sono limitata all'acquisto del libro di Larry Fine *The Piano Book: Buying and Owning a New or Used Piano*. È la bibbia per chiunque debba acquistare un pianoforte, lo porto con me in tutti gli showroom che vado a visitare. Larry Fine è un tecnico di pianoforti che lavora nell'area di Boston e ha reclutato i collaboratori più esperti del paese per valutare tutte le marche disponibili negli Stati Uniti. Il principale vantaggio di portare il libro con me è che, se mi trovo di fronte un pianoforte che non ho mai sentito nominare prima d'ora, posso aprirlo e vedere cos'hanno da dire in proposito i tecnici.

E, in effetti, scopro molte marche di cui non avevo mai sentito parlare. Tra queste la Petrof, con sede nella Repubblica Ceca, la Blüthner di Lipsia, la coreana Pramberger e la Charles Walter dell'Indiana.

Provo anche molti Steinway, Kawai, Yamaha e Bösendorfer nuovi, e mi imbatto in una immensa varietà di modelli realizzati "a matrice" provenienti da Cina e Corea. Questi pianoforti recano sul coperchio i nomi di famose case pianistiche americane scomparse – Knabe, Weber, Chickering –, ma ciò che hanno in comune con questi marchi leggendari si limita al nome.

In questa fase, il mio obiettivo non è comprare, ma seguire il consiglio di Rosemarie e trovare il "mio" suono. Provo un "D" della

Steinway, il modello da concerto, sicura di innamorarmene, e invece no, lo trovo grossolano e difficile da controllare. Mi aspetto di rimanere stregata dal Bösendorfer, il piano dei sogni di Rosemarie, ma anche in questo caso niente da fare. Al mio orecchio non è che un grosso pianoforte dal suono insignificante, inespressivo. I Blüthner sono troppo zuccherosi, con un timbro dolce, elementare. I pianoforti di produzione cinese hanno una meccanica sfuggente e un suono troppo deciso. I Kawai hanno un timbro sottile, ma la tastiera risulta rigida al tocco.

Provo tutti i pianoforti esposti in tutte le sale che visito, sia i modelli a coda sia i verticali. Nel centro di Seattle, non trovo molti strumenti che rientrino nel mio budget, fatta eccezione quelli provenienti dalla Cina. Il venditore che tratta i Bösendorfer ha anche i verticali Charles Walter, degli ottimi strumenti. *Piano book* ne dà un giudizio eccellente, tuttavia mi lasciano piuttosto perplessa.

Comincio a girare per i negozi con l'idea che, fintantoché i tasti funzionano e lo strumento è armonico, un piano vale l'altro. Dunque, perché non sceglierne semplicemente uno qualsiasi? Ma non riesco a capitolare.

Mentre vado in aeroporto per tornare a casa, ho giusto il tempo per dare un'occhiata a un ultimo negozio. In quel momento decido che comprerò un pianoforte. Quando mi ricapiterà di venire a Seattle? A Missoula non c'è niente che mi piaccia o che mi possa permettere, e Seattle, a meno di cinquecento miglia a est, è la grande città più vicina.

Lascio l'interstatale all'altezza della Federal Way, e seguo le indicazioni che mi ha dato al telefono il gestore del negozio. Lo showroom è piccolo e i pianoforti sono ammassati uno vicinissimo all'altro. C'è una gran quantità di pianoforti verticali, non molti modelli a coda. Quando entro nel negozio, sento un tecnico al lavoro, impegnato ad accordare un pianoforte a coda in un angolo. Il gestore mi saluta e io gli spiego che ho poco tempo perché devo prendere un aereo, ma voglio provare tutto quello che è esposto.

«Faccia pure come se fosse a casa sua e suoni tutto quello che desidera» dice il gestore.

«Ma non disturberò l'accordatore?».

«C'è abituato. Non si preoccupi per lui».

Tutto è predisposto per la massima efficienza. Disposti in fila ci sono quasi una dozzina di pianoforti verticali, di modo che io possa scivolare facilmente da una tastiera all'altra. Ci sono anche parecchi verticali Schimmel disposti uno accanto all'altro. In un angolo c'è uno splendido pianoforte a tre quarti di coda di un metro e ottanta in legno di ciliegio. Non alzo nemmeno il coperchio. L'etichetta del prezzo riporta ventitremila dollari, e io devo mantenermi entro limiti precisi.

Ormai ho una certa dimestichezza nel testare pianoforti, mi basta suonare poche note per sapere se è il caso di proseguire. I verticali Charles Walter si confermano strumenti affidabili, ottimi per lo studio, ma nessuno di loro mi ispira in particolar modo.

Passo agli Schimmel. Memore del vecchio Schimmel a coda che ho provato a Missoula, spero che anche questi siano di mio gusto. Ma il loro suono non ricorda per nulla quello del futuristico pianoforte verticale che ho provato. È un timbro molto chiaro. Più simile a quello di uno Yamaha nuovo. Chiedo al gestore: «Questi pianoforti sono stati modificati di recente? Ho provato uno Schimmel in passato e non suonava come questi».

Sì, il gestore conferma il mio sospetto, il piano è stato riprogettato di recente. Anche i nuovi modelli a coda Schimmel sono molto chiari, con una meccanica leggera e rapida che trovo molto accattivante. Il gestore si scusa ma deve andare a pranzo. Guardo l'orologio. Mi rimane poco tempo.

«È molto che sta cercando?» chiede una voce. È il tecnico, che ha sollevato la testa da dietro il pianoforte a coda.

«In realtà ho appena cominciato».

«Beh, suona magnificamente!».

«E lei è un ottimo venditore!».

«No, lo penso davvero. Quando riesce a trovare il pianoforte che cerca, ho già il tecnico che fa al caso suo. Accorda nello stesso modo in cui suona lei. Lavora per la Seattle Opera».

Accorda nello stesso modo in cui io suono? Ora sì che sono confusa. Che significa?

«Dovrebbe provare quello laggiù» suggerisce l'accordatore, indicando con un cenno del capo il pianoforte a coda in legno di ciliegio, mentre comincia a radunare i suoi strumenti.

Mi avvicino allo strumento. Il legno di ciliegio risplende lucido. Lo stile Chippendale della cassa è elegante e sinuoso. Sollevo il coperchio: Charles Walter.

«Non sapevo che facessero anche pianoforti a coda» dico, rivolta perlopiù a me stessa. Mi siedo e suono la prima delle *Romanze senza parole* di Mendelssohn, appena qualche battuta, poi mi fermo bruscamente, colpita dalla bellezza liquida del suono. Eseguo dall'inizio alla fine tutto il mio modesto repertorio. Tiro fuori persino alcuni brani che sto appena imparando, solo per avere qualcosa in più da suonare su questo pianoforte. Ha un suono maestoso, ampio, aperto, solare, tutto americano. Ricco di complessità e di dettagli nel timbro, ma caldo e affabile, come una ragazza della porta accanto. La gamma dinamica è magnifica, la meccanica di facile controllo, i pianissimo sono perfetti. Mi piace molto più degli Steinway e dei Bösendorfer che ho provato, strumenti che vengono venduti a sessantamila, o anche centoventicinquemila dollari. Il che fa di questo, ventitremila dollari, un vero affare. Se solo avessi spazio sufficiente per un pianoforte a coda!

«Si tratta di un pianoforte speciale, per molte ragioni» osserva il tecnico, che ora mi si è avvicinato.

«Ma io non ho spazio per uno strumento a coda. Sto cercando un piano verticale da cinquemila dollari!». La mia settimana a Seattle mi ha costretto a guardare in faccia la realtà e ad aumentare il mio budget.

Nel mio tono di voce il tecnico deve aver colto la frustrazione di non poter avere il Walter, perché prende un bigliettino bianco dalla scrivania del gestore e comincia a scrivere sul retro.

«Ecco il nome di qualcuno che potrà aiutarla. Progetta pianoforti e li restaura». Si interrompe come per riflettere. «Ha un fratello, anche lui costruttore e restauratore di pianoforti. Uno è il fratello buono, l'altro il cattivo». Mi porge il biglietto ammiccando. «Lascio a lei l'onore di scoprire quale dei due è il buono e quale il cattivo».

Osservo i caratteri in stampatello scritti sul retro del biglietto:

DEL FANDRICH

DARRELL FANDRICH

«Uno di loro saprà di certo aiutarla a trovare un pianoforte verticale che la soddisfi» dice il tecnico, indicando con la punta della penna il biglietto, mentre lo afferro. «Buona fortuna».

«Grazie!» dico stringendogli la mano. Poi mi infilo in fretta e furia il biglietto nel taschino della giacca, raccolgo l'impermeabile e la cartella portadocumenti e mi precipito a prendere l'aereo.

Quale dei due è il fratello buono e quale il cattivo? Appena arrivata a casa, mi metto a cercare i Fandrich su Internet. Apprendo che Del ha progettato per la Charles Walter il pianoforte a coda che mi ha incantato, e che rigenera piani verticali e a coda per clienti privati nel suo laboratorio di Hoquiam, Stato di Washington, sulla Costa Olimpica. Darrell, il fratello maggiore di Del, è l'inventore di una meccanica per piani verticali che suona come quella di un pianoforte a coda, la sta installando su strumenti di provenienza ceca, chiamandoli Fandrich & Sons. Il suo laboratorio si trova a un'ora a nord di Seattle, a Stanwood, Stato di Washington. Sembrerebbe proprio che i due fratelli siano l'ideale per trovarmi un buon pianoforte verticale, così decido di scrivere a entrambi.

Del Fandrich mi risponde così:

Mi dispiace, ma non abbiamo pianoforti verticali in vendita. La situazione del mercato dei pianoforti è tale da rendere economicamente svantaggioso per noi rigenerare pianoforti verticali per rivenderli... Ne ricaviamo solo il 25% rispetto a quanto possiamo guadagnare da un pianoforte a coda. Spesso è inferiore al valore dello strumento.

Da Heather Fandrich, moglie e socia in affari di Darrell, ricevo invece questa risposta:

Mi faccia sapere quando sarà a Seattle e saremo felici di mostrarle i nostri pianoforti. Li esponiamo volentieri anche solo per farci conoscere. Porti con sé la sua musica e potrà suonarli per tutto il tempo che vuole.

Purtroppo, però, non sono in programma altre trasferte giornalistiche a Seattle. Passerà più di un anno prima che io possa tornare in quella zona. Cerco di immaginare un modo per prendere quel Charles Walter a coda nonostante tutto. Ristrutturare il soggiorno? Traslocare in un'altra casa? Queste ipotesi ronzano a margine dei miei pensieri mentre la mia ricerca di un pianoforte verticale prosegue.

L'anno successivo, mi trovo a viaggiare molto per lavoro. A maggio sono a Yale per una conferenza e mi ritaglio del tempo per dare un'occhiata ai pianoforti di New Haven. A dicembre vado a Boston per un'altra conferenza e prendo il treno per New York, dove ho a disposizione due giorni per vagliare pianoforti prima di andare a visitare la mia famiglia a Long Island. A febbraio, il lavoro mi porta a San Francisco dove, prima di prendere l'aereo per casa, vado a far visita a due rivenditori di pianoforti. Poi, nel mese di giugno, sono invitata a un'altra conferenza a Banff, Alberta, e per un paio d'ore riesco a passare in rassegna i rivenditori di Calgary.

Benché la mia agenda sia davvero piena, tra le interviste del mattino e quelle del pomeriggio, metto subito a punto un'efficace strategia per la ricerca del pianoforte: appena arrivata in uno dei vari hotel, consulto l'elenco telefonico e chiamo il maggior numero di negozi possibile. Poi visito solo quelli che espongono l'assortimento più interessante e che si trovano in una posizione comoda da raggiungere dal mio albergo o dal luogo di una delle mie interviste.

Al ritorno da Calgary, riesco a organizzare una tappa a Salt Lake City, in modo da poter provare due marche di pianoforti verticali che non ero ancora riuscita a trovare finora: l'italiana Schulze Pollmann e Astin-Weight, una casa locale a conduzione familiare.

Gli SP hanno splendide casse – la mia preferita è di mogano iridescente –, ma ognuno dei modelli che provo accusa un difetto di uniformità nei registri di basso e di tenore. All'interno del piano, nel punto in cui le corde rivestite di rame dei bassi cedono il passo a semplici fili d'acciaio, la voce del pianoforte cambia, e il lato sinistro della tastiera, quello corrispondente al registro dei bassi, ha una qualità tonale diversa da quella del lato destro. È un problema strutturale piuttosto comune, apprenderò in seguito.

Gli Astin-Weight hanno pregevoli rifiniture in quercia grezza e sono di buona fattura, ma il suono rimbomba in maniera incontrollabile e la meccanica è sfuggente. Sarebbero dei pianoforti eccellenti per una scuola o una chiesa, dove sono importanti il volume di suono e la durevolezza. Ma che possano suonare come dei pianoforti a coda, come promesso dall'azienda, è vero solo per quanto riguarda il volume, non certo per il tocco.

Dopo aver provato questi strumenti, oltre ai vari Mason & Hamlin, Petrof, Kawai, Yamaha, Baldwin, Blüthner, Boston, Steinway, Haessler, Irmler, Charles Walter, Samick, Young Chang e molti altri, devo averne provati a centinaia e rimango a corto di marche disponibili.

Ormai il mio budget è arrivato a ottomila dollari, e a quel prezzo ci sono in vendita molti validi strumenti nuovi. Ricordo a me stessa che sono una principiante adulta, ancora alle prese con i rudimenti. Perché non accontentarsi di un onesto pianoforte verticale di buona fattura? A Banff, mi sono esercitata per una settimana su un verticale da studio Yamaha U1, nelle aule del Banff Centre, e ne sono rimasta perfettamente soddisfatta. Perché dunque non mi decido a porre fine a questa ricerca acquistando un piano di quel tipo?

Non è che mi diverta ad andare per negozi di musica; in realtà è una cosa che non mi piace affatto. Detesto i venditori ossequiosi che non mi lasciano in pace, detesto suonare davanti a loro e ad altri clienti. Mi infastidiscono gli strumenti scordati, il disagio di dover cercare un negozio in una città sconosciuta, l'ulteriore pressione che questa ricerca ha creato nella mia già congestionata agenda. E nonostante tutto non riesco a fermarmi. Davvero non riesco a capire cosa mi sia preso.

È a questo punto che scopro Piano World.

6

Piano World

"Che cosa c'è di così affascinante in un pianoforte?". Mi duole rispondere che non è il pianoforte ma sono le persone che lo amano a essere affascinanti.
Messaggio inviato da Matt G. su Piano World

Se fosse avvenuta anche solo pochi anni prima, la mia esperienza d'acquisto di un pianoforte sarebbe stata completamente diversa. Come precedenti generazioni di principianti, mi sarei accontentata di un piano di produzione locale "di discreta fattura" e sarei andata avanti con i miei studi. Avrei comprato un pianoforte in un mercato delle pulci o un verticale abbandonato dai proprietari nel corso di un trasloco, o anche lo Yamaha da mercato grigio nel negozio di strumenti usati, quello con un pessimo ponticello di basso. E, solo qualche anno prima, lo studio di Molly sarebbe stato l'unico luogo dove poter incontrare altri *pianofili* tardivi.

Ma il mio secondo anno di ricerche è stato anche l'anno in cui Internet e le community on line sono diventati un fenomeno dilagante, una via privilegiata per cercare informazioni su qualsiasi argomento. Di fronte a un acquisto impegnativo e complesso come quello di un pianoforte, è ormai naturale che uno studente, o i suoi genitori, si rivolgano al Web. On line trovo subito e con facilità altre persone alla ricerca di un piano che si trovano nella mia stessa situazione, e che si riuniscono per condividere informazioni. Una di loro mi indirizza a un sito chiamato Piano World.

Il miglior forum di argomento pianistico della rete, scrive dal Massachusetts un uomo di nome di Mark che "incontro" su una bacheca on line nota come Mr. Land's Board, un crocevia di compratori, venditori di pianoforti e tecnici. Mark vuole sapere che cosa penso degli Astin-Weight che ho provato a Salt Lake City e, in cambio delle mie opinioni, mi manda un link per collegarmi a diverse comunità di pianisti on line. Quello che Mark scrive di Piano World mi induce a cliccare immediatamente su quel link: *ho imparato più cose dai frequentatori di questa community che da tutte le mie letture e dalle visite nei negozi di strumenti.*

Queste parole inaugurano un sodalizio che diventerà subito fondamentale nella mia ricerca di un pianoforte e nella mia vita di principiante adulta. È su Piano World che contraggo una febbre incurabile – l'attrazione verso i migliori pianoforti del mondo – e dove entro in contatto con spiriti affini colpiti dalla mia stessa malattia.

Il giorno in cui visito Piano World per la prima volta, i membri stanno festeggiando la fine della ricerca di "Penny", una vicenda che li ha visti partecipi per mesi e mesi, in alcuni casi virtualmente, in altri fisicamente. Leggendo le discussioni precedenti, vengo a sapere che Penny è una moglie e madre californiana appassionata di arredamento, decisa a trovare un pianoforte a coda rosso per creare un contrasto netto con le pareti gialle del suo soggiorno. Tanto lei quanto il marito e i due figli sono agli inizi nello studio del pianoforte. Penny ha scelto uno Schulze Pollmann a coda, modello 190, in radica di mogano. Penny ha appena firmato l'atto di acquisto e, dopo aver ricevuto le congratulazioni di tutti, si è messa a chiacchierare con altri membri del forum su come fare una sorpresa al marito per il suo compleanno.

Esploro il sito un po' più in profondità. In una discussione chiamata "Piano Withdrawal", dedicata all'astinenza da pianoforte, "Derick", un progettista dell'IBM, racconta di aver dovuto vivere per due mesi senza pianoforte e che è stato quasi come smettere di fumare. Ha finito per comprare un Bösendorfer Imperial, un modello da concerto di due metri e ottanta, che ha sistemato nell'appartamento dove vive, in un condominio.

In una discussione su come avviare un club pianistico locale, "Nina" parla degli incontri mensili itineranti del suo gruppo, che consentono ai membri di provare molti pianoforti diversi. L'ultimo incontro si è svolto in un'area di sosta per roulotte vicino casa sua, a Phoenix, Arizona. Dentro la roulotte c'era un pianoforte da concerto, uno Yamaha C5, già usato al Metropolitan Opera. *Era un gran bel pianoforte*, scrive Nina. *Devo ammettere che avevano ragione.*

La discussione dedicata agli acquirenti pentiti non raccoglie molto seguito. "Thomas" di Sausalito, California, non riesce a credere di aver comprato un pianoforte a coda nuovo mentre guida un'auto con già 850.000 chilometri all'attivo e vive in un appartamento di soli ottantaquattro metri quadri. *Nonostante tutto, il mio Bechstein è ancora il miglior acquisto che io abbia mai fatto, il suono è ogni giorno più bello, ed è una parte indispensabile della mia vita.*

Un argomento di discussione che ricorre particolarmente è il conturbante richiamo esercitato dai pianoforti. "Ted", un compositore residente in Nuova Zelanda, inaugura una discussione con il nome "Cos'hanno di tanto speciale queste scatole di legno piene di fili?", e ci invita a cercare di spiegare il perché dell'attrazione che proviamo. "Jeanne W" se ne è uscita con l'idea di creare delle cartoline con immagini di pianoforti. *Cosa c'è che non va in me?* Scrive dopo aver inviato la proposta. *Vedete che cosa provoca al nostro cervello suonare tutti questi fantastici pianoforti?* Altri sembrano preoccupati dall'intensità dell'attrazione che provano. *Perché i pianoforti nuovi devono avere un tale potere di seduzione?* si lamenta "Allazart". *Sono sirene musicali che trascinano i poveri musicisti inermi al naufragio finanziario. Devo resistere!*

Al mio arrivo, Frank Baxter, il proprietario del sito, ha appena creato l'attuale versione di Piano World, dopo che una serie di vere e proprie risse virtuali ha decretato lo scioglimento della prima, e ora ci sono soltanto un centinaio di membri. Ben presto gli iscritti diventano decine di migliaia e il sito si trasforma in un affollato crocevia per una sottocultura internazionale di appassionati di pianoforte, un cenacolo esclusivo di personalità dotate di grande intelligenza, umorismo e, non di rado, anche di un notevole piglio polemico.

Con il passare del tempo, Frank aggiungerà altri forum per far fronte agli interessi sempre nuovi dei membri di Piano World: un forum per compositori, uno dedicato al jazz, uno alla musica digitale, uno per principianti adulti. C'è persino un forum dove parlare di qualsiasi argomento *tranne* il pianoforte e la musica, la Coffee Room. Ma, all'inizio, quando arrivo io, ce ne sono solo tre: il Piano Forum principale, il Pianist Corner e il Piano Tuner-Technician's Forum. I vari membri si muovono liberamente in queste tre aree, ma ognuno è iscritto con un profilo specifico ed è orgogliosamente legato a una particolare cultura.

L'area principale, il Piano Forum, è dove si parla dell'acquisto di pianoforti. Le personalità dei frequentatori abituali diventano subito familiari e riconoscibili grazie alle loro "voci" virtuali, proprio come se avessi parlato con loro di persona. Arriviamo a conoscerci piuttosto bene, dato che on line gli iscritti rivelano cose di se stessi che non rivelerebbero mai nell'ambito di conoscenze occasionali tra persone in carne e ossa.

Il primo membro del forum che "incontro" è "Larry", un rivenditore di pianoforti, pianista e tecnico di Atlanta. In realtà è stato Mark, Massachusetts, a mettermi in contatto con lui prima che approdassi a Piano World. Quando, su suggerimento di Mark, ho scritto a Larry, lui mi ha raccomandato alcune marche e negozi della mia zona. Sembrava che conoscesse praticamente chiunque avesse a che fare con i pianoforti. Dato che vive a quasi cinquemila chilometri di distanza ed è molto improbabile che possiamo incontrarci un giorno, Larry può essere animato solo dal desiderio di rendersi utile. E ora eccolo che tiene banco su Piano World, un punto di riferimento imprescindibile per tutti i neofiti.

Larry diventa presto una controversa figura di riferimento all'interno dei forum. Corrosivo e amabile a seconda dei momenti, pugnace, infantile, ostinato, meschino, magnanimo e premuroso, la missione che si è autoassegnato è quella di salvare inermi compratori di pianoforti dai più scaltriti venditori di questo mondo. La sua *tagline* recita: "Tolleranza zero per i venditori disonesti" ed è sempre pronto a snocciolare in dettaglio tutta una serie di trucchi da cui i compratori devono guardarsi. Quando racconto che un venditore mi ha detto di trattare soltanto pianoforti a coda Charles Walter costruiti da Charles Walter in persona, Larry ha risposto: *Questa è davvero la più grossa che abbia mai sentito. Charles Walter ha più di settant'anni, e non costruisce più pianoforti.*

A leggere quel che scrive Larry, si potrebbe facilmente pensare che lo standard etico dell'ambiente dei pianoforti sia paragonabile a quello del settore delle macchine usate, se non persino inferiore. Se un venditore di pianoforti accede al forum per pubblicizzare una marca particolare, farà bene ad aspettarsi un'aspra ramanzina da parte di Larry. La sua virulenza polemica è leggendaria: basta prenderlo dal lato sbagliato ed è capace di ridurti al silenzio e farti fuggire dal forum, in più non esita a mettere in ridicolo le sue vittime con caricature da liceali. A volte i nuovi iscritti commettono l'errore di cercare di rispondere a tono alle sue invettive, ma la sua capacità di colpire gli altri è inesauribile.

Pur procurandosi nemici in abbondanza, Larry ha anche un suo seguito di ammiratori. Si appassionano soprattutto alle semplici storie dei clienti del suo showroom di Atlanta, come quella in cui ha raccontato di aver venduto un pianoforte a coda cinese ai genitori di una bambina a un prezzo inferiore al costo, solo perché la piccola lo desiderava così tanto che si è commosso. Si capiva che, per la bambina, quel mezzacoda Pearl River fabbricato industrialmente era il più bel pianoforte al mondo. Con grande stupore dei genitori, Larry ha reso l'acquisto fattibile.

Un altro regolare partecipante del forum è "Jolly". Jolly lavora in un ospedale, da qualche parte in Louisiana. Con l'aiuto dei frequentatori di Piano World, ha trovato un pianoforte a coda giusto per le tasche della sua famiglia, un Nordiska di fabbricazione cinese. Ha continuato a frequentare il sito ed è diventato una presenza quotidiana all'interno della community, tanto da risultare presente ventiquattr'ore al giorno. Jolly è arrivato a totalizzare diecimila post, quando la maggior parte di noi non è neanche arrivata a mille. La sua famiglia si occupa di vendita di autoveicoli e anche lui, come Larry, è inflessibile verso il lato commerciale delle cose. Ma ha anche un gusto particolare per le sintesi colorite: *Smettetela di comportarvi come una combriccola di vecchie signore piagnucolose che si trascinano stancamente nella Valle della Menopausa. Spazzatura, cara mia. Spazzatura buona da scarabocchiare sui tovaglioli. Lasciala perdere, bella!* Espressioni di questo tipo vanno sotto il nome di "jollismi".

Come la maggior parte dei partecipanti al forum, io stessa tengo nascosti la mia identità e il mio indirizzo e-mail. Intervengo solo per chiedere indicazioni pratiche, e i miei post sono sporadici, rigorosamente limitati all'oggetto di discussione, impersonali. Ma con il tempo, mi accorgo che Piano World si sta evolvendo in qualcosa di più che non una mera fonte di informazioni; sta diventando una comunità di vita vissuta. I nomi che appaiono sullo schermo corrispondono per me a persone reali, a tre dimensioni, tanto che mi capita di sognarli.

Norbert Marten, un immigrato tedesco che ha un negozio di pianoforti a Vancouver, British Columbia, diventa subito il mio preferito tra i rivenditori che partecipano al forum. Una sorta di

Papageno, dotato di un'ironia brillante e con la battuta sempre pronta, Norbert è spesso l'autore dei post più bizzarri ed enigmatici del forum.

Un nuovo arrivato chiede:

Se a un cliente sembra che un determinato pianoforte abbia un "suono fantastico", si può dire che, per quanto il suo giudizio non sia affidabile, la sua impressione non è mai TROPPO *lontana dal vero?*

La replica di Norbert:

È una domanda molto intelligente, ma anche assai insidiosa.
*Diciamolo: *esiste* una quantità di vecchi pianoforti con un suono *fantastico* [naturalmente bisognerebbe chiedersi: rispetto a che cosa?], ma poi arriva il tecnico e... "Ach Du lieber!"...*
*E poi ci sono i pianoforti tecnicamente *perfetti* [uomini e donne, nientemeno! ☺], il che... beh... significa davvero poco per chiunque, ma, mi domando, proprio per* CHIUNQUE*??...* 😐
*Una sceneggiatura in stile new age: *l'anima al di sopra dell'intelletto al di sopra del cuore al di sopra del portafoglio*.*
*Ma dimenticavo il *tecnico*.* ☺
Non è il caso di trascurarlo.
*Basta assicurarsi che *sappia* cosa sta facendo al vostro piccolo sensibile cuore che si strugge per quel particolare pianoforte che avete trovato...*
Ma bisogna usare clemenza verso questo pover'uomo: può darsi che non abbia nemmeno mai suonato l'aggeggio in questione. ☹
*E forse non è in grado di *capire* completamente.* ☺
Non sai nemmeno se ce l'ha, un cuore... 😐

*Dunque: chi è il *giudice* più affidabile in questo ginepraio? La tua ipotesi vale quanto la mia [spero mi si perdoni se di tanto in tanto mi abbandono allo stile del vecchio misticismo europeo... ☺].*

Nell'area detta Pianist Corner gli habitué sono un po' più giovani, molti di loro vanno a scuola o al college, o studiano al conservatorio. Si incontrano anche alcuni compositori e pianisti di professione. Raccontano delle loro esibizioni, delle audizioni, delle prove che affrontano con i loro insegnanti e i loro messaggi sono spesso venati di un'angoscia fuori dal comune. È qui che i giovani che fanno domanda presso conservatori prestigiosi ottengono informazioni sui programmi delle audizioni. I principianti adulti ricevono consigli sulla diteggiatura dei passaggi difficili. I genitori cercano suggerimenti per trovare buoni insegnanti ai loro figli. Studenti di grado più avanzato ricevono critiche sulle loro registrazioni. Concertisti navigati si scambiano consigli per superare l'ansia da palcoscenico.

Quanto a me, il Pianist Corner è come rivivere la mia prima estate al Red Fox Music Camp, verso la fine degli anni Sessanta, nel Berkshire. Mi riporta alle notti stellate in cui, stesi su prati di mirtilli, discutevamo dell'esistenza di un qualche dio e di che cosa fosse la realtà. Mi ricorda i pomeriggi trascorsi in un clima di serena complicità, seduti sul tetto della camerata femminile, a guardare il sole che tramontava dietro le colline. Per me, il Pianist Corner è un luogo disseminato di aule di esercitazione sparse tra gli alberi e, durante i dibattiti su Horowitz e Rubinstein e sulla grandezza o la leggerezza di Mozart, si sentono come da foreste lontane i suoni degli studenti che si esercitano, un ricettacolo per le lacrime di chi ha fallito un'esibizione e per il trionfo di chi è stato ammesso al conservatorio. L'orchestra, intenta a provare nel vecchio caseificio, contrappone accordi solenni di melodramma, e gli archi sospirano insieme agli "abitanti" del forum, mentre discutono delle loro incisioni preferite.

È esaltante essere di nuovo tra musicisti, trovarmi con persone molto più preparate di me sulla musica, sul pianoforte, su che cosa significhi essere dei pianisti. Pur non avendo mai visto i loro volti e non conoscendo i loro veri nomi, imparo moltissimo da loro. Acquisto i libri, la musica, i video che loro raccomandano; stampo i loro consigli su come suonare una terzina su un tempo binario e su come migliorare le mie capacità di lettura a prima vista. Non intervengo di frequente. Ho davvero poco da dire al loro confronto, ma mi godo la loro compagnia.

Nel Piano Tuner-Technician's Forum i pianisti interrogano i tecnici a proposito della scienza e dalla tecnologia dei pianoforti e i tecnici discutono su come trattare clienti difficili o su come risolvere problemi complessi. Anche se ancora non possiedo un piano tutto mio, ho un vivo interesse per il funzionamento e la manutenzione del pianoforte. La maggior parte delle discussioni hanno un elevato profilo tecnico, ma di tanto in tanto si ripropone il vivace dibattito sull'opportunità o meno di installare un sistema di controllo dell'umidità sul pianoforte stesso: i tecnici che lavorano in regioni dal clima umido sono propensi a caldeggiarlo, chi opera in climi aridi tende a sconsigliarlo come potenzialmente pericoloso.

Le conversazioni diventano particolarmente animate quando i tecnici della community si lanciano in aiuto di un neoproprietario di pianoforte deluso dallo strumento dei suoi sogni. Si mettono ad analizzare in dettaglio il lavoro del tecnico o rivenditore locale, puntualizzando quello che ha fatto o che non ha fatto per causare il problema o per non averlo risolto. Si danno un gran daffare per proporre una soluzione adeguata. I tecnici sembrano amare il ruolo dell'eroe, e il forum dà loro la possibilità di esibire i propri "muscoli" professionali: la maggior parte dei consumatori che si avventurano da queste parti è in preda a profondi tormenti e cerca qualcuno che dia delle speranze.

Infatti è proprio in seguito alla richiesta di aiuto di un compratore che scrivo il mio primo post. Una donna di New York chiede consigli per trovare un valido tecnico nella sua città. La meccanica del suo nuovo Petrof verticale – appena comprato a Manhattan – è così rigida che le si sono indolenzite le braccia e le mani. Ho suonato un Petrof verticale a Manhattan che mi è piaciuto, lo scorso dicembre, e sto progettando di dargli presto un'altra occhiata, nel periodo in cui Oliver e io saremo sulla costa orientale per una riunione familiare. Ed ecco il mio primo post:

Il Petrof 131 è l'unico piano verticale che abbia provato e che mi sia davvero piaciuto. Quello che ho provato a New York era già venduto, ma sto pensando di chiedere al rivenditore di ordinarne e prepararne uno per me. Vi prego, ditemi tutto quello che sapete di questo rivenditore di New York e della Petrof.

Ma nessuno risponde al mio appello. Ricevo invece un messaggio privato da "Meg B", la proprietaria del Petrof. Mi dice che il rivenditore è lo stesso che ho visitato io, ma che non hanno risposto alle sue chiamate. L'esperienza di Meg può dirsi tipica? Per scoprirlo, inauguro la mia prima discussione. Uno dei membri del forum, David Burton, stravede per i Petrof e per il rivenditore in questione. Ma quando gli chiedo se ha comprato un pianoforte da loro, la risposta è negativa.

David Burton è uno dei più preparati tra i fanatici del pianoforte che si incontrano su Piano World. Se qualcuno cerca informazioni su un pianoforte dalla marca sconosciuta e sulla storia della casa pianistica, David è in grado di fornire l'anno di fabbricazione dello strumento, la sede della fabbrica e il nome del proprietario di allora, nonché qualsiasi caratteristica peculiare della marca in questione. È l'enciclopedia vivente del forum. Io e lui abbiamo idee politiche agli antipodi, ma siamo spiriti affini nella nostra comune adorazione per l'esperienza dell'essere al pianoforte. Lui dichiara che il *pianismo* è la sua religione.

David parla spesso del suo sogno di riportare l'America ai tempi in cui le famiglie si radunavano per divertimento intorno al piano, di trasformare la nostra cultura e la nostra società tramite l'insegnamento della musica classica. Un giorno mi sono messa a stuzzicare David a proposito della sua esplicita avversione per l'idealismo politico, chiedendogli in che modo questo si conciliasse con il suo idealismo musicale. Mi ha risposto:

> *Quando ci si siede davanti al pianoforte e si comincia a suonare come solo noi sappiamo fare, non c'è nessun ideale a cui tendere, l'esperienza è già tutta* LÌ, *in quel preciso momento, immediata e perfettamente* REALE. *Se uno è in grado di comprendere con chiarezza le altezze vertiginose raggiunte dai grandi maestri, al punto di non rendersi quasi conto di suonare, come se delle forze trascendenti, o persino delle creature trascendenti, suonassero per tramite suo, ebbene così non si sta anelando a un ideale, si è già raggiunto uno stato dell'essere che esiste solo in poche altre esperienze umane.*
> *...Mi sembra che il punto, al di là di tutte le sciocchezze che si dicono sul pianoforte, sia questo: la* MUSICA *che esso produce e noi, con le nostre mani, possiamo essere, almeno per qualche istante, immortali. Perché vedi, tutto il chiasso che si fa intorno alla politica e alla religione non potrà mai pervenire a ciò che può fare un singolo semplice brano pianistico eseguito con maestria. La musica scioglie i cuori induriti, fa scoppiare in lacrime uomini adulti, fa svenire le donne, può mettere fine alle guerre! Può ancora farlo.*

David ha un suo sito in cui glorifica tutto ciò che riguarda il pianoforte e descrive le sue trasferte alla ricerca di nuovi strumenti, ma presenta anche se stesso al mondo come il potenziale partner di una donna fortunata. Sul sito, si fa chiamare l'"Orso polare", un nome azzeccato, dato che è albino. Come spesso accade agli albini, è anche praticamente cieco. Solo lui sa come ha fatto a imparare a suonare il piano con un handicap simile.

David racconta di aver cominciato a suonare non appena fu in grado di arrampicarsi sullo sgabello. La sua famiglia possedeva un Kranich & Bach a mezza coda del 1923 che i suoi nonni avevano acquistato nuovo, e sua madre, violinista dilettante e docente di educazione musicale, è stata la sua prima insegnante di pianoforte. Una volta cresciuto iniziò a studiare con un vero maestro, ma l'unico modo che aveva per imparare un brano consisteva nel tenere lo spartito appena sotto il naso, dove, con l'aiuto di spesse lenti, riusciva a distinguere le note. Mentre con una mano teneva lo spartito, con l'altra suonava finché non aveva memorizzato quella parte; poi cambiava mano. Una volta che ciascuna mano aveva imparato la propria parte, suonava con entrambe. Ora che ha superato la cinquantina, dispone di un enorme repertorio a memoria, che suona a casa sul suo pianoforte verticale Schubert.

La madre di David vive nello Stato di Washington e quando lui va a trovarla da Coxsackie, Stato di New York, dove abita, gli piace far visita anche a Darrell e Heather Fandrich, a Stanwood. Nel forum non fa che esaltare i loro strumenti; sono i suoi preferiti. Scrive che quando suona uno dei pianoforti a coda dei Fandrich, sente intensamente quello che lui chiama lo "struggimento", *al punto da desiderare di strapparmi via il braccio.*

David ha preso a interessarsi vivamente alla mia ricerca. Ho raccontato su Piano Forum le mie esperienze nei vari negozi, descrivendo quello che mi è piaciuto (il Petrof 131 a New York, il Charles Walter a coda sulla Federal Way) e quello che non mi è piaciuto. Dato che vivo nel Montana, David mi suggerisce di spingermi un po' più a ovest e visitare la Fandrich & Sons, dove ha provato un pianoforte a tre quarti di coda di un metro e ottanta restaurato da Darrell Fandrich che secondo lui, in una stessa sala, oscurerebbe un Hamburg Steinway modello O.

Da quella volta, l'anno precedente, in cui ho parlato al telefono con Heather Fandrich, non sono riuscita a trovare un buon pretesto per tornare a Seattle, ma il consiglio di David mi stimola a inventarne uno.

«Oliver, che ne dici di un weekend romantico a Seattle, una di queste settimane?» propongo a mio marito quella sera stessa. «Potremmo anche far visita a Mikey e alla sua famiglia». Mikey, con cui Oliver ha fatto un viaggio nel Pacific Northwest venticinque anni fa, abita poco a nord di Seattle, non lontano dai Fandrich. Oliver non vede il suo compagno di escursioni da diversi anni. Acconsente subito, non solleva obiezioni nemmeno quando accenno alla possibilità di andare a provare un paio di pianoforti intanto che lui e Mikey rievocano i vecchi tempi.

A Seattle ci concediamo il lusso di due notti in un albergo del centro le cui camere sono arredate con i colori del vino, e dove il nostro mastino, Tucker, ha a disposizione cuscini e spuntini apposta per lui. Oliver legge un libro mentre io provo pianoforti, passeggiamo sul pontile, ci imbarchiamo sul traghetto per la Bainbridge Island e torniamo indietro. Visitiamo il Pike Place Market, compriamo frutti di mare e un salmone intero da mangiare con Mikey e la sua famiglia. Quella sera, i ragazzi di Mikey, con la proverbiale voracità di chi è nato e cresciuto sulla costa, fanno piazza pulita dei frutti di mare. Il mattino successivo, il mio marito montanaro e il suo vecchio compagno sono grati della possibilità di rivivere da soli i fasti della loro amicizia.

La strada per Stanwood è ombreggiata da rami frondosi e si snoda tra prati punteggiati da cavalli chini a brucare l'erba. Rovi di more si arrampicano per i campi lasciati a maggese. Sul volante della jeep Cherokee di Oliver tengo la busta sul cui retro ho annotato le scrupolose indicazioni di Heather. Dai finestrini aperti si insinua l'odore pungente dei caseifici.

La casa dei Fandrich, un edificio rustico a due piani, sorge su una radura in mezzo agli alberi, protetta dagli sguardi dei vicini da alcuni svettanti abeti di Douglas. Appena mi affaccio sul vialetto, un branco di cani corre a darmi il benvenuto, un labrador dal pelo biondo e uno color cioccolato, oltre a un cucciolo di boxer che non si spinge più in là di un certo limite. Una donna con un caschetto di capelli grigi e un paio di occhiali dalla sottile montatura metallica, con indosso un paio di jeans e una maglietta sportiva, compare sul portico d'ingresso.

«Tranquilla, sono buoni, non ti daranno fastidio!». Richiama i cani e loro si accalcano sugli scalini del portico, ai suoi piedi, formando un mare di corpi contorti. «Lo showroom è proprio qui». Heather indica una costruzione di tronchi alla mia sinistra, e si avvia in quella direzione. «Hai avuto problemi a trovarci?».

Lo showroom, un ex garage a tre posti, ospita tre grossi pianoforti a coda: un Fandrich & Sons di poco più di due metri, uno di un metro e ottanta e un vecchio August Förster a coda, tutti in conto deposito. Tre pianoforti verticali sono addossati alle pareti di tronchi piallati. Sono Klimas di fabbricazione ceca con la meccanica verticale Fandrich installata in fabbrica, spiega Heather. La meccanica è stata realizzata dalla ditta Renner in Germania. Una volta che i pianoforti arrivano a Stanwood, è la famiglia a svolgere l'intero delicato lavoro di regolazione. Heather mi mostra un modello della meccanica per piani verticali brevettata da Darrell, e mi spiega come funziona.

All'interno di un pianoforte a coda, i martelletti sono disposti orizzontalmente al di sotto delle corde. Quando si preme un tasto nella parte esterna dello strumento, questo funziona come un'altalena; i martelletti rivestiti di feltro posti all'estremità opposta si sollevano e percuotono le corde soprastanti generando il suono. Dato che il movimento dei martelletti è dal basso verso l'alto, è la forza di gravità a riportarli nella loro posizione di riposo. Ciò fa sì che i martelletti siano istantaneamente pronti ad attivarsi quando il pianista toccherà di nuovo quel tasto. Il tasto e il martelletto costituiscono forze opposte che interagiscono in modo continuo.

In un piano verticale, i martelletti sono disposti verticalmente, per cui il movimento che compiono per colpire le corde è avanti e indietro. Dunque la forza di gravità non aiuta a riportare rapidamente i martelletti nella posizione di riposo e c'è bisogno di un sistema di molle e cinghie di pelle chiamate corregge. Senza l'aiuto della gravità, il ritorno in posizione del martelletto verticale richiede un lasso di tempo maggiore e il pianista deve attendere più a lungo prima di poter ripetere una nota. Questo intervallo fa anche sì che il tocco del tasto sia più sfuggente, meno controllabile.

Nei primi anni Ottanta, Darrell Fandrich, un tecnico da concerto, ingegnere e violinista, che accordava pianoforti nel North Dakota da quando era adolescente, decise di dedicare tutto il suo tempo libero e le sue energie all'invenzione di un pianoforte verticale con le stesse qualità di un pianoforte a coda. Molti costruttori di pianoforti, nei centocinquanta anni precedenti, avevano fallito in questa impresa.

Essendo per natura un animale notturno, per ben sette anni Fandrich fece le ore piccole, nella sua soffitta di Pioneer Square a Seattle, cercando di elaborare una soluzione. A quei tempi suo figlio Brent era un ragazzino, e si ricorda bene di quando si svegliava nel cuore della notte al suono – *plink plink* – del modello di meccanica che veniva messo a punto nella stanza accanto. Quel suono divenne per lui il segno rassicurante della presenza paterna, il suo mondo era a posto. Lavorare a quel modello era tutto ciò che il padre faceva quando non accordava pianoforti. «Era un'ossessione» mi ha raccontato Brent in seguito.

La soluzione che Fandrich adottò alla fine, e che brevettò nel 1990, riproduce il sistema di forze costantemente opposte che caratterizzano la meccanica del pianoforte orizzontale. In altri termini, così come accade nel pianoforte a coda, il martelletto all'interno e il tasto sulla parte esterna del piano verticale devono essere in movimento relativo costante, senza interruzioni. Fandrich riuscì a realizzare questo sistema applicando ai tasti dei pesi di piombo, facendo riposare i martelletti su montanti mobili invece che su una barra, installando una molla a ripetizione per riportare istantaneamente in posizione i montanti sotto le cerniere degli stiletti, e installando molle per il ritorno del martelletto applicate alla barra di smorzamento, che possono essere regolate in base alla gravità. Grazie a questo sistema, non c'è più bisogno di barre per i martelletti o di corregge, e il funzionamento della meccanica è fluido ed efficiente, senza perdite di movimento.

Anche se, in media, il pianista non è in grado di comprendere l'aspetto tecnico, ciò di cui si rende conto è la possibilità di ripetere una nota rapidamente e la facoltà di controllare il volume e la qualità del suono. Provo uno dopo l'altro ognuno dei pianoforti verticali, e mi sembrano semplicemente più reattivi. Magari non proprio come un pianoforte a coda, ma riesco a produrre un pianissimo graduato, dando al suono la delicatezza che desidero. Non è certo il modo di suonare tipico di un piano verticale.

«Continua pure e suona finché vuoi» mi invita Heather, vedendomi estrarre qualche spartito così da approfondire la conoscenza degli strumenti. Detto questo, esce dalla stanza.

Nel mio pellegrinaggio alla ricerca di un pianoforte ho imparato che devo trovarmi sola con lo strumento per potermi fare un'idea chiara delle percezioni e delle sensazioni che mi provoca.

Supponete di recarvi a un primo appuntamento organizzato da un amico comune: non vi piacerebbe certo che costui rimanesse nei paraggi a conversare mentre cercate di conoscere meglio la persona che vi è accanto. I venditori di pianoforti amano attardarsi; vi raccontano del progettista che ha disegnato il piano, da dove provengono i componenti, perché i prodotti della concorrenza sono da scartare. Forse credono che erigendo una diga di dati circostanziali e cifre potranno distrarvi dal pessimo suono o dal pessimo tocco del pianoforte che state provando. A volte sono stata costretta a dire a questi venditori fin troppo zelanti: «Sa, nessuna di queste cose ha alcuna importanza, se il piano non mi piace. Le dispiace se mi limito a suonare?». È un sollievo che, con Heather, io non abbia bisogno di chiederlo.

Una volta che ho lo showroom tutto per me, noto subito quanto sia squillante il suono di questi verticali. Difficile stabilire se dipenda dalla struttura degli strumenti o dalle caratteristiche della stanza. Anche se il pavimento del garage è ricoperto di moquette, si tratta pur sempre di un ambiente acusticamente assai *vivo*. Ad ogni modo la meccanica, pur non producendo al tocco esattamente la stessa sensazione propria del pianoforte a coda, è la migliore che io abbia provato in un piano verticale, molto reattiva, con una buona ripetizione e un ottimo controllo, e quella sensazione di *aftertouch* che danno tutti i pianoforti a coda.

Provo metodicamente tutti i pianoforti da sinistra verso destra, dedicando a ognuno il tempo che merita. Vorrei davvero innamorarmi di questi strumenti, ma il suono non mi piace. Li provo diverse volte, per essere sicura, per capire meglio quale sia il problema. Sono troppo squillanti, concludo. Hanno un suono metallico, riecheggiante. E il controllo dei pianissimo, per quanto sia più agevole che su un comune pianoforte verticale, non è ancora quello che desidero. Mi rendo conto che non otterrò quel livello di qualità se non comprando un pianoforte a coda. Spero ancora di rimanere nei limiti del mio budget, che ormai è di diecimila dollari, e non potrò mai acquistare un pianoforte a coda che mi piaccia per una cifra così modesta. Mi interrompo, delusa, ormai certa che questi non fanno per me. Heather deve avermi visto raccogliere gli spartiti dal vetro dello showroom, perché rientra nella stanza.

«Che ne pensi?».

«Beh, la meccanica è eccezionale, decisamente la migliore che mi sia capitato di trovare in un pianoforte verticale, ma sinceramente» e qui cambio espressione «il timbro non mi piace».

In quel preciso istante, entra nello showroom Darrell Fandrich in persona. È un uomo sulla sessantina leggermente curvo e dai capelli grigi, indossa un cardigan, e i suoi occhi nerissimi ed espressivi suggeriscono gentilezza e complessità d'animo. Ha quell'aria stanca del mondo, da corrispondente straniero che di guerre ne ha viste. «Non le piace il suono» ripete Heather senza alcun preambolo. «È troppo squillante».

«Oh beh» dice Darrell, la voce roca per le troppe sigarette. «Dobbiamo intonarli così, con un suono chiaro, perché è questo che la maggior parte della gente vuole. Più chiaro e più alto. Io stesso preferirei un suono più pastoso. Lascia che lo reintoni e vediamo come ti sembrerà dopo. Puoi tornare domani?».

Il giorno seguente, porto con me Oliver e il cane, la nostra ultima tappa prima di dirigerci verso casa. Heather mi dice che Darrell è stato in piedi tutta la notte per intonare uno dei pianoforti verticali e crede che stavolta mi piacerà. Mi siedo di fronte al piano, mentre Darrell e Heather attendono fiduciosi. Il suono è molto più morbido, ma sento ancora la stessa personalità di base del timbro, che non riesce a toccarmi. Non saprei come descriverlo, ma è come se mancasse di spessore. E ancora non sono sicura di sapere cosa significhi.

Queste persone mi piacciono molto, la loro originalità, la passione che mettono nel loro lavoro, lo showroom immerso tra gli alberi. Se stai cercando il pianoforte giusto per te, trovare il giusto venditore vuol dire essere già a metà dell'impresa. E io vorrei che i miei venditori fossero Darrell e Heather. Eppure scuoto la testa in segno di diniego.

«Mi dispiace davvero tanto» dico. «Non è proprio il tipo di suono che sto cercando». Darrell e Heather si scambiano un'occhiata. Anni dopo, quando ci siamo incontrati di nuovo, Darrell mi ha spiegato la sua teoria "dell'un per cento", secondo la quale solo l'un per cento delle persone che vanno ad acquistare un pianoforte sa percepire il timbro, si interessa a esso ed è in grado di apprezzarlo. «Se solo avessi saputo che tu eri una di queste persone, avrei intonato diversamente il timbro di quel pianoforte» ha protestato in seguito. Ma in questo momento, né Darrell né Heather possono saperlo. Ed eccomi di nuovo qui a chiedermi confusamente il motivo per cui sono così pochi gli strumenti in grado di soddisfarmi.

Così, decido di provare i pianoforti a coda. Si tratta di strumenti di provenienza cinese, della Dongbei. Darrell li ha restaurati con le sue specifiche personali. Li ha scelti perché sono basati sul suo modello di piano preferito, l'Ibach, una marca tedesca, e perché alla Dongbei non importa che cosa lui faccia con i loro pianoforti o il marchio che vi appone, vogliono solo venderli.

Darrell sostituisce le corde dei bassi, riconfigura la cassa armonica per renderla più sottile, allenta la tensione delle corde; sostituisce i tasti, la meccanica, i martelletti con parti corrispondenti di provenienza tedesca; e impiega diverse delle sue invenzioni per raffinare la reattività degli strumenti, come le "listine", liste di dimensioni minori collocate tra quelle che normalmente compongono la tavola armonica per rendere più uniforme il timbro. Nello sviluppo di questo progetto, Darrell ha svolto esperimenti su quaranta pianoforti a coda prima di ottenere un risultato soddisfacente. Ognuno ha richiesto cento ore di lavoro.

Quello che mi piace di più è il Fandrich & Sons di due metri e dieci. È il pianoforte di cui è innamorato David Burton e ora capisco perché. È sonoro, espressivo, sensibile. Il prezzo corrisponde a un terzo di quello che costerebbe uno strumento di pari livello di fabbricazione europea o americana. Ma non ho spazio per un pianoforte a coda lungo due metri e dieci.

Darrell mi chiede se ho voglia di visitare il laboratorio in cui vengono smontati e rimessi insieme i pianoforti provenienti dalla Cina. Quando usciamo, mi accorgo che Oliver si è addormentato al volante della jeep, così mi concedo qualche minuto per seguire Darrell nella vecchia rimessa riconvertita. Tiene in mano un caffè mentre cammina, con un'andatura un po' strascicata che lo fa apparire fragile.

«Di notte questa rimessa è il paradiso degli introversi» osserva introducendomi nella stanza con un gesto ospitale da padrone di casa. Un pianoforte a coda, un vecchio Steinway in attesa di essere restaurato per un cliente, se ne sta scoperchiato sulle gambe riccamente decorate, la vetusta meccanica ricoperta da una spessa pellicola di polvere. Vicino alle pareti ci sono i Klima verticali appena arrivati; alcuni hanno lucenti rifiniture in legno lavorato artigianalmente. Su un lungo banco da lavoro giace una meccanica, e Heather sta perforando i tasti per applicarvi i pesi di piombo. Mi mostra orgogliosa il suo nuovo trapano ad alta precisione, regalo di compleanno di Darrell. Ha trentotto diversi sistemi di impugnatura.

Ci sono ovunque strumenti e materiali, organizzati con cura meticolosa: pelle e feltro nei cestini metallici; alesatoi per perni, contrappesi, punte per pistole termiche; stiletti e altre minuscole parti del pianoforte e utensili disposti in bell'ordine dentro cassetti classificati con cura. Ci sono mensole occupate da assortimenti di colle stranissime, un intero scaffale con vari tipi di pinze, un cestino di martelletti liberi, che Darrell tiene sottomano nei suoi esperimenti di intonazione, quando modella e punge il feltro del martelletto per modificare il suono di un pianoforte.

In tutte le postazioni di lavoro c'è un qualche progetto in corso: il dispositivo di trasmissione del pedale di un pianoforte orizzontale giace smontato su un tavolo, su un altro c'è una fila di martelletti disposti in una lunga morsa di legno, su un altro ancora un tasto messo a nudo con metà del rivestimento in feltro ancora al suo posto.

Il padre di Darrell era un falegname, e lui dice che probabilmente ce l'ha nel sangue, questo amore per gli utensili. Darrell mi mostra con orgoglio gli strumenti che ha progettato e realizzato personalmente: minuscole tavolette chiodate per massaggiare il feltro dei martelletti, cavi uncinati applicati ai perni per tirare e livellare le corde; una barra di ottone con sottili aghi a un'estremità, simili ai denti di un piccolo piranha, anch'esso per l'intonazione. La sola vista di questi bizzarri oggetti mi eccita, come se fossi stata esposta allo stesso virus che ha infettato il loro creatore. Tocco timidamente il livellatore per le corde.

«L'intonazione è la parte che preferisco» dice Darrell. «Ciò che cerco è la bellezza del suono, non quella insita nella logica o nel design». Mi rivolge uno sguardo significativo, come se mi considerasse capace di comprendere la sua ricerca. Di fronte a quegli occhi liquidi, carichi di passione, immagino che sia davvero così. Sta cercando l'anima dello strumento attraverso il suo funzionamento, attraverso il modo in cui è fatto. La rimessa è il laboratorio in cui infonde la vita alle anime degli strumenti trasmettendo loro tutta la sua passione, la sua ossessione per quella perfezione sfuggente.

Al mio ritorno a casa da Seattle, trovo un messaggio della mia amica che rivuole in settimana il suo pianoforte verticale Steinway. *Ci mancava*, penso. Dopo aver suonato tanti altri pianoforti nuovi, lo Steinway ha perso gran parte del suo fascino. E Molly ha notato che la sua meccanica logora sta nuocendo alle mie mani. È ora di fare sul serio con la ricerca del mio pianoforte.

Scrivo su Piano World:

Non ho trovato il pianoforte che fa per me. La mia prossima tappa è New York, penso di provare qualche Petrof 131. Questo strumento mi piace molto, spero che sia la volta buona.

Subito dopo, Norbert esprime il suo rammarico per il fatto che non sono riuscita a passare nel suo negozio a Vancouver: *Avresti potuto provare il Sauter 51", un pianoforte verticale magnifico e con un'acustica incredibile che importiamo dalla Germania!*, si lamenta.

Rich D., amministratore del Servizio di Immigrazione e Naturalizzazione a Washington, è appena stato a New York e mi consiglia di visitare Beethoven Pianos, dove ha suonato un Sauter verticale appena tre settimane fa. *Avevano un vecchio August Förster verticale con un suono che mi è sembrato ottimo.*

Naturalmente, David Burton vuole sapere cosa ne penso dei pianoforti Fandrich. Gli rispondo:

Il Fandrich di due metri e dieci mi è piaciuto moltissimo, ma è troppo grosso per il mio soggiorno. Ho provato il Fandrich a coda più piccolo e l'ho trovato troppo squillante. I verticali hanno un timbro diverso da quello che cerco.

David si mostra molto indulgente, considerando l'animosità con cui i membri del forum sono soliti difendere le proprie preferenze:

Ok, non avevano il suono che cerchi. Sembra che tu preferisca un suono più scuro. Dici che ti è piaciuto molto il Fandrich

di due metri e dieci che, tra gli orizzontali Fandrich, è quello con il suono più scuro. Può darsi che la colpa sia dello showroom di Darrell. Non avevano un suono così chiaro quando erano nel laboratorio. Credo che resteresti stupita dalla resa che potrebbero avere in un ambiente diverso.
Ad ogni modo, sembri decisa a muoverti diversamente e mi chiedo se tu abbia già suonato uno dei verticali August Förster. Lo strumento che cerchi potrebbe essere uno di quelli. Se puoi, trova un Bechstein più vecchio e considera la possibilità di sostituire i martelletti per ottenere il suono che desideri. Fandrich non deve piacere a tutti. Segui il tuo istinto e troverai lo strumento con il timbro giusto. Ne sono sicuro.

Al momento, i miei sentimenti verso tutta questa ricerca di un pianoforte e specialmente verso le parole di David, sono di estrema perplessità. Perché così tante marche di pianoforte mi lasciano insoddisfatta? Che cosa intende dire David quando mi parla di "seguire il mio istinto per trovare lo strumento con il timbro giusto"? Perché il laboratorio di Darrell Fandrich è così affascinante? Che significa? Si tratta di imparare a suonare il pianoforte? Se l'obiettivo fosse semplicemente questo, avrei scelto un qualsiasi modesto strumento. C'è qualcos'altro? Se sì, che cosa può essere? Che cos'è che sto cercando?

Non lo so. So soltanto che lo saprò quando lo suonerò.

7

Piano Row

Arrivo a New York un sabato sera e dall'aeroporto prendo un taxi per il centro. L'auto è circondata da un paesaggio familiare e dal brulichio del traffico. L'orizzonte illuminato della città si estende davanti a me, cresce di metro in metro, le sue luci scintillano come finti diamanti sull'enorme manto scuro che sta per avvolgermi. A New York, dove sono nate e cresciute mia madre e mia nonna, dove ho vissuto e lavorato per più di dieci anni, ritorno sempre a immergermi in quell'utero di cemento e sirene, di rimbombi sotterranei, di gas di scarico, di putrefazione, di folle che si agitano e di guaiti di clacson, e a provare un senso di appartenenza viscerale, come se la metropoli fosse una delle molecole che compongono la spirale del mio DNA.

Il taxi accosta accanto all'edificio dove abita l'amica più cara che ho a New York. Kim è ad Amagansett per tutto il mese di agosto, e Primo, il portiere, mi porge la chiave. «Come vanno le cose nel Montana?» mi chiede con il suo allegro accento italiano; poi chiude il cancello metallico dell'ascensore e mi spedisce di sopra. I pannelli di legno intarsiato risplendono nella luce fioca. Entro nell'appartamento di Kim e mi affretto ad aprire le finestre a battente del soggiorno, lasciando entrare la brezza di Gramercy Park. È bello essere di nuovo qui. In mattinata, andrò ai miei appuntamenti a Piano Row.

A New York c'è un quartiere dei diamanti, uno degli accessori di moda, una strada dedicata alle forniture per fotografi, una via dove ci sono solo ristoranti indiani, una in cui si vendono sari, un'altra ancora dedicata agli strumenti per la produzione di uova di Pasqua ucraine. È il regno delle specialità, ne produce senza sosta, in una proliferazione che ha del miracoloso, in cui c'è troppa scelta, troppo da prendere. Piano Row, a voler essere precisi, è sulla 58ª Strada, nel tratto che va da Broadway alla 7ª Avenue, dove ci sono tre grossi negozi, ma numerosi altri rivenditori sono sparsi nelle vicinanze. Sulla 57ª Strada c'è Steinway Hall e diversi restauratori, Frank & Camille's è nel centro commerciale Macy's sulla 34ª Strada, il concessionario Petrof si trova sulla 55ª mentre sulla Midtown West c'è una varietà di restauratori, negozi di strumenti usati e rivenditori che, non disponendo di uno showroom, ricevono solo su appuntamento.

Ho pianificato questo viaggio come se fosse una campagna militare. Dopo oltre un anno e mezzo di ricerche a San Francisco, Calgary, Seattle (due volte), Salt Lake City e New York (la volta precedente), sono decisa a concludere. Ho a disposizione ventiquattro ore in città prima del mio appuntamento in spiaggia con Kim, poi sarò con Oliver a un incontro con la sua famiglia a Oyster Bay. Sapendo che dovevo ottenere il massimo risultato in poco tempo, ho telefonato in anticipo a tutti i rivenditori, fatto domande sul loro attuale assortimento, preso appuntamenti con quelli che non sono aperti la domenica.

Il rivenditore della Petrof mi sta corteggiando fin dalla mia visita nel dicembre scorso con biglietti d'auguri, comunicazioni personali e cartoline con annunci come "Svendita di magazzino: sconti del 78%!", oppure "Grande liquidazione di fine anno", e il più recente "Liquidazione totale di luglio, la più grande svendita della nostra storia!". Il gestore mi ha promesso che per oggi avrei avuto a disposizione due Petrof 131 tra cui scegliere. Faust Harrison mi ha mandato via fax la lista completa del loro magazzino, con tanto di prezzi e asterischi accanto ai pianoforti verticali che rientrano nel mio budget, e il commesso con cui ho parlato mi ha fissato un appuntamento in negozio. Quelli di Beethoven Pianos hanno detto che loro aprono sempre la domenica. Altenburg Piano House, nella vicina Elizabeth, New Jersey, è anch'esso aperto di domenica e ha confermato di avere pianoforti verticali Pleyel e Förster pronti per essere provati.

Oltre a fare telefonate, ho acquistato la versione on line dell'aggiornamento annuale di *The Piano Book* di Larry Fine e ho stampato le pagine dedicate alle marche e ai modelli che mi interessano. Ho persino strappato le pagine relative ai negozi di pianoforti dalla mia copia delle Pagine Gialle di Manhattan e le ho spillate insieme. Tutte queste carte, insieme agli appunti presi al telefono, sono ora in un portadocumenti dentro la mia valigia. Basta con le occhiate superficiali. *Sto andando a comprare un pianoforte*. Qualsiasi venditore che mi vedesse arrivare, sguardo determinato e portamento deciso, si fregherebbe le mani.

New York è l'approdo ideale della mia ricerca. Verso la fine del XIX secolo, quella del pianoforte era una delle industrie più fiorenti, e la costruzione di strumenti, al pari del mercato azionario, della pubblicità e di Broadway, spiccava tra le imprese più importanti della città. Di fatto, nel periodo che precedette l'invenzione dell'automobile e della radio, la costruzione di pianoforti rappresentava l'industria più sviluppata degli Stati Uniti, e New York ne era il centro. C'erano centosettantuno produttori diversi, molti dei quali avevano sede in quella parte del Bronx chiamata Mott Haven. Oltre all'onnipresente Steinway, che oggi ha sede ad Astoria, nel Queens, ed è l'unica casa pianistica sopravvissuta di quel periodo, c'erano molti altri vecchi produttori americani di pianoforti a coda: Aeolian, Sohmer, Weber, Steck, Decker & Son, Hardman Peck, Krakauer, Kroeger e altri ancora. Alla fine del XIX secolo, il pianoforte era un motore economico talmente potente che le esigenze dei costruttori alimentavano altri mercati come quelli del feltro di lana, della pelle, del legno e dei cavi di acciaio.

Oggi, New York è un centro per la *ri*-costruzione di pianoforti, il luogo in cui vecchi strumenti vengono smontati e riassemblati con materiali nuovi, ma i restauratori hanno difficoltà a reperire materiali che rispondano per tipo e qualità alle loro esigenze. L'industria del pianoforte non è più in grado di trainare quella delle materie prime. A livello nazionale, le vendite di pianoforti a coda stanno attraversando una nuova fioritura, ma i numeri relativi alle vendite non si avvicinano nemmeno al picco toccato nell'anno 1920, alla vigilia della nascita della radio commerciale. A quel tempo esistevano centinaia di produttori di pianoforti americani. Oggi le marche americane sono solo cinque: Astin-Weight, Baldwin, Charles Walter, Mason & Hamlin e Steinway. Solo la Steinway ha ancora sede a New York.

La domenica si preannuncia calda e afosa, le strade esalano vapore a causa della pioggia notturna. Attraverso con trepidazione l'ingresso dello showroom del concessionario Petrof, un'oasi di frescura. Per prolungare l'attesa, avanzo lentamente verso la sala sul retro dove sono esposti i pianoforti verticali, attardandomi tra i modelli a coda. Alla fine, eccomi nella stanza dei pianoforti verticali. Cammino su e giù per i corridoi, ma trovo un solo Petrof 131, in noce lucidato, nello stesso angolo dove nel dicembre scorso c'era una versione in ciliegio dello stesso modello. Il coperchio è chiuso e sul leggio c'è un grosso cartello con la scritta: VENDUTO.

Com'è possibile? Torno sui miei passi e controllo di nuovo uno per uno tutti i pianoforti verticali. Non ci sono altri Petrof 131. Sollevo il coperchio del Petrof in noce e suono la prima delle *Scene infantili* di Schumann. Lo strumento è magnifico. Mi piace anche più di quello che ho provato lo scorso inverno, che era anch'esso già venduto. Ho un tuffo al cuore. Sono qui per un giorno solo. E adesso?

«Possiamo fargliene avere uno identico».

Mi volto. È il gestore del negozio. Mi presento come la cliente del Montana con cui ha parlato la scorsa settimana.

«Mi aveva promesso che mi avrebbe fatto trovare due Petrof 131 da provare oggi. Non li vedo. Si trovano forse da qualche altra parte?».

Il gestore si mostra mortificato. «Oh sì. Mentre ero via, questa settimana, un altro commesso li ha venduti. Non sapeva che fossero stati prenotati. Mi dispiace davvero, ma quelli ormai sono andati. Naturalmente saremmo felici di ordinargliene uno uguale».

«Quanto tempo ci vorrebbe? Sono in città fino a stasera, ma posso tornare la prossima settimana, se occorre».

«Dovrei controllare, ma non so se riusciremo ad averli in così breve tempo». Si solleva leggermente sulle punte, intrecciando le dita in una specie di guglia sul petto. «Possiamo ordinarne uno oggi stesso, se crede».

Questo venditore, che ha promesso e ribadito che i pianoforti sarebbero stati qui oggi, non sembra davvero minimamente contrito. Sta succedendo qualcosa di strano. Com'è possibile che i loro 131 siano sempre tutti venduti? Si tratta forse di uno stratagemma per vendere strumenti senza prepararli come si deve? Mi tornano in mente "Meg B" di Piano World e le sue peripezie con il Petrof nuovo, comprato proprio qui. La meccanica che le indolenziva le mani, il rivenditore che non rispondeva alle sue chiamate. Meg avrà comprato lo stesso piano che ha provato? Oppure le hanno fatto vedere uno strumento "civetta" che poi è stato cambiato?

I verticali Petrof che ho provato a Seattle e a Calgary non somigliano a questo. Non hanno la stessa sensibilità al tocco, quel suono sottilissimo. Quanto costerà al rivenditore preparare questi pianoforti in modo che raggiungano simili livelli di performance? Quante ore di lavoro di un tecnico sono necessarie? E quanto possono diventare più redditizi, questi pianoforti, se il rivenditore non deve prepararli tutti?

«Venga pure nel mio ufficio» mi invita il gestore, passando nella sala principale dello showroom. «Compileremo tutte le carte e inoltreremo l'ordine».

«Lei vuole che compri un pianoforte senza averlo suonato?».

«Soltanto un acconto. Solo così possiamo ordinarlo espressamente per lei».

«E se poi non mi piace?».

Indica un piccolo cartello appeso alla parete. NON SI EFFETTUANO RESTITUZIONI.

Il presentimento che avevo avuto è ormai una certezza. Non ho mai sentito di rivenditori di pianoforti che chiedano acconti. Perché dovrebbero desiderare un cliente insoddisfatto?

«Non compro un pianoforte a scatola chiusa» dico. «E non lascio certo un acconto non rimborsabile per uno strumento che non ho mai suonato».

«Ci chiami domani. Vedremo entro quale data riusciremo ad avere un altro 131. È possibile che il nostro distributore ne abbia qualcuno in magazzino». Detto questo, se ne torna alla sua scrivania, dove si immerge nelle carte.

Io rimango lì dove mi ha lasciata, delusa e frustrata. Erano mesi che aspettavo di poter suonare questi pianoforti! Ma non c'è altro da dire. Esco fuori, nella canicola, diretta a Piano Row.

Da Faust Harrison, Tien-Ni Chen mi sta aspettando all'ora prevista per il nostro appuntamento. Una donna simile a uno stelo, che nel venirmi incontro per farmi entrare sembra trasportata da un vento leggero. I capelli lisci e scuri formano due ali intorno al suo viso dall'espressione inquieta. Le sue braccia sono deliziosamente piccole e delicate e, mentre parla, le dita si muovono nell'aria con grazia, eloquenti e fluide. Ha un sorriso raggiante, accogliente, mentre entro nello showroom climatizzato e arredato con gusto.

Faust Harrison si rivolge a una clientela di un certo livello, di buona istruzione, con un portafoglio bello gonfio e sicura del proprio gusto raffinato. I proprietari sono pianisti di professione e così anche i dipendenti. Ogni pianoforte è preparato in modo impeccabile e disposto in un ambiente tranquillo, tra tappeti orientali e discreti punti luce. È un'atmosfera stile Park Avenue, in stridente contrasto con lo showroom del concessionario Petrof, che tradisce lo stile chiassoso e truffaldino della parte più alla moda della città.

Io e Tien-Ni siamo sole in negozio e lei ha già pronta una lista dei pianoforti verticali consigliati dal proprietario. Naturalmente, voglio provare anche i pianoforti a coda e Tien-Ni mi invita a farlo. In sala vi sono diversi Mason & Hamlin modello A, e ne provo qualcuno. Il suono è piuttosto freddo, ma Tien-Ni mi dice che, se mi interessa, hanno degli A dal suono più caldo in un magazzino nel nord dello Stato. Ci sono anche numerosi Steinway a coda restaurati, alcuni con casse impreziosite da incisioni artistiche. Mi piace particolarmente la splendida cassa di un modello A in mogano tigrato, esposto in vetrina.

Come spesso accade, i pianoforti verticali non sono il prodotto di punta del negozio. Disponibili, ci sono soltanto tre marche: un Mason nuovo, realizzato nel Massachusetts, uno Schulze Pollmann proveniente dall'Italia e un modello K della Steinway di cinque anni, con una notevole cassa intarsiata. Il Mason è quello che mi incuriosisce di più, dato che non mi è ancora capitato si suonare un Mason verticale nuovo. Il suono è potente e la meccanica è buona, uniforme. Ma il volume è molto alto. Tien-Ni prova a fissare un panno pesante dietro il Mason, per smorzare un po' il suono. Ma il piano continua a rimbombare.

«È la stanza che fa eco» spiega. «Sono sicura che in un ambiente più silenzioso il volume non sarebbe così alto».

Gli Schulze Pollmann verticali che hanno qui, così come quelli che ho suonato a Salt Lake City, hanno uno sgradevole "strappo" tra le sezioni di basso e di tenore e quella dei soprani, troppo deboli, così passo velocemente allo Steinway K.

Questo piano esibisce un raffinato intarsio lungo la facciata del mobiletto. Davvero un bel pezzo di arredamento, spero che sia anche lo strumento giusto per me. Mi siedo allo sgabello e comincio a suonare il mio repertorio "da prova". Fin dalle prime note, mi accorgo che anche questo strumento soffre di un brutto scarto nei registri di basso e di tenore. È scisso al suo interno: a un'estremità della tastiera i toni pieni, caldi e ricchi dei bassi, all'altra estremità dei soprani fiacchi, striduli e nervosi. Ma continuo a suonare intrepida. È l'ultimo piano verticale presente nel negozio, e voglio che sia "quello giusto".

Arrivo finalmente alla *Sonata in Sol maggiore* di Mozart. Poi le *Scene infantili* di Schumann. Poi la prima delle *Romanze senza nome* di Mendelssohn. Sì, il problema c'è. Scuoto la testa delusa mentre mi alzo.

Tien-Ni mi chiede di ascoltarla suonare lo Steinway. Interpreta brillantemente l'*Improvviso* di Schubert, ma il problema per me è evidente benché lei faccia del suo meglio per dissimularlo mentre suona. In più, il suono dei soprani è insostenibile. Troppo chiaro. «Se vuoi, possiamo farlo intonare apposta per te» dice voltandosi sullo sgabello in modo da guardarmi in faccia. «Posso chiedere a Michael Harrison. Ma non so quanto tempo impiegherà il tecnico. Puoi tornare un'altra volta?».

Ecco un altro venditore che potrebbe avere quello che sto cercando, se solo potessi tornare un'altra volta. Do a Tien-Ni il numero di Kim ad Amagansett e le chiedo di farmi sapere se è possibile intonare di nuovo il piano. «Forse posso tornare fra una settimana, subito prima di tornare a casa, se gli impegni del tecnico lo permettono» dico. Non nutro grandi speranze che questo piano possa migliorare in misura sufficiente, ma è così bello a vedersi. Perché non fare un tentativo?

La visita al negozio che mi sembrava così promettente si è conclusa in fretta. Data la mancanza di altri pianoforti verticali da provare, mi rivolgo malinconicamente ai modelli a coda. «Quale di questi strumenti è il tuo preferito?» chiedo a Tien-Ni. Voglio sapere che cosa sceglierebbe un pianista di professione, suonare quello strumento, sentirne il suono e la sensazione al tatto.

Il volto di Tien-Ni si illumina di piacere. «Oh, è questo» risponde senza alcuna esitazione, dirigendosi verso lo Steinway modello A in mogano esposto in vetrina. Accarezza affettuosamente la tastiera del pianoforte mentre prende posto sullo sgabello e si tuffa nello stesso *Improvviso* di Schubert. Il suono è caldo e bello, con i soprani che risuonano simili a uno scampanellio delicato. Non avevo mai sentito prima d'ora un piano dal suono così caratteristico.

«È magnifico. Grazie di cuore» dico una volta che ha terminato. «Vuoi provarlo?» Tien-Ni mi offre lo sgabello.

Mi siedo timidamente davanti al vecchio strumento, un modello che non fabbricano più da tempo. È stato costruito negli anni Venti, e poi restaurato nel laboratorio del negozio e riportato in vita, conservando del vecchio strumento solo la cassa e l'arpa di ghisa che costituisce il telaio.

Poso delicatamente le mani sulla tastiera e suono appena qualche nota. Il suono è dolce, melodico, piacevole. Provo a suonare Schumann, e il piano reagisce in un modo che posso descrivere solo come cordiale, generoso, non particolarmente potente, ma pieno di una gioia autentica e di serena bellezza. Prima d'ora non avevo mai sentito un piano dotato di tale carisma, di una simile sonorità e di tanto colore. Quando suono Mendelssohn, riesco a coglierví una nota di tenerezza. È uno strumento di altissimo livello.

«È un pianoforte meraviglioso. Ora capisco perché ti piace tanto». Gli occhi di Tien-Ni diventano grandi e lucenti. Non penserà che io intenda acquistare questo pianoforte? Sono sicura che supera di molto i miei mezzi. Tuttavia, per educazione, le chiedo quanto costa. Quando risponde: *Quarantacinquemila dollari*, chiudo il coperchio, sorrido e scuoto il capo. «Fammi sapere qualcosa del verticale» dico mentre mi dirigo all'uscita.

Tornata sul marciapiede rovente, scruto Piano Row in una direzione e nell'altra cercando di orientarmi. Beethoven Pianos si trova sull'altro lato della 78ª Strada, un po' a ovest, in fondo all'isolato. Attraverso la strada fremente d'impazienza, pregustando i molti, insoliti pianoforti che, a detta di Rich D. e di David Burton, posso aspettarmi di trovare in questo negozio. Ma quando arrivo all'imponente facciata in vetro, l'interno è buio e la porta è chiusa. Premo la faccia contro il vetro spesso, e intravedo un Bechstein a coda usurato esposto in vetrina. L'interno mi appare così ricco di promesse! Nell'oscurità del negozio buio c'è un piano verticale di legno chiaro in stile art déco provvisto di due candelabri girevoli ai lati del leggio. Appena dietro l'ingresso s'intravede un pianoforte a coda in mogano fiammato. I recessi del negozio sembrano ammiccare, misteriosi e intriganti, pieni di pianoforti di tutte le età, le misure e i colori possibili.

Busso alla porta più forte che posso. Deve esserci per forza qualcuno dentro. Il cartello scritto a mano appeso alla porta dice chiaramente che il negozio è aperto la domenica dalle due alle sei. Guardo l'orologio. Sono quasi le tre del pomeriggio, devo ancora andare da Altenburg, a Elizabeth, e poi prendere il treno per Long Island.

Guardo la strada da una parte e dall'altra, nella speranza che qualcuno appaia sul marciapiede, magari con un grosso mazzo di chiavi, che sorrida e che allunghi il passo vedendomi lì in attesa. Ma non posso farlo accadere per magia. Proprio di fronte al negozio c'è un piccolo albergo con una tenda da sole verde chiaro. Forse qualcuno di loro conosce gli orari di apertura di Beethoven's o sa dirmi se presto saranno di ritorno. Entro a grandi passi nell'atrio e mi dirigo verso l'impiegato al bancone.

«Non so come mai siano chiusi» dice il ragazzo. Alza le spalle e sorride gentilmente. «Di solito lì le luci restano accese fino al tardo pomeriggio».

Non mi resta che andare alla Pennsylvania Station.

Arrivata in stazione, prima di salire sul treno diretto a Elizabeth, telefono ad Altenburg per chiedere indicazioni stradali. Un uomo dal forte accento, George Hovsepian, risponde alla mia chiamata e mi spiega quale treno devo prendere, mi dice che il viaggio durerà una ventina di minuti, e che potrò andare a piedi dalla stazione allo showroom, situato a un isolato e mezzo di distanza. Altenburg possiede interi depositi pieni di pianoforti e un ricco assortimento disposto su cinque piani di spazio espositivo, così sono fiduciosa che questa piccola deviazione non sarà inutile.

Trovo il negozio senza difficoltà, ma prima di entrare mi soffermo ad ammirare un enorme pianoforte a coda in mogano satinato esposto in vetrina. È palese e allettante la scrupolosa attenzione prestata ai dettagli della cassa, si tratta di un oggetto di fattura raffinata, un'opera di meticoloso perfezionismo. Tuttavia mi sforzo di guardare altrove; un pianoforte simile non sarà mai alla mia portata. Non ci sono altri clienti e George mi accoglie con entusiasmo. È un ometto piccolo e vivace, di bassa statura ma di fattezze armoniose, con i capelli ben pettinati e vestito in modo impeccabile. Ha almeno sessant'anni e, a giudicare da come ammicca e sorride, non sembra negarsi il piacere di qualche flirt innocente. Mi stringe le mani neanche fossi una contessa europea, fa un profondo inchino e sfodera un sorriso smagliante, come se ci trovassimo in un vecchio film hollywoodiano in bianco e nero. Il suo contagioso entusiasmo mi avvolge e mi trasporta come un piccolo ciclone.

Dico a George che sono venuta per provare i pianoforti verticali. Ne superiamo rapidi un vero spiegamento al primo piano – perlopiù Samick – scartandoli come immeritevoli d'attenzione, e

George mi fa strada su per una ripida scala fino al piano superiore, dove sono esposti gli strumenti di provenienza europea.

Appoggiato alla parete in fondo c'è un pianoforte verticale nero lucido, l'August Förster. «Eccolo qua!» esclama George, sollevandosi un poco sulle punte e gesticolando in direzione dello strumento. «Questo è un pianoforte davvero speciale. Sono convinto che le piacerà».

Mi siedo e comincio a suonare, ma George è lì, ancora in piedi alla mia sinistra, che oscilla disinvolto sui piedi con le mani incrociate dietro la schiena, sorridendomi. Come posso farmi un'idea del pianoforte con lui che osserva ogni mio movimento?

«Le dispiacerebbe lasciarmi sola con lo strumento?» chiedo con il tono più amabile che mi riesce. «Ho bisogno di suonare e ascoltare».

«Oh, ma certo! Le faccio solo vedere dove sono gli altri pianoforti. Qui c'è il Pleyel» e accarezza il coperchio di un altro piano verticale nero, alto e lucido. «E questi sono altri ancora. Li abbiamo appena tirati fuori dagli imballaggi. Sono degli August Förster a coda. Dovrebbe provarli, davvero. Per qualsiasi cosa mi trova di sotto». E si avvia, canticchiando con aria indaffarata.

Estraggo alcuni spartiti dalla borsa e riprendo a suonare il Förster. Il suono mi colpisce subito come troppo freddo e brillante, non tanto diverso dal Mason che ho suonato qualche ora prima. Così passo al Pleyel. Poche battute e capisco che nemmeno questo è il pianoforte che fa per me. Ancora un po' troppo freddo e chiaro per i miei gusti, sebbene il suono sia molto puro e nitido. Già che ci sono, provo anche i modelli a coda. Il suono è di gran lunga più dolce di quello dei verticali, la meccanica è leggera, maneggevole. Il prezzo sul cartellino mi lascia di stucco: ventitremila dollari per un pianoforte a coda europeo di un metro e ottanta. Come possono farlo? Alzo gli occhi e trovo George che è di nuovo accanto a me.

«Dunque? Le sono piaciuti i verticali?».

«Oh, temo proprio che non siano quello che sto cercando. Ma la ringrazio molto». Raccolgo gli spartiti e li ripongo nella borsa.

«Mi dispiace davvero sentirglielo dire». Sembra sinceramente amareggiato.

George mi segue giù per le scale. Mentre mi avvio all'uscita principale, mi fermo ancora davanti al maestoso pianoforte a coda in mogano esposto in vetrina. George si accorge del mio sguardo adorante.

«L'abbiamo ricevuto giusto questa settimana. Un Sauter 220 Omega in mogano piramidale, un pianoforte estremamente raffinato. Ha visto la perfezione con cui hanno legato la venatura? Le fibre combaciano alla perfezione». Fa scorrere un dito lungo la linea appena visibile delle venature. «Dal punto di vista dell'estetica del mobile, Sauter è imbattibile. È perfetto! Davvero perfetto! Guardi lo sgabello abbinato, con quel vano portaspartiti alla base. Ecco, prego» scosta lo sgabello dalla tastiera come se stesse preparando un letto in un albergo esclusivo. «Deve provarlo».

«Oh, no» scuoto il capo. «Non credo che sia il caso. A che pro? Non ho spazio per un pianoforte di queste dimensioni, e poi non posso permettermelo».

«La prego» insiste lui, indicandomi con un gesto lo sgabello. «Deve provarlo».

Così mi siedo di fronte a quello stupendo esemplare con le sue raffinate rifiniture artigianali e la sua forma elegante, e sollevo il coperchio. I tasti sembrano più grandi di quelli degli altri pianoforti. Li sfioro con cautela, sentendomi inadeguata. George è fermo accanto al leggio, le braccia conserte, sorridente e ammiccante. Premo qualcuno dei lunghi tasti e il pianoforte emette suoni profondi, nitidi. Suono Mendelssohn, i bassi risuonano cupi, caldi, di una dolcezza struggente. È senza dubbio un gran pianoforte, con possibilità musicali non comuni.

«Vorrei che aveste un verticale che suona come questo» dico nel tentativo di porre fine in modo cortese a questa follia. Ma quando faccio per alzarmi, George si profonde in un sorriso ancora più grande e mi mette l'indice davanti al naso, come per bloccarmi lì dove sono.

«Solo per lei» esclama e raggiunge a grandi passi un'ampia scrivania in fondo allo showroom. «Non deve dirlo a nessuno». Scrive qualcosa su un pezzo di carta, torna da me tenendolo in mano e me lo mette davanti al viso. C'è scritto "27.500 dollari".

Rimango senza fiato. Com'è possibile che uno strumento di questo livello, una simile opera d'arte, un pianoforte a coda di due metri e dieci costi così poco? Non è possibile. «Come può farlo?».

«Soltanto per lei. Vede, abbiamo un prezzo speciale, è il primo che prendiamo di questa marca. Deve rimanere tra lei e me». Poi ritorna alla scrivania e comincia a compilare carte.

«Congratulazioni!» esclama mentre scrive. «Sono inclusi lo sgabello, un copritastiera, due accordature gratuite e la consegna».

«Ma io abito nel Montana».

«Non importa, facciamo consegne in tutto il mondo. Ora ho bisogno di un anticipo, per poter predisporre la consegna. Mille dollari possono andare?».

Dopo un quarto d'ora di discussioni sul mio soggiorno che è troppo piccolo, sul fatto che non possiedo ventisettemilacinquecento dollari e che devo essere sicura di poter riavere indietro il deposito, finalmente stacco l'assegno. In cima al contratto, George scrive a grosse lettere maiuscole: ANTICIPO RIMBORSABILE IN CASO DI CANCELLAZIONE DELL'ORDINE. La sua faccia è tutta un sorriso. Sono frastornata. Ho bisogno di pensare. Il piano è magnifico. Il prezzo è incredibile, però...

È già ora di chiudere. George ritorna in città in treno con me. Nella borsa, ripiegati in una busta, ho il contratto scritto e una richiesta di finanziamento. Non dico nulla, lascio che il silenzio tra noi cresca, e mi guardo le mani. Noto che le mani di George sono ricoperte di anelli d'oro. Mi chiede come mai non sembro contenta. Dico che non sono sicura di aver fatto la cosa giusta. «Lei pensa troppo» ribatte lui.

«Tu sei pazza» dice Kim osservandomi con quei suoi occhi allungati, esotici e imperiosi, un po' da Cleopatra. I capelli ricci e neri, ancora gocciolanti dopo la nuotata, le ricadono in fitti boccoli sulle spalle. «Devi essere impazzita, spendere una simile quantità di denaro per un pianoforte!». Siamo sedute nella cucina di casa sua, intente a sminuzzare pomodori, prezzemolo e scalogno per la cena.

«Lo so» gemo. «Ma tu dovresti vederlo, e sentirlo. È talmente bello! E il prezzo è davvero incredibile».

«Non mi importa» replica asciutta Kim, come se cercasse di rinsavirmi da un'infatuazione per un uomo sposato. «Non venirmi a dire che per te un pianoforte vale tutti quei soldi. No davvero».

«Ebbene sì, credo di aver perso la testa». Sorrido fra me e me. La mia ossessione pianistica non mi ha permesso nemmeno di godermi la compagnia della mia migliore amica in spiaggia. Da quando sono arrivata sono stata sempre al telefono con New York, a parlare con i rivenditori, con Michael Harrison riguardo la possibilità di reintonare lo Steinway, con Beethoven Pianos per prendere un appuntamento preciso il lunedì successivo poco prima che io salga sull'aereo che mi riporterà nel Montana, a parlare con il concessionario Petrof della possibilità di avere a disposizione un altro modello 131.

«Possiamo averlo entro un minimo di quarantacinque giorni» dichiara il gestore. «Sono esauriti in tutto il paese. Il nostro distributore dice che nessuno dei suoi clienti ne ha uno».

Balle. È un bugiardo. Ho visto diversi Petrof 131 da Macy's poco prima di precipitarmi a prendere il treno per Long Island.

Non hanno lo stesso suono di quelli che erano dal concessionario, ma ci sono. Ho persino chiamato Larry Fine, l'autore di *The Piano Book*, per un consulto. Mi consiglia di prendere il Petrof da Macy's. Ma non posso immaginare di comprare un pianoforte che, allo stato attuale, non mi piace. E se poi non dovessi trovare un tecnico in grado di tirar fuori il suo potenziale? Anche Fine sostiene che il prezzo del Sauter Omega è impossibile: «Probabilmente è meno di quanto l'abbia pagato il rivenditore». Chiamo il distributore della Sauter e anche loro confermano che quel prezzo, in effetti, è inferiore al costo sostenuto dal rivenditore; tuttavia Altenburg acquista direttamente dalla fabbrica tedesca.

Alla fine, le mie continue telefonate spazientiscono Kim e allora litighiamo vivacemente, il tipo di battibecco fulmineo che hanno le coppie sposate. Ma non posso rinunciare. Mi resta solo un giorno da trascorrere in città e devo trovare il mio pianoforte. Adesso.

8

Il primo incontro con Marlene

Lunedì mattina, alle otto in punto, io e Tien-Ni ci incontriamo in Piano Row e apriamo insieme la Faust Harrison Pianos. Ha portato bagel e caffè, così ci sediamo ai due lati della scrivania a chiacchierare mentre facciamo colazione insieme. Durante il fine settimana, Michael Harrison, uno dei proprietari del negozio, ha fatto intonare lo Steinway verticale appositamente per me dal suo tecnico, ed è per questo che oggi sono tornata in città, qualche ora prima di salire sul volo che mi riporterà nel Montana. Avrò anche il tempo di suonare di nuovo il Sauter Omega da Altenburg, e ho anche un appuntamento da Beethoven Pianos, proprio di fronte a Faust Harrison. Sono le ultime carte che mi restano se voglio trovare il mio pianoforte.

Tien-Ni mi racconta che ha appena conseguito il dottorato alla Juilliard e che si ritiene fortunata ad avere questo lavoro di venditrice di pianoforti, mentre avvia la sua carriera concertistica. Suppongo che nell'ambito commerciale dei pianoforti non si potrebbe sperare di meglio: una venditrice e una cliente che parlano di musica come due vecchie amiche, tra un caffè e un bagel.

«Il nostro tecnico ha dedicato tutto il tempo che poteva allo Steinway K» mi informa Tien-Ni sorridendo nervosa. «Ma ha detto che non era abbastanza, che dovrebbe tornare per fare davvero il massimo. Vediamo che te ne pare, ok?».

Mi siedo davanti allo Steinway K. Tien-Ni sembra inquieta. Si tiene in disparte, le braccia conserte sulla figura flessuosa, il portamento eretto e vigile, gli occhi luminosi.

Non appena inizio a suonare, mi accorgo che c'è ancora quel brusco scarto nei registri bassi e tenorili, gli acuti sono ancora striduli. Mi fermo ed emetto un sospiro.

«Lascia che suoni io». Tien-Ni prende il mio posto davanti alla tastiera e si lancia nell'*Improvviso* di Schubert, ma la sua bravura non fa che sottolineare i difetti dello strumento. A dirla tutta, il pianoforte ha un suono insopportabile.

«Basta, basta! Per favore!». Tendo una mano. «È sempre peggio. Che cos'ha detto il tecnico?».

Tien-Ni si volta sullo sgabello verso di me. «Ha detto che hai ragione tu, c'è un brutto scarto, e che questo piano è fatto per un suono chiaro. Ha detto che se avesse più tempo potrebbe fare di meglio, ma è d'accordo con te sullo strumento».

Il fatto che sia d'accordo con me mi prende alla sprovvista. La maggior parte dei venditori vuole convincermi a non fidarmi dalle mie impressioni, a sentire cose diverse da quelle che so benissimo di sentire. Mi dispiace molto deludere Tien-Ni e mi dispiace per me. Sono appena le otto e trenta, troppo presto per il mio appuntamento da Beethoven Pianos, che è alle undici, e voglio trarre il più possibile dalle poche ore che mi restano da trascorrere in città. Tien-Ni e io riesaminiamo tutto l'inventario del negozio, ma non c'è niente che mi piaccia e che possa permettermi.

Le lascio il mio biglietto da visita. «Fammi sapere se arriva qualcosa che pensi possa piacermi. Vengo a New York più o meno una volta l'anno». Ci salutiamo con affetto e mi avvio alla Pennsylvania Station dove prendo il treno per Elizabeth.

Arrivo da Altenburg alle nove e trenta. George ha appena aperto il negozio, e nel momento in cui arrivo è impegnato a organizzare la sua scrivania per la giornata. Non appena mi vede scatta sull'attenti.

«È tornata».

«Sì, vorrei suonare il Sauter un'altra volta».

«Prego». Con un piccolo inchino mi indica il pianoforte che è ancora in vetrina.

Mi sistemo sullo sgabello e mi sforzo di concentrarmi completamente sul compito che mi attende. Larry Fine mi ha raccomandato: «Compra il piano che ti fa innamorare». Sono "innamorata" del Sauter? Non lo so. Non l'ho suonato abbastanza a lungo. Ho lasciato un acconto per un affare incredibile. Nello stupore del momento, non mi sono chiesta se quel pianoforte mi piacesse davvero. A prescindere dalla convenienza dell'affare, se non amo lo strumento, avrò buttato via ventisettemilacinquecento dollari. Tiro fuori gli spartiti dalla borsa e mi dispongo a un lavoro di valutazione ragionato, a cominciare dalle scale e dagli arpeggi per poi passare al mio intero, modesto repertorio. Un capannello di ragazzini si raduna fuori dalla vetrina dello showroom per ascoltarmi.

È buffo che per valutare un pianoforte non occorra in realtà suonare così tanto o così a lungo. Riesco immediatamente a sentirne e percepirne le qualità. Il suono è caldo, melodioso e complesso, con un basso vigoroso, bellissimo e inconsueto, che mi piace molto. Ma la meccanica? La meccanica è immobile, mi risulta difficile controllarla. Cerco di produrre una varietà di volumi e colori e semplicemente non riesco a tirar fuori da questo strumento ciò che vorrei. Mi sento come un fantino alle prime armi su un cavallo da corsa, intento ad armeggiare con le redini, che viene presto disarcionato. Questo non è amore.

Indugio davanti alla tastiera, riflettendo. Questo piano, come oggetto di arredamento, è qualcosa di unico, il disegno, le rifiniture e le parti in legno sono straordinarie. Ma con i suoi due metri e dieci è troppo grosso per il mio soggiorno. Potrei comprarlo lo stesso, potrei correre il rischio ma, se non dovesse andar bene, sarebbe difficile da rivendere perché la marca è sconosciuta. Inoltre, il prestito offerto da Altenburg implica rate mensili a un tasso di interesse elevato. Non voglio indebitarmi per comprare un pianoforte.

Vado verso George, ancora impegnato alla sua scrivania.

«George». Alza gli occhi. Dal suo viso si capisce che sa già cosa sta per succedere, ha un'espressione distaccata. «George, il Sauter non è il pianoforte che fa per me. È un vero affare, davvero allettante, ma non ne sono innamorata. Posso avere indietro il mio acconto?».

«Certamente». Prende la cartella con i miei moduli ed estrae l'assegno. Me ne vado dal negozio sentendomi molto più leggera. Ho preso la decisione giusta. Durante il viaggio di ritorno, esamino con cura tutte le carte che riguardano la mia ricerca, rileggo i miei elenchi, gli schemi fatti nel tentativo di prendere una decisione, gli appunti sugli strumenti provati finora. Beethoven Pianos sarà la mia ultima tappa.

Questa volta, la porta a vetri di Beethoven Pianos si apre non appena faccio pressione. Guardo con trepidazione la moltitudine di pianoforti schierati di fronte a me – modelli a coda in mogano, ebano e noce –, pigiati cassa contro cassa sulle assi linde e spaziose del pavimento. Nel XIX secolo il negozio era una fabbrica di carrozze; ora l'interno delle pareti in mattoni è abbellito da raffinate riproduzioni di opere d'arte, mentre dall'alto soffitto in stagno pressato pendono lampadari a più bracci. La stanza ha una sua scompigliata, confortevole eleganza.

Ci sono pianoforti Bechstein, Feurich, Mason, Sauter e Steinway, nonché una quantità di esemplari di marche che non ho mai visto o suonato prima d'ora, in gran parte usati o restaurati. Questi spazi angusti sembrano contenerli appena. Inspiro l'aria claustrale in cui abitano e vengo percorsa da un brivido euforico al pensiero di passare in rassegna una collezione tanto rara ed esclusiva.

Nel giro di qualche istante mi si avvicina un giovane dall'aria straordinariamente intensa. Mentre mi chiede se può aiutarmi, emana un'energia esplosiva che riesce appena a trattenere. Gli occhi nerissimi, penetranti, saettano senza sosta sul volto pallido, paffuto, sormontato da un groviglio di riccioli neri come l'ebano. Ha un forte accento israeliano.

Dico al ragazzo che sto cercando un pianoforte verticale. Mi guida giù per una ripida scala verso il seminterrato, dove ci sono almeno un centinaio di pianoforti verticali, stipati su tutta la lunghezza della stanza e così vicini l'uno all'altro che non si riesce a passare. Quelli al centro della sala sono sistemati schiena contro schiena, con le tastiere una di fronte all'altra, in modo che tra di loro si crei un passaggio sufficiente perché una persona possa sedersi sullo sgabello e suonarne uno, per poi ruotare sullo stesso sgabello e suonare lo strumento alle sue spalle.

«Questo non è male» afferma il venditore, e accarezza il coperchio di un Mason & Hamlin dall'aria alquanto logora. Nel loro periodo d'oro, prima della Grande Depressione, i Mason erano alla pari con gli Steinway e, se in buone condizioni, i vecchi modelli possono essere ancora degli ottimi strumenti. Sollevo il coperchio e suono qualche nota. Il suono è scadente e il piano è scordato. Chiedo al giovane venditore se posso dare un'occhiata da sola, e lui se ne torna di sopra.

È il più grande assortimento di pianoforti verticali che abbia mai visto riunito in uno stesso posto e pur sapendo che devo prendere l'aereo, sono decisa a provarli *tutti*. Nell'ora che segue, lavoro di buona lena, suonando poche note su ognuno per liquidare gli esemplari scordati, quelli con la meccanica allentata e quelli con un suono metallico. Sui modelli che superano questa prima selezione, suono i brani che ho portato con me: una delle sonate di Mozart, la prima delle *Romanze senza parole* di Mendelssohn, la prima delle *Scene infantili* di Schumann, un preludio di Bach e uno di Chopin.

Alcuni sono caldi e lirici, e sono adatti a Chopin e Mendelssohn, ma non hanno il suono giusto per Bach e Mozart. Altri hanno il tipo di chiarezza brillante che richiedono Bach e Mozart, ma manca loro l'intensità necessaria a interpretare opere di gusto più romantico.

Il trucco sta nel trovare un pianoforte con un suono versatile, flessibile, ma che sia anche reattivo al tocco. Significa pretendere molto da un verticale, che ha le corde più corte e la tavola armonica più piccola rispetto a quella di un pianoforte a coda, oltre a una meccanica meno efficace.

Addossato alla parete in fondo noto un piano di colore chiaro, in legno di pero, con una cassa preziosa come quella dell'Omega che avevano da Altenburg. Ai lati del leggio sono montati dei candelabri che si piegano avanti e indietro. La cassa ha linee nitide, di gusto scandinavo, e farebbe una gran figura in un ambiente arredato in modo moderno e sofisticato. Però il suono si rivela deludente; è chiaro e cantato, ma manca di complessità.

Al centro della stanza ci sono una ventina di pianoforti provenienti dalla Germania orientale di cui non ho mai sentito parlare. Hanno splendidi intarsi e rifiniture di varie fogge ma, come strumenti musicali, mi lasciano perplessa. Li provo uno per uno, quando torna il venditore. Gli faccio qualche domanda su quei pianoforti, che si chiamano Rönisch. Dice di non saperne molto, ma mi chiede che ne penso.

«Beh, non sono male per il mio attuale livello di abilità, ma mi chiedo se saranno altrettanto buoni quando vorrò suonare Liszt o Rachmaninov».

Senza dire una parola, il venditore si siede davanti al Rönisch verticale e riversa la sua energia sulla tastiera, eseguendo un'opera tardo-romantica che non riconosco. Potrebbe essere Liszt. L'impeto con cui suona risulta quasi intollerabile nella stanza dal soffitto troppo basso e involontariamente mi copro le orecchie con le mani. La tonalità è distorta, il volume di suono eccessivo per la cassa che lo racchiude; è chiaro che questo strumento non è stato realizzato per esibizioni di alto livello.

E, indubbiamente, il ragazzo è un concertista di prim'ordine.

«Dove hai imparato a suonare così?» gli chiedo con sincera ammirazione.

«Mi sono appena diplomato alla Juilliard» dice. «Ecco il mio biglietto».

Leggo: ASAF BLASBERG. PIANISTA CONCERTISTA.

«Beh, complimenti. E stai tentando la carriera di concertista a New York?».

«Proprio così».

«Che tipo di pianoforte hai?».

«Uno Yamaha di due metri e settantaquattro. Ma purtroppo non potevo permettermi di trasportarlo qui dalla California, così è rimasto in un garage. Lei che cosa sta cercando?» mi chiede Asaf.

«Vorrei un piano nuovo, ma ho difficoltà a trovare un verticale che mi soddisfi». Gli domando: «Quale ti piace di più tra tutti questi pianoforti?».

Alza le spalle dubbioso mentre si guarda intorno nel seminterrato. «Perché non andiamo di sopra?» propone.

Lo showroom principale, coi suoi lampadari e i tappeti orientali, è un piacevole diversivo rispetto al seminterrato claustrofobico e senza finestre. Cammino lentamente tra i pianoforti a coda, premendo qualche tasto qua e là. Nessuno di questi strumenti è scordato o metallico. Mi sento come un clandestino in un transatlantico di lusso: non dovrei essere qui perché non ho pagato il biglietto, ma finché non mi scoprono voglio rubare ancora qualche minuto in compagnia di queste meraviglie.

Tra i vari pianoforti d'epoca Mason & Hamlin, Bechstein e Steinway, ci sono tre pianoforti di nome Grotrian-Steinweg: un mezzacoda di un metro e settanta, un modello Cabinet di un metro e novanta e uno di due metri e dieci. Ho visto un Grotrian da concerto al Banff Arts Centre, il maggio scorso, ma non ne ho mai suonato né sentito suonare uno. Con curiosità venata di timore mi siedo di fronte al mezzacoda. Un cartello in una cornice dorata posto sul leggio dice che questo piano è appartenuto un tempo a Imelda Marcos. È dotato di una cassa artistica, con gambe "a cono di gelato", e sul leggio aperto campeggia un raffinato ricamo. La meccanica è efficiente e leggera, ma i toni acuti sono un po' troppo aspri. Passo subito al modello 220, quello di due metri e dieci. Questo strumento è dotato di bassi stupendi, caldi, cupi, pieni di colore, ma talmente potenti da schiacciare i più deboli acuti. Di nuovo passo in fretta al successivo, consapevole del tempo che scorre e del volo che mi aspetta.

Eccomi, finalmente, seduta di fronte al modello Cabinet 192. Si trova accanto a un Bösendorfer a coda nero. Asaf accarezza il coperchio del Bösendorfer. «Questo è il mio preferito tra i pianoforti che sono qui. Deve provarlo».

So che è una semplice e inspiegabile questione di gusti personali, ma non voglio dire ad Asaf che non ho ancora trovato un Bösendorfer che mi entusiasmi. Per accontentarlo, dato che questo giovane così ardente inizia a piacermi, scivolo sullo sgabello del Bösendorfer. Suono il mio brano di Schumann, poi Chopin, poi Mendelssohn. Al piano manca la tonalità intensa necessaria per interpretare queste opere. È perfetto per Mozart e Bach.

«Non sono d'accordo con te» dico e sorrido ad Asaf.

«Davvero? Non posso credere che non le piaccia! Ascolti questo!». Si appropria dello sgabello ed esegue in modo molto lirico la stessa opera di Liszt che ha suonato di sotto, chiaramente animato dalla passione per la musica e per il pianoforte. Quando smette, il suo volto è soffuso di piacere. «Amo questo piano!».

«Credo che proverò questo» dico sedendomi sullo sgabello del Cabinet Grotrian. Comincio con Mendelssohn, la prima delle *Romanze senza parole*. Il brano si apre con toni molto bassi, e appena tocco i tasti mi sento travolta dalle ondate potenti del suono. È un pianoforte ricco, cupo e caldo, con armonici cantati. Il registro medio è sfumato e misterioso, quasi scaturisse dalla faringe di un grande contralto. I soprani squillano come campane, rimangono sospesi nell'aria, pieni di colore, un'aurora boreale di suoni scintillanti. Sono incantata dal piacere intenso che i tasti trasmettono al tocco, come se sotto di essi una mano invisibile fosse intenta a guidarmi nell'esecuzione. Sembra che nella cassa armonica di questo pianoforte si nasconda un'anima e che ne emerga per toccare la mia, accendendo in me una scintilla di desiderio che divampa all'istante. È un essere disincarnato, sensuale e seducente, come se Marlene Dietrich rivivesse nell'anima di questo pianoforte e stesse usando le mie mani per intonare una vecchia canzone sentimentale. Se solo potessi suonare tutti i giorni questo strumento, penso, potrei essere la pianista che ho sempre sognato di diventare.

«Che gliene sembra?» mi chiede Asaf.

«Lo adoro!» dico con un sospiro. Mi volto di nuovo verso il piano e suono ancora. Poi do un'occhiata al cartellino del prezzo: 32.000 dollari. Non dubito che sia un prezzo ragionevole, per quanto non abbia idea di quali siano i prezzi della Grotrian, ma è assolutamente e irrimediabilmente al di sopra dei miei mezzi.

Poi guardo l'orologio. È già l'una. Dico ad Asaf che ho solo un'altra mezz'ora da trascorrere nel negozio, poi dovrò andare a casa.

«Beh, può sempre tornare domani» dice lui.

Peccato, gli rispondo, che io abiti nel Montana. Non sa dove si trovi. Parecchio lontano da qui, gli spiego. «Che cos'altro hai da mostrarmi?» domando.

Asaf mi porta al piano superiore dello showroom, dove sono esposti i pianoforti a coda meno costosi. C'è un vecchio Knabe bisognoso di un restauro e un Blüthner che è probabilmente il migliore tra quelli a disposizione. Un vecchio Chickering. Nessuno di questi pianoforti è stato restaurato, e ne avrebbero tutti bisogno. E poi ci sono alcuni mezzacoda Estonia con rifiniture molto esotiche. Uno è in bubinga, un legno verticillato, simile a un noce senza nodi, ma di colore rossiccio. Mi siedo per suonare i tre Estonia, di cui i miei amici di Piano World mi hanno tessuto le lodi all'unanimità. Ma dopo aver suonato il Grotrian mi sembrano deboli e inconsistenti. Non hanno quella potenza, quella ricchezza. Torniamo al piano di sotto, e io mi dirigo verso il Grotrian, per suonarlo di nuovo.

«Sarebbe un pianoforte perfetto per Schubert» dico ad Asaf, che è tornato al mio fianco.

«Beh, vediamo se ha ragione» dice e si siede al Grotrian. Poi suona il terzo *Improvviso* di Schubert, uno dei miei preferiti, e capisco immediatamente che la mia intuizione era corretta: la melodia risuona in toni liquidi, perlacei, che danzano nell'aria coi loro colori pieni, ricchi di profondità e spessore. Il suono è struggente: sto entrando in risonanza profonda con questo pianoforte. È una rubacuori, questa Marlene. Poi entra nel negozio un altro cliente e Asaf si scusa. Torno al Grotrian e suono ancora, e poi ancora. Termino il brano di Schumann e sento che questo strumento è semplicemente perfetto. Gli acuti sono superbi. Tiro fuori il mio piccolo taccuino e prendo qualche appunto dal cartellino del prezzo posato sul leggio: *Piano Cabinet Grotrian-Steinweg nuovo, modello 192, numero di serie 154393, garanzia dieci anni, 32.000 dollari*. Aggiungo: *acuti superbi*.

Nei cinque minuti che mi restano prima della partenza, faccio un ultimo giro dello showroom, suono qualche nota sul Feurich e sul Bechstein, ma tra i pianoforti che ho suonato oggi, e anche tra tutti quelli che ho mai provato, nessuno eguaglia il Grotrian. Ne sono innamorata. E temo che sarà un amore non corrisposto, perché le mie tasche sono troppo piccole.

Mi avvio verso la porta, pronta a reimmergermi nella canicola di agosto, ma Asaf mi ferma proprio mentre la sto aprendo.

«Aspetti!» grida. «Ha il mio biglietto?». Sì. «Mi chiamerà, vero?». No. «Perché no?».

«Beh, non ho visto nulla qui che sia alla mia portata, e vivo a quattromila chilometri di distanza».

«Forse allora posso chiamarla io?».

«Sì, certo». Porgo ad Asaf il mio biglietto da visita. Dopodiché mi lancio nella luce accecante, nell'aria afosa del tardo agosto newyorkese, e chiamo un taxi per la prima tappa del mio viaggio di ritorno. So che non avrò mai il Grotrian e me ne faccio una ragione. Ma mentre Beethoven Pianos, Piano Row e Manhattan si allontanano nello specchietto retrovisore del taxi, vengo sorpresa da una fitta di nostalgia, come se ogni chilometro che percorro rendesse più profondo l'abisso che separa la mia anima dal suo vero, unico desiderio.

9

L'acquisto

Sono tornata a casa da appena un giorno, quando squilla il telefono.

«Pronto, signora Knize?».

«Sì, chi parla?».

«Signora Knize, sono Asaf di Beethoven Pianos, a New York. È stata nel nostro negozio ieri».

«Sì, come va? Mi è piaciuto davvero tanto sentirti suonare».

«Ho visto l'espressione del suo viso mentre suonava quel pianoforte, signora. Quello è il *suo* pianoforte!».

Scoppio a ridere. Che faccia tosta. Lo adoro.

«Beh, sì, Asaf. Hai assolutamente ragione. Quello è proprio il *mio* pianoforte. Ma purtroppo non fa differenza, perché non posso permettermelo».

«Qual è la cifra massima che è disposta a pagare?».

Rido di nuovo. Incredibile. Conosco il tipo, ne ho conosciuti diversi quando abitavo a New York. Vivono secondo le regole del successo che la metropoli impone: non arrendersi mai, non darsi mai per vinti, continuare a inseguire i propri desideri a dispetto di ogni calcolo di probabilità. Raggiungere obiettivi impossibili a colpi di perseveranza assoluta. Un peccato che io stessa ho commesso. È giovane, crede ciecamente nei propri valori, la sua devozione cristallina mi riempie di nostalgia. Anch'io sono stata giovane e affamata. Le persone mi hanno aiutata. Ma devo scoraggiare Asaf con fermezza, se voglio giocare pulito.

«Asaf, non vale la pena stare a discutere. Sto cercando un piano verticale da diecimila dollari».

Mi sembra di vedere la sua faccia che si affloscia. «Oh, capisco. Non potremmo darlo via per una cifra così bassa».

«Certo che no. Dunque, come vedi, stai sprecando il tuo tempo».

«Allora dovrebbe prendere in considerazione i piani a coda Estonia che ha provato. Sui prezzi di quelli possiamo essere molto più flessibili».

«Ma gli Estonia non mi interessano».

«Capisco. D'accordo, allora». Sento che sta cercando faticosamente di mettere insieme la mossa successiva. Fremo per lui, ma alla fine trova un appiglio: «Le dispiace se la chiamo di tanto in tanto, solo per sapere come va la sua ricerca? Magari ci arriva qualcosa che può interessarla».

Esito. Normalmente detesto essere contattata da venditori di qualsiasi tipo. Ma c'è qualcosa in Asaf, una sorta di purezza d'intenti che mi commuove, sebbene si tratti di pura fame.

«Certo» dico. «Chiamami pure ogni tanto».

«Grazie» risponde. E mi sembra di percepire una sfumatura di trionfo nella sua voce, un attimo prima di riattaccare.

Faccio un resoconto su Piano World, dato che molti membri si sono appassionati alla mia ricerca. Su Piano Forum, elenco i vari strumenti che ho provato a New York e le mie impressioni. Naturalmente racconto loro del Grotrian.

Lo hai trovato! Scrive Penny. *Il mio pianoforte perfetto!!! Non è grandioso?*

Grotrian-Steinweg è stato PER ANNI *il mio ideale di pianoforte perfetto*, scrive David Burton. *Confronti ravvicinati tra Grotrian e altri pianoforti mi hanno dato la certezza assoluta che i Grotrian si avvicinano più di tutti agli Hamburg Steinway, e non a caso. Per chi non lo sapesse, Grotrian e Steinway erano soci.*

Norbert, invece, si risente perché ho reso pubblico il prezzo del Sauter Omega a coda, un pianoforte che lui stesso vende nel suo negozio di Vancouver. *Impossibile!* Scrive. Mi accusa di essere un suo concorrente sotto mentite spoglie, che cerca di boicottarlo facendo circolare in rete prezzi fasulli. Io ho fatto sapere il prezzo in modo che qualcun altro possa approfittarne; dopotutto, se George era disposto a concedere a me lo strumento per quel prezzo, di sicuro lo avrebbe concesso anche a un altro acquirente. L'insistenza di Norbert mi costringe a spingermi oltre: mi offro di scannerizzare e mettere in rete il contratto di cessione. Questo basta a zittirlo.

Penny mi fa notare che Beethoven Pianos non è un rivenditore autorizzato della Grotrian, il che rende nulla la garanzia di fabbrica. Nasce così una discussione sui risvolti etici e sui rischi che si corrono comprando pianoforti "pirata". Larry sostiene che non dovrei fidarmi di un venditore simile, mentre altri ribadiscono che non c'è nessun problema, se lo strumento è quello che desidero e se il prezzo è adeguato. Posso farlo controllare da un tecnico, proprio come farei se acquistassi un pianoforte usato da un privato.

Lo status di Beethoven's come rivenditore non mi preoccupa, comunque, dato che la mia ultima decisione è di comprare un piano a coda usato che sia alla mia portata. Durante il volo di ritorno, ho fatto un piccolo schizzo del mio soggiorno, ridisponendo i mobili in modo che la stanza possa contenere un pianoforte a tre quarti di coda di un metro e ottanta. Bloccando una delle porte dello studio, si potrebbe fare. Alla prima lezione di piano, chiedo a Molly la sua opinione.

«Preferirei vederti comprare un pianoforte a coda da poco, magari asiatico, piuttosto che il miglior verticale europeo» dice lei. «La meccanica orizzontale è molto importante per uno studente. Io ho tenuto pianoforti orizzontali in spazi davvero minuscoli». Sembra mi abbia letto nel pensiero a proposito delle dimensioni del mio soggiorno. Mi racconta anche che una delle sue allieve,

Anne, vuole cambiare il suo piano a coda Kawai da salotto con uno Steinway B. Forse quello potrebbe essere un buono strumento per me? Ma quando chiamo Anne, l'affare è già sfumato e il suo Kawai si trova da Sherman Clay a Seattle.

La settimana successiva Asaf mi chiama di nuovo. Questa volta riconosco la sua voce immediatamente.

«Ciao Asaf! Come stai? Come procede la tua carriera di concertista?».

«Oh, molto bene» risponde. «Grazie per avermelo chiesto. Ascolti signora Knize...».

«Ti prego, chiamami Perri».

«D'accordo, Perri. Ho la soluzione per te, un modo per comprare il Grotrian».

«Per favore, Asaf. Tu non capisci. Non ho tutti quei soldi».

«Ma, vedi, abbiamo un programma d'acquisto chiamato Keynotes. Un anno, stesso prezzo che pagando in contanti. Non si paga niente fino alla fine del primo anno».

«E come faccio a pagare dopo che il primo anno sarà finito?».

«Lascia che ti spedisca l'accordo. Posso?».

Sospiro.

«Posso?» ripete.

«Va bene, spediscilo. Ma stai sprecando tempo».

«Grazie. Vedrai. È il programma che fa al caso tuo».

Su Piano World ricevo un messaggio privato da "Rich D.". Ha saputo di due Cabinet Grotrian 192 usati in vendita a Seattle. Rich fa attività di volontariato per un servizio non profit che procura pianoforti a favore di un programma di educazione musicale per bambini a Washington, perciò ha una posizione privilegiata nel mercato dell'usato. In più si descrive come un fanatico dei Grotrian, in passato ne ha avuto uno di due metri e dieci, uno dei sette diversi pianoforti a coda che ha posseduto, e afferma di aver sempre rimpianto la scelta di venderlo. Nel giro di poco, ci scambiamo raffiche di e-mail. Rich ha suonato Marlene solo due mesi prima di me, e pur trovandolo anche lui un pianoforte magnifico, pensa che si tratti di un tipico Grotrian. Annoto questa informazione; un altro Grotrian – magari usato – potrebbe piacermi quanto Marlene? Il mese prossimo ho in programma una conferenza a Portland; forse posso prolungare il viaggio fino a Seattle.

Squilla il telefono.

«Ciao Perri. Hai ricevuto i moduli che ti ho mandato?». È di nuovo Asaf. «Che te ne pare del programma Keynote?».

«Te l'ho già detto, non mi posso permettere quel pianoforte».

«È uno strumento magnifico».

«È vero».

«È un pianoforte perfetto per te. Ho già messo un cartello con la scritta "venduto" e il tuo nome».

Alzo gli occhi al cielo. È incredibile. Fin dove arriverà?

«Ascoltami Asaf, anche con il prestito, devo essere in grado di pagare le rate. Come faccio?».

«Dunque qual è la cifra massima che puoi pagare?».

«Te l'ho già detto, diecimila dollari».

«Ho parlato con il proprietario, ha detto che te lo cederebbe per ventottomila dollari, inclusa la spedizione».

«Asaf, è davvero un affare, vorrei poterne approfittare, ma non posso».

«Ecco, Carl, il proprietario, è appena arrivato. Te lo passo. Parlane con lui».

È ridicolo. Poi mi rendo conto che Asaf crede che io stia cercando di far scendere ulteriormente il prezzo. Ora chiarirò le cose con il proprietario e metterò fine a queste telefonate.

«Pronto» dice una voce calma, gentile e divertita all'altro capo del filo. Il contrasto con la veemenza appassionata di Asaf è stridente. Carl Demler sembra alquanto indifferente alla questione. Ha un aristocratico accento tedesco.

«Salve, Carl. Apprezzo davvero l'ottima proposta che mi fate. Mi rendo conto che è un vero affare per quel pianoforte. Voglio che lei capisca che non sto cercando di farvi abbassare il prezzo ancora di più. Sto declinando l'offerta perché non possiedo una tale quantità di denaro».

«Capisco» dice Carl. Nella sua voce non c'è traccia dell'intenzione di farmi cambiare idea. Ci salutiamo.

Beh, penso mentre riappendo il ricevitore, è finita. Asaf continua a lasciare messaggi in segreteria: «Ho una proposta che potrebbe interessarti, chiamami al cellulare». E: «Il piano è ancora da parte a nome tuo. Volevo solo sapere cosa hai deciso». Ma io non rispondo più a questi messaggi e non alzo il telefono per rispondere.

Benché mi sia liberata del venditore del Grotrian, il suono di Marlene continua a risuonare nella mia memoria, senza sosta. Ora che lo Steinway della mia amica non è più in casa mia, ho ricominciato a esercitarmi nel seminterrato della scuola di musica. Quei pianoforti vecchi e sgangherati, verticali e a coda, formano un contrasto stridente con la voce calda, profonda e scura del Grotrian. Mi sto struggendo per quel pianoforte; come un uomo che abbia intravisto una donna stupenda e inarrivabile mentre attraversa rapida la stanza. Non riesco a dimenticarmi di lei, di Marlene.

Decido di cercare i Grotrian usati di Seattle di cui mi ha parlato Rich D. Faccio in modo di programmare alcune interviste da quelle parti per il prossimo mese, mentre mi preparo per la conferenza di Portland. Saranno gli ultimi fuochi, tanto della mia inchiesta, quanto della mia caccia al pianoforte. Proverò i Grotrian usati, il Kawai di Anne da Sherman Clay, tutti i Petrof, i Baldwin, gli Steinway, i Kawai, gli Yamaha, i Charles Walter, i Mason & Hamlin e tutti gli strumenti usati che troverò a Portland e, se necessario, in tutta l'area del Puget Sound. Quando non sarò a qualche riunione o a realizzare un'intervista, sarò in uno showroom o in una stanza privata, in casa di qualcuno. Eccomi di nuovo a preparare la mia campagna militare, a stampare elenchi di indirizzi di Seattle e Portland, a fare telefonate di avanscoperta, a scandagliare su Internet le offerte dei privati e a prendere accordi con vari tecnici per ispezionare gli strumenti usati e pianificare itinerari con l'aiuto dei membri di Piano World che abitano da quelle parti. Sarà la spedizione più accurata e strategica fatta finora.

E poi, il mondo intero va in frantumi.

In una luminosa mattinata di settembre, sul presto, mentre bevo un tè caldo controllando la posta elettronica e le previsioni del tempo, compare sullo schermo del mio computer un messaggio di Oliver: *Charles sta bene. È arrivato all'ufficio a Midtown appena in tempo.*

Di cosa sta parlando? Di suo fratello Charles a New York?

Mi collego al sito del *New York Times* e a quello della *Associated Press.* Il World Trade Center è stato attaccato. Charles lavora nel World Financial Center lì di fronte. Di solito a quest'ora Kim si trova nel centro benessere accanto. Mi alzo di scatto e accendo la tv in camera da letto. Il suono del notiziario la mattina presto è strano e stonato; non accendiamo quasi mai la televisione se non per guardare dei video o qualche partita.

Sullo schermo appare Peter Jennings, alle sue spalle la diretta del World Trade Center avvolto dal fumo. Le immagini del secondo jet che si abbatte sul fianco della seconda torre, ripreso da diverse angolazioni, si ripetono senza sosta. Jennings spiega che quando è precipitato il primo aereo si è pensato a un incidente, e che ora sono sicuri che non sia così. E poi, di fronte agli occhi del mondo, una delle due torri fumanti si disintegra, come cancellata dal cielo da una gomma invisibile, come se il fumo fosse in realtà vapore e l'edificio stesse svanendo. Sparito.

Scoppio in lacrime e mi sento gemere: «La gente! C'è della gente lì dentro!». E poi scompare anche la seconda torre.

Rimango seduta a lungo davanti al televisore, sconvolta, con le lacrime che mi rigano il viso. Mi sento mortalmente ferita in quella parte di me che appartiene a New York. Perché io non solo lì? Com'è possibile che io sia sfuggita a questo? Che ne è dei miei amici? Provo a chiamare Kim, ma la linea è occupata. I collegamenti devono essere saltati. Poi chiamo Oliver in ufficio, singhiozzando. «Spegni, Perri» dice. «Ti farà stare male. Spegni».

Il resto della settimana scorre via in una sorta di paralisi galleggiante. Si susseguono notizie da amici e parenti. La madre di Oliver a Long Island sta bene. Un amico di mio fratello era uno dei piloti dell'aereo che si è abbattuto sul Pentagono. Il fratello di Oliver è stato evacuato dal World Financial Center subito dopo lo schianto del primo aereo, in tempo per salvarsi dal crollo delle torri, ma non prima di aver visto decine di persone spiccare il salto verso la morte.

Finalmente riesco a contattare Kim via e-mail. Quella mattina non era al centro benessere. Alloggia da un amico più a nord e sta per partire verso la parte settentrionale dello Stato, per lasciare la città per un po'. Malgrado le suppliche di Oliver, non riesco a staccarmi dal televisore. Le scene di Lower Manhattan sono impressionanti, un paesaggio degno di un inverno post-atomico.

Comunico al mio gruppo di ricerca che la prima scadenza del nostro progetto slitta di un mese. Non è certo il momento di presentarsi ai direttori dei giornali per parlare dello spazio concesso alle questioni ambientali sulle loro testate. E sembra che tutti abbiano bisogno di tempo per riprendersi, per riorientarsi nel nuovo scenario mediatico. Passato qualche giorno, mi collego a Piano World, per vedere di cosa parlano in miei amici sul web.

Sicuramente non di pianoforti. I forum, piuttosto, si sono trasformati in un campo di rifugiati politici ed emotivi, dove ci si raduna, in mezzo alle macerie della vita americana, per cercare di capire cosa sia successo. Sono sorpresa che così tanti membri del forum inneggino alla guerra e alla vendetta. Sembra siano la maggioranza. Non si era mai discusso di politica nel forum, ma ora è evidente che molti dei partecipanti a Piano World hanno votato per George Bush e sono molto conservatori. Dopotutto, molti di loro sono degli imprenditori, fortemente contrari agli interventi regolatori del governo. Mi viene in mente che la maggior parte dei membri del forum non sono musicisti di professione, bensì persone abbastanza ricche da possedere splendidi pianoforti a coda. E da venderli.

Un abisso culturale, che è anche un contrasto politico, spacca di colpo in due la nostra piccola comunità. Frank, il proprietario del sito, ha creato un forum separato per discutere dei fatti dell'11 settembre, in modo che il dibattito non invada le aree destinate a discussioni di argomento pianistico. Ma la spaccatura si allarga fino a minacciare tutto Piano World. Frank crea un altro forum, chiamato "Coffee Room", per parlare di qualsiasi argomento che non sia il pianoforte. In breve tempo la Coffee Room assume la fisionomia di un piccolo specchio della nazione, con stati blu e stati rossi in guerra tra loro. I tempi in cui a Piano World regnava un'atmosfera pacifica e amichevole sono ormai alle nostre spalle.

Mi esercito tutti i giorni alla scuola di musica, ma ogni cosa che suono mi sembra un lamento funebre. Anche se non sono direttamente coinvolta con le vittime dell'11 settembre, mi rendo conto di essere in lutto. Così dispongo sul leggio il *Preludio in Si minore* di Chopin e lo suono riempiendolo di nostalgia e mestizia, con tutta la lentezza che la musica consente, lasciando che il dolore passi attraverso le dita in un omaggio privato alle vittime. In queste ore di solitudine, il pianoforte è la mia consolazione.

Si avvicina la fine di settembre, e io sto preparando le interviste di Portland e Seattle, quando squilla il telefono.

«Signora Knize? Perri?».

«Asaf! Asaf! Stai bene? La tua famiglia sta bene?». Sento una fitta di senso di colpa. Mi ero completamente dimenticata di Asaf e della sua strenua battaglia per farmi cacciare in un mare di debiti.

«Sì, stiamo bene. Il negozio è abbastanza a nord, non è stato interessato dalle macerie».

«Sono contenta di sentirtelo dire».

«Solo che qui è tutto morto».

Non sono sicura di aver capito. Morto?

«Nessuno compra pianoforti».

C'è una punta di disperazione nella sua voce; mi sta supplicando. Le parole che seguono sono pronunciate con un'enfasi feroce: «Qual è il massimo che sei disposta a pagare per quel pianoforte?».

10

L'arrivo

«Ho trovato il mio pianoforte».

Oliver è appena rientrato a casa dopo un colloquio di lavoro. Indossa un giaccone sportivo di lana blu e una cravatta rossa di reps gli ricade allentata dal colletto aperto della camicia. Al mio annuncio lascia cadere la ventiquattrore e si appoggia con una delle sue larghe mani allo stipite del soggiorno, il naso aquilino puntato verso il basso mentre solleva la testa per ascoltare.

Osservo attentamente il volto ruvido di mio marito mentre gli descrivo il Grotrian, il modo in cui me ne sono innamorata e l'affare che mi è stato proposto. Ammiro il modo in cui gli abiti formali, che indossa di rado, mettano in risalto il suo fisico da sciatore d'alta montagna, ancora vigoroso nonostante i suoi cinquantatre anni. Ha abbandonato l'attività di guida alpina non molto tempo dopo aver incontrato me e, piuttosto che tornare alla sua precedente carriera nei servizi finanziari, si è reinventato come specialista di reti informatiche. Pur avendo un buon lavoro, paga quella che da queste parti chiamiamo la "tassa sul panorama", cioè lo scotto di vivere in un posto bellissimo ma povero di opportunità professionali. Il colloquio di lavoro di oggi potrebbe portare a un salario decente. Ma per il momento sono perlopiù io a mandare avanti la baracca con le provvidenziali sovvenzioni ottenute per il mio progetto giornalistico.

Osservo attentamente le reazioni sul volto di mio marito, perché Oliver non ci sente bene. Nessuno di noi si era reso conto del suo livello di sordità, fino al giorno in cui ci è mancato poco che tagliassimo la strada a un'auto della polizia lanciata a tutta velocità. Oliver era al volante mentre attraversavamo un incrocio del nostro quartiere, come tante altre volte, e il suono di una sirena della polizia esplose nell'aria. Oliver stava proseguendo come niente fosse nella sua direzione. Mi avventai sul volante nell'istante in cui prendemmo l'incrocio e solo dopo quella che mi sembrò un'eternità Oliver inchiodò e mi gridò esasperato: «Cosa c'è? Cosa c'è?». In quel momento, l'auto della polizia attraversò la strada davanti a noi, con lampeggianti e sirene spiegate. Alla velocità a cui viaggiava, se ci avesse travolto il colpo sarebbe stato spaventoso. Lo sconcerto sul volto di Oliver era fin troppo eloquente: non aveva sentito la sirena.

I risultati del test audiometrico furono un altro brutto colpo: Oliver ha un disturbo uditivo tra il moderato e il grave. Le frequenze superiori ai settecentocinquanta hertz, corrispondenti alla quinta ottava o alla sezione mezzo-soprano di un pianoforte, gli arrivano sempre più attutite, fino a non essere più udibili. Può contare sulle migliori protesi digitali disponibili, ma il suo handicap non può essere corretto, solo alleviato. Mentre spiego a Oliver il modo in cui Marlene mi è entrata nel cuore, il mio entusiasmo si vena di tristezza: innamorarsi della magia di un particolare strumento è un'esperienza che mio marito difficilmente potrà vivere o capire.

Quando ho finito, Oliver mi guarda paziente, con l'indulgenza che si concede a un bambino capriccioso e alle sue stravaganze.

«Vuoi il Grotrian?» domanda, con un sopracciglio alzato. «O vuoi una casa più grande?». Abbiamo cercato una soluzione che sia un po' più comoda del nostro cottage di novanta metri quadri scarsi, due camere e un solo bagno, nel quartiere più proletario della città. Si verificano puntualmente problemi di spazio ogni volta che Charles, il figlio undicenne di Oliver, viene a trovarci durante l'estate. Oliver mi sorride con indulgenza, come se conoscesse già la risposta.

«Sarebbe facile!» esclamo.

Oliver impallidisce. «Tu mi fai paura».

Poi gli spiego il mio progetto. Se chiedo un nuovo mutuo sulla casa, che ho comprato prima dell'attuale boom immobiliare, posso ottenere il contante necessario all'acquisto del piano e ristrutturare il soggiorno, e tutto questo farà aumentare le rate mensili del nostro mutuo di soli cinquanta dollari. La differenza nel tasso di interesse, che oggi sarebbe molto più basso rispetto al prestito originario, basterà quasi da sola a pagare il piano. Il funzionario della nostra cooperativa di credito mi ha spiegato tutto dopo avermi dissuaso dall'aderire al programma Keynotes. Anche dopo averne parlato col nostro commercialista, non riesco a trovare il lato negativo. Inoltre potremo ristrutturare questa casa da soli, con calma, quando potremo permettercelo, oppure tornare a cercarne un'altra quando le prospettive professionali e l'anzianità di servizio di Oliver saranno migliori. Potrò andare in bicicletta quando la vecchia Toyota station wagon che ho da vent'anni se ne sarà andata. Ma non possiamo costruire un pianoforte Grotrian; c'è un solo modo per avere un Grotrian, ed è comprarlo. Inoltre il prezzo che mi ha proposto Carl è concorrenziale, per cui nel caso in cui dovessi aver bisogno di denaro potrei sempre rivenderlo al costo per cui l'ho pagato. Che cosa può andare storto?

Oliver non tenta nemmeno di controbattere. Sa che non c'è niente da fare con me; non serve protestare. Anche ottenere il rifinanziamento si rivela semplice. Ho comprato la casa quando il costo degli immobili a Missoula era ancora molto basso, e possiedo un buon numero di azioni. Dopo aver esaminato i conti, Oliver dice: «Ti concederebbero il prestito anche se fossi morta».

Per mesi vago in uno stato liminale, come sospesa tra le nuvole. Qualcosa di insolito, una parte di me che non conosce limiti, ha preso il sopravvento e avanza imperterrita verso il proprio obiettivo. Vado avanti con una determinazione che mi fa quasi paura. Che cosa mi sta succedendo? Non sono una pianista, non lo sarò mai. Quel pianoforte è uno strumento di estrema raffinatezza, terribilmente complicato, che non mi serve. Ciò che mi servirebbe è un normale e realistico strumento su cui studiare. Che cosa mi ha preso?

Prima di dire di sì ad Asaf, consulto il mio nuovo amico pianista Rich D. Lui conosce molto bene quello che mi è successo con Marlene. Ha avuto diversi pianoforti a coda negli anni, ma secondo lui nessuno è paragonabile al Grotrian che ha venduto. «Ogni volta che ho acquistato un piano pensando che mi piacesse ma sapendo che non era davvero quello che desideravo, me ne sono pentito» mi ammonisce Rich. «Devo riuscire ad avere quello che desidero veramente, altrimenti continuerò a pensare a come avrei potuto procurarmelo».

Il pianoforte, questo pianoforte in particolare, con la sua voce dorata, "simile a diamanti sul velluto", come lo descrive David Burton, ha scatenato in me un'ossessione. *Che cosa spero di ottenere comprando questo pianoforte?* Scrivo una mattina, rivolta a me stessa. *Non lo so, ma la mia anima si strugge per lui.*

Nutro la segreta convinzione che diventare la proprietaria di questo strumento farà di me una grande pianista. So di essere irrazionale, ma per qualche ragione non posso non rincorrere questa chimera. Nonostante siano passati due mesi, ho un ricordo vivissimo dello scampanellio della voce di Marlene, del senso di sicurezza trasmesso dai tasti. Sono prigioniera di qualcosa. Ma che cos'è?

Il fatto che Carl non sia un rivenditore Grotrian autorizzato non mi preoccupa. Telefono a Norbert Marten di Piano World, pensando che, essendo anche lui tedesco e lavorando nel settore, possa conoscere Carl.

«Non serve una garanzia per un piano del genere» mi rassicura Norbert col suo ruvido accento. «Se si tratta di un Grotrian nuovo, non puoi sbagliare. Dai tedeschi non puoi prendere fregature».

Ma se dovesse esserci qualche problema, azzardo timidamente, voglio dire se dovesse verificarsi, io avrei solo la garanzia di Carl. Posso fidarmi?

«Carl è una brava persona» mi rassicura Norbert. «Non ti darà un bidone. Puoi fidarti di lui».

La vendita dipende dal buon esito dell'ispezione che verrà effettuata da un tecnico. In passato, il tecnico di fiducia di Rich vendeva i Grotrian, e a New York mi raccomanda Evan Giller, che negli anni Settanta lavorava in un concessionario della casa pianistica tedesca.

«Adoro i Grotrian!» esclama Evan quando gli telefono. Trova un'ora libera per andare da Beethoven's e mi chiama per darmi ampia garanzia della buona salute di Marlene. «Il suono è stupendo! Il sostegno è eccellente. Ma...» e a questo punto sembra diventare un po' più cauto, come se non fosse sicuro di quali siano le mie aspettative «...è piuttosto caldo a paragone della maggior parte dei Grotrian. Ho chiesto a Carl e ha detto che sono stati loro a farlo intonare in modo che dia il suono più pastoso possibile».

«Sì, a me il timbro è sembrato magnifico» ribatto. Non sono sicura di ciò che intenda Evan con "pastoso", ma mi suona senz'altro come qualcosa di positivo. Perché questa punta di incertezza nella sua voce? «Dunque ha passato l'esame?».

«Sì, è perfetto. L'unico aspetto da valutare con attenzione è il caso in cui tu decida di venderlo, perché la marca è piuttosto sconosciuta».

La possibilità che io decida di vendere questo magico pianoforte, al momento, non è nemmeno da prendere in considerazione. Ma la voce di Evan sembra così disponibile e cordiale che trovo il coraggio di fargli la domanda che più mi tormenta dal momento in cui ho toccato i tasti di Marlene: non mi sono mai concessa nulla di così bello e di così raro. Sono all'altezza di questo strumento?

«Evan, ha senso per un adulto a un livello intermedio comprare uno strumento tanto raffinato, dal momento che probabilmente non arriverò mai a suonare a quei livelli? Non dovrei invece comprare un verticale abbastanza buono?».

«Non dire così! Mai dire queste cose!» la reazione di Evan è quasi feroce. «Compra il meglio che riesci a sentire. La tua tecnica si adeguerà al nuovo livello, e la tua capacità di ascolto non potrà che migliorare».

Dwight, il carpentiere che ho assunto per ristrutturare il soggiorno, non sembra trovare niente di strano nel fatto che io collochi un raffinato pianoforte a coda di marca tedesca in un modesto cottage di un quartiere popolare. A me sembra un po' come parcheggiare una Rolls-Royce in un tugurio, ma per Dwight è una cosa da festeggiare. Anche lui è un appassionato di musica, ascolta musica classica mentre lavora, ed è entusiasta di creare un ambiente destinato ad accogliere un pianoforte a coda nuovo.

Dwight e la sua squadra dedicano le due settimane in cui sono a Portland e a Seattle a rimuovere i pannelli di finto legno, il soffitto in mattoni dall'acustica pessima e i faretti al neon stile negozio che illuminano il soggiorno. Ricopre le vecchie pareti in fibra con qualcosa che chiama "camicia di schiuma", che gli operai modellano fino a farla sembrare uno strato di intonaco. Realizza alzate, soglie e battiscopa uguali all'originale. Un nuovo pavimento in quercia laminata viene posato sopra al vecchio e brutto linoleum marrone. La massiccia porta d'ingresso viene sostituita da un'altra realizzata interamente in vetro, isolante, che lascia entrare molta luce dall'esterno. Il tocco finale è dato dal binario a sospensione con uno dei faretti rivolto verso l'angolo dove presto ci sarà il leggio. La stanza è trasformata, ingentilita dalle pareti di un luminoso color grano e dalle rifiniture bianche laccate. Uno degli angoli è rimasto vuoto, in attesa del nuovo occupante. Lì, sul pavimento nuovo, è steso un pezzo di carta da imballaggio tagliata a forma di Grotrian 192.

Di notte sogno il pianoforte, e andare a esercitarmi alla scuola di musica mi sembra ogni pomeriggio più frustrante. In quel mese di attesa, man mano che le giornate diventano più brevi e le notti più fredde, l'impazienza di avere il mio piano, uno strumento stupendo, nella mia casa, non fa che aumentare.

Carl accetta un acconto del dieci per cento ed è disposto ad aspettare la fine dei lavori prima di avere il saldo. Nel frattempo, vuole spedire il pianoforte il prima possibile. Siamo già ai primi di novembre e in Montana arriverà presto il freddo. Carl mi avverte che il freddo costituisce una minaccia per i pianoforti. Uno strumento che ha spedito nel Massachusetts durante l'inverno, a causa del freddo, è arrivato a destinazione con una rifinitura spezzata. Quando gli faccio notare che nel Montana fa più freddo che a New York, dice che spedirà il piano immediatamente.

Due settimane dopo, chiamo Carl per sapere quand'è che arriverà il pianoforte. Con mio grande disappunto, mi dice che hanno appena ordinato del legno nuovo per costruire l'imballaggio, che questo arriverà nel giro di qualche giorno e che ci vorrà una settimana per costruire l'imballaggio e un'altra perché il piano arrivi nel Montana. Ha voluto del legno nuovo, puntualizza, perché l'imballaggio sia più resistente, dato che il piano viaggerà su semplici veicoli per il trasporto merci. La compagnia di trasporto verrà a ritirare il pianoforte non appena lui li chiamerà, dice Carl. Gli chiedo il nome della compagnia e Carl me lo comunica con una certa riluttanza.

Telefono subito alla ditta di trasporti. I camion sono riscaldati? No. Quante volte il piano imballato dovrà cambiare veicolo? Quattro volte, il che significa che passerà del tempo nelle stazioni di carico. Impiegherà circa una settimana per arrivare a Missoula e poi una locale impresa di traslochi sarà incaricata di portarlo a casa mia e provvedere al montaggio. Sei camion diversi in tutto. Il giorno del Ringraziamento è alle porte, che succede se il piano viene spedito a ridosso delle feste? Durante le feste i trasporti sono fermi.

Mi chiedo perché Carl ha lasciato passare due settimane prima di effettuare la spedizione. Ha incassato il mio assegno. È una cosa normale? Qual è la procedura consueta per la consegna di un pianoforte? Non voglio fare storie inutili e dare l'impressione di essere una cliente irragionevole. Voglio prima informarmi.

Così richiamo Norbert, per chiedergli consiglio. Dopotutto, è in seguito alle sue parole di stima su Carl che ho preso la decisione di acquistare il Grotrian. Viene fuori che Norbert ha avuto informazioni su Beethoven Pianos da un dipendente che vi aveva lavorato in passato.

«Carl è un tipo strano. Nessuno riesce veramente a capirlo» dice Norbert. «Non è il tipico tedesco. Ha fama di essere uno *schlamper.* In tedesco significa "persona disorganizzata". Magari non sarà un modello di puntualità e organizzazione, ma non è un imbroglione, non ti sta fregando. Ho sentito certe storie incredibili, che un giorno ha venduto un pianoforte e il giorno successivo non aveva più idea di chi fosse il cliente. Sembra non sapere mai con esattezza chi sta lavorando per lui in un determinato momento, chi c'è nel suo libro paga. Ma è un bravo uomo d'affari. Ha molti aspetti contraddittori. Carl manterrà le promesse che ti ha fatto». Norbert cerca di tranquillizzarmi. «Chiedigli per quale giorno è prevista la spedizione e quando il piano sarà a casa tua. Digli quanto sei entusiasta dell'arrivo del piano, e che è per questo che sei così impaziente».

Non mi piace la piega che stanno prendendo le cose, ma non voglio tirarmi indietro. Amo il ricordo di quando ho suonato quel pianoforte. Ogni sera, mentre mi esercito alla scuola di musica, non riesco a non pensare a quanto sarebbe più bello suonare Mendelssohn sul Grotrian. Non riesco a togliermi dalla testa quel suono. E Oliver dice che gli mancano i tempi in cui mi esercitavo in casa.

Cerco più volte di mettermi in contatto con Carl. Alla fine spiego il motivo della mia chiamata al venditore che mi risponde al telefono. «Probabilmente ha dimenticato di spedirlo» dice il venditore con noncuranza, come se una cosa del genere fosse perfettamente normale. Questo negozio è davvero uno strano posto.

Scrivo una e-mail ad Asaf. Dalle mie parti l'inverno è alle porte. Può per favore parlare con Carl? Ma Asaf mi risponde che anche lui non riesce a raggiungerlo. Asaf lavora solo la domenica, quando Carl non è in negozio. *Sono stufo e preoccupato anch'io*, scrive.

Questo non fa che mettermi ulteriormente in agitazione. Chiamo Asaf e gli chiedo di tenere d'occhio la situazione. Non c'è molto altro che io possa fare.

Passa il giorno del Ringraziamento. La domenica successiva Asaf telefona dicendo che ha parlato con "l'altro capo", una signora. Ora è lei a occuparsi della faccenda e si assicurerà che tutto si svolga nel migliore dei modi. Me la passa. Si chiama Kaoru ed è la moglie di Carl. Sembra che non sapesse nulla della vendita. A un tratto cambia tutto.

«Il piano è stato imballato oggi ed è previsto che la ditta di trasporti venga a ritirarlo domani, lo riceverà la settimana prossima, garantito» dice Kaoru, con il suo accento, apprenderò in seguito, giapponese. «Quando verrà effettuato il pagamento?».

Le spiego che pagherò in contanti grazie al rifinanziamento della casa e che il denaro non sarà erogato prima della fine dell'anno. «Normalmente non effettuiamo spedizioni prima di aver ricevuto il pagamento completo, ma se questo è l'accordo che ha preso con Carl, non c'è problema» dice Kaoru.

Il giorno dopo ricevo una telefonata dal negozio in cui mi viene comunicato che la compagnia di trasporto ritirerà il piano quel pomeriggio stesso. «Ha la nostra garanzia che le arriverà in condizioni perfette» mi assicura Linda, la responsabile delle consegne. A fine giornata, mi manda via fax il numero di spedizione. Poi è Carl a chiamarmi, per chiedermi se può spedirmi uno sgabello da concertista in pelle imbottita Steinway le cui gambe non sono abbinate a quelle del pianoforte, ma è bianco laccato, il migliore sgabello che abbia in negozio. Può andare? Se voglio uno sgabello Grotrian, dovrà ordinarlo dall'Europa. Gongolo all'idea di avere uno sgabello da concertista. Carl lo spedirà via UPS. Nei giorni che restano della settimana, ricevo telefonate quotidiane da persone del negozio che mi rassicurano che tutto sta procedendo bene.

La mia ansia si trasforma in eccitazione, e poi di nuovo in preoccupazione quando sento il bollettino meteorologico. Il giorno successivo a quello della spedizione un fronte temporalesco proveniente dal Pacifico si è spinto sulle Montagne Rocciose e si è scatenato nei due Stati del Dakota, rovesciando bufere da record. L'Interstatale 80 è chiusa per oltre duecento chilometri. Le temperature scendono fino a sedici gradi sotto lo zero nello Utah e i venti toccano i settanta chilometri orari. Nevica anche a Missoula. I meteorologi affermano che la tempesta è "venuta dal nulla". Il pianoforte ha già lasciato New York e, secondo il tracker della Yellow Freight, si trova da qualche parte in Pennsylvania. È diretto a Salt Lake City, proprio sulla traiettoria della tempesta.

A Missoula fa sempre più freddo. Una sera non riesco a trovare parcheggio nelle vicinanze della scuola di musica, e durante la lunga camminata che devo fare al buio prima di raggiungere le aule, aspre raffiche di vento mi sferzano il viso e mi irrigidiscono le dita. Quando arrivo, trovo il mio pianoforte preferito già occupato e l'unica aula con un piano è stretta tra i gemiti di un sassofono da una parte e un basso elettrico con il volume al massimo dall'altra. Riesco appena a sentire i suoni che produco. Quello che per me è sempre stato un piacevole baccano, molti musicisti che si esercitano, è diventato intollerabile.

Quando arrivo a casa, inserisco il mio numero di spedizione della Yellow Freight. Il piano non si è mosso! Si trova ancora a Lancaster, Pennsylvania. La mattina successiva ricevo una telefonata da Rich D.: *Ehi, ho visto che il tuo pianoforte è a Chicago.* Era così ansioso di conoscere le vicende del mio piano, che gli ho dato il numero di spedizione, in modo che possa seguirlo per conto suo. Telefono alla compagnia di trasporto. «Le autostrade sono chiuse» mi spiega una donna di nome Shelly. «Dobbiamo portare il suo pacco a Chicago. Metteremo il pianoforte su un vagone ferroviario; le strade sono troppo pericolose per gli autisti».

Per il momento, nonostante la mia agenda straripante di appuntamenti con i reporter e dozzine di interviste telefoniche al giorno, la mia frenesia intorno al pianoforte si è placata. La conclusione della prima fase della nostra inchiesta è alla fine del mese, per allora le nostre relazioni devono essere consegnate e nello stesso periodo è previsto il saldo del finanziamento. Lo stress provocato dalle tante attese e incertezze ha il suo prezzo, e comincia a farmi male la schiena, il che rende il lavoro ancor più faticoso.

Ma ogni pomeriggio vado a esercitarmi alla scuola di musica, malgrado il freddo gelido e la neve battente, mi siedo di fronte al vecchio pianoforte sgangherato nella mia aula preferita e immagino di suonare Bach sul Grotrian. Quando i miei esercizi non sono soddisfacenti, mi sento umiliata, penso di non saper suonare abbastanza bene da meritare il mio nuovo piano. Durante la settimana della lunga attesa, sogno ogni notte l'arrivo del pianoforte.

La sagoma che ho ritagliato nella carta da pacchi rimane al suo posto sul nuovo pavimento di legno laminato. Una volta stabilita l'esatta posizione in cui voglio mettere il piano, l'ho lasciata lì in modo che Oliver e io ci abituiamo a girarci intorno. La sagoma sembra un fantasma del suo originale, il cui arrivo si fa attendere. La osservo, cercando di immaginare il gigante nero a tre dimensioni che presto prenderà il suo posto. Il foglio di carta resterà lì fino all'arrivo dei facchini, in modo che vedano esattamente dove voglio che il pianoforte sia posizionato. Visti i nostri problemi di spazio, la collocazione deve essere precisa.

Nel fine settimana precedente all'arrivo del pianoforte, la situazione meteorologica all'improvviso migliora. La neve si scioglie. La sera esco solo con una giacca leggera. Il giorno pattuito, all'ora stabilita, ricevo la telefonata della ditta di traslochi. «Il suo pianoforte è qui!» dice il responsabile del magazzino. Sembra gentile ed entusiasta. Ormai abbiamo parlato al telefono diverse volte e lui sembra divertito dalla mia impazienza infantile. Purtroppo, mi dice, quando ha esaminato l'imballaggio per controllare che non vi fossero danni, ha constatato che uno degli spigoli si era rotto; ma, aggiunge, in un punto a cui non corrispondono parti del pianoforte, per cui è improbabile che lo strumento sia stato danneggiato. Tuttavia, è evidente che la cassa dell'imballaggio è stata fatta cadere. Mi rifiuto di registrare questo fatto, decido di considerarlo un dettaglio senza importanza.

«È tardi per consegnarlo oggi» dice il responsabile. «Passeremo a consegnarlo domani mattina, come prima cosa».

Quella notte, sogno Vladimir Horowitz che viene di persona a consegnarmi il pianoforte.

Il giorno dopo il cielo è nuvoloso e l'aria tiepida, sembra che le terribili tempeste che hanno imperversato la settimana scorsa non siano mai passate da queste parti. Alle nove del mattino sento il rumore del camion che entra nel vialetto e corro fuori ad accogliere i facchini. Dopo aver girato il furgone con il retro rivolto verso l'ingresso, aprono il portellone dell'area di carico, ed eccolo lì.

Ovviamente ciò che vedo non è il pianoforte, ma uno scatolone alto e sottile fatto di legno impiallacciato, nuovo e di notevole spessore. I lati sono solidamente rinforzati da assi di pino e tutta la superficie è ricoperta di scrupolose indicazioni: DAVANTI, LATO PESANTE, MANEGGIARE CON CURA, LATO LEGGERO, APRIRE DALL'ALTRA PARTE, APRIRE DA QUESTA PARTE (COMINCIANDO DALL'ALTO). Tutto in grosse lettere vergate in stampatello. L'etichetta con il destinatario è attaccata con del nastro adesivo da pacchi. Qualcuno ha persino disegnato sulla scatola, per gioco, la sagoma di un pianoforte a coda.

Mi sciolgo in un senso quasi selvaggio di pregustazione, come un bambino sul punto di scartare il suo primo gioco davvero importante. Forse per un bambino di cinque anni il gioco potrebbe essere una bicicletta rossa nuova fiammante. La mia impazienza è per il sogno in cui mi sono imbattuta in quello showroom. Quel suono magico mi apparterrà per il resto della vita. I facchini sono quattro uomini alti e corpulenti, Dublin, Charlie, Doug e Joe. Dublin e Charlie somigliano a dei boscaioli, con le loro giacche di lana a scacchi, Doug e Joe sembrano appena usciti da un ranch coi loro Carhartt e i jeans. Hanno baffi a manubrio, simili a quelli dei cowboy o dei ranger, e si muovono con una goffa e inelegante agilità.

Mettono la cassa su un carrello, e mentre tre di loro lo tengono fermo, il carrello viene spinto giù per una rampa fino a una fila di assi che hanno sistemato sull'erba, piazzando sul prato alcuni fogli di compensato per accogliere il loro carico ballonzolante, come nel gioco della cavallina, e in tal modo si fanno strada fino al vialetto lastricato che gira intorno alla casa e conduce alla porta d'ingresso, mentre io gli giro intorno saltellando e scattando fotografie. Mi guardano con sorrisi indulgenti. Immagino che, come traslocatori di pianoforti, sia già capitato loro di vedere una donna adulta comportarsi in modo simile.

Con un metro a nastro Doug misura l'altezza della porta e annuncia che non è abbastanza alta da consentire il passaggio. I pianoforti a coda vengono stoccati e trasportati adagiati sul fianco, con le gambe rimosse e ripiegate accanto nella scatola, il che fa sì che la loro altezza in fase di trasporto sia pari alla loro larghezza quando sono pronti per essere suonati. Perciò è lì, sulla porta di casa, che i traslocatori aprono il coperchio della scatola quel tanto che basta a farla entrare in casa; ciò mi dà la possibilità di rivedere Marlene per la prima volta. Mi metto sul gradino più alto del portico per sbirciare dentro. Marlene è avvolta in un feltro nero che sembra morbido come velluto, e legata con plastica trasparente. Nuovo di zecca, penso, uno strumento vergine.

Fanno scivolare lo scatolone sopra una rampa posizionata sugli scalini fin sopra il portico, poi attraverso la porta d'ingresso e sugli appositi ammortizzatori lungo il tappeto appena lavato, fino all'angolo predisposto per il pianoforte in fondo al soggiorno. Poggiano lo scatolone su un lato della sagoma di carta da pacchi.

«È così che vuole metterlo?» dice Doug, indicando la sagoma con un cenno del capo. Annuisco, quasi incapace di parlare per l'eccitazione, e metto via la sagoma.

È un sogno che si avvera, l'apertura di questa cassa.

I contorni della realtà si fanno indistinti, il tempo rallenta, i movimenti si confondono. Doug rimuove un lato della cassa con l'aiuto di un trapano elettrico. Una volta aperto l'imballaggio, vediamo la parte chiara sottostante dello strumento con le barre di legno esposte. L'uomo rimuove completamente il coperchio e strappa l'involucro di plastica che protegge lo strumento.

Liberano dai legacci le tre gambe del piano avvolte nel feltro nero. Gli uomini le osservano incuriositi. Con il pianoforte ancora adagiato sul fianco, esaminano da vicino le gambe, come se non ne avessero mai viste di simili. «Di che tipo di piano si tratta?» domanda Charlie. Quando glielo dico, osserva: «Mai sentito».

«Viene dalla Germania» spiego.

«Vorrei che fossero fatti tutti così. Guarda come si montano le gambe» dice rivolgendosi agli altri, che si avvicinano per vedere. «Guardate, basta metterle in posizione, stringere il bullone ed è fatta. Questi tedeschi!».

Il piano giace ancora sul fianco, con solo due delle tre gambe protese orizzontalmente verso il centro della stanza. I facchini lo sollevano dalla pedana fino alla sua posizione naturale, dopodiché uno degli uomini si sdraia sulla schiena per fissare la terza gamba, mentre un altro tiene il pianoforte sollevato per la fascia, appoggiandolo alla propria schiena piegata. Rimuovono il nastro adesivo che tiene fermo il feltro nero, e il tessuto ricade sul pavimento, rivelando il profilo armonioso di Marlene, nero e splendente. È stupenda.

Tutti e quattro insieme la sollevano con delicatezza prendendola dal bordo, e la sistemano nell'angolo. La sagoma di carta, il fantasma che per un mese ha occupato quest'angolo, è diventato a un tratto un oggetto a tre dimensioni. È il mio sogno che si avvera.

Dublin solleva l'ala del Grotrian e la blocca con il bastone più lungo. Charlie apre il leggio e lo colloca al suo posto sopra la tastiera. Poi apre il coperchio per leggere il nome del piano. Gli uomini fanno un cerchio intorno, sorridendo. Joe indica la tastiera con un ampio gesto del braccio, come fosse il maître di un ristorante immaginario che mi accoglie sull'uscio, e mi invita a suonare. Sembrano divertiti dalla mia incontrollabile felicità. Suonare di fronte a questi uomini? Sicuro, perché no?

Mi faccio avanti, tocco la tastiera, premo una nota, ma non succede niente. La tastiera è stata bloccata per impedire che i tasti si muovessero durante il trasporto. I traslocatori non sanno come rimuovere il blocco. Dovrò chiamare il tecnico.

Li ringrazio uno a uno, consegnando a ciascuno una lauta mancia mentre gli stringo la mano. Poi mi lasciano sola con lei.

Telefono immediatamente al tecnico di cui ho deciso di servirmi, il quale molto gentilmente accetta di passare nel pomeriggio, tra un cliente e l'altro. Solo in seguito saprò quanto è affollata la sua agenda, dato che si occupa degli strumenti dell'università, delle scuole pubbliche e della maggior parte degli insegnanti di pianoforte di Missoula. Mentre lo aspetto, arriva un camion UPS con il mio splendido sgabello da concertista e lo assemblo. Poi ricevo una telefonata da Carl.

«È arrivato?» la sua voce sussurrata, dall'accento tedesco, tradisce la sua soddisfazione. «Sei contenta?» chiede con dolcezza.

Contenta? Sono fuori di me dalla gioia. Gli spiego la questione dei tasti bloccati. Carl sembra sconcertato dal fatto che gli uomini non sapessero che cosa fare. Avrebbe voluto sentirmi impazzire di gioia nell'udire il suono del pianoforte in casa mia. Dovrà aspettare.

Quella dello sblocco dei tasti si rivela una procedura molto semplice. L'accordatore estrae la meccanica, toglie la lamella di contenimento fissata al binario e il piano è pronto per essere suonato.

Mi siedo di fronte al mio nuovo pianoforte, con l'accordatore in attesa di fianco a me. Orgogliosamente poso le mani sulla tastiera, ricordando chiaramente e pregustando il suono e il tocco che mi ossessionano dall'agosto scorso.

Ma dopo aver suonato le prime battute di Mendelssohn, mi raggelo. C'è qualcosa che non va. Sulle prime non riesco a crederci. Passo a Schumann, sperando di sentire quei soprani favolosi, ma non li ritrovo. Non è questa la voce che mi ha fatto innamorare nello showroom. I bassi e i tenori sono ancora quelli, dolci, pastosi e cantati. Ma i soprani sono scomparsi. Non riesco proprio a ritrovarli. E tutto nello strumento sembra indefinibilmente stonato, al punto che non riesco a posarvi le dita. Il suono è stranito ed echeggiante. Discontinuo. La meccanica fa troppo rumore.

«C'è qualcosa che non va» dico all'accordatore.

È un organista, si siede e suona qualcosa di Bach, ma non avendo provato lo strumento quando era nello showroom, dice, non può valutare la differenza rispetto a ora. «Temo di non poter essere d'aiuto».

È una delusione cocente. Avevo immaginato il suo stupore di fronte al mio pianoforte, ma in questo momento la sua reazione è tutt'altro che ammirata. Vorrei ribellarmi: «Ma era stupendo! Lo era davvero! Giuro che era il pianoforte più magico, più speciale che abbia mai sentito!». Naturalmente non dico nulla del genere.

«Mi dispiace, ma ora ho degli altri appuntamenti» dice. Capisco. È stato gentile a venire con così breve preavviso. Lo congedo.

Mi siedo di nuovo davanti alla stupenda creatura nera nel mio soggiorno nuovo, l'unica ala alzata verso il soffitto nuovo, e stavolta sono piena di paura. Suono qualcosa di Mozart. I soprani sono decisamente scomparsi. La "sezione melodica", la quinta e la sesta ottava, suona come se i martelletti percuotessero del legno, un suono secco. Il timbro è troppo morbido. Manca di vibrazione. Suonare con maggior forza non migliora le cose di molto. Del sostegno prodigioso che ricordavo, di quella rapida cascata di suoni che si fondevano nell'aria in una scintillante carezza, non c'è più traccia.

Controllo il numero di serie sul contratto di vendita, dopo averlo verificato sugli appunti presi durante la ricerca. Corrisponde. Ma se questo pianoforte è il mio pianoforte, la mia Marlene, se è proprio lei, allora deve essere accaduto qualcosa di terribilmente sbagliato. Al posto di quella chiarezza e di quella sonorità pura, vibrante, il cui ricordo mi ha ossessionato negli ultimi tre mesi, trovo questa voce roca e rotta. Marlene non c'è più.

11

L'ispezione

«Sono i martelletti più strani che abbia mai visto» dice Jeff Stickney. «Guardi queste protuberanze alle estremità». Jeff, il mio nuovo tecnico, è tornato il giorno dopo per accordare il pianoforte e provare a capire che cosa è accaduto. Ora la meccanica del Grotrian si trova all'esterno della cassa, posata sulle sue ginocchia.

Osservo le teste dei martelletti rivestite di feltro. Sembra che abbiano delle escrescenze, dei rigonfiamenti, come se fossero state punte da un'ape.

«È sicura che siano martelletti Renner?» domanda Jeff. «Non ho mai visto nulla di simile prima d'ora». È stato Evan Giller, il tecnico di New York, a dirmi che era la Renner a realizzare i martelletti per la Grotrian.

«Non potrebbe essere proprio questa forma a conferirgli un suono così speciale?» azzardo, poco convinta. Il mio smarrimento è totale.

«Mi dispiace. Non ho esperienza di martelletti come questi. Credo di non poterla aiutare».

Queste parole hanno un effetto devastante. Jeff doveva essere il mio tecnico. Che cosa farò adesso? Ripone la meccanica dentro il pianoforte, raccoglie i propri strumenti, mi dice che tentare di risolvere il problema senza sapere che suono avesse il piano quando si trovava nello showroom equivale a camminare a tentoni nel buio. Poi se ne va.

Che suono aveva quando era nello showroom. Chi altri può saperlo? Chiamo Evan Giller.

«L'ho trovato un po' più pastoso del solito, per essere un Grotrian». C'è un'ombra di perplessità nel tono di voce di Evan. «Ma il piano era in condizioni perfette. Gli ho fatto un esame piuttosto approfondito. La tavola armonica era abbondantemente arcuata, l'ho misurata. Ottimo sostegno. Era in condizioni eccellenti. Devi farlo ispezionare da qualcuno. Chiama Rick Baldassin a Salt Lake City. Tra i tecnici che conosco con le competenze che servono al tuo caso è il più vicino a te».

Compongo immediatamente il numero che mi ha dato Evan. Rick mi ascolta mentre descrivo il suono del pianoforte, ma ho già la certezza che smentirà tutto quello che sto dicendo e mi dirà che si tratta di un problema di natura acustica, o che sento cose che non esistono. Appena smetto di parlare, apre bocca senza esitazione.

«È successo qualcosa allo strumento» dice con mio grande stupore. «Il mio istinto mi dice questo. Perché alcune parti del piano suonano bene e altre no? Potrebbe essersi spostato il telaio di ghisa. Il punto di battuta potrebbe essere fuori allineamento. È successo qualcosa alla fascia quando è caduto? Forse la tavola armonica si è rilassata, può succedere in caso di drastici cambiamenti della temperatura, c'è stato un periodo molto freddo. Per quanti giorni è rimasto fuori al gelo in una stazione di carico? Potrebbe essere stato urtato da un carrello elevatore, e nessuno lo saprebbe mai. Chiami il rivenditore e gli dica che c'è qualcosa che non va, che cosa propone lui? Non si faccia prendere dal panico. Si mostri preoccupata».

Sono a pezzi. Perché Carl non ha spedito il pianoforte con un camion riscaldato? Perché ha viaggiato con una normale compagnia di spedizione merci? Come faccio adesso? All'improvviso, Missoula mi appare terribilmente lontana da tutto e da tutti.

«Verrà a dargli un'occhiata?» chiedo a Rick. Per tutta risposta, scoppia in una breve risata.

«In questo momento faccio fatica persino a raggiungere i miei clienti a Provo. Ho un negozio qui. Non posso spostarmi. Però posso raccomandarle un buon tecnico. Se poi viene fuori che c'è bisogno di un intervento di una certa importanza, può sempre portare il pianoforte a Salt Lake City. Mi faccia sapere».

«Pronto! Ciao!» la voce allegra, calda e cordiale di Carl mi saluta attraverso l'etere. «Che te ne pare del tuo nuovo pianoforte?».

Tutto quel che conosco di Carl è questa voce che mi parla attraverso il ricevitore, un sospiro ruvido e roco, quasi il fantasma di una voce. Quando parlo con lui al telefono, mi sembra sempre di dover gridare, come nel tentativo di lacerare il velo della coscienza.

Ora stiamo mettendo per la prima volta alla prova il nostro rapporto venditore-cliente, ma non ci siamo mai nemmeno incontrati; mi crederà? O insisterà nel dire che i problemi del Grotrian sono frutto della mia immaginazione? Come funzionano queste cose nei rapporti a distanza?

«Carl, deve essere successo qualcosa al piano».

«No. Non può essere. Usiamo da sempre quella compagnia di spedizioni. Hanno sempre fatto un ottimo lavoro. Deve essere stata la ditta di traslochi del posto».

«Li ho guardati mentre lavoravano, Carl. Si sono comportati in maniera ineccepibile. Però c'è qualcosa che non va». Gli descrivo i soprani deboli, la meccanica rumorosa, la discontinuità del timbro, l'eco. «Non è il pianoforte che ho suonato allo showroom».

«Ma che cosa può essere successo? Il piano era in condizioni perfette quando è uscito da qui. Il tuo tecnico l'ha esaminato e l'ha confermato».

«Forse sono state le condizioni atmosferiche?».

«Ma c'erano ventuno gradi quando il piano ha lasciato New York».

«E ce ne erano ventisei sotto zero sulle Grandi Pianure, Carl.

Le autostrade erano chiuse. La Yellow Freight ha dovuto deviare per Chicago e metterlo su un treno merci».

«O-o-oh! No!».

«Sì, una tempesta tremenda. Nessuno poteva prevederlo».

«Probabilmente si tratta del freddo. Hai dei piumini da letto?».

«Ho dei sacchi a pelo».

«Perfetto. Coprilo con i sacchi a pelo e lascia che si scaldi gradualmente. È così che fanno in Germania. Lasciali così per un paio di giorni, poi riprova a suonare».

Così copro il pianoforte con tutti i sacchi a pelo che abbiamo in casa. Essendo una coppia di escursionisti e appassionati di sci alpinismo e avendo conservato tutta la vecchia attrezzatura, di sacchi a pelo ne abbiamo in abbondanza. La lucida cassa nera è avvolta in un voluminoso bozzolo di nylon a coste blu, verde e nero. La lascio così per tre giorni.

Mentre aspetto, discuto con gli amici di Piano World su cosa possa mai essere accaduto. È forse colpa dell'acustica della stanza? Ma no, la sezione tenorile è bella come la ricordo. L'acustica non può essere buona per una parte della tastiera e pessima per l'altra. I tecnici sostengono che il legno potrebbe aver subito una contrazione a causa del freddo e che, una volta che il piano avrà recuperato la giusta temperatura, tornerà così come era nello showroom. Alla fine andrà tutto a posto.

Rich, in particolare, fa di tutto per rassicurarmi. Ormai parliamo spesso al telefono, dato che lui è l'unico che conosco, oltre a Evan, ad aver suonato Marlene nello showroom. Dice di aver provato un Grotrian 192 a Boston più o meno nello stesso periodo in cui ha suonato il mio e che erano egualmente superbi. Aggiunge che il mio ha il tipico suono dei Grotrian.

Sappiamo che il piano aveva un suono perfetto, perché lo abbiamo sentito con le nostre orecchie a New York, e che è stato esaminato e approvato dal tecnico Grotrian che tu stessa hai mandato, mi scrive Rich. *Non dovrebbe essere accaduto nulla che un buon tecnico non sia in grado di risolvere. Vedrai che andrà tutto bene. Su con la vita!*

Ma quando finalmente, qualche giorno dopo, rimuovo i sacchi a pelo e mi metto a suonare di nuovo, non noto alcun miglioramento. Striscio sotto il piano, faccio scorrere del filo sopra le fibre della tavola armonica e constato che la tavola è abbondantemente arcuata, la forma convessa che la tiene in tensione è intatta. Non si è rilassata, come aveva ipotizzato Rick Baldassin. Tra il tratto centrale del filo e la tavola c'è una sana distanza.

Nell'archivio on line delle discussioni della Piano Technicians Guild, cerco "crollo dei soprani" e trovo qualche informazione in merito a qualcosa che chiamano "ottava killer", un problema della sezione acuta dovuto a un errore di progettazione e alla scarsa pendenza della tavola armonica in quella sezione.

Scrivo una e-mail a Larry Fine per raccontargli cosa è accaduto. Mi risponde suggerendomi di fare il test del "pizzicato". Premere sul pedale tonale in modo da tenere gli smorzatori staccati dalle corde e poi pizzicare una corda con l'unghia invece di percuoterla con il martelletto. Contare poi i secondi per vedere quanto dura il suono. Negli acuti, dovrebbe superare i dieci secondi. In più, sentire se il suono della corda pizzicata è diverso da quello della corda percossa dal martelletto.

Il suono del pizzicato si rivela perfetto, splendido, con un sostegno prolungato, abbondantemente superiore ai dodici secondi. Ma le stesse corde sembrano morte se a percuoterle è un martelletto. Faccio per scrivere la mia risposta a Larry Fine, e vedo che mi ha già scritto di nuovo per precisare che, se il suono è buono, il problema non può essere l'ottava killer. Dunque il problema sono i martelletti. Devono essere intonati.

«Allora, come ti sembra adesso il tuo nuovo pianoforte?». Carl sembra sinceramente fiducioso quando sente la mia voce.

«C'è ancora qualcosa che non va».

«D'accordo, serve un'ispezione. Da quelle parti c'è un tecnico di cui ti fidi?».

Chiedo a Rick Baldassin se può darmi un suggerimento, ma lui personalmente non ha mai lavorato a Missoula se non con Jeff, che però ha già alzato le mani. Comincio a guardarmi intorno in città. C'è un laboratorio di riparazione per violini e chitarre. Forse loro sanno chi è il tecnico più valido nei paraggi?

Solo il borioso tedesco proprietario del negozio locale di pianoforti, quello che vendeva i Samick, dicono, ha l'esperienza necessaria per un lavoro simile. «Non c'è nessun altro».

Scopro che Lucien Hut non è soltanto il proprietario di un negozio di pianoforti. Insegna pianoforte alla scuola di musica, si esibisce a livello locale con il clavicembalo insieme a un gruppo di musica rinascimentale ed è restauratore e tecnico. È un personaggio molto discusso, vengo a sapere, e diverse persone mi consigliano di non fargli mettere le mani sul mio pianoforte. Ad aumentare la mia apprensione c'è il fatto che sono una cliente mancata. Per due anni Katherine, che gli gestisce il negozio, mi ha telefonato regolarmente per segnalarmi i nuovi arrivi e io stessa ho visitato il negozio diverse volte. Ora non ho scelta, devo chiedergli di controllare un pianoforte che non è stato lui a vendermi. Sarà indulgente? Mi dirà la verità? Da quando il Grotrian è arrivato, ha nevicato tutti i giorni, l'inverno inoltrato ha finalmente ammantato la valle. Lucien e Katherine si scrollano la neve dai cappotti e scuotono gli stivali sul portico per pulirli quando apro loro la porta. Katherine mi porge la mano. «Congratulazioni per il suo nuovo pianoforte!» dice con voce allegra, e i suoi occhi dicono che è sincera.

Invece Lucien irrompe in casa senza tanti preamboli.

«Questa stanza è troppo piccola! Le serve una casa più grande! Non c'è da stupirsi se il piano non suona a dovere!».

«Lucien!» lo redarguisce Katherine e mi lancia un'occhiata di scuse.

«A dire il vero» dico con calma «il problema è che il piano ha un volume di suono troppo basso, perciò le dimensioni della stanza non c'entrano».

Lucien alza l'ala fino alla massima apertura e io sistemo il bastone di sostegno più lungo. Dà dei colpetti alla tavola armonica in diversi punti intorno al telaio. «Andata!» proclama. «Lo sente?». Dà un altro colpetto. «La tavola armonica è sorda. Deve avere il suono di un tamburo».

«E guardi qua!». Stavolta colpisce con le nocche la piastra di metallo color bronzo. «Il telaio è colato a vuoto». Schiocca la lingua in segno di disapprovazione. Lascio che tutto ciò mi scivoli addosso. So che i telai del Grotrian sono costruiti con la consolidata tecnica della fusione a umido.

Poi lascia cadere lentamente il copritastiera.

«Il design è Schimmel» dichiara. «Questo piano è stato costruito da Schimmel!».

Pizzica le corde in prossimità delle agraffes dal lato degli acuti con le sue lunghe unghie, raschiandole avanti e indietro. «È di una disarmonia insopportabile!» tuona. «Non è possibile accordarlo. Uno Steinway sarebbe stato molto meglio!».

«Questo piano mi è piaciuto più di qualsiasi Steinway abbia mai suonato».

Lucien mi ignora ed estrae un cacciavite dalla cassetta nera degli attrezzi che ha portato con sé. Comincia a stringere le viti dei cardini del coperchio, poi tira fuori la meccanica e inizia a stringere viti anche lì. «Ogni singola vite è allentata» esclama.

«Si è disidratato durante il viaggio. È un pianoforte tedesco, bisogna mantenere l'umidità tra il quarantacinque e il cinquantacinque per cento. È completamente disidratato». Io e Katherine diamo un'occhiata all'igrometro digitale che vigila sul pianoforte dal giorno in cui è arrivato. Segna il quarantacinque per cento. Gli spiego che ho mantenuto ininterrottamente la stanza a quel livello di umidità, ma non mi ascolta.

«Lucien» obietta Katherine. «Non sarebbe meglio adattare il piano a questo clima invece che cercare di riprodurre il clima tedesco nella stanza?». Lucien non dà retta neanche a lei. Striscia invece sotto il piano con una chiave a bussola in mano. Mi tornano in mente le raccomandazioni di non lasciargli riparare il piano, ma fermarlo sembra un'impresa impossibile.

«I bulloni sono tutti allentati!» esclama Lucien da sotto il pianoforte. «Il telaio è allentato!». La chiave stride e schiocca nelle sue mani esperte. Rabbrividisco.

«Per favore si limiti a ispezionare il pianoforte» protesto. Cerco di sembrare determinata. «La prego di scrivere soltanto un rapporto. Mi serve solo questo. Il rivenditore provvederà a tutto».

Ma Lucien continua imperterrito a stringere bulloni, steso sulla schiena sotto la cassa del pianoforte.

Squilla il telefono. È Carl.

«È lì?» chiede senza alcun preambolo. Passo il telefono a Lucien e Katherine gli prende la mano per aiutarlo a tirarsi fuori da sotto il piano e ad alzarsi.

«Il pianoforte non ha niente che non vada» tuona Lucien nella cornetta del telefono, con i capelli bianchi di traverso, gli occhiali annebbiati e il volto rosso per lo sforzo di alzarsi sulle proprie gambe.

«Soffre di cuore» mi dice Katherine sottovoce. «Ora che ha superato la sessantina, dovrebbe evitare di infilarsi sotto i pianoforti».

«Non c'è una vite o un bullone che non sia allentato» continua Lucien al telefono. «Il pianoforte è completamente disidratato. Il clima qui è troppo arido».

Faccio per aprire bocca, ma la richiudo subito. Lucien mi passa di nuovo il telefono. «Ti richiamo fra poco» dico a Carl.

Quando riaggancio, Katherine e Lucien si stanno già rimettendo i cappotti. In effetti Katherine, una donna minuta, simile a un uccellino, tiene il cappotto a Lucien perché se lo infili, mentre lui, dall'alto della sua statura che arriva fin quasi al soffitto, si limita a buttarselo sulle spalle larghe.

«Servono dalle otto alle dodici ore di lavoro di preparazione» dice Lucien. «Legare le corde al ponticello, installare un umidificatore Dampp-Chaser e metterci sotto un tappetino, intonare i martelletti, regolare di nuovo tutta la meccanica e gli smorzatori e misurare la curvatura».

Snocciola la sua lista di cose da fare in un borbottio concitato e tiene il conto con le dita. Non capisco la metà delle cose che dice, rinuncio a prendere nota e alzo lo sguardo verso di lui, inferocita.

«Scriveremo una relazione e gliela faremo avere via e-mail» dice Katherine mentre Lucien raccoglie i suoi strumenti e si dirige alla porta. Sulla veranda, mentre Lucien è già in strada, Katherine si volta a guardarmi sulla soglia di casa e dice gentilmente: «Ha preso un bellissimo pianoforte. Uno dei migliori».

E poi spariscono.

«Carl, non c'è nessun problema di umidità qui. Il livello nel soggiorno è stato costantemente del quarantacinque per cento». L'ho richiamato subito, preoccupata per l'impressione che poteva avergli fatto Lucien.

«Sì, va bene, sono sicuro che va bene». Carl sembra distratto, come se stesse riflettendo.

«Lucien ha stretto le viti del telaio e sembra che la cosa funzioni». Mi sono seduta a suonare non appena terminata l'ispezione, e ho notato subito che quella strana eco era scomparsa. È stato come se un'immagine sdoppiata e tremolante si fosse d'un tratto ricomposta e regolata dentro un contorno nitido. «Almeno adesso riesco a riconoscere il timbro del pianoforte. Certo, non è ancora lo strumento che ho suonato nello showroom. Nei miei appunti è scritto chiaramente: "acuti superbi"».

Comincio a esporre le mie ragioni, aspettandomi che Carl mi contraddica. Immagino che ribatterà che la colpa è della ditta di traslochi, che lui non ha alcuna responsabilità e che devo vedermela con l'assicurazione. Ribadirà, immagino, che Evan ha detto che il piano non aveva nulla che non va e che ora anche Lucien lo conferma.

Ma *io so* che qualcosa non va. E sono impotente. Abito a quattromila chilometri dal mio venditore, nelle vicinanze non c'è nessun tecnico di fama – il distributore del Sauter non mi aveva forse detto che questa doveva essere la mia prima preoccupazione? – e ho ipotecato la casa per un sogno che ora sento svanire, che sta andando in frantumi davanti ai miei occhi.

Senonché, come per miracolo, Carl mi crede.

«Non ti preoccupare» dice. La sua voce è rassicurante, cortese, molto serena. «Non ti preoccupare. Conosco un intonatore prodigioso. Ha una baracca nel Montana».

«Una *baracca*? Carl, vorrai dire uno chalet».

«Sì, sì» dice con impazienza. «Di sicuro si tratta di uno chalet. In ogni modo lui ha una baracca lì, e viene nel Montana due volte l'anno. In fatto di intonazione è il migliore che io conosca. C'è solo un'altra persona al suo stesso livello. È un mago. Farò in modo che ti chiami e tutto andrà a posto».

12

L'intonatore

Gli accordatori più esperti e più rapidi possiedono un temperamento eccitabile, nervoso ed emotivo, talora al limite della follia.
Daniel Spillane, *The Piano*, 1893

«Non mi sorprende affatto che l'intonazione si sia sbilanciata» dice l'intonatore di Carl al telefono, dopo aver ascoltato la mia storia. «Questo incupimento è tipico di quel pianoforte. Quando l'ho intonato, ho usato della lacca naturale per esaltare il suono, e la lacca cede e perde il suo effetto. Se questo avviene prima che i martelletti si siano induriti, si sviluppa una debolezza».

Non capisco nulla di quel che dice, finché non mi domanda l'unica cosa che mi sta a cuore in questo momento.

«Sono stato io a creare la personalità del piano che ti ha fatto innamorare. E se lo facessi tornare a essere il pianoforte dei tuoi sogni?» chiede. «Ma non voglio fare tanta strada senza essere sicuro che questo risolva il tuo problema. Se venissi lì e ricreassi ciò che hai sentito nello showroom, saresti soddisfatta?».

Certo, gli dico. Che domande. Se riesce a farlo qui nel mio soggiorno, avrò la sicurezza che il mio piano non è un bidone.

Ma che cosa intende, quando dice che è stato lui a creare la personalità del mio pianoforte? È mai possibile una cosa simile? Il suono del mio piano non è forse il suono di un Grotrian? Dopotutto, Rich mi ha detto che gli era sembrato un tipico Grotrian.

«Quello che ti serve è che la persona giusta venga da te e faccia tornare le cose com'erano prima» prosegue l'intonatore. «Puoi stringere tutte le viti che vuoi, ma non risolverai così un problema di timbro. Io so esattamente cosa ho fatto. Chiunque altro sarebbe costretto a tirare a indovinare».

Quanto alla sua "baracca" nel Montana, l'intonatore è tornato a New York di recente, dopo aver vissuto nel Montana per sei anni. Che bizzarra coincidenza: fino a solo un anno fa, era nel Montana quattro volte l'anno, ma ora sta vendendo il suo appartamento a Bozeman e farà coincidere la visita a casa mia con un viaggio che aveva già programmato per impacchettare la propria roba e incontrare alcuni vecchi clienti. Saranno loro a coprire le sue spese. A me e a Carl non chiederà nulla per il tempo che ci dedicherà. Vuole solo vederci entrambi felici, dichiara.

Ma la sua visita non sarà prima di marzo. «La mia vita è una totale pazzia, oggi più che mai» spiega con una voce che è quasi uno squittio. Sembra che stia guidando diretto da qualche parte mentre parla. Un clacson suona in lontananza. «Ho il mio lavoro a tempo pieno come direttore del Dipartimento di tecnologia pianistica alla Manhattan School of Music, più una considerevole lista di clienti. Tutti questi impegni mi stanno stritolando. Venire laggiù è l'ultima cosa che dovrei fare».

Nonostante tutto prendiamo un appuntamento e mi sento pervasa da un moto di sollievo e speranza. Gli do il codice di un buono sconto per un volo che ho tenuto da parte, in modo da contribuire alle spese.

«So cosa stai provando» dice in tono rassicurante. «Ce ne occuperemo insieme, finché non avremo esaurito tutte le possibilità».

I mesi passano, l'inverno ci fa sprofondare in un giaciglio di freddo e neve. Mi esercito ogni giorno al Grotrian, ma il piano non migliora da solo. Mi sforzo di pazientare e il ricordo del suono che il piano aveva nello showroom, vivo e nitido nella mia memoria, non mi abbandona mai. Quello che ho sentito allora risuona così profondamente in me, da darmi la certezza che, se dovessi sentirla di nuovo, riconoscerei quella voce con la stessa facilità con cui riconosco quella di mia madre.

Nei mesi d'attesa, rivivo spesso nella mente la conversazione con l'intonatore. Quante probabilità ci sono che il pianoforte per cui ho perso la testa e che ho cercato per due anni in tutto il Nord America sia stato intonato da qualcuno che ha vissuto a due passi da casa mia? Significa qualcosa? Mi viene in mente la possibilità che l'intonatore di Carl sia simile a me: irresistibilmente attratto dalla possibilità di vivere tra montagne remote e selvagge, e tuttavia ansioso di possedere un raro pianoforte di fattura artigianale che richiede competenze tecniche reperibili solo in una metropoli. Sono ansiosa di verificare questa ipotesi, dato che finora non ho incontrato altri esemplari di questa bizzarra specie.

Marc Wienert bussa alla mia porta alle otto in punto di una gelida mattina di marzo. È un uomo dall'ossatura minuta, sul metro e settanta, con una massa diradante di riccioli rossicci legati stretti in una coda di cavallo. I suoi scintillanti occhi azzurri sono piccoli e socchiusi come quelli di una tartaruga, incorniciati da un paio di spessi occhiali con la montatura a metà lente. Ha la bocca increspata come un bocciolo di rosa, il mento sfuggente che gli spunta dal collo corto e rilassato. A dispetto della tormenta che imperversa fuori, indossa solo una maglietta nera, jeans neri e scarpe da ginnastica di pelle nera. L'abbigliamento esalta la mollezza del suo viso, morbido ed espressivo. Le lunghe braccia bianche gli ricadono lungo i fianchi; una mano pallida regge una valigetta in finto coccodrillo, simile a quella di un medico.

«Sei arrivato prestissimo! A che ora sei partito da Bozeman?» dico mentre si scrolla la neve dalle scarpe ed entra in casa. Sembra che non soffra minimamente il freddo. «Posso prepararti un caffè?». «Ho bevuto questo durante il viaggio» risponde. Tiene in mano un piccolo thermos di plastica, di quelli che si usano in campeggio, pieno per metà di un liquido scuro. Anche se abbiamo parlato una volta sola al telefono, riconosco subito la nervosa voce tenorile dell'intonatore, che sprizza emotività ed energia nevrotica. Fa dondolare la bottiglia tra le dita bluastre, scuotendola finché non si forma della schiuma. «Espresso. Lo bevo di continuo, tutti i giorni. È il mio carburante. Lo bevo da stamattina alle quattro, quando sono partito da Bozeman».

Sgrano gli occhi. Ho controllato il suo volo e so che è arrivato all'una di questa mattina.

«È tutto a posto» dice. «È una giornata normale per me. Sarei arrivato anche prima ma ho dovuto noleggiare un'auto. La mia non è in grado di reggere questo tempo». Indica con un gesto la finestra, dove grossi fiocchi di neve cadono ininterrottamente dal cielo.

Per essere la visita di un intonatore è un evento di proporzioni epiche. Un goffo supereroe con la stazza di un galletto – ho deciso di soprannominarlo *Technician Man* – ha appena varcato la mia soglia per salvare il mio pianoforte. L'intera messinscena è alquanto teatrale. Lo guardo stupita. Perché ha affrontato un viaggio simile? Perché non ha detto di essere troppo occupato o che il tragitto in macchina era troppo pericoloso?

Marc mi confida di dovere un favore a Carl. L'anno scorso Carl ha suggerito un omeopata alla moglie di Marc, Connie, e il suo tumore è andato in remissione. «Non l'avrei fatto per nessun altro».

Gli propongo di fare colazione, ma rifiuta anche quella.

«Cominciamo subito» dice. Il suo tono è sovreccitato. Emana un'emotività estenuante. «Stasera devo essere di ritorno a Bozeman».

Marlene indossa lo scialle a motivi cachemire color granato che mi ha regalato la madre di Oliver per scaldare il pianoforte. La scopro, rivelando le immacolate rifiniture nere. Quando sollevo il coperchio anteriore, Marc osserva attentamente il perno di ottone, poi indica le minuscole viti. «Vedi?».

Guardo, e vedo che le scanalature sono leggermente piegate.

Il danno è quasi impercettibile. Da sola non me ne sarei mai accorta.

«Chi è stato a stringere queste viti? Non fargli toccare mai più il tuo pianoforte». Ha un tono indignato.

Marc rimuove il leggio e lo appoggia sui braccioli della sedia imbottita. Sollevo l'ala del piano in modo che poggi sull'asta lunga. Marc solleva il coperchio ed esegue una serie di ottave, quinte, quarte, una volata e un brano che non riconosco, la cui esecuzione copre tutta la tastiera. Poi suona alcuni accordi bizzarri. «Decime e diciassettesime» dice. «L'accordatura sembra discreta per un lavoro eseguito a macchina».

Come può sapere che l'accordatore ha usato una macchina?

«L'accordatura consiste in una miriade di piccole, infinitesimali bugie che tutte insieme vanno a creare la bugia più grande, quella che ci fa dire che uno strumento è accordato» dice Marc. «Non voglio sminuire gli accordatori che usano le macchine, ma un tecnico in sintonia con le effettive vibrazioni del piano, che sia disposto a dire qualche bugia artistica, finisce con l'accordare meglio di uno che utilizza un apparecchio».

Vedendomi alquanto confusa, decide di passare oltre: «Allora, dimmi cosa c'è che non va in questo pianoforte».

«Non è lo stesso piano che ho suonato nello showroom» comincio. Mi sento un po' disperata mentre espongo la situazione, come un malato che viene interrogato dall'ennesimo medico dopo aver sofferto troppo a lungo di sintomi oscuri che una dozzina di esperti non sono riusciti a interpretare.

«La meccanica fa rumore, gli acuti sono deboli e hanno un suono legnoso. I tenori e i bassi producono un ronzio. I bassi hanno perso quella potenza piena e risonante che avevano. I soprani non hanno sostegno. La ripetizione è scarsa».

Consegno a Marc il mio dettagliato riepilogo delle note esatte in cui si verificano dei problemi. Tra il La2 e il Fa diesis 3 c'è un ronzio metallico e un tono nasale. Il Mi bemolle 4 ha degli strani armonici. Dal Fa4 fino al Si bemolle 5 il suono è sottile e debole. Quando premo queste note la meccanica produce un rumore simile a un tonfo. Dalla quinta ottava in su il piano perde il suo sostegno, il suo caratteristico scampanellio. La sesta ottava è aspra e nervosa. Solo le note comprese tra Si4 e Re4 sono ancora buone, hanno un timbro nitido e un buon sostegno.

Consegno a Marc anche la lista che ho compilato dopo aver parlato com Rick Baldassin ed Evan Giller, un elenco di tutti i possibili problemi che un tecnico dovrebbe controllare e degli interventi da effettuare per correggerli. Non ho idea di cosa vogliano dire tutte queste procedure, ma mi auguro che Marc ce l'abbia.

1. Esaminare lo strumento per accertarsi che non vi sia nessuna lesione.
2. Controllare l'arcuatura e la tensione esercitata dalle corde sulla tavola armonica.
3. Controllare la tavola armonica e il telaio.
4. Stringere quanto serve tutti i bulloni e le viti sul telaio, sulla cassa e sulla meccanica.
5. Fissare le corde al ponticello.
6. Regolare le corde.
7. Limare leggermente i martelletti.
8. Sistemare correttamente l'aderenza del telaio dei tasti.
9. Verificare e correggere l'escursione dei martelletti.
10. Accordare per l'esecuzione.
11. Intonare secondo l'ambiente.

«Bene bene» dice Marc prendendo posto sullo sgabello del pianista, rivolto per metà verso di me e leggendo i miei appunti e la mia lista. Mi restituisce i fogli. «Ora puoi descrivermi quello che hai sentito nello showroom? Che cosa c'era di diverso?».

«Oh» esclamo rianimata da quel ricordo. «Era un suono caldo, dolce, cantato, cupo, ricco, risonante e complesso» gli dico. «Sembrava che la meccanica suonasse da sola. I soprani erano incredibilmente pieni, ricchi, profondi e melodici. Sì, era un timbro cantato. Aveva chiarezza, rotondità, proiezione. Era intenso e nitido».

«Hai descritto quello che Carl e io chiamiamo un timbro "rotondo e cremoso"» dice Marc, con evidente soddisfazione. «Carl non è come gli altri venditori. La maggior parte di loro ti chiedono di conferire al piano un suono squillante e sfacciato, perché questo è ciò che attira l'attenzione dei clienti. Carl e io amiamo una sonorità cremosa e lui non mi dice mai cosa fare, mi dice soltanto: "Rendilo più bello che puoi". Ecco la ragione per cui lavoro con Carl. Accordiamolo e vediamo come si comporta quando è fresco di accordatura».

Apre la sua valigia da dottore ed estrae una tela marrone piena di strumenti. Tira fuori la leva da accordatore, una leva di metallo ricurva con un'estremità rivestita e un manico in ciliegio lucido sull'altra. Faccio per lasciarlo solo con il suo lavoro, ma lui mi invita a restare. «Potrei anche guardare la tv mentre accordo un pianoforte, la conversazione non mi impedisce affatto di lavorare come si deve».

Poi va avanti con le prove parlando a rotta di collo per quaranta minuti, mentre le braccia e le mani lavorano agili e autonome come se la bocca non fosse collegata al resto del corpo.

Per prima cosa srotola un pezzo di feltro chiamato striscia di temperamento e la insinua tra le corde del piano utilizzando la punta di un sottile righello metallico. Questo isola le corde le une dalle altre in modo da poter regolare solo la corda centrale di ogni gruppo di tre.

«Accorderò il piano secondo una tonalità più alta, con il La4 intonato a 443 cicli al secondo. È così che accordano i pianoforti in Europa. Per una tavola armonica nuova, un po' di tensione in più nelle corde più strette è positiva. Il tuo accordatore probabilmente non sarà d'accordo, ma tu digli che le incisioni con cui suoni sono state registrate con questa tonalità».

In America, la tonalità standard per l'accordatura dei pianoforti si effettua intonando il La4, ovvero il primo La al di sopra del Do centrale, a 440 cicli al secondo, intendendo questo valore come velocità variabile, al pari dei "giri al minuto" di un giradischi. La4 = 440 è una velocità leggermente inferiore a quella su cui Marc sta effettuando l'accordatura, il che significa che l'altezza sarà minore. Una tonalità minore significa che la tensione a carico delle corde e della tavola armonica sarà inferiore.

Con il braccio destro poggiato sul bordo anteriore della cassa, Marc applica diagonalmente la leva sulle caviglie che trattengono le corde e somministra piccoli colpi e strappi al manico in modo da portare la corda alla tonalità desiderata. Nel frattempo il suo indice sinistro batte senza sosta sui tasti, prima con forza, poi leggermente, poi di nuovo con forza. «A che serve quando batto così forte? Serve a far rimbalzare un poco la corda e a uniformare la tensione su tutta la sua lunghezza, in modo che l'accordatura resista più a lungo. L'accordatore a cui ti rivolgi di solito lo fa?».

Non ne ho idea. In verità, per il momento non dispongo di un accordatore di riferimento. Ho perso Jeff, il primo tecnico che è venuto, quando ha stabilito di non saper risolvere il problema del mio pianoforte. Un altro accordatore locale, dopo aver accordato il piano una volta, si è rifiutato di venire ancora, dicendo che non voleva essere coinvolto in questioni di garanzia. Non c'è nessun altro che io conosca, ad eccezione di un vecchio che una volta ha accordato lo Steinway verticale della mia amica. Era quasi sordo e mi ha chiesto di dirgli quando gli acuti erano in tono. Perdere l'udito è uno dei rischi professionali cui sono esposti gli accordatori.

La leva di Marc si muove rapida, saltando da una caviglia all'altra e producendo un tenace clangore. Si accanisce con l'indice sulla tastiera; il volume è insopportabile.

Gran parte dei difetti del pianoforte, secondo Marc, sono dovuti al fatto che è scordato. Ma io ribatto che è stato accordato. «Più spesso di quanto si creda, quando la gente è convinta di avere un problema di intonazione, si tratta invece di un problema di accordatura» dice Marc. L'intonazione è la manipolazione del feltro dei martelletti. L'accordatura consiste nel regolare la tensione delle corde. Sono due operazioni che si influenzano a vicenda.

Marc completa il lavoro e io mi siedo per suonare. L'accordatura è ottima, ma sento sempre la stessa debolezza negli acuti. Marc decide di applicare degli agenti chimici ai martelletti in modo da indurirli. «In realtà dovrei lasciar agire queste sostanze per un paio di giorni e poi tornare per pungerli, ma dovrebbe funzionare anche se vado a pranzo per un paio d'ore e poi torno».

Dalla sua valigetta da medico tira fuori un flaconcino di plastica trasparente e una siringa. «Le mie sostanze chimiche» annuncia. «Probabilmente l'odore non ti piacerà. È il motivo per cui gli accordatori di pianoforti sono così fuori di testa». Sottolinea la battuta con una risata stridula. Ha un po' un'aria da scienziato pazzo, mentre con una mano tiene sollevato il flacone esaminandone il contenuto.

Ora rimuove il copritastiera, il coperchio che protegge i tasti, quindi i fermi che ne impediscono la traslazione laterale e il frontalino che la blocca in senso longitudinale. Allunga entrambe le braccia nella cassa armonica del piano, infila le dita a mo' di uncino sotto la guida di scorrimento metallica della meccanica e la fa scivolare verso di sé. Sono affascinata dal complicato congegno meccanico che si svela: migliaia di minuscoli elementi di legno, ognuno dei quali interagisce sistematicamente con gli altri in modo da reagire al tocco più delicato ed esigente.

I martelletti sono grossi fiocchi di feltro di lana avvolti intorno a supporti di legno duro. Marc avvicina con cautela la sommità appuntita della bottiglia alla parte anteriore della testa di ogni martelletto della sezione acuta e vi versa una modesta quantità di quel liquido chiaro. L'odore della sostanza mi arriva con violenza. Mi ritraggo.

Una volta trattati tutti i martelletti della sezione melodica, rimette la meccanica all'interno del pianoforte e mi dice di non suonare. La soluzione deve solidificarsi senza interferenze. Cerco di convincere Marc a fermarsi per pranzo, ma rifiuta dicendo che farà un giro per Missoula e mangerà qualcosa in centro, in modo da tornare entro un paio d'ore. In più, dice mettendosi un paio di cuffie e collegandole al cellulare, deve fare diverse chiamate entro l'orario di ufficio di New York.

Alle tre è di ritorno. Estrae di nuovo la meccanica. Punge i martelletti induriti con un intonatore, uno strumento formato da una fila di quattro aghi da cucito che fuoriescono da un manico in legno. Quando ha finito, mi chiede di suonare di nuovo il piano.

Va meglio, devo dire, ma non è ancora il piano di cui mi sono innamorata. Ormai ho perso la concentrazione. Il mio orecchio e la mia attenzione sono esausti. La posta in gioco è molto alta, per il mio pianoforte, sono emotivamente su di giri e mi sento svuotata.

Marc lubrifica le cerniere degli stiletti per ovviare al rumore prodotto dalla meccanica. Livella le corde, controlla la traiettoria dei martelletti e lubrifica le caviglie.

«Suona ancora» mi chiede.

Declino l'invito. Ho bisogno di stendermi.

Marc si fa prendere dall'agitazione. «Ascolta, se devo passare la notte qui posso anche farlo, ma in questo caso non potrò tornare nei giorni successivi, casomai ce ne fosse bisogno. Ho dei clienti a Bozeman che devo incontrare presto domattina e dovrò spostare gli appuntamenti con loro, se rimango qui».

Ma io non mi fido più del mio orecchio. Schiaccerò un pisolino mentre Marc completa il lavoro di accordatura, registrazione e intonazione, e dopo spero solo di essere pronta a valutare di nuovo il pianoforte.

«Ti capisco». Ammette Marc finalmente placato. «Ascoltare bene è faticoso. Quando ho cominciato a fare questo lavoro, riuscivo a fare solo poche accordature al giorno e alla fine ero stravolto. Ora ho una resistenza molto maggiore».

Dopo un'ora di riposo tutt'altro che tranquillo, mi sento pronta a ricominciare. Quando torno nel soggiorno, Marc sta ancora accordando e intonando, accordando e intonando. Fuori si è fatto buio. Finalmente ha smesso di nevicare. Sgattaiolo in cucina e comincio a preparare la bistecca di antilope che Marc ha chiesto per cena.

Arriva a casa Oliver e lo presento a Marc, che gli stringe la mano con aria distratta. È immerso nel pianoforte, non vuole distogliere l'attenzione dallo strumento.

«Dunque, che tipo di musica hai intenzione di suonare su questo piano?» chiede. Devo pensarci un attimo. Si suppone che io debba suonare un solo tipo di musica su un particolare pianoforte? «Credo che sia perfetto per Schubert» dico, memore dell'esibizione di Asaf nello showroom con il terzo *Improvviso*.

«Schubert?» dice Marc con l'espressione di chi si compiace per una felice coincidenza. «Va bene! Avrai la mia migliore accordatura da concerto alla Schubert».

Oliver e io apparecchiamo la tavola per tre. Teniamo chiusa la porta della cucina in modo che il calore dei fornelli non danneggi il piano. La cena è pronta, quando Marc apre la porta e dice che anche il piano lo è. Lui e Oliver si siedono a tavola per cenare mentre io torno in soggiorno, chiudo accuratamente la porta per non lasciarmi distrarre dalla conversazione e mi metto a suonare.

Nell'attimo stesso in cui tocco i tasti vengo trasportata dal suono che conosco così bene. Forse è ancora più bello di come ricordavo. Un'aurora boreale di suoni scintillanti, un tocco impeccabile e naturale capace di tirar fuori la musica dalle mie dita come se io non fossi che un mezzo nelle mani del compositore. Mi blocco, senza fiato. Poi ricomincio. Suono Schumann, Mendelssohn. Il preludio di Chopin. Qualcosa di Mozart, il più esigente in fatto di sonorità. È tornata! Marlene è tornata! È più bella che mai. Indossa una sottile veste d'oro che fruscia contro la punta delle sue pantofole di seta sul palco buio, e canta *Falling in Love Again* con la sua voce di contralto roca di fumo. Ho il cuore in tumulto. È il pianoforte più straordinario che esista al mondo. È un privilegio per me avere uno strumento simile nel mio soggiorno. Non sono la sua proprietaria, ma una mera custode. Uno strumento del genere non può essere veramente posseduto da nessuno.

Ho esaurito il mio repertorio di brani memorizzati, così suono qualche arpeggio. Mi immergo profondamente in quei suoni prodigiosi, che si innalzano come campane, indugio nel trillo degli acuti, nei bassi profondi e caldi, nei complessi arazzi disegnati dai tenori e il tutto mi procura un piacere profondo. La musica è fosforescenza luminosa che si riflette dentro e intorno a me, immergendo la stanza in un alone di luce.

Mi alzo, apro la porta della cucina e rimango sulla soglia. Marc e Oliver interrompono la conversazione per guardarmi, in silenziosa attesa.

«Grazie!» dico in un sussurro, con le lacrime agli occhi. «Grazie per avermi restituito il mio pianoforte!».

Prima di andar via, Marc mi fa vedere come estrarre la meccanica, mettere in forma la superficie del punto di battuta dei martelletti pungendoli con l'intonatore, lubrificare le boccole dei tasti in modo che la meccanica rimanga fluida. Mi raccomanda di imparare lo *Studio* op. 10 n. 5 di Chopin per mantenere il timbro uniforme, di procurarmi una spugna di filo d'ottone per impedire che le note diventino troppo aspre, di comprare un barattolo di Slide-All Elmer per lubrificare i rivestimenti dei tasti e un intonatore a quattro aghi. Mi fa un disegno dei punti esatti in cui pungere i martelletti per ottenere determinati effetti.

«Non dare queste istruzioni ai tecnici locali. Non capirebbero».

«Vuoi dire che gli altri tecnici non conoscono le procedure che mi hai mostrato?».

«No, fanno tutto così come hanno insegnato loro nelle fabbriche di martelletti, senza agenti chimici e con troppe punture che servono solo a rovinarli. I produttori danneggiano i loro prodotti, perché ormai tutti vogliono martelletti preintonati. Per questo li rendono così duri». Ora freme di sdegno. Evidentemente abbiamo toccato un argomento scottante. La sua voce diventa stridula. «Fondamentalmente, mi tocca annullare quanto è stato fatto dai produttori per ottenere il suono che desidero». Il volto gli si incupisce e la mascella si serra. Poi si rischiara.

«Posso guidarti per telefono, non sarebbe la prima volta che lo faccio». Mi dà il suo numero di cellulare. «Dovrebbe durare fino al mio ritorno».

E quanto ci vorrà?

«Un paio d'anni, probabilmente».

Ormai sono le otto, fuori è molto buio. Marc dice che deve andarsene. Io e Oliver cerchiamo di trattenerlo dicendo che gli abbiamo prenotato una stanza nell'albergo migliore della città, ma Marc rifiuta. Dice che deve andare, nella notte, in mezzo ai gelidi passi montani, alla volta di Bozeman.

Dopo che se ne è andato, mi metto a suonare il mio pianoforte, inebriandomi della sua sonorità intensa, ancora più bella di come la ricordassi. Chiamo Carl a New York e gli dico che Marc mi ha restituito il mio piano. Quando finalmente riesco a staccarmene per andare a letto, cado in un sonno appagante e sereno.

La mattina successiva, vado dritta verso il pianoforte, ansiosa di tornare nell'abbraccio della magia di Marlene. Mi siedo, sollevo il coperchio della tastiera e comincio a suonare.

Mi fermo sbalordita. Non riesco a credere a quello che sento.

I soprani sono sordi e legnosi. Al di sopra delle sezioni di basso e di tenore non ho proiezione. Ognuno dei difetti corretti da Marc è tornato! Provo a suonare ancora, poi rinuncio. È come se la bellezza e la sonorità del piano fossero state ripristinate per una breve magica serata per poi svanire al sorgere del sole, come una carrozza fiammante che si è trasformata in una zucca mentre dormivo. Chiamo immediatamente Marc al cellulare.

Marc sembra tutt'altro che allarmato. «Ti ho già detto che le cose che facciamo hanno vita breve, inclusa l'accordatura» dice. «È un piano neonato. È molto volubile, la velocità con cui cambia è tale da vanificare ogni mio intervento. Abbiamo fatto tutto ciò che era conveniente fare in questa fase. Non ho altre carte da giocare. L'unica altra decisione possibile è sostituire i martelletti».

«Il piano ha bisogno di martelletti nuovi?».

«No. È ancora in evoluzione. Il novantanove per cento del mio intervento è stato un lavoro di accordatura. Suonalo per cinquecento ore e intonalo di nuovo. Se non ti piace come suona, limitati ad ascoltare la musica e non il pianoforte».

Come può essere? Quando uno compra un pianoforte nuovo non dovrebbe essere soddisfatto fin dall'inizio e continuare a esserlo anche dopo?

«Le uniche persone che sono soddisfatte fin dal primo momento e che continuano a esserlo per sempre sono quelle che non hanno un rapporto profondo con lo strumento» dichiara Marc. «O non suonano, oppure non sanno ascoltare. Per loro il piano non è diverso da un giocattolo qualsiasi. Chiunque sia capace di autentico ascolto ha dei problemi con un pianoforte nuovo».

Dunque, secondo Marc, la mia capacità di ascolto, che mio padre ha coltivato con tanto amore, quella che mi permette di godere della musica, sarebbe ora la causa dei miei tormenti?

«Ascolta» dice. «Io sono un illusionista del pianoforte. Ho simulato uno strumento da concerto. Non è che un gioco di prestigio». Scoppia in una risata.

Sento una fitta di terrore. Non è possibile che intenda proprio questo.

«Sei solo all'inizio del viaggio» spiega. «È volubile. È imprevedibile. Il piano reagirà a te e il tuo orecchio dovrà adattarsi a lui. Piegati al pianoforte. Entra in comunicazione dinamica con lui. Non ti accostare allo strumento con un'idea precostituita di quel che deve darti. Sta crescendo, si sta evolvendo. È un essere vivente e senziente, e tu sei in relazione con lui. Puoi fargli del male e lui può farne a te. Hai comprato un biglietto per un viaggio. Puoi decidere di partire oppure di restituire il biglietto. Ma avrai il viaggio per cui hai pagato».

Ora sono davvero scettica. Come faccio a credere alle cose che mi sta dicendo Marc? Ne parlo con Rich e anche lui pensa che i pianoforti siano piuttosto instabili quando sono nuovi, ma le altre osservazioni di Marc gli sembrano prive di senso.

«Non so che cosa possa aver fatto per ottenere un miglioramento temporaneo» dice Rich. «È al di là delle mie modeste capacità. Non ho mai sentito una cosa del genere dai tecnici con cui ho avuto a che fare e ho sempre trattato con ottimi professionisti. Immagino che tu possa sottoporre la questione al forum».

I tecnici di Piano World affermano di non capire in che modo l'intonazione a lacca possa modificarsi in così breve tempo. Il mio senso di isolamento fisico non fa che aumentare.

Marc mi ha assicurato che Carl riprenderà il pianoforte senza battere ciglio e mi restituirà tutti i miei soldi, se è quello che voglio. Ma quello che voglio io è il suono che ha creato Marc. Lo desidero disperatamente. Sapere che il mio piano è in grado di produrlo, anche se solo per qualche ora, mi spinge a non mollare. Che cosa ha fatto Marc per creare Marlene? Devo saperlo, devo capire.

I mesi passano e il piano non migliora. Che cosa è successo al mio pianoforte? Ma soprattutto, che cosa è successo a me? Qual è, in termini tecnici, materiali, la differenza tra la Marlene che mi ha sedotto e questo pianoforte che non riesce a scaldarmi?

In autunno, il mio progetto giornalistico termina. Un giorno di settembre telefono a Marc. Posso passare un po' di tempo con te a New York, gli chiedo, per guardarti lavorare? Con mio stupore, risponde di sì.

Se un comando interiore mi ha riportato al pianoforte a metà della mia vita, e se il sogno di un suono mi ha condotto a Marlene, ora è a New York che devo andare. Per immergermi nel mondo di Marc e scoprire il nucleo profondo della mia ossessione.

II

13

Educazione al pianoforte

Quando raggiungo la biglietteria Grand Central Station è quasi deserta, il picco mattutino è passato da un pezzo. Passi e voci rimbombano nell'atrio semivuoto. Trovo un posto a sedere sul treno deserto e mi godo il suo sferragliare ritmico mentre procede, le macchie autunnali degli alberi che si accendono sui finestrini, la familiarità dei paesini nord-orientali con i loro edifici d'epoca, la loro storia, la loro intimità. Osservare le tranquille stradine ogni volta che il treno fa una sosta in stazione è come infilarsi un paio di scarpe molto vecchie. È la terra delle mie origini, la mia patria sulla costa orientale.

Quando scendo alla stazione di Pelham, vedo subito Marc che mi saluta gesticolando dal parcheggio, un generoso sorriso di benvenuto dipinto sul volto. Apre dall'interno la portiera del passeggero. «Mi dispiace che la macchina sia un tale disastro».

Nel bagagliaio della sua Subaru station wagon giace la meccanica di un pianoforte. Bottiglie, incarti, nonché svariati pezzi di pianoforti sono stipati sul sedile posteriore e sul pavimento dell'auto. «Questa meccanica mi tiene compagnia da settimane, finché non avrò un po' di tempo libero per cambiarle i martelletti». L'idea di avere del tempo libero lo fa sospirare. «Sono come il ragazzino che spinge la bicicletta sulla strada perché non ha il tempo di salirci sopra».

La nostra prima meta è a pochi isolati dalla stazione. Ci fermiamo di fronte a un imponente edificio dei primi del Novecento, fiancheggiato da due grosse querce. Marc mi spiega che il proprietario ha acquistato di recente uno Steinway del 1909 modello A-II, uno strumento che Marc stesso ha preparato prima della vendita, e noi siamo qui per accordarlo.

Una figura alta e dall'aria romantica viene ad aprirci la porta. I capelli biondo scuro, arruffati, le sfiorano gli zigomi e incorniciano due luminosi occhi azzurri. Lei e Marc si abbracciano e si salutano in francese. Poi Marc mi presenta a Dominique Browning, direttore della rivista *House & Garden*. Dominique mi conduce nella sua biblioteca, un'alcova subito dopo l'ingresso, dipinta di rosso lacca. Ci sediamo su cuscini viola, mentre Marc comincia a lavorare sullo Steinway nel soggiorno adiacente.

Marc mi ha detto che anche Dominique ha una sua personale storia di ossessione pianistica ed è evidente che le ha raccontato la mia. Dopo pochi minuti stiamo già confrontando le nostre vicende.

«Mia madre era una pianista classica piuttosto severa» dice Dominique. «Pretendeva molto da me, musicalmente parlando. Cominciai a suonare a quattro anni. Mi esercitavo sei ore al giorno. I miei genitori mi hanno regalato lo Steinway verticale quando ho finito il college. Ma poi ho abbandonato: suonare mi era insopportabile perché non ero abbastanza brava. Alla fine mi sono detta: a chi importa?».

Alza le spalle e si passa le lunghe dita fra i capelli. «Non è per gli altri che suono. Non mi interessa quanto posso diventare brava. Adesso cerco qualcosa di diverso. Non so cosa sia. A questo punto della mia vita, a quarantasette anni, ho maturato un'ossessione per le *Variazioni Goldberg*. Dove mi sta portando Bach? Non lo so».

Ho un brivido di identificazione. Ecco un'altra persona che ha sperimentato il mistero: nel mezzo della nostra vita siamo sedotti dall'inesplicabile. Cos'è che ci attrae? Racconto a Dominique come ho incontrato Marlene, come mi sono sentita posseduta da una compulsione che non capivo. Annuisce. Già, proprio così.

A poco più di vent'anni Dominique è stata coautrice di un libro,

The Lives of the Piano, una raccolta di saggi. Il suo contributo è un profilo di un famoso accordatore da concerto della Steinway, Franz Mohr, che fu anche il tecnico di Vladimir Horowitz. Ora sta mettendo nelle mie mani l'unica copia in suo possesso del volume rilegato. «Ti prego, prendilo. Ormai è fuori catalogo. Puoi riportarmelo quando ne avrai voglia».

Poi Dominique si scusa perché deve badare ai lavori di ristrutturazione che si stanno svolgendo con fragore dall'altra parte della casa. Mi sposto con calma nel soggiorno, dove Marc sta prestando le sue cure allo Steinway in mogano tigrato. Il pianoforte è circondato da enormi finestre che danno su un giardino rigoglioso.

Marc solleva il coperchio della tastiera e rimuove amorevolmente la stola ricamata appartenuta alla madre di Dominique. Suona qualche accordo.

«È un disastro» decreta immediatamente. «Credo che abbiamo avuto circa centosessantacinque centimetri cubici di pioggia questa estate. C'è stata molta umidità».

Il più piccolo cambiamento di temperatura e di umidità influisce sul timbro del pianoforte, spiega Marc. Quando la temperatura sale, le corde di acciaio si allentano e la tonalità si abbassa. Con l'aumento dell'umidità la tavola armonica, che è di legno, si gonfia e le corde si tendono producendo un suono più alto. Anche il feltro dei martelletti assorbe umidità o si disidrata, influendo sulla qualità del suono. La temperatura ideale è di venti gradi, il tasso di umidità ideale del quarantacinque per cento. Nel soggiorno di Dominique le finestre sono aperte e il clima non è controllato.

«Far raggiungere la bellezza a un pianoforte è un'impresa complicata» continua Marc. «Sapere esattamente che cosa fare, in quale sequenza e fino a che punto farlo. Ci sono arrivato tardi nella mia vita, a quarant'anni. Dopo sono serviti quasi altri dieci anni per capire veramente come rivelare la bellezza che si nasconde in un pianoforte».

L'intonazione è fatta di tecnica, spiega Marc, in cui si uniforma il timbro nota per nota, registro per registro, e di *arte*, che è la scoperta o la rivelazione della voce vera o ideale di un certo pianoforte.

«Ho cercato a lungo un suono archetipico. Prima dovevo imparare come si fa a rovinare un pianoforte. Una volta capito questo, il passo per coglierne la bellezza è breve. Ho fatto milioni di errori. Ho passato compleanni a piangere sui pianoforti. È come creare una scultura, tagliando via la materia superflua per portare alla luce la figura che si nasconde all'interno».

«Come hai imparato a capire la personalità vera, innata del pianoforte?» chiedo. «Si tratta di pura intuizione?».

«Non sono un mago che si affida all'intuizione» dice Marc. «Io lascio che sia il processo di intonazione a guidarmi. Cerco di dare forma al suono più pieno e ricco che posso, finché non è il piano a comunicarmi che oltre non posso andare».

Rimuove dal piano le strisce di feltro e comincia ad accordare le corde unisone.

«Questo piano ha una buona cassa. Ci sono le premesse per creare diverse personalità, travestimenti, voci. Ha sostegno e potenza da vendere, e il fortissimo è davvero stupendo».

Colpisce i tasti con l'indice, da una parte all'altra della tastiera: prima con forza, poi lievemente, poi di nuovo con forza. La leva da accordatore percorre l'intera scala, saltando da una caviglia alla successiva. «Sono pochissimi gli strumenti che, indipendentemente da chi li intona, riescono a produrre un fortissimo veramente bello. Alla fine la cassa armonica comincia a parlare a se stessa. Semplicemente non è in grado di trasformare in suono così tanta energia, se capisci cosa voglio dire».

Dominique compare proprio nel momento in cui Marc sta avvolgendo la leva da accordatore nel suo involucro per riporla nella borsa di tela.

«Ho intonato il La3 a 442 o 443 cicli e si abbasserà ancora» le dice. «Dovrai farlo accordare di nuovo fra un mese o due. La pioggia di quest'estate non aiuta di certo».

«Non mi preoccupo» dice Dominique. «Il piano è già vecchio e probabilmente ne ha viste di peggiori».

«Sì» dice Marc. «Ma ricordati che la tavola armonica è una neonata».

Folgorata da quella realizzazione improvvisa, Dominique si copre la bocca con le mani.

«Sembra che Dominique ti adori».

Siamo di nuovo in macchina. Marc emette un sospiro compiaciuto alla mia osservazione. «Davvero?». Si volta verso di me e sorride radioso. «Possiede un piano magnifico e mi sento parte integrante del destino del suo strumento. Entrambi abbiamo madri francesi. Questo ci rende simili».

Mette in moto l'auto e ci allontaniamo dalla casa diretti alla nostra tappa successiva, un laboratorio di restauro di pianoforti a Dobbs Ferry. Marc indossa la stessa divisa che ricordavo dalla sua visita nel Montana: maglietta nera, jeans neri, scarpe da ginnastica nere, i riccioli biondo rossiccio raccolti in una coda di cavallo. Ma c'è anche un badge della Manhattan School of Music appeso a un cordoncino legato al collo, e gli auricolari del telefono da cui sembra non separarsi mai.

Mentre Marc è alla guida, il cellulare squilla senza sosta e nei momenti in cui non è al telefono – a lamentarsi con Joanne che gli gestisce l'agenda, a fissare un appuntamento con un cliente o a dare istruzioni ai suoi assistenti della scuola – si produce in un fitto e concitato monologo che riesco a malapena a seguire, tanto sono nuove per me le sue idee e così straordinario il modo in cui le esprime.

«Si instaura una relazione tra pianoforte, tecnico e pianista» attacca Marc, proseguendo il discorso sul suo ruolo nella vita del pianoforte di Dominique. «È un triangolo, un *ménage à trois*. Le caratteristiche di questo rapporto, se le sottoponi a un consulente matrimoniale, risultano piuttosto simili a quelle tra due coniugi. Si tratta di una relazione intima. Spesso è più difficile avere a che fare con la psicologia del pianista che con il pianoforte. Il pianista cerca disperatamente di entrare in sintonia con il pianoforte. Deve diventare parte della sua anima musicale. Il compito del tecnico è far sì che questa relazione sia sana e funzionale. Devo avere una buona relazione tanto con il piano quanto con il pianista. Il tecnico deve individuare nel pianoforte le qualità di cui il pianista ha bisogno, quali che siano, in modo che il pianista possa esprimere liberamente la sua anima tramite lo strumento».

Il telefono squilla di nuovo. Dal contributo di Marc alla conversazione sembra che un pianista lo stia supplicando di mollare tutto e recarsi oggi stesso nel suo studio di registrazione.

«Il tuo telefono non ha pace» osservo dopo che ha attaccato. «I tecnici pianistici sono davvero così richiesti?».

«In questo periodo il pianoforte è davvero "in"!» esclama Marc, scuotendo la testa come intimorito. «Il piano ha raggiunto la vetta dell'inconscio collettivo! Proprio così! Si sta diffondendo! Nell'età vittoriana più o meno ogni casa aveva un pianoforte. Ma la moda si esaurì in fretta. Ora sta tornando! La gente vuole conoscere l'energia vibrante dei pianoforti, l'effetto che questi strumenti producono nella loro anima. Se sono bravo nel mio lavoro è perché sono davvero connesso a quell'energia vibrante e riesco ad accontentare le persone che bramano di riceverla dai pianoforti».

Lo osservo stupefatta. Di nuovo, qualcuno sta descrivendo la mia stessa esperienza. «Sia tu sia Dominique avete un modo molto esoterico di parlare del pianoforte» osservo con cautela. «C'è un che di mistico, di spirituale, di incorporeo nel vostro approccio».

«Brrr! Mi sale un brivido su per la schiena quando sento certe cose!» si volta verso di me, gli occhi chiari che mi guardano di traverso dietro le lenti a mezza montatura, con un sorriso obliquo. «La vibrazione è il nucleo dell'esperienza universale! E il pianoforte è un modo straordinario di inviare energia vibrante nell'universo». Le sue dita si staccano dal volante descrivendo cerchi nell'aria. «Per me questo è totalmente esoterico, è un collegamento con ciò che c'è al di là dell'aldilà».

Squilla di nuovo il telefono. «Scusami, devo proprio rispondere. *Ça va?*». Conversa in francese per diversi minuti.

«Tua madre?» domando, una volta chiusa la comunicazione.

«Sì, mia madre. Non abbiamo mai parlato altro che francese tra di noi».

«Era una sposa di guerra?».

«Proprio così. Prima ballerina al *Ballet Russe* di Montecarlo, negli anni Quaranta. Ora ne ha ottantadue».

Racconto a Marc che anche mio padre ha ottantadue anni e che, guarda caso, suonava il clarinetto nella buca dell'orchestra del *Ballet Russe* di Montecarlo. Chissà se anche il periodo coincide? Non ne siamo sicuri. «Incredibile!» dice Marc. «Forse lei era in scena mentre tuo padre suonava nell'orchestra».

Imbocchiamo una strada ripida e tortuosa che conduce a quello che un tempo era un deposito della Marina. Entriamo in un locale stipato di pianoforti a coda protetti da teli e coperte in attesa di essere spostati nello showroom. Marc si insinua fra uno strumento e l'altro fino a raggiungere un angolo ben illuminato in cui giace uno Steinway modello M restaurato, risalente agli anni Trenta.

Marc è venuto per restituire a questo pianoforte il suo splendore da esposizione. Solleva il coperchio, suona qualche accordo e quello che sente non gli piace. «La prima volta che l'ho suonato ho odiato questo piano, poi ho pensato che tutto sommato poteva anche piacermi. Ora capisco che la prima intuizione era quella giusta».

«Che cos'ha che non va?».

«Non riesco a tirare fuori un'ampia gamma di colore. L'ottanta per cento dei pianisti apprezzerebbe questo pianoforte così com'è. I pianisti che cercano una varietà timbrica, piuttosto che semplici sfumature dinamiche, sono solo il venti per cento circa. È una mia opinione, s'intende, basata sulla mia esperienza personale».

La gamma dinamica, spiega, è il range di sfumature che si estende da un volume molto moderato a un volume alto. Il colore è qualcosa di più sottile. Corrisponde alla quantità e al volume dei suoni parziali emessi. Ogni nota in realtà è una miscela di suoni, noti come armonici. In alcuni pianoforti questi armonici, o suoni parziali, sono più accentuati che in altri strumenti. I parziali determinano la qualità del suono, o timbro, ovvero una cosa diversa dal volume, che può essere più o meno alto.

Marc esegue una rapida scala, poi qualche accordo. «Che ne pensi?». E mi ferma prima che io possa dire qualcosa. «Aspetta che ci lavori un po', poi mi dirai la tua opinione».

Marc apre una cassetta di vinile che contiene quattro bottiglie di vetro e versa un fluido trasparente da una bottiglia in un applicatore di plastica con un ago sul tappo.

«Scusami» dice tendendo in alto l'applicatore parzialmente riempito. «Devo aggiungerci dell'acqua».

«Posso farlo io al tuo posto?».

«In realtà è meglio di no. Si verifica una reazione esotermica, e il liquido diventa molto caldo, probabilmente è meglio che...». Si ferma, come timoroso di spingersi troppo oltre nel rivelarmi le sue tecniche. Si dirige verso il bagno e in sua assenza do un'occhiata allo spiegamento di utensili che ha schierato. Ci sono pinze, morsi, detergenti, un coltello, vari tipi di colla, pezzi di rivestimenti in legno, pezzi di feltro, carta abrasiva di vari tipi, una torcia elettrica, un attrezzo per levigare, un uncino di metallo per tirare le corde, un intonatore a sei punte con un grosso manico di ottone. Prendo in mano quest'ultimo e lo soppeso. C'è anche un trapano elettrico, un utensile simile a una perforatrice, una spazzola con le setole di ottone e altri oggetti.

Marc ritorna e si unisce a me nell'esaminare il contenuto della sua borsa. Mi mostra i suoi strumenti come se si trattasse di farfalle esotiche che ha catturato o di pietre rare raccolte su spiagge lontane.

«Di questi ce ne sono solo quattro al mondo» dice, fiero, prendendo in mano l'accordatore di ottone. «Un altro tecnico e io li abbiamo commissionati a un'officina meccanica».

Indico la cassetta con dentro le bottiglie di vetro.

«Quelli sono i miei prodotti chimici». Le bottiglie Snapple sono piene di lacca pura, di solvente puro e di una miscela di entrambi. «Qui tengo i prodotti ammorbidenti». Indica una bottiglia priva di etichetta. «Li mescolo in questo applicatore ogni volta che servono. Tieni».

Mi porge l'applicatore di plastica che ha portato con sé in bagno. È molto caldo. Così caldo che mi stupisce il fatto che la plastica non si sciolga.

«Che cos'è?» gli restituisco la bottiglia.

«È simile a un miscuglio di alcol e acqua, solo che uno degli ingredienti non si compra in un negozio qualsiasi. Devi rivolgerti a un fornitore di prodotti chimici e scrivere una lettera spiegando che cosa intendi farne, altrimenti non te lo vendono. Un informatico dilettante potrebbe cancellare l'intero contenuto di un computer con la sostanza tossica che contiene».

Ora si dedica al pianoforte e ne estrae la meccanica, tirandola verso di sé fino a metà percorso. I martelletti in feltro di lana giacciono in fila, leggermente inclinati, simili una fila di tessere del domino sul punto di cadere. Marc capovolge l'applicatore di plastica e con la punta della siringa tocca appena il feltro, fa scorrere agilmente la sostanza trasparente sulla parte anteriore della testa di ognuno dei martelletti, dal fondo dei bassi al culmine delle note alte. La sostanza penetra la lana in quantità controllata. L'odore è molto forte. Mi ricorda quello del benzene.

«Li stai davvero impregnando, questi martelletti».

«Li sto inumidendo, ma non nella parte inferiore, perché laggiù è meglio che restino duri». Si interrompe e mi guarda dritto negli occhi. «Spero che non parlerai di queste cose con altri tecnici. Sono troppo giovane per voler svelare tutti i segreti che ho faticosamente scoperto da solo, se capisci cosa intendo».

«Come hai fatto ad arrivarci? Hai studiato chimica?».

«Mi sarebbe piaciuto diventare chimico, invece ho dovuto procedere in modo completamente empirico, per tentativi ed errori».

«Intendi dire che hai fatto delle prove e sei stato a guardare quel che succedeva?».

«Proprio così» fa scivolare la meccanica all'interno della cassa. «C'è chi usa ammorbidenti in tessuto, colle, vapore, c'è chi usa un ferro caldo. Io sto cercando di rimodellare questi martelletti. Sto ristuccando la superficie, creando una nuova tela. Questi sono martelletti Steinway nuovi di zecca. Il processo di ammorbidimento fa staccare il rivestimento realizzato in fabbrica e permette all'aria di entrare nelle fibre del tessuto. Usando gli agenti chimici si crea spazio per l'aria a un livello molto profondo».

«Ed è un procedimento consueto? Gli intonatori utilizzano abitualmente prodotti chimici per ammorbidire i martelletti?».

«No». Ripone il suo kit di prodotti chimici e passa al paziente successivo, uno Steinway D collocato al centro del locale. «Anche solo rivelare la mia tecnica di ammorbidire i martelletti prima di indurirli significherebbe una gran perdita per me. È un mio segreto, una cosa che faccio solo io. La maggior parte dei tecnici usa gli ammorbidenti solo per trattare martelletti molto vecchi, disidratati o logorati dall'uso, per cercare di ringiovanirli. La mia opinione è che molti martelletti nuovi sono già morti, nel senso che sono statici, non si evolvono come dovrebbero. Prova a pensare alla capacità di rimbalzo di un sasso. Urta il suolo e resta lì, producendo un suono aspro. Non rimbalza affatto. Un martelletto molto duro rimane in contatto con la corda troppo a lungo e produce un brutto attacco. Quello che faccio con i miei prodotti chimici è insegnare a questi martelletti come rimbalzare in modo che liberino il suono invece di strapparlo fuori dal piano. Diventano più simili a palle da tennis e meno simili a sassi. Poi posso indurire alcuni angoli in modo da ottenere il colore, il carattere e gli armonici che voglio».

Estrae la meccanica dal D; la tastiera è poggiata sulle sue ginocchia. «Per prima cosa li inumidisco per bene. Questo non reca alcun danno ai martelletti. Cresceranno. Si allargheranno. L'aria si insinuerà tra le loro fibre e si espanderanno. È come gonfiare un pallone».

D'un tratto, mi vengono in mente i martelletti del mio pianoforte. Quelle strane torsioni rigonfie che hanno fatto dire a Jeff, il tecnico locale: «Non avevo mai visto martelletti simili prima d'ora».

Come se mi avesse letto nel pensiero, con gli occhi ancora fissi sul proprio lavoro, Marc me ne parla.

«Mi pare di aver usato proprio questa procedura con i tuoi martelletti, nello showroom». Poi alza gli occhi verso di me e sorride.

È questo che è successo? Mi sorge all'istante un sospetto. Perché hanno chiamato Marc per intonare un pianoforte nuovo? C'era forse qualche difetto che lui doveva coprire con il suo intervento, e che però è riuscito a mascherare solo per un po'? Quando nello showroom mi sono innamorata di Marlene, Marc l'aveva già intonata? Chi era Marlene? Una creazione di Marc? O della Grotrian?

«Ricordi quando hai intonato il mio pianoforte per la prima volta?».

«Deve essere stato subito dopo il suo arrivo nello showroom» dice Marc. Fa scivolare la meccanica dentro il D e si volta verso di me sorridendo. Si capisce che è contento di avermi fatto perdere la testa per quel pianoforte. «Penso che Carl mi abbia chiamato immediatamente».

Gli dico che ho suonato il piano in agosto, ma lui non ricorda esattamente il giorno in cui è stato lì. È passato più di un anno.

Marc strimpella qualche accordo sul D. Non l'ho suonato prima che lui lo trattasse con le sue sostanze chimiche, ma ora sento che il suono fiorisce e dura a lungo, cambiando dimensione e forma anche mentre svanisce.

«Prima del trattamento chimico, il suono moriva subito perché i martelletti non rimbalzavano abbastanza sulle corde» spiega. «Domani, quando si saranno induriti, torneremo e lo proveremo di nuovo, poi userò dell'indurente nei punti in cui lo riterrò necessario. Questo mi permette di far raggiungere ai martelletti il giusto equilibrio tra durezza ed elasticità. Sto cercando di ottenere i rimbalzi di una pallina da tennis con l'attacco di una pallina da golf, se capisci cosa intendo».

Marc chiude la sua borsa e ci prepariamo ad andare via. Faccio per sollevare la borsa, ma lui mi ferma. «Un pianista non deve trasportare un peso così. Fa male alle mani».

Mi limito a guardarlo con espressione interrogativa. Quanto potrà essere pesante? Poi mi rendo conto di ciò che intende: *io sarei una pianista che deve aver cura delle sue mani!* La sua preoccupazione è sprecata per me, ma la sola idea mi regala un brivido di piacere.

Siamo attesi tra mezz'ora allo studio di registrazione di Suffern, a una trentina di chilometri da qui, così a un deli di Dobbs Ferry compro dei sostanziosi panini con pane di segale. Marc sorride alla vista del cibo.

«Ti ringrazio molto». C'è gioia e gratitudine nella sua voce, dopo aver dato il primo morso. «Di solito mangio quello che trovo in macchina». Tira fuori da sotto il sedile un sacchetto aperto di patatine stantie per mostrarmelo.

Per strada, Marc mi racconta della sua infanzia e della sua formazione musicale. È nato a Baltimora, nel Maryland, nel 1954, dove suo padre e suo nonno hanno vissuto per gran parte della loro vita. Il nonno paterno era un pianista e il padre di sua madre era un architetto che suonava il pianoforte e il violino. Marc trascorreva le estati in Francia con il nonno materno e i fine settimana durante l'anno scolastico con i nonni paterni, vicino ad Annapolis, sul fiume Severn, dove sono cresciuta anch'io.

Marc iniziò a studiare il piano all'età di sei anni, con «la signora dai capelli blu che viveva in fondo alla strada. Il suo cavallo di battaglia era il *portamento*» racconta, mentre agita vivacemente le braccia in aria sopra il cruscotto in un gesto lezioso, con le foglie autunnali che gli svolazzano intorno. Mentre tiene il panino con una mano, il volante gli sfugge dall'altra. Agita la testa nella mia direzione, gli occhi assorti nel ricordo. «Bisogna usare tutto il corpo. Non ho mai imparato a leggere la musica, perché avevo un difetto progressivo della lettura, ma avevo una memoria fenomenale» dice, la mano di nuovo sul volante. «Memorizzavo la musica istantaneamente e suonavo tutto a orecchio».

Marc aveva iniziato a studiare musica da film alla Berklee School of Music, ma quando si rese conto di come fosse competitivo quel settore cambiò e iniziò a studiare tecnologia pianistica alla North Bennet Street School di Boston, un istituto considerato tra i migliori in Nord America per imparare il mestiere di tecnico. Per un paio d'anni ha fatto pratica a Boston, poi è andato a Parigi dove ha lavorato come accordatore per tre anni e dove ha rigenerato le meccaniche di pianoforti storici di marche come Pleyel, Erards e altre case meno note al di fuori dell'Europa.

A Parigi, Marc ha conosciuto una giovane ballerina americana, con cui collaborava in qualità di compositore. Quando lei si è trasferita a New York, lui l'ha seguita e ha trovato lavoro come accordatore di pianoforti alla Steinway Hall. Due anni più tardi, la ballerina lo ha portato a Bozeman, nel Montana, per far visita alla sua famiglia.

«Ho respirato per la prima volta l'aria del Montana e ne sono rimasto subito stregato» dice. «Per un anno e mezzo ho continuato ad andarci spesso, a sistemare i pianoforti del posto. Ero il tecnico Steinway che veniva da New York, praticamente Dio!».

Poi si sono trasferiti lì.

Pensava di essersi costruito una buona base di clienti nella Facoltà di Musica dell'Università del Montana, ma non appena si stabilì sul posto le cose cambiarono rapidamente.

«Gli stessi che avevano fatto i salti di gioia all'idea che mi occupassi dei loro pianoforti quando ero lì per soli dieci giorni, all'improvviso non avevano denaro. Poco dopo essermi trasferito, sono diventato una bestia nera. Sono passato da un esubero di domanda a una situazione in cui potevo ritenermi fortunato se riuscivo ad accordare una spinetta Wurlitzer». Le ultime parole le pronuncia con sdegno.

Che strano. Si è trasferito nel Montana nello stesso periodo in cui ci sono andata io. Abbiamo giocato sulle rive del fiume Severn durante le stesse estati d'infanzia. Sua madre e mio padre, che hanno la stessa età, si sono esibiti nel *Ballet Russe* negli anni Quaranta. Appena si è trasferito nel Montana, racconta, è rimasto affascinato dai montanari. Io ne ho sposato uno.

Queste affinità hanno un significato? C'è in entrambi qualcosa del fiume Severn, qualcosa delle Montagne Rocciose, qualcosa dei nostri genitori entrambi nel *Ballet Russe*? Esperienze parallele formano sensibilità affini? Si imprimono nelle nostre personalità creando risonanze, come se fossimo sintonizzati sulla stessa frequenza radio? E poi quella personalità, quella sensibilità: forse Marc ha intonato Marlene dandole la stessa impronta? E io sono entrata in risonanza con lei? È questo che ho provato quando ho suonato Marlene per la prima volta?

No, penso. È pazzesco.

Lo studio di registrazione di Suffern è un vecchio complesso di granai in pietra e legno, che sorge su una radura alla fine di una stradina poco visibile che si snoda nella boscaglia. È uno studio piuttosto famoso, mi informa Marc. Si chiama Bear Tracks.

Saliamo per una scala buia e stretta e sbuchiamo in un ambiente convertito in loft. C'è uno Steinway modello L nero satinato, circondato da pannelli acustici sospesi e gremito di microfoni. Il tecnico del suono, Steve, sta sistemando un microfono dentro il coperchio sollevato del piano. Senza alcun preambolo, lui e Marc cominciano a parlare di lavoro.

«La sezione dei tenori è opaca, a prescindere da che impianto microfonico utilizziamo» si lamenta Steve. Marc suona un riff nella sezione tenorile, poi percuote i tasti uno a uno.

«L'intonazione è diversa da quella che aveva stamattina» osserva Marc, fissando un punto imprecisato. L'accordo di base con questo cliente è che Marc accordi e intoni il pianoforte la mattina presto, prima che lui cominci a registrare, poi torni ad accordarlo e intonarlo di nuovo nel pomeriggio. Il cliente è John Stetch, un pianista jazz canadese.

Marc esegue altri riff percorrendo la tastiera da un'estremità all'altra. «Questa mattina era uniforme e molto efficace». Sembra infastidito. Apre la borsa, prende l'intonatore a quattro aghi ed estrae la meccanica dalla cassa del pianoforte. Affonda con decisione lo strumento in uno dei martelletti, e l'impatto sulla coda di legno produce un suono sordo.

Steve spiega che è andata via la corrente e che il sistema di controllo del clima non è in funzione. La stanza è diventata calda e asciutta.

«Come fate a sopportarlo?». La voce di Marc è stridula. «Dovete uscire e rinfrancarvi lo spirito. Fuori è una splendida giornata».

L'intonazione è terminata e Marc mi chiede di suonare il piano. Io? Lì, di fronte al tecnico del suono? Ringrazio silenziosamente Molly per il duro lavoro grazie al quale sono in grado di eseguire il *Valzer in Si minore* di Chopin abbastanza bene da potermi esibire. È l'unico brano che ho memorizzato e perfezionato.

I soprani sono meravigliosi. Vorrei che quelli del mio pianoforte avessero lo stesso suono chiaro, potente ma dolce. Marc ha modificato questo piano per Stetch, inserendo una meccanica Hamburg Steinway in una cassa New York Steinway. Mi piace, molto.

«Allora, John». Marc si rivolge in tono pacato a un giovane longilineo, dall'aria sparuta, che è appena entrato nella stanza. Indossa guanti da sci lunghi e gonfi. Smetto di suonare. «È un vero guaio. Venerdì non sono disponibile».

«Proprio non puoi venire venerdì?» chiede John Stetch, in tono supplichevole. Il pianista ha occhi acquosi, guance incavate e porta i capelli cortissimi.

«Proprio no» risponde Marc. «Devo essere a scuola presto e poi parto per Philadelphia».

Dico a Stetch che il pianoforte mi piace molto.

«Con i martelletti che ci ha messo Marc è irriconoscibile» dice. «È riuscito a convincermi che la cosa migliore di un Hamburg Steinway sono i martelletti».

«Certo» conferma Marc. «Riescono a produrre il tipo di suono che cerchi tu, un suono ricco, pastoso».

«Sì, e più energia» dice Stetch. «Permettono di estrarre dalle frasi una potenza che non puoi ottenere in altri modi».

Marc chiede a Steve qualcosa a proposito della collocazione dei microfoni. Discutono di come compensare l'effetto delle pareti di pietra, che sono meno vive di quanto si aspettassero. Tutti e tre si mettono a parlare delle modifiche da apportare alla stanza, di posizioni alternative per il pianoforte. Stetch vorrebbe che il piano fosse più "sordo", questo è il termine che usa.

All'improvviso si accendono le luci, e c'è una scarica di rumori di apparecchiature che entrano in funzione. Stetch ci invita ad andare con lui nella cabina di regia, ad ascoltare il lavoro di stamattina, i suoi riff su Thelonious Monk. Nella registrazione, il suono del pianoforte sembra diverso. Stetch mette delle gomme sotto le corde dei bassi perché suonino come dei tamburi d'acciaio, spiega. Bloccano il sostegno. Usa anche le bacchette all'interno del pianoforte. Marc annuisce mentre scandisce il tempo, con un sorriso di beatitudine dipinto in faccia. Gli piace. Piace anche a me.

Quando emergiamo dallo studio intorno a noi è una classica giornata autunnale. Marc si guarda intorno ammirando gli alberi maestosi e le loro sfumature arancioni, cremisi e gialle. «È incredibile che l'intonazione cambi con la temperatura» osservo rimuginando sulla conversazione che si è svolta nello studio.

«No, è l'accordatura» mi corregge Marc. Su ogni corda grava in media una tensione pari a centosettanta chili di peso, per un totale di venti tonnellate su tutte le corde. La temperatura incide su questa tensione. Delle semplici luci calde sono in grado di annullare gli effetti dell'accordatura in men che non si dica. Una sala da concerto, affollata di corpi caldi, provoca il crollo dell'accordatura. «L'intonazione cambia con l'umidità. Quando i martelletti si disidratano».

Saliamo sulla Subaru e imbocchiamo la strada principale che ci riporta in città attraverso autostrade da cui si gode un panorama fatto di altre autostrade, traffico congestionato e automobilisti inferociti e impazienti che si accaniscono sui loro clacson. Avevo dimenticato, commento, che qui la gente vive vite di chiassosa disperazione. Marc ride. Ma poi torna serio, assorbito dai suoi doveri.

«Per me è pura perdita di tempo starmene in giro così nel cuore della giornata» dice lanciando frequenti occhiate al display del cellulare per vedere chi ha chiamato.

Prima ancora che io me ne renda conto, accostiamo vicino a un marciapiede da cui parte una scala che conduce alla linea metropolitana di superficie. Si tratta di una fermata dell'estremo nord, la Riverdale, sulla linea 1. La prenderò fino a Time Square, poi salirò sulla R fino a Gramercy Park.

«Siamo arrivati alla fine della mia giornata» dice Marc. «Passo a prenderti domani alle cinque sotto al tuo palazzo. La nostra prima tappa sarà uno studio di registrazione dalle tue parti».

Durante il tragitto in metropolitana verso casa mi torna in mente il gesto di Marc, che non mi ha permesso di portare la sua borsa per proteggere le mie mani di pianista, e sorrido: nel viaggio dal Montana fino a qui mi sono trascinata dietro bagagli ben più pesanti. Ma una volta tornata a casa, cambierò abitudini? Continuerò a strappare erbacce, svolgere i lavori di casa, fare trekking, portare al guinzaglio il mio cane di ottanta chili? Si varca forse una soglia, quando si restringe il campo delle proprie attività a quelle che non danneggiano le mani? Mi procurerò una valigia con le ruote, decido, in omaggio al ruolo sempre più importante del pianoforte nella mia vita.

Alle cinque meno cinque del mattino successivo, esco dall'edificio in cui abita Kim e vedo Marc che mi aspetta nella macchina parcheggiata. Scivoliamo per le vie deserte e silenziose senza dirci molto. Marc indossa la stessa tenuta che aveva ieri: gli auricolari, il badge appeso al collo, gli abiti neri. Sorseggio il mio tè Darjeeling forte e lascio che le prime molecole di caffeina mi mettano in moto il cervello, grata di quel silenzio. Nel Montana l'orologio è indietro di due ore, e ho paura di perdere qualche dato importante per risolvere il problema del mio pianoforte, se non sono completamente sveglia.

Lo studio di registrazione si trova tra la 5ª Avenue e la 31ª Strada. All'interno regna un silenzio supremo, l'ambiente è completamente insonorizzato. C'è uno Steinway a coda in ognuna delle due stanze: un modello B nella prima, un D in quella sul retro, entrambi neri satinati, entrambi strumenti d'epoca restaurati.

Mentre Marc accorda le unisone sul B, mi chiede di andare a suonare il D, che descrive come un piano molto raro. È un "Centennial" D, costruito nel 1881 per commemorare il primo centenario della nascita degli Stati Uniti d'America. Ha una fascia continua e curvata, la laminatura è priva di giunti. Sono stati realizzati solo cento esemplari di questo pianoforte. Marc ne possiede due. «Non devi dire a nessuno che ne ho due. È uno Steinway segreto. L'ho trovato su Internet e c'è stata una guerra di offerte per accaparrarselo, non voglio che la persona contro cui ho fatto la mia offerta sappia dove si trova».

Lo studio sul retro è grande abbastanza da contenere appena il Centennial e tre persone, a patto che stiano in piedi. Tocco un tasto del registro medio acuto e il suono sembra prolungarsi all'infinito. È merito del pianoforte? O dell'estremo, prezioso silenzio che regna nello studio? Amo il silenzio. Mi piace la clausura sotterranea che è stata creata intorno a questi pianoforti. E sono stupefatta dal sostegno di questo strumento.

Provo un'altra nota, un acuto più alto, dove di solito il suono non tiene così a lungo. La nota risuona ancora e ancora, prima un'onda crescente che fiorisce, piena e matura, e poi cala gradualmente, a poco a poco, con il passare del tempo. La fioritura del suono è straordinaria.

Suono il valzer di Chopin. Il piano è sorprendentemente dolce; non invade la stanza. In verità mi ricorda un po' il mio Grotrian, se i soprani non fossero così inopinatamente deboli.

«Che te ne pare?» Marc ha già finito con il B e se ne sta sulla soglia. Pieno di aspettativa, il volto acceso.

«Il sostegno è incredibile».

«È vero? L'ho misurato: dura un minuto e mezzo».

È incredibile. Di solito gli acuti hanno un sostegno di dodici secondi.

«È meraviglioso» dico. E lo è davvero. Il timbro reca la firma di Marc, rotondo, caldo, "cremoso" come lo descrive lui. Premo di nuovo un tasto tra gli acuti. C'è della sensualità in quel suono che si attarda, sospeso nell'aria per un tempo indefinibile.

«La gente non sa apprezzare un pianoforte da concerto dal suono profondo» osserva, chiaramente eccitato dal fatto che piaccia anche a me. «Vogliono la tonalità più intensa della terra, ma così rinunciano al sostegno. Più il suono è squillante, minore è il sostegno. Più il suono è morbido, maggiore è il sostegno. È una questione di proprietà fisiche di martelletti morbidi ed elastici contrapposte a quelle di martelletti rigidi, con un attacco iniziale deciso».

Ci scambiamo i pianoforti, e Marc comincia ad accordare il D, mentre io suono il B. Dato che questi ambienti sono costantemente climatizzati, osserva Marc, l'accordatura può essere completata in cinque minuti o meno ancora, a patto che venga effettuata ogni giorno.

Suono il B per pochi minuti, poi Marc mi chiama dalla stanza sul retro per darmi altre informazioni riguardo al Centennial "segreto". «Si trovava in Africa. È stato un piano da sinfonia per ottant'anni. Lo hanno suonato tutti i grandi pianisti del XX secolo».

Per avere un piano come questo, dice Marc, la competizione non può non essere feroce. «Molti di questi strumenti sono stati restaurati in modo scellerato da incompetenti. I veri gioielli sono quelli rimasti nelle condizioni originarie, con la tavola armonica originale, quelli che hanno ancora una voce. Se avessi i soldi, mi accaparrerei tutti i Centennial D a fascia continua curvata su cui riuscissi a mettere le mani, ne avrei un'intera flotta».

Il Centennial D è diverso da un D moderno, prosegue Marc, sollevando l'ala per mostrarmi la disposizione interna delle corde lungo la scala. Ci sono sei corde supplementari dei bassi montate sul ponticello dei tenori, un tentativo di ovviare al problema comune del cambio timbrico che si verifica nel passaggio tra le due sezioni. Si tratta della parte del pianoforte in cui terminano le corde rivestite di rame e cominciano quelle nude. Le sei note poggiano su un ponticello di rinvio e se le si suona in un fortissimo, spiega Marc, «risultano *schnarfelli*». Deve essere una parola di sua invenzione. «Ma se suoni a un volume più basso, suonano come violoncelli» sospira. «Le voci dell'orchestra si sentono meglio in un Centennial che in un D moderno. È un sostituto dell'orchestra».

Abbassiamo il coperchio, spegniamo le luci e chiudiamo lo studio.

«Ma quanti pianoforti hai?». Al sorgere del sole stiamo percorrendo a tutta velocità la West Side Highway, diretti alla Manhattan School of Music dove Marc lavora di giorno in qualità di direttore del Dipartimento di tecnologia pianistica.

Marc si mette a contare in silenzio con le dita.

«Devi contarli?».

«Ho cinque pianoforti da concerto. Un Broadwood del 1875, un Baldwin e tre Steinway, ma diciamo pure due. Il terzo è lo Steinway segreto». In più ha uno Steinway M nel suo appartamento e un modello A nella sua casa di campagna nelle Adirondack. Ma questi sono i suoi strumenti personali. I pianoforti da concerto sono affittati a studi di registrazione o in attesa di restauro per essere noleggiati da altri studi. Strumenti come lo Steinway personalizzato di John Stetch sono molto richiesti da un certo tipo di clientela. E di intonatori come Marc, per sua stessa ammissione, ce ne sono ben pochi in giro. Stetch, mi ha confidato, è talmente dipendente dalle capacità di Marc, che negli ultimi otto anni gli ha telefonato quasi ogni mattina.

«Ad aver bisogno di me sono perlopiù quelli che non hanno soldi per pagare. Ma come faccio a dire di no?». Il suo tono di voce si alza di un'ottava. «Non posso dividermi in due, né lavorare ancora più di così per rendere più proficua la mia attività. Un giorno è fatto di un numero preciso di ore».

«Devi stancarti molto l'udito».

«La mia resistenza è aumentata negli anni, come quella di un atleta. Cinque anni fa, portare a termine un lavoro di intonazione avrebbe azzerato il mio livello di energia per l'intera giornata. Adesso riesco a intonarne quattro al giorno e con risultati migliori. Mi trovo in una posizione unica. Effettuo centinaia di intonazioni all'anno su martelletti Steinway nuovi di zecca. Sono davvero pochi gli accordatori che riescono a commettere così tanti errori».

Errori?

«Devi capire» prosegue Marc come se mi leggesse nel pensiero «che qui sto parlando del mio laboratorio. Non mi azzarderei mai a provare sul tuo pianoforte di casa gli esperimenti che faccio su questi strumenti. Nel peggiore dei casi, installerei dei martelletti nuovi. Ma a casa tua, se rovinassi i martelletti, anche se ti offrissi di installartene di nuovi, non sarebbero mai come quelli di prima. Potrebbe essere un grosso problema per te. Credimi, non è stato un percorso facile, anche avendo l'opportunità di intonare così tanti pianoforti. È stato molto complicato. Nessuno ti dice quello che devi fare. Nessuno. L'unico consiglio che ho ricevuto è stato di procurarmi un piano da concerto tutto mio e di utilizzarlo per esercitarmi».

Gli esperimenti di intonazione e quello che ha imparato da autodidatta sono stati per Marc un'ancora di salvezza quando dal Montana è tornato a Baltimora, in bolletta e pieno di debiti.

Dopo quattro anni a Bozeman era sconfitto, incapace di sopravvivere come tecnico pianistico. Ma un suo vecchio cliente di New York salutò con entusiasmo il suo ritorno e gli commissionò dei lavori.

«Ero disposto a lavorare duro per poco denaro. Per dieci giorni ho lavorato come un mulo, per poi tornare a Baltimora e starmene senza far niente, semplicemente *essere qualcuno*». In un impeto di veemenza esclama: «Essere qualcuno è la cosa più importante nella vita! E io ora non sono altro che uno che *fa*. Essere qualcuno è un diritto di nascita di tutti gli umani. Siamo nati per essere, non solo per fare!». Ride, il suo tono è cupo e amaro.

Marc lavora dodici giorni di fila e poi si prende due giorni liberi. «Ne avrò ancora per tre o cinque anni prima di poter rallentare. Sono già tre anni che lavoro a questi ritmi. Sono sempre stato uno che sboccia tardi e che inizia tardi, in tutto».

Compresa la sua vita privata, che ora va decisamente meglio. Nel 1994 si è ristabilito a New York e, mentre lavorava alla preparazione di un festival musicale, si è innamorato della direttrice del festival e l'ha sposata. Connie è una violoncellista e Marc prendeva lezioni da lei. «Mi piace dire che ha approfittato della relazione insegnante-allievo» dice con un sorriso.

Imbocchiamo il garage sotterraneo della scuola e prendiamo l'ascensore per il laboratorio dei tecnici, dove i tre assistenti di Marc ci stanno aspettando. Trovò un seggiolino da pianoforte per unirmi a Marc e al suo staff nel loro rito quotidiano: fare colazione insieme in cucina mentre passano in rassegna gli incarichi della giornata.

Non ci attardiamo. Alla MSM, Marc insiste per accordare tutti i pianoforti da esibizione ogni giorno e oggi tocca a lui guidare la squadra.

Ci spostiamo rumorosamente lungo i corridoi, estraendo di continuo l'enorme mazzo di chiavi di Marc per poter accedere alle varie aule da esibizione all'interno della scuola. Ogni aula ha la sua chiave e lui può entrare in tutte le stanze in cui c'è un pianoforte. «Questi studenti sborsano venticinquemila dollari per poter diventare i migliori musicisti del mondo e hanno bisogno degli strumenti migliori. È per questo che non vogliamo che i pianoforti perdano l'accordatura. Devono essere sempre perfetti».

Una volta completato il giro delle accordature, ci prendiamo una pausa nella caffetteria della scuola e mentre mangiamo chiedo a Marc dei suoi clienti privati.

«Io do loro qualcosa di cui non sanno nemmeno di aver bisogno» dice guardandomi con aria mesta. «Ciò che rende difficile il mio lavoro è che si ha a che fare con le ossessioni della gente. Devi guadagnarti la loro fiducia nelle tue capacità, fino al punto di poter ammettere i tuoi errori».

Un buon intonatore deve provare compassione per i pianisti, aggiunge Marc. Un violinista accorda da solo il proprio strumento, che può portare con sé ovunque. Un pianista è dipendente dal proprio tecnico, per quanto riguarda la qualità del suono, e dal pianoforte che gli capita in sorte nella sala da esibizione.

È una relazione complicata. I pianisti possono trovarsi in uno stato di estrema tensione, e così anche i tecnici. Il tecnico è al servizio della musica, della bellezza – e così il pianista –, eppure la comunicazione può essere difficile.

«Da quando lavoro con loro, il mio disprezzo per i pianisti aumenta di anno in anno» racconta Marc. «Tollero sempre meno il fatto che i pianisti non sappiano quello che cercano. Non fanno il loro lavoro. Non capiscono lo strumento. Non si sforzano di imparare il vocabolario di cui avrebbero bisogno per comunicare con me. Certo, ci sono delle eccezioni. Ma perlopiù i pianisti sono sotto stress, confusi, alienati. Sono alienati nell'intimo, perché non hanno esperienza diretta del funzionamento del loro strumento. Sanno solo di amare un mitico pianoforte che hanno suonato una volta. È una reazione a un'esperienza. Non hanno una propria idea di ciò che cercano in un piano. Che cos'è che hanno amato di questo strumento mitico? Non lo sanno».

Mentre dice questo, la sua voce trasuda sdegno. «E cercano

qualcuno che glielo "sistemi" secondo i loro desideri. Sono stati imbrogliati e il tecnico che arriva subito dopo deve prendere quello che c'è e provare a rimediare. Dove prendo l'energia psichica per andare avanti in un ambiente del genere? Ti assorbe a livelli incredibili. In più ho l'impressione che più le mie prestazioni migliorano, più la mia clientela diventa stramba. Non è un interscambio amichevole. Se mi chiamano, vuol dire che sono disperati».

Mi sento un po' sotto accusa, come se io stessa fossi quel tipo di cliente. Una delle mie più grandi paure è che coloro che possono aiutare Marlene pensino che io sia troppo tesa o in ansia per lei e che sia una persona impossibile con cui trattare. Non voglio che accada questo.

«E com'è il tuo cliente ideale?».

«Qualcuno che conosca i propri obiettivi musicali. Devono aver fiducia nella mia capacità di tradurre le informazioni che mi forniscono in indicazioni tecniche tali da permettergli di comunicare attraverso il piano la loro visione, il suono che cercano di creare».

Marc deve aver colto lo sgomento della mia espressione. Posso appena immaginare che cosa significhi essere un cliente di questo tipo. Addolcisce il tono.

«E poi c'è un altro tipo di cliente ideale» dice. «Quelli che hanno una conoscenza degli aspetti tecnici sufficiente per poter usare la terminologia necessaria a comunicarmi quello che desiderano. Hanno gli strumenti intellettuali e l'esperienza per identificare le proprie preferenze».

«E che mi dici di un cliente che ti offre da mangiare o ti prepara un bel caffè?» chiedo speranzosa.

«Brownie, caffè!» replica lui ridendo con condiscendenza. «Solo quelli per cui il piano ha un ruolo secondario si comportano in maniera amichevole. Quelli per cui il piano è la cosa più importante della loro vita sono completamente svitati. A volte per anni. Le buone maniere sono quanto di più lontano dai loro pensieri».

«Su quali criteri, allora, scegli con chi lavorare?».

«Non rifiuto nessuno. Ma il tipo di persona con cui eviterei di lavorare è quella che sembra psicologicamente ed emotivamente devastata da quanto è accaduto con il suo tecnico precedente. Tuttavia, di recente, ho accettato un cliente il cui piano è rimasto inattivo per quarant'anni, perché lui non si fidava di nessuno. E d'un tratto, io sono diventato l'unica persona di cui si fida. Riesci a immaginare che razza di pressione psicologica provochi tutto questo?».

«No».

«Beh, è come fare l'amore con qualcuno che è vergine. La sua esperienza del sesso sarà sempre segnata da te, per il resto della sua vita. Pensa, mai toccato finché non sono arrivato io. Sul serio. È una grossa responsabilità».

«Ma dimmi ancora cosa c'è, nel tuo pianoforte, che non ti soddisfa?». Siamo di nuovo a bordo della Subaru, diretti a nord, verso Yonkers, dove Marc possiede un laboratorio di restauro insieme ad alcuni soci.

Gli spiego nuovamente qual è il problema. La sezione degli acuti è troppo debole, benché alcune note siano fin troppo aspre e squillanti.

«Quella è la zona del piano in cui avviene lo scarto e deve essere trattata ancora».

Avverto un senso crescente di frustrazione. È mai possibile che questo piano abbia bisogno di tanta manutenzione? Perché il timbro non si stabilizza? Ho paura che Marc non comprenda davvero il problema. E io non ho ancora le parole per comunicargli ciò che sento.

«I parziali inferiori non vengono fuori abbastanza, credo sia questo a infastidirmi». Non so ancora che i parziali sono sempre superiori e mai inferiori.

Marc non mi corregge. «Allora non ha abbastanza corpo».

«Esattamente. Quale può essere la soluzione a questo problema di soprani?».

«Io userei una combinazione di lacca e solvente di lacca e stabilirei il grado di concentrazione dopo aver ascoltato il pianoforte. Ma un lavoro di accordatura ben fatto risolverebbe l'ottanta per cento del problema. Vuoi sapere perché il tuo piano ha un suono così unico rispetto agli altri?». Marc mi guarda di traverso, continuando a guidare. «È per via del processo chimico che mi hai visto usare. L'ho applicato al tuo pianoforte. Sono assolutamente sicuro. Ora ricordo. Nella maniera più assoluta. Carl mi aveva detto che avevi comprato uno dei pianoforti intonati da me. In effetti credo che tu ti sia imbattuta in quello strumento non molto tempo dopo che io lo avevo accordato».

«Devo essere arrivata subito dopo che tu te ne sei andato, perché aveva proprio quella qualità trasparente che hai ricreato nel mio soggiorno. Ora so che quell'effetto è solo temporaneo. Dunque sono stata truffata».

Marc ridacchia. «È per questo che mi pagano così bene. Io sono quello che dà il tocco finale al modello, capisci?». Sembra divertito. «Dieci anni fa pensavano che facessi dei miracoli, ma a paragone di quel che riesco a fare oggi…». Emette un fischio. «Quello era niente».

Non dico nulla. Come dare un senso a tutto questo? Lui crea un'impressione fugace, in modo che i negozianti possano vendere i loro pianoforti. Non è eticamente scorretto? Come può dirmi una cosa del genere con tanta tranquillità, scherzandoci su? C'è qualcosa nei pianoforti che non ho ancora capito, qualcosa che rende accettabile tutto questo?

«Non devi pensare che quando si acquista un pianoforte si compra qualcosa di immutabile, almeno per quanto riguarda il timbro» prosegue Marc come se mi avesse letto nel pensiero. «Il timbro di qualsiasi strumento cambia in base a chi lo suona, a che cosa si suona, in base al giorno, alla chiave in cui si fa musica e a come è stato preparato. Queste variabili cambiano così in fretta che difficilmente sentirai il piano conservare lo stesso timbro da un giorno all'altro. Vale per qualsiasi pianoforte».

Non sono disposta a credere a tanto. Va troppo contro le mie aspettative. Non me l'aveva mai detto nessuno, prima. Dovrei credere a Marc? Non so ancora con certezza se Marc abbia creato la personalità del mio pianoforte o invece l'abbia compromessa una volta per tutte, non so se me ne sono innamorata prima o dopo che lui lo intonasse nello showroom. Ma una cosa è certa: non ho più i martelletti Grotrian, o almeno non sono come erano quando sono usciti dalla fabbrica. Tutto quello che posso fare ora è scoprire come creare il suono che amo in modo da poter spiegare ciò che desidero al mio prossimo tecnico, chiunque sia.

«Dunque in futuro i martelletti del mio pianoforte dovranno essere trattati in modo diverso da come farebbe un tecnico qualsiasi?».

«Un intonatore che interviene sul lavoro di un altro, a prescindere dalla situazione specifica, si trova sempre in una situazione non ottimale. Non conosce la storia».

«E quando tornerai nel Montana?».

«I miei tempi sono difficili da gestire, adesso più che mai. Ma sarei felice di aiutarti». Mi sorride, trionfante. «Ma dove trovo il tempo di risolvere anche questa? L'ultima volta è stato molto faticoso e complicato. Non volevo dire di no. Carl temeva di non concludere l'affare. Era preoccupato che il tecnico locale avesse danneggiato il pianoforte».

«Ed è stato danneggiato?».

«Nessuno lo ha danneggiato. Aveva bisogno solo di un semplice, onesto lavoro di dadi e bulloni. Ho detto a Carl che eri più tu che il pianoforte ad aver bisogno di aiuto».

Arrossisco, punta sul vivo.

«Se noi non ci fossimo parlati, sarei rimasto lì solo cinque ore».

«Non eri costretto a parlare con me» puntualizzo.

«Dovevi capire e accettare il lavoro che avevo fatto per te. E poi» dice con tono più benevolo «ho avuto clienti con cui c'è voluto addirittura un anno prima di capire cosa volessero dal pianoforte, mentre con te sono bastati cinque minuti. Abbiamo gli stessi gusti. Il problema è che quello che vuoi tu è per natura ancora più effimero».

«E che cosa devo dire a chi lavorerà al mio pianoforte?».

«Chiedi un suono più ricco, pieno. Ho cercato di intonare il colore di ogni nota per l'estensione di cinque ottave. È facile da fare sulle corde più lunghe, ma incredibilmente difficile su quelle più corte, nella sezione degli acuti. Per ottenere il timbro che voglio, potrei aver bisogno di indurire la sezione degli acuti anche tre o quattro volte».

«Dovrei dire loro quello che hai fatto?».

«Di' loro che ho ammorbidito chimicamente e poi reindurito i martelletti. Trova una registrazione che ti piaccia, falla ascoltare al tecnico e chiedigli di fare in modo che il piano suoni così. Digli che vuoi *di più* negli acuti. Lui capirà cosa intendi».

Non riesco a immaginare che esistano registrazioni che suonano come Marlene, ma forse troverò qualcosa che mi piaccia abbastanza. Mentre per il "di più" negli acuti, se è così semplice, perché allora non ho mai sentito prima un piano come il mio?

Ci troviamo su una rampa di gradini all'interno di un vecchio edificio industriale, e ne saliamo due alla volta. Marc, come sempre, va di fretta. Arrivati all'ultimo piano, spinge una pesante porta di metallo ed entriamo in una stanza inondata dalla luce che entra dalle finestre a lucernario. Le pareti sono dipinte di rosso corallo. Molti pianoforti a coda sono allineati in file sotto i lucernari, coperti con lenzuola bianche e separati da colonne bianche. È un'immagine singolare, sembra la scena di un film di Cocteau.

Mentre Marc accorda un Mason & Hamlin modello A, io faccio un giro per il deposito, che è composto da due ampie sale. In una di queste, un uomo dai capelli bianchi sta lavorando sulla meccanica di un vecchio piano a coda. Solleva gli occhi nella mia direzione; nel suo sorriso luccica dell'oro. Mentre gironzolo per la vasta sala, un forte odore di sostanze chimiche mi fa indietreggiare all'improvviso. Marc mi vede fare un passo indietro per il disgusto.

«Inaliamo questa roba ogni giorno della nostra vita» dice, poi apre la porta della cabina di verniciatura, dove i pianoforti vengono dipinti. Mi copro la bocca e il naso con la mano, incapace di sopportare le esalazioni, e mi faccio indietro. Marc chiude la porta.

Mentre Marc intona un altro piano, io mi allontano di nuovo e scopro un magazzino grande come una sala da ballo, pieno di pianoforti verticali e a coda accostati alle pareti, allineati come fanciulle che fanno da tappezzeria aspettando un invito a danzare.

Quando torno da Marc, sta lavorando ancora sul Mason, suonando accordi e arpeggi da un'estremità all'altra della tastiera. Mi spiega che ha indurito i martelletti con la lacca. «Senti che sostegno ha adesso» dice. «Ha molto di quell'"effetto" che lo fa sembrare il miglior pianoforte al mondo».

«A me non sembra».

Mi chiede di suonare io stessa.

«I soprani sono così squillanti che sembrano sottili come aghi» osservo.

«Vogliono tutti un suono più alto, più chiaro» spiega. «Vogliono sempre di più».

Alzo le spalle. Non è il suono che piace a me.

«Lavoro in un ambito commerciale» insiste Marc. «I miei pianoforti devono vendere. Perciò non posso fare tutto quello che vorrei. Devo fabbricare un suono brioso e squillante. Non posso creare un suono ricco, voluttuoso, di *velluto liquido*, che è quello che preferirei».

«Ma è quello che hai fatto al mio pianoforte?».

«Sì, è vero. Perché Carl mi chiede di dare agli strumenti tutta la bellezza che penso di poter dare». Marc ride selvaggiamente. Sembra il Cappellaio Matto con un diapason in mano.

«Carl è un idealista?».

«Decisamente».

«Se ammorbidisci i martelletti chimicamente anziché con punture profonde, la durata dell'effetto è la stessa?».

«Diamine, dura di più! Agisce a un livello più profondo, è più efficace e meno invasivo». Esegue un rapido riff circolare da un'estremità all'altra della tastiera del Mason.

«Dunque questo vuol dire che i martelletti del mio Grotrian non sono mai stati punti in profondità?».

«Beh, non posso sapere quello che è successo in fabbrica». Suona un accordo corposo sul piano.

«Non puoi stabilirlo in base al suono?».

«No, puoi controllare se c'è un danno fisico».

Danno. È così che lo chiama.

«Che cosa cercheresti?».

«Rigonfiamenti e deformazioni nella forma del martelletto». Marc strimpella una scala cromatica negli acuti, ascoltando con insistenza. Attira a sé la meccanica e colpisce leggermente alcuni martelletti con un intonatore.

«Intendi quei rigonfiamenti a forma di uovo all'estremità? Se hanno quel tipo di gonfiore in cima. Ti ricordi?».

«Sì. Vuol dire che i tuoi martelletti sono stati punti in profondità. Qui». Indica il lato posteriore dei martelletti. «È per questo che, quando ho applicato i prodotti chimici, gli sono cresciute quelle piccole teste. E ora che so che cos'è successo, questo mi dà più di un'indicazione su quel che dovrò fare quando tornerò a casa ora. Potrebbe attendermi un meticoloso lavoro di schedatura».

Ho un tuffo al cuore. I miei martelletti sono stati danneggiati!

«Quello che mi chiedo è...» mi sforzo di reprimere il tremolio della voce. «Vuol dire che un trattamento che dovrebbe essere eseguito una volta è stato invece somministrato due volte? O si tratta di qualcos'altro?».

«Mah, non necessariamente, possono eseguire la puntura profonda in fabbrica e ciononostante il lavoro può non essere completo. Si tratta di una specie di versione non definitiva». Poi, sottovoce: «Ecco perché voglio brevettare la mia idea, perché credo che possa servire a qualunque fabbricante di pianoforti».

Poi Marc rimette in borsa i suoi strumenti, e prima che io abbia modo di affrontare le conseguenze di ciò che mi ha detto, siamo già fuori dalla porta.

«Perché tutta questa segretezza intorno ai tuoi procedimenti chimici?» chiedo mentre ci allontaniamo dalla zona industriale di Yonkers e imbocchiamo l'autostrada.

«Beh, l'intonazione è uno dei segreti da custodire gelosamente perché è il vertice della piramide. Chiunque possieda questo tipo di competenze vuole proteggere il proprio lavoro».

Sono davvero pochi i tecnici pianistici che sanno intonare bene, stando a quel che ho imparato finora. In gran parte si tratta di semplici accordatori in grado di regolare la meccanica di un pianoforte. Tuttavia, la riservatezza di Marc mi lascia ancora perplessa. Avrebbe la possibilità di aiutare molti altri tecnici a regalare bellezza a tanti pianisti e al loro pubblico.

«E che mi dici dell'insegnamento? Non ti piacerebbe insegnare?».

«Mi piacerebbe molto avere un tirocinante. Ma chi vorrebbe far vivere qualcuno in questo modo? Non ho mezzi finanziari nella vita. Forse ci sono altri tecnici là fuori che cercano di realizzare il mio stesso obiettivo, che è quello di portare la bellezza nel mondo. Ma se sei davvero interessato a far soldi, dovresti evitare il pianoforte come la peste».

Sottolinea con una sonora risata la conclusione del suo discorso, poi gli squilla il cellulare. Lo sento promettere a John Stetch che dopo tutto un salto a Bear Tracks riuscirà a farlo.

Marc si è lamentato molto del fatto che non ha una vita sua, che è sottopagato, che le richieste dei suoi clienti privati "gli riducono la vita a un hamburger". Eppure sembra quasi godere di questa condizione di disagio, sguazzarci dentro. Se le condizioni della sua vita professionale sono davvero così difficili come dice, perché non chiede di più? Perché non dice più spesso di no? E perché permette a me, una normalissima, sprovveduta cliente, di fargli perdere del tempo?

«Grazie per la pazienza» dice, riagganciando il cellulare dopo l'ultima telefonata e ritornando a fissare la strada. «Che cos'altro posso dirti?».

«Mi chiedo per quale motivo, uno per cui *essere qualcuno* è l'attività più importante della vita, possa correre di qua e di là con la frenesia che hai tu» attacco. In qualche modo, dopo aver ascoltato le sue lamentele, sento che Marc mi deve queste spiegazioni. Insisto con la mia provocazione. «Perché hai detto di sì a Stetch?».

«Come faccio a dire di no?» geme. «Dipende da me, ha bisogno di me per la sua carriera». Il suo tono diventa più acuto, lamentoso e querulo. «Sarò sempre disposto a offrire il mio aiuto a chi ha un progetto di registrazione che può far decollare oppure rovinare la sua carriera e ha bisogno che il suo pianoforte sia al massimo. Non credo che potrei mai voltare le spalle a qualcuno in circostanze simili. La missione più alta nella vita è restituire a quelli intorno a te i doni che ti sono stati dati gratuitamente. Perciò, se i miei clienti hanno bisogno di me, per quanto grande possa sembrarmi il prezzo da pagare in un mondo dominato dal denaro, io mi sforzo di guardare oltre. Voglio dire, io non sopporto che una persona dotata di un talento eccezionale, desiderosa di creare bellezza attraverso il proprio strumento, non possa estrarre quella bellezza dal suo pianoforte solo perché io devo spremere dal suo lavoro cinquecento dollari in più. È così, che posso farci?».

«E che mi dici dei tuoi sogni, delle tue aspirazioni?».

«Suonare Bach al violoncello. Ecco cosa vorrei fare. È il sogno che conto di realizzare nella seconda metà della mia vita». Un timido sorriso gli increspa un angolo della bocca. «Mi piacerebbe diventare il principiante adulto di violoncello che ho sempre desiderato essere».

Così abbiamo lo stesso sogno. Si tratti del pianoforte o del violoncello, è lo stesso sogno.

«Che cosa ti succede quando suoni il violoncello? Dove ti porta?».

«Beh, ci si perde verso un obiettivo più alto, suppongo» dice Marc. «È l'opposto della realtà virtuale. L'opposto dei sempre più alti livelli di iperstimolazione a cui questa società ci sottopone. È un modo per evadere dai limiti angusti del nostro essere e accedere all'anima universale. È qualcosa di trascendente. Nel pensiero orientale, equivarrebbe a una forma di meditazione. Ma non si tratta di pura meditazione. Si tratta dello stato del tuo cuore. Perché non riguarda ciò che fai. Riguarda ciò che sei».

D'un tratto la conversazione sembra slittare, prendere un andamento, un ritmo, quasi musicale. Stiamo scivolando in un flusso comune di parole e vibrazioni; le nostre voci si fondono in un soliloquio, in un duetto operistico. È una sensazione molto particolare.

«È vero. Assolutamente. Si tratta di esistere sull'onda di una certa vibrazione».

«Hai ragione! È come tornare al mondo da cui proveniamo».

«E mi chiedo se il pianoforte, e ancora di più il violoncello, se ci penso..., è stato il mio primo strumento, a proposito...».

«Ci risiamo!» esclama Marc con un largo sorriso, sottolineando l'ennesima coincidenza.

«Le esperienze dirette che ho avuto del pianoforte hanno lasciato un segno dentro di me. È un modo di trasferire la condizione del proprio cuore su frequenze su cui anche gli altri possono sintonizzarsi. È elettrizzante. Come se sospeso nell'aria ci fosse Chopin in persona. È tutto nell'esperienza di contatto diretto con l'anima del compositore, e quest'anima comunica grazie alla nostra espressività. Che effetto fa tutto questo sulle molecole del nostro essere? Io credo che le trasformi. È come se non fossimo in grado di contenerlo. Come se il possesso di un corpo fisico diventasse qualcosa di insostenibile».

Mentre pronuncio queste parole, entriamo nella buia caverna del parcheggio della Manhattan School of Music. Marc parcheggia la Subaru e spegne il motore. È la fine della nostra giornata insieme e io devo tornare a casa.

«Non credevo che saremmo finiti a dirci queste cose» dice Marc, girandosi a guardarmi nella debole luce del garage. «Non mi capita spesso l'occasione di parlare di cose simili. Io mi occupo delle vite dei pianoforti della gente e faccio quel che posso per aiutarla. Ma non è di questo che stiamo parlando noi due. Allora, perché tu? Devo saperlo, ora, perché tu?».

«Cosa vuoi dire?».

«Beh, le distanze sono notevoli. Pensaci, tu che vai da Carl, io che torno nel Montana. Eppure la distanza che ho dovuto colmare per conoscerti è eccezionalmente breve. Abbiamo molte cose in comune. E io credo che il modo in cui ti ha trattato Carl sia prova dello stesso tipo di sensibilità di cui parlavamo prima. Non avrebbe mai potuto impedirti di realizzare il tuo sogno per aumentare i propri guadagni».

«Non ho ancora incontrato Carl. Lo vedrò domani».

«Beh, quello che rappresenta Jimmy Carter per i presidenti degli Stati Uniti, Carl Demler lo rappresenta per i rivenditori di pianoforti, almeno per me. Un uomo magnifico che a volte non sembra di questo mondo, ma che è comunque una boccata d'aria fresca. È troppo gentile, troppo generoso, troppo onesto, troppo premuroso, troppo tutte queste cose per far parte di un settore squallido come quello del commercio di pianoforti. Desidera realizzare i sogni della gente. E se in qualche misura può contribuire a essi, anche a proprio svantaggio, lo fa».

14

Il magazzino di Beethoven

Alle otto del mattino eccomi in piedi all'angolo tra Park Avenue e l'83ª Strada, a scrutare in un senso e nell'altro la lunga schiera di edifici in mattoni rossi nella speranza di scorgere il numero civico che ho scarabocchiato sul taccuino. All'improvviso si apre la portiera di una Mercedes station wagon e sbuca fuori un braccio. La mano fa un cenno e l'uomo dal fisico esile che ne è il prolungamento scende gesticolando nella mia direzione. Ha sottili capelli grigi tirati indietro su un volto scavato, aristocratico, e il portamento agile e disinvolto lo fa sembrare senza età.

«Salve» saluta l'uomo con voce allegra e allora riconosco il sussurro tenorile della voce di Carl Demler. «Andiamo?». Indica con un cenno del capo il sedile del passeggero, poi scompare di nuovo nell'auto. Toglie dal mio sedile una cartella portadocumenti talmente stracolma di carte che il coperchio è costretto in posizione perpendicolare. L'accento tedesco è inconfondibile. Salgo a bordo.

«È l'auto del mio socio» dice Carl reimmettendosi nel traffico. «Di solito guido un furgone, ma non ci sono abbastanza posti a sedere». Gira appena la testa, verso il retro, e allora vedo una donna anziana seduta ritta sul sedile posteriore, profondamente addormentata. Sembra molto gracile, e nei suoi tratti incavati, nell'ossatura regolare, riconosco la fisionomia di Carl. «Mia madre» dice. «Abbiamo qualcuno che si occupa di lei in negozio».

Imbocchiamo Madison Avenue diretti a nord e in breve attraversiamo Spanish Harlem. Quando abitavo sull'88ª Strada, a est di Broadway, nei primi anni Ottanta, Spanish Harlem non era così. Guardo fuori dal finestrino, affascinata. «Questa zona si sta rivalutando» dice Carl, notando il mio interesse per i condomini restaurati con gusto. «Abbiamo un negozio da queste parti dove stiamo pensando di tenere i pianoforti più economici. Le famiglie della zona saranno interessate».

Chiedo a Carl come ha cominciato a occuparsi di pianoforti.

«Ero un ginnasta» comincia, prendendola più alla larga di quanto mi aspettassi. «Mi allenavo con campioni olimpionici, a Monaco». Carl è nato a Monaco nel 1936, figlio di un militare di carriera morto nella Seconda guerra mondiale. Da giovane desiderava viaggiare, così studiò gestione alberghiera prima in Svizzera e poi alla Cornell University di New York. Dopo aver lavorato alla progettazione di alberghi nelle Filippine, a Singapore, alle Hawai e a Boston, arrivò a New York nel 1970 per realizzare l'attrezzatura dell'Oyster Bar all'Hotel Plaza. Insieme al suo socio stavano per aprire un elegante ristorante ma la banca che finanziava il progetto fallì. Carl aveva già firmato per il prestito, così provò a farcela da solo, ma quando non riuscì più a pagare l'affitto del locale si trovò in serie difficoltà. New York stava andando in bancarotta, la gente e gli affari stavano abbandonando la città. Carl possedeva due vecchi pianoforti verticali che qualcuno gli aveva dato. Decise di venderli per realizzare un po' di contanti.

L'uomo che venne a valutare i due strumenti disse a Carl che erano da buttare, ma che facendoli sistemare potevano valere qualcosa. Così Carl fece restaurare i due pianoforti e li vendette ricavandone un buon profitto. Poco dopo acquistò altri pianoforti da restaurare, che teneva nel soggiorno al pianterreno del suo appartamento, a Manhattan. Quando si ritrovò con nove pianoforti a coda, compresi due da concerto, nel soggiorno, decise di prendere un negozio.

Il primo Beethoven Pianos si trovava sulla 1ª Avenue nelle East

Eighties, un negozietto eccentrico dove andavo di tanto in tanto quando vivevo in quella zona. Fu in quel negozio che mi invaghii di un pianoforte Chickering nuovo, senza però avere i milleduecento dollari necessari per comprarlo. C'erano numerosi pianoforti verticali in vendita ed era un posto dove uno studente squattrinato poteva trovare un pianoforte; è ancora così da Beethoven Pianos, benché oggi lo showroom si trovi nell'elegante Piano Row.

In soli quindici minuti arriviamo a Mott Haven, nel Bronx. Carl svicola tra i cantieri delle aree in costruzione ed entra in un piccolo lotto cinto da un reticolato con sopra filo spinato. Sul cancello è appeso un cartello poco appariscente con su scritto "Vendita di pianoforti". Ci troviamo nel cortile di un edificio di mattoni rossi che si staglia coi suoi cinque piani sullo sfondo del cielo, ornato da medaglioni decorativi e volute in terracotta.

È il deposito di Beethoven Pianos, l'unico edificio rimasto in piedi in tutto l'isolato, un vestigio della vecchia New York. Fu costruito nel 1860 dalla famiglia Mott, proprietaria di quello che un tempo era un campo di alberi da mele. All'epoca della sua costruzione, in questo edificio si fabbricavano vasche da bagno dai piedi ungulati e panciute stufe Franklin. A guardarlo da fuori, oggi, con la sua sagoma scura sullo sfondo di un terreno disseminato di macerie, nessuno immaginerebbe il brulicare di attività che si svolge al suo interno, un luogo bizzarro e insieme affascinante.

Carl si è trasferito in questo magazzino dieci anni fa, racconta, su suggerimento di una numerologa. «Diceva che sarebbe stato un luogo positivo per me, e infatti così è stato». Quando le vendite di pianoforti languono, Carl tiene in movimento i flussi di cassa affittando la facciata del magazzino come spazio pubblicitario.

Una ragazza accorre per aiutare la madre di Carl mentre lui afferra la sua borsa stracolma e se la infila sotto un braccio. Gli chiedo se devo abbassare la sicura della portiera, ma Carl risponde di no, lui non chiude mai a chiave. È in costruzione un nuovo ponte sulla 3ª Strada, appena fuori dal cancello del deposito. Da sopra i pilastri, le gru spostano assi di acciaio sulle acque torbide dell'Harlem River. «Una volta finito sarà bellissimo» dice Carl accennando al ponte. Sembra rallegrato dai suoi progressi. «Forse apriremo un ristorante giù al fiume». Il deposito sorge sull'argine, e dal piccolo cortile riesco a scorgere l'acqua oleosa infestata di erbacce, intasata e soffocata dalla spazzatura.

Carl ha fama di essere un uomo d'affari accorto e intraprendente, ma la sua idea di aprire un ristorante in riva al fiume, nei campi sventrati e deserti del Bronx meridionale, mi lascia perplessa. I suoi colleghi parlano di lui come di un enigma, anche quelli che lo conoscono da una vita. «Non è una persona come noi» mi ha detto Reinhard Landskrom, socio di Carl da decenni. «Nessuno riesce a capirlo». Uno dei dipendenti descrive Beethoven Pianos come una nave pirata, e il suo equipaggio come "una folla interessante" attirata dalla stramberia del proprietario.

La stravaganza di Carl è racchiusa in una vita di prosaica regolarità: ogni mattina alle otto va in macchina fino al deposito, ogni pomeriggio e sera li trascorre al negozio sulla 58ª Strada a ovest di Broadway, dove si trattiene fino a tarda notte. Il mio programma era accompagnarlo in una sua giornata tipica, ma non sono preparata al mondo bizzarro e affascinante oltre le mura del deposito.

Entriamo superando una porta d'acciaio. Al pianterreno una luce incerta, filtrata dalle travi polverose, si insinua tra un mare di carcasse di pianoforti, file interminabili di piani verticali, pezzi e materiali sparsi ovunque, senza alcuna logica o ordine apparenti. Telai in metallo accatastati l'uno sull'altro, vecchi martelletti estratti di recente da qualche relitto, ammucchiati su fasci di giornali. I pianoforti giacciono coda contro coda, tastiera contro tastiera, a perdita d'occhio, polverosi, scalfiti, la maggior parte di loro pronti per finire in una discarica. L'alto soffitto è in tegole di stagno ornamentali, dipinte di bianco. Le assi di legno del pavimento sono irregolari e consumate; si alzano e si gonfiano formando onde. «Un giorno ci getteremo una colata di cemento» dice Carl.

Al centro del locale troneggia un enorme fusto arrugginito da carburante, convertito in stufa a legna con un tubo di metallo che sale fino ad attraversare il soffitto, i piani superiori e il tetto. I pianoforti di scarto servono d'inverno ad alimentare questa stufa, che fornisce calore agli oltre duemilasettecento metri quadrati che costituiscono l'edificio, consentendo ad altri pianoforti di risorgere a nuova vita. Qui dentro passano attraverso un ciclo di morte e rinascita circa ottocento pianoforti alla volta.

Carl li compra a vagonate spesso in occasione di aste. Capita che un negozio chiuda i battenti oppure che una fabbrica fallisca e i creditori svendano l'intero magazzino. Certe volte Carl li rivende così come sono. Ma altre volte trova una gemma nel mucchio e la fa restaurare. Di solito questi pianoforti richiedono troppo lavoro per poter produrre un qualche profitto, ma Carl dice che gli dispiacerebbe vederli sprecati.

«Il nostro commercialista sostiene che questo lavoro ha un modesto valore economico» dice Carl con un'alzata di spalle. «Se ci limitassimo ad affittare la facciata e il deposito e non facessimo un bel niente, guadagneremmo il doppio».

«E allora perché lo fai?».

«Rinunciare sarebbe una delusione troppo grande».

Ci dirigiamo verso una scala che deve aver visto tempi migliori. Carl fa i gradini due alla volta. Nella sua figura snella, agile, è facile scorgere il ginnasta che è stato un tempo. Anche con la sua logora giacca di nylon e le scarpe consunte, c'è un che di elegante in ogni suo movimento. Le movenze sono regali, il portamento naturalmente eretto. In giacca e cravatta potrebbe passare per un duca, benché con la barba di qualche giorno.

Sul pianerottolo c'è una stufa Franklin vecchia e panciuta, fabbricata lì quando quel posto era uno stabilimento siderurgico.

«I treni entravano fin dentro l'edificio per caricare le stufe e le vasche da bagno» dice Carl. «Si vedono ancora i binari, sul pavimento del pianterreno. Te li mostrerò prima di andare via».

Il secondo piano è arioso e pieno di luce, con ampie finestre a più vetri su tutti i lati. Dal soffitto di stagno pressato, accanto alle insegne fluorescenti di negozi e alle tubature degli impianti antincendio, pendono lampadari di cristallo o laminati d'oro, ricoperti di polvere, male assortiti e del tutto fuori luogo in questo scenario industriale. Bianche colonne doriche si susseguono tra file di pianoforti a coda, a supporto delle travi centrali dell'edificio. I coperchi dei pianoforti sono sollevati, tesi verso la luce.

Vicino a una finestra c'è la scrivania metallica di Carl, sovraccarica di carte e con dietro una malconcia sedia da ufficio. Sopra un vecchio schedario è esposto un busto di Beethoven, e in un angolo dietro la scrivania c'è una libreria stipata di libri fino al soffitto. Mi infilo nell'angolo, curiosa di vedere che tipo di biblioteca può possedere un deposito di pianoforti.

Ci sono libretti d'opera, un manuale di accordatura di pianoforti, il moderno corso di pianoforte di John Thompson, libri per bambini in giapponese, libri tedeschi nonché alcuni titoli piuttosto imprevedibili, tra cui *Trentuno idee geniali su come utilizzare la tecnologia*, *Teoria e pratica della costruzione dei pianoforti* e *Il mistero e l'avventura dell'astrologia*. Carl posa sulla scrivania la borsa stracolma, poi mi accompagna per una visita guidata. «I pianoforti arrivano su questo piano per essere ispezionati e per le riparazioni. Alcuni li vendiamo qui».

Posa la mano sul coperchio di un magnifico verticale di epoca vittoriana in noce chiaro, con venature senza nodi, intagli a forma di foglia e intarsi dorati. È splendido. «Questo l'ho preso su e-Bay, per esempio. Ci metteremo dentro uno Schimmel nuovo».

Mi guardo intorno in un vasto mare di pianoforti malandati, un ricovero per strumenti bislacchi e bistrattati. I piani a coda sono privi di coperchi, le meccaniche e le corde sono esposte e accumulano polvere. Casse di pianoforti eviscerati fungono da armadi per le meccaniche. Fasci di corde di basso rivestite di rame pendono dalle pareti di mattoni come fili di macramè. Mucchi di martelletti monchi ricoprono vecchie panche. Leggii squisitamente intarsiati in acero, ebano, mogano e betulla se ne stanno appoggiati contro un muro di mattoni imbiancati, come in una galleria. Alcuni pianoforti sono coperti da teli di plastica trasparente, altri con teli da trasloco, altri ancora con la plastica a bolle. Dovunque giacciono inclinate arpe scolorite, circondate da pezzi di tavole armoniche dismesse.

Carl mi mostra alcuni pianoforti. C'è un piano da concerto Knabe in ebano, di proprietà di un tecnico che è morto. Un Henry F. Miller con la tavola armonica a pezzi è qui in deposito. Un altro Knabe con la cassa in stile art nouveau è in attesa di restauro. Un Fischer è stato dipinto di verde e deve essere rifinito. Un pianoforte meccanico Aeolian Duo-Art è qui perché a nessuno piace il colore. L'hanno dipinto di un rosso acceso.

«Ecco un Erard del 1840; l'abbiamo appena ricevuto per eseguire alcune riparazioni». Il piano misura due metri e settanta. Carl mi racconta che si trovava nel salone di un'importante famiglia londinese, dove l'hanno suonato molti pianisti celebri. Il proprietario chiede settantacinquemila dollari. «Non è un pianoforte valido quanto il Pleyel. Quando Erard morì, gli eredi litigarono per il controllo del patrimonio. Il vincitore si prese la Erard Pianos. Lo sconfitto ebbe la *Michelin*». Carl mi rivolge un sorriso allusivo e alza un sopracciglio, per accertarsi che io abbia colto l'ironia insita nel suo aneddoto.

Un altro pianoforte storico, un Königsberg del 1848, reca sulla tavola armonica, in caratteri svolazzanti, le iniziali del costruttore, neanche si trattasse della cassa di un violino. Il leggio è di ebano intarsiato a lire e foglie intrecciate su uno sfondo di velluto rosa. La parte interna del coperchio è decorata da un elaborato intarsio di ottone smaltato di vari colori, che fa da cornice al nome del costruttore. «Anche questo è un piano in deposito» mi informa Carl. «È quasi invendibile. La meccanica è molto primitiva». Le corde e la meccanica sono bianche di polvere.

«Una volta un tizio venne fin qui con una Rolls-Royce e mi domandò: "Qual è il miglior pianoforte che avete?". "Questo" risposi. "Ma non è ancora finito". Mi diede mille dollari in contanti e mi disse: "Mi chiami quand'è finito". Persi il numero. Passarono un paio d'anni. Poi ricevetti una telefonata di un tale che mi disse: "Sono in rovina. Le ho dato mille dollari per un pianoforte, posso averli indietro? Comprerò uno dei suoi pianoforti quando mi sarò rimesso in sesto". Naturalmente gli restituii i soldi».

«E qual è il miglior pianoforte che avete, adesso?» gli chiedo, osservando gli improbabili candidati che mi circondano. Ci sono almeno un centinaio di code e un numero molto maggiore di verticali. Carl avanza nei corridoi tra una fila di strumenti e l'altra, soppesandone il valore, e io lo seguo. Posa la mano sul bordo di un modello a coda di due metri e quaranta in legno di rosa. Gli manca la meccanica e un set di corde di basso nuove pende dai perni del telaio, intrecciato come un fascio di cavi di rame.

«Mi auguro che questo diventi il migliore. È uno Steinway C. La tavola armonica è nuova, ma un tubo si è congelato e scongelato quando non avrebbe dovuto, c'è stato un allagamento e ora devono essere riparati i danni causati dall'acqua. È di mia proprietà».

«Quando sarà terminato?».

«Ci vogliono da sei mesi a un anno per un restauro completo. Normalmente non è una priorità. Lo fai quando ne hai voglia, a meno che non ci sia un acquirente. Questo ne ha già uno».

«Qual è il miglior pianoforte che abbiate mai avuto?».

«Il piano con il suono più bello che io ricordi era uno Steinway A con ottantacinque tasti». I pianoforti moderni ne hanno ottantotto. «Mi dispiacque venderlo. Si era rivelato uno strumento superbo, il suono era dolce e impetuoso. Mi piace la densità di suono dei pianoforti americani, con bassi intensi. Diventano qualcosa di speciale quando gli acuti medio-superiori si intonano al resto. È difficile arrivare a tanto perché negli acuti le corde sono corte. Se hanno un suono perfetto, si tratta spesso di una pura casualità. Ma in un pianoforte tutto è transitorio" osserva Carl continuando ad avanzare in quel dedalo di pianoforti. «La perfezione di un pianoforte svanisce in un baleno».

«Come fai a valutare così bene il timbro? Sei anche tu un pianista? O un tecnico?».

Carl fa una pausa e si appoggia alla cassa di uno Yamaha bianco a mezzacoda. «Non sono un esperto. E nemmeno un musicista. Ma ho ascoltato molti pianoforti. Da bambino suonavo. Ora non posso più. Ho un problema chiamato contrattura di Dupuytren, che mi rattrappisce le dita».

Solleva una mano per mostrarmi un dito che ha assunto una forma ad artiglio. «Un tempo la ginnastica era la mia vita, e all'epoca, negli anni Cinquanta, non avevamo le imbottiture protettive che si usano adesso. Devo essermi ferito le mani alle parallele. Ma lo sport mi ha insegnato a essere molto competitivo».

Non riesco a pensare a una persona che restaura vecchi pianoforti a fondo perduto come a un tipo competitivo. In che modo esattamente, gli chiedo, si esplica la sua competitività?

«Noi offriamo servizi di qualità superiore a un prezzo concorrenziale». Sorride, lo sguardo ammiccante. «Noi diciamo: *se nessun altro riesce a farlo, prova da Beethoven.* Abbiamo due seminterrati pieni di pezzi comprati da aziende scomparse. Se qualcuno è alla ricerca di gambe nuove uguali alle vecchie, noi gliele procuriamo. Ho trovato un fornitore disposto a venderci sgabelli da pianista per ventotto dollari l'uno. Ho rimediato un contatto per dei pianoforti verticali a novecento dollari. Questi fornitori si incontrano alle fiere. Fuori, sul retro, abbiamo un container di dodici metri che ho preso a un'asta per trecentocinquanta dollari, è un container a due piani, costruito per spostare pianoforti verticali. Inoltre la nostra azienda è internazionale. In amministrazione abbiamo una signora di Shanghai. Grazie a lei possiano comunicare con la Cina, se abbiamo bisogno di qualcosa. E abbiamo anche una persona thailandese. Per molti, in questo settore la difficoltà principale è riuscire a pagare l'affitto. Noi siamo proprietari degli immobili che utilizziamo. E dato che offriamo numerosi servizi – traslochi, perizie, vendita, restauro, noleggio – siamo quasi "immuni" alla recessione. Possiamo fare molte cose che altri invece non possono fare. Per esempio, ieri abbiamo messo a disposizione un piano da concerto con due sole ore di preavviso. Un insegnante di piano ha chiamato chiedendo uno Steinway da ventimila dollari, che fosse un buono strumento. Io posso farlo. Posso comprare uno strumento a settemila dollari, cambiare le rifiniture, riparare la tavola armonica, mettere nuovi stiletti o nuove capsule ai martelletti o sostituire i martelletti stessi e trarne ancora un profitto notevole. Abbiamo trasportato un pianoforte da concerto per dodici rampe di scale. Il proprietario era contrario a farlo passare fuori, dalla finestra, e nell'ascensore non entrava. A volte li sistemiamo sopra il tetto dell'ascensore per portarli su; creiamo un'imbracatura di fissaggio».

Carl prende in mano un martelletto rivestito di feltro da un mucchio ricavato da qualche vecchio rottame e se lo rigira tra le dita curve. «Oggi si tende a indurire i martelletti perché ci sono poche persone in grado di intonare come si deve. La lana di pecora non è più buona come una volta. La sbiancano per renderla più chiara e più bella. Hai presente che cosa succede ai capelli quando li decolori? Nella maggior parte dei casi viene scaldata dentro presse roventi. Quando il feltro ha raggiunto un certo grado di durezza, è difficile riammorbidirlo. Anche il legno, in passato, era di qualità migliore, non solo la lana. I pianoforti di oggi non sono validi come quelli di una volta».

Poi si gira e ricomincia a insinuarsi tra uno strumento e l'altro. Rivolgiamo un cenno di saluto a un taciturno gigante che brandisce il più grosso cacciavite che io abbia mai visto. Sta effettuando alcune riparazioni sulla meccanica di un pianoforte. Sembra non curarsi della nostra presenza, l'ampia cupola della testa rasata china sul lavoro, le poderose sopracciglia arcuate come le ali di un pipistrello in volo. La sua radio diffonde a basso volume un notiziario in russo.

«Lui è Yuri» dice Carl. Continuiamo a camminare, inoltrandoci nei recessi del magazzino. In un angolo pieno di sole, nascosto dietro una schiera di pianoforti verticali, c'è un altro uomo, che ascolta alla radio un programma in ucraino. Sta levigando le rifiniture di uno sgabello ed è circondato da pezzi di arredamento sontuosamente decorati: massicci tavoli intarsiati, specchi dalle cornici dorate. «Rifiniamo anche mobili, come attività secondaria» spiega Carl. «Non mi piace fare sempre le stesse cose».

Carl riceve una telefonata al cellulare. Una donna vuole sapere se Carl può vendere il suo pianoforte. «Le addebiteremo il costo della consegna» le dice. «Ci guadagnerebbe di più vendendolo da sola».

«Siamo costretti a buttarli via» mi spiega dopo aver riagganciato. «Abbiamo chiesto a diverse persone se volevano il legno, per farne giocattoli. Niente da fare». Alza le spalle.

Ci dirigiamo di nuovo verso la sua scrivania, schivando lungo il percorso parti di pianoforti e casse sparse dappertutto. «C'è un'infinità di dettagli da tenere sotto controllo» dice Carl. «Un edificio come questo richiede un mucchio di lavoro per essere tenuto in buone condizioni. A dicembre avremo finito di pagarlo e poi potremo chiedere un nuovo finanziamento».

«Che ne farete del denaro?».

«Penso di aprire un'attività di vendita di pianoforti artistici a Shanghai, in Cina. Gli Steinway e i Bösendorfer vanno forte da quelle parti. È lì che si crea ogni giorno la ricchezza mondiale e in Cina non vengono prodotti pianoforti di quel tipo. Si venderebbero benissimo, mentre qui li buttiamo dalla finestra. Qui a New York c'è la Steinway, la Steinway, solo la Steinway. Tutti vogliono uno Steinway» dice Carl. «A eccezione di quelli che vogliono uno Yamaha». Colgo di nuovo quell'aria divertita nella piega delle sue labbra.

«Io considero la mia attività un servizio. Tutti dobbiamo contribuire in qualche modo alla vita. Io faccio molte cose che per gli altri non hanno senso dal punto di vista economico. Tanti desiderano un pianoforte, ma non ne hanno i mezzi. Ho venduto un piano a un giovane studente per cinquecento dollari. Anni fa ho donato un pianoforte all'Harlem Boys' Choir. Ho persino detto a un cliente, ieri, che mi rifiuto di fare affari con lui. Non gli è piaciuto. Una volta sono stato sul punto di lasciar perdere tutto» racconta.

Nel frattempo siamo arrivati alla scrivania. Si siede, afferrando il bordo con le mani, le gambe che oscillano come quelle di uno scolaro. Prendo la sedia logora destinata a me. «Mark, il mio responsabile vendite, ha una barca, un modello da regata. Stavamo per partire per un viaggio intorno al mondo, ma poi io mi sono sposato».

La moglie di Carl, Kaoru, è una litografa giapponese venuta a New York per studiare arte, e ha conosciuto Carl quando è diventata sua coinquilina. Ora amministra le entrate del negozio e si occupa delle vendite. Mentre Carl mi racconta queste cose, ricordo bene la sua voce scura che mi rassicurava sulla consegna del mio pianoforte.

«Kaoru ha opinioni molto precise. È quasi il mio opposto. Ormai siamo insieme da quasi dodici anni. L'astrologo disse che sarebbe stata dura». Lo dice a bassa voce, con un'ombra di rassegnazione. «Mia moglie è una donna molto intuitiva e il più delle volte ha ragione. È brava in molte cose, ci sa fare con i clienti, e ha un buon senso degli affari. La sua famiglia in Giappone gestisce una piccola rivendita di automobili e da loro ha ereditato la sua mentalità imprenditoriale. Io non ce l'ho mai avuta». Hanno tre figli piccoli.

«Nella mia filosofia di vita» prosegue «c'è una ragione per tutto. Qualunque cosa facciamo, presto o tardi ne paghiamo le conseguenze. Questo mi spinge a guardare a me stesso nel lungo termine».

Mi chiedo di cosa stia parlando. I suoi occhi fissano un punto lontano. Sono di un azzurro penetrante e tuttavia stranamente elusivo. È raro ricevere uno sguardo diretto da parte sua.

Ma poi invece mi guarda, con un sorriso pieno di perplessità distaccata. «Quello che mi interessa è da dove veniamo, perché siamo qui e dove stiamo andando» dice. «Non appartengo a nessuna chiesa o organizzazione, ma ho studiato alcune filosofie esoteriche occidentali».

Sì, Marc me ne ha parlato. Quando gli ho detto che Carl mi aveva sconcertato, il suo commento è stato: «È probabile che tu non abbia incontrato spesso degli antroposofi». Non sono sicura di sapere che cosa sia un antroposofo, ma dato che Carl sembra disposto a parlare apertamente della sua vita interiore, può darsi che sia la persona giusta a cui fare qualche domanda sulla mia.

«Allora, Carl, mi sai dire...». Mi interrompo. Devo riflettere un momento su come formulare la mia domanda. «Quando hai un cliente che si innamora di un pianoforte, che entra in sintonia con un piano più che con qualsiasi altro, ti chiedi mai per quale motivo avviene? Ti sarà capitato molte volte. Che cosa mi è successo quando mi sono innamorata del mio Grotrian?».

Carl mi guarda con interesse. «Sì, certo, me ne sono accorto». Si schiarisce la voce. «Ognuno di noi ha una nota dominante, che è diversa da persona a persona» comincia. «Quando quella nota risuona, si entra in una vibrazione simpatica che induce uno stato di estasi. Ognuno di noi reagisce in modo differente alle vibrazioni e al suono. Quando ti imbatti in un timbro che ti fa sentire bene, quello è il pianoforte che fa per te. Sta tutto nella vibrazione. Tutto ciò che è, è vibrazione. Lo sappiamo da Einstein: suono, energia e massa sono concetti intercambiabili. Tutto questo è musica. La musica è quanto di più vicino al mondo interiore, alle sfere superiori. Suonare è un'esperienza di autotrasformazione. L'esperienza di essere un veicolo per lo spirito del compositore, che a sua volta è veicolo del divino. Il divino che è in ognuno di noi. La musica trasforma. Quando viene eseguito un brano musicale, esso emana qualcosa. È l'influsso segreto della musica attraverso le epoche. Può avere effetti terapeutici sulle malattie causate da una vibrazione sbagliata all'interno del corpo».

Le sue parole mi fanno venire i brividi, quasi fossi entrata in risonanza con loro, così com'è accaduto con il Grotrian. Sono misteriosamente simili alle parole che ho usato giusto ieri, per descrivere a Marc la mia esperienza del pianoforte.

Il monologo di Carl si interrompe con l'apparizione improvvisa di un tipo nerboruto, tutto muscoli e un'aria da bullo di strada, il quale annuncia che di sotto stanno consegnando un pianoforte.

Seguo Carl e Junior, come mi viene presentato – benché, a giudicare dalle screziature grigie sui capelli ingarbugliati, debbano essere passati dei decenni dall'epoca in cui era davvero *junior* –, giù per le scale malferme del magazzino fino al pianterreno e poi fuori, sul portico di cemento. Un pianoforte a coda avvolto da coperte è assicurato a una rampa sull'area di carico aperta di un camion. Un uomo in soprabito di lana nero e guanti di pelle è in attesa presso la piattaforma. Si presenta a Carl come il proprietario dello strumento. L'accento è russo e quando Carl e Junior salgono sulla parte posteriore del camion, lo saluto nella sua lingua madre, che era anche quella di mio nonno. Gli si illumina il volto.

«Era il pianoforte del mio insegnante a Mosca» dice l'uomo, che si chiama Sergej ed è un insegnante di piano arrivato a New York dieci anni fa. «Voleva che lo avessi io e sono arrivato fin laggiù per prenderlo. È un Bechstein C di due metri e venti, del 1912. In Russia i facchini hanno rotto il coperchio e danneggiato la cassa. Yuri mi ha consigliato di rivolgermi solo ed esclusivamente a Carl». Allude al tecnico col grosso cacciavite che ascoltava la radio russa al piano di sopra.

Sergej si rivolge a Carl. «Mi è stato detto di fidarmi di lei e di lei solo, ed è quello che farò» dice in inglese. Ma Carl non sembra ascoltarlo. Sta aiutando Junior e due facchini a spostare il gigante su un carrello.

Junior sistema una passerella tra il portellone posteriore del camion e il bordo della piattaforma di carico e Carl e i facchini lo issano a bordo. Di lì a poco, arrivano in aiuto quattro operai del deposito. Ognuno si occupa di una parte del pianoforte, controllando attentamente che ognuna poggi sulla esigua superficie della passerella. Una volta che il pianoforte è sistemato, lo caricano su un vecchissimo montacarichi. Poi Junior, Carl, Sergej e io ci pigiamo sopra, sotto e intorno al pianoforte, facendo da zavorra mentre Junior chiude la porta pesante. Il lucernario del tetto si avvicina sempre di più, finché è proprio sopra le nostre teste. Poi la porta si apre con un strappo rumoroso della grossa maniglia e ci ritroviamo all'ultimo piano del deposito.

Io e Sergej ci divincoliamo fuori dall'ascensore, in un ambiente umido stipato di pianoforti dismessi. A differenza dell'elegante secondo piano, questa sala è illuminata da semplici lampadine. I loro fili pendono dalle travi macchiate. Carl e Junior fanno ruotare lo Steinway oltre un angolo, attraverso una porta di metallo scorrevole, fin dentro il laboratorio del capo restauratore di Beethoven's, Rudolf von Bartesch, più comunemente noto come Rudy.

Rudy è un gigante d'uomo, grosso e impacciato, con mani massicce e l'andatura irrimediabilmente zoppicante per colpa di un pianoforte da concerto che gli cadde su un piede. Si avvicina al Bechstein trascinandosi con le spalle curve, e fa cenno agli uomini che lo trasportano di metterlo dietro la piallatrice elettrica, dove numerosi altri strumenti sono in attesa di ricevere le sue cure. Indossa una giacca di pelle nera su una camicia a scacchi scolorita e i capelli grigi sono pettinati all'indietro lasciando scoperta la fronte solcata da rughe profonde. Sul viso gli brillano due occhi neri e gentili; riflettono intelligenza e una nota di malinconia. Mentre Carl mi presenta, l'ombra di un sorriso gli increspa la bocca.

Carl e Junior liberano il piano dal suo involucro, mentre il pianista assiste ansioso, spiegando a Carl e a Rudy che cosa è accaduto alla sua preziosa eredità. «L'avevano messo nella cassa senza legarlo e quando l'hanno aperta, era rotto».

Carl solleva il coperchio della tastiera mostrando la cornice decorativa ridotta in frantumi e i tasti privi dei loro rivestimenti in avorio.

«Dove sono i rivestimenti dei tasti?» domando.

«Non è semplice introdurre avorio in questo paese se il piano ha superato i cento anni, anche fosse di un solo giorno» risponde Carl indignato. «La colpa è di qualche idiota del Dipartimento Tabacchi e Armi da Fuoco. Per far entrare un pianoforte antico, bisogna chiedere un'autorizzazione a Washington».

Sergej ha rimosso i rivestimenti a Mosca e li ha spediti in America per posta. È in piedi accanto a me, indossa ancora i guanti, ed è molto agitato. «Quelli che hanno bisogno di un pianoforte non hanno denaro» supplica. «Quelli che non hanno bisogno di un pianoforte hanno denaro. È lo strumento su cui mi esercito. Non mi importa delle rifiniture. Non so come si dica in inglese».

«Interverremo il meno possibile» lo tranquillizza Carl. «È uno strumento molto delicato. Nessuno sa esattamente come lavorare con le vecchie tavole armoniche Bechstein». Ai timori del pianista risponde con calma e disponibilità. «Yuri gli darà un'occhiata stasera e poi la chiamerà».

Dopo che Junior ha accompagnato il pianista all'uscita, mi

permetto di suonare qualche nota sul suo prezioso Bechstein. È in condizioni pessime.

«Lo ripuliremo a fondo, ripareremo il coperchio e la modanatura» dice Carl. «Non può permettersi altro».

«Non si può restaurare un Bechstein con una tavola armonica nuova». È Rudy, con la sua voce burbera. «Le piastre si spezzano sempre». Scuote la testa lentamente.

«Rudy sa cosa fare» si corregge Carl. «Ma è sempre un rischio. In più il nostro amico» rivolgendosi nella direzione in cui è uscito il pianista «non può permettersi un restauro. Dobbiamo fare solo le riparazioni che è in grado di pagare».

Rudy si è tolto la giacca di pelle e ora comincia a sistemare gli strumenti sul banco di lavoro, come se stesse pianificando la sua giornata.

«Devi vedere le gambe che costruisce Rudy» dice Carl. Da sotto il banco di lavoro estrae due massicce gambe di piano ornate, in legno grezzo nuovo, e le brandisce con orgoglio. «Un set di queste costa tremila dollari».

Sono realizzate con abilità sorprendente. Esibiscono preziosi intagli in stile vittoriano, con un tulipano che si arrampica sul fusto e un motivo di foglie ripetuto con precisione. Carl mi porge una delle gambe per darmi modo di passare le dita sul legno ancora grezzo, di ammirare la raffinata, uniforme perfezione dell'intaglio.

«Ma come ha fatto?» domando a Rudy che si è unito a noi. «Mio nonno era uno scultore, mio padre faceva mobili. Ecco» dice indicando il tavolo da lavoro e invitandomi a seguirlo. Mi mostra una gamma di strumenti da intaglio di molte misure diverse; i manici in legno consunti devono essere vecchissimi. «Questi appartenevano al mio bisnonno, in Germania».

«E le parti che non ha intagliato lei?».

«Io rifaccio queste». Depone su un tornio una gamba di ebano malconcia, il pezzo da cui ha copiato, e mi mostra la maschera che ha ritagliato, sovrapponendola all'originale. Ricerca con difficoltà le parole giuste in inglese.

«E il tornio segue il suo disegno?».

Annuisce una volta soltanto. «Qui» dice ancora, prendendo in mano due scalpelli, larghe lame a forma di spatola montate su manici pesanti. «Questo» brandisce uno dei due utensili «ha cinquant'anni. È in condizioni perfette. Vede quest'altro?» agita l'altro. «Questo ha solo otto anni». Lo strumento più recente è semidistrutto, gli spigoli consunti e ritorti, quasi inutilizzabile a paragone dell'altro. «Vede quanto è cambiata la qualità?».

Subito dietro la spalla sinistra di Rudy vedo qualcosa da cui non riesco a staccare gli occhi: un piano da lavoro sagomato a mo' di coperchio di pianoforte da cui è germogliata una piccola foresta, più di una dozzina di assi si ergono dal ripiano fin su al soffitto. Devono essere alte almeno due metri e mezzo. Il ripiano sottostante e il soffitto le stringono in una morsa tale da incurvarle, tanta è la pressione. Tutt'intorno al bordo del ripiano sagomato ci sono delle poderose ganasce che stringono un pezzo di legno liscio e sottile, di colore chiaro. È una tavola armonica in costruzione, spiega Rudy. Il ripiano, ricavato da un tagliere da macellaio, è concavo – la superficie si inarca come una piscina poco profonda – e la tavola armonica, che arriva piatta dalla Germania, viene pressata dentro quell'avvallamento grazie al peso delle assi collocate su di essa. La forma concava conferisce alla tavola armonica la sua arcuatura, la quale deve assumere un profilo diverso a seconda del timbro che si intende conferire allo strumento.

Carl si entusiasma molto vedendo il mio interesse per la tavola armonica. Mi mostra un piccolo ripostiglio che chiama "camera del vapore", situato a una delle estremità del laboratorio. All'interno, sono accatastate con cura tavole armoniche ancora piatte e altri preziosi oggetti di legno. Nella camera del vapore vengono mantenute condizioni climatiche precise, trentuno gradi centigradi e il ventotto per cento di umidità. Il legno si acclimata qui dentro per circa un anno dopo essere arrivato dalla Germania o dal Canada.

«Per i pianoforti piccoli, è preferibile l'abete bavarese» dice Carl. «Il legname proviene dalle Alpi. Ascolta questo».

Raggiunge a grandi passi la cassa di un vecchio pianoforte a coda all'interno del quale è stata installata una nuova tavola armonica. Carl batte un pugno sulla tavola e questa risuona come un tamburo, l'eco riverbera per tutta la lunghezza del basso ambiente del quinto piano, simile al battito di un cuore che risuona dalle profondità del corpo.

«L'azienda che produce queste tavole si chiama Strunz; è in attività dal 1830. Presumo che abbiano foreste di proprietà. Laggiù sono molto rigorosi in materia di tutela forestale. Sono proprio le facoltà di Scienze Forestali quelle in cui è più difficile entrare. Un po' come Harvard qui da noi».

Carl dice che un giorno il quinto piano del deposito ospiterà una scuola per tecnici. «L'unico luogo in cui si può ricevere una formazione tecnica rigorosa è la Germania. L'Ufficio Immigrazione ostacola all'arrivo di tecnici tedeschi. La mia idea è portare i tecnici tedeschi qui per sei mesi l'anno e farli insegnare».

Gli squilla il cellulare. «Scusami». Risponde e riaggancia subito. «Devo incontrare alcuni operai al piano di sotto, torno fra poco». E si dilegua con passo agile, lasciandomi sola con l'arcigno rumeno e il suo laboratorio.

Una radio posata su una mensola è sintonizzata su un programma operistico. In una piccola stufa con lo sportellino di vetro crepita un fuoco alimentato da vecchie tavole armoniche rotte e da trucioli di legno. Sopra il banco di lavoro di Rudy si aprono enormi finestre industriali a più vetri che danno sulla metropoli e sul fiume che scorre sotto. La stanza è inondata da una calda luminosità autunnale che proietta ombre color indaco sulle assi logore dei pavimenti. La scena ricorda un dipinto rinascimentale in cui è ritratto un maestro artigiano intento nel suo lavoro. Rudy si volta verso di me ruotando il busto di quarantacinque gradi, e indica il panorama.

«Eravamo qui l'11 settembre e abbiamo visto il World Trade Center bruciare e poi scomparire» dice mentre i suoi occhi addolorati incontrano i miei, la voce bassa, l'accento pesante. Guardo fuori e in effetti, dal quinto piano di questo nido di aquile, si vede la punta meridionale di Manhattan.

Trascinando i piedi Rudy raggiunge il pianoforte con la tavola armonica nuova. Direttamente sopra la cassa pende il telaio in ghisa, ridipinto con lacca color bronzo. È legato con delle funi e sospeso in aria grazie a un sistema di catene e pulegge. Rudy indica il lato inferiore del telaio, mostrandomi il punto in cui il fonditore ha messo la sua firma col gesso bianco un secolo fa: *Petterson*, recita la scritta in caratteri fioriti. I costruttori di pianoforti firmavano sempre le parti del piano che avevano realizzato, mi informa Rudy.

Cala lentamente il telaio nel suo alloggiamento all'interno della cassa, le grosse mani avvinghiate alla catena, circondato dal cigolio delle carrucole. Mani così grandi eppure così delicate nel dipanare un rotolo di fine nastro di cotone incerato, avvolto intorno a quel piccolo pezzo di ottone chiamato agraffe. Rudy sistema il nastro lungo la mappa disegnata dal telaio e dal ponticello, seguendo scrupolosamente quella che sarà la traiettoria delle corde e misurandone l'angolazione a occhio, con l'aiuto del listello di legno.

La misura dell'angolo formato dalle corde è detta *angolo di inflessione*. Senza il giusto angolo di inflessione, il pianoforte non ha voce, il suono non fiorisce. Rudy dice di voler creare un angolo di inflessione dell'ampiezza di cinque millimetri all'altezza del ponticello nei soprani, e di quattro millimetri nei tenori.

Una volta effettuata la misurazione, tira di nuovo la catena in modo da sollevare il telaio. Si piega fino a raggiungere una posizione quasi orizzontale sul bordo del piano, sporgendosi sulla tavola armonica con una piccola sagoma di metallo in mano. Rudy applica la sagoma a uno dei perni scanalati simili a bulloni che punteggiano il perimetro della tavola. Accorcia il perno fino a conferirgli la giusta altezza usando una sega piatta dalla lama molto sottile. Una volta accorciati, i perni sosterranno il telaio al di sopra della tavola armonica all'altezza necessaria per formare il giusto angolo di inflessione.

Osservo Rudy mentre è intento al lavoro, cercando di vedere tutto senza essergli d'intralcio. Di tanto in tanto mi guarda di traverso. I suoi occhi scuri sono perplessi, forse un po' mesti.

«Ai miei figli tutto questo non interessa affatto» dice Rudy, a mo' di commento alla mia avida curiosità. «Ho cercato di insegnarglielo, ma non vogliono. Vogliono computer, marketing».

«Ha qualche allievo?». Penso a che scempio sarebbe se queste competenze non venissero tramandate.

«Non ancora. Devo rifare la parte superiore del ponticello».

Il ponticello è un lungo arco piatto di legno fissato alla tavola armonica, l'unico punto di contatto tra questa e le corde. Quando le corde vibrano, il ponticello trasmette le loro vibrazioni alla tavola armonica, che agisce da trasduttore, amplificandole fino a renderle udibili. Per questo piano, Rudy ha mantenuto il ponticello originale, ma ne sta ricostruendo la parte superiore con lamine di acero montano.

Ha già tolto la sommità originale e ora deposita l'antico legno marrone scuro del vecchio ponticello sul suo banco di lavoro. Con le sue file di fori minuscoli somiglia a un segnapunti da cribbage dalla forma allungata. I fori sono causati dai perni di metallo che prima guidavano le corde attraverso il ponticello. Rudy batte alcuni tacchetti di legno all'interno dei fori con un martello da muratore, poi leviga la superficie con una smerigliatrice a nastro.

In mani meno esperte, la pesante smerigliatrice a nastro manderebbe per aria il ponticello o forse lo distruggerebbe. Ma Rudy maneggia il potente macchinario a mano libera, con la stessa facilità e leggerezza con cui utilizzerebbe una piallatrice manuale.

In passato Rudy deve essere stato alto almeno un metro e novanta. Ma anche se curvo, e con le spalle arrotondate dai decenni che ha trascorso chino sul suo lavoro, ha ancora un portamento aitante. Mentre lavora il legno ha la grazia di un danzatore, i movimenti agili, persino graziosi nella loro apparente semplicità.

All'interno della camera del vapore, Rudy esamina diversi tagli di legno raccolto sulle Montagne Rocciose, alla ricerca di quello dalla fibra più lineare. La densità di fibre della parte superiore del ponticello, spiega, deve essere la stessa della tavola armonica su cui verrà posato. Sceglie un'asse dello spessore di due centimetri e mezzo e la trasporta fino al banco di lavoro, e lì, in tre sezioni, ricalca sul legno nuovo la forma del vecchio ponticello.

Avvia una sega a nastro, e tenendo la tavola di acero al di sopra della lama rotante, effettua il taglio lungo le linee sinuose tracciate a matita. Non usa alcuna guida, si affida ai movimenti sicuri delle sue mani, che maneggiano senza sforzo quel legno pesante. È un modo bizzarro di descrivere un lavoro di falegnameria, ma la maestria di Rudy nell'adoperare gli strumenti ha un che di poetico. Ne sono affascinata.

Un uomo coi baffi, uscito dal nulla, ci passa accanto all'improvviso. «Vedo che hai un'apprendista! La prossima settimana puoi andare in pensione!» dice ad alta voce prima di sparire dietro una porta sul lato opposto della stanza.

«Quello è Mark» dice Rudy scuotendo la testa in direzione del direttore del negozio di Carl. «Mark va sempre di fretta».

Un'apprendista! Per un attimo provo la piacevole sensazione di desiderare una strada non presa, e che mai prenderò. Con Rudy come insegnante, un giorno diventerei capace anche io di danzare con il legno, di donare la vita ai pianoforti, di padroneggiare il segreto della loro magia. Mi torna in mente l'osservazione di Rudy a proposito del disinteresse dei suoi figli.

«Quanti figli ha?».

«Due» dice Rudy con le sopracciglia alzate e le labbra tese mentre con un raschietto sgrossa il vecchio ponticello con la parte superiore nuova, e lo prepara per l'incollaggio. «Uno lavora nel marketing. L'altro ha una società di noleggio di attrezzature edili».

«Da quanto tempo è sposato?».

«Ci siamo sposati nel 1965. Il governo non mi ha permesso di andare con lei fino al 1969. Lei andò via perché era armena. Se eri ebreo o armeno potevi andar via. Ma tutti volevano lasciare la Romania».

Lentamente e a sprazzi, mentre lavora, tra un suggerimento e qualche domanda per capire il suo inglese, si dipana la storia di Rudy.

Rudolph von Bartesch discende da un'antica famiglia di intagliatori e costruttori di pianoforti originaria di Lipsia, in Germania. Dopo la Prima guerra mondiale il nonno di Rudy fu costretto a lasciare il paese. Si stabilì in Romania. Quando Rudy, che era nato in Romania, compì quattordici anni, andò a lavorare alla fabbrica di pianoforti di Doina. Cinquant'anni dopo, svolge ancora il mestiere che è stato della sua famiglia. «In Romania mio nonno, mio padre, tutti nella mia famiglia suonavano uno strumento dopo il lavoro. C'era la musica da camera al posto della radio. Io ho provato con il violino e con il pianoforte».

Sotto il regime di Ceauşescu, Rudy lavorava come accordatore presso il conservatorio di Bucarest, dove incontrò la sua futura moglie, Seta Karakashian, una pianista di origine armena. Dopo appena un anno di conservatorio, Seta ebbe l'inattesa opportunità di lasciare la Romania. I due si sposarono in fretta con il console dell'ambasciata americana come testimone di nozze. Due ore dopo la cerimonia, la moglie di Rudy era fuori dal paese, senza di lui. Seta gli scrisse ogni giorno, trecentosessantacinque lettere all'anno per cinque anni. Scrisse anche all'allora presidente degli Stati Uniti, Richard Nixon, che visitò la Romania nel 1969 e negoziò perché alcuni cittadini rumeni potessero emigrare negli USA. Grazie a Seta, anche Rudy era nella lista del presidente. «Una donna molto forte. Sempre battagliera» dice Rudy di sua moglie, che allora studiava alla Juilliard di giorno, e di notte lavorava in una fabbrica tessile della Robert Hall.

Rudy arrivò a New York con solo i vestiti che aveva indosso. Il giorno dopo cominciò a lavorare alla Juilliard come tecnico. Non parlava inglese. Quando terminava il turno alla Juilliard, prestava servizio presso un rinomato laboratorio di restauro di pianoforti, A&C Pianocraft, di cui alla fine divenne socio. Cominciava a lavorare alle sette del mattino e finiva alle dieci di sera. Nel giro di cinque anni si mise in proprio. Ha restaurato diversi strumenti famosi, tra cui un sontuoso Steinway B di proprietà della famiglia Woolworth e un pianoforte appartenuto un tempo a re Giorgio V.

Nel 1973, Rudy ottenne la green card e fu libero di tornare in Romania per far visita ai suoi genitori. Aveva conservato le lettere scrittegli da sua moglie nei cinque anni della loro separazione, e insieme, dopo aver raggiunto una vetta dei Carpazi, le bruciarono tutte. Non appena diventò cittadino americano, nel 1978, portò negli Stati Uniti i genitori e le sorelle.

Rudy si sta dando da fare su un altro pianoforte, stavolta uno Steinway di mogano tutto scheggiato del 1905, che sta restaurando per un cliente privato. La meccanica e la tastiera sono già state rimosse, come pure le corde. Aziona una sega elettrica con una lama a mezzaluna simile a una falce da fieno e taglia via la vecchia tavola armonica, riducendola a pezzi che infila poi dentro la stufa a legna. «Ho rivestito l'interno del mio chalet con queste tavole armoniche» dice tenendone in mano un frammento dorato e smaltato. «Mi sono costruito lo chalet da me. Guardo l'elettricista e poi copio. Guardo l'idraulico e poi copio. Tutto ha passato il collaudo. Si guarda e si impara. Come con le tavole armoniche. Loro non insegnano nulla, sono solo io che osservo». Si indica l'occhio con un dito carnoso e ammicca come uno che la sa lunga.

«Dunque anche io potrei imparare quello che lei sa fare solo guardandola?».

«Certo!».

Lo chalet di Rudy è nelle Catskill. «Io amo le montagne. Nelle Catskill sono tutto solo. Niente vicini». Sorride.

D'un tratto la grossa porta scorre di lato sul binario ed ecco Carl accompagnato da Junior e Joel, un ragazzo sui diciannove anni. Attraversano il laboratorio con passo deciso. «Andiamo sul tetto» mi dice Carl, facendomi cenno con la mano. Con una certa riluttanza rinuncio alla compagnia di Rudy, al suo silenzio impacciato, al suo forte accento rumeno, alla sua grazia pesante da intagliatore. Mi dispiace non poterlo osservare mentre intaglia il ponticello a mano col bulino o mentre installa la tavola armonica nuova dentro il modello A.

Al tetto si accede tramite una scaletta angusta, fatta di strisce di metallo e dall'aspetto tutt'altro che rassicurante, ma Carl vi si arrampica agile al seguito di Junior e Joel, e io gli vado dietro con qualche esitazione. Il bagliore del sole e del cielo azzurro mi fanno trasalire. Tira una brezza pungente. In piedi sul tetto si può ammirare un panorama a trecentosessanta gradi, con la penisola di Manhattan a sud e il Bronx a nord e a ovest. Carl e i suoi assistenti hanno già raggiunto l'altra estremità della superficie dell'enorme tetto e osservano un buco di dimensioni ragguardevoli che si apre dritto su una delle aree di stoccaggio, e io mi unisco a loro. Carl saggia i margini del buco con la punta impolverata di una scarpa di taglio classico e sembra perso nelle proprie riflessioni. I conciatetti arriveranno da un momento all'altro, dice. Impartisce alcune istruzioni a Junior e a Joel, che se ne tornano giù per la scala traballante. Poi Carl si rivolge a me, indicando con un ampio gesto della mano il panorama che si estende di fronte a noi.

«Vedi quei capannoni da un capo all'altro di Bruckner Boulevard?» dice indicando un punto a nord. «Molti erano fabbriche di pianoforti. Proprio in quell'angolo c'era Estey Pianos. Due isolati dopo c'era Krakauer. La fabbrica Winter si trovava poco più avanti». Nel corso degli anni ci sono state molte fabbriche di pianoforti in quest'area industriale.

«Siamo stati fortunati ad accaparrarci questo edificio. Il terreno è nostro e la costruzione è solida. Voglio realizzare altri due piani e creare un giardino di erbe officinali sul tetto».

Con una leva di ferro in mano indica un punto nel cielo, come fosse un foglio su cui tracciare le linee del proprio progetto. «Sono vegetariano da quarant'anni e credo nell'efficacia terapeutica delle erbe. Le piante custodiscono il segreto della vita».

Cammina su e giù a lunghi passi come chi tiene un discorso davanti a una classe di studenti. «La medicina alternativa è un settore in crescita. Coltiveremo erbe fresche per uso culinario, in una grande serra con un rivestimento di plastica che sostituiremo ogni anno».

Smette di camminare, si volta verso di me e si porta un dito alle labbra, pensoso. «Sarei dovuto diventare un esperto di terapie alternative. Ho un dono per queste cose, ma ormai è troppo tardi». Si stringe nelle spalle. «E così invece di curare le persone, curo i pianoforti».

«È arrivato Yuri» dice Rudy mentre rimettiamo piede nel laboratorio. «Ha dato un'occhiata al Bechstein. Dice che servono martelletti nuovi». Rudy vuole il Bechstein fuori dal suo laboratorio. «Non c'è più spazio» dice scuotendo lentamente la testa.

«Vedremo domani» dice Carl.

Carl si dirige al piano di sotto, ma invece di andare con lui approfitto dell'opportunità di osservare Rudy mentre incorda il pianoforte. Prima di averlo incordato, Rudy non può sapere se il suo lavoro di restauro è andato o meno a buon fine. «Certe volte» dice «il suono non va bene e mi tocca smontarlo e ricominciare da capo».

Rudy apre una valigetta Samsonite nera con dentro grossi pezzi di feltro verdi e rossi, una leva da accordatore, ma anche tubi e forbici di varie misure, caviglie, un rotolo di nastro bianco, un maglio, un cutter da filo, una chiave a gomito che sembra il manico di un organetto. È un set da incordatura.

Comincia arrotolandosi il nastro intorno al pollice e l'indice della mano sinistra fino a formare una pesante imbottitura. Poi riveste con del feltro verde la fascia anteriore del piano, per proteggerla. Poi, con le forbici, taglia il feltro rosso in lunghe strisce, applica l'adesivo a presa rapida sul telaio del pianoforte e posiziona le strisce di feltro rosso. Sopra la cassa del piano è montato un rudimentale congegno di legno, una specie di ruota orizzontale. È una giostra che serve a dipanare lunghi rotoli di corda da pianoforte. Rudy mi dice che l'ha fabbricata lui stesso.

«Alcuni utensili puoi costruirli da solo. Il resto lo compro» dice attirando a sé dalla bobina un primo tratto di corda. «Ci vogliono anni».

La porta di metallo si apre di nuovo e due uomini entrano nel laboratorio. Uno trasporta una tanica di propano, l'altro trasporta un rotolo di carta catramata su un carrello che spinge davanti a sé. Rudy indica loro il tetto.

Infila la corda in una caviglia e poi, con la chiave a bussola, fa ruotare la caviglia due volte, in modo che la corda vi si stringa con forza. Poi batte la caviglia dentro il somiere con una mazza, finché la brunitura dell'acciaio non scompare all'interno del telaio. Taglia via il residuo di corda con un grosso paio di forbici da lattoniere che la recidono orizzontalmente, come fossero una fila di denti.

Sopra di noi cominciano a battere.

Rudy fissa l'altra estremità della corda a uno dei perni che sporgono dal telaio, tira indietro il filo verso il somiere e di nuovo lo infila in una caviglia per poi avvolgervelo intorno e spingere la caviglia dentro il somiere. Tira un altro tratto di corda, infila e avvolge, batte e taglia, il tutto con quel ritmo uniforme frutto di lungo esercizio. Attraverso le lenti sottili osserva con pacata concentrazione le proprie mani intente al lavoro. Dopo aver stretto la prima sezione di corde con l'aiuto della leva da accordatore, mi chiede di pizzicarne una.

È il primo vagito del pianoforte, il suo atto di rinascita. Pizzico con l'unghia una corda nella sezione acuta e la nota risuona nitida, ben sostenuta, e rimane nell'aria per lungo tempo, udibile persino con la radio accesa e il trambusto sul tetto.

Ora, quando Rudy colpisce le altre caviglie, le corde che vengono tirate entrano in risonanza simpatica emettendo un suono.

Di sopra i colpi diventano sempre più forti, e all'improvviso sul pianoforte cominciano a precipitare polvere e macerie. Proprio sopra di noi si è aperto un buco da cui entra la luce del giorno. Appare la testa senza corpo di Junior, con un sorriso simile a quello di una zucca di Halloween. Rudy borbotta qualcosa che non capisco. «La vernice è ancora fresca» protesta. Trova un telo di plastica e vi copre in fretta il pianoforte. «Per oggi basta» dice afferrando la giacca. Fremo di delusione. Potrei guardarlo lavorare in eterno.

Trovo Carl al terzo piano, dove vengono rifiniti i pianoforti. Gli operai, con bandane legate in testa, levigano casse vuote di pianoforti a coda utilizzando pezzi di carta abrasiva. Indossano una bandana anche per coprire il naso, stile bandito, cosicché si vedono solo gli occhi scuri. La radio trasmette in spagnolo. L'aria è intrisa di effluvi chimici. In una cabina di verniciatura, i pianoforti vengono rivestiti prima con uno strato di isolante al poliestere, poi con la lacca. Una donna sta levigando la cassa di un piano in noce laccato con una fine spugna di lana d'acciaio, in modo da satinare le rifiniture.

«Nel nostro reparto di rifinitura sono tutti ecuadoregni» dice Carl. Gli operai alzano gli occhi e mi sorridono con simpatia. «Una volta ho calcolato che all'interno del deposito lavoravano persone di tredici nazionalità diverse. Al momento, provengono da Russia, Ecuador e Germania».

Attualmente il deposito dà lavoro a dieci operai, dice Carl, escludendo Rudy, che non è un dipendente, ma effettua lavori di restauro per la ditta in cambio dell'utilizzo del laboratorio.

«Abbiamo Yuri, dalla Steinway. Ha appena ricevuto un'offerta dal Conservatorio Peabody per dirigere il loro Dipartimento di Tecnologia Pianistica». Carl tiene il conto con le dita mentre passa in rassegna tutto il personale. «Abbiamo Simeon, un russo di Kiev. Lavorava in una fabbrica di pianoforti. Si occupa di incordatura e sostituzione delle caviglie. Anche suo fratello lavorava per noi, ma ha avuto un ictus. Miron Bilyeski è il nostro falegname. Sa fare di tutto con il legno. È un russo-polacco, o almeno parla russo. È un artista, uno scultore. Poi c'è la responsabile del deposito, Judy Macancela. Si occupa di svariate cose, dalla rifinitura al rivestimento dei tasti all'installazione di nuove boccole, sa dove trovare ogni cosa. Sua sorella Rosa si occupa anche lei di rifinitura. Ora sta ritoccando delle rifiniture francesi». Indica con un gesto la donna intenta a levigare la cassa in noce laccato, e lei ci saluta con un cenno. Alois Kronschlager, austriaco, dalla Scuola di Arti Visive, è uno scultore d'avanguardia. È il nostro esperto nella scelta dei colori ed è il migliore che abbiamo per fare riparazioni con il poliestere. È così bravo che mi costa cento dollari l'ora. Poi ci sono i nostri tre rifinitori a tempo pieno, tutti e tre dall'Ecuador, così come Rosa e Judy che sono con noi da tanti anni. Carlos Perez, dalla Repubblica Dominicana, si occupa dei nostri smorzatori ormai da dieci anni».

«E poi ci sono Junior e Joel» suggerisco.

«Sì. Junior lavora con me da trentadue anni. Ne abbiamo passate di tutti i colori. Joel ha appena cominciato qui noi. Prima lavorava in una fattoria biologica nel nord dello Stato. Si occuperà dell'orto di erbe officinali sopra il tetto».

Scendiamo rumorosamente giù per la scala mal illuminata. Carl si blocca quando entriamo nel buio quasi totale, fa per dirmi qualcosa, ma gli squilla il cellulare. Il tecnico delle caldaie, lo informa qualcuno, sta per arrivare nell'edificio di Spanish Harlem e Carl deve aprirgli la cantina. Dobbiamo andare.

Siamo ancora immersi nel buio del pianterreno. Si tratta in effetti della zona più caotica di tutto il deposito, un paradiso per collezionisti che hanno tempo da perdere. Ma è un caos organizzato. Carl sa dove trovare ogni cosa. Posa la mano su una catasta di assi spesse e dalla superficie laminata, mi dice che da ognuna ricaveranno tre somieri.

«Progettiamo di creare un verticale davvero speciale. Ci lavora con me una grande tecnica, che ha imparato dalle leggende di New York, e si è innamorata dei vecchi Kranich & Bach verticali, quelli alti. Non appena metteremo insieme un po' di denaro, fonderemo in Cina cinquanta telai e creeremo il telaio secondo i nostri criteri per realizzare un pianoforte verticale senza paragoni. Però» aggiunge scrollando le spalle con un sorriso allusivo «potrebbe anche essere solo un sogno a occhi aperti».

Mi viene da pensare che di sogni a occhi aperti Carl ne faccia a dozzine.

Carl parcheggia la station wagon in seconda fila proprio di fronte al negozio di Beethoven Pianos sulla 58ª Strada a est. Quando Carl lo scovò durante la recessione del settore immobiliare nel 1991, questo locale era un negozio di forniture mediche, anche se in origine l'edificio di mattoni rossi ospitava una fabbrica di carrozze ferroviarie costruita nel 1880. Varcata la porta di vetro ci dirigiamo subito verso il retro dello showroom, dove alcune postazioni informatiche su un soppalco si affacciano su schiere parallele di pianoforti a coda dalle rifiniture lisce o ornate e con le ali alzate come in un corale saluto militare.

Dipendenti che si occupano di vendite, traslochi, magazzini e noleggi fanno e ricevono chiamate da là sopra. Le loro voci risuonano oltre il ticchettio delle tastiere dei computer e dei gemiti di un pianoforte che viene accordato. Un interfono annuncia una chiamata per Carl, che si scusa lasciandomi sola a gironzolare per lo showroom. Suono qualche nota su un Feurich, un passaggio su un Hamburg Steinway, un paio di accordi su un Mason.

«Posso aiutarla?» domanda una voce femminile. L'accento è evidentemente giapponese. Alzo gli occhi e vedo in piedi accanto a me una donna snella, dall'aria sicura di sé, con un completo nero giacca e pantaloni. L'ovale del volto è incorniciato da capelli neri raccolti in uno chignon. Osservo i suoi occhi gentili e attenti e sono quasi certa che si tratti di Kaoru, la moglie di Carl. Il timbro della sua voce è inconfondibile.

Mi presento come la cliente difficile del Montana e il suo volto si illumina di un largo sorriso. «Sì, sapevo che saresti venuta!». Mi invita a sedermi con lei su un divano sotto il soppalco.

Kaoru lavora nel negozio da circa dieci anni. All'inizio era un modo per permettere ai bambini di passare un po' di tempo con il padre, racconta. Aiutava con la contabilità, evitando il contatto con i clienti data la scarsa conoscenza dell'inglese che aveva allora. Ma poi, un giorno, vendette due costosi Steinway a coda a certi clienti giapponesi. «Carl era talmente felice. Gli dissi: "Vedi? So farlo!"». Ha un'espressione radiosa, e agita il pugno in segno di trionfo come se quella vittoria risalisse appena a ieri.

Ora Kaoru controlla l'intero flusso di cassa. Carl, mi dice, deve chiedere il permesso a lei prima di effettuare un acquisto importante. «A volte non lo fa e cerca di tenermelo nascosto». Ride.

«È molto difficile essere marito e moglie e lavorare insieme. Per fortuna lui è un ottimista. Ed è anche molto fortunato. Ogni volta che si trova in una situazione difficile, capita qualche miracolo. Per esempio, nel periodo in cui ci servivano i soldi per comprare il deposito, e rischiavamo di perderlo, venne un pianista jazz che voleva comprare uno sgabello e finì per comprare uno Steinway a coda Luigi XIV. Carl è sempre convinto che succederà qualcosa e non si preoccupa. Ma non è una persona tanto semplice. Io devo stargli addosso, e a lui non piace essere controllato. Per esempio, a me piacerebbe vendere pianoforti nuovi. Sono più redditizi, comportano meno problemi, i soldi si vedono più in fretta. Per restaurare ci vuole tempo e la gente diventa così strana quando ha a che fare con un piano che non è nuovo. Io dico sempre che il restauro è "l'hobby di Carl". Il consulente finanziario sostiene che non è un'attività remunerativa. Ma a Carl il denaro non interessa. Lui vuole dare al musicista un pianoforte migliore. Non vuole che un vecchio pianoforte vada sprecato. Gli piace vedere che chi lo compra è in grado di apprezzarlo».

Le chiedo che tipi sono i clienti del negozio.

«Oh, sono persone davvero bizzarre!». Ride esibendo i denti irregolari, e il volto le si illumina di fascino. «I musicisti sono dei personaggi davvero curiosi. Non ho mai visto persone simili nel mio paese. C'è un grande pianista che viene qui. Porta sempre con sé uno sgabello, anche quando va in bicicletta. Abbiamo un altro cliente che cerca da dieci anni il pianoforte dei suoi sogni. Mette lui stesso il cartello con la scritta "venduto". Poi torna, due giorni dopo, e dice: "Non è il pianoforte dei miei sogni". Qualche volta lascia un deposito con la carta di credito e alla fine siamo costretti ad annullarlo. Una volta ha messo il cartello "venduto", poi il cartello è caduto e io non l'ho visto. Così ho rivenduto il pianoforte. Era furioso. Dopo quell'episodio ho chiesto a Carl di non lasciargli più mettere quel cartello. Ma a Carl sta simpatico: "Ma sì, sta cercando il piano dei suoi sogni, lasciamolo fare"».

Kaoru si scusa di dover rispondere a una telefonata, e vedo

che Carl sta salutando un cliente nell'atrio del negozio. Ora indossa una giacca di lana blu sopra il maglione a collo alto, il che lo trasforma da gestore di magazzino a direttore di showroom. Le uniche tracce della sua versione da magazzino sono l'accenno di barba grigia sulle guance e la polvere sulle scarpe eleganti.

Mentre mi avvicino, sento l'uomo domandare: «Quanto costa un verticale?».

«Dai millecinquecento dollari in su» risponde Carl, con le mani giunte intrecciate dietro la schiena. Lo circonda un'aura di grandezza, di solennità, di cordiale dignità.

«E un pianoforte a coda?» dice l'uomo.

«Lo stesso. Dai millecinquecento in su» replica gentilmente Carl. L'uomo aggiunge che si guarderà un po' attorno e Carl si dirige verso di me.

«Ho qualcosa da mostrarti». Mi fa cenno di seguirlo su per le scale fino al secondo piano.

«Ci è appena arrivato. Appena uscito dalla cassa. Non gli è stato fatto nulla». Scosta lo sgabello con un gesto cerimonioso, invitandomi a suonare un pianoforte a coda nero e lucente. Sul coperchio della tastiera c'è la scritta Ritmüller. Mi siedo e comincio a suonare le battute di apertura del *Valzer in Si minore* di Chopin. I soprani sono morbidi, puliti, dolci, delicati e complessi. I bassi caldi e ricchi. Il tocco è superbo. Guardo il cartellino del prezzo racchiuso in una cornice dorata sul leggio. È un pianoforte nuovo, realizzato in Cina, e costa solo ottomila dollari. Un prezzo simile non è credibile.

«Davvero notevole!» esclamo, alquanto stupefatta.

«Lo produce la Pearl River di Guangzhou, in Cina. Al momento fanno quattrocentosettantacinque pianoforti al giorno. Sono loro la ragione per cui la Steinway sta cercando di abbassare i prezzi dei propri strumenti». Carl spiega che i pianoforti cinesi stanno determinando un generale abbassamento dei prezzi degli strumenti nuovi – il diciotto per cento solo l'anno passato – e che i margini di profitto dei venditori si stanno riducendo. «Hanno economie di scala, pagano la manodopera solo un dollaro e mezzo al giorno, i loro operai sono molto disciplinati, hanno le attrezzature più moderne, possono assoldare i migliori talenti al mondo perché progettino i loro pianoforti. Stanno producendo centinaia di migliaia di strumenti e stanno creando ricchezza».

Suono qualche altra nota sul Ritmüller, incantata dalla bellezza del suono. Al tatto e all'orecchio non è diverso da un buon pianoforte tedesco. Si può dire che i tedeschi abbiano prodotto i migliori pianoforti al mondo fin dall'invenzione dello strumento, più di trecento anni fa; i cinesi sono entrati nel mercato globale appena dieci anni fa. La maggior parte delle fabbriche di pianoforti cinesi ha meno di cinque anni di attività alle spalle. Hanno imparato in fretta.

«È chiaramente un pianoforte che canta fin dal momento in cui lo sfiori» dice Carl. Lo dice col tono di chi enuncia un dato di fatto, come fosse una verità innegabile. Ed evidentemente ci crede. Dopo aver suonato il piano in questione, ci credo anch'io. Mi sarei innamorata di questo pianoforte se non avessi conosciuto prima Marlene?

«Avrei preso in seria considerazione questo strumento, Carl».

«Sono molte le strade che portano a Roma. Puoi prendere quella che vuoi» dice Carl. «Ci sarà sempre un mercato per i pianoforti artigianali. Quelli che sviluppano orecchio per la musica, o quelli che ci sono nati, noteranno sempre la differenza e saranno disposti a pagare per averla».

Fuori è sceso il buio e fa freddo. L'ora di punta è terminata e sono pochi i passanti che si fermano di fronte alla vetrina dello showroom. Kaoru e il personale del negozio sono tornati a casa. Io e Carl ci sediamo sui panchetti tra un pianoforte a coda e l'altro, dando la schiena alle tastiere, e Carl continua a parlarmi di come funziona l'ambiente.

«Ci vuole molto ottimismo» dice. «È un settore in calo. Finanziariamente siamo sempre sul filo del rasoio. La competizione con altre forme di intrattenimento come il computer, la tv, il calcio e la musica registrata è enorme. Eppure, una volta, tra la fine dell'Ottocento e i primi del Novecento, il pianoforte era la principale forma di intrattenimento. Quando fu inventata la radio, nel settore della lavorazione del legno si scatenò il terrore. I produttori di pianoforti erano i loro clienti principali. Ma rimasero sorpresi nel constatare che quelli che fabbricavano le radio compravano una quantità di legno maggiore». Ridacchia. A Carl piacciono i paradossi del mondo degli affari.

La porta principale si apre ed entra un uomo sui sessanta, con una vaporosa chioma candida e gli occhi chiari. Ha con sé una valigetta portadocumenti e una voluminosa sciarpa intorno al collo. Il suo aspetto mi è familiare. Sì, l'ho visto ieri al deposito di Yonkers, è l'uomo coi capelli bianchi che lavorava alla meccanica mentre Marc accordava un pianoforte. L'uomo mi guarda con curiosità; anche lui mi ha riconosciuta.

«Ti presento Reinhard Landskron» dice Carl. L'uomo batte i tacchi, fa un profondo inchino accompagnato da un ampio gesto delle mani. «È il migliore in città quanto a smorzatori. Ha lavorato alla Steinway».

Reinhard afferra prontamente uno sgabello per sedersi con noi mentre si sbottona il cappotto e allenta la sciarpa. «Mi ricordo di te» dice con un sorriso in cui riluce un po' di oro, e tende la mano.

«Così anche tu conosci Marc?».

«Quando si lavora nel settore da tanti anni, tutti conoscono tutti». Mi rivolge uno sguardo gentile.

Reinhard è nel settore da quando aveva diciassette anni. Cominciò l'apprendistato alla fabbrica di pianoforti di August Förster a

Lobau, Germania orientale. Nel 1956, durante i moti d'Ungheria, Reinhard riuscì a fuggire a Berlino ovest. Nel 1963 arrivò a New York e cominciò immediatamente a lavorare per la fabbrica di pianoforti Aeolian, appena svoltato l'angolo dopo il deposito di Beethoven's. Poi, per diciassette anni, ha prestato la propria opera alla Steinway. Ora lavora in proprio. Impressionata dal suo curriculum, gli chiedo se abbia già un apprendista.

«Non ho mai insegnato il mestiere a nessuno» dice Reinhard. «Se lo avessi fatto, non avrei più da lavorare. In America, se formi un altro rimani senza lavoro. Ho collaborato con un'azienda per trent'anni e un giorno, di punto in bianco, hanno smesso di chiamarmi. Per quale motivo? Avevano trovato un altro per soli dieci dollari l'ora».

«Ma che ne sarà delle tue competenze? Delle tue conoscenze? Tutto questo dovrebbe essere trasmesso».

Lascia cadere la mia domanda. «Non sono un idealista. Ho imparato che in America si lotta per la sopravvivenza. In Germania, ne sono certo, avrei insegnato. Noi tedeschi non impariamo le cose per soldi. Impariamo a farle bene, a eccellere. Quando ero alla Steinway, di sicuro avrei potuto addestrare del personale, e non avrei perso il posto. Ma quando si lavora all'esterno è diverso. Se vai alla Steinway, lì ti insegnano. Ma negli ultimi dieci anni la vecchia guardia si è estinta. I ragazzi di una volta se ne sono andati. Ora Yonkers è il centro del mondo. È lì che vanno tutti».

Si toglie il cappotto e si sistema il maglione di lana decorato con candidi fiocchi di neve. Fa caldo qui dentro. Poggia le mani sulle ginocchia divaricate, i gomiti in fuori. «Cinquantaquattro anni di lavoro e sono stanco. L'ho detto anche a Carl, è finita».

«Dunque perché non prendere un apprendista, adesso?».

«Non c'è nessuno che abbia la pazienza di starmi dietro per un anno e imparare il mestiere. E in poche settimane non si impara niente. E non tutti sono così onesti. Carl potrebbe raccontarti tante di quelle storie…» fa un cenno del capo in direzione di Carl.

«C'era un tipo bizzarro qui» comincia Carl. «Voleva comprare un Grotrian. Aveva sentito dire che gli strumenti tedeschi sono ben fatti. Gli proponemmo un buon affare. Il suo tecnico voleva una provvigione e quando noi gliela rifiutammo andò su Piano World e scrisse che la Grotrian era fallita!».

«È un ambiente terribile!» osserva Reinhard, scuotendo la testa.

«Avevamo uno stupendo Steinway B Luigi XV, venne un cliente e chiese un B. Gli dicemmo: abbiamo un B stupendo. Lui portò la moglie e la figlia e anche loro ne furono incantate. Disse: lo prendiamo, ma vogliamo che prima lo controlli il nostro tecnico. Il tecnico disse: non fa per voi. Lo voleva vendere a un altro dei suoi clienti!».

«Un settore tremendo!» ripeté Reinhard. «Si capisce subito chi sono i buoni e chi i cattivi. Poi ci sono i facchini che rubano i pianoforti e Carl continua a riassumerli comunque».

«E per quale motivo continui ad assumere persone che ti derubano?» chiedo a Carl, che se ne sta appoggiato a una tastiera con gli occhi semichiusi, le mani allacciate attorno a un ginocchio.

«Non li assumerebbe nessun altro» risponde, come se fosse una spiegazione plausibile. Poi, constatando il mio stupore, si raddrizza sulla sedia. «Una volta assumevo gente appena uscita di galera e con loro ho avuto pochissimi problemi. Quado sono venuto qui la prima volta, avevo poche centinaia di dollari. Ero uno studente e mi bastavano solo per il primo anno di college. Avevo un lavoro, ma nessun patrimonio. Il denaro genera mostri. Le difficoltà generano uomini. L'unico vantaggio dell'avere dei soldi è la possibilità di spenderli».

Uno scampanellio annuncia che la porta è stata aperta, che è entrato un cliente. Carl si alza in piedi per vedere se c'è bisogno di lui, poi si scusa, lasciando Reinhard libero di spettegolare.

«Tratta il denaro come se non gliene importasse» dice Reinhard a voce bassa. «Si dimentica di farsi pagare. Non sa se ha pagato o no i dipendenti. Nel deposito non c'è un orologio. Come fa a sapere quante ore hanno lavorato? Non lo sa! Non c'è un ufficio che si occupi dei libri paga. Ogni venerdì dicono: "Carl, devi pagarmi". Senza Rosa e Judy, il deposito non andrebbe avanti. Carl è fatto così» dise Reinhard indicando con un cenno del capo il vecchio amico che sta conversando con il visitatore. «Ha un piede per terra e l'altro chissà dove!».

15

Piano Tour

Do un'occhiata all'ingresso del negozio per vedere con chi sta parlando Carl. Lo riconosco. Devo averlo visto da qualche parte, quel folto viluppo di capelli bianchissimi, la corporatura piena, gli occhiali spessi come fondi di bottiglia. È David Burton, del forum di Piano World. Ho visto la foto sul suo sito web, dove si fa chiamare "l'orso polare" e racconta le sue visite negli showroom di pianoforti di New York. Mi avvicino, sperando di partecipare alla conversazione.

«Stiamo attraversando una fase di dipendenza materiale e intellettuale» sta dicendo Carl. «Tuttavia, non prevedo un calo nel lungo periodo. La musica è una parte troppo importante dello sviluppo umano».

«Siamo a un punto cruciale della storia dell'uomo» replica David. «Dobbiamo decidere che cosa significa vivere bene la propria vita, e che cosa significa per una società vivere bene. Bisognerebbe creare dei club pianistici dove una volta al mese le persone possano suonare reciprocamente. Il piano come focolare».

«Potremmo invitare gli appassionati e farlo qui, in negozio» dice Carl.

«Ciao David» mi intrometto, avvicinandomi timidamente. Ho un debole per David, un uomo la cui unica religione è il "pianismo" e che una volta mi ha confidato come il pianoforte sia stato la sua consolazione in una vita segnata dalla tragedia. Ci stringiamo la mano.

«Mi conosci già?» dico.

«Certo che sì».

«Sei in città per il raduno di Piano World?».

«Sì, certo, non me lo perderei per niente al mondo. Ma, per piacere, potremmo evitare di chiamarlo *Piano Tour*? Lo fa sembrare una di quelle terribili gite organizzate. È così avvilente».

Mi limito a ridere. Che tipo, questo David. In effetti, sono stata io a chiamare così il raduno, pensando che fosse una trovata simpatica. Alcuni di noi stanno organizzando l'evento da mesi.

Ho cominciato io l'agosto scorso su Piano World: sarò a New York a ottobre, c'è qualcuno che ha voglia di incontrarsi? Bernard ha risposto immediatamente offrendosi di dare un party nel suo appartamento di Brooklyn. Poi diversi membri dalla Pennsylvania, dal Kansas, da Bucarest e dal New Hampshire si sono detti disponibili ad affrontare il viaggio fino a New York per una riunione, così decidiamo di organizzare qualcosa di più di un semplice party: faremo un piano tour. Dato che su Piano World passiamo la maggior parte del tempo a parlare delle nostre impressioni sulle varie case pianistiche, decidiamo di fare un giro tutti insieme per gli showroom di Piano Row, e di far sentire l'uno all'altro che cosa intendiamo quando diciamo che il timbro di un pianoforte è "squillante" o "pastoso", "cupo" o "dolce".

L'organizzazione on line è diventata febbrile e ha occupato pagine e pagine di discussioni. Abbiamo contattato i proprietari dei negozi e preso appuntamenti per il nostro gruppo. Faust Harrison ha annunciato che ospiterà un concerto e una lettura tenuti dal proprietario della Estonia Pianos, il virtuoso del pianoforte Indrek Laul, la sera prima del nostro incontro e che siamo tutti invitati. Una volta stabilito il numero dei partecipanti, qualcuno per cena ha prenotato un tavolo al Bangkok Cuisine sull'8ª Strada.

Ormai Piano World si è trasformato per gran parte di noi in una consuetudine quotidiana, i rapporti di amicizia si sono consolidati. La bacheca elettronica è diventata sempre più difficile da gestire dopo gli attacchi dell'11 settembre, il numero dei nuovi iscritti è salito a diciassettemila, molti dei quali con idee politiche decisamente estreme.

C'è uno zoccolo duro di membri che si accapigliano su politica e pianoforti, si sfidano in un gioco di alleanze mutevoli, abbandonano il campo con gesti plateali e poi tornano, riconoscono le proprie colpe e chiedono scusa, cospirano in privato e celebrano le vittorie in pubblico. Eppure, a dispetto di tutto, siamo diventati una comunità molto compatta, tenuta insieme dalla nostra comune e inesplicabile dipendenza dal pianoforte. Sono loro che mi hanno sostenuto durante la ricerca del mio pianoforte, durante i miei studi e nelle mie peregrinazioni per ritrovare la voce perduta di Marlene. Ed è qui che la mia passione è stata compresa appieno. Per non parlare del fatto che è un'ottima forma di intrattenimento, una vera e propria soap opera con episodi quotidiani: *Così gira il mondo dei pianoforti*, ha scherzato un partecipante in vena di facezie, parafrasando il titolo di una vecchia serie televisiva. Sono nati progetti di gruppo, tra cui una raccolta fondi per regalare un pianoforte a un bambino indigente, e la realizzazione di un cd di esecuzioni degli iscritti al forum ai loro pianoforti, per raccogliere fondi destinati al sito web.

Un incontro in carne e ossa è per noi un evento sensazionale, e poter suonare gli uni per gli altri è uno degli scopi principali del nostro raduno. Non è un caso che io abbia lavorato così tanto per memorizzare e perfezionare la mia interpretazione del *Valzer in Si minore* di Chopin. Sarà il mio debutto newyorkese di fronte a una combriccola di vecchi amici che non ho ancora mai visto.

Il venerdì sera, Kim viene con me all'evento di apertura: il concerto privato da Faust Harrison. Prendiamo posto su sedie pieghevoli sistemate al centro dello showroom e io comincio a guardarmi intorno per vedere se riconosco qualcuno. David

Burton è tra il pubblico, in giacca e cravatta. Vedo anche Bernard e Topeka Bob, appena sceso dal treno che lo ha portato qui dal Kansas. Ma non abbiamo la possibilità di parlare a lungo. C'è appena il tempo di accennare un saluto prima che l'esibizione abbia inizio.

Siamo di fronte a un piano da concerto Estonia, collocato davanti a noi e con il coperchio già alzato. Un giovanotto dalla chioma irsuta e le gambe lunghe avanza sul palcoscenico improvvisato saltellando come se avesse delle molle sotto i piedi, si ferma accanto al piano e fa un profondo inchino.

Il dottor Indrek Laul, un pianista di Tallinn, in Estonia, inizia a raccontarci la storia della Estonia Piano Company ed espone le molte migliorie apportate allo strumento da quando lui ha acquisito la società, a metà degli anni Novanta.

Dopodiché si lancia in un'interpretazione tutta istintiva, smodata e intemperante della *Rapsodia in blu* di George Gershwin. Fa oscillare il lungo busto, si accanisce sulla tastiera con le braccia agili e vigorose, scuote la testa, chiude gli occhi come rapito dall'estasi e batte i piedi sul pavimento. Il vigore dell'esibizione mi fa sobbalzare e il primo istinto è quello di bollare Laul come l'ennesimo esibizionista virtuoso, un esponente di quella fortunata tradizione che risale ai tempi di Liszt.

Ma cambio idea in fretta. Avverto qualcosa di diverso in questa interpretazione, qualcosa di piuttosto raro. La mimica non è a beneficio degli spettatori, è piuttosto l'anima di un uomo che si rivela, che si espone senza residui, con una sincerità commovente, benché mi spaventi un po'.

Indrek Laul si esibisce nudo. Con questo non voglio dire che non indossa vestiti, ma che non sta tenendo nulla per sé. Il suo cuore è completamente aperto e indifeso. Sta permettendo a tutti noi di vedere Indrek, un ragazzino alto e goffo che gode senza ritegno, completamente preso dal ritmo, vinto da un amore appassionato. Quando penso a come mi sentirei se suonassi in quel modo di fronte a un pubblico, provo eccitazione e orrore allo stesso tempo. Un'esperienza così rivelatrice e così imbarazzante. Laul è allo scoperto, come se stesse facendo l'amore sul palcoscenico. La sua energia elettrizza la sala, travolge il nostro cinismo, ci trasforma in credenti, ci trascina nel suo palpabile mondo di suoni.

Sono così commossa e mi sento in comunicazione così autentica con il pianista grazie alla sua esibizione, che poco dopo mi avvicino e gli chiedo: «Come ci si sente a suonare in questo modo?».

Laul è in piedi con un piccolo gruppo di ammiratori, sorseggia un bicchiere di vino. Dapprima mi guarda senza espressione, come se non avesse proprio capito la mia domanda. Allora insisto: «Io sarei terrorizzata all'idea di suonare in questo modo di fronte ad altre persone. Non ti senti scoperto?».

«Sì» risponde, con uno sguardo molto diretto. Se sentirsi rivolgere una domanda così indiscreta da un estraneo lo confonde, non lo dà a vedere. «La mia insegnante diceva sempre: "Meglio dieci concerti l'anno che duecento". Allora si può suonare con il fuoco dentro. Non siamo altro che fuochi che si consumano *in festa*».

Forse intende dire fuochi che si consumano *in fretta*.

«Quando ci si lascia andare così, si diventa vulnerabili» prosegue. «Si è concentrati sul suono. Si comincia col sentire le vibrazioni, e attraverso il potere della mente, poco a poco, si riesce a trascinare anche gli altri nel nostro mondo di suoni e di vibrazioni. È il compositore che parla attraverso di noi. Mentre si suona, si è colpiti con forza da questa sensazione. E poi, uno o due giorni dopo, il colpo è ancora più duro. È un trauma vero e proprio. Una cosa potente, persistente».

Le sue parole mi ricordano una serata durante la quale ho suonato un preludio di Chopin per degli amici a casa mia, sul Grotrian, e sembrava che archi di elettricità percorressero l'aria tra me che ero seduta al piano e loro, legandoci tutti insieme nello spirito del compositore. È stato eccitante e inquietante insieme. Sentivo che il mio pubblico stava vivendo la mia stessa esperienza. Dopo, il mio amico Dan si è avvicinato, ha toccato con timore un tasto del Grotrian e ha chiesto: «Si tratta di un pianoforte speciale?».

«Che cos'è che genera questa esperienza?» chiedo a Indrek.

«È qualcosa che gli antichi Greci conoscevano bene» replica, chinandosi per farsi udire nel baccano della festa. «In futuro ne sapremo di più, quando la ricerca sul cervello avrà raggiunto livelli più elevati. Allora capiremo l'importanza della musica, e per musica intendo la musica naturale, quella che si ascolta senza l'ausilio di apparecchi elettronici, quando si è a contatto diretto con le onde sonore».

Il giorno del Piano Tour l'aria è frizzante e luminosa, un perfetto sabato di ottobre. Raggiungo il gruppo al negozio di Carl. Mentre varco l'ormai familiare porta a vetri, mi accorgo che molti di loro sono già qui, immersi nella contemplazione delle meraviglie dello showroom. Saluto Rich D. che arriva dalla Virginia, lo riconosco dalla foto, e lui si avvicina per abbracciarmi. Rivolgo un cenno anche a David Burton, sceso fin qui dalla Hudson River Valley; risponde al mio saluto e poi si rituffa in un'intensa conversazione con Carl. Carl ha un'aria molto distinta con cravatta e giacca blu scuro a doppio petto, si è persino rasato.

Lo showroom vibra al suono di una mezza dozzina di pianoforti. Da un angolo provengono note di Schubert, presto sopraffatte da Rachmaninov che cede il posto a Liszt, e in una breve pausa riesco a sentire qualche vivace passaggio di Mozart e Scarlatti. Questo cacofonico concerto mi ricorda l'atrio di una scuola di musica con tutte le aule di esercitazione occupate. Come bambini euforici, i membri del forum passano da un piano all'altro, ascoltando e facendo confronti.

«Non ti sembra semplicemente meraviglioso? No?» esclama Calin, un giovane bello e tenebroso in visita da Bucarest. Calin è diplomatico presso il Ministero degli Affari Esteri della Romania ed è in visita ufficiale negli Stati Uniti. Ha cominciato a studiare pianoforte al college, racconta, solo quattro anni fa. Ha appena suonato la *Fantasia in Re minore* di Mozart su un Bechstein d'epoca e si ritrae dalla tastiera con un sospiro. Poi si avvinghia nuovamente al piano, non riuscendo a staccarsene.

«Posso provarlo?» chiede Axtremus. Ax è un lungaccione tutto ossa e spigoli. È un membro recente di Piano World, e di lui non sappiamo molto a parte il fatto che è venuto qui da casa sua nel New Hampshire per partecipare alla riunione. Suona un brano che si apre come in una nube di mistero, e presto tutti gli altri smettono di suonare. A giudicare dalle facce curiose e concentrate dei presenti, si direbbe che nessuno di noi riconosca lo strano pezzo; tutti stiamo cercando di immaginare che cosa possa essere.

«L'hai scritta tu?» chiede David, quando Ax alza le mani dalla tastiera e raddrizza la schiena. Siamo tutti in silenzio, ancora assorbiti dalle impressioni che la musica ha prodotto in noi.

«Sì» dice Ax. Nel gruppo si diffonde un mormorio di apprezzamento e di elogi. «Davvero notevole». «Mi è proprio piaciuto». Poi ognuno ritorna a concentrarsi sulla tastiera che ha di fronte e l'allegra cacofonia riprende.

«Da' un'occhiata a questi mezzacoda» dice Rich, toccandomi il braccio. Mi mostra due Steinway, un B e un D, entrambi d'epoca e restaurati. Il D è in legno di rosa scuro, riccamente intarsiato, con un leggio fitto di decorazioni. «Vediamo quale ti piace di più».

Che strano. Benché sia il nostro primo incontro, mi sento come se avessi passato degli anni in compagnia di Rich, tanto siamo entrati in confidenza grazie alle e-mail, alle lunghe conversazioni telefoniche e agli scambi di fotografie con i rispettivi cani. L'ho persino sentito suonare il piano per telefono.

L'estate scorsa ero in macchina, diretta verso casa, ascoltavo la radio quando d'un tratto hanno trasmesso la musica per pianoforte più squisita che io conosca. Era travolgente, ispirata, e decisi subito che avrei imparato a suonarla, qualunque cosa fosse. Il presentatore disse che si trattava di un Lied di Robert Schumann, arrangiato per pianoforte da Liszt. In fretta appuntai approssimativamente la melodia su un pezzo di carta, poi chiamai Rich non appena arrivata a casa. Sapevo che lui suonava molto Liszt.

«È questo?» chiese Rich, e poi lo sentii che suonava il suo pianoforte. Il suo Steinway A aveva un suono stupendo. No, non era quello. «Questo, allora?» e si tuffò in un altro brano assai elaborato. Il mio amico non si era limitato a studiare quei pezzi meravigliosi benché difficili, li aveva memorizzati. Non credo di conoscere un altro principiante adulto di pari bravura. Nemmeno il secondo brano era quello giusto. «Beh, allora deve essere per forza questo» disse, e poi suonò l'opera che avevo sentito alla radio. «Questo è davvero bello, il mio preferito». Mi disse il nome, in modo che potessi ordinare lo spartito: *Widmung* o *Dedication*, di Schumann.

E ora eccoci qui, in carne e ossa, a suonare pianoforti per il reciproco piacere. Sul volto aperto e gentile di Rich campeggia un paio di baffi setolosi, e i capelli grigi e ondulati gli conferiscono un'aria distinta. È alto all'incirca quanto me, con una corporatura agile da corridore, indossa abiti informali, una giacca di pelle color cioccolato e jeans scoloriti. Zoppica per i postumi di una recente operazione al ginocchio, così gli scosto lo sgabello di fronte al D.

«Dopo di te» dico sorridendo. Abbiamo appena discusso su chi di noi due sia più terrorizzato dall'idea di esibirsi. Rich sembra tranquillo finché il resto del gruppo non gli bada.

Anche se so già che Rich è un pianista di livello molto avanzato – il suo insegnante gli ha detto che potrebbe diventare un professionista –, non sono preparata a ciò che uno dei membri del forum ha descritto come la "passione intensa ed estatica" con cui suona la parte centrale del *Preludio in Sol minore* di Rachmaninov. Sono stupefatta. Dopo passa al B.

Quando viene il mio turno, mi limito a qualche nota del valzer di Chopin e decido che il B è quello che preferisco. Rich mi chiede di suonare l'intero brano, ma quando mi siedo per concedergli un'esibizione privata, improvvisamente mi rendo conto che la musica e la conversazione tutt'intorno a me si sono interrotte. Avevo proposto on line che i pianisti di minore esperienza suonassero per primi, in modo da non sentirsi troppo intimoriti, e suppongo che i miei amici intendano accontentarmi. Non c'è dubbio che io sia la pianista di livello meno avanzato qui dentro. Ma questo silenzio è inquietante. Tuttavia, Molly mi ha insegnato qualche regola da ripassare a mente prima di esibirmi e provo a metterle in pratica. Ascoltare mentalmente il brano. Prendere un bel respiro. Un altro. Posare le mani sulla tastiera. Ricordarsi di mantenere un tempo costante la prima volta che viene esposto il tema.

Inizio a suonare, ma dopo appena qualche battuta, David Burton mi interrompe con il tono benevolo del pedagogo: «Non così in fretta! Usa un tempo più lento! Così, ascolta». Mi volto a guardarlo. David canta le battute iniziali, una mano dalla pelle rosa alzata a descrivere la melodia in aria e l'altra intenta a battere il tempo sui pantaloni. Annuisco e mi volto verso il piano. Ha ragione lui. Cominciare troppo veloce è un errore comune, specialmente se si è nervosi.

Mi ricompongo, e questa volta tengo a mente il ritmo più lento impartitomi da David. So che cosa intende: la melodia deve essere dolce, mesta, cantata. Chopin ha composto questo valzer, *L'Adieu*, dopo aver appreso della morte del suo miglior amico nella stessa guerra da cui i genitori avevano cercato di salvarlo, mandandolo a Parigi. Pur essendo un valzer, una composizione che tendiamo a immaginare come vivace e graziosa, si tratta invece di un brano lento e struggente, più simile a un canto funebre che a una danza. Suono con l'anima e lascio che le mie mani facciano il loro dovere.

Prima di tutto, il tema di apertura. Chopin ha saputo che il suo amico d'infanzia è morto. Si ripete, stavolta con un *tempo rubato*, non troppo *a tempo*. Poi comincia il secondo tema, un grido di protesta e di dolore in cui esprime la sua pena nel rievocare l'affetto reciproco, l'amicizia che li legava. Poi una parte centrale più dolce, più leggera, in cui forse ricorda i momenti felici trascorsi insieme, l'innocenza e la spensieratezza del passato. Ma poi torna la realtà della morte, e sullo straziante tema di apertura ripetuto due volte, l'opera si chiude in un lento sospiro.

Mentre sollevo le mani dai tasti, mi compiaccio di quanto poco abbiano tremato e di come il dialogo interiore mi abbia permesso di evitare il consueto panico e l'amnesia. Mi alzo, rossa per l'adrenalina e per il sincero applauso che mi viene regalato.

Il mio exploit ha aperto la parte della nostra visita dedicata alle esibizioni e David chiede se ci sono volontari. Uno degli aspetti più divertenti del nostro "tour" è che ognuno di noi può scegliere il pianoforte su cui esibirsi, sulla base dei propri gusti e del brano che intende suonare.

Topeka Bob si avvicina a un Bösendorfer dal suono particolarmente pieno che tutti abbiamo ammirato e si siede di fronte alla tastiera. Piccolo e grassoccio, con una striscia di capelli rossicci che gli circondano per metà il cranio lucido, sudando nella camicia a grossi scacchi e con la faccia rosa sudata anch'essa sotto la folta barba, comincia e si blocca un paio di volte, riempiendo le pause con qualche battuta per farci ridere e stemperare la tensione. Ma nonostante l'evidente nervosismo, ci regala una bella versione del preludio del *Clavicembalo ben temperato* di Bach. Il Bosie è perfetto per quel brano.

A turno, ognuno si dirige verso lo strumento che più ammira e suona per gli altri. Nel retro della sala vedo di sfuggita Carl che sta osservando la scena in silenzio, con un sorriso soddisfatto. Ha l'aria dell'impresario compiaciuto, con così tanti allegri *pianofili* accorsi ad ammirare la sua eclettica collezione.

Ben diversa è l'atmosfera dall'altra parte della strada, da Faust Harrison, dove arriviamo puntuali al nostro appuntamento fissato per le tre e trenta. Michael e Marina Harrison ci stanno aspettando e hanno programmato con cura l'intera presentazione. Siamo in piedi, in atteggiamento solenne e rispettoso, ad ascoltarli mentre espongono i loro metodi di restauro e descrivono i tipi di pianoforte che trattano. Dispongono di Steinway restaurati, soprattutto strumenti con casse artistiche, nonché di Mason ed Estonia nuovi. Ogni singolo strumento presente nello showroom è preparato ed esposto in modo impeccabile, con un'illuminazione che lo valorizza al massimo. L'eccentrico disordine che regna da Beethoven's qui non potrebbe mai mettere piede.

Tuttavia sono stanca di provare strumenti e mi guardo intorno per vedere se qualcun altro comincia a scalpitare. Oltre a Calin, David Burton, Axtremus e Topeka Bob, abbiamo con noi Frank Baxter, Bernard e "RealPlayer", che devo ancora conoscere. Bernard e io ci conosciamo da un precedente incontro, e ora ci scambiamo sorrisi. Porta una camicia nera e pantaloni sportivi, i capelli scuri sono tagliati corti, gli occhi espressivi e sinceri potrebbero essere quelli di un basset hound. Bernard è un pianista di grande sensibilità, sono ansiosa di sentirlo suonare.

Con Frank Baxter ci siamo già incontrati per un drink e una cena, questa settimana. Con in mano lui una vodka tonic e io un tè, abbiamo chiacchierato del forum e dell'attrazione che Frank ha provato per tutta la vita nei confronti del pianoforte. Tutto è cominciato quando a dieci anni, racconta, smontò il verticale di famiglia cercando poi di capire come andasse rimontato. C'era sempre musica in casa Baxter; il padre di Frank, un fabbro, sapeva suonare qualsiasi cosa, dal ragtime alle canzoni popolari al repertorio classico, e la sorella maggiore prendeva lezioni di piano.

«Da ragazzino ballavo per casa mentre mio padre suonava l'Ouverture *Poet and Peasant* di Franz von Suppé» aveva ricordato Frank. Durante l'adolescenza trascorsa a Rhode Island, negli anni Sessanta, prese lezioni di piano, suonò le tastiere in una piccola band e disse al padre che voleva intraprendere la carriera di pianista. Il padre disse: «Ti passerà».

«Non mi è ancora passata» aveva dichiarato Frank mentre ce ne stavamo seduti nel salotto del suo albergo. «Il piano è l'incontro perfetto fra arte e tecnologia. Mi affascina ancora. Per esempio» aveva aggiunto, ruotando il busto sulla sedia «sto facendo fatica a non alzarmi e andare a dare un'occhiata a quel pianoforte laggiù». Avevo seguito la direzione del suo sguardo fino al pianoforte a mezzacoda accanto al bar. Sapevo bene cosa intendeva. Stavo lottando contro la stessa tentazione. «Vorrei solo alzare il coperchio e suonare qualche nota».

Frank cominciò a lavorare in un negozio di musica, ne diventò il gestore e poi avviò un proprio negozio di pianoforti. Ma la sua mancanza di fiuto per gli affari ne decretò la rovina. Fallì dopo soli tre anni. «Sfortunatamente il mio talento si limitava alle vendite e all'accordatura». Sapendo di aver deluso i propri clienti, si impose l'esilio nel nord del Connecticut, dove gestì negozi di pianoforti a nome di altri. Poi scoprì il World Wide Web e si mise ad armeggiare con l'HTML.

Nel 1995, su *Prodigy*, lesse un articolo su come si costruisce un sito web. Il suo primo sito si chiamava "All About Pianos" e utilizzava il browser Mosaic. La bacheca informatica aprì nel 1999, e molti degli attuali membri di Piano World erano con lui già in quella prima avventura.

«È sorprendente quanto spazio abbia guadagnato nella vita delle persone» aveva osservato Frank mentre attraversavamo Times Square diretti a un ristorante cinese. «C'è gente che praticamente vive dentro il forum. Sono connessi tutto il tempo». Ridiamo entrambi. Sappiamo bene tutti e due cosa significa.

Speravo di sentirlo suonare i suoi standard pop, ma per ora nessuno si sta esibendo. Ascoltiamo la presentazione di Faust Harrison. La mia attenzione vaga verso il centro dello showroom, dove è esposto un Centennial D magnificamente restaurato con una cassa artistica. Avrà lo stesso sostegno che aveva il Centennial di Marc? Mi piacerebbe sgattaiolare via e dargli un'occhiata. Che cos'altro c'è in esposizione? L'assortimento mi sembra lo stesso che c'era nel periodo in cui cercavo il mio pianoforte, più di due anni fa. C'è persino lo Steinway A in mogano tigrato esposto in vetrina. Sarà ancora il mio preferito tra quelli presenti in negozio, come l'ultima volta?

Più tardi, mi riesce di suonare un paio di note sull'A e riconosco immediatamente la firma di Marc, un timbro dolce, profondo, cremoso, rotondo. La sua intonazione ha una qualità particolare, inconfondibile, almeno quanto il suo modo di parlare.

Michael Harrison è in piedi accanto a me e sorride mentre suono l'A. Mi parla della cassa intagliata, uno splendido oggetto di arredamento con finiture satinate.

«Chi ha intonato questo pianoforte?» chiedo, ansiosa di verificare che il mio orecchio non mi abbia ingannato, per assicurarmi di aver sentito giusto. Sembra che la stravaganza della mia domanda abbia colto Michael di sorpresa. Dopotutto, quanti clienti si mettono a chiedere il nome dell'intonatore? Esita, mi osserva incerto.

«Marc Wienert» dice infine. «Intona la maggior parte dei nostri piani».

«Lo sapevo!» esclamo come un bambino che ha appena indovinato il numero di caramelle contenute nel vaso alla festa di carnevale del quartiere. E il premio? Posso fidarmi del mio orecchio. So che cosa sto ascoltando. Mi volto verso Michael. «La sua intonazione ha un suono molto caratteristico, non ti sembra?».

«Marc l'ha solo intonato» obietta Michael, come a dire che è impossibile riconoscere il lavoro dell'intonatore. «Porta alla luce la personalità di ogni singolo pianoforte. Non gli sovrappone il proprio gusto».

A questo non so cosa rispondere. Mi limito a sorridere. Ho riconosciuto chi aveva intonato il pianoforte. «Ti piace?» chiede Michael. «Ha un ottimo prezzo».

Sì, mi piace molto, gli dico. Sì, è un bellissimo pianoforte. Ma io ne ho già uno. Marlene. E anche lei ha una voce meravigliosa. Almeno quando è in vena. Il che non è avvenuto da quando Marc l'ha ispezionata. Nonostante questo, amo il mio pianoforte. O meglio, amo ciò che diventa quando si fa bella, si sistema i capelli, si mette l'abito da sera di lamé. Tutte cose che non accadono ormai da un po'.

Ma a Michael non dico nulla di tutto questo. Non solo temo di sentirmi dire che ho preso una fregatura, ma io stessa non ho ancora completamente accettato una fondamentale verità che chi compra un pianoforte deve conoscere: acquistare un piano è come andare a un appuntamento, possederlo è come essere sposati.

Dopo mesi o magari anni in cui provi una quantità di pianoforti nuovi e usati – la fase del corteggiamento –, trovi finalmente "quello giusto", il piano perfetto per te. Lo compri – una bella voce, proprio il tipo di intelligenza musicale che cercavi – e ti viene consegnato, e siamo alle nozze. Qui comincia la fase del matrimonio.

Presto scopri che il tuo piano è tutt'altro che perfetto. Ci sono giorni in cui ha dei brutti capelli e respira con difficoltà. Mattine in cui la sua voce è stridula e tagliente, serate in cui sibila: «Non stasera, cara». Le unisone sono scordate. I martelletti sono aridi. Ti chiedi che cosa ne sia dello splendido compagno che hai portato a casa, del sogno che ti ha stregato e che hai creduto di poter fare tuo per sempre.

I bei pianoforti sono creature fragili e umorali, più le loro voci sono belle più diventano nervosi ed esigenti: hanno bisogno di vivere in condizioni rigorose, di manutenzione costante, altrimenti si lasciano andare a intemperanze terribili.

Nessuno dice queste cose a chi compra un pianoforte. La gente è portata a credere che lo strumento che prova nello showroom sia lo stesso che avrà in casa, per sempre. Ma la verità è che i pianoforti sono in continua trasformazione. O almeno, questo è ciò che mi sembra di capire parlando con Marc e con Carl. Tuttavia sono ancora un po' scettica. Non del tutto convinta. Voglio ancora credere nel piano perfetto.

Questo Steinway A è intonato alla perfezione. Ma rimarrà tale?

«Posso?».

È Bernard, che è arrivato in silenzio al mio fianco.

«Prego!» dico cedendogli l'A. Il tocco di Bernard si adatta perfettamente a questo superbo strumento e sono ansiosa di ascoltarlo. Si siede, rimane fermo un momento, poi esegue il secondo movimento della *Sonatina* di Ravel. Il suono è così caldo ed evocativo che molti dei convenuti si fermano ad ascoltare.

Sono già le quattro e trenta, è ora di recarsi al prossimo appuntamento della nostra giornata. Ringraziamo Michael e Marina per la loro ospitalità e ci dirigiamo appena a un paio di numeri civici più a ovest, da Klavierhaus.

Sono la più interessata a questo negozio, perché nelle mie due ultime visite a New York era chiuso per ristrutturazione e non ho potuto vedere ciò che espongono. Diversi membri del forum si sono detti ansiosi di provare i modelli di una nuova casa pianistica qui esposta: l'italiana Fazioli.

All'ingresso veniamo accolti dal proprietario, Sujatri Reisinger. È un uomo imponente, vestito di nero da capo a piedi, con una cravatta a scacchi dai colori tenui. Ha una gran testa dalla mascella pesante, baffi ispidi e piccoli occhi opachi, distanti tra loro. L'accento sembra ungherese. Ci salutiamo con freddezza, e sia l'ambiente sia i suoi modi hanno un che di ingessato. Klavierhaus vende i pianoforti più costosi di tutta Piano Row: Hamburg Steinway provenienti dalla Germania, strumenti europei con casse artistiche, e tra questi il più raro ed esotico: il Fazioli, un pianoforte prodotto solo di recente a Sacile, in Italia, considerato il più perfetto – e il più costoso – pianoforte mai realizzato.

Reisinger ci accompagna a visitare la sua struttura, incluso il laboratorio di restauro del seminterrato, un ambiente stretto e ingombro in cui riusciamo a malapena a entrare tutti. Non potendo ascoltare la presentazione, dato che sono in coda al gruppo, mi accontento di ammirare l'assortimento di strumenti che ci circonda. Pianoforti rari e riccamente decorati più o meno in rovina sono ammassati lungo le pareti.

La mia attenzione è subito attratta da un antico Gaveau, un piano francese fuori produzione, un coda a cassa quadrata con ottantacinque tasti. È dipinto in un rosso sanguigno, con un corteo di muse bianche e teorie di angeli in fila sul coperchio della tastiera, incorniciati da mazzi di fiori e ceri disposti nei candelieri carichi di decorazioni. Ha un'aria così fragile, non oso toccare i tasti senza permesso.

Risaliamo le scale strette e ripide e Reisinger ci fa strada all'interno dello showroom, tra le braccia invitanti dei vecchi pianoforti a coda con casse ornamentali, adatti per grandi palazzi, e poi attraverso una porta sulla parete in fondo al negozio, che si apre su una sala per concerti nascosta. Le sedie sono state già sistemate in file ordinate per ospitare il nostro gruppo. Sono rivolte verso due pianoforti lucidi e neri posizionati fianco a fianco come due limousine in attesa: un Hamburg Steinway D e un Fazioli, entrambi pianoforti da concerto.

Un mormorio generale di piacevole sorpresa si leva alla vista dei due strumenti, che appartengono a due delle case pianistiche più importanti e prestigiose che esistano al momento, pronti perché noi li possiamo provare. A parte fissare per ognuno di noi un'esibizione alla Carnegie Hall, Reisinger non avrebbe potuto offrirci una prospettiva più allettante.

«È come mangiare troppe caramelle in un giorno solo!» esclama Bernard. Ci sediamo tutti a eccezione di David, in preda a un'eccitazione tale che le sue mani già fluttuano nell'aria pregustando il momento. Approfitta del privilegio di esibirsi per primo e si tuffa nell'*Intermezzo* dell'op. 118 n. 2 di Brahms sullo Steinway. Il tono è brillante e travolgente. Poi passa al Fazioli, su cui suona la sonata *Patetica* di Beethoven, e il tono è ancor più brillante, ancor più potente. È David a suonare? O sono i pianoforti? Rich e io, seduti vicini e intenti a comparare le note, non ne siamo affatto sicuri.

Poco dopo non siamo più il pubblico passivo di un concerto. Ognuno di noi freme all'idea di provare questi due pianoforti e i molti strumenti dalle casse rare e artistiche che si trovano nello showroom principale. Dopo aver dato un'occhiata alla piccola folla in attesa del proprio turno per suonare i pianoforti da concerto, mi sposto nella sala principale.

E lì trovo il piano che mi piace di più tra tutti quelli che abbiamo incontrato oggi.

Non è certo uno strumento che terrei in casa, per quanto mi importi poco dell'estetica degli strumenti. È ricoperto di foglie d'oro per tutta la sua superficie, con delicate scene pastorali realizzate a olio sotto il coperchio e sulle fasce; l'intero pianoforte è stato trattato come una grande tela. Ha lo sgabello abbinato, dorato anch'esso, con gambe intarsiate e l'imbottitura a motivi floreali.

Più di tutto somiglia a una vecchia signora con la parrucca incipriata, che ha esagerato con il belletto e con il profumo. Il leggio intagliato reca il logo del costruttore: Pleyel. Un vecchio Pleyel dorato in stile Rococò.

Quando si tratta di Pleyel non mi aspetto nulla di eccezionale. Ho un pregiudizio verso i pianoforti con casse troppo sfarzose. Fanno presumere di essere stati costruiti per essere oggetti di arredamento invece che strumenti musicali. Ma questo Pleyel mi conquista fin dal primo tocco. È di una sensibilità estrema. Il tono è caldo, rotondo, complesso, pieno di sottigliezza e di colore. Il valzer di Chopin e questo pianoforte sembrano andare d'accordo fin dal primo momento, danzano insieme con grazia, sono fatti l'uno per l'altro. Forse Chopin ha composto quest'opera proprio su un Pleyel di questo tipo. Questa è la mia impressione. Chopin non potrebbe essere così Chopin su un altro strumento. Questo piano è l'altra metà perfetta del compositore, il migliore su cui abbia mai suonato il valzer. Mi auguro che chiunque lo compri sia un musicista.

"Phlebas", in piedi accanto a me, si accorge della mia ammirazione e chiede di provare il Pleyel. Phlebas, che si è dato il nome di un personaggio di una poesia di T.S. Eliot, si chiama in realtà Mike, e lavora come bibliotecario e ricercatore per una società finanziaria di New York. La nostra corrispondenza via e-mail è cominciata quando lui mi ha chiesto di poter leggere alcuni dei miei articoli su riviste, così abbiamo parlato al telefono diverse volte. Come me, è figlio di un musicista di professione, un compositore e direttore d'orchestra, e ha cercato senza successo di ribellarsi al dettato paterno.

«La musica è così totalizzante, se l'ami ti risuona nella testa, non puoi dirle di no» mi ha detto Phlebas una volta, raccontandomi come era arrivato a studiare pianoforte al conservatorio, per poi lasciar perdere tutto. Quando sua figlia ha cominciato a prendere lezioni, ha ripreso a suonare anche lui e ha aderito al forum per saperne di più sui pianoforti in vista di acquistare uno. «Ormai è una dipendenza» dice parlando di Piano World. «Mi collego per la stessa ragione per cui si va a prendere il caffè in un locale pubblico, invece di prepararselo da soli a casa. Per il bisogno di condivisione. Il piano è una parte importante della mia vita e al lavoro non c'è nessuno con cui possa parlarne. Sul forum ho la possibilità di parlare di pianoforti con persone di tutto il mondo».

Phlebas ha ancora addosso il soprabito di lana scuro, i suoi capelli sono tra il biondo e il candido accuratamente pettinati, il volto pallido e paffuto sormontato da due occhi ugualmente chiari, acuti e intelligenti. Siede un po' impacciato sullo sgabello imbottito, ma le sue mani si muovono agilmente lungo la tastiera del Pleyel. Piace anche a lui. «Davvero niente male! I Fazioli li hai già provati?».

Ci avviciniamo al Fazioli più piccolo nello showroom principale. Lo sta suonando Calin. «Mi piace da impazzire!» esclama. «Questo e il Bechstein sono i migliori. Provalo!».

Mi basta suonare qualche battuta sul Fazioli per sapere che non è il piano che fa per me. All'inizio è difficile capire il motivo, perché il Fazioli sembra davvero perfetto. L'uniformità del tocco è impeccabile. Non ho mai suonato una meccanica con un controllo migliore. Il timbro è brillante e ricco dalla nota più bassa alla più alta. Dunque cos'ha che non va?

«Ha un che di duro, non trovi?» osserva Phlebas.

Sì, penso. È freddo. Forse provarlo subito dopo il Pleyel d'epoca è stato un errore. Il Pleyel evoca un salotto vittoriano: poltrone di velluto fin troppo soffici, specchi, piante dalle forme bizzarre, voliere, pesanti broccati. Il Fazioli ricorda una fredda torre di vetro in stile modernista, arcigna e inaccessibile. Vetro e acciaio. Conturbante nella sua brillantezza. Un piano è senza dubbio una macchina, ma di solito possiede un'anima. E questo non ha anima. Possiede più potenza, più volume, più brillantezza di quanto abbia mai sperato in un partner musicale. Ne sono quasi respinta.

Nella sala per concerti, "RealPlayer" è seduto al Fazioli a coda e lo sta contaminando con dello stride piano, poi con del ragtime. La testa scarmigliata sovrasta orizzontale la tastiera, lunghe ciocche candide gli ricadono sugli occhi, le labbra si tendono per la concentrazione sotto la barba rossiccia di diversi giorni. Il suo vero nome è Joseph Kubera, ed è un performer noto nella scena musicale contemporanea newyorkese.

A casa sua, Joe suona un piano da concerto Mason CC del 1928, un piano che ha trovato dopo otto anni di ricerca, mi racconterà poi a cena. Ha avuto la fortuna di arrivare al Center for the Creative and Performing Arts di Buffalo verso la fine degli anni Sessanta, in un periodo di febbrile sperimentazione nel campo della composizione musicale, un'esperienza che ha segnato la sua capacità di ascolto e la sua carriera di pianista. Ora lavora direttamente con i compositori alla loro musica, e molti gli hanno dedicato delle opere. Sono curiosa di conoscere la sua opinione sul Fazioli. Suonato subito dopo, l'Hamburg Steinway ha un suono voluttuoso.

Un po' alla volta usciamo tutti dallo showroom sulla 58ª Strada, nel crepuscolo imminente, e ci dirigiamo verso l'8ª Avenue, dove c'è il ristorante. Al Bangkok Cuisine, veniamo distribuiti su tre tavoli sistemati in un piccolo angolo tutto per noi, abbastanza vicini perché ognuno possa parlare con tutti gli altri e intercettare anche le conversazioni più lontane. La cameriera deve fare tre tentativi, prima di riuscire a raccogliere le ordinazioni, perché siamo troppo presi a confrontare opinioni sui pianoforti per poterci occupare del menù. In più si sono aggiunti altri membri del forum.

Ben presto non riesco più a seguire tutti i discorsi, cominciano a mescolarsi, come in una fuga, un effetto che viene ulteriormente eccentuato dal vino rosso che qualcuno ha ordinato per il nostro tavolo.

«Qual è il piano che ti è piaciuto di più?».

«Mi ha incantato il modello A-III da Faust Harrison».

«Il Bosie di Beethoven è il mio preferito».

«Non per i miei gusti. Troppo squillante».

«Che meraviglia il Ravel di Bernard».

La cena finisce troppo in fretta. Frank deve prendere il treno per tornare nel Connecticut. Phlebas deve passare un po' di tempo con la famiglia, nel Queens. E io domani mattina devo prendere l'aereo. E ancora risolvere un enigma pianistico.

16

Tom

Durante il volo di ritorno, mentre mi lascio indietro i miei compagni di avventure pianistiche, tiro le somme su quanto ho imparato durante la mia trasferta. Ora so che i martelletti di Marlene sono stati ammorbiditi e poi reinduriti mediante un procedimento chimico, ma Marc è stato in grado di riportare in vita Marlene in un solo giorno, sebbene in modo non permanente. Inoltre, tutti i pianoforti intonati da lui, quando li ho provati a New York, erano deliziosi, bellissimi, tra i migliori che abbia mai sentito. Il lavoro di Marc, per quanto poco ortodosso, crea esattamente il suono che piace a me. Dunque che cos'altro può aver originato il problema?

I tecnici di Piano World sostengono che il punto di battuta potrebbe essere fuori allineamento, potrebbe essere sbagliata l'altezza del ponticello, le corde non complanari, la tavola armonica potrebbe non avere la necessaria pendenza, la scala duplex potrebbe accusare delle perdite di suono. Stampo tutte le loro ipotesi, ma non riesco a capirle davvero. Malgrado il mio fermo proposito di essere padrona delle sorti del mio pianoforte, tecnicamente parlando, la cosa è al di sopra delle mie capacità.

Almeno ho trovato un nuovo tecnico. Si chiama Tom Kuntz, viene da Coeur d'Alene, Idaho, tre ore a ovest di Missoula. Rick Baldassin, il venditore di pianoforti e rappresentante statunitense dei martelletti Renner, che mi aveva generosamente informato per telefono dell'arrivo di Marlene, mi ha raccomandato a Tom, uno dei suoi studenti di intonazione. Tom, mi ha garantito Rick, ha molta esperienza nell'intonazione dei Renner. Si tratta dei martelletti che, a detta di tutti, sono montati nel mio Grotrian. Nel giro di una settimana Tom arriva per la sua prima visita.

Mi preparo all'ispezione di Tom come Marc mi ha consigliato di fare, cioè scegliendo la registrazione di una performance pianistica in cui il timbro dello strumento sia quello che mi piace. Prima ascolto Rubinstein che esegue il valzer di Chopin, la famosa incisione che mi ha indotto a riprendere lo studio del pianoforte. Rubinstein ha inciso questo disco a Roma nel 1963, in una sola serata. Ha usato un Hamburg Steinway preparato per lui da un tecnico locale. Pur apprezzando l'interpretazione di Rubinstein, il tono del pianoforte è troppo brillante per i miei gusti. Decido di scartarlo.

Poi provo con un'altra tra le mie interpretazioni preferite, Christoph Eschenbach che suona le *Sonate* per pianoforte di Mozart, per la Deutsche Grammophon. Questo pianoforte ha un tono sottile, senza armonici. Voglio un tono più ricco.

Prendo in considerazione una registrazione di Indrek Laul, un regalo del pianista, in cui esegue il *Concerto* per pianoforte di Grieg. È troppo aspro e squillante, e sospetto che stia suonando uno Steinway, non un Estonia.

Infine, ascolto una registrazione di Ivan Moravec che suona i *Notturni* di Chopin. Ecco il suono che voglio, o almeno il più simile che mi riesce di trovare. È caldo e ricco, ma abbastanza brillante negli acuti da conferire alla musica picchi scintillanti senza diventare stridulo. È possibile che si tratti proprio di un Grotrian. Le informazioni sulla copertina non lo dicono.

Moravec, scoprirò più tardi grazie a un tecnico da concerto che ha lavorato con lui, è famoso per la sua puntigliosità riguardo all'intonazione del pianoforte. Porta addirittura con sé i propri strumenti da intonazione, e si dice che talora se ne sia occupato lui stesso, se il tecnico non riusciva a soddisfarlo. Sua moglie tiene gli strumenti nella borsa.

Tom Kuntz arriva in una luminosa mattina di dicembre. È magro, alto, spigoloso, indossa dei jeans e una camicia da lavoro in denim, e tiene gli strumenti in una valigetta portadocumenti. Le sopracciglia irsute sovrastano due occhi azzurri piccoli ma curiosi, e il naso aquilino punta su un paio di baffi ispidi e spruzzati di grigio. Ha un'espressione di perplessità permanente. Gli mostro il Grotrian.

Per il momento, chi lavora sul mio piano è costretto a sopportare la mia considerevole ansia, una situazione poco piacevole per un tecnico. Per fortuna, Tom è un tipo paziente e curioso, che desidera imparare cose nuove, anche dopo trent'anni di lavoro come accordatore. Racconto a Tom la storia del mio innamoramento per Marlene, di come è arrivata qui con dei soprani terribili, e lui sembra ansioso quasi quanto me di identificare l'origine del problema. Ci sediamo insieme al piano e lui suona un paio di riff nel registro acuto, la testa china su un lato, ascoltando ancora e ancora.

«Non ti sembra orribile?».

«Non so. Non ho sentito com'era nello showroom. Diamo un'occhiata all'interno». Tira fuori la meccanica.

«Oh».

«Cosa?».

«Non ho mai visto martelletti con una forma simile. Sono Renner?».

«Penso di sì».

Gli racconto di Marc, di come ha intonato il pianoforte utilizzando prodotti chimici segreti.

«Di solito non si usano sostanze chimiche sui martelletti Renner» osserva Tom. «E dici che Marc gli ha restituito un bel suono quando è venuto qui? Che cosa credi che abbia fatto?».

«Ha laccato i martelletti».

«Di solito non si laccano i martelletti Renner. E poi, se si usa la lacca, l'effetto permane. Non dovrebbe cambiare il giorno dopo. Al limite, possono diventare un po' più squillanti».

Tom ha poggiato un righello sulla sommità delle corde e poi su una sezione dei martelletti, per verificarne l'allineamento.

«Ha detto che li ha laccati leggermente, e l'effetto è scomparso in fretta».

«Uhm. E com'era il timbro prima, quando ti piaceva?». Tom sospinge la meccanica all'interno del piano, solleva un martelletto scoprendo le corde e le pizzica con l'unghia, per verificare che ognuna entri correttamente in contatto con il martelletto.

Gli descrivo il suono di Marlene, il suono per cui ho perso la testa. Poi glielo mostro. «Era nella sezione tenorile, qui». Suono qualche accordo al centro della tastiera. «Marc ha detto di dirti che voglio *di più* negli acuti. Che tu avresti capito che cosa significa».

«*Di più*, eh?». Fa scivolare lentamente la meccanica dentro e fuori dalla cassa, preme un tasto quando è dentro, poi muove la meccanica e lo preme di nuovo. Sta controllando il punto di battuta.

Gli mostro il cd dei *Notturni* interpretati da Moravec. «Credi che ti sarebbe d'aiuto se te li facessi ascoltare? Non è esattamente il suono che aveva il mio piano prima, ma tra quelli che ho sentito è quello che ci si avvicina di più».

«Certo. Mi piace ascoltare musica mentre lavoro. Inizierò con la preparazione di base, quella che si effettua su un piano nuovo. Mi sembra che ci sia bisogno di qualche lavoretto di regolazione ordinaria».

Per le quattro ore che seguono, Tom stringe le corde sui perni del ponticello, fa combaciare le corde con i martelletti, individua il punto di battuta e marca l'angolo in cui la meccanica si innesta nel piano della tastiera, facendo in modo che si inserisca nel modo corretto. Nel frattempo mi spiega quello che sta facendo, perché e come lo fa. Sono eccitata all'idea di imparare tutte queste cose, ma temo di rendermi molesta.

«Sei sicuro che vada bene?» chiedo. «Posso andarmene se preferisci. Non voglio fare la cliente difficile».

«Non sei affatto una cliente difficile» dice Tom mentre alza il livello di una corda utilizzando un gancio applicato a un filo. «E poi, chi lavora dietro un registratore di cassa in negozio, quelli sì che hanno a che fare con i clienti difficili. Al confronto, il mio lavoro è una passeggiata». In effetti, Tom sembra sinceramente felice di spiegare e illustrare il suo lavoro, gli strumenti, i materiali.

Mi chiede della carta di giornale. Gli passo la prima pagina di oggi.

«Guarda qua, è davvero fantastico». Stende la carta sul piano della tastiera, la liscia base di legno su cui riposa la meccanica. Poi rimette la meccanica al suo posto su di essa, lasciando fuori soltanto un lembo di carta. Tom lo tira, stretto com'è tra la meccanica e il piano della tastiera, e quello viene fuori scivolando facilmente, come una cravatta che viene estratta dalla manica di un mago. «Vedi? È così che la meccanica deve essere installata nella cassa. Devi tirarla appena. Ma deve venir fuori in un colpo solo».

Abbiamo ascoltato diverse registrazioni di performance pianistiche, discutendo delle diverse qualità timbriche degli strumenti. Ora è il turno dei *Notturni* di Moravec.

«Niente male!» dice Tom. «Ascolta l'azione dei pedali, così pulita! Fammi vedere la copertina di questo gioiellino».

«Non dice di che piano si tratta».

«Non lo dicono quasi mai. Non è terribile? Vorrei sapere chi è il tecnico del suono. È molto difficile dare una resa del genere a un pianoforte in una registrazione».

«Puoi fare in modo che il mio piano abbia acuti come questi?».

«Non lo so». Attira di nuovo a sé la meccanica e solleva qualcuno dei martelletti corrispondenti agli acuti con le sue lunghe dita delicate, esaminandoli e comprimendoli. «Senti qua. Vedi come sono morbidi? Non è normale».

Li stringo, ma non posso dire nulla. Mi domando che tipo di consistenza debbano avere.

«E così vuoi *di più*, eh?» ridacchia mentre passa una sottile striscia di carta abrasiva sulla superficie dei martelletti, avanti e indietro come se stesse lucidando le punte di un paio di scarpe. «La signora desidera *More-avec*?».

Ridiamo del gioco di parole. «*Moravec*!» ripetiamo ridendo. Il suo buonumore è di certo un toccasana per la mia ansia.

Tom decide che, in questa prima visita, opterà per un approccio conservativo. Manipola i martelletti con la carta abrasiva, ma non li lacca. Suono il pianoforte mentre lui raduna i suoi strumenti, e non sento grandi differenze di timbro, benché la meccanica sia ancora più straordinaria di prima, ammesso che ciò sia possibile, e il timbro più pulito.

«La prossima volta posso provare con della lacca» dice Tom, rimettendosi la giacca. «Intanto vedi come va dopo la sola manipolazione. Potrebbe bastare. Suonalo. Staremo a vedere che succede».

Così ora ho un nuovo tecnico. È gentile, paziente, e sembra anche che il mio piano gli piaccia. Ma i soprani non migliorano affatto. Non accennano a fiorire nel suono pieno e ricco che ricordo. Dov'è il piano che mi ha fatto innamorare? Quando arrivo a non tollerare più i soprani morti, chiamo Tom e gli chiedo di tornare. «Possiamo provare con il passo successivo adesso? È ancora spento».

Preparo un elenco dettagliato di tutto ciò che non mi piace nel pianoforte, determinata, per la prossima visita, a venirne a capo. Ignoro ancora che l'intonazione è un processo che si dispiega in diverse fasi, che non può mai dirsi concluso, non inizia e finisce in un solo giorno.

Un mese dopo Tom ritorna, stavolta portando con sé una scatola di cartone, simile per forma e dimensioni a quelle che si usano per la pizza. La deposita sul tavolinetto da tè e la apre. È piena di martelletti di diverse forme e tipologie.

«Ecco, senti questo» dice porgendomi un martelletto con il

feltro interno rosso. Mi mostra come stringerli tra le dita. Poi me ne porge un altro, con il feltro interno azzurro. «Vedi come sono diversi l'uno dall'altro?».

In effetti no. Mi sembrano tutti duri come rocce.

«A cosa servono?».

«Li useremo sulla nota La5 del tuo pianoforte e vedremo quale produce il suono migliore».

Estrae la meccanica del Grotrian, rimuove il martelletto e lo stiletto originali della nota La5 e li ripone da una parte. Fissa un martelletto Renner Blue nuovo all'estremità di uno stiletto anch'esso nuovo, taglia lo stiletto alla giusta lunghezza e stringe la forcola sulla guida di scorrimento della meccanica. Poi ripone la meccanica all'interno del piano e preme il tasto La5. Il suono è stridulo. I miei martelletti erano migliori. «Questo non è mai stato punto, solo manipolato» dice.

Poi installa nel piano un martelletto Schaff. Questo produce un suono ovattato, troppo morbido. Così lo sostituisce con un martelletto Isaac. «Questo è un po' più duro» dice Tom. «Ma non duro come un Renner». È molto squillante. Non mi piace. Allora monta un Tokiwa, un martelletto giapponese. «È un martelletto molto duro, ha dei rinforzi sulla parte inferiore della superficie laterale».

Il suono fiorisce in modo inatteso. È un progresso notevole. «Questo mi piace!» dico.

«Bene!» fa Tom. Toglie il martelletto dalla meccanica, lo stringe e ne saggia la consistenza.

«Metterai nel mio pianoforte dei martelletti Tokiwa?».

«Voglio sentire e studiare come è stato intonato questo martelletto, in modo da decidere come intonare i tuoi. Posso individuare i punti in cui è più duro e quelli in cui è più morbido solo toccandolo, e in questo modo potrò indurire e ammorbidire i tuoi nei punti corrispondenti».

Si dirige verso la sua auto e torna con un frigo portatile bianco e blu. Contiene i suoi prodotti chimici, o "succhi" come li chiama lui. Mi spiega che userà una soluzione uno a uno di trattamento per il legno e acetone. «È più leggero della lacca, perciò, se si sbaglia, il danno è minore».

Estrae ancora una volta la meccanica, applica una piccola quantità di trattamento per il legno alle superfici laterali dei martelletti, poi fa riscivolare la meccanica nel suo vano e suona qualche nota, per decidere quali necessitino di un'applicazione e quali no.

Una volta impregnati, i martelletti hanno bisogno di tempo per asciugarsi, così andiamo a pranzo al ristorante preferito di Tom a Missoula, l'Hob Nob Cafe. L'ultima volta che c'è stato, Tom ha cenato con suo figlio Mason – che è anche il nome del suo pianoforte preferito –, matricola all'università, ma oggi Mason aveva da fare, per cui lo sostituirò io.

Chiedo a Tom come ha cominciato a interessarsi di pianoforti. Mi racconta che cosa voglia dire crescere come il quinto dei dieci figli di un supervisore del reparto tessile a Mandan, North Dakota.

«È stata dura. Eravamo davvero poverissimi». Tom fu chiamato alle armi appena diplomato e andò in Vietnam. Dopo il congedo dal servizio, frequentò per un po' il college e studiò musica. Cominciò a interessarsi di tecnologia pianistica perché non poteva tollerare lo stato in cui versavano i pianoforti delle aule da esercitazione della scuola. Erano perennemente scordati. Imparò ad accordare per difendersi dal suo orecchio eccessivamente sensibile. Presto andò a Minneapolis a studiare tecnologia pianistica con l'intenzione di intraprendere una carriera in questo campo. Ora è richiestissimo nelle università dello Stato di Washington e nell'Idaho, e suona il basso in un trio jazz che si esibisce il venerdì sera a Coeur d'Alene.

Una volta tornati a casa mia, Tom suona qualche riff jazz al piano. I soprani hanno ritrovato la voce! Trascorre altre due ore a pungere i martelletti uno per uno, a estrarre la meccanica e a rimetterla a posto per sentire il risultato, è instancabile.

«Non c'è male!» dice. «Il tuo piano non è davvero niente male. Perri *Nye*». Mi chiama sempre così, Perri *Nye*. Non so se si tratti di un equivoco o di un suo vezzo personale. Con Tom, è difficile stabilirlo. «Perché non lo provi?». Si siede sul divano per ascoltare.

Sono davvero contenta del miglioramento dei soprani. Non è il suono che ha creato Marc, ma almeno non dovrò più massacrarmi la mano destra per far uscire la melodia da un brano. Tuttavia vorrei sentire più suoni parziali, più armonici. Il timbro fondamentale predomina in modo eccessivo.

«Capisco cosa vuoi» dice Tom, quando gli chiedo se può rendere il tono più rotondo.

«Non è una questione di chiarezza o profondità» cerco di spiegare. «Si tratta del colore».

«È quello che vogliono tutti».

«Puoi farlo?».

«Non lo so... ci posso provare». Sta rimettendo le sue cose nella borsa. Per oggi ha finito. È ora di incontrarsi con Mason per cena. «Si procede per tentativi ed errori e si va avanti per ore e ore. Se il piano si trovasse nel mio negozio sarebbe perfetto, ma non è così. Farei le stesse cose che faccio sul mio pianoforte: dargli un po' di succo, poi pungere un po', poi un altro po' di succo... pizzica di qua, pizzica di là ed ecco che a un certo punto tutte le note sono allineate. È bello quando ti accorgi che sono finalmente tutte uniformi».

Nulla potrebbe essere più frustrante che sentire queste parole. Ma non trasporterò il mio pianoforte fino al laboratorio di Tom a Coeur d'Alene. Almeno i soprani hanno ritrovato la loro voce.

«Hai uno splendido pianoforte» dice Tom dirigendosi verso la porta. «Ti rendi conto di quanto sia speciale? La maggior parte delle persone non ha nemmeno mai provato uno strumento così. Scommetto che è il miglior pianoforte di tutto il Montana».

Se non è la Marlene che ho conosciuto nello showroom, o quella che è rinata grazie alle cure di Marc, almeno adesso è finalmente un buon pianoforte da studio, con un timbro ben equilibrato lungo la scala tonale. Desidero ancora riavere indietro Marlene, ma sono disposta a lasciare che il timbro evolva e dare a Tom la possibilità di lavorarci nel tempo. E forse tutto sarebbe andato bene, se un mese o poco più dopo la seconda visita di Tom non avessi ricevuto una telefonata.

Naturalmente ho raccontato le mie tribolazioni pianistiche su Piano World, e i tecnici del forum si sono appassionati al mio caso e mi danno dei consigli. Un giorno, ricevo una telefonata da un venditore di un negozio interessato a rappresentare la Grotrian.

«Io so cosa non va nel suo pianoforte» dichiara il venditore. «Stiamo per diventare concessionari Grotrian, dunque possiamo prenderci in carico il suo caso, come intervento coperto dalla garanzia».

«Che cos'ha il mio piano che non va?» chiedo guardinga. Come mai questo venditore ci tiene tanto a darmi una mano, mi chiedo? Non è delle mie parti, e io ho già il mio rivenditore di fiducia.

«Qualsiasi tipo di sostanza chimica sia stata utilizzata sul suo strumento non è opportuna. Bisogna usare solo aghi e carta abrasiva. Niente agenti chimici, mai, in nessun caso. Il mio consiglio è di montare un nuovo set di martelletti Renner. La struttura a compressione originaria è stata compromessa. Se riusciamo a diventare rappresentanti della Grotrian, forse potrei utilizzare la mia garanzia per risolvere il suo problema».

«Ma se avessi un problema da risolvere sotto garanzia se ne occuperebbe il mio rivenditore».

Il tono cambia all'istante. «Ma certo, si rivolga a Carl. Gli chieda che cosa può fare per lei. Ma non metta un tecnico Steinway o Mason a lavorare su quel pianoforte. Lo ucciderebbero. La maggior parte dei tecnici americani non comprendono le caratteristiche costruttive dei Grotrian».

Queste parole mi gettano nel panico. Mi sembrava di fare progressi con Tom, ma ora mi domando se saremo mai in grado di ripristinare il suono che amavo, senza montare un nuovo set di martelletti. Forse, dato che Tom è un tecnico americano, nemmeno lui è adatto al mio pianoforte? Devo far venire un tecnico dalla Germania?

«Lei è un tecnico? Perché le interessa il mio pianoforte?».

«Sono prima di tutto un appassionato di pianoforti. Ho letto i suoi post. Se mi capita tra le mani un buono strumento, mi entusiasmo. È una cosa sacra per me. Il suo pianoforte potrebbe costituire una sfida affascinante. È uno strumento unico, con qualità eccezionali. I pianoforti Grotrian non hanno difetti».

Ancora non capisco. Le lingue sciolte mi hanno sempre resa diffidente.

«Vada da Beethoven's» prosegue imperterrito il venditore. «Dica a Carl che i martelletti sono stati compromessi a causa degli agenti chimici. Il fatto è che il piano non è mai stato a posto. I martelletti ormai sono oltre ogni possibilità di intervento. Si faccia mandare da Carl un nuovo set di martelletti. Gli dica che non è soddisfatta; è lui che deve garantirle soddisfazione, no? Chieda al suo tecnico di scrivere una lettera a Carl. Gli dica che ne ha abbastanza. Sta a lui sistemare le cose. Due anni sono troppi. Non ha mica commesso un delitto. E non permetta che un tecnico Steinway lo tocchi, cercherebbe di "steinwayizzarlo". Non si chiede a un esperto di sushi di preparare un soufflé. Prenda qualcuno che abbia esperienza dei Grotrian».

Riaggancio. È un duro colpo al mio equilibrio. Perché questo tizio si sta intromettendo? Dove pensa che io possa trovare un tecnico specializzato in pianoforti Grotrian nel Montana? Solo più tardi mi viene in mente che se questo negozio sta cominciando a vendere Grotrian, allora Carl è un suo diretto concorrente. Sta forse cercando di mettere in cattiva luce agli occhi dell'azienda Carl, che ora è un rivenditore Grotrian autorizzato, effettuando i servizi in garanzia a prezzi inferiori? I prezzi di Carl sui Grotrian sono i più bassi del paese; è possibile che questo venditore non riesca a far decollare le proprie vendite di pianoforti Grotrian senza che Carl si tolga di mezzo?

Norbert, il commerciante di pianoforti di Vancouver che mi ha dato molti consigli durante la mia ricerca, mi mette in guardia dagli aspetti sordidi del mondo dei pianoforti, dai pericoli che si celano in Piano World, con i commercianti che si fanno la guerra trascinando in mezzo clienti ignari. Mi stanno usando come una pedina?

Non ho ancora scritto un post riguardo ai progressi fatti da Tom sul Grotrian. Il fatto è che, anche se non ho ritrovato la voce di Marlene, sono molto più soddisfatta del mio pianoforte di quanto lo sia mai stata in questi due anni. Devo godermi quello che ho o continuare a inseguire il suono che ho udito nello showroom? So che esiste la possibilità che quanto ha detto il venditore sia vero. Marc ha cercato di avvicinare il timbro del Grotrian a quello di uno Steinway, perché a New York è quello che si vende meglio. È vero che Marc ha ricreato nel mio soggiorno la voce che mi ha fatto innamorare, ma sono ancora confusa: non so se, quando io ho suonato il piano nello showroom, Marc aveva già ammorbidito chimicamente i martelletti. Forse mi serve davvero un nuovo set di martelletti.

Incerta e titubante, telefono a Tom.

«Tom, tu credi che mi servano dei martelletti nuovi?».

«Se riesci a procurartene di nuovi, fallo! Quei martelletti non possono essere usciti dalla fabbrica in quello stato. Sono stati un problema fin dall'inizio».

Comincio a scrivere a Carl, spiegando ogni cosa, documentando le spese che ho sostenuto nel tentativo di risolvere il problema. Ma poi mi fermo. Carl non è solo il mio rivenditore, è diventato mio amico. Alzo il telefono. Carl risponde al primo squillo. Appena sente la mia voce, il suo tono è affettuoso, caloroso, gentile.

«Come va il tuo pianoforte in questi giorni?».

«Carl» dico semplicemente, sentendomi in colpa. «Il mio pianoforte non suona come quando l'ho provato nello showroom. Ho paura che abbia sempre avuto qualcosa che non va».

«Ti faremo arrivare un nuovo set di martelletti» dice senza la minima esitazione. «Li ordinerò oggi stesso».

«Grazie Carl!» mi sento euforica e piana di gratitudine. Invece dovrei tremare, perché i guai del mio pianoforte sono solo all'inizio.

17
Martelletti

«È un pianoforte?».

Il fattorino della Federal Express allunga il collo per vedere alle mie spalle, oltre la porta d'ingresso, nella debole luce pomeridiana che filtra nel soggiorno. Quando ho sentito bussare mi stavo esercitando, perciò il coperchio del piano è alzato. Protendo le mani per prendere il mio pacco, ma poi mi volto seguendo la direzione dello sguardo dell'uomo, e mi accorgo che il Grotrian fa una ben strana figura nella nicchia là in fondo. Un lucente pianoforte nero non è quello che ci si aspetta di trovare in una minuscola villetta degli anni Trenta. È un po' come scoprire una Rolls-Royce nuova di zecca nascosta in un granaio.

«Lei suona?» chiedo.

Rimane immobile per un secondo. «Oh, no davvero. Ma abbiamo un pianoforte a casa. Mi ci trastullo un po'».

«Le piacerebbe provare questo?». Mi metto di lato invitandolo ad avvicinarsi al piano.

Esita. Poi mi oltrepassa deciso, fremente, con in mano il blocco e il mio pacco, dritto verso il Grotrian.

«Wow. È il più bel pianoforte che abbia mai visto. È nuovo?». Si ferma a qualche metro di distanza dallo strumento, ammirandolo, tormentando inconsciamente il mio pacco con le dita ad artiglio.

Gli scosto lo sgabello. «Prego, si accomodi».

«Mi vergogno un po' a suonare di fronte ad altri».

«Anch'io. Guardi, io vado in cucina e chiudo la porta, e lei suoni quello che vuole. Questo pacco è per me?».

«Oh, sì! Ha ragione. Può firmare qui?».

Firmo la ricevuta, gli restituisco il blocco e porto il pacco in cucina. Proviene da Beethoven Pianos. Recido con un coltello il nastro che chiude il pacco, ansiosa di vederne il contenuto. Avvolto in semplice carta da imballo marrone, in quattro file ordinate, c'è un set completo di martelletti da pianoforte infeltrati, preintonati e preforati, disposti con precisione dal più grave al più acuto.

Dalla porta chiusa che dà sul soggiorno arrivano debolmente le note di una canzone dei Beatles, *And I Love Her*. Prima soltanto la melodia, poi aggiunge l'accompagnamento. Suona come uno che si sta divertendo. Ma si interrompe molto prima di aver finito la canzone. Apro la porta quanto basta per insinuare la testa. È seduto al piano, un uomo dai capelli biondi e ricci e gli occhi azzurri con la divisa blu della FedEx, immerso nella contemplazione della tastiera.

«Non smetta, la prego. Suona molto bene».

«Davvero? È un gran pianoforte. Non avevo mai sentito questa marca prima d'ora. Vorrei che il mio piano suonasse così».

«Che pianoforte ha?».

«Uno Steinway. Apparteneva a mia madre. Avrebbe bisogno di parecchie riparazioni. Questo è semplicemente stupendo!».

«La prego, continui».

Riprende a suonare la ballata dei Beatles. In effetti è una sonata, lo ricordo da una conferenza di Leonard Bernstein cui ho assistito molto tempo fa, uno dei loro pezzi più sofisticati dal punto di vista musicale. Comincio a cantare, prima a bassa voce, poi il fattorino si unisce a me. Entro nel soggiorno mettendomi vicino al coperchio alzato del piano, e insieme intoniamo il refrain:

A love like ours
Could never die...

Alla fine della canzone, sospira, riluttante a staccarsi dalla tastiera. Indugia, facendo correre le dita sui tasti bianchi, improvvisando qualche nota. Sembra perso in una sua personale fantasticheria.

«Può tornare a suonarlo quando vuole, davvero».

Ritorna in sé e afferra il suo blocco. «Beh, sarà meglio che vada».

Si precipita fuori, ci salutiamo con un cenno della testa, lui dal suo furgone bianco delle consegne, io ferma sulla soglia. Poi, dopo essermi chiusa la porta alle spalle, non posso impedirmi di scoppiare a ridere. Il fattorino della FedEx! Chi lo avrebbe mai detto. È bello condividere la propria passione con il fattorino della FedEx.

Chiamo Carl per dirgli che i martelletti sono arrivati sani e salvi e per ringraziarlo.

«Sono esattamente nell'ordine giusto» si raccomanda.

«Lo vedo».

«Quando arriva il tuo tecnico?».

«Sarà qui domani».

La mattina successiva, Tom arriva presto. È una giornata di fine aprile, e sugli alberi cominciano a spuntare le gemme. Ho già disposto scrupolosamente i martelletti nel loro involucro di carta marrone sul tavolinetto, e lui li esamina da vicino.

«Sembrano perfetti. Niente piccoli rigonfiamenti in cima» osserva Tom. «Ma sono Renner?».

Non lo so. Carl non lo sapeva. Tom ha bisogno di saperlo prima di procedere all'intonazione. Non riusciamo a trovare alcuna etichetta, né sui martelletti, né sulla confezione.

«Lo chiederò alla Grotrian» dico, mentre mi chiedo come mai non ci abbia pensato prima. Guardo l'ora, in Germania sono avanti di otto ore rispetto a noi. Dovrei riuscire a contattarli in giornata. Decido di mandare loro una e-mail. Già che ci sono, posso chiedere loro qualche consiglio sull'intonazione.

Spett.le Grotrian,
ho appena ricevuto i martelletti che il mio rivenditore, Carl Demler, ha ordinato presso la vostra fabbrica. Il mio tecnico si appresta a installarli in questo momento. Vorremmo sapere se si tratta di martelletti Renner. Inoltre, se avete qualche suggerimento da darci sull'intonazione di questi martelletti, potreste cortesemente scrivercelo in mattinata?

Invio l'e-mail e raggiungo Tom. «Montiamo solo quelli della sezione acuta, così vediamo se ti piacciono» propone. «Se vorrai anche il resto dei martelletti, li monteremo più tardi».

I martelletti sono costituiti da strati di feltro di lana avvolti e compressi intorno a un sottile supporto di legno. La parte non infeltrata del supporto è la coda del martelletto, dotata di un foro praticato per potervi innestare lo stiletto, un perno di legno sagomato. Una delle estremità dello stiletto è solidamente incollata al foro sulla coda del martelletto. L'altra è incardinata a un elemento ligneo detto forcola. La forcola è fissata tramite una vite alla guida di scorrimento della meccanica, e i cardini permettono al gruppo costituito dallo stiletto e dal martelletto di alzarsi e percuotere le corde.

Tom ha disposto sul leggio in scrupoloso ordine numerico i martelletti nuovi della sezione acuta. Sulle corde messe a faccia in su sono pallidamente stampati i numeri corrispondenti. Ha estratto la meccanica del pianoforte e l'ha girata, in modo che i tasti siano rivolti verso l'interno della cassa e i martelletti dalla parte opposta, con gli acuti sulla sinistra e i bassi a destra. Sta utilizzando il piano della tastiera come banco di lavoro.

Con l'aiuto di un lungo cacciavite, Tom rimuove tutte le altre viti dalla sezione acuta e depone con cura l'intero corpo del martelletto sul tavolino. I martelletti rimasti al loro posto serviranno da riferimento per il montaggio dei nuovi. I vuoti regolari creatisi nella fila dei martelletti somigliano a denti saltati via.

Ogni martelletto deve essere rimosso dal proprio stiletto tramite un lucido utensile cromato simile a una grossa perforatrice. Tom infila un martelletto nel vano dell'estrattore e preme il punzone sulla punta dello stiletto, spingendolo fuori dal foro della coda del martelletto. L'estrattore non ha molle, così lo stiletto viene separato dalla coda del martelletto grazie alla sola pressione esercitata dalla mano. Il volto di Tom si contorce nello sforzo, si piega in una smorfia e diventa rosso. Le sue mani vigorose tremano per lo sforzo.

«Devo tagliarli con un coltello» dice scuotendo il capo. «Guarda come sono duri da cavar fuori».

Mi sforzo di controllare il panico che si sta impadronendo di me. Tom sa che voglio salvare i martelletti originali, se possibile. Non si sa mai.

Cerco di parlare con voce calma. «Per favore, non potresti provare ancora un po'? Magari non sono tutti così duri...».

Invece sì. Tom brontola e geme e le sue mani tremano dopo aver rimosso ogni singolo martelletto. Impreca e si lamenta. Poco dopo gli si apre una vescica nel punto in cui l'utensile preme sulla mano. Corro a prendere un cerotto e una benda protettiva dalla mia cassetta del pronto soccorso e gli medico la mano. Sta perdendo rapidamente il suo buonumore, ma termina comunque di smontare i martelletti, cosicché i numeri dal quarantanove al settantadue giacciono allineati sul bordo del tavolo da caffè. La coda del cinquantadue è rotta.

«Mi dispiace» si scusa Tom. «Non ho potuto evitarlo. Era davvero troppo dura da tirare fuori».

Tom avvita gli stiletti ormai privati dei martelletti e li fissa alla guida di scorrimento della meccanica, poi inizia il tedioso compito di incollare i martelletti nuovi ai vecchi stiletti. Ognuno deve essere posizionato esattamente nella giusta posizione rispetto alle corde, ai tasti, ai martelletti adiacenti.

Tom riveste di colla la punta del primo stiletto, poi capovolge con destrezza il martelletto e, con un rapido movimento rotatorio verso destra, crea un "collare di colla" alla base, per essere sicuro che rimanga al suo posto. Prendo in mano con curiosità il flacone di colla. È un tipo di adesivo gommoso, spiega Tom. Rimane morbido, si tratta di colla *alifatica*, così la chiama Tom. «È simile alla colla vinilica». Procedendo da sinistra verso destra, in breve incolla tutti i martelletti nuovi e li allinea accanto ai vecchi.

Una volta posizionati e livellati i martelletti rispetto alle corde, Tom illumina gli stiletti con una piccola torcia tascabile. Questo scalda il contenuto umido del legno, il che gli permette di piegare gli stiletti nella loro posizione corretta.

Ora deve ripetere l'intera procedura, questa volta con i martelletti che ha usato come riferimento. Quando tutti i nuovi martelletti della sezione acuta sono montati e regolati, Tom estrae la meccanica, se la rigira in grembo, e la sistema all'interno del piano, con la tastiera rivolta verso l'esterno. È il momento di intonare.

Vado al computer per vedere se la Grotrian ha risposto con dei consigli riguardo all'intonazione.

Gentile signora Knize,
il suo piano Cabinet è munito di martelletti Abel. I martelletti che ha ricevuto dal signor Demler sono anch'essi Abel. Non vi sono etichette sui martelletti perché noi le togliamo. La ragione è che noi costruiamo pianoforti GROTRIAN, *e non pianoforti Abel. I martelletti che ha ricevuto sono stati preintonati in fabbrica, dunque il risultato dovrebbe essere soddisfacente. L'unico consiglio che possiamo darle è di non pungere mai la punta estrema del martelletto, di procedere con molta cautela e di provare, e poi riprovare e riprovare ancora.*
Noi pungiamo solo la porzione di superficie laterale fino a quasi due o tre millimetri dall'apice del martelletto (nei bassi

anche a quattro o cinque millimetri). Ma in generale non di più e non più fittamente del necessario. A proposito: questi strumenti non sono stati costruiti per avere un suono molto pastoso! Sarebbe contrario alle caratteristiche strutturali del piano e non porterebbe a una buona resa sonora.
Speriamo che lei ottenga risultati soddisfacenti e le porgiamo per il momento cordiali saluti.

Burkhard Kaemmerling

Stampo l'e-mail e la mostro a Tom.

«Provare e riprovare, eh?» dice. Poi suona qualcosa.

Gli acuti hanno una voce! Hanno proiezione, un buon sostegno e molto colore. È la rotondità che desideravo, e che Tom non riusciva a ottenere con i vecchi martelletti. Dico a Tom che non voglio perdere quella rotondità, gli chiedo di cercare in tutti i modi di preservarla.

«Li intonerò soltanto un po'» dice. «Stasera potrai suonare e decidere se fare o meno il resto».

Modella i martelletti con una striscia di carta abrasiva con grana duecentoventi, larga meno di un centimetro. Poi, con un intonatore a tre aghi, Tom colpisce la superficie laterale del martelletto su entrambi i lati, nella posizione corrispondente alle ore due e alle ore tre del quadrante di un orologio, poi di nuovo dalle ore nove alle ore dieci, appena un poco. Picchietta leggermente la cima con colpetti leggeri, nel procedimento chiamato "messa in forma".

«Provalo» dice.

Mentre suono, si dedica a riporre gli strumenti. È in partenza per il North Dakota dove farà visita al padre che ha appena subito un intervento al cuore, e vuole che tutto sia a posto per il mese successivo.

«Mi piace molto» gli dico. Infatti non mi serve un mese per decidere. Gli acuti adesso sono decisamente splendidi. Solo che ora la scala suona come se fosse divisa in due pianoforti diversi, i bassi e tenori scuri e profondi intonati da Marc, e i gradevoli acuti dal suono brillante dei martelletti nuovi. I nuovi martelletti fanno sembrare i vecchi ancora più opachi di prima. In un attimo decido di voler dare al pianoforte un'unica personalità: quella dei martelletti nuovi.

A distanza di un mese, dopo che il padre si è ripreso, Tom torna per montare il resto dei martelletti nuovi. Il lavoro richiede un paio di giorni, e la visita potrebbe entrare a buon diritto degli annali dei *ménage à trois* pianistici come uno dei più faticosi e penosi che abbiano avuto luogo tra una pianista, il suo pianoforte e il suo tecnico. Tom arriva di primo mattino in un giorno di fine maggio, sapendo che lo attende una giornata piena e impegnativa. Si mette subito al lavoro.

Mi chiede di nuovo il permesso di rompere le code dei martelletti per poterli estrarre più facilmente dagli stiletti. Di nuovo lo supplico e infine lo convinco a cercare di lasciarli integri, fintantoché è possibile. Una volta rotti, i martelletti non potranno mai più essere utilizzati.

Così, per preservare i vecchi martelletti, Tom ci combatte per ore, nel tentativo di estrarli dagli stiletti con il suo luccicante strumento. Gli applico un pesante strato di crema e una benda sull'articolazione tra pollice e indice, in modo che non gli venga un'altra vescica. Ma al momento di occuparsi dell'ultimo martelletto della sezione dei bassi, ne ha abbastanza. C'è una nube scura sulla sua testa. Più di una volta borbotta quanto sia difficile fare questo lavoro in casa d'altri, lontano dalla familiarità e dalla comodità del suo laboratorio. Vado nel mio ufficio, in modo da dargli più spazio, e per evitare di dire o fare qualcosa che lo faccia scoppiare. Quando torno nel soggiorno, è intento a incollare l'ultimo martelletto. Sul tavolino, giace, in una fila ordinata, il vecchio set.

Tutte le code dei martelletti della sezione bassa sono rotte. Mi limito a guardarle e non dico nulla; è troppo tardi ormai per rimediare. Se non sarò soddisfatta dei martelletti nuovi, non ci sarà modo di tornare indietro.

Tom non si volta nemmeno. Sa che lo sto osservando. «Non c'era altro da fare, mi dispiace. Erano troppo duri per poterli togliere senza romperli».

Quel che è fatto è fatto, ma finché il suono degli acuti dei nuovi martelletti mi soddisfa, non sono troppo preoccupata. Nel corso del mese appena passato ho potuto godere del pianoforte per la prima volta da quando è arrivato qui. Raggiungo Tom alla tastiera. Sta scaldando gli stiletti con la sua piccola lampada da saldatore e raddrizzando i martelletti. È stata una giornata interminabile.

Alla fine Tom riposiziona la meccanica in modo che i tasti siano rivolti verso l'esterno. «Pronta?» dice. E mi siedo per suonare.

Quel che accade dopo è, per molti versi, troppo penoso per poterlo descrivere. Nel piano c'è qualcosa di terribilmente stonato. Ha un suono orribile. Stridulo. Aspro. Dalla cassa armonica del piano esce una quantità di suono spropositata, un suono che cozza contro se stesso fino a trasformarsi in un caos dissonante che si torce in un furioso tornado di tonalità squillanti, che mi feriscono letteralmente l'orecchio. Ogni traccia della personalità di Marlene che prima si celava nel piano ora si è completamente dissolta. Al suo posto è comparsa una brutta megera.

«C'è una specie di alta frequenza. Come un fischietto per cani. Credo che mi farà diventare sorda».

«Io non lo sento».

«È una frequenza molto alta. È come se le vibrazioni si scontrassero tutte l'una contro l'altra».

Tom tenta una prudente intonazione, ma la prima nota che cerca di addolcire muore come un palloncino punto da un ago. Tutta la rotondità, la complessità degli armonici è scomparsa, quando suono quell'unica nota. La rimpiazza con uno dei martelletti aggiuntivi che sono arrivati con il nuovo set.

Per la prima volta mi viene in mente che forse Tom, che ha superato i cinquant'anni, dopo averne trascorsi più di trenta ad accordare pianoforti, ha perso la capacità di udire le alte frequenze. È molto comune fra gli accordatori di pianoforti, e alcuni studi hanno avanzato l'ipotesi che le donne siano in grado più degli uomini di percepire frequenze molto alte. Forse lo squillo armonico che mi sta torturando è davvero paragonabile a un fischietto per cani.

Dato l'ultimo ritocco all'intonazione, riprovo a suonare il piano, ma i toni sibilanti ci sono ancora. Sono insopportabili. E Tom non può certo eliminare un tono che non è in grado di udire. E poi, non c'è nient'altro che possa fare per oggi. È stato un mese lungo per Tom, ed è stanco. Non sa come risolvere il problema. Su questo punto, la sua franchezza è totale.

«Hai delle strisce di tessuto?» mi domanda.

Apro l'armadio della biancheria, dove teniamo i materiali per impacchettare i regali. Trovo del nastro di grosgrain e ne tiro fuori una grossa matassa.

Tom prende il nastro e lo fa passare nei duplex posteriori del piano, spingendolo sopra e sotto le corde con l'aiuto di un cacciavite.

«A cosa serve?».

«Sto cercando di smorzare i toni sibilanti».

«Questo risolverà il problema?».

«È il massimo che posso fare per adesso».

Ora è tempo che torni a Coeur d'Alene. Raduna i suoi strumenti e mi lascia da sola ad affrontare quel che resta del mio pianoforte.

Mi avvicino di nuovo al piano con cautela, quasi fosse un animale feroce provvisto di corna. Abbasso il coperchio, per fare in modo che il volume di suono sia il più basso possibile, e provo a suonare ancora.

La sordina di stoffa ha attutito l'armonico sibilante, ma non l'ha eliminato. E continua a ferirmi l'orecchio. Allora abbasso il leggio e chiudo anche il coperchio, in modo che la cassa risulti completamente chiusa. Continua ad avere un suono orribile. Il timbro è aspro, metallico, duro. Come se mi stessero perforando l'orecchio con un trapano.

Non è possibile che stia succedendo. I nuovi martelletti dovevano essere la soluzione al problema! Copro il pianoforte con una pesante trapunta, nella speranza di placare quella sua voce bestiale. Riprovo a suonare. È un animale ferito, pericoloso. Non posso sopportare di toccarlo oltre. Mi viene da piangere. Squilla il telefono.

«Allora, come va il tuo pianoforte?». È Carl, sembra allegro e pieno di aspettative.

Chiudo gli occhi e trattengo il respiro. Quando finalmente parlo, mi sembra che la mia voce provenga da qualcun altro, debole e affranta com'è. Ma malgrado la mia profonda delusione non dico a Carl come mi sento. Mi sforzo, per il bene di entrambi, di far sembrare che sia tutto a posto. Forse non sono in grado di fare altro, in questo momento, perché se dico a Carl che Marlene è morta, il mio sogno potrebbe essere perduto per sempre.

«Credo che abbia solo bisogno di essere intonato un po'» dico a Carl, sforzandomi di parlare in modo calmo e ragionevole, benché il mio cuore sia straziato, come se il pianoforte fosse un prolungamento del mio corpo, come se il male fatto a lei fosse una ferita inflitta fisicamente a me. «Credo che i martelletti siano troppo duri. Liberano un armonico sibilante molto fastidioso».

«Dunque, che pensi di fare?».

«Puoi aiutarmi a trovare un intonatore?».

«Posso provare».

Per quale motivo io, una pianista principiante adulta, priva delle competenze di un tecnico o di un rivenditore, ho deciso da sola che il pianoforte ha solo bisogno di essere intonato? Perché non ho semplicemente detto a Carl quel che è successo, per vedere che cosa mi avrebbe offerto come soluzione? A questo punto, non lo so. Forse lui mi avrebbe detto di rispedire indietro il piano. In effetti, molti degli esperti che ho consultato – e alcuni dei miei amici su Piano World – mi hanno suggerito questa soluzione. «Cambialo con un altro e basta» dice Derick, quando gli racconto al telefono quello che è accaduto. «Carl ci può guadagnare ancora. Ne hai passate abbastanza».

Ma io non ho mai suonato altri Grotrian nuovi, non so se questo risolverà il problema. Non so ancora se è del Grotrian che mi sono innamorata, o dell'intonazione datagli da Marc. So solo che la voce per cui ho perso la testa era straordinariamente unica e speciale. Dubito di poterla ritrovare in qualsiasi altro strumento, a prescindere dalla marca e dal modello. Il suono di quella voce è ancora impresso nella mia memoria; mi chiama. Non sono pronta ad arrendermi.

Continuano a tornarmi in mente le ammonizioni di Marc su come la ricerca della perfezione possa distruggere la bellezza. Mi riecheggiano in testa le sue storie di pianisti così ossessionati dai propri pianoforti, in preda a un'angoscia tale per causa loro, da non riuscire a fidarsi più di nessuno, al punto che nessun tecnico è più disposto a lavorare per loro. Ora conosco per esperienza diretta quella penosa agonia. Ho paura di diventare uguale a loro.

Quando Oliver arriva a casa dal lavoro cerco le sue braccia come un balsamo per il mio dolore. Non c'è nulla che possa dire; capisce che il piano è in qualche modo diverso, ma il suo disturbo uditivo nelle alte frequenze è profondo, e tutto quello che può fare è abbracciarmi mentre piango. Non è la prima né l'ultima volta che mi meraviglia la sua disponibilità a offrire comprensione e conforto per la perdita di qualcosa che non ha mai conosciuto personalmente e che non è in grado di capire.

«Che devo fare?». In questo momento mi sento così impotente da rivolgere a lui questa domanda, la quale senza dubbio lo getta in uno stato di pari smarrimento.

«Dedicati al tiro al piattello senza usare protezioni acustiche» dice. «Diventa un tagliaboschi e dimentica di mettere le cuffie».

«Vuoi dire danneggiarmi l'udito?».

«Non so cos'altro dirti».

Proseguire lo studio del pianoforte diventa difficile. Riesco a suonare il piano solo portando i tappi auricolari, e i miei esercizi ne risentono. Trovo conforto in lunghe escursioni sulle montagne. È estate, e mentre passeggio sulle colline che circondano Missoula non volendo mi ritrovo a fantasticare sulla possibilità di vendere il piano e trovare un sostituto. Passo mentalmente in rassegna i pianoforti più memorabili che ho provato in due anni di ricerche. Forse uno di loro sarebbe stato perfetto per me, più di Marlene?

Dopotutto, rifletto durante queste pause in cui recupero, anche se solo per poco, un po' di equilibrio, Marlene si è rivelata un sogno, una chimera irrealizzabile. Non sarei forse felice con un altro pianoforte, meno volubile e complicato? Quel che è certo è che non avrei mai comprato questo pianoforte nelle condizioni in cui è ora. Prendo in considerazione persino la possibilità di abbandonare le lezioni di piano. Ti farai solo del male con questa ossessione, mi dico. Devi svegliarti da questo sogno.

E poi, una volta scesa dalle montagne, ricomincio a cercare un intonatore. Mi sforzo di essere pragmatica, non chiamo Carl chiedendogli di riprendersi il piano. Piuttosto mi lancio nell'impresa di trovare un eroe, un principe azzurro che risvegli Marlene dal suo sonno. Perché so che lei è ancora lì, benché addormentata, in quella cassa nera e lucente, se solo riuscissi a trovare il giusto soccorritore. Se non riesco o non voglio riscuotermi dal sogno del pianoforte perfetto, allora Marlene deve essere riportata in vita.

La prima persona a cui mi rivolgo è il venditore che in maniera così convincente mi ha consigliato di sostituire i martelletti. Sembrava sapere il fatto suo. Si è persino offerto di lavorare al mio piano. Forse è disposto a venire nel Montana a sistemare tutto. Era così ansioso di risolvere il mio problema, forse subodorava la possibilità di guadagnare qualcosa da questa storia?

Decido di scrivergli due righe.

Dunque, la regolazione è perfetta. Ho un controllo fenomenale sulla tastiera. Il timbro è relativamente uniforme. Comincio così, voglio prima riconoscere gli aspetti positivi.

> *Tuttavia il timbro più brillante ha creato un sibilo simpatico, armonici coincidenti che il mio tecnico ha dovuto smorzare con delle strisce di tessuto. Questo, in qualche misura, ha attutito il problema. Certo, l'intonazione è molto diversa da quella a cui sono abituata…*

Mi fermo un attimo, pensando a come formulare la richiesta.

> *So che questo pianoforte è capace di prestazioni molto superiori rispetto a ciò che può fare allo stato attuale, ho bisogno di un intonatore di prim'ordine, che abbia orecchio e competenze tecniche per far uscire tutte le potenzialità di questo strumento. Ha qualcuno da suggerirmi?*

La sua replica ha un tono molto diverso da quello della sua prima telefonata, quella in cui mi esortò a sostituire i martelletti. Il desiderio di aiutarmi si è dileguato.

> *La sua decisione di vivere ai margini dell'universo conosciuto limita drasticamente le opzioni a sua disposizione.*

Mi consiglia di controllare che le corde siano allineate e chiede se i martelletti erano preforati o se è stato il mio tecnico a praticare i fori sugli angoli.

Comunque spero che vada tutto per il meglio.

Incautamente, alzo la cornetta e digito il numero del suo negozio.

«Speravo che potesse indicarmi un intonatore, o magari, dato il suo interesse per il mio pianoforte, che potesse provare a fare qualcosa lei stesso».

«Io?» dice, con una risatina di scherno. «Oh cielo, no! Ho fin troppo da fare. Non potrei mai venire fin lassù. No, non so a chi si possa rivolgere, lì dalle sue parti».

«Non conosce nessuno in tutto il nord-ovest?» insisto.

«No. Forse uno dei nostri distributori».

«Dove si trova?» ho annotato il nome mentre lo diceva. «Qual è il suo numero?».

«Il suo numero? Beh, non ho il suo numero. Devo andare. Ho un cliente».

Riaggancia.

La persona in questione è uno dei suoi distributori e lui non ha il numero? Non suona credibile. Rintraccio il distributore senza troppe difficoltà. Si rivela una persona squisita, molto simpatica e felice di aiutare. Mi fornisce nomi e numeri di telefono di una dozzina di tecnici, e una breve descrizione di ognuno di loro, da Los Angeles a Chicago a New York. «Di' loro che ti ho mandato io» dice. «E per favore richiamami e fammi sapere com'è andata».

Poi telefona Carl.

«Ho l'intonatore per te. Chiama questo numero. È la migliore a New York, un genio. Le ho già parlato di te».

Prendo il numero e lo compongo immediatamente. Non risponde nessuno e non ci sono messaggi in uscita, solo un carillon con un medley scampanellante. Penso che forse ho composto il numero sbagliato e lo digito una seconda volta. Di nuovo, l'unico suono che proviene dall'altro capo è il medley eseguito da un carillon, così lascio un messaggio.

Nel frattempo scrivo un'e-mail alla Grotrian in Germania per avere dei riferimenti, e loro mi indirizzano ai loro altri rivenditori. Li chiamo e ottengo ulteriori suggerimenti da questi. In breve ho i nomi di diversi tecnici a Oakland, Mill Valley, Los Angeles, Chicago, Denver, Virginia e persino un paio nel Montana, molti a New York, ancora di più a Los Angeles, Seattle, San Francisco e così via. Ognuno di loro sembra molto interessato alla mia vicenda pianistica, e ognuno offre una propria ipotesi sull'origine del problema e sul modo di risolverlo. Hanno tutti opinioni molto nette che, alla fine della settimana, si trasformano in un groviglio caotico di voci discordanti.

«Gli armonici squillanti verranno via con la puntura in profondità».

«Personalmente sono contrario alla puntura. Uso il vapore, il suono risulta più gradevole e l'effetto è più duraturo».

«Il vapore è un ottimo metodo per fare esperimenti con effetti temporanei».

«Non si fanno esperimenti su questi pianoforti».

«Bisogna passarci sopra una lima di carta e torneranno in forma».

Quando riferisco al distributore statunitense dei martelletti Abel che sto raccogliendo così tante informazioni contrastanti, il suo commento è: «I buoni intonatori hanno sempre opinioni estreme».

I nomi che mi sono stati raccomandati almeno tre volte entrano nella mia *short list*. Ma molti di loro non rispondono alle mie telefonate, malgrado i miei reiterati tentativi di mettermi in contatto con loro. E il tecnico caldeggiato da Carl non mi ha richiamata. Provo di nuovo con lei. Questa volta la musica del carillon si interrompe e la donna risponde.

«Ho ricevuto il tuo messaggio» dice, in un contralto di gola. «In questo momento la mia vita è piena di così tante cose». Ha due vecchi gatti nel suo appartamento-studio, spiega, e se parte ha paura che possano morire in sua assenza. Uno dei due è malato. Come amante degli animali, la capisco.

«Mi piacerebbe venire nel Montana un giorno. Nel frattempo posso far arrivare il tuo pianoforte a New York a un costo contenuto. Ho una convenzione con dei traslocatori di pianoforti e, se lo portassimo nel mio studio, potrei occuparmene qui. In questo modo potrei farlo nel tempo libero».

«Ma non avresti bisogno della mia presenza, in modo che possa dirti che cosa voglio?».

«Oh, non potrei permetterti di stare qui a osservarmi mentre lavoro. Con gli strumenti seguo il mio istinto. Se tu fossi qui a dirmi che cosa vuoi, finirei per darti lacca e aghi e dirti: "fallo tu". Che tipo di martelletti hai?».

«Abel».

«Sono abituata ai martelletti Steinway. Potrei essere tentata di togliere gli Abel e montare gli Steinway. Oppure procedere come se si trattasse di martelletti Steinway».

«Hai mai lavorato su dei Grotrian prima d'ora?».

«Una volta avevo un Grotrian di due metri e venti, un vecchio modello. I pianoforti europei hanno tutti lo stesso suono, molto chiaro».

Non corrisponde alla mia esperienza, ma decido di non contraddirla.

«Spediscimelo» aggiunge. «Oppure spediscilo al deposito di Carl e ci lavorerò lì. In questo modo potrai venire in aereo e decidere di tenere o meno il pianoforte dopo che l'avrò intonato. Se non lo vorrai, il piano sarà già da Carl e lui potrà spedirtene un altro. Oppure, se la cosa va avanti da molto – e mi sembra che sia così –, fattelo cambiare subito».

Una volta chiusa la comunicazione, chiamo Carl. «Dice che dovrei spedirle il piano».

«No, non è il caso. Dobbiamo trovare qualcos'altro. A Los Angeles c'è un tecnico. Si veste come Elvis. È davvero bravissimo. Dovrò cercare di scoprire il suo nome. Lo conosco solo come Elvis».

Elvis! Carl ha detto che pagherà lui per l'intonazione, ma quanto a individuare il tecnico giusto sembra che dovrò cavarmela da sola.

18

Gli intonatori

Tre anni dopo il mio primo incontro con Marlene, e due mesi dopo che Tom ha montato i martelletti nuovi, il mio sodalizio con il pianoforte attraversa una fase critica. Non solo l'armonico sibilante è insopportabile, ma alcune note acute si sono indebolite dopo che Tom le ha punte nel tentativo di ammorbidire il suono. Ora il piano è peggio che mai, un disastro stridulo, una petulante megera, e io non provo nulla per lei. Non mi preoccupo di accenderle l'umidificatore, né di proteggerla con lo scialle rosso. Non voglio toccarla. Sono in lutto.

«Ti comporti come uno che si è comprato una Lamborghini e poi si lamenta perché il meccanico del quartiere gliel'ha rovinata» dice Oliver, che ormai ha sentito parlare di pianoforti così tanto da averne abbastanza per tutta la vita. «Che cosa ti aspettavi?».

Trovo maggiore indulgenza presso i miei amici di Piano World. Rich e Derick mi aiutano a decidere quale ingaggiare tra i molti tecnici che ho interpellato. Rich conosce un tecnico Grotrian che ha promesso di mandarmi, una volta che sarà rientrato dal Sud America.

«Non credo che dovresti venderlo» dice Rich. «Lo rimpiangeresti a vita. Quando sei stato in cima alla montagna, non vuoi tornare indietro».

Sì, penso, lo so. Ma in questo momento sono più che mai lontana dalla vetta.

L'anno scorso ho assistito Derick nella sua personale agonia pianistica con un Falcone a coda. Ha finito col venderlo, e ora è anche lui alla ricerca di un bravo intonatore per il suo nuovo piano da concerto Bösendorfer Imperial. Derick è molto più esigente di me, ossessionato dal bisogno che ogni singola nota sia perfetta in ogni momento.

«Sembra un banjo!» gemo al telefono con Derick.

«Rimandalo indietro, Perri» dice. «Pensa alle ipotesi peggiori».

Ho un terribile mal di testa a forza di pensarci e a forza di lambiccarmi il cervello per decidere chi far lavorare sul mio piano. Mi preoccupa quello che mi ha detto un tecnico: «Sembra che la cosa vada avanti già da un bel po' di tempo, e presto nessun tecnico vorrà lavorare per te».

Telefono a Wally Brooks, il distributore statunitense dei martelletti Abel. Magari lui è in grado di dirmi a chi è meglio affidare l'intonazione del mio pianoforte.

«In questo paese nessuno è in grado di intonare quei martelletti» dice Wally. «Sono molto più duri di quelli che vendo io. Più simili a quelli di un Bösendorfer. Si rivolga a un intonatore Bosie».

Trascorro un'ora al telefono con un tecnico della Bösendorfer di New York. Ammette di non aver mai suonato un Grotrian. Però ha effettuato delle intonazioni per Carl, così chiedo a Carl cosa ne pensa di lui.

«Non è la persona adatta» dice Carl. «Farà somigliare il tuo piano a un Bösendorfer!».

Riferisco a Derick del tecnico Bösendorfer; ne è allarmato.

«Perché non chiami di nuovo Marc?» suggerisce Carl.

«Mi piace molto il lavoro di Marc, Carl, ma non dura» rispondo. «Io abito lontano, ho bisogno di un'intonazione stabile. Per di più, Marc ha sempre così tanto da fare. Non posso contare su un suo intervento regolare».

Un rivenditore Grotrian su Piano World mi offre il suo miglior tecnico al costo esorbitante di mille dollari al giorno, per minimo tre giornate di lavoro, più le spese di viaggio e i pasti. La prendo come l'espressione del suo livore per il fatto che non ho comprato il pianoforte da lui.

Ricordo che Darrell e Heather Fandrich, i proprietari della Fandrich & Sons Pianos a Stanwood, Washington, passano per Missoula ogni estate diretti verso il North Dakota per far visita alla famiglia. Heather dice che Darrell può sicuramente fare qualcosa; mi richiamerà non appena avranno deciso quando partire. Ma altre persone nell'ambiente dei pianoforti, probabilmente confondendo Darrell con suo fratello Del, mi dicono che Darrell si limiterà a dirmi che il piano deve essere riprogettato. «Lascialo perdere» mi dice uno dei miei consiglieri. Non avendo più notizie da Heather, smetto di cercarlo.

Sento parlare di un tecnico di Los Angeles, uno dei migliori intonatori del paese, mi hanno detto; trascorre le vacanze nel Montana ogni estate. Eccitatissima all'idea che possa essere quello giusto, gli lascio diversi messaggi in segreteria telefonica. Un giorno rientro a casa e trovo questo messaggio di risposta: «Io trascorro le vacanze nello Yellowstone» puntualizza, con il tipico accento della valle, come se si trattasse di una domanda. «Non verrei a Missoula per nessun motivo al mondo».

Accidenti, grazie per avermelo detto.

Nel giro di un mese, parlo con più di trenta tecnici di ogni parte del paese. Quasi tutti si dicono fiduciosi di riuscire a risolvere il mio problema, ma come faccio a sapere qual è quello giusto? Anche se alcuni hanno un'eccellente reputazione, questo significa anche che hanno i miei stessi gusti? Significa che ameranno e comprenderanno il suono che sento dentro di me? Potrei andare a sentire come lavorano, e significherebbe scommettere il tutto per tutto. La posta in gioco è troppo alta. Devo scommettere sul cavallo vincente.

Se ne sta in piedi sul marciapiede, di fronte all'uscita del ritiro bagagli: un alto fuscello di uomo, pallido e dall'aria intellettuale coi suoi occhiali dalla montatura filiforme, gli occhi cerchiati di rosso e incavati nella faccia sottile e una zazzera di capelli grigio topo che gli ricade maldestramente sulle sopracciglia. Il pizzetto lo fa sembrare austero, perfino professorale, finché non sorride alla vista della mia station wagon e mi saluta agitando la mano. Carico il suo trolley grigio, pieno di pesanti strumenti, sul sedile posteriore.

Ci siamo già incontrati nel periodo in cui ero alla ricerca di un pianoforte, nel negozio di cui in passato era co-proprietario. Ha diretto il Dipartimento di Tecnologia Pianistica dell'Università di Washington, è stato editor del *Piano Technicians Guild Journal*, ha insegnato l'arte di accordare e regolare a innumerevoli giovani tecnici, ha provveduto alla revisione tecnica del libro di Larry Fine *The Piano Book*. Ha preparato pianoforti per Ivan Moravec, per Murray Perahia e per Alfred Brendel, di cui è nota la puntigliosità, per i concerti al Meany Hall. In più, è lui stesso un pianista, sposato con una pianista; insieme, insegnano ai tecnici come relazionarsi con i clienti. Di tutti i tecnici che ho preso in considerazione, quest'uomo è l'unico su cui nessuno, nell'ambiente, ha potuto spendere una parola negativa, l'unico a essere stato elogiato all'unanimità. Nel settore spesso spietato del pianoforte, considerando le gelosie meschine e il narcisismo che caratterizza i tecnici di alto livello, si tratta di un vanto non da poco. È quanto di più vicino a una scommessa sicura io sia riuscita a trovare, e ha accettato di venire a Missoula a un prezzo che Carl e io possiamo sostenere.

«Grazie di essere venuto!» grido per farmi sentire nel rombo dei motori degli aerei in partenza sulle piste.

«Non c'è di che» risponde Steve Brady mentre mi si siede accanto. Poi l'orologio comincia a ticchettare. Abbiamo a disposizione dieci ore.

Prima che Steve possa fare qualcosa, dobbiamo parlare. «Bisogna intendersi sul significato da dare alle parole» dice mentre ci sediamo insieme di fronte al piano. «Noi impieghiamo gli stessi termini, ma abbiamo idee diverse sul loro significato».

Descrivo a Steve, meglio che posso, com'era prima Marlene, il suono che mi aveva fatta innamorare.

«Quello di cui stai parlando si chiama *head room*» dice Steve. «Come in una macchina». Tamburella con il pugno su un immaginario soffitto dell'auto sopra di sé. «Possedere *head room* significa disporre di un'ampia gamma dinamica e di sfumature di suono».

Per prima cosa, dichiara, controllerà ogni vite e ogni bullone del pianoforte. Una volta verificato che tutti sono in buono stato e ben stretti, e che tutte le corde sono fissate come si deve ai perni del ponticello, si infila un grembiule nero sopra la camicia turchese e l'abito kaki e con l'aiuto di un trapano elettrico svita i montanti laterali, agile ed efficiente.

«Individuiamo un paio di note messe davvero, ma davvero male e vediamo che cosa possiamo fare con quelle».

Suona un notturno di Chopin, poi un intermezzo di Brahms. Il suo tocco è sensibile, molto musicale. Mi auguro che come intonatore sia bravo anche solo la metà di quanto lo è come pianista. Libera le corde dalle strisce di cotone in cui le ha avvolte Tom e me le porge in un gomitolo. Poi si mette a suonare di nuovo.

«Sembra che il problema principale sia completare l'intonazione che hanno cominciato in fabbrica. Questo La5 ha un suono davvero pessimo». Lo suona più volte. Controlla che tutte le corde siano allineate, poi estrae completamente la meccanica dal pianoforte e la depone sul tavolino. Si inginocchia di fronte al piano ed esamina l'interno della cassa nei suoi anfratti più remoti. Anche io mi metto in ginocchio e guardo dentro insieme a lui. Non ho mai guardato tanto a lungo l'interno di un pianoforte, lo spazio che si cela dietro la meccanica. C'è uno strano arnese lì in fondo. Che cosa c'è là in fondo?

«È la meccanica degli smorzatori» dice Steve, guardandomi stupito. Forse avrei dovuto saperlo, ma la mia conoscenza del pianoforte è tutt'altro che vasta.

«È fantastico!» esclamo, sinceramente colpita dalla complessità meccanica dello strumento. La meccanica degli smorzatori, un intero nuovo universo da scoprire.

Steve ride gentilmente e mi dà una pacca sulla spalla. Credo che avverta l'intensità del mio interesse, perché d'un tratto passiamo a una modalità di comunicazione diversa, ora siamo maestro e allieva.

«Ci sono tre fattori che determinano il timbro del pianoforte» spiega Steve, pizzicando una corda di basso da sotto gli smorzatori e guardandomi con intensità, come se mi invitasse ad ascoltare attentamente. «C'è il *tono base*, o fondamentale. È quello che definisce la nota».

Pizzica ancora la corda, questa volta davanti agli smorzatori. «C'è il *clangore*. È quello che incrementa la definizione e la potenza della nota».

Pizzica la stessa corda nella parte frontale, appena prima dell'agraffe. «Poi c'è il *fruscio*, il colore. È quello che conferisce brillantezza. Il nostro obiettivo è trovare il giusto equilibrio fra queste tre componenti. Il tuo pianoforte abbonda di *clangore* e di *fruscio*, e manca di *tono base*. Ci dedicheremo al La5 finché non troveremo un equilibrio che ci soddisfi».

Steve decide di occuparsi prima del *fruscio*. «Liberiamoci di questo sibilo molesto». "Addolcisce" il martelletto – con punture poco profonde della superficie del feltro – nelle immediate vicinanze del punto di battuta. «Andiamo giù di qualche millimetro. Solo per scalfire un po' la superficie. È una questione di rapporto tra segnale e rumore di fondo. Noi vogliamo più segnale e meno rumore».

Fa scivolare la meccanica al suo posto e prova a suonare la nota, premendo il tasto una dozzina di volte, a volume sempre più alto. «Quante gradazioni di volume posso ottenere? Da dieci a dodici è l'ideale. Proviamo con un'altra nota, facciamo qualcosa di diverso e stiamo a vedere che succede».

Stavolta cerca di attenuare un Re bemolle. Così come ha fatto con il La, lavora il feltro colpendolo delicatamente con il manico dell'intonatore. Punge in profondità la superficie laterale, alla ricerca di quello che chiama un suono "più grasso". Poi suona di nuovo la stessa nota.

«È un suono diamantino» dice accarezzando il tasto mentre ascoltiamo insieme. «Noi vogliamo un suono perlaceo». Accosta al martelletto un pezzo di legno ricurvo coperto di carta abrasiva a grana quattrocento, e leviga il feltro. Poi reinserisce la meccanica e preme di nuovo il tasto. «Senti il *tono base* così?».

Più tardi, quella sera stessa, mentre ceniamo in un ristorante del posto, Steve mi parla ancora del lessico che si usa per definire il timbro dei pianoforti. Essendo un conoscitore di vini, sceglie un pinot nero che desidera gustare insieme a me. Al primo sorso, mi chiede di descriverlo.

«Cupo, caldo, complesso» comincio.

«È come se stessi descrivendo il timbro di un pianoforte» dice Steve. «Ogni vino ha un suo sapore distintivo, così come ce l'ha un pianoforte».

«Sì!» rido, felice per la sintonia che abbiamo raggiunto, e bevo un altro sorso. «Sì, la penso esattamente allo stesso modo!».

«Bene! Questo ci aiuterà a comunicare meglio per quanto riguarda il tuo pianoforte. Bevi un altro sorso».

Eseguo, schioccando la lingua.

«All'inizio c'è l'attacco, giusto?» suggerisce Steve, mentre rimugino sulle note di sapore. «Quella è la nota dominante. Poi attenta a quel che c'è nel mezzo: cresce? Oppure si spegne rapidamente? Poi c'è il retrogusto del vino, paragonabile al lento svanire della nota».

Sto esplorando la timbrica del pianoforte con le papille gustative. È esaltante.

Confesso a Steve che sto cominciando ad accarezzare l'idea di imparare a intonare io stessa, dato che vivo a così grande distanza da qualsiasi altro esponente della categoria.

«Accordare è molto più difficile che intonare, ed è un processo molto lungo» replica Steve. «L'intonazione dipende al novanta per cento dall'accordatura, quindi è necessario essere un tecnico completo prima di accostarsi all'intonazione».

Steve stesso è stato un pianista prima di diventare tecnico. «Io faccio l'unica cosa che so fare» afferma. «Ho molta attitudine per la meccanica. Un vero e proprio senso del timbro. Poi c'è il mio amore per la musica, la mia ossessione verso i pianoforti. Non posso immaginare di fare nient'altro, e di farlo altrettanto bene».

Dopo aver accompagnato Steve al suo albergo, mi siedo di nuovo davanti al piano. Steve è solo a metà del lavoro di intonazione, ma dato che domani ha il volo alle tre e mezzo del pomeriggio, la variabile tempo sarà fondamentale. Passo un'ora ad analizzare il tono e a prendere appunti, in modo da potergli dire quello che desidero domani mattina appena lo vedo.

Il registro dei soprani ha come un'asprezza – un'eccessiva estroversione –, ha bisogno di maggiore spessore, di più complessità. I bassi producono una quantità di rumori molesti, suoni metallici e vibranti provenienti dalla meccanica. Vorrei un timbro più scuro, più lunare, scampanellante, dolce, caldo. Il pianissimo è difficile da ottenere. L'attacco iniziale è troppo freddo, penetrante, ci vorrebbe un suono più rotondo…

La mattina successiva Steve guarda i miei appunti e scuote la testa. «Dovresti fare uno di quegli sport in cui si urla, perché senti veramente ogni minima cosa» commenta. Suona di nuovo il piano, per riabituarsi al suono; ancora Chopin e Brahms. Ascoltarlo suonare è meraviglioso.

Sono già le dieci. Steve doveva noleggiare alcuni strumenti e per fortuna Jeff Stickney, l'accordatore che aveva sistemato il mio pianoforte quando mi è stato consegnato, è stato felice di prestarglieli ed era disponibile a colazione. Ora abbiamo una pistola puntata alla tempia, il ticchettio spietato dell'orologio ci spinge a fare in fretta.

Steve affonda gli aghi nei martelletti con piglio deciso e autoritario. Poi batte sulle fibre di lana con il manico dello strumento per appiattirle. I martelletti dovevano essere veramente molto duri, per richiedere di essere punti così tanto.

Steve è concentratissimo, e io sono in preda a un'ansia terribile. Non possiamo permetterci di chiacchierare né di discutere. La mia ansia diventa insostenibile, la posta in gioco è troppo alta, e le lancette dell'orologio avanzano inesorabilmente. Ho la sensazione che i miei piedi tocchino appena il pavimento, come se mi muovessi in una sorta di fluido denso che distorce tutto quel che sento e che vedo. Così decido di togliermi di mezzo. Faccio due passi nel cortile, sfrondo le rose, tiro via qualche erbaccia. Per un po' me ne sto sulla veranda a leggere. Cerco di restare a disposizione, ma di non intralciare.

«Vuoi venire a dare un'occhiata adesso?». Steve sporge la testa fuori dalla porta sul retro. Ci scambiamo di posto, e Steve si rilassa nel sole di luglio mangiando il sandwich che gli ho preparato, mentre io mi dirigo verso il piano per suonare.

Ora riesco a distinguere alcune note nitide e altre dal suono ancora opaco. I bassi e i tenori continuano a ronzare. Prendo appunti su ciò che sento. Steve torna e percorre rapidamente la scala cromatica da un capo all'altro, individua le note che stonano o che hanno qualche difetto, e le punge con gli aghi. Suona ancora un po'. Suono io. Effettua qualche altro intervento di intonazione. Somministra dei colpi agli stiletti per raddrizzarli, fa combaciare i martelletti con le corde, controlla tutte le regolazioni che possono influenzare il timbro. Le lancette dell'orologio continuano a girare. Comincio ad annunciargli il tempo che manca al momento di andare in aeroporto.

Steve mi chiede di suonare ancora. I tenori e i bassi, semplicemente, non rispondono alla puntura. I difetti persistono. Comincio a temere che se ne andrà senza aver risolto il problema del sibilo. Steve prende in mano un paio di pinze con le estremità smerigliate all'interno della morsa. «È un procedimento molto discusso, ma l'ho imparato da Wally Brooks». Afferra i martelletti per la sezione centrale e, uno per uno, li stringe nelle fauci delle pinze modificate. «Questo farà fiorire il suono».

Reinserisce la meccanica, percorro rapidamente la scala e alla fine gli armonici sibilanti sono scomparsi. È di nuovo possibile suonare il piano. «Ci sei riuscito! Grazie!». Mi chino sulla tastiera, suono il mio valzer di Chopin. Non è Marlene, ma è un buon pianoforte.

«Ti piace un suono eccezionalmente scuro, caldo» osserva Steve vedendo la mia reazione al nuovo suono. «Vorrei vedere i martelletti che Tom ha tolto dal tuo piano. Hai detto che li hai conservati, vero?».

Gli prendo la scatola di cartone con dentro i martelletti di Marlene, accuratamente avvolti nella carta marrone. Steve preleva qualcuno degli acuti e lo stringe pensosamente fra le dita. Poi saggia la consistenza di alcuni martelletti della sezione tenorile.

«È davvero strano, sono morbidi in cima e duri ai lati».

«Tom ha usato del trattamento per legno».

«Il trattamento per legno è una buona idea» commenta, esaminandoli ancora. Li rimette a posto e si volta verso di me. «Ma mi dispiace doverti dire che avrei potuto intonarti questi e permetterti di conservare il tuo pianoforte originale».

«Quel che è fatto è fatto» dico con un'alzata di spalle. «Ormai non posso tornare indietro». Ma sento una terribile fitta di rimpianto. E se avessi ignorato l'intrusione del venditore che mi ha consigliato di sostituire i martelletti? Tom stava facendo lenti, cauti progressi. Ora mi sento arrabbiata e pentita.

«Hai quel che serve per essere un buon tecnico, Perri. Hai l'orecchio necessario» dice Steve. «Le persone come te e me cercano sempre di crescere, vogliono nuove complessità, nuove sfide. Io so di essere così e vedo che lo sei anche tu. Più asseconderai questo istinto, più sarai felice».

«Mi piacerebbe molto diventare intonatrice» rispondo. «Ma quando avrò imparato ad accordare a livello concertistico, cioè fra vent'anni, il mio udito sarà bello che andato!».

Ridiamo entrambi. Poi, consapevole del tempo che passa, gli rivolgo la domanda che mi preme di più.

«Steve, il piano ora va bene, è un miglioramento significativo. Però non è il piano di cui mi sono innamorata. Lo riavrò mai?».

Steve fa per cominciare a parlare, poi si trattiene e china un momento il capo riflettendo. Risponde molto lentamente.

«Il meglio che puoi fare è ricordare a te stessa che ci sono cose di questo pianoforte che ti piacciono davvero e che ci sono ancora».

«Dovrei venderlo e trovarne un altro?».

«Avrai questi problemi con qualsiasi pianoforte. È così, a meno che tu non ti sia infatuata di un piano quando era nel suo stato elementare, prima dell'intonazione finale. Nel tuo caso, il suono che ti attrae è il risultato di un trattamento dei martelletti piuttosto inconsueto; quel timbro dipendeva tutto dal modo in cui erano stati trattati i martelletti. Hai perso la testa per un'illusione».

Steve mi guarda per misurare la mia reazione a quelle parole, poi attenua la sua posizione. «Ma credo sia possibile avvicinarsi a quello che desideri, lo penso davvero. Solo che in queste cose mi muovo con gradualità, perché c'è un livello intermedio che per la maggior parte delle persone è un buon suono, ed è quello che abbiamo».

«Che cos'altro si può fare?».

«Nel registro degli acuti non resta molto da fare. Puoi riportare i bassi e i tenori alla loro resa originaria. Ogni set di martelletti presenta delle leggere differenze rispetto agli altri, per cui non ci sono garanzie. Un intonatore esperto, con del tempo a disposizione, può farcela. Riesco a sentire il suono che cerchi, a immaginarlo. Due pianoforti su cui ho lavorato in passato avevano esattamente quel suono, e uno era un Grotrian. Molta potenza, ma una totale assenza di durezza».

Dobbiamo avviarci verso l'aeroporto. Steve riavvolge la sua borsa portastrumenti e la carichiamo in macchina. Mentre ci avviciniamo al suo volo di ritorno, Steve accenna alla possibilità che io venga a Seattle per effettuare insieme qualche esperimento di intonazione sul Falcone a coda di sua moglie, in modo che lui possa capire meglio che cosa cercare la prossima volta.

«Ma a tua moglie non dispiacerà che modifichiamo il timbro del suo piano?».

«I principianti si appassionano molto più dei professionisti a cose come l'intonazione» dice Steve. Adesso abbiamo accostato di fronte all'ingresso dell'area partenze dell'aeroporto. «Molti concertisti sono piuttosto facili da accontentare. Hanno passato così tante ore a battere sui tasti nelle aule di esercitazione, che le loro aspettative si sono abbassate. Mia moglie è appena tornata da un'esibizione a Budapest e ha detto che i pianoforti erano atroci. Eppure ha suonato. Sono abituati a suonare qualsiasi pezzo di legno gli mettano davanti».

Ci penso su. È un'idea su cui sospetto che mi soffermerò ancora nei prossimi giorni.

Quando rientro in casa, il telefono sta squillando. Armeggio frettolosamente con la porta sul retro e corro a rispondere prima che scatti la segreteria. «Allora?» è Rich, con il suo tono allegro e ottimista. È ansioso di sapere come è andata.

«Beh... posso smettere di mettermi i tappi alle orecchie» rido, un po' trafelata. «Ha ripristinato l'intonazione di base, eliminando il sibilo».

«Magnifico!».

«Sì, Rich, ma io non avrei mai comprato questo piano. Non avrei rifinanziato casa per avere questo piano. È un buon pianoforte, ma non è quello di cui mi sono innamorata».

«Concediti un mese per suonarlo prima di decidere».

«È quello che ho deciso di fare».

«Ma se decidi di venderlo, fammelo sapere. Potrei essere molto interessato».

«Non dirmi che sei di nuovo a caccia di pianoforti!».

Molti dei tecnici che ho consultato il mese scorso mi chiamano per sapere come va. Con uno di loro mi rammarico del fatto che il Grotrian non è quello che era prima.

«Questo non sarebbe possibile» replica Dave Lovos, che ha fatto il tirocinio alla Bösendorfer di Vienna, ma ora costruisce chitarre. È un tipo molto pragmatico. «Anche se la marca e il modello dei martelletti sono gli stessi, con le stesse specifiche, è diversa la lana, perché proviene da pecore diverse, è stata lavorata alla pressa da operai diversi. Certo, hanno standard rigorosi, ma non può essere la stessa cosa».

«Allora non è più lo stesso piano?».

«*È* lo stesso piano» insiste Dave. «È lo stesso. Mia moglie ha avuto un incidente d'auto e ora non può più camminare. Non può più arrampicarsi. Si può dire che non sia più la stessa persona?».

Non aspetta la mia risposta. Sono sconcertata da questa confidenza personale.

«La domanda davvero importante è: l'esperienza che hai avuto di questo pianoforte viene dallo strumento stesso? O dipende da qualcosa che è fuori da te?».

La domanda mi prende alla sprovvista. Ma non appena richiamo alla mente l'irresistibile momento di esaltazione che il piano mi ha regalato la prima volta, il senso del contatto con un altro spirito, d'un tratto mi rendo conto che sì, ho vissuto quell'esperienza fuori dal pianoforte. Quando mi sono trovata sola tra le montagne, quando ho fatto l'amore, quando mi sono resa conto del mio ruolo nel mondo. Il piano mi ha riportato a quell'esperienza, ma Dave ha ragione, non si tratta dell'esperienza in sé.

Ora ho un modello mentale più sostenibile, come è più sostenibile il tono del mio pianoforte. La metafora del matrimonio sembra ogni giorno più calzante: mi rassegno a concentrarmi sui lati più positivi del piano, e lo apprezzo per quello che è oggi. Posso ancora decidere di venderlo, ma finalmente sono libera di tornare a concentrarmi sullo studio della musica.

E poi, un giorno, ricevo una telefonata che non mi aspettavo.

«Ciao Perri, sono Heather Fandrich. Saremo a Missoula domani pomeriggio e possiamo fermarci a occuparci del tuo pianoforte, Darrell ha portato con sé gli strumenti».

I Fandrich sono di ritorno dalla loro annuale vacanza nel North Dakota. Me ne ero completamente dimenticata. Ricordo vagamente che qualcuno – ma non so più chi – mi aveva sconsigliato di far intonare il piano da Darrell.

«Oh-oh! Sai, non sentendoti più, sono andata avanti e ho fatto venire Steve Brady a intonare il piano. È venuto qui solo due settimane fa».

«Beh, in questo caso, Darrell potrà uniformare l'intonazione».

«È già abbastanza uniforme».

«Ti chiamo quando arriviamo in città».

Dopo aver riagganciato, invio a Steve un'allarmata e-mail chiedendogli soccorso:

Che devo fare? Vorresti sapere che cosa ne pensa Darrell? O è meglio che domani non mi faccia trovare?

Per fortuna, Steve risponde immediatamente:

Darrell è un intonatore esperto. Sono molto interessato a conoscere la sua opinione. Fatti dire che cosa farebbe lui per ripristinare il suono che desideri, ma spiega che non vuoi che adesso venga fatto niente.

Non lo sappiamo ancora, ma sarà più facile a dirsi che a farsi.

«Scusami, dove è il piano?» chiede Darrell Fandrich, con un tono di impazienza che taglia corto con le formalità, gli occhi rivolti solo al Grotrian che giace in fondo alla stanza. Manca poco che si precipiti attraverso la porta d'ingresso. «L'ultima volta che ho toccato un Grotrian nuovo è stato venticinque anni fa!».

Prima che io possa aggiungere una parola, si è seduto di fronte allo strumento; accarezza con dita tremanti il coperchio della tastiera.

Spiego subito a Darrell che il piano è stato appena intonato e accordato, ma non sembra ascoltarmi: tutta la sua attenzione è concentrata sul Grotrian. Suona una versione sognante, leggermente jazzata, di *Somewhere Over the Rainbow* e si volta verso di me.

«Sì, capisco che cosa non ti soddisfa».

«Già, senti quell'"ululato"?» osserva Heather, che ci ha seguiti in casa. «È quel che chiamo un suono nasale».

Darrell prende la valigia rigida marrone che ha con sé e la apre. È piena di strumenti da intonazione. Estrae un utensile d'ottone dal manico di mogano levigato per farmelo osservare. L'impugnatura è la più bella che abbia mai visto. «L'ho preso in Germania. E guarda questo, l'ho realizzato io stesso».

Quest'altro strumento, fatto artigianalmente con finezza quasi pari a quella dell'esemplare tedesco, ha un cappuccio circolare fatto di minuscoli aghi, stretti tra loro come le setole di uno spazzolino da denti. Il manico è in ottone, con la base piatta. «Uso l'estremità con gli aghi per massaggiare leggermente il punto di battuta, mentre l'estremità del manico serve a battere il feltro dei martelletti». Ne estrae numerosi altri. Sono tutte invenzioni di Darrell, e spesso li vende anche ad altri intonatori.

«Immagino che non tutti gli strumenti di cui gli intonatori avrebbero bisogno per le loro varie tecniche siano in produzione» osservo.

«Proprio così!» dice Darrell, e si rivolge di nuovo al piano, per eseguire ogni nota singolarmente e ascoltarla. «Eccone una che non va!» osserva quando arriva al Si bemolle che mi ha tormentato più di tutti.

Senza aggiungere altro, svita il coperchio e i fianchi e li rimuove, toglie il frontalino di blocco della tastiera ed estrae la meccanica dalla cassa tenendola tra le braccia.

«Il piano è già molto uniforme» gli dico nervosamente. «Non vorrei perdere questa uniformità».

«Non me ne andrò di qui finché questo pianoforte non sarà perfettamente uniforme» dice Darrell. «Vediamo che si può fare per ovviare al sibilo. Sai, in passato ho venduto dei Grotrian, anni fa, quando avevo un negozio di pianoforti. Ho avuto sempre un Grotrian in casa. Non c'è nulla di paragonabile. Sono così eterei, magici, eppure potenti e melodiosi».

«Sì! Beh, è così che era il mio pianoforte un tempo» dico con tristezza, molto sorpresa nell'apprendere che Darrell conosce e capisce i Grotrian. «Pensi che tornerà mai a essere quello di una volta?».

«Oh, sì. Credo di sì. Ma può darsi anche di no. È la natura di questi pianoforti. Tutti i Grotrian che ho suonato sono così. Vedi, nessuno in questo paese è in grado di riprodurre il tipo di intonazione che praticano nella fabbrica Grotrian. Sono dei maestri in questo, sanno esattamente che cosa fare, e lo fanno rapidamente. Hanno strumenti che nel nostro paese non ha nessuno. Ma, vedi, l'intonazione effettuata in fabbrica svanisce dopo cinquecento ore di utilizzo, dopodiché ci si ritrova nella situazione in cui sei tu adesso».

Prende prima lo strumento tedesco e affonda gli aghi nella parte inferiore della superficie laterale del martelletto, poi estrae una lunga striscia di carta smerigliata e sfrega via uno strato di feltro dalla punta del martelletto. Riposiziona la meccanica dentro il piano e suona di nuovo la nota.

«Sì! È questo!» grido. «Senti quella rotondità? Deve essere un timbro rotondo, pieno, profondo, potente ma nitido. Al momento il tono dei bassi è troppo piatto e opaco».

«È vero» dice Darrell. Esegue la stessa nota e quelle vicine. Suona tre note adiacenti e mi chiede di dirgli che cosa sento. «Hanno le stesse caratteristiche?».

«Il Do è opaco. Il Re è più squillante, più chiaro. Il Mi è più dolce» gli rispondo.

«Giusto!» dice. «Sa ascoltare» dice rivolgendosi a Heather.

Racconto loro di come mio padre mi abbia educata all'ascolto fin da quando muovevo i primi passi. Di come mi interrogava quando sentivamo la radio.

«Vorrei che qualcuno avesse educato in questo modo il mio orecchio in così tenera età» dice Darrell, con qualcosa che somiglia a sincera invidia.

Darrell suona la nota che ha corretto, per fissarsi in testa il timbro. Delle quattro note corrette, una ha il suono che ricordo in Marlene, quel suono profondo, ricco, glorioso, misterioso. «Questo!» sto per esplodere. «Questo è il suono! Falle diventare tutte come questa!». Lo sto quasi implorando.

«D'accordo!» acconsente l'intonatore, ed estrae la meccanica prendendola tra le braccia. Si dispone a trafficare con aghi, carta abrasiva e lime, estraendo e rimettendo la meccanica nel piano con la rapidità dell'esperto per controllare le note man mano che il lavoro procede. I capelli grigi gli ricadono ai lati del viso e le spesse lenti riflettono il bianco dei tasti del pianoforte.

Quando verifica di nuovo le note, i bassi hanno un suono rotondo, se non esattamente quello che ricordavo, almeno con tutte le potenzialità per diventarlo.

«Che te ne pare?» chiede Darrell, eseguendo una scala mentre solleva lo sguardo dal suo lavoro per guardarmi. Sono appoggiata al fianco del piano, la mano come un artiglio sul bordo.

«Dunque, il sibilo è scomparso, ma mi chiedo se tu non possa anche restituirgli la profondità e la potenza che aveva. Possedeva così tanto calore e mistero».

«Tu hai una tua intima visione acustica del timbro che cerchi» osserva Darrell. «Questo è fantastico, è metà dell'impresa. Devi rimanere fedele a questa visione, non permettere a nessuno di dirti che devi accontentarti di qualcosa di meno, in questo modo otterrai quello che desideri».

Ammutolita da questa affermazione, dal riconoscimento e dalla legittimazione della mia visione della musica, raggiungo Heather sul divano, sforzandomi di contenere l'emozione. Nessuno mi aveva mai detto cose simili prima d'ora. Mi avevano sempre ripetuto che le cose che sentivo non le sentiva nessun altro o nessun altro ci badava, che dovevo accontentarmi.

Il destino ha sincronizzato gli eventi di questo pomeriggio con tenace serendipità: la telefonata di Heather, così improvvisa, il giorno prima che partissimo per le vacanze, il suo rifiuto di rinunciare quando le ho detto che Steve aveva già intonato il piano, l'evidente passione di Darrell per i Grotrian. «È di capitale importanza» dice con convinzione «che chiunque intoni il tuo pianoforte ami lo strumento e ne capisca l'anima». E poi la scoperta quasi miracolosa che Darrell e io sentiamo le stesse cose, che non abbiamo bisogno di intenderci sul significato da dare alle parole. «Per me è lo stesso» dice mentre lo ringrazio per aver apprezzato il mio orecchio. «Tu sei in grado di percepire ciò che sto facendo. Di solito lavoro in completa solitudine».

Heather mi sta parlando di qualcosa – il loro negozio? I loro clienti? – ma ho troppe scariche elettriche nella testa. Non riesco ad ascoltarla. Penso con un brivido che, forse, l'universo ha voluto mettermi in mano la carta vincente: Darrell è il mio intonatore. Non dovrò vendere il pianoforte. Questi tre anni di tribolazioni per Marlene sono finalmente alle mie spalle. Oso sperare tanto? Sento salirmi agli occhi calde lacrime di sollievo e gratitudine, ma mi trattengo imbarazzata.

Darrell si alza e riassembla il piano. «Ho bisogno di riposare l'udito adesso. Suonalo tu per un po' e dimmi che te ne pare».

Accompagno i Fandrich nel giardino sul retro e porto loro acqua ghiacciata e frutta come rinfresco nell'aria afosa del pomeriggio, poi ritorno al piano.

Comincio con le *Romanze senza parole*, un pezzo ideale per mettere alla prova i bassi. Il sibilo è scomparso completamente, così come gran parte del vibrato, ma i bassi sono opachi e gli acuti fin troppo chiari al confronto. Non combaciano più. Anche alcune note della sezione tenorile hanno perso potenza. Per il momento decido di lasciare gli acuti così come sono. Non voglio portarli al livello dei bassi, ma semmai riportare i bassi al livello degli acuti. Darrell può farlo?

Esco in giardino ed espongo le mie impressioni a Darrell, che ha avuto appena il tempo di mettersi comodo.

«Sono il tuo intonatore» dice, mentre lo seguo in casa. «Usami come se fossi un tuo strumento».

Dopo un'altra mezz'ora passata a manipolare i martelletti dei bassi e a limare il registro dei tenori riusciamo a ripristinare la potenza, ma anche il rumore metallico si fa risentire. «È inevitabile» dice Darrell. «Quel suono corrisponde al movimento longitudinale delle corde. Se ne andrà col tempo, quando il piano si stabilizzerà. Se ora lo faccio sparire completamente, perderai potenza».

Suona di nuovo, e individuiamo un paio di note "indecenti", come dice Darrell. «Questa è dura» dice, avvicinandosi con gli aghi. «È dura e debole, perciò dobbiamo eliminare lo strato superficiale, ma anche pungere la parte inferiore del fusto».

Finalmente, dopo tutto quel modellare, limare, pungere e strizzare, Darrell si dichiara soddisfatto. «Suonalo più che puoi» dice mentre ripone gli strumenti e chiude la valigia. «Attraverserà delle fasi sgradevoli. Ignorale, continua a suonare anche in quelle condizioni, così cominceremo a sviluppare una base di stabilità. Io tornerò la prossima estate, e passeremo al livello successivo».

«Non credi sarebbe stato meglio se qualcuno le avesse spiegato prima di tutto l'intero processo di evoluzione di un piano?» chiede Heather.

«No» risponde Darrell. «Non ci avrebbe creduto. Non ci hai creduto, o sbaglio?».

Non ho bisogno di pensare a lungo alla risposta. «Credo di essere ancora in piena fase di comprensione» replico.

«Ho vissuto la stessa esperienza» dice.

E poi se ne vanno.

Ritorno al piano, incerta, nella disperata speranza che quel che udirò mi piaccia. Al primo contatto con i tasti, mentre suono le *Romanze senza parole*, mi accorgo con stupore di essere trasportata da quel suono profondo, rotondo, scintillante così vivo nella mia memoria. Marlene è qui, riesco a sentirla. Vengo sopraffatta da un'euforia incontenibile. Suono dall'inizio alla fine tutti i brani che conosco. Gli acuti riecheggiano di sfumature argentee, i bassi sono caldi, cupi, con un alone di mistero. Suono l'adagio di una sonata di Mozart, e di nuovo sento che il piano mi ha presa per mano, mi mostra come evocare, per il tramite dei suoi tasti, la musica più squisita. Il pianoforte è così seducente che non riesco a staccarmene. Comincio a tremare dall'emozione. Non dovrò vendere il mio piano. Appoggio la testa sul leggio e piango a lungo singhiozzando di sollievo.

Questa dovrebbe essere la fine della mia storia. Ma come ha anticipato Darrell, il piano ricomincia a dare problemi. Mi sforzo di superarli, ma più passa il tempo, più l'idea di aspettare un anno intero prima di portare il pianoforte al "livello successivo", senza alcuna garanzia di recupero, diventa difficile da accettare. La prossima estate sembra lontanissima. Tanto per cominciare, ricompare il sibilo. Il piano degenera in una condizione selvaggia, ingestibile. Io sono senza forze, stanca di combattere.

Un giorno, una pubblicità su un giornale locale attira la mia attenzione: un rivenditore Mason & Hamlin di Billings è in città, con numerosi pianoforti a coda esposti nell'atrio del Children's Theater. Ho sentito parlare bene del più recente modello della Mason, l'AA, un pianoforte a tre quarti di coda di un metro e ottanta. Chiamo per un appuntamento e mi dirigo verso il centro.

I pianoforti sono stati disposti lungo il perimetro dell'atrio, un ambiente allegro e colorato dal soffitto alto come quello di una cattedrale. Il rivenditore è Greg Depner, un tecnico da concerto e restauratore che ha fatto il tirocinio alla Bechstein di Berlino, in Germania, e mi sta aspettando.

Uno dopo l'altro, suono i modelli esposti al pianterreno. I prezzi, noto, sono molto ragionevoli. Greg mi spiega che ci sono delle imperfezioni nelle rifiniture, e che perciò sono tutti in offerta.

Mi piace un modello A a coda, in mogano, ma i bassi non hanno potenza. Un modello BB a tre quarti di coda ha un suono caldo, rotondo e cantato, ma il timbro non ha una tavolozza di colori ampia come quella del Grotrian. Non c'è nemmeno un AA, si scusa Greg, non è riuscito a reperirlo, perché finora ne sono stati realizzati soltanto dieci. Nessuno di questi strumenti è provvisto di una meccanica che possa eguagliare il mio pianoforte per controllo e sottigliezza.

Sto per prendere la giacca e per ringraziare Greg, quando entra Jeff, il tecnico locale che prestò gli strumenti a Steve Brady. Ha saputo da Steve delle vicissitudini del Grotrian, e mi chiede come sta andando ora il mio piano. Lo ringrazio per il suo aiuto durante la visita di Steve e gli racconto la mia storia, tutta d'un fiato, senza accorgermi che il rivenditore può sentirmi.

Quando passo a descrivergli quanto fossero terribili i martelletti dopo che Tom li aveva installati, Greg non può più trattenersi.

«Perché non le hanno spedito i martelletti già montati sugli stiletti?» domanda. «È quel che faccio di solito quando qualche tecnico cerca di portare un cliente Bechstein alla Steinway. Vengono benissimo. I martelletti di un pianoforte devono essere intonati in fabbrica. È l'unico modo per ottenere un buon risultato».

Lo guardo stupita, senza capire esattamente di cosa sta parlando. «Martelletti già montati sugli stiletti? Cosa intende?».

«Si faccia mandare dalla fabbrica i due pezzi già assemblati. Intonano i martelletti all'interno di un piano, come se dovessero mandarlo a uno showroom. Glieli spediscono già incollati agli stiletti, con le flange. In questo modo, il suo tecnico non deve far altro che svitare le flange del vecchio set e avvitare quelle del nuovo. In più in questo modo si conservano i vecchi martelletti, così da poterli reinstallare se i nuovi non vanno bene. L'ho fatto parecchie volte per i miei clienti. Avrebbe evitato un sacco di guai!».

Se è un'idea così buona, mi chiedo, perché nessuno ci ha pensato? Non Tom, non Carl, non uno delle dozzine di tecnici che ho consultato al telefono. Bisogna che ne parli con Carl.

«Non lasci passare troppo tempo» mi ammonisce Greg, mentre esco dal teatro.

Più ripenso al consiglio di Greg più mi sento inquieta. Telefono a Darrell Fandrich.

«Darrell, che ne diresti se chiedessi alla fabbrica di spedirmi un nuovo set di martelletti già montati sugli stiletti, intonati in fabbrica all'interno di un pianoforte?».

«Diamine, sì!» risponde senza esitazione. «È quel che avrebbero dovuto fare fin dal principio!».

Nel frattempo, Rich è appena tornato da una visita ai negozi di pianoforti di New York, e mi scrive per dirmi che ora Carl ha tre Cabinet della Grotrian nello showroom. E sono stupendi.

Questa notizia apre un ampio ventaglio di opzioni allettanti. Se Marlene era un'illusione, qual è dunque la realtà? Non ho mai suonato un Grotrian nello stato in cui è quando esce dalla fabbrica. Se provassi un Grotrian così preparato, saprei se un nuovo set di martelletti o un altro strumento possono essere la soluzione dei miei problemi. Se così non fosse – se Marlene non fosse altro che una creazione di Marc –, allora dovrei capire, perlomeno, il motivo per cui quel suono mi ha stregata al punto che non riesco a rassegnarmi.

Sembra folle, ma dopo tre anni quel suono riecheggia ancora dentro di me, impossibile da dimenticare, e io devo inseguirlo. Sono disperata come Emil Jannings nel film *L'angelo azzurro*, quando Marlene Dietrich canta *Falling in Love Again*. *What am I to do?* recita il ritornello. *I can't help it.*

III

19

I Grotrian

Carl non c'è quando arrivo allo showroom di Beethoven's sulla 58ª Strada, in un tetro pomeriggio di novembre. Linda, la responsabile delle consegne, è sul soppalco intenta a parlare al cellulare: si sporge dalla balaustra per vedere chi è entrato e io le faccio un cenno di saluto. Poso il cappotto nell'ufficio del pianterreno e mi dedico alla mia missione.

Nella sala principale ci sono molti Mason e Steinway, un Bösendorfer, due Yamaha, tutti pianoforti a coda. In mezzo agli altri trovo – come aveva detto Rich – i tre pianoforti Cabinet Grotrian nuovi di zecca.

Il primo Grotrian che provo ha una cassa liscia, nera e lucida. È chiaro, potente, squillante, non ha proprio nulla del suono di Marlene! Il secondo Grotrian è il modello Clara Schumann, con cassa decorata, gambe a cono di gelato, il leggio intarsiato aperto. Questo mi piace un po' di più, ma il tono è più freddo e più brillante di quello di Marlene.

Il terzo Grotrian ha la cassa in noce finemente levigata. Su questo piano, Mozart risulta luminoso, trasparente. Il tono è nitido, ben definito, brillante senza essere aspro. Non vengo folgorata al primo tocco, come accadde con Marlene. Non ha l'effetto di ipnotizzarmi all'istante, non mi fa precipitare in un delirio amoroso. Al massimo posso dire che non mi dispiace. Il Grotrian in noce è più caldo degli altri due, con acuti cantati, molto dolce e accattivante. La sezione tenorile possiede complessità e una sfumatura di cupezza che emerge con forza quando suono Chopin.

Provo con qualcosa di Bach, poi una pagina delle *Scene infantili* di Schumann. Il brano di Schumann risulta particolarmente bello e misterioso su questo piano, mi mette i brividi.

Provo pochi altri pianoforti. Un Hamburg Steinway è quello che si rivela più simile a Marlene, con la sua complessità scura, gutturale. Gli acuti sono meno brillanti di quelli dei Grotrian, più sommessi e caldi, i tenori sostenuti e la sezione dei bassi particolarmente ricca. È questo il migliore tra i pianoforti esposti?

Ritorno al Grotrian in noce. Il timbro è rotondo, sonoro, simile a un'esplosione di stelle di suono che precipitano sullo sfondo di una notte di velluto. E, come sempre nei Grotrian, il tocco è meravigliosamente reattivo. Questo Grotrian in noce sta cominciando a conquistarmi. Mi piacerebbe che il mio piano avesse un timbro simile. Non è Marlene, ma possiede quel suono appagante, di una bellezza indicibile. Potrebbe essere questo il migliore dei pianoforti esposti.

Ora ho suonato quattro piani Cabinet Grotrian, questi tre e Marlene. Che cosa hanno in comune? In che cosa differiscono?

Tutti hanno acuti brillanti con armonici complessi e ricchi di colore, ma al di là di questo le loro personalità sono diverse. Marlene era più calda, più dolce, più cupa di tutti questi tre pianoforti. Percepisco una parentela, come se fossero fratelli; ma sono anche degli individui distinti. A quanto pare, un nuovo set di martelletti non è garanzia di una particolare personalità tonale. Ogni pianoforte è unico.

Forse, se Marlene è stata un grande amore, il Grotrian in noce potrebbe essere un matrimonio ben assortito? Che ne direbbe Carl? L'idea di chiederglielo mi innervosisce, benché tutti mi abbiano esortato a cambiare il mio pianoforte con un altro. Sono convinta che l'anima di Marlene pulsi ancora nelle profondità dello strumento che troneggia nel mio soggiorno. Se la restituisco, avrò perso ogni possibilità di riportarla in vita.

«Bene, eccoti qua!».

Il saluto di Carl mi riscuote dalle mie meditazioni. Ci abbracciamo.

«Hai visto che ora abbiamo ben tre piani Cabinet? E la Grotrian sta per inviarci un piano da concerto!».

«È magnifico! Dunque stanno andando bene?».

«Sì, piuttosto bene».

«Credo che questo sia il mio preferito». Sfioro i tasti del Grotrian in noce. «Qualcuno l'ha intonato?».

«No, no! È arrivato così com'è adesso. Vogliamo tenerlo così».

«E gli altri due?».

«Forse quelli hanno avuto qualche ritocco all'intonazione».

La mia mente, allenata al calcolo veloce, registra l'informazione. L'intonazione effettuata in fabbrica è decisamente di mio gusto.

Quelli di Carl non sono gli unici Grotrian che sono venuta a vedere a New York. Ho avuto uno scambio epistolare di diversi mesi con Jerry Korten, un ingegnere biomedico che ha acquistato il suo piano Cabinet Grotrian-Steinweg in Germania l'inverno scorso. Jerry mi ha scritto dopo aver letto su Piano World delle mie peregrinazioni pianistiche. Voleva essere indirizzato a un tecnico esperto in martelletti tedeschi, dato che anche lui aveva dovuto attutire i duplex del suo pianoforte nuovo a causa di un armonico sibilante. Per conto suo, ha poi trovato un intonatore dalle sue parti che ha risolto il problema. Sono molto ansiosa di sentire di persona il risultato del lavoro del suo tecnico, e di sapere in che cosa è consistito.

Jerry vive con la sua famiglia a Central Park West, in un moderno complesso di appartamenti in mattoni che si affaccia su due isolati. La notte è molto buia, e le indicazioni poco chiare, ma alla fine riesco a trovare l'ingresso. Jerry mi apre la porta dell'appartamento con il cordless attaccato all'orecchio, sta ordinando del cibo cinese per tutti, compresi i suoi ragazzi, Lex e Oliver, che sono completamente assorbiti dalla creazione di fantasiose costruzioni di Lego nella stanza accanto.

Non appena varco la soglia dell'appartamento, ho davanti la tastiera del Grotrian e comincio a gravitarle intorno, come inconsciamente attratta dalla forza del suo magnetismo. È il mio pianoforte in tutto e per tutto, nella misura e nelle rifiniture, nel logo Grotrian-Steinweg delicatamente inciso sul coperchio della tastiera che si riflette sui tasti bianchi alla luce lunare del soggiorno. Jerry ha sollevato il coperchio del piano, e quasi senza rendermene conto mi ritrovo seduta sullo sgabello e sto sfiorando i tasti.

Ma prima che inizi a suonare il proprietario del piano riaggancia il telefono.

Ci prendiamo vicendevolmente le misure, come se fossimo due fratelli a lungo separati che si incontrano di nuovo; dopotutto, siamo rimasti entrambi stregati dalla stessa oscura marca di pianoforti. Jerry ha un portamento spensieratamente spigoloso: la mascella quadrata così come anche le spalle, i movimenti rettilinei. I capelli biondi sono tagliati corti e gli stanno dritti in testa formandogli una V sopra le sopracciglia. È un appassionato di modernariato, un maniaco di oggettistica. Lo si capisce dalle casse stereo sistemate ai lati del Grotrian come le torri di controllo di un aeroporto: sono delle Magnapan MG 3A, alte quasi due metri e dello spessore di un paio di centimetri.

«L'idea di base è che muovendo di poco una grande massa d'aria si ottiene una distorsione minore» dice Jerry, notando il mio interesse per le casse. Mio padre, ingegnere del suono e progettista di impianti audio, le avrebbe descritte con le stesse parole. Sulla parete di fronte alle casse, l'eclettica collezione di dischi di Jerry riempie completamente una libreria alta fino al soffitto. Do un'occhiata ai titoli, e vedo alcune delle mie preferenze inconfessabili. Jerry prende letteralmente fuoco quando si accorge del mio interesse per la sua collezione, e mette su una versione da era spaziale di *Hawaiian War Chant* dei Ray Charles Singers, così da mostrarmi le prestazioni del suo impianto stereo. Dopo qualche battuta, discutiamo già vivacemente della resa degli altoparlanti. Faccio un commento sulla netta superiorità del sistema di registrazione analogico rispetto al digitale. Jerry è d'accordo, non si discute. Non tutti sono in grado di percepire la differenza.

«Tu sei come me» dice. «Il suono è tutto». Si scopre un polso e lo circonda con il pollice e l'indice dell'altra mano. «La mia teoria è che le donne e gli uomini dall'ossatura sottile sentano meglio le alte frequenze. Probabilmente è un fatto legato alle dimensioni del timpano». Mi scopro il polso e lo circondo con le dita. Improvvisamente mi rendo conto che Marc Wienert farebbe probabilmente lo stesso gesto.

Il cibo cinese sarà qui a minuti, e io devo ancora suonare il piano. Provare il Grotrian di Jerry mi fornirà un ulteriore esempio delle caratteristiche di suono della marca. Mi siedo con lo spartito dell'*Andante* della Sonata K 330 di Mozart, l'ultimo brano che ho imparato a suonare bene, e suono anche il valzer di Chopin.

Questo Grotrian è il migliore che io abbia provato nel corso di questa visita a New York. Ha un timbro caldo e cantato, con un mirabile equilibrio di cupezza e brillantezza, pieno di mistero, simile a una donna che accarezza seducente il pianista con il suo velo di lustrini. Comincio a considerare quel luccichio come un tratto distintivo della Grotrian, insieme alla ricchezza di complessità e colore negli armonici e a un basso potente, dolce come cioccolato. Tutti i Grotrian nuovi hanno queste caratteristiche, benché alcuni siano più freddi o più caldi, più chiari o più cupi. Non so che cosa darei per avere a disposizione un tecnico che faccia suonare il mio piano come quello di Jerry. Eppure, non mi commuove come ha fatto Marlene.

Jerry ascolta pensoso, concentrato, seduto sul divano a capo chino. Appena finisco di suonare e di complimentarmi per la bellezza del piano, vuole mostrarmi ciò che lo strumento è in grado di fare. Il mio repertorio è troppo limitato per dare risalto alle potenzialità del piano, così Jerry butta giù alcuni difficili passaggi di Brahms e Ravel con liquida, spontanea disinvoltura e sensibilità.

«La Grotrian ha calcolato la geometria della meccanica – il peso dei martelletti, la lunghezza degli stiletti, il grado di accelerazione, il punto di ricaduta del martelletto – in maniera semplicemente perfetta» si esalta Jerry voltandosi verso di me dallo sgabello. Il suo è il punto di vista dell'ingegnere. «È uno *über* piano. Non c'è nulla che tu non possa suonare con questo pianoforte».

Poi squilla il campanello. È arrivata la cena.

Sistemiamo piatti e cibo sul tavolo della sala da pranzo, guardando fuori, nell'oscurità di Central Park. Lex e Oliver, i due figli di otto e dieci anni, diventano improvvisamente collaborativi e aiutano a estrarre dai sacchetti involtini primavera e salse fredde e calde. Lex studia pianoforte, mi informa suo padre, e si sta specializzando in musica jazz – Duke Ellington e Thelonious Monk –, ma gli è vietato suonare per me finché non sarà terminata la cena.

Jerry e io scopriamo in fretta di avere molto in comune: nati a New York lo stesso anno, figli di musicisti – il padre di Jerry suonava il violino – e studenti all'Università del Michigan a metà degli anni Settanta, dove entrambi eravamo frequentatori abituali di Liberty Music, un leggendario negozio di dischi, meta di molti audiofili. È probabile che in quegli anni ci siamo trovati almeno una volta in cabine d'ascolto adiacenti. A quei tempi, il primo strumento di Jerry era il clarinetto; suonava nell'orchestra di Stato del Michigan. Più tardi, a New York, collaborò con diverse orchestre.

Jerry suonava il piano a tempo perso, ma quando lui e sua moglie Carol si trasferirono da Ann Arbor a New York perché lei potesse danzare con Merce Cunningham, cominciò a suonare il pianoforte a tempo pieno.

«Il clarinetto è molto impegnativo» spiega. «Devi esercitarti ogni giorno, suoni lunghi, esercizi con la lingua, esercizi di respirazione. Stai fermo un giorno e tutto va a farsi fottere». Quando è diventato amministratore delegato di un'azienda biomedica e ha cominciato a viaggiare, non ha più potuto esercitarsi con regolarità. Così ha fatto del piano il suo primo strumento. Ha comprato uno Steinway M d'epoca, un mezzacoda, ma in breve ha fatto progressi così notevoli con il suo nuovo insegnante da accorgersi che l'M gli stava stretto.

«L'11 settembre mi ha fatto capire che è meglio vivere appieno il presente, potresti non essere più qui domani, dunque perché non comprare un bel pianoforte? È allora che è cominciata la mia ricerca».

Come me, ha attraversato il paese provando pianoforti ovunque. Credeva che avrebbe finito col comprare uno Steinway più grande. Del resto era quella la sonorità che aveva imparato a considerare come il suono ideale di un pianoforte, e sua suocera – una pianista che aveva studiato con il leggendario Cortot – possedeva uno Steinway B, un piano a coda di due metri e dieci che lei considerava il massimo in fatto di pianoforti. Ma poi Jerry è incappato in Beethoven Pianos, e ha suonato un Grotrian 220, la misura immediatamente superiore al piano Cabinet.

«Apparteneva a un ordine di grandezza più alto di quello di qualsiasi altro piano che io avessi mai suonato prima» dice Jerry parlando del Grotrian. «Era di una bellezza indicibile. Era incredibile la potenza, lungo l'intera scala tonale, come quella di un piano da concerto. È davvero irresistibile».

Ma il modello 220 era troppo grosso per poter stare nel suo appartamento. Così cominciò a cercare un modello di dimensioni minori durante i viaggi di lavoro in Germania, e alla fine trovò a Düsseldorf un modello Cabinet 192, che gli sembrò "spettacolare".

«Per tutta la vita, ho creduto che ci fosse solo la Steinway,

Steinway, Steinway. Negli Stati Uniti veniamo letteralmente indottrinati dalla Steinway. Per questo motivo, cercavo una legittimazione della mia scelta a favore del Grotrian. È così che ho trovato Piano World. È stato importantissimo per me, perché avevo bisogno di essere rassicurato sulla scelta di spendere una tale quantità di denaro per un piano di cui non avevo mai sentito parlare prima. Ancora oggi, mia suocera non ne parla. È sottinteso che non è uno Steinway».

«Che cosa credi che sia a renderci così sensibili al pianoforte?». Mi riferisco in particolare al Grotrian, ma Jerry risponde riferendosi allo strumento in generale.

«Il fatto che hai tutto in un unico strumento: tutta l'armonia, la melodia, l'accompagnamento, è tutto lì» comincia, prendendo la mia domanda più alla larga possibile. «È decisamente più appagante che suonare il clarinetto, con cui hai sempre bisogno di altri strumenti per poter fare della vera musica. Inoltre, con un piano più lungo di un metro e ottanta, ottieni quel suono formidabile, maestoso, un basso che fa tremare. È come avere un'orchestra in casa. Quando suono, mi concentro in modo così totale, che tutto lo stress della giornata passa in secondo piano, mi trovo nel mio mondo fatto di gioia, armonia, ritmo, melodia. La musica ti trasporta in uno spazio senza tempo. Ed è così appagante fisicamente: sono le tue mani a far accadere tutto questo. Sei tu che riporti in vita questi personaggi straordinari – Bartók, Ravel, Brahms –, è come se entrassi in contatto con loro, come se fossero sospesi nell'aria».

Il tecnico di Jerry ha intonato il Grotrian utilizzando esclusivamente aghi, dice. Ma poi, con mio stupore, Jerry mi rivela di aver anche intonato lui stesso il piano. E che effettua personalmente tutti gli interventi di regolazione, tentando senza paura esperimenti che io non oserei mai fare. Nel suo laboratorio di casa è in grado di regolare la meccanica seduto su uno sgabello. Realizza anche bocchini per clarinetti che poi rivende. Ha chiaramente un dono di natura per tutto ciò che è meccanico.

Qualche tempo dopo Jerry mi invita a una serata di musica a casa sua e ho l'occasione di conoscere sua moglie Carol. Con un gesto di richiamo dell'indice, Carol mi prende in disparte dagli altri ospiti, con l'intenzione di mostrarmi il laboratorio.

«Quante persone conosci a New York che abbiano un'officina nel loro appartamento?». Il suo tono è sarcastico. Mi porta in quella che era la cucina del secondo appartamento con cui hanno ampliato quello originario. Nella stanza, priva di finestre, c'è un lungo banco di lavoro, una sega da tavolo, fresatrici, un tornio, segatura su tutto il pavimento.

«Quando Jerry si mette a fare qualcosa, si lascia assorbire totalmente. Non può limitarsi a comprare un pianoforte. Deve avere tre diversi igrometri, un Dampp-Chaser, il panno sotto al pianoforte. Io mi limito a dire "d'accordo". Fa parte della vita con Jerry. Magari i ragazzi potrebbero avere una camera ciascuno, ma no, Jerry ha bisogno di un'officina».

Carol, che ormai lavora come coreografa con Merce Cunningham, è minuta, elegante e ironica. Provo un'immediata simpatia nei suoi confronti. Jerry mi aveva detto che è gelosa del Grotrian. «Dice che, se il piano avesse anche la vagina, non avrei più bisogno di lei».

Quando hanno deciso di organizzare la serata, Carol ha chiesto a Jerry se avesse provveduto ad attrezzarsi con delle sedie per rianimare gli ospiti, che di sicuro sarebbero caduti in deliquio suonando il Grotrian. «È innamorato del pianoforte» mi dice Carol con enfasi, alzando un sopracciglio. «Lo coccola».

La considero un'esagerazione, anche se ho visto Jerry comportarsi proprio in quel modo.

Jerry durante la mia prima visita mi aveva chiesto chi altro avrei incontrato qui in città, così gli avevo detto di Marc Wienert. Lo avevo chiamato, dicendogli che ero in città. Non era più soltanto colui che aveva intonato il mio pianoforte, ma era ormai inestricabilmente legato al destino del mio strumento. Non avevo mai parlato con lui nei mesi precedenti, durante il disastro dei martelletti nuovi; anche se avevo consultato decine di tecnici, non avevo chiamato Marc.

Altri tecnici avevano insistito sul fatto che l'uso di sostanze chimiche sui martelletti tedeschi Abel fosse sbagliato. Uno lo aveva addirittura definito "barbarico". Ho sospeso il mio giudizio su questo. Ma ormai ho parlato con un numero sufficiente di esperti per sapere che sono spesso in disaccordo l'uno con l'altro. Quello che per un tecnico è "barbaro" per un altro è "geniale". Il segno del genio di Marc aveva realizzato un piccolo miracolo nel mio salotto, seppur fuggevole. Non lo avevo dimenticato. Ma sostituendo i martelletti originali, avevo rifiutato il lavoro di Marc. Di sicuro lui l'avrebbe presa male.

Avevo detto a Jerry che non ero sicura di poter imparare qualcosa di più da Marc l'indomani, sapevo soltanto che, oltre alla strana connessione karmica che condividiamo, lui è il custode del segreto di Marlene, e che se lo lasciassi andare non lo riavrei mai più indietro.

20

Il segreto di Szott

Alle cinque meno cinque, Marc ha già parcheggiato sul ciglio della strada, e mi aspetta di fronte al palazzo di Kim, proprio come l'anno scorso. Salgo in macchina e sono sorpresa nel sentirmi un po' stordita per questo incontro. Non so se anche per Marc sia così, ma ci illuminiamo nel vederci di nuovo. «Che bello vederti» ci abbracciamo. E poi ci tuffiamo nell'avventura di oggi, che subito si trasforma in una folle corsa.

Mi porta prima nello studio di registrazione vicino per suonare di nuovo il Centennial D, sul quale ha installato dei martelletti nuovi. «Che ne pensi?» chiede dopo che l'ho provato. Devo dirgli onestamente che il timbro non corrisponde ai miei gusti. È troppo ovattato.

«Davvero?» esclama Marc. «Perché si tratta del mio suono ideale, o almeno quello che ci si avvicina di più, tra quelli che sono riuscito a realizzare finora. Mi soddisfa molto, questo timbro. È quello che sto cercando».

«Suppongo che, qualsiasi pianoforte io suoni, cerco sempre di ritrovarci le caratteristiche che mi fanno amare il mio» dico quasi in tono di scusa, come a dire: *il tuo piano non c'entra niente, si tratta di me.*

«E di quali caratteristiche si tratta esattamente?» dice Marc, ancora incredulo della mia bocciatura. «Dei martelletti? Della cassa armonica? Potrà mai un altro pianoforte suscitarti ciò che ti ha suscitato quello?».

«Non lo so». Perché in effetti è così. Non ho motivo di mentirgli. «Ho cercato il mio pianoforte per due anni. Era l'unico tra quelli che ho suonato a possedere quel suono».

Una volta tornati in macchina, mentre percorriamo la West Side Highway, Marc mi sommerge di domande su ciò che Tom, Steve e Darrell hanno fatto per risolvere il problema dei martelletti. Soppesa ogni minimo dettaglio del mio racconto, benché io gli ripeta che non sono in grado di capire quello che ho visto e quello che mi è stato detto, e che non posso descriverlo con esattezza.

«È un vero peccato, sai» finalmente rallenta, mentre imbocchiamo il parcheggio sotterraneo della Manhattan School of Music. «Quello che hanno fatto avrebbe potuto essere sufficiente a risolvere il problema».

«Beh, ci sono stati miglioramenti significativi. Davvero notevoli. Il fatto è che mi sono innamorata di una sorta di qualità magica, soprannaturale del suono, e quando l'ho chiesto a Darrell lui mi ha detto: "Non basterà un solo intervento"».

«È vero. È quello che ti ho detto anch'io».

«Ma il fatto, Marc, è che sta diventando di nuovo inutilizzabile. È completamente disuniforme, e molto metallico».

Prendiamo l'ascensore diretti al quinto piano, Marc tiene un enorme mazzo di chiavi con la mano destra e la sua cassetta degli attrezzi con la sinistra. Nei corridoi echeggiano i suoni degli studenti che si esercitano con i loro strumenti. Marc apre la porta della prima aula.

«Voglio che tu mi venga dietro per tutto il giro. Io accorderò, poi tu suonerai, mentre io mi sposto nell'aula successiva per accordare il prossimo piano. Sarà come una staffetta».

Perché vuole farmi suonare tutti i pianoforti? Non ne ho idea, ma ogni volta che lo raggiungo mi chiede la mia opinione sul piano che ho appena suonato. Dopo che abbiamo percorso fino in fondo tutti i piani dell'edificio, dopo aver messo piede in ogni aula e in ogni sala da concerto che contenesse un pianoforte, ritrovo Marc alla fine dell'ultimo corridoio.

«Ti ho già portato nella 130?».

«Non so. Di che strumento si tratta?».

«È il migliore della scuola».

Torniamo indietro verso il laboratorio tecnico per prendere la chiave della stanza 130.

«Dunque non hai mai suonato un altro pianoforte come il tuo, eh?» dice Marc mentre scendiamo di corsa le scale.

«L'altra sera, ho sentito un suono simile al ricordo che ho del mio nel pianoforte del mio amico Jerry. Si tratta della stessa marca e dello stesso modello».

«Proprio lo stesso pianoforte?».

«Proprio lo stesso».

«Ok. Vuol dire che è proprio quella particolare caratteristica costruttiva a piacerti. Sei in controtendenza rispetto all'opinione comune su quale sia il piano con le caratteristiche costruttive migliori. Il Fazioli, ad esempio».

«I Fazioli non mi interessano».

«Bösendorfer».

«Devo ancora trovare un Bösendorfer che mi piaccia».

«Steinway».

«Ho provato degli Steinway davvero ottimi, ma nessuno mi ha fatto tremare le ginocchia come mi è successo con il Grotrian, quindi...».

«Quindi, qual è la ragione? Il sostegno? La sensibilità? La potenza? Il carattere? Il colore?».

«Il colore è incredibile».

«Quindi nessuno degli strumenti che hai provato oggi possiede questa straordinaria varietà di colore di cui parli?». Il suo tono di voce si alza, incredulo. Il mio giudizio include anche il suo amato Centennial D.

«No. No».

«Nemmeno il B che ti è piaciuto nella sala da concerto piccola, qui nella scuola?».

«Quel piano aveva altre qualità che mi piacevano».

«Ma è sempre il tuo a piacerti di più».

«Sì».

«D'accordo. Prendiamo le chiavi della 130. Se questo pianoforte non ti fa cambiare idea, mi arrendo!».

La stanza 130 è un piccolo ambiente appena fuori dalla sala da concerto principale della scuola. All'interno c'è uno Steinway B nero. Marc mi dice che si tratta del pianoforte preferito del dottor Silverman, il direttore del Dipartimento di Strumenti a Tastiera. Rimane indietro, in attesa. Mi sento un po' stupida. Non possiedo il repertorio e nemmeno l'esperienza necessaria a valutare un pianoforte con competenza. So solo quello che mi piace, quello che sento, quello che suscita in me delle reazioni. Perché a Marc dovrebbe importare?

Quello della stanza 130 è un bellissimo pianoforte, con acuti sublimi, bassi struggenti e un tocco molto sensibile.

«Dunque?» dice Marc, con un'espressione di imminente trionfo sulle labbra.

«È un bellissimo pianoforte, ma non è il genere di suono che fa per me».

Marc appare affranto. «Non gli hai dato le chance che merita. C'è molto di più da scoprire. Suonalo un altro po'».

Suono ancora. Chopin, Schumann, i brani che meglio portano alla luce i colori del Grotrian. Ma non c'è quello che io mi aspetto di trovare in un pianoforte. Scuoto la testa.

«Solo un attimo».

Marc tira fuori il cellulare. «Joanne? Marc. C'è Perri Knize qui con me». È la sua assistente, che si occupa dei suoi appuntamenti e che vive a Westchester. «Mi chiedevo se sia possibile mostrarle i due pianoforti che sono nel tuo soggiorno. Allora arriviamo, saremo lì per le dieci e dieci, va bene?».

Ripone il cellulare nel suo astuccio e mi fa cenno di seguirlo mentre si precipita nel corridoio. «Vieni, dobbiamo fare in fretta».

«Andiamo a Westchester? Ma perché?».

«Devo capire di che cosa parli. Deve esserci un altro piano che ti faccia lo stesso effetto. Dopo potremo stabilire con esattezza che cos'è che ti fa vivere quell'esperienza». In meno di due minuti siamo di nuovo a bordo della Subaru, diretti a nord, verso la campagna.

Per quale ragione Marc è così elettrizzato e determinato a farmi provare e confrontare tutti i pianoforti che conosce, fino a individuare la personalità che ho perduto? È una questione di ego, vuole forse dimostrare che io amo ciò che ama lui, che può farmi perdere ancora la testa come ha già fatto una volta? È la sua infinita, insaziabile curiosità verso l'origine del nostro amore per i pianoforti? Oppure prova una sorta di responsabilità verso la salute del mio pianoforte, come spesso fa con i suoi clienti, e questa caccia è un modo per trovare la strada che mi permetta di ricongiungermi al "mio" suono?

Imbocchiamo un lungo vialetto circolare fino a una casa così nuova che il prato deve essere ancora piantato. L'ingresso reca ancora le decorazioni di Halloween. Joanne – una donna minuta, gioviale, dai capelli castani – ci saluta sull'uscio e poi torna di corsa in cucina, dove sta assistendo una truppa di scout, tra cui suo figlio, nella preparazione dei muffin.

In una lunga stanza arredata soltanto da due enormi pianoforti da concerto, Marc e io ci soffermiamo su un Broadwood antico che lui ha intenzione di restaurare. Lo suono, e sembra un fantasma emerso dal passato, un suono molto diverso da quello di un pianoforte moderno, un sussurro rispetto ai potenti esemplari che suoniamo oggi. Non sono sicura di poter trarre da questo piano qualche indizio che ci conduca al Grotrian. L'altro è un Baldwin e Marc vi ripone grandi aspettative. È uno strumento moderno, con un timbro ricco, opulento. Avverto del potenziale, ma non c'è alcuna somiglianza con il Grotrian. Forse Marc vuole farsi un'idea del mio orecchio, saggiare i miei gusti rispetto ai suoi? È un po' come tirare pugni al buio.

«Ne ho un altro da farti provare!» dichiara con enfasi mentre scuoto la testa per l'ennesima volta. «A casa mia. Uno Steinway M. È di Connie, lo usa per provare. È per lei che lo tengo in condizioni ottimali».

Salutiamo Joanne in fretta e furia e risaliamo a bordo della Subaru. Marc guarda l'orologio e sembra fare qualche calcolo mentale. Poi riprendiamo l'autostrada, diretti al suo appartamento e al suo pianoforte personale.

«Marc, perché stiamo facendo tutto questo?».

«Per sapere se con un altro strumento puoi riavere quello che hai provato con il tuo pianoforte. Quando compri un piano non sai che cosa stai acquistando. Sai solo il modo in cui qualcuno ci ha lavorato».

«Allora che succede una volta svanito l'effetto?».

«Succede che è finita la luna di miele, baby!» ride di una risata selvaggia.

«È una risata diabolica, Marc!».

«Beh, rido perché la gente pensa che la luna di miele duri per sempre, sai. *Aaah! Finalmente ho trovato il piano perfetto per me!* Beh, faresti bene a non suonarlo. Faresti bene a metterlo in una sala da museo, in condizioni controllate in modo che nulla cambi! Puoi sempre guardarlo».

«E come pensi di trovare una persona che lo riporti alle condizioni originarie?».

«Non lo so. È più facile trovare un fidanzato tramite un'agenzia di appuntamenti!» ride di nuovo in quel modo sguaiato. «Ti sembrerà un paragone orribile. Si tratta di trovare qualcuno che dialoghi davvero con lo strumento nelle condizioni in cui si trova, oppure qualcuno che intoni come dici tu pur non sapendo nulla di te e di ciò che ti piace. È come vincere al lotto».

Accostiamo davanti all'edificio in cui abita Marc. È una costruzione di due piani che ospita forse una decina di appartamenti, in uno stile vagamente Tudor, un po' malconcio. L'atrio comune ha una vecchia moquette stantia e la pareti avrebbero bisogno di una rinfrescata. Marc mi fa strada nel suo appartamento, un folle guazzabuglio in cui regnano un assoluto disordine e un'incuria primordiale. Appena di fronte all'ingresso c'è un violoncello poggiato su un cavalletto, l'arco pronto all'uso poggiato su una seggiola accanto. Accanto al violoncello c'è un pianoforte a coda, il cui profilo risalta sullo sfondo della porta a vetri che dà sul patio.

«Ciao, tesoro!» grida Marc, e sulla soglia della cucina appare una donna alta, imponente. «Lei è Perri, di cui ti ho tanto parlato».

«Ciao Connie! Sono felice di conoscerti, finalmente!».

Connie mi riserva un bel sorriso. Deve essere più alta di me di una quindicina di centimetri, o forse anche più. Il volto è ovale, un po' paffuto, i capelli biondi sono ordinatamente raccolti in uno chignon sulla nuca. Se Marc non mi avesse raccontato delle sue recenti vicende, non avrei mai immaginato che fosse malata.

«Sei qui per vedere il piano?».

«Sì, ci fermiamo un minuto» dice Marc. «Tornerò dopo con la spesa. Che cosa ti va?».

Il pianoforte di Connie ha dei soprani magnifici; riesco a sentire con quanta attenzione Marc ha fatto in modo che abbiano il giusto grado di brillantezza. È il migliore dei pianoforti che ho provato oggi.

«Davvero? Che onore» commenta Marc quando glielo dico. «Ma ti ha fatto lo stesso effetto del Grotrian?».

«È uno strumento superbo. Sarebbe un privilegio averlo. Ma per rispondere alla tua domanda… C'è una magia soprannaturale nel Grotrian che non sento nello Steinway. Non so cosa sia».

«Già. Non so cosa darei per capirlo». Riflette un attimo con una mano sotto il mento. «È possibile che il tuo pianoforte sia l'unico al mondo a farti questo effetto, non credi? Forse, come tutti, sei particolarmente sensibile a certe frequenze, frequenze che abbondano nel tuo pianoforte. Ma come sono sicuro che nell'universo ci sia un altro pianeta in grado di ospitare la vita come la conosciamo noi, sono anche sicuro che deve esistere un altro pianoforte con le caratteristiche che ami. Ecco cosa penso».

Mentre riprendiamo l'autostrada siamo entrambi taciturni e immersi nelle nostre riflessioni. Le osservazioni di Marc mi hanno proiettato indietro alle vicende degli ultimi tre anni, all'esperienza con Marlene nello showroom, agli acuti che si sono spenti durante il trasferimento, alle dodici gloriose ore in cui lei è tornata in vita grazie alla visita di Marc alcuni mesi dopo. Sento l'eco di ciò che Marc mi disse allora: *il novanta per cento di quello che ho fatto è stato accordare.*

«Marc» dico a un tratto, voltandomi verso di lui. Sembra profondamente assorto in una sua elucubrazione esplorativa, le mani sul volante, gli occhi fissi su un punto imprecisato dell'autostrada che stiamo percorrendo. «Marc, che cos'è l'accordatura da concerto alla Schubert?».

«Cosa?».

«Hai detto che mi avevi accordato il pianoforte secondo la "migliore accordatura da concerto alla Schubert". Che cos'è? Come si differenzia da un'accordatura alla Bach o alla Brahms?».

«Sono solo definizioni che ho coniato lavorando con clienti che hanno gusti diversi in fatto di accordatura. È un'ipotesi sui requisiti necessari per suonare la musica di Schubert. Un'accordatura molto pulita, molto discreta. Ha una certa raffinatezza, una certa compostezza. Non è un'accordatura sovraccarica, di quelle che cercano di dire tutto e il contrario di tutto».

«Ma in pratica, cosa fai di tanto particolare?».

«Beh, penso che si possa semplificare con "minor tensione". Se proprio vuoi ridurre la cosa a un comune denominatore».

«Minor tensione tra che cosa? Le ottave? Le quinte?».

«Minor tensione in generale. In pratica accordo una quinta diminuita. Ma non troppo diminuita. Quanto basta per... sì, insomma, per dare ricchezza senza sconfinare nell'opulenza. Una quinta pura è appena un *mmmmm.* Invece una quinta diminuita è una specie di *gr-r-r-r-ran* rullio». Si accompagna con un movimento della mano nell'aria davanti al parabrezza. «Questo rullio è come un motore che emette armonici fluttuanti, una combinazione di note che tintinnano tutte insieme. La quinta è un intervallo cruciale in relazione alla tipologia di colori che si possono evocare dal piano. È molto sensibile».

«Faresti un'accordatura alla Schubert per me?».

«Intendi oggi? Non so se ci riusciremo. Avrei fatto in modo di lavorarci, se avessi saputo prima che era quello che volevi».

«Lo so. Ma non ci avevo mai pensato. Ma allora se dicessi a un tecnico qualsiasi: "Fammi un'accordatura diminuita", lui avrebbe un'idea di cosa sto parlando?».

«Probabilmente sì, ma tu non otterresti quello che vuoi. Perché lui si limiterebbe ad applicare la diminuzione all'ottava. E ti ritroveresti con un'accordatura monotona, che gira su se stessa, priva di qualità spaziale. E mi sembra che tu apprezzi la qualità spaziale. Ti piace l'apertura, ma quel tanto che basta perché il suono sia arioso».

Più Marc va avanti nella descrizione dell'accordatura alla Schubert, più mi convinco che ho bisogno di sentirla di nuovo. Ma dopo che Marc mi ha esposto i suoi programmi per la giornata – deve intonare un pianoforte a Dobbs Ferry e portare Connie dal medico –, mi rassegno a farne a meno. Non avremo altre opportunità prima della mia partenza da New York.

Poi, all'improvviso, Marc accelera.

«Che succede?».

«Andiamo a fare l'accordatura. Posso farla sul piano su cui dovrò comunque lavorare. Ci proverò».

«Faresti questo per me?». Mi aggrappo alla piccola maniglia sopra il sedile del passeggero. La guida veloce mi rende nervosa.

«Certo, perché no? Ma non è così, di solito, che preparo i pianoforti in vendita».

«Potrebbe essere il primo a volare via dallo showroom».

«È possibile. Ma sono convinto che la maggioranza della gente che compra pianoforti non abbia gusti raffinati quanto i tuoi».

Entriamo nel deposito.

«Porca miseria!».

Mi guardo intorno per capire contro cosa stia imprecando Marc. Si è già precipitato nel retro fuori dal laboratorio. Lo sento urlare: «Dov'è la meccanica di quel B?». La sua voce è stridula.

Mi accorgo che il piano vicino a cui si è fermato un minuto fa non è che una cassa vuota. La meccanica è scomparsa. Mentre Marc, rientrato nel laboratorio, dà in escandescenze con qualcuno, mi metto a gironzolare per la stanza, osservando i pianoforti. Sotto un'alta finestra c'è un bellissimo Steinway in mogano satinato. Le rifiniture del mobile sono stupende. È la cassa che mi sarebbe piaciuta per il mio pianoforte. È un modello L. Mi siedo e suono l'*Andante* della Sonata K 330 di Mozart. L'ha intonato Marc, lo sento. Il timbro ha una somiglianza con quelli degli altri strumenti che ho provato oggi, i soprani risultano piuttosto piatti, come quelli di Marlene al suo arrivo nel Montana. Marc torna inveendo verso di me, le mani sui fianchi, furibondo. «Bene, siamo fregati! Si sono presi la meccanica del pianoforte che dovevo intonare. Non so cosa dirti». Sembra molto dispiaciuto.

«Che ne diresti di accordare questo?» dico, premendo i tasti dell'L. «È un bel pianoforte».

«Quello è stato già accordato ed è diretto allo showroom». Si interrompe. «Beh, posso accordarlo ancor più rapidamente del B, dato che è già accordato. Ma certo, perché no?».

In un attimo ha già tirato fuori gli strumenti e la leva da accordatura è già libera dal suo involucro. La sordina di gomma è tra le corde, sta suonando delle doppie ottave, delle decime e delle diciassettesime, sta regolando in fretta il temperamento. Il suono riempie lo spazio chiuso, insieme al su e giù ripetuto e cadenzato della leva sulle caviglie. Presto, presto.

«Quel piano deve partire da qui fra due ore». È la direttrice del negozio, una donna che non avevo mai visto prima d'ora. I rumori del lavoro di Marc l'hanno spinta a indagare.

«Non c'è problema» dice Marc a capo chino. Intanto accorda.

«Mio Dio, l'accordatura sta modificando l'intonazione» dice Marc. «Sento gli acuti che cambiano».

«Davvero? E per quale motivo?».

«Perché cambia la tensione delle corde, perciò i martelletti rimbalzano in modo diverso».

Marc sta accordando a una velocità mai vista, la leva vola da una caviglia all'altra, la sordina di gomma avanza lungo la scala, la sua mano sinistra risale i tasti componendo accordi, quarte, quinte, ottave, decime, diciassettesime.

«Ci sono quasi».

All'improvviso si apre la porta che dà sull'esterno ed entra Indrek Laul, vestito con un soprabito pesante. Con lui c'è un signore dall'aria distinta, molto alto e con i capelli bianchi. Indrek e io siamo sbalorditi di vederci. Ci abbracciamo. «Che ci fai qui?» diciamo all'unisono.

«Sono venuto per mostrare il deposito a mio padre». Mi presenta Venno Laul, il famoso direttore d'orchestra estone. «E tu?».

«Io sono qui con Marc». Marc alza lo sguardo rivolgendoci un sorriso distratto e facendo un piccolo cenno di saluto a Indrek, per poi tornare alla sua accordatura.

Indrek e suo padre si scusano e cominciano a girare tra i pianoforti. Ciò significa, mi rendo conto, che i proprietari del laboratorio saranno qui a minuti. Che direbbero se vedessero Marc intento a lavorare su un piano già accordato, con il camion delle consegne in arrivo per portarlo via?

«È stato un vero piacere rivederti» dice Indrek. Poi lui e suo padre si dirigono verso il laboratorio sul retro dell'edificio.

«Marc, quel piano è in partenza». È di nuovo la direttrice del negozio, che sta cominciando a trafficare nelle nostre vicinanze, curiosa di sapere cosa stiamo combinando. Due uomini varcano la soglia. Facchini? Comincia a salirmi l'adrenalina. Ma indossano giacca e cravatta. Suonano qualche nota su un paio di pianoforti e se ne vanno.

«Bene, ci siamo» dice Marc. «In verità dovrei lavorarci un altro po' per ottenere un effetto completo, ma provalo lo stesso».

In fretta, prima che ci siano altre interruzioni, ora che abbiamo la stanza tutta per noi, mi siedo di fronte all'L. Sistemo lo spartito della Sonata K 330, l'*Andante*, sul leggio, lo stesso identico brano che ho suonato prima che Marc eseguisse l'accordatura. È un pezzo adatto a mettere alla prova i soprani, in quanto richiede chiarezza e sostegno. In mancanza di queste caratteristiche, non emerge la melodia. Marc raduna rapidamente gli strumenti e si siede accanto a me, in attesa. È l'ultimo piano che proviamo oggi insieme.

Suono le battute iniziali del pezzo, e mi accorgo all'istante che questo pianoforte non è più lo stesso che ho suonato solo dieci brevi minuti fa. I soprani si innalzano e scintillano come la luce della luna nell'acqua. Ho la sensazione che il cuore mi si sciolga nella marea del suono. È quasi doloroso. Ho suonato solo la prima riga dell'*Andante* quando sono costretta a interrompermi. Mi abbandono sopraffatta sullo sgabello.

«È questo! È questo!» grido come se mi avessero colpita. «È questo il suono!».

«Stai scherzando!» esclama Marc.

Mi ricompongo, con le lacrime agli occhi. Abbiamo ancora pochi minuti prima di andare, e io non voglio separami da questo pianoforte. Ricomincio con Mozart. Sospesa nell'aria c'è la stessa aurora boreale che custodisco nel ricordo di Marlene, seducente, avvolgente, capace di trasportarmi al di là della cognizione del tempo e dello spazio. Suono finché posso, lasciandomi trasportare dai suoni. Perfezione. Provo Chopin. Si scioglie in faville sotto le mie dita, i contralti gutturali, pieni di profondità, calore, complessità. È questo il suono che mi ha fatto innamorare. Lo riconosco all'istante, tanto è impresso nella mia memoria, tanto è impossibile da dimenticare.

«Era l'accordatura!» sussurro. Devo fermarmi di nuovo. Mi metto una mano sul cuore. Provo un autentico dolore.

«Devo andare» dice Marc con gentilezza. «Ti porto a Riverdale».

Ora tutto ha un senso. Un intervento di intonazione ha una durata di diverse settimane, persino di mesi. L'effetto dell'accordatura non dura che poche ore. Quell'accordatura è la sirena che mi ha ammaliato nello showroom. Quando Marlene è arrivata nel Montana, aveva perso la sua voce perché l'accordatura era svanita. Non appena Marc l'ha riaccordata, lei è tornata.

Ma perché quest'accordatura? È come se gettasse su di me un incantesimo. Pura magia. Il mio cuore risuona ancora, gonfio di quella malia. È qualcosa di fisico. Come può una semplice accordatura produrre un effetto simile?

«Che cos'è quell'accordatura?» chiedo a Marc una volta tornati in macchina. Marc saluta con un cenno i passeggeri di un altro veicolo che sta procedendo cautamente nel vialetto mentre noi ne usciamo. I proprietari del laboratorio. Abbiamo finito giusto in tempo.

«È la storia che ha cambiato la mia vita» dice Marc. «Ho imparato quel tipo di accordatura alla Steinway da un accordatore polacco che ormai è morto».

«Com'è morto?».

«Un incidente in metropolitana. Non si è mai ripreso. Si chiamava Szott».

«Solo Szott?».

«L'ho conosciuto solo con questo nome. Alla Steinway eravamo due spiriti affini».

Marc si ricorda di Szott come di un uomo sottile che si muoveva con le stampelle, spalle curve, calvizie incipiente, occhi azzurri, accento pronunciato. Aveva problemi di circolazione e stava spesso male. «Rimaneva sempre in un angolo, muto» ricorda Marc. «È invecchiato anzitempo. Io ero giovane ed entusiasta dal mio primo lavoro a tempo pieno. Szott era una figura paterna. Emanava gentilezza e umanità. Quel tipo di accordatura l'ho imparato da Szott. Gli strumenti accordati da lui erano i più dolci, scintillanti... come il riflesso della luna nell'acqua».

Come il riflesso della luna nell'acqua. Mi volto e guardo fisso Marc, esterrefatta nell'udire la mia stessa impressione pronunciata da lui.

«Era la prima volta che un'accordatura mi commuoveva. Sapevo che quella era la cosa più bella che avessi mai sentito». Emette un sospiro. «Allora mi resi conto che le mie accordature non suonavano in quel modo. Cercai di ricostruire il modo in cui otteneva quell'effetto. Lui non aveva le parole per spiegarlo».

«Così tu l'hai ricostruito solo ascoltando?».

«Quel tipo di accordatura mi ha aperto la via per un modo diverso di intendere il mio lavoro. Avevo trentadue anni. Accordavo in modo grossolano. La mia sequenza di temperamento era stata approvata da Franz Mohr, il direttore del Dipartimento Concertisti della Steinway. Le mie erano accordature vivaci, roboanti, altisonanti. Ma nutrivo una sana dose di rispetto reverenziale per quello che Szott riusciva a creare con il suo lavoro, simile alle nebbie che gravitano lungo i fiumi nei primi giorni d'autunno. I suoi suoni fluttuavano, sì, fluttuavano nell'aria... nascevano e si libravano e...».

La voce gli si affievolisce, la mano destra si agita in aria nel tentativo di descrivere quel suono. Poi si volta verso di me.

«Faceva un tipo di accordatura, uno solo. È come creare un'unica scultura, e quella scultura è la Venere di Milo».

Accostiamo al marciapiede, all'inizio della scala che conduce al treno sopraelevato che mi riporterà in città. Afferro la maniglia della portiera, ma Marc si volta verso di me, agitato.

«Ascolta, adesso sono molto preoccupato perché anch'io mi sono reso conto di una cosa: quando accordo e riaccordo lo stesso pianoforte più volte, succede qualcosa. A un livello di precisione tra il 99,3 e il 99,9%, succede qualche stramaledetta cosa». Sta quasi gridando.

«Cosa succede?».

«Non lo so, forse è il mondo a matrici di cui parla Michael Harrison. Forse la struttura cristallina si evolve o diventa meglio organizzata o non so nemmeno io cosa. È la differenza che c'è tra un cristallo di quarzo e un diamante. Dio solo sa cos'è. Ma succede qualcosa! Succede qualcosa. Tu l'hai sentito». Non è una domanda. Credo di conoscere ciò che Marc sta descrivendo.

«Io l'ho sentito. Ma per me non si tratta di una particolare accordatura. Per me è solo una struttura altamente organizzata che diventa ancor più strutturata e ancora più raffinata, fino a raggiungere la bellezza perfetta, e poi... si sconfina in qualcosa».

«Dunque tu credi che si tratti di un'accordatura qualsiasi che viene portata a un alto livello di raffinatezza?».

«È quando un pianoforte è davvero perfettamente, impeccabilmente intonato e accordato». Marc pronuncia queste parole con evidente passione. Si aggrappa al volante, anche se l'auto è ferma.

L'intensità delle sue parole mi commuove. Credo di sapere esattamente di cosa stia parlando. È il suono di Marlene, l'ultima volta che l'ho sentito.

«Più lo perfezioni, più è potente?».

«Sì, è così».

«Dio mio, allora non sono pazza».

«Direi proprio di sì invece». Di nuovo quella risata sguaiata. «Sei pazza, e sei appena entrata a far parte di questa piccola simpatica banda di pazzi».

21

L'antroposofo

Adesso lo so. Quello che ho vissuto con Marlene, la *Marlene Experience*, è ancora più effimero di quanto io o tutti i tecnici che ho consultato potessimo immaginare. Chi si innamora di un tipo di accordatura? Ma ora, la domanda più urgente è: come devo comportarmi? Dove mi porta questa scoperta? A quale altra tappa del mio viaggio nel mondo del pianoforte?

Devo lasciar perdere Marlene e fare qualcos'altro. L'intonazione di Marc, senza la sua accordatura, non funziona con me. Le false piste che abbiamo imboccato alla scuola di musica e a Westchester County ne sono la prova. E non posso certo far venire Marc nel Montana una volta al mese perché mi accordi il pianoforte. La cosa più ragionevole da fare è puntare sul suono originale, intonato in fabbrica, della Grotrian. Appena arrivo a Midtown, vado a piedi fino a Beethoven Pianos, nella speranza di trovarci Carl. Ma lui non c'è. Suono di nuovo il Grotrian in noce ed è bello come lo era all'inizio della settimana. Ora so per certo cosa devo fare. Ma prima aspetterò di parlare con Carl.

Sto giusto prendendo il cappotto e recuperando gli spartiti, pronta ad andarmene dal negozio, quando il suo proprietario varca la porta a vetri, con un sacchetto di plastica in mano. Sembra felice di vedermi.

«Ho qualcosa per te» dice Carl, con voce eccitata, porgendomi il sacchetto. Dentro ci sono alcuni libri. «Tienili pure tutto il tempo che vuoi».

Tiro fuori i libri dal sacchetto e mi siedo sullo sgabello di un pianoforte per dare un'occhiata, mentre Carl sale sul soppalco per fare alcune telefonate. I libri sono logori e provengono chiaramente dalla biblioteca personale di Carl.

Il primo è *Music Forms* di Geoffrey Hodson. La sovraccoperta è decorata da un giglio giallo a colori pastello. Su uno dei risguardi c'è scritto: "Theosophical Publishing House of Madras, India". All'interno vi sono fotografie a colori di bizzarri organismi. Sembrano molluschi increspati, o bocche di ricci di mare, materia indistinta in curiose formazioni. Leggo una didascalia:

> *Queste forme, che balzano e turbinano come danzatori presi in un ballo frenetico, sono alcune delle "sculture" dinamiche nate da una serie di esperimenti che dimostrano la meravigliosa varietà di effetti prodotti dalla vibrazione.*

Apro il libro successivo, *Healing and Regeneration Through Music* e trovo queste parole:

> *L'organismo umano è una tavola armonica. Il corpo fisico dell'uomo è uno strumento musicale che può essere in sintonia o in dissonanza con le armonie celesti, a seconda dello stato di salute, del benessere, del grado di evoluzione dell'individuo.*

Aprendo *Clairvoyant Investigations*, una pubblicazione in brossura della Theosophical Society, trovo questo:

> *Mentre si esibisce, ogni vero musicista entra in relazione con i Ghandarva, o arcangeli del suono creativo, e può diventare un tramite per le loro influenze innalzatrici. Dunque si presume che i musicisti siano soggetti attivi dell'energia creativa, che, specialmente se di natura più spirituale, si riversa nel mondo e nelle vite delle persone.*

Ci sono numerosi altri libri dello stesso tenore.

«Ti ringrazio molto. Non vedo l'ora di leggerli» dico a Carl, dopo che ha sceso di nuovo le scale. I libri sembrano incomprensibili, ma forse mi aiuteranno a capire meglio Carl Demler, dal momento che più lo conosco, più diventa enigmatico. Questi libri devono far parte della "religione" di Carl, di cui mi ha parlato lo scorso anno.

«Come hai cominciato a interessarti a questi argomenti, Carl?».

Carl prende posto sullo sgabello di fronte a quello dove sono seduta io, e si abbraccia un ginocchio con entrambe le mani. Il volto ha un'aria inaspettatamente smunta, ma gli occhi gli brillano mentre risponde alla mia domanda.

«Quando ero alla scuola alberghiera, a Ginevra, e lavoravo come chef in un ristorante, avevo un'insegnante francese, Madame Appia, che mi fece conoscere la filosofia di Rudolf Steiner e l'idea che esista un mondo al di là di quello che noi riusciamo a vedere».

«E tu riesci a vederlo?».

«Io no, ma conosco persone che ci riescono. La risposta che mi do è che noi siamo scintille divine, mandate qui per fare esperienza del mondo fisico, come tappa per diventare intelligenze creative. Non sono certo un filosofo. E neanche un mistico. Ma se perdo qualcosa che è di mia proprietà, lascio che scivoli via. Comunque non avrei potuto tenerlo con me. Questo facilita le cose quando devo avere a che fare con clienti in preda all'ira, per esempio. A volte pensano di aver fatto la scelta sbagliata. Il mio lavoro consiste nell'aiutarli, nel farmi in quattro per loro, più di quanto siano disposti a fare gli altri».

Poi Carl dice una cosa che mi sorprende.

«Sarei felice di sbarazzarmi del negozio. Il mio unico interesse è vedere se riusciamo ad avviare una scuola per tecnici pianistici. E sarei ancor più interessato ad aprire un centro terapico».

«Questi libri sembrano voler dire che la musica stessa è in grado di curare. In un certo senso, quello che hai non è già un centro terapico?».

«Sì. La musica è una parte importante della cura» dice Carl, pensoso. Poi si interrompe un attimo. «Ti va di venire a pranzo con me?».

«In questo posto preparano cibo sano a prezzi ragionevoli» dice Carl mentre usciamo da Beethoven's e risaliamo il marciapiede fino a un ristorante all'angolo tra la 58ª e la 7ª.

Una volta al banco, ordiniamo entrambi zuppa e pane per toglierci dalle ossa il gelo di questo rigido pomeriggio di novembre, e prendiamo posto su uno dei lunghi tavoli da casa colonica in un angolo vicino a una finestra.

Carl mi racconta del suo recente viaggio in Germania. Ha visitato un centro terapico sul lago di Costanza che mette in pratica la dottrina di Hildegard von Bingen, compositrice, badessa e visionaria medievale. «Ho dei problemi al ginocchio. Ma sto seguendo la terapia che mi hanno prescritto là, e l'anno prossimo, in occasione del mio settantesimo compleanno, correrò la maratona di New York».

«È meraviglioso! Che cosa ti hanno diagnosticato al ginocchio?».

«Stress» replica Carl. «C'è troppo stress nella mia vita».

Si direbbe una ben strana diagnosi per un ginocchio, ma non per Carl. Il suo volto esile e spigoloso appare infossato e grigio. Sembra ancora più magro di come lo ricordavo, fragile e vulnerabile. Mi immagino di poterlo sollevare da terra con una mano, come se fosse un uccellino ferito, e portarlo con me.

«Quando andrai in Germania, dovresti visitare il centro sul lago di Costanza» dice. «È bellissimo».

Quando andrò in Germania?

«E quando andrai alla fabbrica Grotrian, c'è un museo che devi vedere a Braunschweig. Hanno il Grotrian di Clara Schumann».

«Sì» dico incerta. «Mi piacerebbe».

«Allora» dice cambiando argomento. «Com'è andato finora il tuo viaggio?».

«Benissimo. Sto imparando davvero tanto». Spezzo il filoncino di pane francese che dividiamo e lo ripongo davanti a lui.

«È magnifico. Quando smetti di imparare, puoi dire di essere bello che morto».

Racconto a Carl dell'accordatura alla Schubert, gli dico che è di quella che mi sono innamorata e che quello era il motivo per cui il pianoforte non tratteneva l'intonazione impartitagli da Marc nel Montana.

«La giusta accordatura può fare miracoli» dice Carl. «Tutto sta nel tipo di accordatura che meglio si adatta alla tua psiche».

«È già successo a qualche tuo cliente di perdere la testa per un'accordatura?».

«La maggior parte delle persone ha perso il contatto con la vibrazione perché siamo troppo invischiati nella parte materiale dell'esistenza» dice Carl. «La musica è l'essenza di tutto ciò che è nell'esistenza».

«È un bel problema, considerato dove vivo. Non credo che ci sia qualcuno in grado di effettuare quell'accordatura. Dovrò accontentarmi di ottenere il miglior suono possibile».

«Come sta il tuo pianoforte?» chiede, gentile. Guarda in basso, intento a imburrare del pane.

È il mio momento. Le parole che ho provato mentalmente per settimane mi escono dalle labbra con impeto improvviso.

«Carl, non so più cosa fare con quel pianoforte. Ce l'ho da quasi tre anni, e in tutto questo tempo è stato piacevole da suonare per massimo un mese. Ho parlato dei martelletti con numerosi tecnici. Alcuni dicono che mi hanno semplicemente mandato un set malriuscito. Mi hanno detto anche che avrei dovuto ricevere dei martelletti preintonati e montati sugli stiletti, in modo da poter effettuare semplicemente il cambio».

«Avrei dovuto pensarci» dice Carl a voce bassa.

«Beh, tu non sei un tecnico». Per qualche ragione non voglio dare la colpa a Carl.

«No, ma mi occupo di queste cose ogni giorno». Si interrompe per riflettere. «I Grotrian sono talmente costanti, sono progettati per avere un alto livello di tolleranza, ero convinto che avrebbe funzionato!». Prende una cucchiaiata di zuppa, e riflette ancora un po'. Poi dice: «Vediamo se la fabbrica riesce a risolvere il problema. Chiederò loro di installare i martelletti dentro uno dei loro piani, intonarli e spedirteli. Ricordamelo quando torniamo in negozio, prenderò un appunto in modo da chiamarli in mattinata».

«È magnifico! Grazie infinite! Forse i martelletti nuovi già montati sugli stiletti saranno la fine di questa odissea».

«Coi pianoforti è un'odissea che non finisce mai» dice Carl ridendo, le sopracciglia arcuate in un'espressione di perplessità. «A meno che uno non si abitui al suono e impari ad amarlo a prescindere». Poi sembra preoccupato da qualche altro pensiero. «Ti sono piaciuti i Grotrian nuovi nello showroom?».

«Oh, moltissimo! Soprattutto il Grotrian in noce, sarei felice se il mio piano suonasse come quello».

«E sei soddisfatta del tocco del tuo piano, della meccanica?».

«Oh sì! Dal punto di vista del tocco, non ho mai suonato un piano migliore».

«Beh, in questo caso, potrei prendere i martelletti del Grotrian in noce e spedirteli. Perché no? Così sarai sicura che l'intonazione è quella che desideri. Naturalmente non potrò farlo prima di aver ricevuto un nuovo set dalla Grotrian. Non so se saranno d'accordo. Metteremo quelli che ci manderà la fabbrica nel Grotrian in noce, e farò venire un tecnico per vedere come li intonerebbe lei».

La sua risposta mi lascia di stucco. Come può fare una cosa del genere? E la cosa più sconcertante è che la vede come un'opportunità per sperimentare cose nuove con i pianoforti. Mi prende un improvviso slancio di euforia, ma screziata di perplessità.

«Ma sei sicuro? E se non dovesse funzionare?».

«Proviamoci, sarà un esperimento. E se non funzionerà, allora proveremo qualcos'altro».

«E se nel frattempo arrivasse qualcuno interessato all'acquisto del Grotrian in noce?».

«Beh, faremo in modo che aspetti. Glielo terremo da parte».

«È una follia».

«No, è perfetto. È deciso!».

22

Rivelazione

Alcuni sostengono che la vita si insinui nel corpo umano attraverso la musica, ma la verità è che la vita stessa è musica.
Inayat Khan, maestro Sufi

Quando usciamo dal ristorante, fuori è già buio e l'aria è gelida. Cammino con Carl fino al negozio, lo ringrazio di nuovo e poi mi avvio per Piano Row verso la fermata della metropolitana. Sul marciapiede di fronte c'è un nuovo rivenditore Kawai. Il negozio è chiuso, ma i faretti della vetrina illuminano un Pleyel con la cassa di un legno esotico. Il prossimo negozio, procedendo verso est, è Faust Harrison. Al di là del vetro scorgo Michael Harrison intento a parlare al telefono, e dietro di lui intravedo un pianoforte di mogano satinato. Sembra proprio lo Steinway L su cui Marc ha effettuato l'accordatura alla Schubert stamattina. Suono il campanello, e Michael mi fa entrare.

«Avremo una lezione di canto indiano raga fra pochi minuti» mi informa Michael. «Se vuoi unirti a noi, sei la benvenuta».

Dei cuscini di lana dalle tinte sgargianti, posti a sedere per i cantanti in arrivo, sono sparpagliati sul tappeto orientale che occupa il centro della stanza. Un tamboura, uno strumento simile al sitar con un lungo manico e il corpo costituito da un'enorme zucca, è appoggiato su un apposito cuscino.

Poi i miei occhi vengono di nuovo attratti dal pianoforte in mogano satinato.

«Quel pianoforte è arrivato qui giusto oggi pomeriggio» dice

Michael, seguendo la traiettoria del mio sguardo. «Io non ho avuto ancora la possibilità di suonarlo. Vuoi farlo tu?».

Sollevo il coperchio. È uno Steinway. Suono appena qualche battuta di Mozart e riconosco immediatamente il suono. L'accordatura alla Schubert ha resistito al trasporto da Dobbs Ferry fin qui. Dico a Michael che rimango volentieri a sentire la lezione di canto raga.

Siamo in nove seduti su cuscini di dhurrie, davanti a Michael che tiene il tamboura in grembo e ne sfiora delicatamente le corde con le lunghe dita. Tiene la fronte premuta contro la parte posteriore del manico dello strumento. Le corde vibrano producendo un debole ronzio, Michael le accompagna con la voce. Dopo ogni nota si ferma, e gliela restituiamo liberando il suono in mezzo a noi. Canta sillabe irriconoscibili, muovendosi sull'esotica scala della musica classica dell'India settentrionale. Ci adeguiamo al suo tono, variando la nostra intonazione, e insieme produciamo strane e toccanti armonie.

«L'accordatura è tutto» dice Michael, rannicchiato nella grande poltrona nello studio di musica della sua casa a Yonkers. Il compositore e pianista è magro come uno stelo, con dita lunghe e delicate e un'aria da scolaro dovuta agli occhiali con la montatura spessa, un po' da secchione. Le sue lunghe gambe sono intrecciate come giunchi. Ho preso un treno per arrivare fin qui, perché dopo aver ascoltato l'intonazione del canto raga ieri sera e dopo la conversazione che è seguita, so che se c'è qualcuno in grado di spiegarmi che cosa sia l'accordatura alla Schubert, e perché produca su di me quell'effetto, non può essere che Michael.

«È una questione di risonanza» dice. Dai suoi modi solleciti e rassicuranti capisco di essere stata ammessa all'interno di una comunità, una tribù. Siamo seduti ai lati opposti di un piccolo tavolo, su cui sono posate le nostre tazze di caffè. Dietro di noi c'è un'intera parete rivestita di libri e spartiti. Davanti ci sono enormi, svettanti altoparlanti stereo. Dalla parte opposta campeggiano due pianoforti a tre quarti di coda, entrambi di due metri e dieci, disposti vicini e con i bordi paralleli, come i due poli dello yin e dello yang. «Ogni cosa è risonanza, vibrazione. Tu risuoni a quelle particolari frequenze».

Ieri sera, dopo che gli ho spiegato le ragioni del mio interesse per lo Steinway L, Michael mi ha fornito alcuni esempi concreti di come le frequenze simpatiche agiscano nel mondo. In una stanza piena di pianoforti, se si preme una sola nota su uno di essi, tutti gli altri emetteranno quella stessa nota, se gli smorzatori sono alzati. Se riempi una stanza di orologi a pendolo, con i pendoli che oscillano ognuno a modo suo, e li lasci vicini per una notte, al mattino li vedrai oscillare tutti insieme, in sincrono.

«È un fatto fisico» mi ha spiegato. «Le onde radio tendono all'efficienza. Se le onde agiscono in armonia l'una con l'altra incontrano minor resistenza. Succede anche tra le persone. Le donne che vivono o lavorano insieme, per esempio, hanno il ciclo tutte nello stesso periodo».

Michael mi ha anche dato da leggere una storia dell'accordatura, *Temperamento. Storia di un enigma musicale* di Stuart Isacoff, e mi ha regalato un cd contenente la sua composizione *Revelation: Music in Pure Intonation*, eseguita da lui stesso con una accordatura speciale, mi spiega, di sua invenzione. Poi mi ha invitato a fargli visita a casa sua, in modo da sentire con le mie orecchie che cosa sia un pianoforte accordato secondo i principi armonici.

Michael Harrison è cresciuto a Portland, nell'Oregon, figlio di un famoso matematico, in una famiglia di scienziati. Ha cominciato a subire il fascino dei pianoforti da giovanissimo, e ammette di aver trascorso gran parte della adolescenza intrufolandosi sui palcoscenici di buie sale da concerto solo per poter suonare un pianoforte preparato e accordato come si deve. Ricorda di aver desiderato così ardentemente di possedere un pianoforte a coda, che, quando una rivista di tastiere ne offrì uno come premio in un concorso aperto a tutti, Michael pagò più di settecento dollari in spese postali per avere maggiori possibilità di vincere la competizione, uno sforzo che si rivelò poi inutile.

Quando aveva poco più di vent'anni, fu attirato dal sufismo, una filosofia orientale che impiega la musica come veicolo di illuminazione, e studiò con un famoso cantante raga. Dopo un anno di canto raga indiano, che utilizza un sistema di accordatura diverso da quello in uso in Occidente, si appassionò alla materia e si scoprì insoddisfatto di come era accordato il suo pianoforte. Cominciò a sperimentare.

«Il particolare fascino del pianoforte dipende in parte dal fatto che le sue corde producono armonici» spiega Michael. «C'è una qualità tonale composita più ricca di quella che si può apprezzare in una chitarra. Il flauto si limita ad armonici bassi. Un oboe ha armonici alti. Ma con il pianoforte si ha una struttura di armonici ricca e complessa per ogni nota, è come avere l'intera orchestra in un solo strumento. Il pianoforte è lo strumento con la maggior risonanza simpatica al mondo».

Ieri sera ho detto a Michael dell'accordatura alla Schubert e della reazione che mi ha provocato. Ora gli racconto la vicenda che mi ha condotto a Marlene, e le ricerche che sto facendo per ritrovare la sua voce. Spero che riferendogli la mia storia Michael possa fornirmi una chiave per capire cosa mi è capitato.

«Ma perché risuono a quelle particolari frequenze?» chiedo. «Perché sono stata stregata da questo pianoforte al punto da essere disposta, per averlo, a sacrifici che prima non avrei preso nemmeno in considerazione? Che cos'è che cerco in questo strumento? Mi sembra tutto così irreale e pazzesco».

Michael sorride. «Lascia che ti risponda con una fiaba sufi con cui credo che entrerai in risonanza. Prima che l'anima umana si incarnasse, Dio stava cercando di convincerla a entrare nel corpo dell'uomo. Ma l'anima non voleva, perché si trovava in un regno infinito di gioia e di beatitudine sconfinate. Perché avrebbe dovuto calarsi in una forma umana dentro la quale avrebbe sperimentato la malattia e i limiti del tempo e dello spazio? Così, l'unico modo che Dio trovò per indurre l'anima a incarnarsi fu chiedere agli angeli di suonare della musica. L'anima se ne inebriò al punto di volerla ascoltare meglio. E l'unico modo per ascoltarla meglio era farlo con orecchie umane. Fu così che Dio imbrogliò l'anima per convincerla a incarnarsi».

Entrambi ridiamo ad alta voce. Ma nel mezzo della risata, io scoppio in lacrime. Mi scorrono abbondanti sul viso.

«È incredibile. Non so perché sto piangendo. È solo che mi sembra così reale».

«Ero sicuro che saresti entrata in risonanza con questa storia. Vuoi un fazzolettino?».

«Grazie. Credo di averne qualcuno in tasca». Li prendo e mi asciugo gli occhi. «Sembra proprio che questo viaggio sia destinato a farmi piangere spesso. È successo anche ieri, quando ho ascoltato il piano accordato da Marc. Ma torniamo alla mia storia. Che cos'è che mi fa risuonare?».

«Io credo che in questo momento della tua vita tu abbia raggiunto una sintonia elevata a qualche livello di vibrazione. Perciò succede che quando senti determinate cose, come i pianoforti che ti hanno suscitato queste reazioni, ed essi sono a un certo livello di vibrazione, questo ti fa scivolare in uno stato di rimembranza. Di un qualche altro regno che la tua anima ha conosciuto. È una specie di alchimia, le vibrazioni dei suoni scatenano il ricordo di questo luogo nostalgico e incantato. E dunque per te si tratta semplicemente di questo. Scoprire da dove provieni. Che cos'è che ti riporta in quel luogo. Il pianoforte è un microcosmo di verità universale. La sacralità delle proporzioni matematiche perfette cura l'anima, materialmente e inconfutabilmente, e cura anche il corpo umano».

In effetti, quando venivo avvolta dalla bellezza splendente di Marlene, ero come trasportata in una dimensione di verità interiore, o almeno di trascendenza. Quando me ne allontanavo, ne sentivo una nostalgia struggente, la nostalgia di qualcosa di cui avevo un ricordo parziale.

«È molto profondo. E per te di che si tratta?».

«La mia vita è stata tutta in questa ricerca. Alla fine ho conosciuto di persona ciò di cui stai parlando. Nel 1979 arrivai a New York, e il compositore La Monte Young mi invitò nel suo loft a Tribeca per ascoltare la registrazione di una sua performance dell'anno prima su una sua composizione, *The Well-Tuned Piano*».

«In quel periodo *The Well-Tuned Piano* durava quattro ore e mezza. Ora ne dura sei e mezza. Così mi sedetti nel suo loft, con questi enormi altoparlanti alti più di un metro, e ascoltai quelle quattro ore di musica. E ascoltare quella musica produceva lo stesso effetto che descrivi tu a proposito di quei pianoforti. Era in qualche modo la sonorità che avevo sempre sognato, ma anch'io non sapevo come fosse possibile. E tutto questo cambiò la mia vita all'istante. Non avevo idea di come avesse potuto creare quella musica straordinaria, angelica, meravigliosa, che era al di sopra di qualsiasi cosa io avessi mai sentito in vita mia. E così gli dissi subito che volevo essere suo allievo, imparare da lui. Fu l'inizio di una lunga odissea per me, allo stesso modo in cui la tua esperienza ha avviato un'odissea per te».

Michael divenne l'accordatore personale di Young, lavorava al suo Bösendorfer personalizzato a ogni registrazione. Era una forma di apprendistato, dato che Young non gli insegnò composizione finché Michael non ebbe terminato gli studi di accordatura.

«Per La Monte, l'accordatura era la cosa più importante e sacra» continua Michael. «La Monte ha una teoria che condivido. Sostiene che l'accordatura sia una funzione del tempo. È come un filosofo. Penso a lui come a un Pitagora dei giorni nostri».

Pitagora, il matematico e filosofo greco, scoprì le leggi naturali che governano la musica praticamente per caso. La leggenda vuole che a Crotone, intorno al 530 a.C., Pitagora passasse un giorno accanto alla bottega di un maniscalco e si fermasse ad ascoltare il suono dei martelli che si abbattevano sulle incudini. Certe volte il suono era stridulo, sgradevole e dissonante. Ma altre volte i martelli sembravano fondersi in una squisita, trascendente armonia. Pitagora entrò nella bottega per capire perché. Scoprì che martelli di pesi diversi producevano toni diversi, e che ogni volta che i pesi relativi dei martelli formavano precise relazioni matematiche, come 2:1 o 3:2 o 4:3, le note che emettevano simultaneamente creavano piacevoli armonie.

Pitagora interpretò queste scoperte come segni di un ordine naturale nell'universo. Conducendo esperimenti su una corda tesa suddivisa secondo quelle relazioni, pose le basi dell'accordatura degli strumenti a tastiera.

«Gli astronomi sanno da secoli che più a lungo si osserva un pianeta in movimento, meglio se ne può prevedere l'orbita» prosegue Michael, per fornire un esempio. «Più è ampia la sezione di orbita osservata, maggiori informazioni si hanno. Beh, i toni si comportano esattamente nello stesso modo. Sono come le orbite. Per esempio, quando si accordano due note, poniamo che si stia accordando una quinta perfetta, esse sono in relazione. Quel che accade è che, se sono leggermente scordate, creano dei battimenti acustici nel punto in cui vibrano l'una contro l'altra. Più la quinta entra in sintonia, più i battimenti rallentano fino a diventare sincroni. Bene, come sarà questa sincronia? Ci sarà un battimento ogni due secondi? Ce ne sarà uno ogni cinque? Ogni dieci? Più a lungo si ascolta, più precisamente si potranno accordare questi intervalli per fissare la sincronia migliore. Ecco dunque che l'accordatura è una funzione del tempo. Insomma, passai molto tempo ad accordare il piano di La Monte. In effetti ci passavo ore e ore ogni giorno, per intere settimane di fila, perfezionando l'accordatura in un ambiente in cui temperatura e umidità erano rigorosamente controllate. Per la sua opera. Perché la sua opera richiede anche un'accordatura molto diversa da quella che si effettua su un pianoforte normale. Fondamentalmente, l'accordatura normale dà luogo a forme d'onda non periodiche. Il che significa che le forme d'onda non si ripetono nell'aria. Nel temperamento naturale, gli intervalli creano forme d'onda composte e periodiche. Il che significa che *si ripetono*».

Il temperamento naturale, ho appreso leggendo il libro di Isacoff che mi ha dato Michael, è un metodo di accordatura in cui tutti gli intervalli – gli spazi fra le note – si trovano in proporzione naturale l'uno rispetto all'altro. Seguono le relazioni armoniche individuate da Pitagora nel mondo naturale, note anche come serie di armonici.

Ogni singola nota si compone di molti toni; essi formano una sorta di involucro tonale. Si tratta dei suoni parziali, o armonici, che vengono liberati allorché viene sollecitato il tono base. Seguono una struttura matematica prevedibile, fatta di numeri interi. Il primo armonico si sente a un'ottava più su del tono base. Se il tono base vibra a cento giri al secondo, dato che il primo armonico corrisponde sempre a una frequenza doppia, vibrerà a duecento giri al secondo, per un rapporto di 1:2. Le ottave corrispondono sempre al doppio della frequenza, pertanto l'ottava successiva vibrerà a quattrocento giri al secondo.

Il secondo armonico è sempre una quinta sopra il primo, ed è sempre un multiplo di tre, in un rapporto di 2:3. Da qui in poi gli armonici continuano a risalire la scala, e gli intervalli – le distanze fra loro – diventano sempre più esigui. Restringendosi, diventano sempre più discordanti. I rapporti più semplici creano i toni più armonici e consonanti, dunque i più piacevoli. Questi toni si sentono simultaneamente quando si suona una singola nota.

La serie degli armonici è un fenomeno naturale e universale; è il fondamento stesso dell'armonia. «È come l'arcobaleno nel cielo» aggiunge Michael. «I colori si susseguono sempre secondo la stessa sequenza». Suona un Do sul suo Schimmel. «Senti come il Do contiene in sé anche il Do dell'ottava superiore, e il Sol, o la quinta, superiore? E poi senti la terza ancora più su?».

Quando si accorda una tastiera secondo il temperamento naturale, il tipo di accordatura usata da Michael, gli intervalli tra le singole note sono accordati in maniera pura, ovvero in modo da farli corrispondere alle frequenze delle serie naturali di armonici. Ma sorge un problema, che Isacoff descrive diffusamente nel suo libro: se a ogni nota all'interno di un'ottava si assegna la giusta frequenza secondo la serie di armonici naturali, le note non stanno più nel contenitore dell'ottava pura. Quando Pitagora e i suoi seguaci se ne accorsero, si sforzarono di dissimulare il fatto, pensando che potesse indicare un qualche difetto nel sistema naturale.

E così ebbe inizio l'enigma dell'accordatura. Come fare in modo che tutte le note stiano nell'ottava? Non importa con quale sistema l'accordatore fissi tutti gli intervalli puri, da qualche parte ce ne saranno uno o più impuri. Le proporzioni dell'intero numero non si sommano. Le quinte con la loro proporzione di 3:2 e le terze il cui rapporto è di 5:4 non arriveranno mai allo stesso punto. Per esempio, secondo questa intonazione, nella tonalità di Do maggiore il La che è la terza nota sopra il Fa non sarà uguale al La che è cinque note sopra il Re. La differenza tra i due La (a un'ottava di distanza) è chiamata comma. Gran parte delle opere composte prima dell'adozione del temperamento equabile si sforzano in tutti i modi di evitare questa incongruenza.

Il temperamento equabile è la soluzione moderna al problema

del comma. I dodici semitoni della scala cromatica sono suddivisi equamente all'interno di un'ottava, in modo che siano tutti abbassati di un dodicesimo, uno scarto che la maggior parte delle persone non è in grado di percepire. Michael mi espone una efficace metafora per aiutarmi a capire meglio il concetto: i mesi lunari e l'anno solare non combaciano. Così come accade con le ottave, noi ci adeguiamo al dettato dell'anno solare, in quanto esso determina le stagioni. Prolunghiamo la durata di un mese – che corrisponde alle note – da ventotto a trenta o trentun giorni, in modo tale che i mesi rientrino nell'anno solare. In modo analogo, le frequenze delle note vengono rese più lente, o abbassate, in modo che entrino in un'ottava.

«Perciò il temperamento equabile si basa in realtà su un'orrida scordatura» dice Michael. «Le terze equivalgono al quattordici per cento di un semitono diesis». Le proporzioni, anziché essere numeri interi consonanti, diventano numeri irrazionali dissonanti. Si può ingannare l'orecchio, ma non altre parti di noi. Quando un quartetto di voci maschili canta, lo fa naturalmente nella giusta intonazione. Se si esibisce un quartetto d'archi, lo fa naturalmente con un temperamento naturale. Nessuno ci deve insegnare quel tipo di intonazione; è già in noi. E dato che possediamo una reattività naturale, in quanto risuoniamo agli intervalli puri, un'accordatura senza battimento – in cui le forme d'onda sono periodiche o ripetitive – costituisce un'esperienza estetica completamente diversa da quella offerta da una falsa accordatura.

Dunque ecco che cosa intendeva Marc quando mi diceva che un'accordatura è una serie di piccole, sottili bugie messe insieme a formare quella bugia più grande che è l'accordatura stessa! La verità suona in modo ben diverso dalla menzogna.

Un pianista non ha la possibilità di intonare a piacimento come un cantante o un violinista, o persino chi suona uno strumento a fiato. Non si può regolare la nota alzandola o abbassandola leggermente solo modulando il modo in cui si tocca il tasto. Si è alla mercé dell'accordatura. Il temperamento equabile è il modo in cui vengono accordati praticamente tutti i pianoforti da centocinquant'anni a questa parte.

La filosofia dell'accordatura di Michael accoglie in sé il comma, la nota stridente in cima alla scala, anziché aggirarla mediante il temperamento.

«Io la chiamo la *liberazione del comma*» dice Michael. «Se ci pensi in termini junghiani, il comma è l'ombra del sé, il nostro lato oscuro. Se cerchi di evitare qualcosa, quella cosa diventa il tuo destino. Il comma è l'ombra della musica. Affrontala, e non avrai più bisogno del temperamento».

Con l'accordatura eseguita sulla base del temperamento equabile, il pianoforte diventa dissonante, in quanto libera nell'aria forme d'onda discontinue, che non persistono e non si ripetono. Ma con il temperamento naturale – che è alla base dell'accordatura di *Revelation*, la composizione di Michael – esse si ripetono indefinitamente, stimolando il nostro sistema nervoso attraverso un altro dei canali che conducono al cervello. Ascoltarle comporta un'esperienza cinestetica di reazione al suono completamente diversa.

«La vibrazione agisce sul corpo fisico e le forme d'onda composite stimolano un circuito neurologico nel cervello. Se un'onda periodica stimola lo stesso circuito, provoca un senso di verità universale. Una volta ammesso il comma, si apre un intero mondo di suoni che sono stati ignorati negli ultimi mille anni».

«Però l'accordatura alla Schubert è effettuata con il temperamento equabile» insisto. «E allora come mai scatena in me una reazione simile?».

«Marc conosce molto bene le sfumature di cui sto parlando. È lui ad accordarmi il pianoforte prima dei concerti. Ti ha mostrato un elevato livello di perfezione. Ma con il temperamento naturale, puoi conoscere una perfezione ancor più alta. Molto più alta, in effetti».

Gli chiedo di mostrarmelo. Michael mi conduce al pianoforte Schimmel in ebano, quello che è stato ristrutturato per l'accordatura armonica. Ogni nota è prodotta da una sola corda; questo accentua la purezza del tono. Ci sono anche numerosi piccoli bottoni contrassegnati da colori in codice, ideati per smorzare in maniera selettiva alcune corde in modo che entrino in vibrazione simpatica. Tutto è progettato al fine di produrre un suono dal sostegno più prolungato possibile, ma sotto il completo controllo del pianista per quel che riguarda i toni da sostenere.

Michael prende un martello da accordatura e in fretta accorda per me una quinta perfetta, compresa tra il Do e il Sol. La suono e immediatamente mi sento pervasa da un senso di giubilo. Il suono sorge dalla tavola armonica e si dispiega in un'onda continua, fluida, limpida, poi sembra fuggire via attraverso l'aria, nell'infinito. Ci sono una purezza e una chiarezza che mi toccano nel profondo.

«Cos'è che sto ascoltando?».

«Una quinta perfetta».

«Sì, ma che cos'è?».

Ridiamo entrambi.

«È musica che trasporta in un'altra dimensione dell'esperienza».

Michael accorda diverse altre quinte e poi le suona. Il suono è un magico bouquet che sboccia dalla tavola armonica, una piuma profumata. I toni continuano a irradiarsi senza sosta.

«Posso?». Suono una quinta sulla tastiera e ascolto il suono che ne rotola fuori. «I toni si fondono».

«È vero. Se getti un sasso in un lago, le increspature che si formano intorno al sasso corrispondono a quello che accade con il temperamento equabile. Il suono trema». Suona una terza scordata. «Senti il tremolio? Senti come tintinna?».

Poi suona di nuovo la quinta. «Qui non c'è nessun tremolio. Il lago è perfettamente calmo. È come cristallo».

Il suono è inebriante.

«E se una persona non ci sente?». Penso naturalmente a mio marito, Oliver. «Che succede se si ha un disturbo all'udito? È ugualmente possibile fare questa esperienza?».

La domanda fa esitare Michael per un momento, mentre riflette. «Sì» dice lentamente. «Credo sia possibile. Si tratta di una vibrazione e, se è vero che l'effetto principale si percepisce mediante i circuiti uditivi del cervello, tuttavia sappiamo, grazie a degli esperimenti sugli effetti della vibrazione sulla sabbia e sull'acqua, che esiste un effetto che non ha a che vedere con l'udito. Quando un violino viene suonato, la struttura molecolare del legno si modifica, e né la sabbia, né l'acqua, né il legno hanno le orecchie. Dunque è possibile che le vibrazioni agiscano sul sistema nervoso anche senza sentirle».

Poi Michael mi invita a suonare il Mason & Hamlin a coda posizionato dietro lo Schimmel. Il piano è accordato sulla base dell'accordatura di *Revelation*, un'altra forma di temperamento naturale. Suono una scala, ed è strana: il Do diesis è più basso del Do. Provo a suonare il mio valzer in Si minore di Chopin e scoppio a ridere. Lì dove le note dovrebbero salire, invece scendono. È apparentemente impossibile eseguire una melodia su questo pianoforte. Sembra di essere in una casa addobbata per carnevale, o in una stanza tappezzata di specchi, dove non riesci a trovare l'uscita e qualsiasi cosa cerchi di dire risulta falsata. Il brano di Chopin sembra un capriccio strampalato.

Michael vuole suonarmi *Revelation*, in modo che io possa sentire come dovrebbe suonare questo pianoforte, ma nella versione breve di quarantacinque minuti. Decidiamo di mangiare prima qualcosa. Michael dispone sul tavolo della cucina pane, formaggio e frutta. Vuole saperne di più su come intendo affrontare il problema del mio pianoforte, ora che so dell'accordatura alla Schubert. Sono forse interessata a vendere il Grotrian e comprare lo Steinway L?

La sola idea mi fa rabbrividire. In Marlene c'è di più che un'accordatura, di questo sono certa. Succede qualcosa nel ventre del mio piano, qualcosa che non ho mai sentito in altri pianoforti, nemmeno nello Steinway L accordato da Michael. Non ho idea di cosa si nasconda dietro questa qualità irripetibile, ma non intendo arrendermi. Dico a Michael che ho deciso di optare per l'intonazione in fabbrica e di avvalermi del mio tecnico di fiducia.

«Ci sono un paio di strade che io tenterei per risolvere il problema» insiste Michael, mentre mangiamo pane e formaggio. «Compra un Accu-Tuner. Un Accu-Tuner può memorizzare e leggere l'esatta frequenza di una corda. Così potresti far venire Marc nel Montana perché esegua l'accordatura più perfetta possibile, e poi con l'Accu-Tuner misurare l'esatta frequenza di ogni corda. Dopo potresti decidere di accordarlo tu stessa in modo da riprodurre lo stesso effetto – non è poi così difficile – o di chiamare un accordatore locale che sappia usare un Accu-Tuner. Così non dovresti nemmeno comprarne uno, sono piuttosto costosi».

«L'Accu-Tuner è abbastanza sensibile da registrare ogni sfumatura del lavoro di Marc?» chiedo, incredula.

«Sì, è molto sensibile» replica Michael. «Marc accorderà a orecchio, sul tuo stesso pianoforte, tenendo conto dell'acustica della tua stanza, tutto. L'Accu-Tuner non fa altro che creare una mappa di queste operazioni e riprodurre la medesima accordatura che prima è stata effettuata a orecchio. È uno strumento digitale, è come copiare l'accordatura su un cd. Potrai effettuare l'accordatura alla Schubert, rovinarla e poi usare l'Accu-Tuner per farla tornare esattamente com'era. È molto preciso».

«E si può trasferire l'accordatura da un pianoforte all'altro?».

«Beh... potresti... ma non sarebbe mai lo stesso, perché ogni pianoforte ha caratteristiche diverse per quanto riguarda gli armonici. L'ideale sarebbe che Marc approntasse il pianoforte per te, intonandolo e accordandolo nel modo che desideri, e poi lo registrasse con l'Accu-Tuner. Ma dovrai far venire Marc tutti gli anni, perché l'intonazione andrà modificandosi. Non devi farla toccare da nessun altro. Marc è il miglior intonatore sulla piazza».

Sì, è una buona idea. Se non fosse che non posso aspettarmi che Marc venga regolarmente nel Montana per accordare e intonare. Anche se potessi permettermelo. Tra il lavoro a tempo pieno, i clienti privati e la malattia di Connie, Marc non può prendere un impegno simile con me, e io non potrei mai chiederglielo. Dunque non c'è modo di intonare il mio pianoforte come fa Marc, perché nessuno conosce il procedimento. Almeno fino a quando non avrò la certezza che Tom può effettuare l'accordatura alla Schubert con l'aiuto dell'Accu-Tuner, voglio che nessuno tocchi i martelletti nuovi che mi manderà Carl. Nemmeno Marc.

Eppure, forse c'è ancora un modo per far sì che il mio piano riceva l'accordatura. Forse Marc potrebbe accordare e registrare il suo lavoro sul Grotrian in noce nello showroom di Carl prima che i martelletti mi vengano spediti. In questo modo, almeno, l'accordatura verrebbe realizzata con i martelletti effettivi che saranno installati sul mio pianoforte. Ma non mi dilungo su questo con Michael.

«Mi chiedo come reagirà Marc all'idea di registrare la sua accordatura» rifletto ad alta voce.

«Non gli dispiacerà» dice Michael. «Lascia che gli parli io».

Michael prende posto di fronte al Mason & Hamlin, mentre io mi siedo nell'angolo più lontano, il punto ideale per permettere all'acustica della lunga stanza di amalgamare il suono prima che mi raggiunga. Poi inizia a suonare *Revelation*.

All'inizio la musica sembra cacofonica, indistinta, straniante.

Poi il mio orecchio inizia ad abituarsi e avverto una nuvola di suoni che prende forma sotto il coperchio alzato del pianoforte. Le note cominciano a sgorgare. Essendo consonanti, le forme d'onda sono libere di continuare a muoversi ed evolvere. Non tintinnano l'una contro l'altra come avviene di solito nella musica per pianoforte, e non si interrompono a vicenda. Si avvolgono in spirali ed emergono in volute da sotto il coperchio del piano, proiettando nella stanza grandi nuvole di suono che sembrano crescere in densità, finché non ho la sensazione di essere racchiusa in una matrice di suoni.

E poi, a poco a poco, mi accorgo che la qualità della musica sta cambiando. Comincio a sentire qualcosa di simile a un flauto, prima in maniera indistinta, ma poi sempre più chiara. Poi iniziano a prendere forma altri suoni che non sono quelli di un pianoforte. Sento un oboe, poi un corno, poi un violino. Il flauto sembra librarsi in un andirivieni lungo le ottave. Ecco squillare un ottavino. Si uniscono i corni francesi, un fagotto, le trombe irrompono nella stanza con potenti ondate di suono.

Michael continua così a lungo che comincio a domandarmi quando finirà. Ma più rimango seduta, avvolta in quella nuvola di suono, più mi rendo conto che ciò che sto ascoltando non è semplicemente il risultato di quello che Michael sta facendo. Sta suonando solo una parte molto ridotta della tastiera, eppure tutto il pianoforte risuona di armonici così vivi, così persistenti, dando l'impressione che lo strumento sia stato completamente trasformato. È animato di vita propria, la nuvola di suono cambia forma e si rigenera in sonorità che non appartengono al pianoforte. Gli armonici stanno allestendo un'orchestra. Oppure Michael Harrison ha dieci braccia.

Col passare del tempo, mentre la qualità della nuvola sonora cambia di forma in forma attorno a me, entro in una sorta di trance e mi abbandono alla sensazione di essere avvolta da un maelstrom tonale. La nuvola diventa un uragano, venti impetuosi mi ruggiscono tutto intorno. Alla fine un'intera orchestra al completo infuria da sotto il coperchio dello strumento.

Sono sbalordita. Gli strumenti suonano come fossero manifestazioni occulte, spettri sollevati dalle intense onde sonore degli armonici del piano. La nuvola di note continua a evolversi, a passare di forma in forma finché gli armonici stimolati non cominciano a emettere un suono uguale a quello di un sitar, poi di un tamboura e, infine, di un coro di voci angeliche che risuonano indefinitamente nella stanza, al punto che mi immagino di vederli tracimare attraverso le pareti e le finestre. Quando tutti i colori dell'arcobaleno sono stati liberati nella stanza in un'orgia di suoni, la nube tonale sembra finalmente placarsi, e l'opera si conclude.

Michael si alza dal piano, il volto scarno soffuso di estasi.

«Come hai fatto a ricreare tutti quegli strumenti?» gli chiedo una volta ripresami dallo sbalordimento quel tanto da poter parlare.

«Le risonanze simpatiche si combinano formando suoni completamente nuovi, come in formule armoniche» dice. «Ricombinano e generano materialmente i reali armonici di quegli strumenti. Si tratta di fenomeni fisici».

23

Fisica e metafisica

Ciò che è è movimento.
David Bohm, fisico, *Universo, mente e materia*

L'antroposofia e le fiabe sufi sono tutte cose lodevoli, ma io ho una reazione fisiologica al suono, e voglio capire di che si tratta usando i mezzi dell'intelletto razionale occidentale. Se esiste una spiegazione per quello che mi è successo quando ho conosciuto Marlene – un modo per rappresentare graficamente la trascendenza –, allora voglio conoscerla. Comincio a leggere opere di fisiologia dell'udito, di fisica delle vibrazioni sonore, di psicoacustica, di neurologia e infine di fisica quantistica. La fisica e la matematica non sono mai state il mio forte a scuola, ma il desiderio di capire il fenomeno che mi lega a Marlene mi fa andare avanti. Ben presto, mi accorgo di essermi spinta in un territorio affascinante.

Apprendo che i suoni esistono solo nel nostro cervello; non sono altro che percezioni che si formano come reazione alla pressione dell'aria creata dal movimento degli oggetti. Quando le corde, o la pelle di un tamburo o un diapason, vibrano, disturbano le molecole dell'aria allo stesso modo in cui un sasso disturba le placide acque di uno stagno. Le correnti alternate di alta e bassa pressione dell'aria increspano l'atmosfera formando delle onde. Quando questi impulsi di pressione alternata raggiungono il nostro orecchio, vengono amplificati, trasformati in energia meccanica e poi in energia elettrica, dopodiché vengono inviati al cervello, dove agiscono sull'intero sistema nervoso.

Dentro il condotto uditivo è presente una colonna d'aria, così come esiste all'interno di un flauto o nelle canne di un organo. Essa vibra sotto lo stimolo delle onde di pressione provenienti dall'ambiente circostante, inviando impulsi al timpano. Il timpano converte tali impulsi in energia meccanica e li trasmette all'orecchio medio. Nell'orecchio medio gli impulsi colpiscono tre ossicini collegati tra loro come un sistema di leve che triplica la potenza degli impulsi, i quali in questo modo raggiungono la "finestra ovale", la membrana che copre l'apertura della coclea, o orecchio interno, una cavità ricolma di liquido. La finestra ovale concentra ulteriormente l'intensità delle vibrazioni, e quando esse raggiungono la coclea, la loro forza meccanica risulta amplificata ottocento volte in un tratto di soli quattro centimetri.

All'interno della coclea, che misura all'incirca come la punta di un mignolo, la forza si trasforma in pressione idraulica che invia attraverso il liquido impulsi ai dotti spirali e colpisce le membrane dell'orecchio interno fino a raggiungere la zona più riposta del corpo: l'organo di Corti, una massa gelatinosa lunga circa quattro centimetri. L'organo di Corti si muove al ritmo impartito dagli impulsi. All'estremità dell'organo di Corti, c'è una massa di cellule che arriva quasi a toccare i tentacoli del nervo uditivo. Queste cellule sono provviste di migliaia di ciglia sottili raccolte in uno spesso strato sporgente detto membrana tectoria. Quando alla membrana viene impresso un movimento dai fluidi che pulsano per via dell'energia trasmessa dalle onde sonore, le ciglia ne assecondano il movimento, e gli sforzi di taglio generano segnali elettrici che stimolano il nervo uditivo e, in ultimo, i centri del cervello preposti all'udito.

Questa energia elettrica invia al cervello una versione codificata delle onde sonore originali, la frequenza base, l'intensità e il timbro. Queste informazioni arrivano poi al sistema nervoso centrale. La sensibilità del singolo individuo a tale informazione è molto variabile. Per chi ha avuto un'attenta educazione all'ascolto, sottili differenze nella frequenza e nel timbro possono essere rilevanti. Ma se uno non ha un orecchio allenato, o semplicemente non attribuisce valore a questi scarti, essi appaiono insignificanti.

La formazione musicale modifica in effetti la struttura che è alla base del nostro sistema nervoso, leggo in un articolo sulla neurologia applicata alla musica pubblicato sulla rivista *Nature*. Gli autori sostengono che le vibrazioni musicali sincronizzano le funzioni motorie e fisiologiche, incidendo sul battito cardiaco, sulla respirazione e sull'umore. Laddove gli ascoltatori sperimentano "brividi lungo la schiena" come reazione alla musica, le immagini neurologiche dimostrano che viene stimolata la stessa area del cervello che presiede al gusto e alla sessualità. Hanno dimostrato anche che questo fenomeno trascende di fatto la nostra capacità di ascolto e coinvolge direttamente il sistema neurobiologico, tramite la pressione dell'aria o le vibrazioni che esperiamo mediante la sensazione fisica.

Un sordo può distinguere gli intervalli musicali grazie alle vibrazioni che essi producono su un muro, usando le mani e le braccia. Il suono riguarda il tatto tanto quanto l'udito; disponiamo di una relazione fisica con il suono più profonda, che va al di là di quella ovvia costituita dall'udito.

Il cuore, l'impulso più importante del corpo umano, normalmente batte con una frequenza che va da 1 a 1,2 hertz. I battiti si ripercuotono lungo il corpo in forma di energia elettromagnetica. Il nostro sistema nervoso è un sistema elettrico, che oscilla tra il movimento e la stasi a un ritmo di sette oscillazioni al secondo. Quando il corpo è esposto alla musica, i battiti cardiaci cambiano in risposta al ritmo e all'intensità. I ricercatori dell'Università dell'Oklahoma hanno ipotizzato che il suono stimoli alcuni centri involontari del sistema nervoso centrale, che reagiscono alla frequenza, al volume e al timbro delle onde sonore.

I cardiologi che si occupano di ricerca tengono in gran conto queste scoperte. Alla Facoltà di Medicina di Harvard, il dottor Ary Goldberger ha dimostrato che i ritmi complessi di un cuore sano sono simili alle figurazioni ritmiche della musica classica. Al Carle Heart Center di Urbana, in Illinois, il dottor Abraham Kocheril, primario di elettrofisiologia cardiaca, esegue interventi a cuore aperto con degli arpisti che suonano in sala operatoria. La musica eseguita dal vivo ha il potere di regolare il ritmo cardiaco del paziente, ha scoperto Kocheril. L'arpa è utilizzata in diversi ospedali per aiutare a normalizzare il ritmo cardiaco dei neonati, per ridurre l'ansia dei pazienti e addolcire il trapasso dei morenti.

Il dottor Mark Tramo, direttore dell'Istituto di Musica e Scienze del Cervello dell'Università di Harvard, sostiene che la sincronizzazione – l'influenza di un sistema oscillatorio su un altro – può costituire una spiegazione degli effetti terapeutici della musica. Il campo elettromagnetico oscillatorio del sistema nervoso umano è influenzato da vibrazioni sonore oscillanti, allo stesso modo in cui le pendole "imparano" a oscillare al ritmo di altre pendole posizionate nelle immediate vicinanze. La musica agisce su quella parte del cervello detta sistema mesolimbico, che controlla le emozioni e può influenzare profondamente il cuore.

Il nesso fisiologico tra emozioni e musica è stato esplorato dettagliatamente fin dagli anni Sessanta dal neurologo, poeta e pianista Manfred Clynes. Clynes, che oggi è ricercatore presso il Dipartimento di Fisiologia e Biofisica nel Lombardi Cancer Center dell'Università di Georgetown, ha inventato il primo calcolatore di transienti medi, o CAT, per la misurazione delle onde cerebrali, e ha iniziato le sue ricerche studiando gli effetti provocati sul cervello dalla visione del colore rosso. Dopo aver scoperto che tutti i cervelli umani rispondono allo stesso modo al colore rosso, si è domandato se i nostri stati mentali non si comportino allo stesso modo quando vengono collegati a un dispositivo esterno. Così ne ha inventato uno, chiamato sentografo, e ha battezzato questa area di indagine "sentica".

I soggetti toccano un tampone applicato a una molla, e la penna del sentografo traccia la forma della pressione e la durata del tocco su un rullo di carta. Clynes ha chiesto a soggetti in varie parti del mondo, a Bali, in Giappone, in Messico e in America, di pensare a un'emozione e di descriverla con il dito sul tampone. Con sua grande meraviglia, le forme tracciate dal sentografo per l'amore, l'odio, l'ira, il rispetto, la gelosia erano radicalmente diverse l'una dall'altra, mentre le stesse emozioni producevano forme uguali a prescindere dall'etnia o dalla razza o dalla posizione geografica dei soggetti. Le forme attribuite da Clynes alle emozioni umane, dette "forme essentiche", sono le stesse per tutti.

Clynes ricordava di aver letto qualcosa sul lavoro del musicologo tedesco Gustav Becking, il quale rilevò che i musicisti esperti, se invitati a muovere un dito come per dirigere pezzi di diversi compositori, tendono a tracciare forme e strutture caratteristiche di ogni specifico compositore. Egli disegnò queste forme sulla carta. Prendendo spunto da Becking, Clynes si collegò al sentografo e pensò a modo suo alle opere di Beethoven, Mozart e Schubert. I pensieri relativi alla musica di ognuno di questi compositori assunsero forme specifiche, come caratteristiche uniche di ognuno di loro.

In seguito Clynes chiese al pianista Rudolf Serkin di sottoporsi all'esperimento. Le forme tracciate da Serkin per Mozart, Beethoven e Schubert erano le stesse che aveva utilizzato Clynes. Ripeté l'esperimento con Pablo Casals e altri musicisti affermati. Le forme erano le stesse. Ne concluse che l'espressione tattile e quella musicale hanno origine dalla stessa funzione cerebrale. Il nostro sistema nervoso, a quanto pare, è strutturato in modo da esprimere le emozioni con gesti fisici universali, attraverso il movimento e il tatto. Le onde sonore scatenate da un nostro movimento o dal nostro tocco ci commuovono e ci toccano. È dunque possibile che possano anche, materialmente, trasmettere certe emozioni? E un musicista che capisca questi principi potrebbe avere un maggiore potere di comunicazione musicale?

Dopo un breve scambio di e-mail, il dottor Clynes accetta di parlare al telefono con me. Ormai ha ottantun anni e vive a Sonoma, in California. Clynes afferma di conoscere bene l'esperienza che ho avuto con il Grotrian. Lui stesso ha vissuto qualcosa di simile con un Bösendorfer a San Francisco. Ha comprato lo strumento per realizzare una nuova registrazione delle *Variazioni Goldberg* di Bach. Sente che il suo lavoro con la sentica gli ha offerto nuovi spunti per l'interpretazione dell'opera.

«È sconcertante come talora si senta un suono meraviglioso e non si capisca che cosa sia a renderlo tale, e come il giorno dopo quel suono possa scomparire» dice comprensivo. «La gente considera il timbro una cosa scontata. Il timbro non è solo la somma di un pugno di armonici, è un mistero. Ciò che lei ha vissuto con quel pianoforte è reale. La scienza non è in grado di darci conto di questa esperienza, della sostanza dei sentimenti, come del resto non sa spiegarci cosa sia il colore rosso» prosegue il professore. «Si tratta di una qualità, di un'invenzione della natura. Non possiamo inventarla noi. La nostra esperienza soggettiva è totalmente oggettiva, è di fatto la più universale. Ma il modo in cui portiamo a coscienza questa esperienza ci è completamente oscuro. La scienza stessa non ne ha la minima idea».

Ringrazio il dottor Clynes per il tempo che mi ha dedicato, e mi rendo conto di trovarmi in un vicolo cieco. Se quello che sto cercando di capire è del tutto sconosciuto alla scienza occidentale convenzionale, a chi devo rivolgermi? Una sera a cena parlo del mio enigma con degli amici. Uno di loro mi consiglia di prendere in considerazione la teoria delle stringhe e la fisica dei quanti. La teoria delle stringhe è un tentativo di formulare una "teoria del tutto", una singola idea, un'equazione generale che spieghi tutte le leggi dell'universo, dalla gravità alla velocità della luce. La teoria delle stringhe postula che la realtà consista di dimensioni parallele costituite interamente da strati vibranti di energia. Le vibrazioni sono la sinfonia cosmica che compone tutta la realtà. Questa teoria non è verificabile, né sperimentabile.

Ma supponiamo per un attimo che la teoria delle stringhe sia la spiegazione a tutte le cose, compresa la mia esperienza con il pianoforte che chiamo Marlene. Significherebbe che tutta la realtà fisica – subnucleare, atomica, molecolare – è costituita da vibrazioni. Ogni cosa, proprio come un pendolo, oscilla fra due stati di riposo, e nel farlo emette suoni, anche al di là della nostra capacità di udirli. La Terra stessa ha una frequenza di 7,8 hertz, misurata sulla base del campo elettrostatico che si estende tra la superficie terrestre e la ionosfera, e tutti i pianeti hanno una tonalità. Tutte le vibrazioni, che si tratti di suoni, fotoni, elettroni o neutroni, hanno una loro armonicità e reagiscono agli stimoli. Se la materia tutta è costituita da campi di energia elettromagnetica che vibrano a innumerevoli frequenze, allora anche noi uomini ne siamo parte. I nostri corpi devono essere in grado di reagire in maniera armonica alle frequenze delle vibrazioni di un pianoforte. E dato che tra le due note che costituiscono i poli di ogni ottava c'è un numero infinito di frequenze, è plausibile che, come sostiene Carl Demler, ognuno di noi abbia una sua frequenza individuale, quasi un'impronta digitale tonale? Se l'irripetibile frequenza di un pianoforte è in armonia con la nostra, è possibile che noi entriamo in risonanza con essa, allo stesso modo in cui un calice di cristallo vibra agli acuti di un soprano? È possibile che la nostra fisiologia, la nostra struttura cellulare, risponda con tale intensità?

E se i nostri corpi possono reagire armonicamente alla frequenza base di un pianoforte, in che modo veniamo influenzati, a livello di vibrazioni, dagli altri esseri umani? È possibile che due individui entrino materialmente in risonanza tra di loro? E che questo spieghi il fatto che ci sentiamo subito a nostro agio con alcune persone appena conosciute e a disagio con altre? Magari le persone sposate diventano più simili tra loro nel tempo perché le frequenze delle loro vibrazioni col tempo si influenzano a vicenda. Quando due amanti litigano, le loro vibrazioni vanno fuori sincrono? Se si passa un tempo sufficiente in compagnia di qualcuno, le nostre vibrazioni individuali si sincronizzano con quelle dell'altro?

Faccio queste domande a un amico neurofisiologo, e lui mi risponde che alcune nuove ricerche hanno dimostrato che questo, effettivamente, accade: gli studiosi, grazie all'esame degli elettroencefalogrammi, hanno documentato casi di sincronizzazione tra perfetti estranei che si incontravano per la prima volta.

Comincio a leggere libri sulla terapia delle vibrazioni. I terapisti del suono ritengono che ognuno di noi abbia un tono fondamentale e che la malattia sia ciò che accade quando non siamo più in sintonia con la nostra peculiare frequenza. Il loro rimedio consiste nella somministrazione di intervalli pitagorici puri, simili a quelli utilizzati da Michael Harrison nel suo piano accordato secondo principi armonici.

Penso ad alcuni dei miei amici di Piano World, persone che mi hanno confidato in privato la loro esperienza dell'essere profondamente conquistati da un pianoforte. Uno di loro si è liberato dall'alcolismo e si è dato al pianoforte dopo aver ascoltato Beethoven suonato da Horowitz. Un altro era lucidamente e fermamente deciso a uccidersi quando è passato con la macchina davanti a un negozio di pianoforti, e si è ricordato del sogno, nutrito per tutta la vita, di suonarne uno. Comprò tre pianoforti in ventiquattr'ore e altri due subito dopo, e imparò a suonare da solo. Da quel momento in poi, ha ricominciato a voler vivere.

Quando i Fandrich mi hanno fatto visita, Heather, una ex psicoterapista, ha osservato che molti dei loro clienti più sensibili, per i quali il suono riveste un'importanza capitale, provengono da famiglie gravemente disfunzionali. È possibile che alcuni di noi si servano del suono del pianoforte come di uno strumento per la cura emotiva di sé?

Se ammettiamo, secondo la sentica, che la musica è un transduttore delle nostre emozioni, poiché le comunica a un pubblico, possiamo dedurne anche che gli strumenti stessi possono trasmettere le emozioni di coloro che li hanno costruiti o preparati? Un'accordatura è in grado di fare tanto? Ed è in grado di curarci?

La musica struttura il tempo, stabilendo ordine nell'anima per mezzo della ripetizione, sia che si ascolti il tema reiterato di una sonata o le vibrazioni reiterate di un solo accordo. Quando vengono eseguiti intervalli puri costanti, le loro vibrazioni sono libere di ripetere i loro movimenti, e, dato che noi diamo senso al mondo attraverso il riconoscimento reso possibile dalla ripetizione, questo ci appaga profondamente.

Se la risonanza armonica consonante – così come le piacevoli armonie di un quartetto vocale – trascina nel proprio ritmo le vibrazioni delle nostre strutture cellulari, è possibile che l'armonia renda più coerenti queste strutture, influenzando positivamente la nostra salute biologica e mentale? Da uno studio condotto presso il Massachusetts General Hospital, sappiamo che il cervello elabora i suoni consonanti in modo radicalmente diverso da quelli dissonanti: la dissonanza produce ansia, mentre la consonanza genera euforia.

Gli intervalli dell'accordatura alla Schubert, nell'ambito di quel che è possibile ottenere con il temperamento equabile, sono i più vicini all'armonia pura, consonante. Forse le forme d'onda prodotte da questa accordatura, con la sua purezza quasi scevra da battimenti, risuonano nel nostro sistema nervoso centrale in un modo che non è eguagliabile dalle forme d'onda dissonanti e non periodiche di un pianoforte accordato in maniera convenzionale?

Benché queste idee e queste ipotesi siano completamente nuove per me, scopro presto che molte di esse vengono discusse fin dall'antichità. Platone insegnava che le proporzioni musicali naturali delle serie di armonici rispecchiano le vibrazioni della natura interiore dell'uomo, e pertanto possono essere impiegate per curare la psiche. Egli definì tali proporzioni utilizzando un segmento suddiviso in modo ineguale, in cui il rapporto tra la sezione minore del segmento e la sezione maggiore sia pari al rapporto tra la sezione maggiore e l'intero segmento. Il rapporto è definito dalla formula: 1:1,618034, nota anche come sezione aurea, proporzione divina o media aurea.

Questo rapporto descrive la matrice naturale delle relazioni armoniche, e i suoni parziali delle serie di armonici pure e naturali ne sono un esempio. La sezione aurea descrive le cavità della conchiglia del nautilo, la spirale di semi sulla corolla del girasole, i disegni dei rami degli alberi e anche le proporzioni del corpo umano: la distanza dei piedi dall'ombelico, e dell'ombelico dalla cima della testa, nonché il modo in cui i sette strati di muscoli che costituiscono il nostro cuore si susseguono l'uno sull'altro, ad esempio, soddisfano questo rapporto. Esistono relazioni musicali anche nello spazio che separa tra loro le ciglia dell'organo di Corti nell'orecchio umano, che permette loro di risuonare alle particolari frequenze dell'energia sonora in ingresso. Dal disegno delle galassie nello spazio alla forma essentica dell'amore, fino alla struttura della spirale del DNA, questa proporzione descrive tutto ciò che è naturalmente armonioso. Viviamo in un mondo a misura di sezione aurea.

Dunque non deve sorprendere che questa proporzione sia quella che naturalmente ci procura maggior piacere. Sin dalle prime civiltà umane, il rapporto definito dalla sezione aurea tra la larghezza e l'altezza ha costituito uno standard di riferimento per edifici, finestre, dipinti e cornici. Gli Egizi la impiegarono per costruire le piramidi. Gli antichi Greci la definivano "regola divina della bellezza" e l'architetto del V secolo Iktinos la utilizzò per la realizzazione del Partenone. Durante il Rinascimento italiano, gli architetti ricorsero a essa nella progettazione di cattedrali come San Marco a Venezia. Leonardo da Vinci la usava per definire la distribuzione degli spazi dei propri quadri. Mozart, che era affascinato dai numeri, pare l'abbia impiegata per scrivere le proprie opere musicali, così come ha fatto il compositore del XX secolo Béla Bartók.

Sia il moderno pianoforte a coda sia il fortepiano inventato nel Settecento da Bartolomeo Cristofori recano approssimativamente l'impronta della sezione aurea: la larghezza della sezione dei soprani in relazione alla larghezza di quella dei bassi, la larghezza dei bassi in relazione a quella totale del piano. La lunghezza dei tasti neri in rapporto a quella dei tasti bianchi. Gli otto tasti bianchi dell'ottava in rapporto ai cinque neri. Le strutture degli accordi sul pianoforte abbondano di sezioni auree. L'attrazione esercitata da questa formula era molto forte e diffusa al tempo dell'invenzione del pianoforte, e benché Cristofori non avesse intenzione di usarla, l'intelligenza intuitiva di quella proporzione – un'intuizione che tutti noi possediamo – fece sì che la seguisse comunque.

Il fisico e filosofo del XX secolo David Bohm ha trascorso la sua vita cercando di comprendere la natura della realtà. Nel suo libro del 1980 dal titolo *Universo, mente e materia* afferma che la musica rende intellegibile il passare del tempo, e che questo ci fornisce un'esperienza diretta della realtà. Quando ascoltiamo il movimento delle singole note che si susseguono nel tempo, benché esse costituiscano un tutto musicale, noi esperiamo la realtà del momento che cede il passo al successivo, e poi al successivo ancora. Il movimento del sempre-presente diventa così un'esperienza immediata, qualcosa che possiamo percepire con ogni aspetto del nostro essere. Quando facciamo musica o la ascoltiamo attentamente, siamo compiutamente calati nel presente, nel susseguirsi degli adesso.

Bohm scrive di come la realtà quotidiana altro non sia che un'immagine statica sullo schermo delle nostre menti, una distorsione, la falsa convinzione che il reale sia qualcosa di immutabile, che il passato e il futuro, i quali non esistono nella realtà, sopravvivano nel presente. La musica ci connette all'"ordine implicato", al dispiegarsi degli istanti uno dietro l'altro. Dobbiamo lasciar andare le note appena passate per essere pienamente presenti a quelle che stanno nascendo. Dobbiamo imparare a vivere nel presente.

Questo è l'effetto che la musica produce su di noi, portando la nostra coscienza a uno stato di maggiore ricettività. Hegel pensava alla musica come a un analogo delle nostre vite interiori, flussi di suono in continuo movimento, in rapporto l'uno con l'altro, che scorrono nel tempo.

Le ipotesi di Bohm mi fanno pensare alle giornate che ho trascorso da sola sulle montagne, lontano da qualunque sentiero, alle prese con terreni difficili e uno zaino pesante sulle spalle. Mi sarebbe bastato posizionare erroneamente il piede sulla roccia e avrei potuto morire. La mia attenzione allora era interamente concentrata sui passi, il primo, poi un altro, poi un altro ancora, tutti tesi verso un'unica meta. Allo stesso modo in cui una nota si succede all'altra dando luogo a un'opera musicale, passo dopo passo, i miei piedi mi trasportano nel tempo fino a realizzare una destinazione. I passi diventano tutta la mia realtà, perché la mia attenzione è costretta per necessità a focalizzarsi. Facciamo un'esperienza simile anche con il movimento del nostro respiro, in cui inspirazione ed espirazione si succedono allo stesso modo e, se concentrassimo su di esso la nostra attenzione, la totalità dei nostri respiri costituirebbe il racconto delle nostre vite, le nostre storie. I passi sarebbero l'intero viaggio. Le note l'intera opera musicale. I respiri la totalità delle nostre vite. Tutto può costituire esperienza diretta della realtà, dell'interezza dell'ordine implicato.

Tutto ciò mi appare come una promessa di benessere in questo mondo fatto di immagini effimere. Concentrando interamente la nostra attenzione sul movimento ininterrotto del tempo che scorre, così come deve accadere quando suoniamo il pianoforte, le illusioni della sofferenza, della perdita, del rimpianto e del passato si disgregano.

Per il momento ho più domande che risposte, più teorie e supposizioni che reale conoscenza. A cosa devo credere? Che senso devo dare alle cose che ho imparato? Devo parlare con qualcuno che abbia riflettuto approfonditamente su questi concetti, che sia in grado di spiegarmeli. Telefono a Marc per domandargli se conosce qualcuno che abbia indagato il fenomeno di come l'accordatura dei pianoforti influenzi le persone. Mi sembra quasi di sentirlo aggrottare le sopracciglia.

«È un territorio ancora inesplorato» dice. «In che modo un pianoforte può agire sulle nostre energie vibrazionali?». Ride. «Ci vorrebbe un'intera convention di guaritori, terapeuti, fisici, matematici, tecnici pianistici, musicisti e filosofi che si riuniscano per parlare di questo fenomeno. È un argomento vasto, profondo. Non conosco proprio nessuno con interessi tanto interdisciplinari da aver sviscerato il problema».

Poi Jerry Korten mi parla di un articolo uscito sulle pagine scientifiche dell'ultimo numero del *New York Times*, a proposito di un percussionista jazz del Queens, a New York, il quale sta conducendo esperimenti per curare cuori umani attraverso l'ascolto della loro "melodia" e componendo brani musicali in grado di correggere l'aritmia. Milford Graves è un musicista "free jazz" che suonava nel New York Art Quartet negli anni Sessanta, è diventato poi professore di Musica al Bennington College nel 1973 e poi istruttore di arti marziali, agopunturista, sciamano ed erborista. Ha ricevuto una sovvenzione Guggenheim per le sue ricerche sul cuore. Bene, penso, forse è lui la persona con interessi interdisciplinari abbastanza vasti da spiegarmi cosa mi è successo.

In una luminosa giornata di primavera, prendo la metropolitana diretta a Parsons Boulevard, nella parte del Queens denominata Jamaica, e rifletto attentamente sulle domande da porre. Non è stato facile convincere Milford Graves a ricevermi. L'articolo sul *New York Times* ha condotto molta gente alla sua porta, e al telefono Graves ha sottolineato con vigore quanto sia prezioso il tempo che dedica alle sue ricerche, ritagliato faticosamente nei tre giorni della settimana in cui non lavora al Bennington College. Dovrò concentrarmi sull'argomento che mi preme di più: com'è possibile, scientificamente, che la musica curi il cuore umano? Le persone hanno una loro frequenza unica che entra in risonanza con certe altre frequenze? E soprattutto, può il pianoforte essere uno strumento terapeutico? Se sì, come fa?

Un autobus preso alla stazione mi porta in un quartiere di *bodegas* e negozi che offrono la loro merce a novantanove centesimi. South Jamaica, il quartiere in cui è cresciuto Graves, con il suo famigerato progetto di alloggi popolari, appare deturpato dallo squallore e dalla miseria. Scendo di fronte alla drogheria Santana e mi avvio per una lunga camminata in mezzo a caseggiati squallidi.

La modesta casa a tre piani in cui vive Graves è facile da individuare, dato che è quasi ricoperta da un fantasioso mosaico di frammenti di specchio, sassi, ciottoli, pezzi di ceramica e tegole. La moglie di Graves, Lois, mi apre la porta indossando una vecchia vestaglia da casalinga. Mi conduce per una breve scala che dalla cucina porta nel seminterrato e grida qualcosa in direzione dello spazio sottostante, che sembra l'antro di una caverna, annunciando il mio arrivo.

Graves ruota di quarantacinque gradi verso di me sulla sua

sedia da ufficio di velluto viola, le ginocchia strette nei pantaloni di velluto a coste che sventolano. «Devo chiudere una cosa che non posso farle vedere» dice. Si gira di nuovo verso il monitor del computer, su cui appare un diagramma di circuiti. Colgo l'occasione per guardarmi intorno e mi ritrovo nel laboratorio più strano che abbia mai visto.

Uno scheletro umano intero, ricoperto di adesivi e fili multicolori, dritto in un angolo. Appesi in alto ai travetti del solaio, ci sono voluminosi fasci di erbe essiccate e tamburi africani. Una collezione di statue raffiguranti il Buddha abbellisce il ripiano di uno schedario. Barattoli di vetro, bottiglie e vasi di ceramica contenenti vari miscugli di erbe, l'inventario di un misterioso farmacista, riempiono gli scaffali di un armadio dall'aria antica; alcune etichette sono in cinese.

Ci sono ovunque altoparlanti di ogni forma e dimensione. Uno strumento a percussione provvisto di piatti è decorato da spirali di disegni psichedelici; sulla pancia di una grancassa c'è una figura africana intagliata. I cavi e i tubi di un elettrocardiografo ornano a mo' di festoni una sedia in vinile verde, mentre alcuni monitor elettronici sono collegati ai braccioli grazie ad apposite cinghie. Sul tavolo accanto ci sono quattro stetoscopi attaccati al processore di un computer. La sedia ha l'aria di dover dare vita al mostro di Frankenstein.

Ma l'oggetto più misterioso di questa tana fantastica è una scatola di compensato rivestita di ottone. Dal congegno entrano ed escono svariati cavetti. C'è un tamburo montato sulla cima, con diversi fantocci da agopuntura – un orecchio, una mano, una testa umana e una piccola figura umana nuda – collegati a esso. Deve essere l'apparecchio di cui ho letto sull'articolo del *New York Times*. Secondo l'articolo Graves ascolta il ritmo cardiaco dei volontari per un tempo piuttosto esteso, utilizzando lo stetoscopio e i sensori per inviare impulsi a un computer. Il software li analizza e Graves studia i microritmi a partire dai dati ricavati dall'elettrocardiogramma. Il computer converte i battiti del cuore in un registro più alto che può essere ascoltato grazie ad appositi altoparlanti.

«Tutto questo somiglia molto al free jazz» pare abbia affermato Graves. «C'erano ritmi cardiaci che ho sentito solo nella musica cubana e nigeriana». Ritmi e toni sono il risultato dei movimenti dei muscoli e delle valvole delle quattro cavità del cuore. Le tonalità corrispondono a vere e proprie note su una scala musicale, e quando si alzano di alcune ottave i suoni diventano melodici. «È come in un'armonia in quattro parti» ha detto Graves. «Dalla melodia puoi capire cos'è che non funziona. Puoi sentire una cosa e dire: "Ah, si direbbe un problema all'atrio destro"».

Se Graves individua un'aritmia, può manipolare i ritmi per mezzo del computer o comporne di nuovi con le percussioni, creando un controritmo capace di stimolare il cuore a riprendere il suo comportamento normale. Poi espone il corpo del volontario al ritmo correttivo tramite gli altoparlanti o l'agopuntura, o entrambe le tecniche. Graves può anche creare un cd del battito cardiaco da dare al paziente perché lo ascolti a casa. Secondo Graves, ciò stimola il cuore ad adottare un ritmo sano.

Ora lo schermo del computer non esibisce che l'innocuo sfondo blu del desktop, e improvvisamente avverto gli occhi vividi e scuri del professore puntati su di me.

«Dunque, che cosa posso fare per lei?». Ha una voce profonda e cavernosa, un po' impaziente. Porta un'ampia camicia a motivi cachemire bordeaux e pantaloni abbondanti. I capelli crespi gli si raccolgono ai lati come pervasi da una scarica elettrica. Il pizzetto grigio punta a una lunghezza alla Fu Manchu. Il sopracciglio destro sembra perennemente alzato in un'espressione di scetticismo.

Consapevole del fatto che da un momento all'altro potrei essere messa alla porta, comincio dalla più importante delle mie domande. Il jazzista si appoggia allo schienale della sedia incrociando le braccia. «Non cerco di sminuire il suo strumento, ma il pianoforte ha dei limiti» dice, con una cadenza sincopata che fa pensare al rap. «Io mi occupo principalmente di percussioni. Certo, il piano può curare; ogni volta che si è attratti da qualcosa, vuol dire che si hanno delle affinità con quella cosa o con le persone che l'hanno creata, che sia l'accordatore o il costruttore. Tuttavia il pianoforte non è biologicamente corretto. Che cosa c'è tra quei tasti bianchi e quelli neri? Vorrei capirlo. È meglio cantare, in modo da poter sentire la nota, e avere uno strumento con cui accompagnarsi. Se l'obiettivo è espandere la propria immaginazione tonale, il pianoforte non è un compagno di viaggio adeguato».

Sì, penso, è vero. Non si può modulare il suono del pianoforte. Cercherò di formulare la mia domanda diversamente.

«In che modo, esattamente, la musica può curare?» chiedo.

Graves mi spiega che le onde sonore colpiscono il timpano, che converte il movimento meccanico in energia elettrica, la quale si trasforma in impulsi nervosi che diventano energia e movimento all'interno del corpo. «La musica è un modo di convertire l'energia in impulsi nervosi, in attività elettrica e chimica all'interno del corpo. È come utilizzare una scarica elettrica per rianimare chi ha un attacco di cuore, o somministrargli elettroliti per via endovenosa per correggere uno squilibrio chimico, o usare una batteria a nove volt per alimentare un pacemaker. L'elettricità è ciò che ci tiene in vita. È una fonte di energia poderosa» dice Graves. «Una batteria a nove volt può tenere in vita una persona! Noi ci sforziamo di complicare le cose, ma le cose sono semplici. Abbiamo già in noi stessi la tecnologia più avanzata. Siamo generatori senza fili. Il voodoo? È stato equivocato. Si tratta di comunicazione diretta, senza supporti, che utilizza l'energia elettromagnetica presente nell'aria. Noi incameriamo e produciamo energia. Le nostre menti sono degli amplificatori. Ogni civiltà umana ha conosciuto questa esperienza: pensi a una persona e quella persona ti chiama. È tutta una questione di impulsi elettromagnetici. Che cosa sono l'attività elettrica o il movimento nel corpo? Si tratta di *prana*, di *qi*, molti afroamericani lo chiamano *soul*. È una sensazione, che può essere veicolata dal tatto, è pressione che si converte in energia elettrica. La musica è un modo per attivare questo processo. Lo si può chiamare spirito, Dio; è l'attività elettrica di cui il nostro corpo ha bisogno».

Graves racconta che il suo interesse verso l'utilizzo terapeutico della musica è cominciato nelle sale da ballo di Jamaica o "Soulville", come lui chiama il quartiere in cui è nato. Le persone malate gli riferivano di essersi sentite meglio dopo le sue esibizioni, e Graves fu affascinato dagli effetti della musica sulla fisiologia umana.

Ora, quando si esibisce, per prima cosa cerca di individuare il tono base del suo pubblico, a partire dal suono delle loro chiacchiere e risate. È convinto che le frequenze degli individui corrispondano agli armonici del tono base di un gruppo. «Una volta individuato questo tono base, il resto va a posto da sé». Graves utilizza quel suono come punto di riferimento per le sue improvvisazioni. Se la vibrazione iniziale è positiva la enfatizza, mentre la modifica se avverte qualcosa di dissonante o disturbato. Tramite la musica, offre al suo pubblico emozioni positive, con l'intento di portarle a uno "stato aperto di concentrazione rilassata".

«Un musicista deve essere una brava persona» puntualizza Graves. «Attraverso lo strumento racconti la tua storia. Le persone vibrano, e vibrano in modi diversi. La prossima volta che si troverà tra tante persone provi a farci caso».

Dunque ognuno di noi ha la sua peculiare frequenza?

«Abbiamo un intero spettro di frequenze. Dobbiamo stare attenti a come le trattiamo. Ciò che immaginiamo, ingeriamo, il nostro gusto, abbiamo molto da imparare in materia di biochimica. Facciamo cose che bloccano la nostra crescita, come guardare programmi aberranti in tv, mangiare cibi impoveriti, ascoltare musica con frequenze "pesanti". Non vibriamo come onde sinusoidali. Noi vibriamo profondamente. Dobbiamo capire che cosa sono le onde biologiche».

Racconto a Graves del mio primo incontro con Marlene nello showroom, della profonda sintonia che si è instaurata tra me e lei, di come io abbia perso la testa. Che cosa mi è capitato?

«Lei ha rivissuto l'obiettivo di ogni persona che ha lavorato a quel pianoforte» dice. «Chi l'ha accordato, chi l'ha costruito. Quel pianoforte reca l'impronta dei loro obiettivi. L'obiettivo è tutto».

Mentre torno a Manhattan in metropolitana, alla fermata di Forest Hills le porte si aprono per far salire a bordo un gruppo di ragazzine che ridacchiano euforiche e allegre, snocciolando chiacchiere a tutta velocità e facendo un chiasso terribile in fondo al vagone. Ripenso immediatamente al suggerimento di Graves di ascoltare la frequenza della folla. Riesco a sentire la frequenza di queste quindicenni in uniforme scolastica? Alta e dolce. Giallo chiaro, molto solare. Decisamente una chiave maggiore. Un Do diesis? Sì, sono abbastanza sicura che questo gruppo stia vibrando con la frequenza base di un Do diesis maggiore.

Stupendo. Comincio a fare attenzione alle frequenze di tutto ciò che mi circonda: il chiacchiericcio sulla piattaforma della metropolitana, il ruggito impetuoso delle folle che emergono dalle fermate sotterranee. Ricordo di essermi seduta presso un torrente vicino casa e di aver scoperto che il suono prodotto da un corso d'acqua possiede una tonalità base. Mi si apre tutto un mondo nuovo di sensazioni. La mia capacità di leggere e di pensare comincia a consolidarsi.

Quando parliamo delle "vibrazioni" emanate da qualcuno, non

usiamo una metafora, avvertiamo davvero delle vibrazioni. Perché ci avviciniamo spontaneamente a certe persone e ci sentiamo respinte da altre? Reagiamo alle frequenze emotive di ognuna delle persone intorno a noi, sia che siano in linea con le nostre, sia che siano in contrasto.

Mi rendo conto solo ora di aver praticato io stessa la tecnica di Graves durante le sue esibizioni: mi è già capitato di assegnarmi uno stato d'animo positivo, sereno e aperto e di persistere in esso, solo per vedere gli altri modificare il proprio stato interiore in risposta al mio. Quelli che sono agitati si calmano, quelli che sono chiusi si aprono. È un fenomeno simile a quando si fa un regalo a qualcuno.

Se le nostre emozioni sono caratterizzate da frequenze universalmente comprensibili, se la musica è un trasduttore dei nostri stati emotivi e i nostri corpi fisici rispondono all'emozione espressa mediante la musica, risuonando come tavole armoniche, allora, quando ascoltiamo della musica, le nostre stesse cellule entrano in sintonia con gli impulsi trasmessi dall'intenzione del musicista. E quando suoniamo un pianoforte, facciamo esperienza della vibrazione emotiva corrispondente a ciò che è stato fatto su quel piano, prima di tutto in sede di accordatura. L'accordatura alla Schubert funge da trasmettitore dell'intenzione di Szott – gentilezza d'animo e umanità – com'è stata recepita e riespressa da Marc. L'accordatura si identifica con la gestualità emotiva di colui che la esegue.

Ma è possibile che sia il piano stesso a veicolare l'intenzione? C'è qualcosa nel Grotrian – le caratteristiche costruttive, la cassa armonica, l'albero da cui è nato – che esprime l'emozione? Che dire di colui che ha realizzato la tavola armonica? E del costruttore della cassa armonica? Com'è possibile che le loro intenzioni, le loro emozioni abbiano attraversato l'oceano fino a me, nascoste nel ventre del pianoforte? Che dire della foresta dove l'albero è nato, della guardia forestale che l'ha scelto, dell'operaio metallurgico che ha forgiato il telaio, dell'intonatore che ha dato il tocco finale a Marlene prima che mollasse gli ormeggi per approdare in America? Ho percepito anche i loro obiettivi? Graves intende tutto questo in senso letterale? O era una metafora? E se quel che dice è vero, allora io e queste persone siamo compagni di viaggio e spiriti affini?

Chi sono costoro?

24

Braunschweig

Ragazzi, pensate a costruire buoni pianoforti e il resto verrà da sé.
Motto della Grotrian-Steinweg

Martin Walter fa la spola fra tre diversi cavalletti nella sua postazione di lavoro. Ognuno di essi regge la parte interna di una fascia, la sagoma in legno laminato di un pianoforte a coda. Martin stende la colla sul bordo superiore di una delle fasce con un agile pennello e poi vi preme sopra una tavola armonica. Cala poi un telaio di ghisa dentro la seconda fascia con l'aiuto di una catena e una puleggia, e misura l'angolo di inflessione delle corde. Il lungo busto si piega quasi a metà mentre si sporge sulla lunghezza del telaio per tracciare a matita una linea che serva da guida al piallatore. Sulla sommità della terza fascia, ricava delle scanalature destinate ad accogliere le catene di una tavola armonica. Per tutto il tempo, gli occhi di Martin osservano attraverso le lenti con acuta attenzione, la bocca tesa in un'espressione contratta e concentrata, ogni movimento elegante e preciso.

Martin non parla inglese e io non parlo tedesco; se dovessimo averne bisogno abbiamo a disposizione un interprete. Ma anche in assenza di una lingua condivisa, Martin comunica molto con la fluidità delle lunghe braccia pallide, con la bocca che si increspa in un sorriso ammiccante, con gli occhi che splendono della gioia di chi padroneggia il proprio lavoro. Sembra un ragazzo: le braccia sproporzionate da adolescente, i capelli scuri scarmigliati, le fossette sul volto ricoperto dalla barba appena in ricrescita, un'aria di ribellione. Inoltre Martin Walter comunica con i suoi gesti anche un senso di responsabilità. A ventisette anni, è già un raffinato costruttore di casse armoniche, deciso a far progredire la bellezza nel mondo. Nel guardarlo lavorare, provo soggezione e invidia per la sicurezza e la grazia incurante e armoniosa con cui si muove tra i cavalletti, per il naturale e radioso orgoglio con cui svolge il suo lavoro.

«Questo mestiere mi è entrato dentro al punto tale che potrei farlo a occhi chiusi» dice con un ghigno di soddisfazione sul volto.

Martin è entrato alla Grotrian-Steinweg per un apprendistato di tre anni quando ne aveva diciassette, e da allora ha sempre lavorato qui. Sono arrivata allo stabilimento stamattina alle otto in punto, dopo aver camminato dal mio hotel fino a un sobborgo di Braunschweig, di nome Veltenhof, per iniziare il mio soggiorno di una settimana nel luogo in cui è nata Marlene.

Ho preso un volo notturno da New York a Francoforte, dormendo poco e male rannicchiata su un sedile della classe turistica. Il mattino dopo, la vista della campagna dal treno della Deutsche Bahn era solenne e vellutata nella pioggia, il fogliame sfoggiava le sue vesti primaverili dando sollievo ai miei occhi stanchi.

Alla stazione di Braunschweig, esausta com'ero, non ho visto nessuno che mi aspettasse sul binario, così ho chiamato un taxi per andare in hotel. Una volta messo piede nella mia stanza dall'arredamento spartano, sono crollata sulla trapunta del letto matrimoniale, ma il telefono si è messo subito a squillare. Burkhard Stein, direttore generale della Grotrian-Steinweg si era preoccupato. Non l'ho visto mentre mi aspettava sul binario della stazione, con in mano un piccolo cartello con su scritto Grotrian?

Poco male, stava venendo a prendermi per portarmi a pranzo.

La fabbrica Grotrian-Steinweg si trova in bassa Sassonia, poco a est di Hannover, in un edificio basso e moderno appollaiato nei pressi dell'autostrada n. 2, dove camion e autoveicoli sfrecciano da e verso la vecchia Berlino est, Repubblica Ceca, Slovacchia, Polonia e Russia.

Fino al 1990, questo tratto dell'autostrada era silenzioso e deserto. Il confine con la Repubblica Democratica Tedesca, solo poche miglia più avanti, era chiuso e sotto stretta sorveglianza. Dalla riunificazione, avvenuta nel 1990, sono duecentocinquantamila i veicoli che ogni giorno percorrono rombanti questa strada.

Per quanto riguarda la costruzione di pianoforti, la Germania rappresenta ciò che New York rappresenta per l'editoria, la borsa o il teatro. Dodici produttori di pianoforti e diciotto fornitori di componenti gareggiano l'uno contro l'altro nel mercato globale ai più elevati standard di qualità e maestria artigianale. La maggior parte di queste aziende è stata fondata nel XIX secolo.

Trucioli di legno volano nella luce del sole sotto il lucernario. Eco di voci. Le corde si animano con suoni riottosi. I martelletti stridono, parti in ottone tintinnano l'una contro l'altra. Corde di rame ronzano intorno all'acciaio. Fischi di aria compressa e pistole a vapore. Ruggito di seghe a nastro. Segatura fresca sparsa sull'impiantito di cemento.

Lentamente i miei occhi e le mie orecchie si adattano alle sensazioni caratteristiche del luogo in cui mi trovo. L'intero laboratorio è una stanza di quaranta metri per settanta, diviso in aree corrispondenti alle varie fasi della costruzione di un pianoforte. Il soffitto è percorso in lungo e in largo da binari da cui pendono catene e pulegge per il trasporto di attrezzature pesanti e telai di pianoforti. Grossi tubi a soffietto risucchiano segatura da piallatrici e macchine per la smerigliatura e la levigatura controllate dal computer, per poi convogliare il tutto come combustibile verso la caldaia. Lunghe propaggini di colla, asciugatasi in modo da formare delle stalattiti, pendono dai cavalletti. Maniche d'aria vengono spostate qua e là su carrelli. Bizzarre macchine progettate e realizzate in loco per l'arcuatura delle tavole armoniche, per avvolgere le corde o per pressare le fasce mi incantano con le loro forme esotiche e misteriose.

A farmi da guida nel mio giro è Burkhard Kaemmerling, un *Klavierbaumeister* – maestro costruttore di pianoforti accreditato – e figlio di un autorevole professore di pianoforte all'Università di Hannover e al Mozarteum di Salisburgo. «Ho dovuto fare molta pratica» dice alzando gli occhi mentre camminiamo diretti al laboratorio principale della fabbrica.

Kaemmerling, trentasei anni, è il responsabile della distribuzione del Grotrian in Europa nonché tecnico provetto, e dato che il suo inglese è ineccepibile quanto la sua conoscenza di com'è fatto un pianoforte, è la persona ideale per aiutarmi a capire che genere di effetto ha prodotto Marlene su di me.

«Lui è Herbert Solarski» dice Kaemmerling, e ci fermiamo un istante in modo che io possa stringere la mano al falegname. Solarski sta facendo funzionare una macchina munita di un lungo nastro che fa passare le parti piatte di una cassa sotto una lucidatrice. I pannelli neri, freschi di verniciatura, destinati ai verticali, percorrono la lunghezza del nastro fino all'altra estremità dove una donna è intenta a sistemarli in cataste. «Ha realizzato il coperchio e la cassa del suo pianoforte». Faccio un piccolo cenno di saluto sorridendo. Herbert non parla inglese. Nessuno lo parla, qui, a eccezione dei dirigenti.

C'è una ragazza, un'apprendista con le cuffie protettive, che sta avvolgendo della corda attorno a delle bobine vicino alla postazione in cui viene eseguita l'incordatura, ma gli operai sono perlopiù uomini. La maggior parte di loro ha una barba di qualche giorno, alcuni hanno chiome lunghe e spettinate e vestono in modo informale, con jeans e maglietta. Kaemmerling, invece, è un dirigente. È rasato con cura, i capelli ben tagliati, la postura composta, e indossa una camicia di cotone Oxford ben stirata. Stringe la mano a tutti gli operai che incontriamo. Stringersi la mano prima di avviare una conversazione, anche se ci si è già salutati lo stesso giorno, è un'abitudine.

Eckhard, un operaio con una barba lunga e folta da Babbo Natale, sta tagliando dei ponticelli acuti a mano libera, con una sega a nastro, da un ampio foglio di legno laminato. Allinea tutti i pezzi e ne taglia le estremità tutte insieme, poi le mette da parte in una pila, in attesa del trapano a colonna.

Waldemar sta lucidando casse di pianoforti a coda, utilizzando un disco di flanella cosparso di cera che ruota applicato all'estremità di un trapano elettrico.

Un altro operaio è intento a battere dei perni di ottone all'interno di un ponte di basso con un leggero maglio di ottone. «È molto difficile battere i perni come si deve» dice Kaemmerling. «Abbiamo solo due persone autorizzate a farlo».

Fuori, sulla piattaforma di carico, dove arrivano legno, corda, feltro e ferro e dove i pianoforti prendono il largo, Uwe Gille, il responsabile della piattaforma, sta preparando tre pianoforti a coda diretti a Zagabria. Li avvolge in involucri di polistirolo e cartone foderato di stirene. Riveste le gambe e le lire con fogli di plastica a bolle. Il lavoro in fabbrica finisce alle due e quarantacinque, mi informa Kaemmerling, ma Gille si ferma spesso a lavorare fin dopo le cinque. Soprattutto il mercoledì e il giovedì. Il martedì è giorno di spedizioni, quello in cui i camion vengono a caricare i pianoforti per portarli nei luoghi più disparati tra la Grecia e la Norvegia. Questa settimana in fabbrica regna una concitazione particolare, in quanto ci sono cinque pianoforti da concerto che devono partire. La Grotrian produce soltanto venti pianoforti da concerto in un anno intero, e la loro produzione richiede più di otto mesi di lavoro. Alcuni sono andati alla Scala, alla Sidney Opera House e al Bolšoj di Mosca.

In una giornata lavorativa tipo, i trentotto dipendenti addetti alla produzione arrivano in fabbrica alle sei e venti del mattino e lavorano fino alle nove, poi fanno colazione nella mensa aziendale fino alle nove e venti, tornano al lavoro fino all'ora di pranzo, alle dodici e trenta, poi riprendono a lavorare dall'una fino alle due e quaranta. Una volta alla settimana organizzano una riunione di pianificazione. «I dirigenti non sono invitati» aggiunge Kaemmerling. «Si organizzano da sé».

Kaemmerling riceve una chiamata al cellulare – è così che i dirigenti comunicano tra loro all'interno della fabbrica – e viene richiesta la sua presenza in ufficio. Mi lascia nello showroom della fabbrica, dove posso guardare un video che illustra la storia dell'azienda.

Le pareti della sala sono tappezzate di enormi dipinti a olio, racchiusi in cornici dorate, che ritraggono i proprietari dell'azienda, a cominciare dal fondatore Friedrich e procedendo per cinque generazioni di Grotrian. Friedrich Grotrian era un costruttore di pianoforti e proprietario di un salone a Mosca, che tornò nella nativa Braunschweig negli anni Cinquanta del XIX secolo per prendere possesso di una sostanziosa eredità. Fu qui che incontrò e divenne socio di Theodor Steinweg, proprietario di una fabbrica di pianoforti ereditata dal padre, Heinrich Engelhard Steinweg. Il vecchio Steinweg aveva costruito il suo primo pianoforte nel 1835, nella cucina della sua casa di Seesen, nei pressi dello Harz. Nel 1851, Heinrich aveva lasciato Braunschweig per emigrare a New York, dove aveva cambiato il proprio nome in Henry Steinway e aveva fondato la Steinway Pianos. Nel 1865 Theodor partì da Braunschweig per raggiungere il padre a New York e vendette ai Grotrian le quote della Grotrian-Steinweg di proprietà della sua famiglia.

Nel 1895, sull'utilizzo del nome Steinweg, cominciò una disputa che si protrasse per decenni. Steinway intentò una causa per impedire alla famiglia Grotrian di utilizzare il nome Steinweg, ma la perse. Nel 1919, la famiglia Grotrian cambiò il proprio nome in Grotrian-Steinweg, in modo da tutelare la proprietà del marchio, ma non riuscì a registrarlo negli Stati Uniti. Quando, negli anni Sessanta, Knut Grotrian-Steinweg stipulò un accordo con Wurlitzer per vendere i propri pianoforti in America, Steinway lo scoprì e trascinò l'azienda davanti al tribunale di New York. Cominciò così una lunga battaglia legale, e alla fine Grotrian ebbe la peggio. Nella sentenza d'appello finale, la Corte Suprema di New York stabilì che, almeno negli Stati Uniti, la Grotrian-Steinweg non doveva rendere pubblico il fatto che Henry Steinway fosse il fondatore dell'azienda, né poteva usare il nome Steinweg sui coperchi delle tastiere dei propri strumenti. Dal 1977, qualunque pianoforte prodotto dalla Grotrian-Steinweg e distribuito da rivenditori autorizzati negli Stati Uniti può recare soltanto il nome "Grotrian".

Nel 2000, l'anno in cui è stato realizzato in questa fabbrica il mio pianoforte, Burkhard Stein ha assunto la carica di direttore generale, il primo al di fuori della famiglia Grotrian. Lui e Kaemmerling rappresentano le nuove leve, la generazione emergente, forte di una formazione aziendale oltre che di competenze musicali e tecnologiche. Benché il mercato dei pianoforti attraversi ovunque una fase di contrazione, a causa dell'agguerrita concorrenza cinese, la nuova gestione ha razionalizzato la catena produttiva e ridotto i costi assegnando a ogni lavoratore cinque o sei mansioni e puntando molto sulla loro responsabilizzazione. La produzione di pianoforti a coda è aumentata del ventitre per cento nel 2005 e oggi l'azienda costruisce il dieci per cento dei pianoforti presenti in Germania. Dicono di voler incrementare la loro quota di mercato anche in America.

«Abbiamo un modo di dire qui da noi» dice Kaemmerling una volta tornato, quando gli chiedo quali siano le prospettive dell'azienda in un mercato globale sempre più competitivo. «Se vedi un asino che corre, non picchiarlo, lascialo correre». Il motto serve a ricordarsi che è bene permettere a dei bravi operai di far bene il loro lavoro, ma si può applicare con altrettanta facilità a Burkhard Stein e a Kaemmerling.

«Fotografi pure tutto quello che le interessa» dice Kaemmerling quando torniamo in laboratorio. «Non è un problema per noi. Può scattare foto di tutto quello che c'è qui dentro». Si dà un buffetto su un lato della testa e si illumina in un sorriso seducente.

Vedo da sola che qui, in materia di costruzione di pianoforti, c'è da imparare ben più di quanto io possa assimilare in un giorno o in una settimana, oppure catturare in qualche centinaio di fotografie. Molto più di quanto si possa sintetizzare in pochi paragrafi o anche in un volume intero dedicato a nient'altro che alla costruzione dei pianoforti. «Ci sono cose che non sanno nemmeno i tecnici più quotati» dice Kaemmerling.

Mentre mi guardo intorno nel laboratorio, la mole delle cose di cui sono ignara fa apparire meschine e risibili le poche che conosco. Ciò che non so costituisce un territorio di inimmaginabile vastità, che non potrò mai abbracciare del tutto. Dunque devo essere selettiva, operare delle discriminazioni, e stabilire realisticamente che cosa cercare di assimilare in una settimana. Tuttavia continuo a prendere appunti e a fare fotografie. Da qualche parte, qui dentro, in questa fabbrica, c'è il segreto della magia di Marlene.

Ora il mio viaggio comincia sul serio.

Tutta la costruzione di un pianoforte si dispiega intorno alla geometria del telaio di ghisa, spiega Kaemmerling. Benché i telai dei piani a coda Grotrian vengano colati, preforati e formati per mezzo del computer secondo le specifiche aziendali, tuttavia non esistono due telai identici. Il ferro fuso si raffredda nello stampo di sabbia in maniera non uniforme, per cui la parte del telaio più fredda si restringe più in fretta delle parti più calde. Si crea perciò una tensione ineguale nel ferro, così tutti i telai hanno una leggera curvatura, il cui profilo è una caratteristica unica di ogni singolo pezzo. Per corrispondere a questa curvatura, la fascia, la tavola armonica, il somiere, i ponticelli – tutti i componenti in legno della cassa armonica del pianoforte – devono essere costruiti per essere assemblati a un preciso telaio, e tutti ricevono un numero che li identifica come appartenenti a esso.

Marc Wienert ha detto che l'anima del pianoforte risiede nel telaio e non nella tavola armonica, come dimostra il fatto che, quando vengono restaurati i pianoforti a coda antichi, dello strumento originale si conservano soltanto la cassa e il telaio. Dunque, se ogni telaio ha una sua forma irripetibile, e tutto il resto viene costruito a partire da questo elemento iniziale, ciò potrebbe essere una spiegazione plausibile al fatto che il suono che caratterizza in modo esclusivo un pianoforte può essere ricondotto all'unicità della curvatura del suo telaio.

Hans Lorenz, che lavora nello stabilimento dal 1979, si occupa del disimballaggio dei telai in arrivo da Springfield, Ohio, dove la O.S. Kelly Company, una divisione della Steinway, produce i telai dei pianoforti a coda Grotrian. Dal momento in cui arrivano, i telai neri e opachi vengono lasciati stagionare per diversi mesi. Lorenz ispeziona, nutre e leviga i telai prima che entrino nel processo di produzione, utilizzando una levigatrice grande come una matita per appianare le asperità, e gli occhi e le mani per verificare che ogni parte del telaio corrisponda alle specifiche Grotrian.

Lorenz, inoltre, assiste Martin Walter nella realizzazione delle fasce del piano, un processo che richiede la partecipazione di almeno due persone. Ventisette singoli fogli di makore, una varietà africana di ciliegio, di uno spessore che supera di poco i tre millimetri, vengono laminati insieme in una pressa apposita, per creare la parte interna della fascia. Per i modelli Cabinet i fogli sono larghi circa settanta centimetri e lunghi quasi cinque metri. Il cuore di questi alberi è noto per la sua flessibilità e durevolezza.

Martin e Hans collocano il primo foglio sulla tavola da incollatura, Martin mescola in un secchio la colla in polvere fresca con l'acqua e ne versa una certa quantità nel serbatoio che alimenta un piccolo rullo a mano. Lavorando molto rapidamente, spalma la colla sul foglio di legno, poi prende un altro foglio e lo sovrappone, lo spalma a sua volta di colla e ne sovrappone un secondo, fino a che i fogli non sono impilati uno sull'altro come una torta a strati alta circa sei millimetri e mezzo. Poiché le fibre scorrono nel senso della lunghezza, i fogli rimangono molto flessibili e quando Martin e Hans ne sollevano un'estremità tutto il corpo del laminato multiplo si piega da un lato come una gigantesca sfoglia di pasta all'uovo.

Tenendo la sfoglia sospesa appena sopra il pavimento, gli uomini la fanno scorrere fino alla pressa per le fasce alimentata elettronicamente e munita di uno stampo di alluminio che può diventare molto caldo. La pressa ha l'aspetto di una bassa tavola a forma di pianoforte. Gli uomini sistemano il laminato attorno all'estremità inferiore della pressa e la bloccano. Poi avviano la macchina, e lo stampo a forma di pianoforte, scorrendo lungo un binario, porta il laminato fino a una nicchia di forma identica. Quando lo stampo incontra la nicchia, un blocco idraulico li preme con forza l'uno contro l'altra, esercitando una pressione pari a due tonnellate e mezza e scaldando il legno e la colla fino a novantacinque gradi centigradi. Metà del peso della fascia è costituito dalla colla scaldata e indurita, che si trasforma in plastica acusticamente inerte e impermeabile all'acqua, capace di conferire stabilità alla cassa anche nell'ambiente più umido.

Una volta "cotta", la fascia interna raggiunge la postazione di Martin Walter, il cui primo compito consiste nel ricavare delle cavità nella parete interna della fascia in modo che le barre di rinforzo in solido legno di pino, dello spessore di circa cinque centimetri, vi si inseriscano ben strette rendendo stabile la forma definitiva. Le barre di rinforzo compongono un disegno stellato, che stabilizza la struttura portante del pianoforte in modo che i processi di accordatura, regolazione e movimentazione non la disturbino.

Ora la fascia è pronta per accogliere la cassa armonica, per la creazione della scatola acustica, fondamento architettonico del timbro del pianoforte. La tavola armonica, i ponticelli, il somiere e il telaio vengono assemblati da Martin, montati assieme secondo una rete complessa di interconnessioni che conferisce allo strumento la sua voce unica.

Quando Martin Walter aveva quattordici anni, vide un film sulla costruzione dei pianoforti nel centro di orientamento della scuola, e decise di interrompere la tradizione di famiglia. Erano sempre stati fornai.

«All'inizio ci rimasero malissimo, ma dopo un po' si abituarono all'idea e cominciarono persino a esserne contenti» racconta Martin. «A mio parere è un mestiere speciale, raro. In Germania è una delle professioni più prestigiose. Alla fine, quando ho superato gli esami, sono stati orgogliosi di me». Si asciuga la fronte, spalanca gli occhi e sospira con affettazione, simulando ironicamente il suo sollievo. È pieno di movenze comiche, una vera macchietta.

Quando lavora, Martin trasuda un'energia cinetica al calor bianco. Gli chiedo se ama il suo lavoro.

«Assolutamente! Sono un fanatico». Un sorriso malizioso gli illumina il viso. «Ho sempre avuto la capacità di concentrarmi quando eseguo lavori manuali. Mi scordo di tutto ciò che ho intorno». Dopodiché mi spiega il motivo per cui il suo lavoro lo appassiona tanto. «Un pianoforte non è una semplice macchina, è un manufatto artistico» dice. «È qualcosa di più di un elemento d'arredo, o di una macchina. Non esistono due strumenti identici. Ognuno ha il suo carattere peculiare».

«Da dove viene questo carattere?».

«È come il carattere del vino, da dove viene? È come descrivere la personalità di un essere umano». Mi guarda come se avessi fatto una domanda ovvia.

«Ma perché sono diversi l'uno dall'altro?».

«Questa è una domanda molto interessante. Si tratta dell'innesto di materiali diversi: abete, rame, faggio rosso, lana. Nessun albero cresce uguale a quello vicino. Soprattutto, il feltro delle teste dei martelletti può essere molto diverso. E poi ci sono le differenze tra gli operai. Ogni operaio ha le sue opinioni e le sue esperienze da mettere in campo. È un mosaico tra materiali diversi, le personalità disparate degli operai, e tutto questo dà a quel mosaico un carattere particolare».

Mentre osservo Martin intento a fabbricare quel carattere, mi sembra che trasmettere i propri scopi al pianoforte sia qualcosa di estremamente prosaico. L'obiettivo è l'espressione della personalità del costruttore all'interno dei parametri di progettazione e dei materiali costruttivi. Provate a pensare al pianoforte come a una poesia. Il progettista è il poeta che fornisce le parole. I materiali sono la penna e l'inchiostro. Colui che realizza la cassa armonica è lo scrivano, che dona alla poesia una forma manifesta scrivendola a mano. E non esistono due persone con la stessa grafia.

Martin sovrappone una sagoma verniciata di rosso a una fascia, per segnare il punto esatto in cui collocare la tavola armonica. Quella di lavorare con le sagome è una vecchia tradizione tedesca, un modo per ridurre le discrepanze e aumentare la compattezza. I processi produttivi della Grotrian sono stati stabiliti sulla base dei prototipi originali del pianoforte e coprono in pratica ogni fase della realizzazione dello strumento. Due volte l'anno viene effettuato un controllo sulla base degli originali per assicurarsi che le dimensioni non siano cambiate. «Una goccia di colla di troppo può determinare uno spostamento di ben due millimetri» dice Kaemmerling. «Quello della costruzione dei pianoforti è un universo a sé stante».

«È come una torre» osserva Martin mentre segna con attenzione, con un puntale a forma di T, il punto dove verrà collocata la tavola armonica. «Ogni parte viene costruita sopra la precedente. Ogni strumento è un mosaico nuovo, e bisogna ricominciare ogni volta da capo. Come si fa a far combaciare tutti i pezzi? È questo che mi affascina».

Martin è l'unico costruttore di casse armoniche qui alla Grotrian. È un lavoro adatto a un uomo giovane – chi costruisce casse armoniche deve essere in grado di sollevare fino a cento chili –, e bisogna essere dei "tipi atletici", osserva Martin. «Tutti i miei insegnanti mi hanno consigliato di far forza sulle ginocchia, in questo modo non avrò problemi». Ma Martin aspira a fare di meglio. «Voglio conoscere tutte le fasi del processo, non una sola. Voglio conoscere il pianoforte per intero».

Il suo sogno è diventare un *Klavierbaumeister* come Kaemmerling, e di andare alla famosa Oskar-Walker-Schule di Ludwigsburg. Ma per ora sarà difficile per lui inseguire quest'obiettivo, non c'è nessuno alla fabbrica che sia in grado di prendere il suo posto.

Chiedo a Kaemmerling qualche informazione sulla scuola situata nei pressi di Stoccarda. Il programma è a tempo pieno, dura un anno e per frequentare bisogna aver completato un apprendistato di almeno tre anni in una fabbrica, poi altri tre anni con un maestro accreditato.

Gli allievi studiano fisica, finanza e pedagogia, in modo da poter formare nuovi apprendisti. Devono sostenere una prova scritta della durata di dieci ore, e un test pratico di settanta ore, in cui è richiesto loro di trasformare la carcassa di un pianoforte in uno strumento che possa essere suonato.

«Se si possiedono i requisiti necessari, l'iscrizione è gratuita» dice Kaemmerling. «Bisogna procurarsi per conto proprio strumenti e materiali, e pagarsi vitto e alloggio. La domanda è: vuoi essere un semplice operaio? O vuoi far parte della *master class*?». Ripete la domanda in tedesco e sorride a Martin con aria di incoraggiamento.

Martin conosce già la risposta. Vuole lavorare per conto proprio, dice, avviare una bottega tutta sua. Ma per ora il suo stipendio è necessario al mantenimento della famiglia, e non può risparmiare per poter frequentare i corsi. «Per risparmiare mi nutro solo di pane bianco» sospira melodrammatico.

Una volta che il costruttore della cassa ha effettuato le misurazioni sul telaio di ghisa, questo passa nella cabina pressurizzata per la verniciatura. La cabina pressurizzata è uno scrigno delle meraviglie. Il soffitto è un filtro di tessuto. Un'intera parete è in realtà una cascata che scende impetuosa fin sotto il pavimento, come un torrente che scorre sotto i piedi dell'operatore. L'operatore indossa sopra i vestiti una tuta bianca, che resta quasi immacolata. Non porta la mascherina. Mentre spruzza una fine mistura di poliuretano dorato sul telaio con una pistola a pressione, una ventola soffia aria dal soffitto poroso, convogliando le particelle di vernice verso il pavimento. Poi queste cadono giù dalla grata, nell'acqua corrente, e l'acqua viene ripulita mediante un filtro per essere riutilizzata dalla cascata. Due volte l'anno una società per lo smaltimento dei rifiuti tossici si occupa di rimuovere i residui dalla cabina di pressurizzazione.

«In Germania le leggi per la tutela ambientale sono molto rigide» spiega Kaemmerling. «Questa tecnologia ci costa cinquecentomila euro. Non si avverte la minima esalazione». È vero. Non ce ne sono. Penso a Marc e ai suoi colleghi immersi tra le esalazioni a New York. Questo sistema proteggerebbe la loro salute.

Una volta verniciato il telaio, Georgios Sotirelis, un greco di Atene che lavora alla Grotrian da trentatre anni, lo fissa all'interno della fascia, vi incolla sopra delle strisce di feltro rosso dove posare le corde, e pratica dei fori sul somiere per inserirvi le caviglie con l'aiuto di un trapano a colonna che si muove per mezzo di un braccio meccanico. Installa una barra di ottone dalla forma semicircolare, detta traversa, appena prima delle caviglie, come riferimento per la terminazione delle corde. La traversa è parte essenziale delle caratteristiche costruttive dei Grotrian.

Le caratteristiche costruttive sono il complesso risultato di molte scelte, piccole e grandi: il modo in cui sono fissati i ponticelli, la dentellatura delle staffe, la curvatura della tavola armonica, per citare solo alcuni dei fattori in gioco. La totalità di queste scelte infinitesimali esprime la filosofia del suono che caratterizza ogni singolo pianoforte. Per quanto riguarda la Grotrian, questa filosofia si esprime in un timbro particolarmente brillante e dotato di molti armonici ricchi di colore nei soprani.

«Vogliamo chiarezza nel timbro, così utilizziamo corde corte e spesse sottoposte a una tensione considerevole» afferma Kaemmerling. Ciò richiede una particolare rigidità della tavola armonica, che deve essere caratterizzata da anelli anulari particolarmente densi. «Una curvatura molto accentuata con una tensione elevata a carico della tavola armonica insieme a una bassa tensione delle corde sul ponticello crea maggior sostegno. Vogliamo un suono potente, con parziali più numerosi e più alti».

Tra la traversa di ottone e i perni c'è una sezione della corda che vibra a una frequenza diversa dalla nota corrispondente alla corda stessa. Una volta che tutto il pianoforte è incordato, tutte le corde vibrano a queste frequenze alternate, dando luogo a ciò che alla Grotrian si chiama "scala mista".

«La scala mista è una sorta di intonazione universale» dice Kaemmerling. «Influenza il suono, ma non possiede una sua tonalità specifica. È un rumore multicolore prodotto da varie lunghezze delle corde che non possono essere accordate. Le lunghezze diverse delle corde producono tanti piccoli riflessi. Ciò aggiunge un sottofondo sonoro alla chiarezza degli acuti, conferendo loro una personalità più ricca».

Strimpella le sezioni di corda in modo che io possa apprezzare gli armonici. All'improvviso capisco di cosa sta parlando: è questa la nube sonora che prorompe dalla cassa armonica di Marlene; è il suono della sua anima che mi sussurra.

Dietro la magia, si celano le caratteristiche costruttive, che costituiscono un elemento quantificabile.

Passiamo al reparto che si occupa della meccanica, dove Andreas Schecke sta installando la meccanica degli smorzatori, la parte più impegnativa della costruzione del piano.

Se la realizzazione di un pianoforte Grotrian inizia sempre dal telaio in ghisa, tutti i minuti calcoli che si effettuano a partire da esso portano alla realizzazione degli smorzatori. Gli smorzatori devono assorbire ogni squilibrio proveniente dagli altri componenti, e l'opera di regolazione è molto complicata. «Bisogna essere molto precisi» dice Schecke. «Se si sbaglia anche di un solo millimetro… la precisione è la cosa più difficile».

Gli smorzatori sono pezzi di feltro di lana posti alla sommità delle corde, che servono a interrompere il suono quando il tasto viene lasciato andare. Si muovono su e giù lungo un filo, spinti dalla parte posteriore del tasto. Ogni filo viene teso manualmente. «È difficilissimo farlo come si deve» dice Kaemmerling. «Non c'è nessun modello di riferimento».

«Devi avere un controllo perfetto delle dita, una vista ottima, l'orecchio allenato» aggiunge Schecke. «Ci sono persone che sembrano nate per installare gli smorzatori. Altri possono provarci per anni senza ottenere risultati. Più di tutto, bisogna amare lo strumento». Mentre parla, la sommità della sua testa lucida a forma di uovo si muove su e giù dietro la cassa di un pianoforte a coda presso cui è seduto, con una sedia di legno accanto, davanti al piano aperto della tastiera.

«Lo chiamiamo "luna crescente"» ride Kaemmerling. «Tutto ciò che si vede di lui passando è la sua testa calva».

Andreas Schecke è nato a Wiebenburg, nella regione dello Harz, a circa cinquanta chilometri da Braunschweig. Nella sua famiglia suonavano tutti la fisarmonica, che è stata anche il suo primo strumento. Ma aveva sempre desiderato imparare a suonare il pianoforte, così, a quindici anni, la sua famiglia gli concesse di prendere le tanto desiderate lezioni di piano. Il padre era un ferroviere, ma la famiglia sognava per lui una carriera musicale, così frequentò per tre anni la scuola di un liutaio, e poi fece l'apprendistato alla Grotrian. Ci lavora da trentatre anni. «È la mia vita» dice. «Sono sposato con la Grotrian!».

Schecke sostiene che è necessario avere un buon orecchio per lavorare sulla meccanica di un pianoforte, perché solo così ci si può accorgere se una corda non è adeguatamente smorzata, o se le corde non sono a livello. Si può valutare anche se le altezze degli stiletti sono o meno nel giusto ordine. La Grotrian monta stiletti di altezza minore nei soprani alti, dove devono produrre meno rumore.

«Bisogna tener conto di ogni più piccolo dettaglio. Essere dei perfezionisti. Quando faccio qualcosa, devo farla in modo completo. Non sopporto le cose fatte a metà». Schecke sostituisce la sedia con uno sgabello girevole e si siede davanti a una meccanica adagiata su un banco di lavoro. Controlla l'escursione dei martelletti esercitando una pressione leggera e repentina su un tasto e poi ricacciando indietro i martelletti che non sono perpendicolari o che hanno una spaziatura irregolare. Colpisce gli stiletti corrispondenti con una piccola lampada ad alcol di ottone, dalla quale potrebbe uscire da un momento all'altro il proverbiale genio.

La fiamma ad alcol è pulita e non annerisce il legno degli stiletti. Li piega fino a far raggiungere loro la posizione corretta, valutando a occhio e mediante il tatto.

«La sensazione più bella è quando tocchi un tasto e senti che va bene. Tutto funziona a dovere e il suono è magnifico». Schecke non alza nemmeno gli occhi mentre parla, ma si esprime bene. Tutto il suo atteggiamento esprime calma e solidità. È vestito in modo semplice, con una maglietta nera e pantaloni color kaki. Gli occhiali calati sul naso. Il labbro inferiore che sporge per la concentrazione. «Quando qualcuno mi chiede che cosa faccio e io rispondo che sono un costruttore di pianoforti, loro fanno "ooh"!».

Schecke si occupa anche di preparare i pianoforti per i concerti. «Se alla fine il pianista mi ringrazia, questo mi emoziona» dice e poi si interrompe sollevando un pugno all'altezza del petto. «È una ragione per andare avanti».

«Che cosa dovrebbero sapere i pianisti del tuo lavoro?».

Schecke esita. Poi sembra interrompere le sue riflessioni. «È difficile da dire. Sarebbe più utile porsi la domanda inversa. È il pianista che dovrebbe dire a noi come migliorare il nostro lavoro».

L'indomani è una giornata fredda e piovosa. Mi infilo nei miei abiti più pesanti per il breve tragitto a piedi fino alla fabbrica. Kaemmerling mi saluta con grande slancio. Ha trovato il modo di aggirare le barriere linguistiche, in effetti abbiamo avuto qualche problema a tradurre i nomi delle parti del pianoforte dal tedesco all'inglese. «Guardi un po'!» dice.

Mi porge un poderoso volume dal titolo *Piano Nomenclature*. Dentro c'è il nome di ogni singolo componente del pianoforte in sei lingue. Lo consultiamo insieme per cercare i termini di cui ieri non conoscevamo la traduzione. Sforzarsi di comunicare chiaramente è stato impegnativo. Per esempio, il corrispondente tedesco del termine "lacca" si usa per descrivere svariate cose tra cui la vernice, il poliestere e, naturalmente, la lacca vera e propria. In tedesco c'è una sola parola per tutte queste cose: *Lack*. Non è stato facile nemmeno capire se le piastre del telaio sono colate a sabbia o a vuoto (a sabbia), e se la disposizione fisica delle corde è di tipo duplex o risponde a un altro tipo di struttura.

Armati del dizionario, ci dirigiamo verso il reparto meccaniche, dove le questioni terminologiche ci hanno creato i maggiori problemi. Schecke non c'è, ma ci sono diverse meccaniche in vari stadi di assemblaggio. Su una di esse vedo, vergata a matita sulla mensola, la sigla "M.M.". Riconosco all'istante quella scritta perché si trova anche sul mio pianoforte. Chi è M.M.? Lo domando a Kaemmerling.

«Si tratta di Maik Müller. Ora è via con il gruppo dirigente».

Ci sono iniziali e disegni su tutta la superficie di ognuna delle meccaniche. «Tutti quelli che hanno lavorato a una data meccanica la firmano» spiega Kaemmerling. «È un codice interno dell'azienda».

«Chi altro ha lavorato al mio pianoforte?».

«Possiamo dirlo con esattezza» dice Kaemmerling. «Abbiamo una scheda per ogni singolo pianoforte costruito alla Grotrian. Si tratta di dati riservati, naturalmente».

«Potrei vederla?».

Kaemmerling sorride e piega il capo. Non ne è sicuro. Non è un'informazione da poter divulgare. Ma dopo pranzo, mi porge la scheda di Marlene con un gesto di trionfo. Ha ottenuto il permesso.

LA BIOGRAFIA DI MARLENE

Nel 2000, la Grotrian-Steinweg ha costruito centotrenta pianoforti a coda tra cui ottanta esemplari del modello 192 e uno di essi, nato nel mese di ottobre, era Marlene.

Il suo numero di produzione era l'856.

Il suo telaio è stato colato a Springfield, Ohio, il 5 ottobre 1999.

Hans Lorenz ha lucidato e preparato il telaio.

Martin Walter ha costruito la sua cassa armonica.

Georgios Sotirelis ha montato il telaio e l'ha incordata.

Burkhard Kaemmerling l'ha accordata, ha costruito la meccanica e l'ha installata, inoltre ha preintonato i martelletti.

Andreas Schecke ha effettuato le regolazioni finali.

Rolf Bosse ha portato a termine l'intonazione.

Burkhard Stein ha svolto l'ispezione finale. Ha individuato difetti di entità minima: il coperchio della tastiera non chiudeva bene, la meccanica necessitava di un lieve intervento di regolazione, un pedale faceva rumore. Schecke li ha corretti.

Dunque l'unica persona che non ho ancora incontrato, tra quelle che hanno lavorato alla realizzazione del mio pianoforte, è Herr Bosse. L'intonatore. E probabilmente è lui, più degli altri, che avrei bisogno di vedere al lavoro, quello di cui mi interessa conoscere l'"obiettivo".

Il laboratorio di Rolf Bosse è una stanza insonorizzata e priva di finestre, illuminata da un lucernario e grande abbastanza da contenere il tavolo di lavoro, Bosse stesso, un paio di visitatori e due pianoforti da concerto. Oggi sta lavorando a un mezzacoda destinato all'ambasciatore tedesco in Kirghizistan. Percuote da cima a fondo con grande rapidità i tasti della scala, usando il solo dito medio. Con un gessetto che tiene nella mano sinistra, segna le note difettose. Se una nota risulta troppo aspra traccia una barra verticale sul retro del tasto. Se è troppo debole, vi viene tracciata sopra una linea orizzontale. Poi tira fuori la meccanica e punge il feltro per ammorbidirlo, oppure lo raschia per schiarire il timbro. Lucida i martelletti tutti insieme con un pezzo di carta nera abrasiva e morbida al carburo. In questo modo le fibre di lana si distendono, conferendo al suono la sua caratteristica brillantezza.

Bosse lavora alla Grotrian dal 1959, quando aveva quindici anni ed era agli inizi del suo periodo di apprendistato.

«Mi sembrava un bel lavoro, pulito e interessante» dice. Alla Grotrian l'intonazione – che qui chiamano anche "regolazione del timbro" – è ormai da trentacinque anni responsabilità esclusiva di Bosse, ed è sempre lui a preparare i pianoforti nelle sale da concerto della regione. Il novanta per cento dei pianoforti prodotti dalla Grotrian vengono intonati da Rolf Bosse.

Lo osservo con avida curiosità. Vedere quello che fa Herr Bosse è cruciale per l'avvenire del mio rapporto con Marlene.

Nessuno in questo paese sa esattamente come intonare quei

martelletti, ricordo che mi disse Wally Brooks, il rappresentante statunitense dei martelletti Abel.

Nessuno può intonare quei martelletti come li intonano nella fabbrica tedesca, mi disse Darrell Fandrich.

Ora sono qui, posso vederlo con i miei occhi. Prendo pagine e pagine di appunti e scatto decine di foto. Al mio ritorno illustrerò a Tom nei minimi dettagli il procedimento di intonazione adottato nella fabbrica. Ho bisogno di queste informazioni per i martelletti nuovi di Marlene.

Mentre lavora, Bosse rimane in silenzio per la maggior parte del tempo. È robusto e ha una fisionomia squadrata, con una mascella da bulldog, il naso rincagnato, capelli ispidi, corti e tendenti al grigio, e un paio di baffi setolosi. Le maniche della camicia a scacchi sono arrotolate. Gli occhi stanchi sono concentrati sul lavoro.

Gli chiedo se usa mai sostanze chimiche sui martelletti.

«Usiamo qualsiasi cosa sia efficace» interviene Kaemmerling. «Stiratura, la plastica dei tasti sciolta nell'acetone. Talvolta usiamo del polistirolo che sciogliamo nel solvente per la lacca, rimane elastico e garantisce una buona gamma dinamica».

Bosse mi mostra il ferro – una spatola di ottone che si scalda grazie a una lampada ad alcol – e poi la mette a contatto con i punti di battuta dei martelletti.

«Il martelletto di un Grotrian deve avere la testa a forma di uovo» spiega. «Le fibre devono essere uniformi sull'intera superficie. Bisogna intonare sempre con tre aghi. E si manipolano i martelletti tutti insieme, facendo in modo che gli apici siano rigorosamente pari».

Al loro arrivo, i martelletti sono durissimi e devono essere "aperti" in modo da liberarne la potenzialità sonora. La superficie laterale viene punta perché costituisce la zona in cui la lana viene compressa maggiormente, alla base della testa, durante la realizzazione dei martelletti. La prima fase di intonazione può richiedere la puntura di entrambi i fianchi del martelletto da sessanta a ottanta volte. Subito dopo, la meccanica viene collocata all'interno del piano, lo strumento viene suonato, la meccanica viene di nuovo estratta e si procede per la seconda volta alla puntura dei martelletti. Nel corso di una sessione di intonazione, a Bosse può capitare di dover estrarre e reinserire la meccanica più di venti volte.

Bosse era alla Grotrian già da otto anni quando ha cominciato a imparare il procedimento di intonazione. «Dai miei predecessori, che hanno fatto questo lavoro per anni e anni». Indica una vecchia foto in bianco e nero appesa alla parete. Si riconosce un Bosse giovane, in posa accanto al suo vecchio maestro, entrambi con indosso il grembiule, circondati da un gruppetto di apprendisti dai volti irrequieti. Il suo maestro più importante è stato Herr Feuerhahn, intonatore presso la Grotrian alla metà del XX secolo. «Ha passato qui, come intonatore, tutta la sua vita».

«Bisogna possedere una sensibilità molto, molto spiccata per essere un intonatore» dice Bosse. «Bisogna essere molto severi con se stessi e con il proprio lavoro. Bisogna avere un dono, un orecchio particolare per ciò che desiderano i pianisti, e la capacità di realizzarlo. Nessuno può davvero spiegarti come si fa ad ascoltare».

«Come descriverebbe il suono ideale di un pianoforte?».

«Descrivere il suono è una cosa difficilissima» dice Bosse, mentre leviga i martelletti. «La cosa più importante è avere una buona gamma dinamica. Ci vuole potenza nei fortissimo e chiarezza nei pianissimo. È qualcosa che non si può realizzare con la sola volontà. È un dono. Se mi capita di ottenere il suono giusto, mi ritengo semplicemente fortunato. Mi rallegro che sia accaduto».

Passa un panno di pelle di camoscio sui tasti segnati col gesso. Ora deve allineare le corde ai martelletti, utilizzando un pezzo di acciaio ricurvo con un gancio a un'estremità. Dice di non modellare mai i martelletti sulla base delle corde.

Controlla di nuovo tutte le note: tre colpi rapidi del dito medio su ogni tasto, veloce e mezzo forte. Estrae ancora una volta la meccanica e colpisce con delicatezza la testa di un martelletto con uno stiletto di legno. Gli stiletti non sono nell'ordine giusto: uno è troppo alto per la sezione dei soprani. Bosse lo contrassegna con una X. Bisognerà cambiarlo. Gli chiedo da che cosa l'ha capito.

«Ascolto semplicemente il pianoforte e so che suono deve avere. Si impara solo facendolo. Io mostro ai miei apprendisti come lavorare e poi li controllo, li controllo e li controllo ancora».

Bosse mi fa vedere come si pungono i martelletti tutti insieme, come si effettuano le punture a rigorosa distanza dal punto di battuta, proteggendo quest'ultimo con il pollice. Usare il pollice come punto di riferimento mi sembra alquanto pericoloso. Più di una goccia di sangue deve essere caduta in questa stanza, nel corso degli anni.

Fa scivolare la meccanica dentro la cassa e suona *Somewhere Over the Rainbow*, per verificare l'intonazione. Il registro di basso sibila un po'. Quello dei soprani superiori è ancora troppo squillante. Bosse individua in un attimo le note da cui nasce il problema, le segna, le punge, le leviga. La striscia di carta al carburo che usa è della misura esatta che serve per lavorare tre martelletti alla volta. Ne sollevo un pezzo e guardo il retro. Grana 600. Prendo nota.

Kaemmerling, vedendomi prendere appunti dettagliati, raccoglie un martelletto di basso libero e disegna qualcosa sulla sua superficie, tracciando linee radiali che corrono dalla modanatura fino ai fianchi. «Qui è dove bisogna pungere, in quest'angolo». Poi mi porge il martelletto dicendo che posso tenerlo.

«Per un intonatore è importante suonare il pianoforte» osserva Bosse. «È più importante che avere talento, o orecchio per le tonalità».

Kaemmerling, che è cresciuto studiando pianoforte, è assolutamente d'accordo. «Crescere con la musica raffina l'orecchio. È di vitale importanza. Ma la cosa più importante per poter essere buoni intonatori è la capacità di accordare. È impossibile farsi un'idea del timbro su un pianoforte scordato. L'accordatura deve essere impeccabile. Le unisone devono essere chiare».

Alla Grotrian si accorda esclusivamente a orecchio, mi dice. Il problema con gli apparecchi da accordatura è che esiste più di un modo per intonare un pianoforte. Alcuni desiderano un suono particolarmente caldo. Per altri è importante l'ampiezza dell'estensione. Bisogna ascoltare come suona il pianista, che cosa suona e che cosa dice di desiderare. È necessario anche capire come si comportano le corde, in che modo si può ottenere una tensione uniforme su tutta la lunghezza della corda. «Altrimenti è come avere un gatto al posto delle corde» aggiunge Kaemmerling. «*Miao, miao*». Ride.

Bosse ci dice che gli mancano solo due anni alla pensione.

«Cinque anni» obietta Kaemmerling.

Bosse si limita a sorridere fra sé e sé. «Vedremo».

«Che cos'è che ama di più del lavoro di intonatore?» gli chiedo.

«Amo il suono del pianoforte» risponde. «Esiste un'"immagine sonora", la forma e il carattere del suono di un pianoforte a coda. Mi piace quando il suono è vicino alla perfezione. Puoi sentirlo mentre prende forma... è il momento più eccitante. E poi, quando il pianista viene a dirti che hai fatto un buon lavoro, è una grande soddisfazione. Ma a volte accade anche di finire il lavoro, trovarlo eccellente e sentirti dire da qualcuno che non è così. E allora bisogna scendere a patti». Alza le spalle. «Di imperfezioni se ne trovano sempre».

Racconto a Bosse di Marlene, dell'ossessione che ha scatenato in me. «Perché» gli domando «ci capita di reagire in modo così intenso a certi pianoforti?».

«Ci sono tante cose a cui non si riesce a dare una spiegazione» dice in tedesco, alzando gli occhi dal suo lavoro. «Anche se si parla la stessa lingua».

Durante la mia ultima giornata in fabbrica, l'altro Burkhard, Herr Stein, il direttore generale della Grotrian, mi prende sotto la sua ala protettrice. Quel giorno, di buon mattino, mentre lui sbriga alcune faccende in ufficio, passeggio fino allo showroom, mi siedo davanti a uno dei Cabinet e suono il mio valzer di Chopin. Lo strumento è molto brillante, più di qualsiasi altro Grotrian io abbia mai suonato. Ne provo altri due. Uno ha un timbro più caldo, e tutti sono sono molto melodiosi, dotati di un sostegno superbo.

Ma proprio mentre mi sto scaldando, Herr Stein mi trova e ci incamminiamo di buona lena per la fabbrica. Stein è un uomo giovane, con un viso delicato che non ha visto abbastanza la luce del sole e occhi gentili che tradiscono stanchezza. Ha un'agenda impegnativa, e quattro bambini che lo aspettano a casa. È quello con l'abbigliamento più formale qui dentro, indossa una camicia con i bottoncini, una larga cravatta grigia e pantaloni eleganti. Nel taschino della camicia tiene una penna che usa spesso.

Stein mi conduce nel locale in cui ha luogo il "controllo finale", un santuario insonorizzato situato tra il laboratorio e la piattaforma di carico. È qui che Stein ispeziona personalmente ogni singolo piano prima che lasci la fabbrica.

Ho avuto qualche informazione su Burkhard Stein la sera in cui sono arrivata, a cena. È nato a Marburg, in Germania, circa duecentocinquanta chilometri a sud di Braunschweig, nel 1967. Sia suo padre, sia suo nonno erano *Klavierbaumeister.* La sua famiglia era proprietaria di un negozio di pianoforti che vendeva i Grotrian.

«Non ero sicuro che lavorare nel negozio di mio padre fosse la scelta giusta per me» mi ha confidato Stein. Lo interessavano sia l'economia sia la tecnologia pianistica, perciò durante il giorno studiava presso la scuola di Ludwigsburg, e nelle pause lavorava per ottenere il Master in Business Administration presso un istituto tedesco. Lavorò nell'impresa paterna per un anno, effettuando riparazioni e accordature, poi passò alla Siemens, la società di elettronica, per la quale si occupava di vendite di telefoni. Poi Knut Grotrian-Steinweg, l'ultimo membro della famiglia Grotrian ad assumersi il ruolo di direttore generale, offrì a Stein un posto nel reparto vendite. Per ironia della sorte, Knut aveva un figlio che non nutriva alcun interesse per l'impresa di famiglia e accolse Stein come erede legittimo dei suoi affari. Stein svolse il suo apprendistato sotto Knut per otto anni.

«È fondamentale raccogliere l'eredità degli anziani» dice Stein. «Con alcuni dei nostri rivenditori abbiamo rapporti che durano da cento anni. Conoscere i loro gusti, le loro esigenze, è fondamentale».

Lo scorso anno, tuttavia, quando è morto il direttore alle vendite della Grotrian, dopo quarant'anni di servizio presso l'azienda, Stein ha deciso che era il momento di apportare qualche novità. «La Grotrian è sempre stata un'azienda molto conservatrice. Aveva bisogno di una nuova generazione per conquistarsi una posizione più solida, e il successo che abbiamo ottenuto ci dice che avevamo ragione». In un mercato sempre più ristretto, la Grotrian sta incrementando la produzione grazie a un aumento della domanda, ampliando anche la sua base di rivenditori. Ormai Stein vola in America due volte l'anno, per promuovere gli strumenti e selezionare nuovi rivenditori.

Nel corso della cena, Stein mi ha chiesto di raccontargli la mia storia, come ho trovato il mio pianoforte, che cosa mi ha condotto fino in Germania. Quando gli ho raccontato di Marlene, dell'accordatura alla Schubert, delle mie letture e dell'idea di Milford Graves che io stia recependo gli obiettivi di tutti quelli che hanno partecipato alla costruzione del mio pianoforte, Stein non è apparso per nulla sorpreso. «So che cose di questo genere accadono agli artisti che suonano il piano, è una parte molto interessante del mio lavoro».

«Perché pensa che accada?».

«È un insieme di fattori» ha replicato nel suo inglese zoppicante. «Sono molte le persone che lavorano alla costruzione di un pianoforte».

Ma non si è spinto oltre. È un uomo taciturno. Forse non riesce ad articolare meglio il proprio pensiero in inglese. O forse lo capirò io stessa in fabbrica, con i miei occhi.

Ora siamo nel locale delle ispezioni, dove è in corso il controllo finale di un verticale destinato a Zurigo.

«I nostri rivenditori si aspettano molto» avverte Stein, mentre tira via l'asse frontale del piano per ispezionare la tavola armonica. Vi trova residui di colla e trucioli, e lo segnala con un pezzo di nastro adesivo messo a mo' di post-it. «Se si guarda attentamente, qualcosa si trova sempre».

Do un'occhiata, tanto per essere sicura. Stein si accerta che il numero di serie corrisponda a quello stampato sui documenti. Il coperchio della tastiera è danneggiato, bisogna effettuare una riparazione con il poliestere. Suona il pianoforte: i tasti ritornano tutti in posizione dopo essere stati premuti? I martelletti percuotono la corda con la giusta angolazione? Gli smorzatori si muovono all'unisono?

Osserva la lista dei controlli da effettuare, lunga diverse pagine, incorniciata e appesa alla parete. Fa scorrere con delicatezza le dita sulle sommità dei tasti per assicurarsi che siano tutti della stessa altezza. Come è riuscita l'accordatura? E l'intonazione? Segna con il gesso le note che non lo convincono. C'erano state richieste particolari da parte di questo cliente? Sono state soddisfatte?

Annota su un foglio le proprie osservazioni: c'è una vite non perfettamente stretta. Uno degli smorzatori tocca la corda in ritardo. Il piano è scordato. Non c'è sufficiente scarto nel pedale tonale.

«Teniamo traccia di chi ha fatto cosa, nel caso di lamentele. La persona che ha fatto il lavoro deve correggerlo, e segnare su questo foglio quando la correzione è stata effettuata. Prima di allora, gli addetti al trasporto non possono prendere il piano».

«E che succede se i pianoforti non sono pronti?».

«A volte gli addetti al trasporto rimangono ad aspettare sulla piattaforma di carico anche mezza giornata».

Oggi è giovedì, giorno di spedizioni. Nella fabbrica fervono i preparativi. Domani lascerò Braunschweig e ho già qualche rimpianto. La fabbrica e quelli che vi lavorano mi sono già cari. Mi mancherà la polifonia del laboratorio: il gemito delle seghe, il ronzio delle lucidatrici, il sibilo dei vaporizzatori, il ruggito dei trapani. Il mugghio sordo dei nastri trasportatori che consegnano le parti dei pianoforti alle rispettive postazioni di lavoro. Mi mancheranno la pazienza e la cordialità di Bosse e Schecke. Gli scherzi di Kaemmerling, le nostre punzecchiature amichevoli. L'ospitalità sobria e generosa di Stein. E forse, più di tutto, mi mancherà poter osservare Martin Walter mentre lavora. L'energia appassionata e contagiosa, la grazia meticolosa con cui Martin si dedica alla creazione delle casse armoniche.

Un'idea – folle – si fa strada dentro di me: voglio fare l'apprendistato qui. È possibile una cosa simile?

Stein sorride. «Certo. La prendiamo».

«Sul serio, quali sono i requisiti?».

C'è un test di due giorni in carpenteria, falegnameria e regolazione semplice. C'è un test di ascolto per verificare che il candidato sia in grado di sentire gli intervalli e di percepire se il piano è accordato o meno. Inoltre l'azienda si riserva di valutare se il candidato è nelle condizioni di poter rimanere dopo l'apprendistato, se è più o meno adatto a questo lavoro. Chiaramente, non sarei una candidata temibile.

«Ci servono persone che siano degli specialisti e degli individualisti» spiega Stein. «Chi si occupa delle casse armoniche deve essere convinto che il suo lavoro sia il più importante all'interno della fabbrica. Chi rifinisce il mobile deve pensare che il lavoro più importante sia il suo, dato che da esso dipende l'aspetto del pianoforte quando sarà in scena. Ma è fondamentale anche che tutti vadano d'accordo, in modo da evitare litigi o attriti. Sì, può succedere» dice annuendo con la testa e lanciandomi un'occhiata. «Tra il personale deve esserci la giusta alchimia. Il talento artigianale è naturalmente di primaria importanza, ma conta anche che ci sia un'atmosfera armoniosa. Dopotutto siamo qui a produrre strumenti armonici».

Già. È un discorso sensato. E l'armonia è il motivo per cui mi sento così a mio agio qui, così in sintonia con tutte queste persone. Se ascolto i suoni provenienti dal laboratorio nel modo in cui Milford Graves ascolta il suo pubblico, la frequenza base di questa fabbrica e i suoi armonici sono forze positive, che innalzano l'animo. Gli accordi di questi obiettivi tesi all'armonia sono parte della mia esperienza con Marlene.

Oggi, Martin Walter doveva mostrarmi come si ottiene l'arcuatura della tavola armonica, ma quando Kaemmerling e io arriviamo nel suo laboratorio, Martin annuncia che le catene disponibili sono del colore sbagliato. Sono più scure delle tavole. Per oggi non verranno arcuate tavole armoniche.

«Ma le catene sono nascoste là sotto» protesto. «Il pianista non se ne accorgerà».

«Noi sì» replica Kaemmerling.

Dovrò lasciare la fabbrica senza un pezzo della storia. Ma ho ancora la possibilità di imparare qualcosa circa le peculiarità del legno da cui dipendono le caratteristiche costruttive.

Kaemmerling e io ci immergiamo nella quiete della camera climatizzata in cui viene stoccato il legno armonico destinato alla costruzione delle tavole. Il locale ha un tasso di umidità del trenta per cento, e la temperatura è mantenuta tra i trenta e i quaranta gradi centigradi. Lo scopo è quello di conservare il grado di umidità del legno intorno al due o tre per cento. Tenendolo in un clima così secco, ed esponendolo poi al normale grado di umidità ambientale pari al quaranta o cinquanta per cento, il legno si gonfierà potenziando la tensione della tavola, una volta che sarà ben fissata tra le staffe e la fascia. È necessaria la massima tensione della tavola armonica per ottenere le caratteristiche costruttive proprie dei Grotrian.

Le tavole armoniche arrivano in fabbrica sotto forma di pannelli piatti assemblati dalla Holzwerke Strunz, in Baviera, forse il più antico produttore di tavole armoniche al mondo. Sono costruite secondo le specifiche Grotrian, e ogni singolo taglio di legno che compone la tavola è selezionato sulla base della tonalità e della frequenza naturali, che vengono valutate battendo alcuni colpi sulla superficie del materiale. I pannelli non sono tutti della stessa frequenza – non sarebbe possibile – ma sono selezionati per essere "omogenei", com'è spiegato sul sito web dell'azienda. Che cosa significa esattamente?

«Per contratto non possiamo rivelare nulla» dice Kaemmerling. «Quello che possiamo dirti è che abbiamo un metodo per la selezione dei tagli di legno basato sulla sonorità, sul peso e sull'elasticità, un metodo che produce i migliori risultati possibili. Facciamo in modo che la tonalità sia uniforme. Con i pianoforti cinesi che migliorano di giorno in giorno, abbiamo ancora bisogno di piccoli miracoli, accorgimenti minuti che nessun altro conosce, per differenziarci dagli altri produttori».

Suppongo che selezionino i tagli in modo da ottenere frequenze naturalmente consonanti l'una con l'altra, ma decido di non insistere sull'argomento. Inoltre, aggiunge Kaemmerling, per quanto importante, non è la frequenza naturale della tavola armonica a determinare la peculiarità del suono; del resto non sarebbe possibile creare due tavole armoniche con la stessa tonalità naturale. Quella che conta è la frequenza della tavola una volta che è sotto tensione, la "frequenza forzata", la chiama. Il segreto è nel modo in cui la tensione si distribuisce sulla tavola, nel grado di tensione necessario perché la frequenza specifica della tavola sia neutrale, e l'unica tonalità udibile quando il pianoforte viene suonato sia quella determinata dalla frequenza delle corde. La tavola diventa un trasduttore, qualcosa di simile a un megafono che dà proiezione alle vibrazioni delle corde.

Kaemmerling raccoglie un pezzo di legno armonico dello spessore di circa dieci millimetri per mostrarmelo. Lo impugna a una distanza dalla cima pari a un terzo della lunghezza e mi invita a colpirlo con le nocche. Produce un suono cavo, risonante, piuttosto profondo. Poi piega lo stesso pezzo stringendolo tra le mani, facendone un arco.

«Ora colpiscilo di nuovo» dice. La frequenza è più alta. «Noi modifichiamo deliberatamente la frequenza attraverso la curvatura e la tensione delle corde. Senza tensione, la tavola non *oscilla*».

«*Oscillare*? Intendi vibrare?».

«Sì! Vibrare! Specialmente nel registro dei soprani, è necessaria la massima tensione, dunque la massima curvatura della tavola armonica. È così che si ottengono armonici più alti. Se la tavola è troppo flessibile, si verifica una perdita di vibrazione. Ogni parte della tavola armonica deve vibrare alla giusta frequenza. La reattività della tavola alle vibrazioni delle corde aumenta in ragione della tensione, della minor flessibilità e della maggiore frequenza. La si può paragonare a un elastico. A riposo, non emette alcun suono. Ma se lo si tende, produce una nota».

Una volta arrivate le tavole dalla Strunz, gli operai della Grotrian le sagomano con una piallatrice, calibrandone i gradi di spessore con l'aiuto del computer. Dopodiché il processo produttivo prevede l'utilizzo di ogni mezzo possibile per ottenere una curvatura adeguata: far gonfiare la tavola in un ambiente normalmente umido, dopo averla fissata a catene non essiccate; sagomare la tavola in una pressa per adattarla alle catene; sagomare le catene stesse in modo che assecondino la flessione della tavola; intagliare sulla sommità della fascia interna un angolo a supporto della curvatura, laccare solo una facciata della tavola in modo da collocarla al suo posto mentre l'altra facciata si espande. Ognuno di questi accorgimenti sviluppa energia nella tavola, come quando si carica una molla.

La pressa per tavole armoniche è un tavolo convesso fatto con pezzi di manichette antincendio gonfiabili strette tra due travi di acciaio, che avvicina e preme le catene sulla tavola finché la colla non è asciutta. «È un vecchio sistema» dice Kaemmerling. La pressa è stata realizzata nel laboratorio macchine dell'azienda. Nessuno le fabbrica per venderle, probabilmente perché durano un'eternità.

«Il risultato non deve sorprendere» dice Kaemmerling. «È un misto di calcolo e tentativi ed errori. Ma per quanto siano importanti i calcoli, la cosa fondamentale è verificare ciò che si è previsto mediante i calcoli. Quel che conta alla fine è la nostra opinione, il nostro gusto».

Kaemmerling mi spiega che gli alberi destinati alla costruzione delle tavole armoniche devono essere selezionati con cura.

«Se si colpisce uno di questi alberi prima che venga tagliato, si avverte una chiara differenza nel sostegno del suono. Si sente immediatamente se si tratta di un *pock* o di un *po-o-o-ok*. Ed è così che si seleziona il legno armonico. Ma non so che cosa Strunz faccia per noi, non lo sa nessuno. Il nostro compito è creare la curvatura, la cassa armonica e la tavola armonica insieme. Sono completamente all'oscuro di quel che fa Strunz. Davvero!» aggiunge, vedendo la mia espressione scettica.

«È una specie di società segreta?» chiedo ironicamente.

«Sì, proprio così». Ora è serio. «Nessuno ne sa nulla. Nemmeno io!». E Kaemmerling esplode nella sua risata bonaria.

25
Austria

Quando Carl, il nonno di Thomas Hilz, era ancora vivo, e andava nelle foreste a selezionare gli alberi per la fornitura di legno armonico – quello usato per la fabbricazione degli strumenti musicali –, camminava tra i colossi svettanti, li percuoteva con un martello e ascoltava, alla ricerca di un suono abbastanza risonante. Sono passati cinquant'anni da allora, ricorda Thomas mentre guida su per le Alpi austriache, dove anche noi andremo alla ricerca di legno armonico. Carl Hilz aveva bisogno di soli cento alberi l'anno. Oggi Thomas Hilz, il proprietario della Holzwerke Strunz, il più antico costruttore di tavole armoniche al mondo, deve realizzare cinquemila tavole l'anno, e, se dovesse valutare ogni albero colpendolo con il martello, saremmo davvero in pochi a possedere un pianoforte.

«Personalmente non conosco nessuno che batta i tronchi con un martello» commenta Thomas con enfasi e convinzione, quando gli ripeto quel che ho sentito dire. «Tutti noi selezioniamo gli alberi guardandoli. Se qualcuno dice di farlo, per me è pura leggenda».

Thomas rappresenta la settima generazione della sua famiglia che si occupa di ricavare tavole armoniche dagli alberi dell'Europa centrale, in particolare dagli abeti bianchi che crescono sulle montagne dell'Austria, della Germania e della Svizzera. Seleziona legno armonico da quando, all'età di otto anni, cominciò ad accompagnare il padre, Adolf Hilz, nelle foreste, e ha raccolto la sfida senza esitazione. Valutare un tronco non lavorato al fine di distinguerne le qualità tonali è un'impresa che ha dell'impossibile, ma Thomas conta sul proprio intuito, forte di una tradizione familiare lunga centottantacinque anni, e sui suoi trentun anni di esperienza.

«A volte gli alberi trasmettono delle sensazioni speciali» dice mentre passeggiamo nel deposito di tronchi di Reinhard Kirchner. Abbiamo seguito Reinhard fin qui con l'auto di Thomas dopo aver visitato le foreste fuori Filzmoos, dove abbiamo osservato la guardia forestale Maier Christian selezionare gli alberi, e i tagliaboschi eseguire il taglio e trascinarli via. Ora Reinhard spera che Thomas compri parte dei cento tronchi interi che ha preselezionato. Tra tutti i suoi clienti Thomas è quello che paga meglio. I tronchi sono schierati in cataste alte fino al ginocchio, e creano viali larghi quattro metri; la corteccia è stata rimossa e i fusti sono sistemati a formare nastri simili al velluto a coste.

«Quando vedo un tronco per la prima volta, è subito sì o no» spiega Thomas, tenendo d'occhio l'orizzonte mentre camminiamo accanto agli alberi tagliati. «La decisione che prendo sul momento è sempre la migliore. Non mi piace quando è un no, e il fornitore mi dice: "Lo prenda". Nessuno può farmi cambiare idea. Se dico no, è no».

«È dura convincere un costruttore di pianoforti» conferma con foga Reinhard tenendoci d'occhio mentre avanziamo verso l'estremità opposta dei tronchi. Man mano che esamina i fusti, Thomas grida la propria decisione in direzione di Reinhard. Se dice «Passt» (ok), Reinhard spruzza un segno arancione sull'estremità a lui vicina, e la sigla "str" per Strunz. Ma accade più spesso che Thomas gridi «Nix», variante dialettale locale di "nicht".

«Questo non mi piace, questo ha troppi nodi».

«Dovremmo insegnare agli alberi a crescere quadrati e senza nodi» grida Reinhard, saltellando di buonumore. «Dovremmo convincere madre natura a farli crescere come si deve!».

Reinhard sa che Thomas comprerà solo il due o tre per cento dei tronchi migliori. Ma è comunque un affare molto redditizio. Un costruttore di tavole armoniche, per un buon albero da legno armonico, paga un prezzo superiore del venti per cento a quello che Reinhard può ottenere da un costruttore di mobili o da un'impresa edile.

«Gli abeti che non compro, Reinhard può venderli ai costruttori di infissi. Non è un problema per lui».

Ma oggi ci sono molti tronchi che soddisfano Thomas.

«Perfetto» dice più di una volta. «Questo è un perfetto albero da legno armonico». Batte con un martello a due teste sul ceppo del tronco, incastrando nel legno un'etichetta di plastica arancione con un numero sopra. Poi rovescia il martello e batte il legno con l'altra testa, proprio sotto l'etichetta. In questo modo vi imprime le proprie iniziali, TH, con un sonoro *thock*. I tronchi prescelti sono cilindri quasi perfetti, con anelli anulari uniformi e poco distanziati.

«Sì, perfetto. È esattamente la fibra giusta». Si inginocchia e vi passa sopra l'indice. Gli anelli di crescita sono così ravvicinati che è quasi impossibile contarli. Si tratta di un tronco del diametro di sessantacinque centimetri. All'interno di questa circonferenza ci sono all'incirca duecentocinquanta anelli di crescita alla stessa distanza l'uno dall'altro, una media di più di sette anelli per centimetro o circa venti anelli ogni due centimetri e mezzo. Quest'albero ha prodotto, anno dopo anno per duecentocinquant'anni, strati di cambio regolari, uniformi e non compressi.

In totale Thomas seleziona ventisei tronchi, sia di prima sia di seconda qualità, una percentuale notevolmente superiore a quella consueta. Il pagamento avviene sulla base dei metri cubici, e Reinhard calcola che l'acquisto ammonta a duemilacinquecentosettantuno metri cubici, dai quali Thomas ricaverà tre, quattrocento tavole armoniche per pianoforti orizzontali e a coda. «Prima ti fa vedere il legno di qualità peggiore, e alla fine tira fuori il meglio» si lamenta Thomas, brandendo il pugno mentre raggiungiamo l'auto. «Lo prenderei a cazzotti!».

La mia avventura alla Holzwerke Strunz è iniziata a Pocking, in Germania, nel laboratorio di Thomas situato a ridosso del confine con l'Austria. Thomas e sua moglie, Martina, si sono presi grande cura di me, accogliendomi come una sorta di alto dignitario straniero fin da quando sono arrivata qui per vedere i luoghi in cui è nata la tavola armonica di Marlene. Ieri sera, a cena, Martina, che fa l'architetto d'interni e assomiglia a un folletto, con occhi profondi ed espressivi, mi ha raccontato timidamente la storia del loro primo incontro, diciotto anni fa. La casa dei suoi genitori, nel villaggio vicino, aveva preso fuoco mentre loro erano fuori città, e Thomas era uno dei pompieri che risposero all'allarme lanciato da Martina. Dopo aver salvato la casa, lui era rimasto per un tè, e aveva bevuto da una tazza con su stampato il nome "Martina". «Chi è Martina?» aveva chiesto. Da quella volta sono stati sempre insieme.

Thomas si comporta ancora col piglio spavaldo del pompiere impavido. Quest'uomo è padrone del proprio universo, ed è anche molto felice di esserlo. Il più grande dei due figli, Max, è uguale a Thomas quand'era ragazzo, dice sua madre, sempre intorno al laboratorio, più interessato agli affari che alla scuola.

Dal deposito di Kirchner, in Austria, i tronchi viaggiano in camion fino a una segheria prossima al confine tedesco. Il modo migliore per tagliare i fusti destinati alla costruzione di tavole armoniche per pianoforti è dividerli in quarti. Il tronco intero viene tagliato longitudinalmente a metà, poi ogni metà viene a sua volta dimezzata, sempre per la lunghezza. Una volta divise in quattro parti, le tavole vengono tagliate in modo tale che le fibre appaiano verticali rispetto al taglio. Ciò conferisce alla tavola la flessibilità necessaria per effettuare la curvatura.

Negli anni Venti dell'Ottocento, quando l'antenato di Thomas Hilz, Peter Strunz, fondò l'azienda, il taglio in quarti veniva effettuato a mano con un *segone*, una lama enorme che doveva essere manovrata da due uomini: uno si calava in una buca sotto il tronco, l'altro era al di sopra del tronco, su un'apposita impalcatura. Oggi, invece, il taglio di un albero vecchio di duecentocinquant'anni richiede un'attrezzatura altamente specializzata, un ingente investimento di capitali per procurarla e competenze specifiche per farla funzionare. In Austria, ci sono solo cinque o sei piccole segherie a conduzione familiare in grado di effettuare questo tipo di taglio. Thomas Hilz lavora con tutte.

«Fanno un lavoro perfetto» dice Thomas della segheria che visitiamo oggi. «Trattano il legno come se fosse il loro. È molto importante poter contare su una segheria con un proprietario affidabile».

Johann Esterbauer sistema con cura sul nastro trasportatore le assi di abete appena tagliate che escono dalla sua segheria. È una giornata di primavera fredda e grigia, e lui indossa un maglione grigio a righe e un cappello di lana che gli copre i capelli bianchi. Il legname viene tagliato in fette sottili, poi adagiato trasversalmente su delle stecche; in questo modo le assi rimangono separate, il che consente all'aria di circolare. Già molto oltre l'età della pensione, Esterbauer trascorre ancora tutte le sue giornate nella segheria gestita ormai dal figlio Karl, accatastando legname e servendo cioccolata ai visitatori. È qui perché ha bisogno di avere qualcosa da fare. È un uomo d'indole allegra, a cui piace scherzare. È anche uno dei proprietari terrieri più ricchi di tutta l'Austria, e possiede società elettriche, immobili di lusso affittati a Salisburgo e foreste, mi informa Thomas.

La sega computerizzata di Esterbauer ha solo due anni, e la

famiglia vi ha investito quasi due milioni di euro. È collocata in una enorme rimessa a due piani, che si apre da un lato sul deposito di legname, dove si sta scongelando il raccolto invernale di tronchi, una catasta alta come una casa. Quando i tronchi di Thomas Hilz arrivano da Filzmoos, bisogna tagliarli subito, prima che vengano attaccati dagli insetti.

Karl Esterbauer manovra la sega da dentro una torretta di controllo con pareti in vetro posta sul tetto della rimessa, in modo da avere una visione ottimale. La sega a nastro con la lama rivestita in titanio è alta un metro e larga venti centimetri, e il suo enorme dente sembra uscito direttamente dalle fauci di un mostro preistorico. Una piattaforma del peso di quindici tonnellate, scorrendo su un binario, trasporta i tronchi fino alla sega. Karl è seduto su quello che è noto come "sedile del pilota", una sedia girevole a schienale alto provvista di pannelli di comando su entrambi gli ampi braccioli, e con davanti la tastiera del computer. Il monitor del computer è sospeso proprio sopra la testa di Karl. I braccioli del sedile sono ricoperti di bottoni, leve, joystick e quadranti, tutti di colori primari. Mentre manovra rapido i comandi, Karl ha l'aria del capitano in un episodio di *Star Trek*, o forse di un burattinaio che dirige i suoi pupazzi industriali da dietro un sipario di vetro.

Karl preme un bottone e, sotto di lui, un paio di lunghe braccia meccaniche si protendono, abbrancano un tronco intero dalla forma cilindrica con le loro dita affilate simili a scalpelli e lo depongono sulla piattaforma mobile. Una lieve pressione del joystick e la piattaforma avvicina il tronco alla sega a nastro, la quale lo taglia a metà in senso longitudinale. Karl deve calibrare attentamente il tocco, altrimenti il peso del tronco in movimento può mandare in pezzi la sega. Basta premere un altro bottone, e una delle metà viene spinta di lato da un altro paio di braccia meccaniche. Poi una lunga lama elimina le imperfezioni della metà rimanente, preparandola al taglio della prima tavola.

Una volta dimezzato il tronco, Karl decide se è o meno il caso di utilizzarlo come legno armonico. Se il legno si presenta chiaro, senza nodi, privo di sacche di resina, allora impartisce al computer l'ordine di tagliarlo in assi dello spessore di quattordici millimetri. Se il legno è inutilizzabile, allora vengono segate assi spesse trenta millimetri destinate ad altri usi.

Nessuno sa cosa si può trovare dentro il tronco prima che sia passato attraverso la sega e c'è sempre il rischio che l'albero si riveli inutilizzabile: colore mediocre, anelli compressi, troppi nodi nel taglio interno, persino del marciume nascosto nel legno. Persino il tronco di qualità più elevata ha parti che devono essere scartate. Anche nelle condizioni migliori, solo il dieci per cento dei tronchi si presta a essere usato per la costruzione di pianoforti, e se lo scopo è realizzare tavole armoniche di prima qualità, il numero è ancora minore, fino al tre o al cinque per cento.

Le assi appena tagliate vengono impilate con cura su dei paglierícci che vengono a loro volta issati sul pianale di un camion e portati fino a Pocking, un paesino a sud di Passau, appena a est del fiume Inn. È qui che il nonno e il padre di Thomas si stabilirono nel 1950, dopo che il governo sovietico requisì loro l'officina di famiglia e il laboratorio che avevano a Aussergefild, in Cecoslovacchia, a circa tre miglia dal confine tedesco, sulle rive della Moldava.

Nel marzo del 1945, durante il funerale del bisnonno di Thomas, la polizia intimò alla famiglia di lasciare immediatamente il paese. La famiglia Strunz risiedeva da circa trecento anni in quella che ora si chiama Repubblica Ceca, ma che allora era territorio tedesco. La famiglia era molto ricca, e la loro azienda, nota allora come Holzstrunz Aussergefild, aveva duecentocinquanta dipendenti e possedeva quaranta edifici. Furono costretti a fuggire con solo quello che avevano addosso. I loro possedimenti furono requisiti dal governo sovietico, e l'officina fu rasa al suolo.

Il padre di Thomas aveva solo quindici anni allora, e rimase traumatizzato per sempre. «Ogni anno, il venti marzo, cadeva in una tristezza profonda» racconta Thomas. «Per lui è stata una vera catastrofe. Non si è mai ripreso».

Carl, il nonno di Thomas, era originario della Baviera, così decise di trasferirsi lì con la famiglia. Ricostruì l'azienda partendo da un solo segone, così come aveva fatto Peter Strunz nel 1820, e diede un nuovo corso alla tradizione familiare nella costruzione di tavole armoniche, catene e tastiere per pianoforti. Thomas Hilz ha assunto la gestione dell'azienda nel 1988, e nel 1995 ne è diventato l'unico proprietario.

È un uomo di trentanove anni robusto, non alto, non atletico, ma con una corporatura possente e una volontà di ferro nascosta dietro una personalità socievole, cordiale e ipercinetica. Thomas è una di quelle persone che riescono a fare in un giorno quello che la maggior parte di noi fa in una settimana, un vulcano di energia, di progetti, di strategie; è quasi sempre in viaggio per incrementare gli affari e promuovere la sua impresa, che è diventata il centro della sua vita fin da quando frequentava le elementari. Pur occupandosi da solo della conduzione dell'azienda, continua a selezionare personalmente ogni singolo tronco che ambisca a diventare una tavola armonica Strunz.

Quando le assi di legno armonico arrivano alla Strunz, vengono messe a stagionare all'aria aperta per tre mesi. Poi vengono sottoposte a essiccazione fino a raggiungere un contenuto di umidità pari al sei per cento. Dopo l'essiccazione, vengono portate con un carrello elevatore a forca in un enorme deposito riscaldato, dove sono conservate per un mese. Nel deposito ci sono cataste di legno alte circa mezzo metro. Una monumentale stufa smaltata si erge al centro del locale, divorando combustibile ricavato da trucioli e segatura, residui di produzione.

Quando le sottili assi sono pronte a essere trasformate in tavole armoniche, sono lunghe dai quattro ai cinque metri. Due operai esaminano le assi una per una man mano che passano su un nastro trasportatore, ed evidenziano i nodi con grossi pezzi di gesso fosforescente. Werner Fraemhofer, che lavora presso la Strunz da trentun anni, traccia parentesi arancio acceso intorno ai nodi. Verso la metà della lunghezza del nastro trasportatore, una sega diagonale computerizzata legge i segni fosforescenti e li taglia. Mentre proseguono il loro percorso sul nastro trasportatore, le assi vengono classificate da sensori che attivano dei bracci meccanici. Questi spingono le assi giù dal nastro, accatastandole in pile di lunghezza uniforme.

Le assi continuano il loro pellegrinaggio su e giù per il laboratorio su altri nastri trasportatori, sotto l'occhio di altri sensori. Il "legno giovane", così come la crescita recente degli alberi, viene scartato, i loro ampi anelli anulari li rendono non adatti alle tavole armoniche. Il legno scartato viene deviato verso una sminuzzatrice, e poi utilizzato come combustibile. Le assi di qualità migliore seguono un percorso che le conduce a una piallatrice manovrata al computer, dove vengono appianate su tutti e quattro i lati.

Al momento, i pezzi migliori sono di svariate lunghezze, pronti per la selezione di quelli che diventeranno tavole armoniche. Ci sono quattro postazioni per la preparazione delle tavole, ognuna munita di un piano di lavoro alto fino alla cintola e di una pressa idraulica di forma piatta che scende sul tavolo dal soffitto. Ogni piano di lavoro è circondato da dozzine di assi di legno dalla fibra più fine, appoggiate verticalmente alle pareti della rispettiva postazione e simili a foreste di pali.

Un operaio sta progettando il layout di tavola armonica sul proprio banco di lavoro, utilizzando una matita come guida. Non esistono due case pianistiche che richiedano le stesse specifiche in materia di angolatura delle fibre, qualità, colore, misura o contorno delle loro tavole armoniche. Alcuni prediligono fibre particolarmente rade o fitte. Altri preferiscono un colore che tenda al rosso, oppure al bianco. Per una tavola Grotrian, l'operaio addetto al layout seleziona l'abete più bianco possibile e dalle fibre più fitte e uniformi. «Le assi destinate alla Grotrian sono di qualità eccelsa» osserva Thomas. «Ci vorrebbe una lente d'ingrandimento per contare gli anelli». Ci sono almeno sette anelli per ogni centimetro, e il legno appare immacolato.

Una volta collocate tutte le assi con l'angolatura delle fibre richiesta nel modello, l'operaio abbassa la pressa sulle assi e batte sugli angoli esposti con un maglio di gomma, spingendole l'una contro l'altra. Poi traccia una grossa V trasversale sulle assi, le impila ordinatamente e le ripone su una rastrelliera di metallo verde. Una volta che la rastrelliera contiene dodici cataste di assi, viene spinta verso la postazione dove vengono assemblate le tavole armoniche.

Fedor Tschense, un emigrato russo arrivato in Germania dopo la Rivoluzione di velluto, costruisce due tavole armoniche alla volta, destinate a pianoforti a coda.

Preleva un intero gruppo di assi, con un rullo applica rapidamente la colla sui bordi e poi dispone le assi su un foglio di mylar in modo da ricomporre la V tracciata a matita.

Il banco di lavoro di Tschense, alto poco meno di un metro, è di metallo grigio e ha l'aspetto di un enorme pannello segnapunti, costellato di fori separati da distanze regolari. Sopra questa superficie di lavoro, le assi accostate l'una all'altra vengono strette nella morsa dai pannelli ad aria compressa che scendono dal soffitto e dalle ganasce metalliche che si protendono da destra e da sinistra. Le ganasce, caricate da molle, si inseriscono nei fori del tabellone segnapunti e si espandono premendo sui bordi della tavola armonica.

Mentre una tavola si asciuga, lui comincia a lavorarne un'altra nella postazione accanto. Dopo venti minuti, la colla è asciutta, le ganasce vengono rimosse una a una e la tavola sollevata dal piano di lavoro. Con i suoi angoli disadorni e sfilacciati, ha l'aria di una superficie fatta di pixel, di un oggetto digitale, privo delle curve eleganti che caratterizzano la forma di un pianoforte a coda.

Tschense sistema le tavole in una rastrelliera per l'asciugatura, dove restano per un giorno. Poi passano sotto una piallatrice per eliminare i residui di colla e i fregi a matita. Le sacche di resina vengono rimosse in una postazione apposita con una fresatrice manuale, e sostituite da tasselli di legno. Poi le tavole subiscono un'ulteriore piallatura.

Subito dopo vengono trasferite in una stanza riscaldata a una temperatura di trenta gradi centigradi, dove stazionano finché non vengono spedite alla Grotrian. Per le operazioni di levigatura e rifinitura si utilizza una piallatrice computerizzata che conferisce a ogni tavola il contorno specifico richiesto dalle varie case pianistiche e per i vari modelli forniti da Strunz: si tratta di centotrenta tavole armoniche di fogge diverse per venticinque case pianistiche sparse in tutto il mondo.

Appena prima della spedizione, ogni tavola è sottoposta a ispezione dal caposquadra, Heinz Seitz, amico di Thomas fin dalle elementari. Seitz ispeziona le tavole piegandole in ogni direzione possibile sopra un cavalletto rivestito di feltro. Questo procedimento serve a capire se una tavola armonica è destinata a spezzarsi sotto la pressione della curvatura.

Contro la parete in fondo del laboratorio, accatastate verticalmente su apposite rastrelliere, ci sono le tavole finite: sono dirette a Stoccarda e persino in Corea.

Ogni sera, prima di andare a casa, Thomas Hilz entra da solo nel suo laboratorio, osserva le seghe silenziose, i nastri immobili, fa scorrere la mano sulle tavole armoniche ancora mute, pregustando il suono meraviglioso che ne scaturirà. Qui ci sono i cuori dei migliori pianoforti del mondo, in attesa che il loro destino si compia e che qualcuno le metta in condizione di suonare. Thomas mette a dormire il proprio laboratorio, gli rimbocca le coperte con amore. «Qui c'è la mia vita» dice. «La cosa più importante nella vita è amare il proprio lavoro».

Dopo aver assistito alla realizzazione delle tavole armoniche, avevo programmato di visitare l'antica città mercantile di Passau, dove confluiscono il fiume Inn e il Danubio, e una volta lì fare rotta verso la città natale di Mozart, Salisburgo, per poi andare a sentire qualche concerto a Vienna. Ma Thomas Hilz ha altri piani in serbo per me.

«Se vuoi davvero capire qualcosa del legno armonico, devi conoscere il mio amico Fuchs, a Mittenwald» mi suggerisce. Pronuncia il nome in modo che suoni "Fox". «La sua famiglia vende legno per violini da sempre, da prima ancora della mia. Noi due abbiamo un accordo d'affari – lui si prende gli alberi più vecchi per i suoi violini, e io prendo quelli più giovani per i miei pianoforti –, ma siamo anche amici e io non lo vedo da quattordici anni. Ti ci accompagno io».

Mittenwald si trova nel sud della Baviera, diverse ore di viaggio nella direzione opposta a quella che avevo stabilito. Sì, certo, andrò di sicuro a Mittenwald a far visita al signor Fuchs, dopo che avrò visitato Vienna. Ma verso la fine della settimana, Thomas deve andare a Berlino. Deve portarmici adesso. «Non sei tenuto ad accompagnarmi in macchina, hai già fatto tanto» gli dico. Ma Thomas ha già deciso, ed è irremovibile. Inutile protestare. Il giorno dopo, di buon mattino, carica la mia valigia nel bagagliaio delle sua auto, e partiamo per Mittenwald.

26

Mittenwald

Avanziamo nella pioggia scrosciante, dalla pianura in cui sorge il villaggio di Thomas sempre più in alto, fino ai rilievi della Baviera orientale. Sorpassiamo paurosi tornanti, superiamo laghi e fattorie munite di piccole capanne per il latte che sorgono in mezzo a prati verdi, pronti a sfamare le mucche durante l'estate. Attraversiamo boschi di abeti alti e dritti, finché siamo finalmente circondati da vette solenni e austere, coperte di neve, immerse in un paesaggio troppo ostile per permettere la presenza umana. Verso sera arriviamo in una sorta di moderna Shangri-la.

Mittenwald è un piccolo villaggio abbarbicato sul versante di una valle pensile delle Alpi, all'ombra del picco del Karwendel, in prossimità del confine austriaco. Per secoli è stato un villaggio di frontiera dove la nobiltà locale riscuoteva gabelle dai mercanti che viaggiavano da e per l'Italia. Da trecento anni è la Cremona bavarese, un centro d'eccellenza nel settore della liuteria. Qui fu realizzato il violino di Mozart, opera di un discendente di Matthias Klotz, il capostipite di questa tradizione. La regione si prestava naturalmente a diventare un centro di produzione di violini, poiché gli aceri secolari e gli abeti a crescita lenta che abbondano su queste montagne garantivano superbe tavole armoniche ed eccellenti fondi per violini. Benché la maggior parte del legno armonico provenga ormai da altre regioni alpine, a Mittenwald ci sono ancora molti liutai e costruttori di violini che continuano la tradizione avviata dai loro bisnonni e trisavoli.

A quest'altitudine, la primavera è appena agli inizi, gli alberi sono spogli, l'aria frizzante. Ma sugli argini del limpido torrente che attraversa sinuoso la cittadina, si riversano cascate di fiori purpurei, e i colori pastello – rosa, giallo, rosso corallo – dei vecchi edifici mettono allegria. Le case sono sontuosamente ornate da decorazioni in stile bavarese: enormi murali raffiguranti angeli, santi e scene bibliche, oltre a paesaggi montani – abitati da cervi, pecore e capre – dipinti sulle pareti esterne ed elaborate cornici dorate disegnate con dovizia di dettagli intorno a ogni finestra. È il kitsch ai suoi massimi livelli.

Al centro del villaggio, sullo sfondo dei picchi innevati, si erge la chiesa, un edificio rosa proprio nel cuore della comunità, vecchia di circa tre secoli. Davanti alla chiesa c'è una statua in bronzo di Matthias Klotz, raffigurato nell'atto di intagliare un violino.

Io e Thomas accostiamo di fronte all'Hotel Reiger, dove prendo una stanza dalla cui vasca da bagno si gode la vista del Karwendel. L'imponente massiccio è visibile da qualunque punto di Mittenwald. In fretta mi do una rinfrescata, mi cambio e scendo le scale fino al ristorante dell'hotel, dove Thomas e il suo amico Norbert Fuchs già confabulano davanti a una bottiglia di vino.

Fuchs è un omone sulla settantina, alto e dalle spalle larghe, con una fitta e lucente capigliatura candida, sopracciglia grigie e un volto mondano, dalle fattezze pronunciate. Parla a voce alta, prevaricando l'interlocutore, come i vecchi tedeschi in pensione che ho incontrato sui treni, persi nei loro sproloqui, stonati signori dei loro universi conversazionali.

Fuchs ci informa, nel suo inglese torrenziale, di essere appena tornato dal Caucaso, un viaggio che compie una volta al mese per prelevare alcuni degli aceri più antichi e pregiati al mondo da destinare alla costruzione di violini. È stato un viaggio pieno di contrattempi: tanto per cominciare ha guidato per sedici ore fino al confine ucraino, dove ha dovuto prendere una macchina russa.

«Non puoi andare laggiù con una macchina tedesca. È tutto in mano alla mafia, ai terroristi, è molto pericoloso, ogni volta dobbiamo pagarli» dice a Thomas chinandosi con vigore e tenendo il bicchiere di vino nelle poderose mani a coppa. «Arrivati al confine russo, abbiamo guidato per altre ventiquattro ore».

«Non si preoccupa per la sua sicurezza?».

«A me non danno fastidio». Fuchs fa un cenno di noncuranza. «Sono troppo vecchio». Sorride esibendo grossi denti ingialliti.

«Come fa a trasportare gli alberi sin qui?».

«Far passare alberi interi è illegale. Bisogna segarli sul posto. Parlano i loro dialetti. Anche se conoscessi il russo, non potrei capirli».

Fuchs parla inglese. Thomas gli risponde in tedesco. Credo che Thomas sia stanco di dover conversare tutto il giorno in inglese, ma in questo modo mi confondo e non riesco a partecipare alla conversazione. Fuchs, intuendo forse il mio stato d'animo, alla fine si volta verso di me e mi racconta di come è arrivato a Mittenwald.

L'officina per la produzione di legno armonico di Norbert Fuchs appartiene alla famiglia da sette generazioni e forniscono legno per la costruzione di strumenti a corde dal 1778. L'azienda aveva sede a Eger, in Cecoslovacchia. Gli americani arrivarono in Cecoslovacchia nel 1946, e quando se ne andarono fu la volta dei russi. La madre di Fuchs commise l'errore di offrire del cibo agli americani, e la famiglia fu costretta a partire. A Mittenwald vivevano alcuni zii, e data la locale vocazione alla liuteria, era il luogo naturale per riavviare l'attività. A quei tempi, Fuchs andava a scuola e non capiva una parola di tedesco.

Il giorno dopo visito il deposito di legno armonico di Fuchs e l'officina. «Mi chieda qualunque cosa!» tuona tra una telefonata al cellulare e l'altra. «Sono cinquantotto anni che faccio questo mestiere!». Mi mostra delle scatole con dentro parti di violino: riccioli, fondi, manici, fasce, piani armonici. Possiede ventiquattro tipi di fresatrice, ognuna dedicata a un diverso componente del violino, ed è in grado di realizzare cinquecento manici al giorno. Sei minuti per pressare il fondo di un violino! Centomila kit di componenti preformati di violino all'anno!

Nell'edificio principale ci sono sezioni di tronchi d'albero grosse come tavoli da biliardo, dell'età di quattrocentocinquant'anni. Gli anelli relativi ai primi centocinquant'anni sono talmente ravvicinati che non riesco a distinguerne le linee. «Io prendo quelli grandi, Thomas quelli più piccoli» dice Fuchs. «Nel violino, ogni pezzo deve provenire dallo stesso albero».

Fuchs esce per mostrarmi alcuni futuri fondi di violini, fatti con spicchi di acero tigrato. Cammina piegato da una parte come un cowboy, ma non si tratta di una posa, bensì dell'andatura barcollante di un uomo anziano. Gli spicchi rimangono accatastati all'esterno a stagionare per due o tre anni prima di essere venduti. Il liutaio può decidere di farli maturare per altri cinque o venticinque anni, a volte anche di più. Fuchs preleva uno spicchio tra quelli che si stanno essiccando e vi batte sopra le nocche. Lo porge a me, è molto pesante. «Le fibre devono essere tutte perfettamente lineari!».

Gli chiedo il motivo per cui l'abete e l'acero forniscono il legname migliore per la costruzione del violino. «Lo chieda ai liutai!» tuona per tutta risposta alzando un braccio al cielo.

Lo lascio ai suoi fitti traffici telefonici, e la figlia di Fuchs mi accompagna a incontrare un liutaio, Ranier Leonhardt, che è anche il direttore del locale museo del violino.

Il laboratorio di Leonhardt si trova in un cortile al margine del villaggio. Ogni cosa qui sembra fatta a mano, dal batacchio della porta alle fontane del cortile, al diorama del laboratorio di liuteria esposto in una teca nell'anticamera, fino alle belle maschere cerimoniali appese alle pareti del laboratorio, che vengono utilizzate ogni anno in un festival locale e fanno parte di una lunga tradizione di Mittenwald.

Chiedo a Leonhardt che cosa pensa che accada quando qualcuno si innamora di un violino, e lui mi rimanda prontamente a un'altra persona. «Questo deve chiederlo ad Anton Sprenger» dice scuotendo la testa perplesso. «È materia sua».

Ritorno all'hotel e compongo il numero, ma non risponde nessuno. Così mi metto a passeggiare per il paese, do un'occhiata alla farmacia, prendo un tiramisù in un caffè. Dalle finestre aperte dei laboratori che danno sulla strada proviene la musica dei violini. La temperatura si sta alzando. Si sta così bene a Mittenwald che decido di prolungare il mio soggiorno a tutto il week-end. L'unico impiegato dell'albergo che conosce l'inglese mi dice che non c'è problema.

Indosso i miei scarponi da montagna e parto per un'escursione sui rilievi circostanti. Mi ritrovo presto in un paesaggio naturale addomesticato, con sentieri lastricati, presepi disseminati ovunque e un ristorante sulla cima di un monte. Aceri secolari protendono i rami disadorni nel cielo grigio come ferro. L'erica è in fiore. Le aspre cime sono così vicine, sembrano baciarmi le guance. La bellezza del luogo mi tocca profondamente, e dimentico la frustrazione di essere stata dirottata qui. Avverto un senso di appartenenza, di affinità. Potrei essere nel Montana. I tagliaboschi dalle parti di Filzmoos potrebbero essere i miei amici guardaboschi che si lanciano con il paracadute per domare gli incendi nei luoghi più inaccessibili: hanno lo stesso rapporto temerario con la natura selvaggia. Mi sento a casa.

Mentre me ne torno al villaggio nella luce del tardo pomeriggio, noto che le mie percezioni si sono affinate. Nei cortili fioriscono l'elleboro e i ciliegi. La legna da ardere giace in linde cataste sui vialetti di fronte alle case a schiera. Gli apostoli spargono lacrime di sangue e le loro braccia spezzate pendono scomposte; statue dipinte della Madonna se ne stanno negli altari privati con davanti centinaia di candeline accese. Continuo ad avanzare guidata dal suono del violino, e mentre oltrepasso la chiesetta rosa che si trova nel cuore del villaggio, scorgo una minuscola targa – "Anton Sprenger, *Geigenbaumeister*", cioè liutaio – con una freccia puntata verso un'angusta stradina. Seguo la direzione della freccia e in breve mi ritrovo sulla riva di un torrente che scorre al di sotto della strada. Alcuni bambini smettono di giocare e mi guardano mentre osservo la campagna verdeggiante che si estende oltre il margine del villaggio. Apro il cancelletto basso ed entro nel piccolo cortile.

All'improvviso, attraverso le finestre colorate, sento un violino che suona Bach. La porta del laboratorio di Anton Sprenger è aperta e appena mi sporgo all'interno il suono del violino mi procura un brivido; sento i peli che mi si rizzano sulle braccia. Il violinista mi vede e ripone l'archetto.

«*Bitte, sprechen Sie englisch?*» dico.

«*Ja*, posso aiutarla?».

«È stato il suo collega Ranier Leonhardt a mandarmi da lei. Dice che è la persona più adatta per parlare di come le persone reagiscono agli strumenti musicali. Mi dispiace averla interrotta. La prego, continui a suonare».

«Sì, grazie» dice Anton Sprenger annuendo bruscamente e sorridendo con entusiasmo. «È che ho appena finito di costruire questo violino. È la prima volta che lo suono. Mi piace molto». Si sistema il violino sotto il mento e poggia l'archetto sulle corde.

Non appena l'archetto pizzica le corde, la stanza comincia a risuonare in maniera portentosa. Il suono mi vibra attraverso il corpo, le onde sonore scatenano potenti sensazioni fisiche. Ho l'impressione che le note basse mi trapassino le ossa. Che quelle alte mi spezzino il cuore a metà. Prima che io abbia idea di quel che sta succedendo le lacrime cominciano a rigarmi le guance.

Non farlo! Non farlo! Penso imbarazzata. Il violino è troppo bello. E poi mi arrendo, mi abbandono al suono e comincio a gemere senza ritegno. Il mio cuore, tutto il mio essere, si apre senza riserve e comincia a emanare luce. Guardo Anton piena di stupore. Come ha fatto a provocare una simile reazione in me semplicemente suonando?

Alla fine Anton abbassa l'archetto e adagia il violino su uno stuoino trapuntato steso sul piano di lavoro. Restiamo entrambi in silenzio, guardandoci semplicemente l'un l'altra, aspettando che l'eco della musica si dissolva. Finalmente dico: «Che privilegio ascoltare questo strumento!».

«*Ja*, mi pare che sia venuto bene». Ancora quel sorriso sereno. «Sono contento».

«Che cos'è quello che mi è appena successo?».

«È molto difficile da spiegare» dice il liutaio mentre si siede sullo sgabello di lavoro poggiando un piede sul piolo. È sorprendentemente giovane per essersi già specializzato nell'arte della liuteria. Ha trentacinque anni. Ha capelli scuri tagliati corti, guance rosee e paffute, pizzetto corto e occhi scintillanti. Indossa un grembiule da lavoro verde e ha le maniche della camicia arrotolate. Posa una mano sul ginocchio, tenendo i gomiti all'infuori.

«È un mosaico composto da tanti fattori. Sulla terra ci sono più cose di quelle che vediamo con gli occhi, ed è sulla base di questa convinzione che riesco a costruire strumenti di tale livello» dice.

«In che modo pensa che i suoi scopi influenzino l'esperienza che gli altri fanno dei suoi violini?». Mi siedo su una sedia pieghevole osservando speranzosa il viso di Anton, assorto nei pensieri.

«Non è un argomento semplice, perché se le persone ignorano il potere dell'universo, mi dicono che sono pazzo». Si stringe nelle spalle. «Sento queste cose fin da quando ero ragazzo, ma mi dicevano che mi sbagliavo. Sa, dovevo ancora imparare a fidarmi di me stesso. Quella è la cosa importante».

Indico le mie guance ancora umide e rido. «Pare che io sia in grado di sentirle!». Ride anche lui.

«C'era una ragazza che arrivò qui dal Giappone. Provò un violino, e non riusciva più a smettere di suonarlo. Doveva lasciare Mittenwald quel giorno, ma dovette fermarsi per la notte perché aveva suonato quel violino per otto ore. E non aveva mai smesso di piangere».

Per quanto lo desideri ardentemente, gli spiego, non posso suonare uno dei suoi violini. Io suono il pianoforte. E ho avuto un'esperienza come questa con un pianoforte. È per questo che sono qui. Voglio capire in che modo un albero diventa uno strumento, in che modo l'anima dell'albero diventa l'anima dello strumento e perché suscita in noi reazioni di tale portata.

«Molte persone vengono qui per parlare di questo, e non per comprare un violino!». Ride di nuovo. «Io sono un punto in una rete. Mi occupo di indicare alle persone la strada giusta. Spesso, non visitano altri liutai a Mittenwald dopo aver incontrato me. Per me è più importante parlare di queste cose che vendere violini».

«E cos'è che dice loro? Qual è la sua spiegazione?».

«Io credo che il punto di partenza sia nella mente, nel modo di pensare. L'ideale è pensare: "faccio questo perché mi piace", oppure "oggi voglio farlo meglio di come lo facevo ieri, costruire i violini migliori di cui sono capace". Inoltre, dentro di me, io vivo nel Rinascimento. Non mi sento un liutaio moderno. Vivo come se fossi il miglior liutaio italiano del 1550. Ascolto musica di quel periodo. Ho smesso di utilizzare apparecchiature elettroniche, non ne ho bisogno. Posso lavorare ovunque, anche in cima a una montagna, proprio come si faceva cinquecento anni fa».

Anche vivere qui, aggiunge Sprenger, ha la sua importanza. «Il paesaggio, le tradizioni, la famiglia: tutto finisce nello strumento che sto costruendo». La famiglia Sprenger costruisce violini da centottanta anni, benché l'arte sia passata di zio in nipote più che di padre in figlio.

«E poi c'è il fatto di creare un violino a partire da un pezzo di legno. Era un albero, un essere vivente. Qui» solleva un pesante pezzo di legno scuro e lo fa oscillare sopra il proprio ginocchio. «Questo è un pezzo di legno di trecentocinquanta anni fa, proviene da una chiesa. L'albero aveva cinquecento anni. Pensi a quanto può essere vecchio! Da un albero si ricava qualcosa che vibra con tale dolcezza e per così tanto tempo. È il massimo che si possa ricavare da una pianta».

Eppure, dice, l'albero non è che una piccola tessera del mosaico.

«C'è molto di naturale e di scientifico. L'aspetto biochimico e quello biofisico devono essere integrati. Ogni cosa è vibrazione». Prende un piccolo barattolo dal piano di lavoro; è riempito per metà di un liquido trasparente. Me lo porge. Legata al vaso con un nastro c'è un'etichetta quadrata bianca, e sull'etichetta è tracciato il numero otto. Ma non è un semplice numero. Sono le parole *amore* e *gratitudine* in tedesco che ripetendosi si avvolgono fino a formare il numero otto, il simbolo dell'infinito.

«Otto corrisponde alla vibrazione più alta» dice Anton. «Contiene la lacca che utilizzo per i miei violini. Il numero otto modifica la vibrazione della lacca, la rende armonica. Dovrebbe metterlo sul suo computer, su tutti gli apparecchi elettrici. Io uso sempre questo numero».

Faccio ruotare il vasetto di lacca. Vibrazione. Numerologia. Dove ho già sentito parlare di queste cose? Ho la sensazione che un cerchio si stia chiudendo. Ma Anton Sprenger non è un seguace delle dottrine antroposofiche, mi assicura. È cattolico e crede in Gesù. Usa l'acqua santa della chiesetta rosa per benedire i suoi violini.

«È così strano» dico mentre osservo la lacca che cola giù lungo le pareti interne del barattolo. «Sa, mio nonno usava il numero otto al posto della parole *vi amo*. Firmava sempre così le lettere che ci scriveva, con il numero otto. È anche il giorno del mio compleanno».

«Sì» dice Anton mentre riprende il barattolo e lo mette via.

«Le persone che vengono qui hanno spesso dei collegamenti con questo numero. Magari è nel loro numero di telefono o nel loro indirizzo di casa». Apre un cassetto e mi mostra i biglietti da visita che ha collezionato. Provengono da ogni parte del mondo. «I miei clienti sono persone speciali. E sanno di esserlo, credo. Sono sensitivi. Sentono l'energia. Se metti nello strumento il potere dell'universo, è come un fenomeno magnetico».

«Crede che reagiscano al tipo di persona? Se le persone si innamorano di un suo violino, vuol dire che sono in qualche modo simili a lei?».

«Oh sì. È il mio stile di vita. È per questo che non faccio strumenti su ordinazione, devo essere libero di lavorare senza subire alcuna pressione. E dopo, quando la gente suona i miei strumenti, quell'energia ritorna a me, da ogni parte del mondo. Ogni giorno e ogni notte, la mia energia è sulla Terra. Da qualche parte a Taiwan qualcuno sta dando un concerto, mentre negli Stati Uniti la gente dorme. È fantastico poterlo pensare. In più i violini sono longevi, non muoiono. Se fai dei buoni violini, saranno in grado di suonare per cinquecento, mille anni. È a questo che penso tutto il tempo. Quindi ho una grossa responsabilità, per via dell'energia contenuta nei violini. Devo prepararmi con cura. È un peso notevole. Per questo motivo, lavoro solo quando la mia energia è di segno positivo. Riesco a ottenere violini di qualità superiore soltanto se ne costruisco uno per volta, e solo se il mio livello energetico è elevato. Quando mi sento male, vado sulle montagne, in riva a un lago, all'aria aperta. È come collegarsi a una batteria, traggo energia dalle montagne, dall'aria, dal sole, dagli alberi, dall'acqua. Per me è molto importante farlo. Inoltre, mi siedo a tavola ogni giorno in compagnia della mia famiglia, e questo è armonia. È molto importante. Mittenwald è un luogo davvero speciale».

Sì, penso, lo è. Sento di essere entrata in risonanza con questo luogo, così come mi succede sulle montagne del Montana. Così come mi è successo nelle foreste austriache in cui è stato tagliato l'albero che è diventato Marlene. E nella fabbrica di Braunschweig, in compagnia degli artigiani che le hanno dato vita.

Uno scienziato a cui ho chiesto spiegazioni sulla mia esperienza con Marlene mi ha detto che, se fosse stato in grado di rispondere alla mia domanda, avrebbero dovuto dargli il premio Nobel. Ma in un certo senso, dopo il mio incontro con Anton Sprenger, non sento più così tanto il bisogno di cercare delle risposte. Mi basta aver trovato, in questo mondo, così tanti spiriti affini al mio. Alla vigilia del mio ritorno a casa mi sento stranamente invasa da un senso di inesplicabilità, di ineluttabilità. D'ora in avanti mi preoccuperò solo di ritrovare il mio pianoforte.

27

La guarigione di Marlene

Avevamo una strategia. Marc doveva effettuare l'accordatura alla Schubert sul Grotrian in noce nello showroom di Carl, registrarla con l'Accu-Tuner e spedirmi i valori relativi alle frequenze. Dopodiché, Carl mi avrebbe mandato i martelletti del Grotrian in noce già montati sugli stiletti. Tom li avrebbe installati e avrebbe accordato il mio pianoforte basandosi sui valori registrati da Marc con l'Accu-Tuner. Se tutto fosse andato liscio, avrei avuto finalmente nel mio soggiorno lo strumento che mi aveva incantato nello showroom.

Ma il *ménage* di coppia con Marlene non è mai stato facile, e quando torno a casa mi rendo conto che il nostro progetto sta incontrando alcuni intoppi.

Tanto per cominciare, non riesco a mettermi in contatto con Carl. L'ultima volta che ho parlato con lui è stato il giorno in cui abbiamo pranzato insieme e lui si è offerto di spedirmi i martelletti già montati sugli stiletti. Ho telefonato al negozio diverse volte, ma lui non c'è mai, e non si decide a richiamarmi. Benché la proposta di Carl appaia piuttosto estrema nella sua generosità – per non dire disastrosa dal punto di vista commerciale –, non sono riuscita a farmi venire un'idea migliore. Al ritorno dall'Europa ho trovato il mio pianoforte in condizioni peggiori che mai, uno strepitio aspro e dissonante. Devo fare qualcosa.

Poi Marc comincia a vacillare. Non intende imparare a usare l'Accu-Tuner, e non vuole che un altro tecnico veda i valori relativi all'accordatura alla Schubert.

«Ho paura che pensino che sia tutta una stupidaggine» confessa. «Quell'accordatura è un'opera di precisione, in un mondo che alla precisione non dà nessun valore». Piuttosto, mi propone di condividere con lui il costo dell'Accu-Tuner, imparare come funziona in modo da poterlo guidare per telefono, e spedirci poi l'Accu-Tuner avanti e indietro. Il tutto mi sembra davvero troppo complicato, ma Marc insiste. «Altrimenti» dice «potrei lasciarmi sfuggire qualche segreto che preferisco tenere per me. In ogni modo, devo sapere quand'è che Carl ha intenzione di spedirti i martelletti di quel pianoforte».

«Non riesco a parlarci. È piuttosto strano».

«Beh, sai, è morta sua madre».

«Oh, no!».

«Ho sentito dire che l'ha presa male. Ha passato tre giorni solo con lei in una stanza, cercando di contattarla nel mondo degli spiriti. Ma questo è accaduto un po' di tempo fa».

Provo a comporre il numero di Carl e stavolta risponde.

«Carl, mi dispiace tanto per tua madre» dico.

«Sì, beh» replica. La sua voce suona fiacca, labile. «Dovremmo festeggiare quando qualcuno lascia questa vita. È quando qualcuno nasce che dovremmo rattristarci».

Usando il massimo tatto, gli chiedo notizie dei martelletti e relativi stiletti. Ha saputo qualcosa dalla Grotrian? Li manderanno?

«Non è successo niente» dice, e la sua voce diventa ancora più assente. «Ho dimenticato tutto. Li chiamerò domani mattina alle cinque e me ne occuperò».

Ci sentiamo di nuovo il giorno dopo.

«Dicono che ci vorranno due o tre settimane» mi riferisce Carl. «Li spediranno qui tramite corriere, toglieremo immediatamente i martelletti dal Grotrian di noce e te li spediremo».

Chiamo Tom Kuntz per chiedergli di venire a Missoula a installare i martelletti.

Nel frattempo Marc comincia a telefonarmi con una certa assiduità. È preoccupato che Carl si dimentichi di quel che deve fare; ha l'impressione che io non gli stia abbastanza addosso. La prospettiva dell'Accu-Tuner lo sta tormentando. Vuole che gli assicuri che sarò soddisfatta dell'accordatura.

«Marc, se la cosa ti mette a disagio, non facciamola» gli dico alla fine. «Me la caverò con i martelletti nuovi e l'accordatura di Tom. Mi sarebbe piaciuto riavere Marlene, ma se richiede troppi sforzi...».

«No, no, no, no! Va bene così, voglio farlo. Voglio vedere se funziona».

Ma il giorno dopo chiama di nuovo. «Voglio sapere se il tuo problema sarà risolto dopo che avremo registrato l'accordatura» mi chiede.

«Non lo so! Come faccio a saperlo?» gli rispondo esasperata. «Non posso predire il futuro!».

«Perché non credi che i martelletti nuovi e l'accordatura ti daranno ciò che desideri?» insiste. La voce gli diventa stridula. «Stai riportando le lancette dell'orologio alla posizione di partenza. Sei riuscita a premere il pulsante *reset* e a ricominciare da capo. Solo un set nuovo di martelletti ti separa dall'avere un strumento nuovo. Certo che otterrai quello che desideri!».

«Non è che io non voglia crederci» gli spiego, cercando di controllare la mia crescente irritazione nei suoi confronti. «È solo che non voglio crearmi delle aspettative prima di aver ascoltato con le mie orecchie».

«Oh mio Dio!» ansima Marc.

«Che c'è?» ora la mia irritazione è esplicita.

«Come ho fatto a non capirlo! Sono arrivato fino in Montana per fare un favore a Carl e sistemare lo strumento in modo che tu non lo rispedissi indietro, ma...».

«È vero, non ho risolto il problema. Sono tre anni che ho il pianoforte, e in questi tre anni ha funzionato a dovere solo per un mese. Perciò sì, ci crederò quando lo sentirò».

«La tua è l'indifferenza del condannato a morte!» urla sull'orlo dell'isteria. «Ti limiti a sperare che vada via la corrente quando premeranno il pulsante!».

Condannato a morte! Non riesco a credere a questi toni melodrammatici.

«Avresti dovuto restituire quel pianoforte tempo fa» continua. «È colpa mia se non l'hai fatto! Sono io che ti ho dissuasa. Ti ho fatto affrontare tutto questo, non capendo quale fosse la posta in gioco».

«Beh, mi hai detto a che grado di isteria possono arrivare i pianisti, e io non volevo comportarmi in quel modo, così non te ne ho parlato».

«Ascolta» prosegue con un tono di voce ancora ostile. «Ora puoi procedere senza paura! La corrente andrà via! Ti conosco, so come reagirai. I martelletti nuovi ti daranno ciò che desideri. L'accordatura funzionerà. Io credo in quei numeri. Adesso mi sento un cretino! Preoccuparmi dei valori dell'accordatura, che qualcuno li vedesse!». La sua voce ora è piena di amarezza. «Non importa che qualcuno li abbia. Assumerò qualcuno che registri i valori dell'accordatura».

«Posso pagare».

«No no no no» dice. «Non è nulla».

Finalmente riagganciamo. Mi lascio andare sulla scrivania, sfinita dalla conversazione. È di un'emotività sfiancante! Il telefono squilla di nuovo. È ancora Marc.

«Sarai a casa tra due settimane a partire da sabato?».

«Sì».

«Posso venire a Missoula in quei giorni».

«No, Marc, è una follia».

«Ascolta. L'accordatura deve essere effettuata direttamente sul tuo pianoforte. È l'unico modo per farla come si deve».

Comincio a essere presa dal panico. Che cos'ha in mente? Non starà pensando di intonare i martelletti? Ha intenzione di usare i suoi ammorbidenti chimici! In questo modo mi ritroverei al punto di partenza.

«Marc, non posso lasciartelo fare!».

«Verrò fin lì! Metterò tutto a posto! Ne hai passate abbastanza! Di questo passo finirai per andare in bancarotta, solo per capire che cosa è successo».

«Marc, è una follia!».

«Ho la prenotazione di un volo sul mio portatile in questo momento. Di' di sì e premerò il pulsante».

«No».

«Che vuol dire no?».

«Vuol dire che non posso lasciartelo fare. Non posso farti venire qui, non posso pagarti il lavoro e nemmeno le spese».

«Non devi. È una cosa che voglio fare e basta». C'è una nota quasi maniacale nella sua voce. «Ho bisogno di sistemare questa faccenda».

Esito un istante. Marc ne approfitta.

«Sarà perfetto» dice. «Così, se Carl non avrà spedito i martelletti in tempo perché Tom possa installarli, mi occuperò io di tutto».

«Fammici pensare».

«Perri!».

«Fammici pensare».

«D'accordo» dice. «Hai tempo fino a stasera».

Mentre riaggancio tremo. Poche ore non sono sufficienti per prendere una decisione. Mi stendo sul divano e chiudo gli occhi. Cerco di rilassarmi e mi chiedo che cosa devo fare. Una voce emerge da dentro di me: *Lascialo venire. Lascia che ti aiuti.* Sul serio? Mi siedo. *Lasciarsi aiutare da lui è la cosa migliore.*

Il telefono squilla. Sono solo le quattro del pomeriggio, ma è di nuovo Marc. Non sta più nella pelle.

«Ascolta, devo farlo ora. Dimmi di sì e prenoto».

«Va bene. Va bene. Vieni pure. Ma non lo intonerai».

«Che cosa? Ascoltami, l'accordatura non riesce se non si effettua l'intonazione».

«Lo so» scelgo le parole con cautela. «Lo so questo. Ma il problema, Marc, è che la tua intonazione senza la tua accordatura non va bene per il mio piano. Lo abbiamo visto. E l'accordatura non dura a lungo. Finché non avremo la certezza che la tua accordatura potrà essere riprodotta con l'Accu-Tuner, non voglio che intoni i martelletti».

«Non userò prodotti chimici. Lo prometto. Solo aghi».

«Marc, viviamo in posti molto lontani. Devo andarci piano».

«D'accordo, niente intonazione. Ora posso prenotare il volo?».

I martelletti del tuo pianoforte sono partiti domenica!

È un'e-mail di Jerry Korten. Ho detto a Jerry della nostra idea di partenza, e lui deve essere andato da Beethoven's nella speranza di poter sentire l'accordatura alla Schubert sul Grotrian in noce. Aveva già suonato quel pianoforte. In quell'occasione mi disse: «Se Carl avesse avuto questo strumento quando io ero alla ricerca del mio, non avrei avuto bisogno di comprarlo in Germania».

Tom li sta installando nel mio pianoforte mentre scrivo, gli rispondo. Non so ancora come suoneranno. In questo momento sta regolando le altezze.

O MIO DIO, NON RIUSCIREI A SOPPORTARLO, è il commento di Jerry.

Nemmeno io ci riesco. È da quando è arrivato Tom, questa mattina, che non sto nella pelle.

Osservare Tom Kuntz mentre prepara gli strumenti e smonta il pianoforte è diventato un rito familiare e rassicurante. Questa mattina è di buonumore e disposto a scherzare.

Squilla il cellulare. Gli dà un'occhiata, ma non lo prende in mano finché il trillo non si interrompe: «Pronto? La Casa Bianca? Il Presidente vuole che il suo piano venga accordato oggi stesso? Ah, intende George Bush? Dica a George Bush che dovrà aspettare fino a domani. Oggi sto accordando il pianoforte di Perri *Nye*». Riesce nell'intento di strapparmi una risata.

Dico a Tom che, se questi nuovi martelletti non risolvono il problema, prendo il pianoforte a martellate e lo butto nel fiume. «Oh, no, non lo farai!» replica Tom. «Te lo toglierò dalle mani. Non mi dispiacerebbe avere questo pianoforte».

Ne sono successe molte negli ultimi sei mesi, dall'ultima volta che Tom è stato qui per accordare, ho così tanto da raccontargli che non so come riesca a lavorare. Gli racconto dell'accordatura alla Schubert. Gli mostro le foto e gli appunti che ho preso alla Grotrian su come intonare i martelletti. Gli dico del progetto mio e di Marc di registrare l'accordatura in modo che lui possa effettuarla sul mio piano. Chiedo a Tom se è disposto a utilizzare questo schema di accordatura.

«Certo! Sono molto curioso di sentirla. Naturalmente mi è capitato che la gente cadesse in delirio per accordature che a me sembrano orribili» si schermisce. «Ma a conti fatti, non è a me che deve piacere. Si tratta del tuo pianoforte».

Suona un motivetto jazz sul Grotrian. Ha un suono ronzante e stridulo, davvero orribile. L'attesa mi costa uno sforzo notevole.

Tom mi spiega che il cambio dei martelletti richiede un massiccio intervento di regolazione per compensare il fatto che ora i martelletti si trovano in un'altra cassa armonica. Tutte le parti devono essere adattate l'una all'altra. Ci vorranno parecchie ore.

Apro la valigetta argentata e libero i martelletti nuovi dalla plastica a bolle. Tom li dispone in una fila ordinata sul tavolinetto da caffè. Ci fermiamo un momento ad ammirarli.

«Dunque» dice Tom. «Vuoi che li installi tutti? O vuoi ascoltare prima l'uno e poi l'altro? O magari tenere lì dentro un po' di questi e un po' di quelli?». Mi sta prendendo in giro.

«Non scherziamo su queste cose» dico, ridendo.

«Oh, d'accordo. Bene!». Sorride.

Estrae la meccanica, la rigira in modo da utilizzare il piano della tastiera come banco di lavoro e svita tutte le altre viti dalle guide di scorrimento della meccanica, cominciando dalla sezione acuta. Sostituisce ogni martelletto rimosso con uno nuovo e regola tutti i martelletti e gli stiletti della sezione finché non sono nella giusta angolazione e si muovono correttamente. Poi effettua la stessa operazione con i martelletti restanti. Mentre lavora gli ronzo intorno, sporgendomi dalla fascia del piano per osservare e fare domande, poi mi rendo conto che devo essere davvero fastidiosa.

«Tom, sentiti libero di mandarmi via in qualsiasi momento».

«Oh, stai andando bene!».

Vado nel mio studio e cerco di lavorare. Ma non ci riesco. Sono sulle spine e devo tornare nel soggiorno per guardare ancora.

«Credo che funzionerà» dice Tom. «Perché non ti ho consigliato di farlo fin dal principio? Che stupido».

Una volta installati nel pianoforte, i martelletti sembrano fuori allineamento. «Avranno un aspetto migliore dopo che li avrò regolati» mi rassicura Tom.

Facciamo una pausa per pranzare. Nel posto preferito di Tom, l'Hob Nob Cafe, ci sediamo a un tavolino all'aperto, sul marciapiede, godendoci il sole e la vista delle montagne circostanti, ancora coperte di neve. Tom mi racconta del suo recente viaggio in Italia, dove ha trascorso una settimana per seguire un corso speciale per tecnici presso uno stabilimento Fazioli. Mi mostra una piccola livella a bolla d'aria che usano da quelle parti per livellare le corde. Il momento culminante del suo viaggio, dice, è stato poter suonare il loro nuovo piano da concerto di tre metri nella hall della fabbrica, che gode di una particolare acustica progettata appositamente.

«È stata un'esperienza incredibile!». Smette di mangiare la sua quesadilla, si getta all'indietro sulla sedia come colpito da un proiettile. «Le vibrazioni ti entravano dentro». Solleva le mani per suonare un pianoforte immaginario e trema tutto, come attraversato da una scarica elettrica. «Accidenti! Era veramente il massimo».

«Dunque ora il Fazioli è il tuo pianoforte preferito? Che ne è del Mason?» lo stuzzico.

«Il Mason & Hamlin è il mio pianoforte americano preferito» ribatte Tom. «Il Fazioli è il mio pianoforte italiano preferito». Il suo nuovo cane si chiama Fazioli.

Tornati a casa, Tom regola la corsa che i martelletti devono compiere prima di colpire le corde. Controlla l'escursione dei martelletti e la tensione delle corde.

«Gli stiletti sono già ben conformati» dice. «Non c'è bisogno di raddrizzarli più di tanto».

Ma ci sono tante altre regolazioni minute da effettuare, ognuna ripetuta per ben ottantotto volte. «Ecco, guarda come regolo questi bottoncini» dice, prendendo un lungo arnese metallico, una specie di strumento odontoiatrico appuntito, conficcandolo nei fori dei piloti. «Regolando questi qui, sto guadagnando sensibilità nel tocco. Poi col tempo i feltri si logoreranno e avrai di nuovo bisogno di me».

Tom mi chiede se possiamo ascoltare della musica. «Metti su quel tuo Moravec».

Naturalmente devo raccontare a Tom del mio incontro con Moravec a Monaco, in occasione di un concerto a cui ho assistito nella prestigiosa e austera hall del Residence, dopo la mia partenza da Mittenwald.

Era una piovosa serata di primavera, in programma c'erano Chopin e Debussy. Moravec è noto per essere un maestro insuperabile quanto a delicatezza del tocco. È un pianista portato per i brevi ritratti, incline a esibirsi in opere di modesta lunghezza che esaltino la bellezza dei singoli suoni. Quella sera, ha tratto dall'Hamburg Steinway suoni di argento liquido. Eppure alcune note erano aspre.

Non ho potuto fare a meno di chiedermi perché non le mantenesse più basse, forse il pianoforte aveva una tonalità troppo chiara per lui?

Dopo il concerto sono rimasta a lungo accanto alla reception, aspettando che mi firmasse il programma. La moglie di Moravec, protettiva, non si allontanava dalla spalla destra del marito, impegnata a tenere a bada gli ammiratori troppo intraprendenti. Quando finalmente è arrivato il mio turno, l'ho ringraziato del concerto mentre tracciava la sua firma in grossi caratteri corsivi. Poi gli ho domandato che cosa pensasse dell'intonazione del pianoforte sul quale si era appena esibito.

«Intonazione!» ha detto, alzando gli occhi verso di me, colto di sorpresa. L'atteggiamento benevolo è scomparso, e la sua testa calva e a forma di uovo ha assunto un colorito scarlatto. La moglie si è frapposta tra noi due come se io fossi un potenziale assassino. «Vuole sapere dell'intonazione? È un argomento molto tecnico». Aveva un pronunciato accento ceco. «Ne va della libertà del pianista di fare musica. Se le note hanno un'intonazione diversa, una in un modo, una nell'altro, come si fa a ottenere della musica degna di questo nome? Sono stato due ore a lavorare con un tecnico, perché il piano aveva un timbro troppo squillante, ma non c'è stato niente da fare! Intonazione! Quella è un'arte dimenticata!».

Sono passate cinque ore. Alla fine tutti i martelletti sono stati regolati, è il momento di accordare. Mentre Tom accorda, riesco a sentire che il timbro è cambiato radicalmente. Il colore è più freddo. Ci sarà bisogno di scaldarlo un po', ma potrò occuparmene più avanti. Cercherò di abituarmi a quel che verrà fuori, prima di prendere decisioni dalle conseguenze irreversibili. Finalmente, l'accordatura è terminata, e Tom mi invita a suonare.

La chiarezza e la bellezza del timbro mi colpiscono subito. Il suono sgorga al minimo tocco, spontaneo, di una sensibilità prodigiosa. Suono Chopin. La melodia s'irradia, è pura luce.

Non è Marlene, ma è comunque un pianoforte splendido, e Tom ha fatto un lavoro magnifico con la meccanica. Il tocco è il migliore che abbia mai avuto. Il suono è molto uniforme, complesso e ricco di colori saturi. Che effetto sortirà l'accordatura di Marc su questi martelletti? Se si eccettua una punta di asprezza, sono perfetti così come sono.

Poi è il turno di Tom, che suona un brano jazz dalle sonorità calde.

«Avrà bisogno di qualche altro intervento di regolazione e di un ritocco di intonazione» dice. «Ma questo è tutto quello che riesco a fare per oggi». Deve tornare a Coeur d'Alene perché stasera suona il contrabbasso nella sua jazz band.

Apro il libretto degli assegni e gli domando quanto gli devo. Mi risponde con la cifra consueta, e io so bene che questo lavoro è tutt'altro che ordinario, quindi scrivo sull'assegno una cifra superiore.

«Tom, qual è il motivo che ti spinge a venire fin qui in macchina ogni volta?».

«È interessante. Imparo cose nuove. Fa parte dell'avventura».

Fra pochi giorni, Marc sarà qui per effettuare l'accordatura alla Schubert sul mio pianoforte e registrarla. Quando lo chiamo per ragguagliarlo sull'installazione dei martelletti e gli dico che magnifico suono abbia adesso il piano, mi chiede quanto ho pagato Tom.

«È un regalo» commenta, e sembra quasi contrariato. Non mi prendo la briga di ricordargli che da queste parti i prezzi non sono quelli di New York. «Dopo che ti avrò accordato lo strumento, tutto questo sarà finito, vero?».

«Non lo so Marc. Come faccio a saperlo?».

«Questa non è una risposta accettabile. A questo punto ne sai abbastanza per conoscere la risposta».

Ho solo due domande, gli dico: il piano mi piacerà a sufficienza con questi nuovi martelletti e la sua accordatura? E sarà di nuovo il pianoforte di cui mi sono innamorata?

«No» risponde lui con una durezza vicina alla collera. «Non sarà mai come quel pianoforte».

Riagganciamo. Alla lunga, queste telefonate di Marc mi stanno estenuando. Come sarà averlo in casa per tre giorni?

28

Il ritorno di Marc

Se ne sta in piedi sul marciapiede e mi saluta con un cenno, tutto vestito di nero e con gli auricolari del cellulare nelle orecchie come al solito, e accanto a lui c'è una grossa valigia con le ruote. Accosto di fronte all'uscita dell'area arrivi e insieme carichiamo il suo pesante bagaglio nel sedile posteriore della mia Toyota. «Potrei dirottare un aereo con il contenuto di questa valigia» dice Marc riferendosi alla sua attrezzatura da tecnico. Poi sale sul sedile del passeggero e per un momento ci osserviamo l'un l'altro, riconoscendoci in silenzio. Poi avvio il motore. All'improvviso, mi sento profondamente felice della presenza di Marc. È la persona che capisce meglio di chiunque altro quello che sto passando con il pianoforte. Ed è venuto perché si sente chiamato a essere qui, non c'è nessun'altra ragione possibile. Gli sono grata per il suo gesto, benché continui a dubitare che permetterglielo sia stata una buona idea. Marc sarà davvero in grado di resistere alla tentazione di intonare il mio pianoforte?

Non mi ha certo aiutato a essere fiduciosa, con la sua telefonata di qualche ora fa durante la sosta a Minneapolis.

«Quanto tempo dovrò dedicare al tuo pianoforte oggi?» mi ha chiesto. È una domanda alla quale non so proprio rispondere, e in più ho trovato preoccupante il fatto che me lo chiedesse. Gli ho detto che voglio passare un po' di tempo con i martelletti nuovi prima di decidere se hanno o meno bisogno di essere intonati. Ma Marc vuol fare a modo suo.

«Ti rendi conto che l'accordatura avviene contestualmente all'intonazione?».

Sì. Lo so.

«Non so che tipo di suono produrrà la mia accordatura su martelletti che non ho intonato io stesso».

«Lo vedremo quando lo avrai accordato» gli ho detto mentre sentivo i muscoli del collo che si irrigidivano. «Non voglio toccare i martelletti».

«Non è così che lavoro di solito» ha rincarato. «Accordo, intono, accordo e intono».

Non gli ho risposto, sperando che il silenzio lo convincesse della mia risolutezza più delle parole che avevo usato fino a quel momento. Il problema è l'inverso di quello che crede Marc: è la resa della sua intonazione senza la sua accordatura. È il suono che aveva Marlene quando è arrivata, ed è il suono che avrà in futuro se Marc la intona di nuovo, a meno che non decida di trasferirsi nel Montana così da potermi intonare il pianoforte ogni pochi giorni. Almeno finché non sarò sicura che un altro tecnico possa riprodurre l'accordatura alla Schubert, l'intonazione di Marc non farebbe che riportarmi indietro al penoso giorno in cui Marlene è arrivata.

La saga di Marlene non si concluderà quando Marc la farà tornare a essere lo strumento prodigioso che è stata, per un solo giorno, quando era nello showroom. La storia avrà fine quando il piano si sarà attestato su un timbro bello ma anche stabile, che si sia evoluto con il tempo e con l'uso, un timbro che non sia opaco né stridulo, che si mantenga giorno dopo giorno a prescindere dalle condizioni dell'accordatura. I nuovi martelletti hanno già avvicinato molto lo strumento a questo ideale. L'accordatura di Marc sarà il tocco finale, la ciliegina sulla torta, ma non voglio che Marc metta le mani *dentro* la torta. Oltretutto, Marc non li ha ancora nemmeno ascoltati. Non sa come si comportano e di che cosa hanno bisogno. E a me non vuole dar retta. Sono un po' contrariata. Ha acconsentito a non intonarlo prima di comprare il biglietto aereo. Decido di rimanere ferma sulla mia posizione:

niente aghi, niente sostanze chimiche, niente di niente. Se dovrò buttarlo fuori di casa, lo farò.

«Non è molto scordato».

Siamo nel mio soggiorno, e Marc suona alcuni accordi sul Grotrian. «E l'intonazione non è tanto malvagia da interferire con quel che voglio fare».

«C'è solo qualche piccolo dettaglio che mi dà fastidio» dico, porgendogli il bicchiere d'acqua che mi ha chiesto, mentre lui estrae gli strumenti. «Però voglio poter suonare il piano dopo il tuo intervento e non avere problemi. Quindi non fare nulla di avventato».

Suona ottave, decime e diciassettesime, attento ai legami fra le varie note. Mi piace ascoltarlo suonare questi accordi familiari. Sono diventati, per me, l'impronta caratteristica delle sonorità di Marc. Tira fuori una serie di rapidi accordi in maggiore dai soprani alti.

«C'è una tormenta qui dentro!» esclama in un sussurro.

«Cosa?».

«*Fiuu, fiuu, fiuu*». Emette un suono sussurrato e sibilante, simile al vento che soffia in mezzo all'erba, che sospira attraverso i rami degli alberi.

«È un bene o un male?».

«Non è né un bene né un male!». Piacere ed esultanza traspaiono dal suo tono di voce. «È soltanto un suono che esce dal tuo pianoforte».

«Un mio amico dice che ci sono le fate lì dentro».

«Beh, sono completamente d'accordo». Marc ride. Percuote in rapida successione una serie di tasti nella sezione dei soprani alti. E avverto il delicato soffio che si alza dalla tavola armonica sulla scia delle note, come uno sbuffo di coriandoli o una nuvola di lucciole sfavillanti. È la ricchezza di colori della scala mista.

È il modo in cui è fatta la cassa armonica a produrre questo suono, dice Marc. È l'interazione tra il telaio, la fascia, la tavola armonica e il ponticello. «Tutte le parti concorrono affinché il suono possa vibrare liberamente, affinché abbia la massima estensione. Ed è all'inizio del suo periodo d'oro, quando hai la massima estensione al momento dell'attacco, ma anche un sostegno potente, oltre a un crescendo doppio del suono. Nel tempo, il sostegno continuerà a migliorare mentre comincerai a perdere qualcosa in estensione, e non avrai più la stessa gamma dinamica di prima, ma avrai un cantabile prodigioso e più avanti ancora ci sarà una specie di rallentamento, per cui non avrà più il vigore necessario per produrre attacchi bruschi e da quel momento in avanti diventerà sempre più sottile».

«È il ciclo vitale di una tavola armonica?».

«Sì».

«E la mia tavola armonica sta attraversando questo ciclo?».

«Credo sia all'inizio della fase in cui è praticamente perfetta. Perché non mi sembra che tre anni fa il suono fiorisse come adesso. Ho una memoria piuttosto buona. Me lo ricordo più stretto. Il suono era un *buuum* e non un *bu-u-u-um*. Come questo. Se capisci quello che intendo». Suona qualche accordo nella sezione dei soprani. «Non ascoltare quel che sto suonando, ascolta ciò che viene dopo: il suono sembra gonfiarsi dentro il pianoforte, come se venisse liberato e non semplicemente emesso, una polifonia di tutti i suoni immaginabili».

«A me dà la sensazione che ci sia una creatura lì dentro, come un'anima disincarnata».

«Accade solo nelle casse armoniche di prima qualità».

Marc dispone le strisce di feltro tra una corda e l'altra, isolando le corde centrali dei tricordi, e comincia ad accordare.

«Detto per inciso» dice, strimpellando ottave e facendo roteare la leva. «Questo è un tipo di accordatura che effettuo di rado».

«Credevo fosse la mia accordatura!».

«È così. Perché sembra fatta apposta per soddisfare il tuo tipo di orecchio. Ma ci sono altre persone a cui piace molto. Ci sono eccome».

«Ma perché la chiami accordatura alla Schubert?».

«Se dicessi che è "un'accordatura con la doppia-ottava stretta", beh, non significherebbe niente per nessuno. Ma se dico che si tratta di un tipo di accordatura che permette di suonare Schubert magnificamente, allora le persone possono farsi un'idea».

«E qual è la caratteristica che permette di suonare Schubert così bene?».

«È un'accordatura poco invadente. Non ti distrae in alcun modo. È solo una sorta di luminescenza».

«Come uno specchio d'acqua calma, non increspata dalle onde?».

«Sì, proprio così. Esatto. Vieni, ti faccio vedere».

Marc modifica l'accordatura sulla nota acuta di un'ottava, una coppia di Do. Percepisco immediatamente la differenza. L'accordo passa da una qualità scintillante, serena ed eterea a una metallica, nervosa, più estroversa. Mi ritraggo. La rimette nella posizione in cui era prima.

«La sonata *Al chiaro di luna*, giusto?». Il suono è puro, limpido, sostenuto. Lo modifica ancora. La nota acuta tintinna, poi scompare. «Senti il battimento?».

«Preferisco la mia!» dico ridendo.

«Nella tua non c'è alcun battimento, solo un frullo».

«C'è una sottile differenza, ma entrambe le accordature sono corrette».

«Esatto. E tutto ha luogo in un minuscolo microcosmo calato nel vasto mondo». Congiunge le dita. «Ma la totalità è grande! Questa non è che una delle versioni di quella bugia che è l'accordatura».

Ripete più volte l'accordo, muovendo la leva avanti e indietro sulla nota acuta e ogni volta sento una netta differenza di stile. La tonalità è la stessa, il suono è lo stesso, cambiano soltanto la sonorità e il colore.

Mi domando se l'Accu-Tuner sarà in grado di registrare differenze tanto sottili. In breve tempo Marc completa il lavoro: è arrivato per me il momento di suonare. Non dubito nemmeno per un istante che l'accordatura possa essere meno che perfetta, ma Marc sembra nervoso. Sembra incerto sulla propria capacità di creare ancora una volta l'accordatura con cui mi ha incantato.

Appena le mie mani sfiorano i tasti, ogni dubbio si dilegua. Sento montare la gioia nei suoni che si propagano dalla cassa armonica – sottili, caldi e complessi, con in più uno scintillio di stelle cadenti in cima –, un'impronta che riconosco immediatamente. Mi tuffo nell'*Andante* di Mozart, come avvinghiata a una macchina che induce l'estasi, che stilla oppio e che mi trasporta in volo in uno stato di alterazione. L'accordatura è straordinaria, mi sembra di volare. Non ha nulla a che fare con le mie doti di pianista, o con il talento di Mozart come compositore, è l'effetto delle precise frequenze prescelte da Marc, del modo in cui si combinano. Questa relazione tra ognuno dei battimenti all'interno dei suoni parziali che interagiscono tra loro, spiega, è ciò che si chiama "flessibilità timbrica".

«È un vibrato interno che uso per controllare il timbro del piano».

«Marc, tu sei un mago» dico con le mani sospese sui tasti, stupefatta dalla bellezza del pianoforte. «È un peccato che non possa rimanere così».

«È impossibile» dice Marc. «I pianoforti si deteriorano. Ogni volta che un martelletto percuote una corda, produce un effetto distruttivo. Il suono cambia al variare del grado di umidità, anche i martelletti si trasformano con l'umidità. Siamo sedotti da un breve attimo immerso nel tempo».

L'accordatura è tutto ciò che avevamo in programma per oggi, e Marc deve incontrare un vecchio amico che lo sta raggiungendo in macchina da Bozeman per cenare insieme. Per stasera, il mio compito sarà capire come utilizzare l'Accu-Tuner in modo da poter registrare l'accordatura domani. È evidente che Marc vuole avere a che fare il meno possibile con l'accordatore elettronico e non gli interessa imparare a usare un Electronic Tuning Device. Mi lascia l'apparecchio e il manuale di istruzioni, ma io non riesco a fare molto di più che rigirarmelo tra le mani.

L'Accu-Tuner è una piccola scatola azzurra che va appoggiata sul telaio del pianoforte. È provvisto di un microfono per captare il suono, di un display per la visualizzazione delle frequenze e di una figura circolare composta da cinque lucine ruotanti che rallentano e si fermano nel momento in cui la frequenza del piano e quella rappresentata sul display coincidono. Decido di chiamare Tom per chiedergli come si usa.

«È molto importante il modo in cui fai fermare le luci. Bisogna procedere con un ritmo molto costante» mi avverte Tom. «Il trucco è cercare una bella tonalità nitida e che ogni nota sia esattamente della stessa lunghezza. Più si procede verso le note acute, più in fretta bisogna ripetere le note. Devono essere accese quattro o cinque luci, questo vuol dire che ci sei. Colpisci il tasto con una bella spinta ma non troppo forte, diciamo un mezzoforte. E per non più di due secondi. Effettua la lettura dopo l'attacco iniziale».

Poi mi spiega in che modo memorizzare ognuno dei valori. L'apparecchio passa automaticamente alla nota successiva ogni volta che ne ha memorizzata una. «Il manuale è difficile da capire. Se sei in difficoltà domani, chiama Rick Baldassin o Jeff Stickney».

Avrei dovuto pensarci prima, alla possibilità di ingaggiare Jeff perché si occupasse della registrazione, me ne rendo conto adesso, ma non avevo idea che registrare un'accordatura effettuata a orecchio fosse così complicato per una persona senza esperienza, e ormai è troppo tardi per chiamarlo. Ci sono ancora molte cose che non riesco a capire, anche dopo aver parlato con Tom.

Il mattino dopo vado a prendere Marc in albergo e lo porto a casa. Mentre gli preparo il caffè, apporta qualche ritocco all'accordatura di ieri, per allineare le unisone. Vuole che suoni ancora per essere sicuro che sia questa l'accordatura da registrare.

«Delle unisone dovrà occuparsene il tuo uomo». Parla di Tom. «Ed è possibile che lui le tratti in modo diverso da come le tratto io. L'apparecchio non è in grado di registrare l'accordatura delle unisone».

Non sappiamo ancora che importanza abbiano le unisone nelle sensazioni procuratemi da quest'accordatura. Provo il pianoforte e il suono è ancora stupendo come ieri sera, è ora di registrare. Accendo il dispositivo e le luci cominciano a roteare intorno al loro bersaglio. Marc esplode come una furia.

«*Perché quelle luci girano?*». Sembra impazzito, mi ritraggo spaventata.

«Sto solo seguendo le istruzioni. Vedi? Qui». Gli mostro il manuale. Si calma un po'.

«Hai più intuito di me su come funziona questo apparecchio».

«Ho solo letto il manuale» dico con modestia, ancora impressionata dallo scatto di Marc. Reagisce all'ETD come a un serpente velenoso.

«L'ho letto anch'io! L'ho letto da cima a fondo! Quella macchina è un mistero per me». Sembra molto turbato. «Non comprerei mai quell'arnese. Assolutamente no! È meglio che io mi concentri sull'accordatura, così avrai quello che desideri».

«Credo anch'io che dovresti concentrarti sull'accordatura» dico sottovoce. Torna a rifinire i soprani alti.

Regolo l'apparecchio sul valore prescritto da Marc, La4 = 442. Marc controlla di nuovo le doppie ottave, su e giù per il piano. Il suono è incredibilmente caldo e ricco. «Ci siamo!» esclama Marc. È soddisfatto.

Iniziamo dal La0. Premo il tasto e lascio che la nota svanisca.

«No, no» salta su Marc, irritato. «Devi continuare a suonarla. Capisci che cosa intendo? È facile, no? Ora ricomincio». Afferra l'Accu-Tuner e comincia a trafficare con i pulsanti. «Non sei nella modalità giusta. Mi è capitato un milione di volte».

«D'accordo».

«Non che mi diverta! Lascia che te lo dica». È agitatissimo. «Penso che quest'affare sia un pezzo di... non farmi dire altro».

Marc colpisce la nota ripetutamente. «Non sente l'armonico del Mi3».

Premo alcuni pulsanti per far fermare le luci, poi segno su un blocco i numeri che compaiono sul display. Ma Marc non è soddisfatto.

«Cerchiamo di non rendere la cosa più complicata del necessario» lo supplico.

«Mi dispiace, ma ho letto il manuale e ho ancora circa diecimila punti interrogativi rimasti senza risposta, chiaro? Non è un buon manuale. Non indicano da nessuna parte quali siano gli armonici da usare. Da nessuna parte!».

Mi alzo per telefonare all'azienda produttrice. Ho avuto il numero da Tom, ma risponde solo la segreteria telefonica. Per forza, penso. È sabato mattina. «Abbiamo alcune domande urgenti» scandisco nella casella vocale dell'azienda.

«Vale davvero la pena?» mi aggredisce Marc al mio ritorno. È ancora seduto al piano, intento ad accanirsi sui pulsanti dell'Accu-Tuner. In effetti sta per esplodere. «Perché io non mi diverto affatto».

Sono sul punto di strangolarlo lì sullo sgabello del pianoforte. Niente di tutto questo è una mia idea. Se Michael Harrison non avesse suggerito di registrare l'accordatura, avrei chiesto a Marc di spiegare a Tom la sfumatura timbrica, e la cosa si sarebbe conclusa lì. Ho cercato di convincerlo a ingaggiare qualcun altro che se ne occupasse. Ho anche cercato di dissuaderlo dal venire fin qui. E invece eccoci. E si sta comportando in modo insopportabile. Avrei voglia di aggredirlo a mia volta: *Non dare la colpa a me!* Ma mi trattengo.

Per fortuna, Greg Sanderson, uno dei proprietari dell'azienda che produce l'Accu-Tuner, mi richiama e ci guida per telefono nell'intera operazione. L'umore di Marc migliora gradualmente man mano che acquisisce manualità con l'uso dell'apparecchio, e al momento in cui raggiungiamo la sezione di soprano del pianoforte, percuotendo le note a turno, regolando l'ETD fino a far fermare le luci e annotando il nome della nota, l'armonico usato e la deviazione in centesimi o frequenza della nota, gli torna il sorriso.

Tuttavia continua a odiare l'apparecchio. «È come andare in chiesa a fare conoscenza con Dio» dice con raccapriccio.

Ora disponiamo di un elenco dei numeri corrispondenti agli ottantotto tasti. Per fare una pausa, portiamo Tucker a fare la sua passeggiata quotidiana. Fuori, alla luce del sole, mentre ci sgranchiamo le ossa, col vecchio cane che arranca dietro di noi, è più facile liberarsi della tensione accumulata durante il pomeriggio e permettere che emerga qualcosa di più positivo.

Chiedo a Marc che cosa è riuscito a scoprire sul conto di Szott, l'immigrato polacco il cui peculiare stile ha ispirato l'accordatura alla Schubert. Forse la sua storia può far luce in qualche modo sull'origine di questo tipo di accordatura. A questa mia domanda, Marc telefona a un vecchio amico che lavora alla Steinway e conosceva Szott da più tempo di lui. Ishmael Cunha, il quale effettua tuttora accordature per lo Steinway's Concert and Artist Department, si ricorda bene del vecchio accordatore.

Edward Szott veniva da Cracovia e imparò ad accordare in Germania. Prima di abbandonare la Polonia negli anni della Guerra Fredda ed entrare alla Steinway di New York nel 1985, era accordatore presso l'Orchestra radiofonica di Cracovia. Fu sempre a Cracovia che perse metà di una gamba, quando un carro armato andò a sbattere contro la macchina che stava guidando.

Szott lavorò come accordatore per l'area vendite della Steinway, ma non raggiunse mai una posizione di prestigio. Le sue accordature generalmente non venivano apprezzate perché non riusciva a renderle stabili; la sua leva da accordatura proveniente dalla Polonia, con ogni probabilità, non era uno strumento abbastanza preciso. Le sue accordature erano "belle e inconsuete", dice Marc, le ottave perfettamente pulite e nitide, solo che svanivano in fretta.

«Erano incredibilmente suggestive» ricorda Marc. «Ho ancora nella memoria il suono di una particolare accordatura che realizzò un giorno. Mi sedetti di fronte al piano che aveva accordato e dissi: "Dio, come vorrei saper accordare così un giorno". Mi capita ancora di provare quella sensazione. Szott è stato la prima persona che mi abbia mostrato l'importanza delle sfumature timbriche. Quando l'ho capito, è stata un'epifania».

Szott non parlava bene l'inglese e non riusciva a spiegare a Marc in che modo realizzasse la sua accordatura, ma Marc lo capì lo stesso, benché affermi di non essere affatto sicuro di aver ricreato esattamente il procedimento di Szott.

Szott ha fatto una fine molto triste. Due giorni prima di Natale, nel 1991, Ed Szott stava uscendo dalla fermata della metropolitana nel tratto ovest della 57ª Strada per recarsi al lavoro presso la Steinway Hall quando si accasciò a terra e morì sulle scale, nell'ora di punta mattutina. Il suo cuore aveva smesso di battere. Ha lasciato la moglie e una figlia piccola a Brooklyn, con nient'altro a sostenerle che un misero indennizzo. «A ripensarci oggi, fa ancora male» ha detto Ishmael, scosso come se la morte di Szott fosse avvenuta appena ieri.

Marc pensò proprio allo stile di Szott, quando una cliente tedesca gli spiegò il tipo di accordatura che desiderava. Era a conoscenza delle sfumature timbriche e diede l'occasione a Marc di lanciarsi in una nuova impresa. Cominciò a sperimentare: mise a punto accordature che dovevano descrivere ognuna delle quattro stagioni. Fece ritratti dei suoi amici in forma di accordature. Quando venne a Bozeman, un suo concorrente disprezzò il suo lavoro soprannominandolo il "Picasso degli accordatori", a causa dei suoi esperimenti con la flessibilità timbrica.

«Volevo ampliare i miei orizzonti sul significato dell'accordatura» dice Marc. «Tutto riporta al concetto di menzogna, al modo in cui usiamo la falsificazione per creare l'esperienza della verità. Alcuni accordatori ritengono che l'accordatura corretta sia una sola. Realizzano accordature eccellenti, stabili e di musicalità stupefacente, ma sono convinti che esista un solo modo per farlo».

«Quindi che cosa significa esattamente quando si dice che il piano è accordato?» gli chiedo mentre invertiamo il cammino e ci dirigiamo di nuovo verso casa.

«Beh» dice Marc. «Non vuol dire niente!». Ride in quel suo modo sguaiato. «L'accordatura rimanda a una forma di perfezione che è solo una grande chimera. Un piano è una cosa viva. Non rimane a lungo nella posizione in cui hai deciso che debba stare. È così! Non ci si può fare niente».

Eccoci di nuovo a casa e alle prese con il passo successivo: controllare l'accordatura raffrontandola ai valori memorizzati sull'ETD. Questo ci dirà se abbiamo registrato l'accordatura con precisione.

Per la terza volta, Marc ritocca le unisone. Sta facendo in modo che l'accordatura sia il più possibile stabile in modo che, anche nel caso in cui Tom non tornasse per mesi, io possa godere il più a lungo possibile dei risultati del suo lavoro. Poi reinserisce le strisce di feltro e insieme azioniamo l'ETD.

«Dunque, qual è la lettura per il La0?».

Suono un La0.

«Si sono fermate!» La voce di Marc è piena di giubilo. «Non poteva andare meglio!».

«Bene! Proviamone un'altra».

«Vai più su di un'ottava».

Suono un La1.

«Accidenti!» dico vedendo che le luci dell'ETD non si stabilizzano completamente.

«Non essere disfattista!». Marc sembra indignato. «Si è fermato. Devo dirtelo. È ampiamente dentro i parametri».

Suono un La3. Le luci tentennano ancora. Vengo presa da un moto di sconforto. E se, dopotutto, non funzionasse?

«Marc, non è quello che abbiamo trovato quando abbiamo effettuato la misurazione. In quel caso le luci si sono stabilizzate completamente. Forse il ritocco alle unisone ha provocato dei cambiamenti?».

«No. No, no, no. Non ho nemmeno toccato quelle note. Non l'abbiamo suonata una decina di volte. L'abbiamo suonata una volta per farci un'idea».

Suono il La4.

«Cinque luci! Questo è quello che abbiamo fatto. E con fatica. Sto solo controllando». Colpisce la nota una volta, con vigore. «Vedi? La luce si è stabilizzata. Per me è sufficiente!».

Ma il La successivo, il quinto, è spostato di poco. E così le altre note della sezione di soprano. Marc si limita a ritoccare quel La. «Non si è mossa di molto» dice. «Non voglio scompaginare l'intero strumento. Ho lavorato sodo per portarlo a questo grado di stabilità».

«D'accordo».

Ma sono ancora preoccupata che se le note non corrispondono perfettamente, il suono non sarà lo stesso. Questo fa agitare di nuovo Marc. «Ti dico che si tratta di millesimi di semitono. È uno scarto inferiore a quello del mio diapason. Smettila di preoccuparti per un millesimo di semitono».

«Credi che dovremmo tenere i numeri che abbiamo?».

«Certo. È così. L'ho fatto fermare».

«Va bene» acconsento.

«L'ho fatto fermare!» ripete Marc alla mia alzata di spalle.

«E il suono è ancora ottimo» dico, cercando di comportarmi in modo ragionevole. E in effetti il pianoforte suona magnificamente.

«È vero. Suona davvero benissimo. Non è cambiato nulla».

Marc rimuove le strisce di feltro e mi invita a provare la sezione di soprano con le unisone in azione. È intonata meravigliosamente. Luminosa, trasparente, scintillante perfezione.

«Il suono è pulito».

«Certo. Ti dico che l'orecchio non percepisce i millesimi di semitono. È impossibile». Reinserisce le strisce di feltro. «Continuiamo a risalire la scala. E non intendo disperarmi ogni volta che una luce si muove».

Terminiamo il nostro controllo a campione. La sezione di soprano si è spostata appena. Marc sostiene che sia a causa del cambiamento del grado di umidità nella stanza rispetto a questa mattina. «Per quanto mi riguarda, siamo decisamente sulla strada giusta. Credo proprio che funzionerà!».

Colpisce un'altra nota. Le luci si fermano di colpo.

«Perfetto! Sì!».

«Ce l'abbiamo fatta!».

Non ho dimenticato che Marc è un sofisticato buongustaio che ha trascorso gran parte della propria infanzia nel sud della Francia con la nonna materna, andando al mercato ogni giorno e preparando in casa le ricette della cucina tradizionale francese. Pensavo solo di ringraziarlo offrendogli il meglio che si possa trovare a Missoula. Ma quando Oliver, Marc e io entriamo da Pearl, un ristorante francese fuori città che porta il nome del suo proprietario, e Marc comincia a studiare l'arredamento in stile provenzale e il menù, mi torna in mente quella circostanza, provocandomi un leggero nervosismo. Mi auguro che la versione *made in Missoula* della cucina francese non gli risulti ripugnante come un pianoforte accordato con l'Accu-Tuner.

I miei timori si rivelano presto infondati. Marc è entusiasta della lista dei vini, dell'ambiente, del menù e del servizio. Lo preghiamo di ordinare tutto quello che desidera e lui ci prende in parola, assaggia diversi vini, un'intera schiera di antipasti e rimugina incerto sulle portate prima di ordinare costolette d'agnello seguite da due dessert. Il vino e il cibo lo fanno prorompere in una cascata di superlativi, e con tenerezza e dovizia di dettagli rievoca per noi le sue vacanze infantili in Francia. Quando ci viene servito il fegato d'anatra, lo assaggia e cade in deliquio, non lesinando gli elogi.

«È assolutamente autentico! Che scoperta questo posto!».

Qualche ora dopo accompagniamo a piedi Marc al suo hotel e poi lentamente raggiungiamo la jeep di Oliver nella luce tenue della sera. «Il costo della cena è ampiamente ripagato dall'esperienza di sentirlo parlare!» osserva Oliver facendomi scivolare il braccio intorno alle spalle. Sì, penso. Marc Wienert, se si tratta di parlare di qualsiasi argomento, è insuperabile.

La mattina successiva, quando vado a prendere Marc in albergo, lo trovo rilassato e di buonumore, siamo tornati alla nostra vecchia complicità. Ora che la pressione si è placata, Marc ammette che l'intera visita lo ha messo in uno stato di profonda agitazione. «È stato come essere davanti a due porte, dice. Dietro una delle due si nasconde la tigre, dietro l'altra la fanciulla». Oltre al timore che la sua accordatura non avesse la stessa resa su un piano non intonato da lui e alla frustrazione che gli procura il dover lavorare con l'Accu-Tuner, c'era anche la resistenza ad attribuire valori numerici alla propria accordatura. «È come dire che il lago di Walden non è più senza fondo».

«Beh, posso capirlo. Si tratta di quantificare l'ineffabile».

«Sì, l'idea mi spaventava».

«Ma solo perché una cosa viene quantificata, non significa che sia meno meravigliosa» dico. «In più, ho seri dubbi che qualcuno possa davvero essere in grado di riprodurre la tua accordatura in maniera perfetta. Scommetto che è come con la scrittura a mano: anche una firma ben contraffatta non può risultare convincente quanto l'originale».

Una volta arrivati a casa, Marc apporta qualche altro ritocco alle unisone del pianoforte, benché ci sia ormai poco da fare. Controlla ancora una volta i numeri sull'Accu-Tuner raffrontandoli alle note del piano, quel tanto che basta a confermare ciò che già sappiamo, e il suo lavoro è terminato.

Mi chiede di suonare il piano per lui, ed eseguo l'*Andante* e l'*Allegretto* della Sonata K 330 di Mozart. L'accordatura non ha praticamente un solo difetto. È pura, scintillante perfezione. Ora l'unica incognita è come suonerà il piano una volta che Tom avrà usato i numeri per riprodurre l'accordatura. Potrebbero passare dei mesi prima che riveda Tom. Ci sarebbe bisogno di un piccolo intervento di intonazione, sento ancora una certa durezza in alcune note. E Marc sente che alcune corde devono essere allineate. Ma dice anche di non potervi rimediare, perché così facendo rovinerebbe l'accordatura. «È un lavoro che lascio al tuo uomo» dice. «È il suo territorio. Il mio scopo era darti l'accordatura e i numeri».

Mi volto sul mio sgabello, voltando le spalle al piano per guardare in faccia Marc seduto sul divano.

«Non credi che potresti sistemare solo quell'unica piccola corda?» dico facendo rimbalzare il dito sul tasto incriminato.

«Guarda che non sono arrivato fin qui per diventare il tuo accordatore tuttofare» dice con leggerezza. «Il fine ultimo della nostra impresa era darti modo di decidere se tenere o no questo pianoforte. Sono venuto qui per risolvere un dilemma esistenziale».

«È risolto».

«Così ami ancora il tuo pianoforte?».

«Ho il pianoforte più straordinario del mondo. È una frase che per molto tempo non ho potuto pronunciare, almeno non con convinzione».

«Lo so. E provo un grande sollievo. Ma, sicuramente, non grande quanto il tuo!» ride.

«Sai, quasi non mi sembra vero» dico. «Non sono ancora pronta a credere che il pianoforte resterà com'è adesso. Tutta questa vicenda è stata piuttosto traumatica».

«Sì. Capisco» dice Marc. «Purtroppo vicende come la tua non sono rare. La gente si tuffa con passione nella ricerca del pianoforte perfetto, pensando di portarsi a casa quello che vedono in esposizione. Non pensano mai: "A casa mia suonerà diversamente". Meno ancora pensano che lo strumento comincerà a cambiare non appena inizieranno a suonarlo. Ed è ancora più raro che si rendano conto che il piano si trasformerà completamente quando finirà nelle mani del loro tecnico, che farà un lavoro opposto a quello svolto dal tecnico del negozio. Di tutti questi dettagli i compratori di pianoforte sono completamente all'oscuro. E poi dicono: "Beh, non sarò soddisfatto fin quando non sistemerai questa nota"». Preme con l'indice un tasto immaginario. «A quel punto so che la persona che ho di fronte sta instaurando una relazione disastrosa e orrenda con il proprio strumento, che durerà per il resto della sua vita. Ecco dunque la mia idea: aprire uno studio di psicoterapia per proprietari di pianoforti. Credo di poter essere loro più utile in questo modo che lavorando nelle loro case, sui loro strumenti. Disporrei di diagrammi relativi a diversi pianoforti, tutti della stessa marca e dello stesso modello, intonati e accordati in modi diversi, e spiegherei loro le differenze, e che cosa bisogna aspettarsi».

«Tra il bastone e la carota, saresti molto più dalla parte del bastone!» scherzo.

«Ma certo! Sono lo psicologo del mondo dei pianoforti! Che credevi?!».

«Mi piace! Dottor Marc!».

Arriviamo in aeroporto di buon mattino e restiamo seduti in macchina a osservare gli aerei che decollano e planano sulle vicine piste municipali. Marc parla delle sue imminenti vacanze in Francia e del suo progetto di creare un laboratorio di restauro alla Manhattan School of Music. Ma viene presto il momento di andare, e sappiamo che non ci rivedremo per molto tempo.

Lo aiuto a tirar fuori dalla macchina la sua cassetta degli attrezzi su ruote, lui si prepara a un abbraccio di addio. «Abbiamo intrapreso un cammino comune per trovare le fonti della vibrazione e ne sono venute fuori delle scoperte interessanti» dice Marc.

«Sì, e non ho ancora ben chiaro cosa significhi».

«Nemmeno io».

Faccio per risalire in macchina, la chiave in mano, ma poi mi volto e lo guardo in viso: «Marc, perché sei venuto fin qui?».

«Perché ti voglio bene» dice con dolcezza. «C'era il rischio che l'accordatura non riuscisse, e farlo era così semplice per me e così importante per te. Una volta appurato che ciò che contava era l'accordatura, sapevo che saresti stata a un punto morto se non fossi venuto io. Ho sentito di doverlo fare».

«Avresti potuto effettuare l'accordatura sul pianoforte a New York e mandarmi i numeri».

«E se anche tutto questo non avesse funzionato? In quel caso sarei dovuto arrivare fin qui comunque e sarebbe stato un ulteriore colpo per te. No. Ne avevi già passate abbastanza».

«Ma perché io? Non sono che una principiante, nemmeno troppo brava. Sto appena imparando».

«Non importa. Non ha nessuna importanza per me. Tu suoni con amore e sei, in modo evidente, tremendamente musicale anche se non possiedi la tecnica per esprimere tutto ciò che sei in grado di sentire. A ogni modo, quel che tu chiedi al pianoforte non è ciò che si aspetta la maggior parte dei pianisti. In genere, i pianisti non cercano di cavalcare la cresta dell'onda dell'universo in espansione. Ma per me l'unica cosa davvero reale è questa. E desidero collaborare con chi ci crede veramente. Tu sei una custode davvero degna del tuo strumento. Sei sofisticata ed esigente, e sai esattamente quello che vuoi, e io so come dartelo. Voglio dire, nessuno ha bisogno di me tanto quanto ne hai bisogno tu! Tu sei in grado di comprendere il processo con la stessa profondità del tecnico che esegue il lavoro. È per questo che tanti tecnici hanno voluto darti una mano. La tua odissea rimanda a un percorso archetipico, risuona di un'aura mitologica, per questo attira figure mitologiche – Steve Brady, Darrell Fandrich, Tom Kuntz –, queste persone vengono fin qui e vogliono lavorare con te per questa ragione. Il tuo è un viaggio prometeico, perciò Prometeo non può mancare. Mettila pure in un altro modo: se desideri intensamente qualcosa, la vita non ti delude».

Guido lentamente verso casa, così toccata dalle parole di Marc e dal dono che mi ha fatto accordando il mio pianoforte, da riuscire a malapena a parlare. Se trovare e acquistare un piano è un'esperienza paragonabile a quella dell'amore e del matrimonio, allora questa accordatura è il regalo di nozze di Marc per me e per Marlene, una gemma unica creata solo per noi, perché possiamo avere insieme una vita lunga e felice. L'accordatura ha ricomposto il nostro rapporto: essa appartiene unicamente a questo pianoforte e descrive in modo irripetibile me e lo strumento, grazie a lei possiamo costruire una relazione meravigliosa. Alla fine mi concedo di credere nella possibilità di un futuro con questo strumento, ed è una sensazione di puro delirio. Mi precipito in casa per suonarla ancora, e mi apro completamente alle sensazioni che mi procura.

Stupefacente. I bassi non sono paragonabili a nulla che io abbia sentito in precedenza. Nitidi, ricchi e intensi come cioccolato, voluttuosi, caldi e potenti. Non può essere vero, non può essere il mio piano. Le mani esitano sui tasti in un momento di incredulità. Poi suono ancora. Ogni singola nota reagisce al mio tocco con il timbro esatto che desidero, modulando il colore a seconda di come colpisco il tasto. Faccio risuonare l'intera scala cromatica per il puro piacere di sentire le note attraversarmi il corpo. Poi prendo l'*Intermezzo* di Brahms che ho appena cominciato a studiare, l'op. 118 n. 2. Penso che Brahms avrebbe amato questi bassi vellutati come cioccolato.

Ho la sensazione che sia il piano stesso a produrre i suoni e subito mi perdo nel suo universo sonoro. Il suono mi conduce in un luogo in cui la musica semplicemente *è*.

Tom bussa all'ingresso. Mi volto per vederlo attraverso il vetro della porta, mentre si ripara gli occhi con la mano sinistra per sbirciare dentro e mi saluta con un gesto dell'altra mano, allampanato e molto estivo nei suoi pantaloncini color kaki, maglietta polo e sandali. Insieme a lui fa irruzione in casa la canicola di fine luglio. Depone la cassetta degli attrezzi sullo sgabello e ne apre le serrature con uno scatto.

«Dunque è questa la famosa accordatura alla Schubert» dice Tom prendendo dal leggio la lista di numeri lunga diverse pagine ed esaminandola con le sopracciglia alzate, con un lieve tono di bonaria irrisione nella voce.

«Come ti sembrano i numeri?» domando. Penserà che sono sbagliati? «Non lo saprò finché non li proverò». Mette giù i fogli. «Così Marc è venuto fin qui solo per accordare questo pianoforte?».

«Sì».

«Accidenti! Ne hai di ascendente! Sai, molti tecnici prenderebbero come un'offesa il fatto che gli venga chiesto di effettuare su un pianoforte un'accordatura prescritta da un altro».

«Lo so. Apprezzo davvero molto che tu sia disposto a farlo».

«Oh, la cosa non mi crea alcun problema. Non ho un ego invadente come quello di certe persone».

«Forse si comportano così perché in questo paese i tecnici pianistici non godono del prestigio che meritano».

Le sopracciglia di Tom si alzano di nuovo. Rimuove il leggio dal pianoforte. «Se uno è felice con se stesso, non c'è vita migliore» dice. Estrae il martello per l'accordatura dalla valigetta. «Perché non si può accontentare tutti. Bene, mettiamoci al lavoro».

Sull'Accu-Tuner di Tom le luci cominciano a roteare. Si avvitano e ammiccano a ogni parola che pronuncio. «Abbiamo preso i numeri come tu ci hai detto di fare: mezzo forte, quattro o cinque luci stabilizzate».

«O-ho, accidenti, guarda qui, è praticamente perfetta, come l'ha lasciata lui. Bisogna solo alzare leggermente il tono e ritoccare le unisone. Ti ha regalato una buona accordatura».

Ci sediamo di fronte al piano. A ogni nota che Tom suona risalendo la scala, gli leggo ad alta voce il nome della nota, quello del parziale e il numero che rappresenta la deviazione in centesimi. Poi Tom dà una spinta leggera alla leva. Tengo gli occhi chiusi mentre ascolto. Sento la nota entrare e uscire dall'allineamento, un frullio impetuoso che gli accordatori chiamano battimento. I numeri che rappresentano il frullio accelerano e rallentano a seconda di come Tom muove la leva.

«Potresti imparare a farlo tu stessa, sai?» mi dice Tom. «Potresti procurarti un Accu-Tuner e un martello e ritoccarli da sola». Ascolto i battimenti rallentare man mano che Tom corregge la tensione della corda. Li ascolto per il semplice piacere di quel suono puro, incontaminato, cristallino, trasparente e melodioso. Poi sento Tom suonare la nota successiva sulla scala, apro gli occhi, e gli leggo il numero corrispondente dalla pagina.

«Non credo» rispondo ancora intenta a osservare i numeri sull'ETD e quelli sulla pagina, per essere sicura che siano corretti. Il DNA di Marlene è racchiuso in questi numeri. Non posso permettere che si confondano. Li spunto dalla lista in modo da non commettere errori. «Ho paura di rovinare il somiere. In più mi hanno detto che la regolazione delle unisone è la parte più difficile dell'accordatura».

Facciamo rapidi progressi. Tom si ferma per suonare qualche quarta. «Capisco cosa ha cercato di fare. È notevole. Davvero notevole. L'ha fatto a orecchio? Questo tipo è davvero bravo. Usa un ottimo temperamento. Avrebbe passato l'esame con un lavoro del genere». Tom fa parte della commissione che presiede all'esame del Piano Technicians Guild nella nostra regione. «L'accordatura raccomandata dal Guild è diversa. Loro mirano ad allungare il più possibile gli intervalli. Questo mi piace molto di più. È più congeniale al mio orecchio».

Ora siamo nella parte alta della tastiera, dobbiamo accordare le corde non smorzate, dove non c'è sostegno e il piano ha un suono metallico. I numeri vanno su e giù, non seguono la curva regolare e prevedibile di un'accordatura eseguita con l'ETD. «Il suo orecchio sente così. E in più una piccola modifica verso l'alto in questa sezione della tastiera incide molto. Si sposta di due centesimi appena tocchi la caviglia. E una modifica verso l'alto in questa zona non si sente nemmeno, mentre cinque centesimi nella sezione dei tenori si sentono parecchio».

Siamo all'ultima nota, su in cima alla scala, dove non arrivo quasi mai a suonare. Il Do8 è l'ultima nota del pianoforte. Tom le assegna il valore prescritto da Marc e colpisce ripetutamente il tasto, in ascolto. «Farlo a orecchio è una vera impresa. Ha centrato quel Do8. È incredibile».

Tom strimpella qualche accordo. Poi suona *Over the Rainbow*. Il piano si libra nell'aria.

È ora di accordare le unisone a orecchio. Di nuovo chiudo gli occhi, in ascolto, attenta ai battimenti che si dissolvono, alle note che diventano perfettamente limpide e pure, poi mi accorgo che Tom sta facendo qualcosa di più che eliminare i battimenti, sta mettendo a punto il sostegno, cercando il più potente all'interno della nota ripulita dai battimenti. Ogni nota s'innalza melodiosa, una volta staccata dalla tavola armonica cresce come una nube di vapore, piena e gravida di presenze finché in ultimo, espressa tutta la sua durata, si dissolve nel nulla.

Sarà un'accordatura stupenda.

Quando Tom ha finito, suono la *Rêverie* di Debussy, un brano perfetto per esaltare la brillantezza dei soprani.

«Tom! È bellissimo!». Mi allungo sullo sgabello per rivolgergli un'occhiata di gratitudine. Sta mettendo via i suoi strumenti. «Grazie!».

«Meglio di uno nuovo!» esclama, come fa sempre.

Ma questa visita di Tom sarà tra diversi mesi. Stasera, mentre Marc è in volo verso casa, sollevo ancora il coperchio per stare un po' in compagnia del mio pianoforte. Chopin brilla. Schumann canta. Ma è Brahms a tirare fuori il meglio da Marlene, con quelle note ricche, profonde, scure, complicate e piene di colore, al punto che non riesco a separarmene. È Marlene. Quasi la stessa di prima, ma con qualcosa in più rispetto alla Marlene originale, con una gamma di colori tonali ancora più straordinaria di prima. Mi chino sul dolce scampanellio della sua voce, lascio cadere tutto il peso nelle mani, lasciando che la purezza del suono risplenda persino nei fortissimo, lasciandomi scivolare all'interno del suono, nella musica, immersa nella sua fragranza tonale.

Arriva l'ora di cena e io continuo a suonare. Oliver se ne va a letto, sorridendo dell'estasi che mi vede dipinta sul volto mentre mi passa accanto, e io continuo a suonare. Esaurisco il mio repertorio e ricomincio da capo, per poi eseguire arpeggi e poi intervalli, decime e diciassettesime per ricordarmi di Marc, del suono familiare di lui che accorda, della peculiarità del suo suono, solo per abbandonarmi alle note, per crogiolarmi nelle note. Si fa tardi. Nel frattempo le note si sono trasformate in profondi silenzi notturni. Ormai non ascolto più.

Il mio pianoforte. Sta accadendo davvero. Nel mio soggiorno. Vale ogni singolo centesimo speso. Ogni istante di questi anni di agonia, di questa odissea della scoperta. Lei è qui. È stata qui fin dall'inizio.

So che suonerà così solo per questa sera. Le migliaia di parti in movimento che la compongono sono in grado di sostenere le corrette relazioni reciproche solo per poco tempo. Ogni volta che un tasto viene premuto, ogni volta che un martelletto si attiva, le corde si avviano al loro ineluttabile destino di imperfezione. Un piano appena accordato è come una carrozza d'oro pronta a trasformarsi in zucca al sorgere del sole.

Poi, col tempo, un buon accordatore, tecnico o intonatore tornerà a raddrizzarla e a sistemarla, e per qualche breve ora lei indosserà di nuovo il suo abito di lamé, e sarà splendente come una cometa che attraversa il cielo, per sparire nel buio qualche attimo dopo. È una stella cadente ed è bene che in quel momento io sia lì a esprimere il mio desiderio. Se voglio godere di Marlene nel momento della sua massima e transitoria bellezza, non posso aspettare fino a domani mattina. Devo cogliere l'attimo.

Così continuo a suonare.

Nei mesi e negli anni a venire, dopo che l'accordatura di Marc sarà stata effettuata molte volte sul pianoforte, dopo che i martelletti si saranno acclimatati, dopo che saranno stati intonati appena, e poi suonati ancora e ancora e l'accordatura sarà stata eseguita molte, molte volte, il piano raggiungerà uno stato di omeostasi, un luogo in cui regna la stabilità, in cui la magia non è più qualcosa di effimero ma una qualità costante che si modifica impercettibilmente nel tempo. Raggiungerà il suo periodo d'oro, Marlene in abito di lamé, una voce di stelle cadenti in qualsiasi momento io decida di suonarla, una fonte di ispirazione e di linfa nuova per i mesi e gli anni a venire. Per adesso, finché è nell'infanzia, rimarrà un sogno fuggevole.

Così continuo a suonare nella notte.

Il suono è così brillante che non mi sono nemmeno accorta che il suo coperchio è rimasto abbassato per tutto questo tempo. Ma ora lo vedo. Mi alzo e sollevo la sua ala alla massima altezza possibile, poggiandola sul bastone più lungo, in modo che la forza intatta delle sue frequenze perfette si riversi su di me. Ed è così che, quando mi siedo di nuovo e inizio a suonare per l'ennesima volta l'*Intermezzo* di Brahms, io mi trasformo nell'altra sua ala. E, insieme, io e il mio piano spicchiamo il volo.

Ringraziamenti

Sarebbe stato impossibile scrivere questo libro senza il tempo, l'affetto, l'energia, i consigli e il talento messi generosamente a disposizione da un enorme numero di persone. Il fatto che questo spazio non sia sufficiente per nominarle tutte non toglie valore al mio debito nei loro confronti.

Il mio agente, Nick Ellison, è stato un consigliere lungimirante e fidato, un formidabile supporto e un grande amico. La sua assistente, Alexandra Lee, ha fornito un'attenta supervisione critica e, insieme a Colin Shepherd, ha fatto funzionare impeccabilmente la macchina organizzativa.

Il mio editor alla Scribner, Colin Harrison, mi ha assistito con pazienza e perspicacia nella scrittura e nell'editing di questo libro. Lavorare con Colin è stata un'esperienza straordinaria, che conserverò gelosamente nella mia memoria. Nessuno scrittore può desiderare un editor più comprensivo, acuto e brillante.

Sempre alla Scribner un grazie di tutto cuore va all'assistente editoriale Karen Thompson, all'editor di produzione Dan Cuddy e al designer Kyoto Watanabe, per il duro lavoro svolto e per la loro professionalità. So che molte altre persone alla Scribner si sono prodigate, e le ringrazio.

Mio marito, Oliver Wendell Holmes è il vero eroe di questo libro. A lui la mia eterna gratitudine per la fiducia paziente e incrollabile che ha avuto nei miei confronti. È stato il mio primo lettore e il mio critico più rigoroso. Quando Wendell è rimasto affascinato dai capitoli del libro, pur avendo vissuto in prima persona le vicende spesso penose che vi sono narrate e pur avendo quasi la nausea a sentir parlare ancora di pianoforti, allora ho saputo che il mio lavoro di scrittura aveva superato il banco di prova più arduo. Wendell ha sopportato molti e impegnativi sacrifici perché io potessi scrivere questo libro, e l'ha fatto con amore, con stile e con umorismo.

Di tutti quelli che hanno sostenuto e incoraggiato questo lavoro, nessuno si è prodigato quanto Kim Brizzolara. Mi ha ospitato a New York per settimane di seguito, ha letto e criticato il manoscritto e mi ha offerto senza riserve il suo punto di vista sempre lucido. Le sarò sempre grata per la sua amicizia.

Sono in debito anche con Richard Blood e Judith Crist, che hanno sostenuto questo progetto fin dai suoi albori. Dick Blood è riuscito più volte a commuovermi con il suo burbero incoraggiamento, tanto più significativo vista la sua sinistra fama di critico inflessibile. Tanto lui quanto Judith sono stati due preziosi e fidati consiglieri.

Molti altri hanno dato il loro contributo insostituibile: Lois Schluyer ha trascritto ben trenta ore di interviste registrate. Pam Voth ha realizzato la foto che è sulla copertina dell'edizione americana. Paula Parcheta, Carol-Lynne Toleno, Frank White e Marilyn Beech si sono presi cura di me nel corpo e nello spirito, fungendo da "casse armoniche" per le mie idee e leggendo le prime bozze. Lisa Rogak, Marty Nemko e M.J. Rose hanno messo a disposizione le loro competenze. L'entusiasmo di William Dietrich e di James Johnson per l'idea iniziale mi ha stimolato a continuare. Greg e Dorothy Patent mi hanno messo a disposizione un luogo dove scrivere. Tra gli altri amici e colleghi che hanno offerto consiglio e supporto ci sono Emily Benedek, Amber Husbands, Thomas McNamee, Robert Frenay, Constance Barrett, Connie Poten e Andy Sponseller, Clara Erickson, Phil O'Connell, Rick Wheeler, David Burton, Jerry Korten e Norbert Marten.

Sono inoltre grata a tutti coloro che compaiono su queste pagine. Più di tutti ringrazio Marc Wienert, che ha ispirato il libro e senza il quale questa storia non avrebbe potuto essere raccontata. In Europa, i dirigenti e gli artigiani della Grotrian-Steinweg di Braunschweig, Germania, Thomas e Martina Hilz di Pocking, Austria, e Piera Ciresa e Fabio Ognibeni di Tesero, Italia, che con generosità hanno messo a disposizione il loro sapere, il loro tempo e la loro ospitalità. Ringrazio anche Carl Demler e il suo staff di Beethoven Pianos a New York, Darrell e Heather Fandrich di Stanwood, Washington, Dell e Barbara Fandrich, il webmaster Frank Baxter e i "pianofili" di Piano World, oltre ai molti straordinari tecnici pianistici che mi hanno guidato in questo viaggio. Michael Harrison, in special modo, mi ha donato generosamente il suo tempo e la sua pazienza spiegandomi la fisica dell'accordatura e rivedendo il manoscritto.

Mio fratello Peter Knize e il suo compagno di vita, John Sullivan, sono stati per me i preziosi sostenitori di cui nessuno scrittore può fare a meno, oltre ad aver messo a disposizione il loro tempo e il loro talento per realizzare il sito dedicato al libro.

Infine, ma non certo ultimi per importanza, la mia riconoscenza e il mio amore vanno ai miei genitori e soprattutto a mio padre, Leon Knize, che mi ha trasmesso il suo amore per la musica e ha allenato il mio orecchio perché sapesse apprezzarla. Sono sicura che nessun genitore può fare a un figlio un regalo più grande.

Petra Kunze è una giornalista specializzata in temi ambientali. Ha vinto numerosi premi [illegible]

Perri Knize

Perri Knize è una giornalista specializzata in temi ambientali. Ha vinto numerosi premi e i suoi articoli e saggi sono apparsi in pubblicazioni come *The Atlantic Monthly*, *Audubon*, *Sports Illustrated*, *Condé Nast Traveler* e *Outside*. Ha studiato filosofia e lingua russa presso l'Università del Michigan e ha compiuto gli studi pianistici al Mannes College of Music; ha lavorato a Manhattan come designer, occupandosi di poster e di libri, è stata guardia forestale volontaria nella Beaverhead National Forest e ha conseguito il master in Giornalismo presso la Columbia University. Ha prestato servizio come reporter per il *New York Newsday* e per *Newsweek*, e come freelance per il *New York Times*. Ha insegnato Giornalismo all'Università del Montana. Vive nel Montana con suo marito.

Indice

Parte terza